# Nós que vivemos

AYN RAND

# Nós que vivemos

Tradução de Matheus Pacini

MINOTAURO

**NÓS QUE VIVEMOS**
© Almedina, 2024
AUTORA: Ayn Rand

DIRETOR DA ALMEDINA BRASIL: Rodrigo Mentz
EDITOR: Marco Pace
EDITORA DE DESENVOLVIMENTO: Luna Bolina
PRODUTORA EDITORIAL: Erika Alonso
ASSISTENTES EDITORIAIS: Laura Pereira, Letícia Gabriella Batista e Tacila Souza

REVISÃO: Adriana Moreira Pedro
DIAGRAMAÇÃO: Almedina
DESIGN DE CAPA: Roberta Bassanetto
FOTO DA AUTORA: Wikimedia Commons

ISBN: 9788563920737
Março, 2024

Dados Internacionais de Catalogação na Publicação (CIP)
(Câmara Brasileira do Livro, SP, Brasil)

Rand, Ayn, 1905-1982
Nós que vivemos / Ayn Rand. – São Paulo :
Minotauro, 2024.

Título original: We the living.
ISBN 978-85-63920-73-7

1. Ficção histórica norte-americana
2. Totalitarismo 3. União Soviética I. Título.

23-180537 CDD-813.54

Índices para catálogo sistemático:

1. Ficção histórica: Literatura norte-americana
813.54
Tábata Alves da Silva – Bibliotecária – CRB-8/9253

Este livro segue as regras do novo Acordo Ortográfico da Língua Portuguesa (1990).



EDITORA: Almedina Brasil
Rua José Maria Lisboa, 860, Conj.131 e 132, Jardim Paulista | 01423-001 São Paulo | Brasil
www.almedina.com.br

# INTRODUÇÃO

COMO DIZ AYN RAND EM SEU PREFÁCIO, *Nós que vivemos* não é um romance sobre a Rússia soviética, que é apenas o cenário da história. Os eventos, os personagens e o desenlace do romance são selecionados não por sua relação com a história, mas por seu significado filosófico, o que torna seu tema universal. O tema é o mal do totalitarismo, uma espécie de depravação que não se restringe a qualquer país ou século.

A causa básica do totalitarismo são duas ideias: a rejeição dos homens à razão em favor da fé, e do autointeresse em favor do autossacrifício. Se esse é o consenso filosófico da sociedade, não tardará muito até que um líder todo-poderoso assuma o poder para impor a fé e o sacrifício que todos têm louvado. Seus súditos não conseguem resistir ao seu controle, nem ao exercerem sua faculdade de pensamento, nem ao exporem sua paixão por valores, já que eles renunciaram a essas duas posses inestimáveis. O resultado final é controle de pensamento, miséria e carnificina.

Devido ao compromisso dos gregos com a razão, a felicidade terrena e a liberdade (relativa), a sequência causal acima citada esteve ausente por séculos do Ocidente. Então, o Cristianismo assumiu o controle, exigindo dos homens – pela primeira vez de forma consistente – uma vida de fé e sacrifício. Embora atrasado pela tecnologia primitiva, o resultado não tardou: o papa infalível, a queda da expectativa de vida e a supressão de pensamentos não autorizados pela Inquisição.

Os cristãos com posição mais elevada na hierarquia na Europa foram os primeiros adeptos do totalitarismo ocidental. Foram eles que descobriram a essência de um novo tipo de Estado, e o ofereceram ao futuro como uma possibilidade a ser considerada.

Por fim, seguiu-se a Renascença e, então, o longo caminho do Ocidente em direção ao Iluminismo, com seu compromisso com a razão e a busca da felicidade, e sua ridicularização do Cristianismo. O resultado foi o país mais livre da história, os Estados Unidos. Isso não durou, todavia, pois os intelectuais do século XIX, seguidores de Kant, rejeitaram as ideias do Iluminismo em favor de novas formas de irracionalidade e abnegação. Em poucas gerações, a causa levou ao efeito: surgiram totalitários de uma nova estirpe, desta vez, afirmando serem seculares e científicos, mesmo reproduzindo diligentemente o modelo medieval.

Os Estados totalitários diferem em muitos detalhes, mas não em sua natureza e causa. E, no que tange aos detalhes, que diferença suas divergências fazem? Que diferença faz para as vítimas se o líder infalível diz receber revelações do sobrenatural ou de uma dialética imperceptível? Se ele exige sacrifício no *Corpus Christi* ou para o proletariado? Se as pessoas são obrigadas a levantarem suas mãos em louvor ou ficarem de joelhos? Se as tropas assassinas usam batinas negras ou camisetas vermelhas? Se os opositores são cortados com facas na Espanha ou deixadas à miséria congelante nos *gulags*? Estados como estes frequentemente se colocam como inimigos uns dos outros, mas a pose é pura tática, não a verdade.

Um exemplo eloquente da verdade é o que aconteceu com *Nós que vivemos* sob o regime de Mussolini. Durante a Segunda Guerra Mundial, o romance foi pirateado por uma produtora de cinema italiana, que produziu uma versão cinematográfica sem o conhecimento ou consentimento de Ayn Rand. Devido à sua extensão, o filme foi lançado em 1942 em duas partes, *Noi Vivi* (*Nós que vivemos*) e *Addio Kira* (*Adeus Kira*). Ambos se tornaram muito populares. O governo fascista tinha aprovado os filmes sob a premissa de serem anticomunistas. Mas o público, assim como o seu diretor, entenderam imediatamente que o filme era tanto antifascista quanto anticomunista. As pessoas apreenderam o tema mais amplo de Ayn Rand e popularizaram os dois filmes, em parte como uma forma de protesto contra a opressão de Mussolini.

Em um trocadilho com os títulos, as pessoas passaram a se referir a eles como *Noi Morti* (*Nós que morremos*), e às políticas econômicas de Mussolini como *Addio, Lira* (*Adeus Lira*). Cinco meses após seu lançamento, o governo descobriu o que todos já sabiam e baniu o filme. Esses eventos são uma prova eloquente de que *Nós que vivemos* não é apenas "sobre a Rússia soviética".

Tampouco é apenas sobre a Europa ou sobre o passado. Ele presencia a ascensão, no Estados Unidos atual, de uma direita fundamentalista que tenta proibir ideias e valores que contrariam a Bíblia; e o surgimento de uma esquerda ambientalista quase religiosa, que invoca a reverência ao Criador da Natureza como o valor moral que exige o fim do capitalismo; e, em termos mais imediatamente práticos, o mandato de oito anos de um presidente "nascido de novo", que encerrou a pesquisa biológica que considerava não religiosa enquanto tomava uma mensagem do além como um guia para a política externa; e agora seu sucessor, do qual até agora sabemos muito pouco (2009), mas cuja campanha trabalhou duro para provar que ele é tão devoto quanto os outros. Esses eventos, e muitos outros iguais a esses, serão algum dia fundidos em um monstro religioso incontrolável que nos exigirá a convencional castração da mente/ego, junto com seu corolário político? Se isso acontecer, é improvável que seus expoentes ainda se baseiem na economia ou na biologia como justificativa. Nesse momento, parece que estamos voltando à fonte: à recriação da servidão medieval, imposta por uma polícia secreta muito mais bem equipada.

*Nós que vivemos* é um romance sobre os resultados das ideias que suprimem a liberdade que você mesmo provavelmente aceita. É por isso que ele é relevante ainda hoje. É relevante porque nos diz como distinguir o veneno que o Ocidente está agora ansiosamente ingerindo na nutrição de que tão desesperadamente precisamos. É relevante porque não é sobre um passado distante, mas sobre um futuro que se aproxima.

Este livro não é sobre avós que faleceram há tempos, mas sobre crianças que ainda estão crescendo.

Leonard Peikoff
Irvine, Califórnia
Dezembro de 2008

# PREFÁCIO

EU NÃO TINHA RELIDO ESTE ROMANCE na íntegra desde a sua primeira publicação em 1936 até alguns meses atrás. Eu não esperava ficar tão orgulhosa dele como estou.

Muitos escritores declaram que nunca tiveram êxito em expressar plenamente o que desejavam, e que a sua obra não passa de algum tipo de aproximação. É um ponto de vista pelo qual nunca tive simpatia e que considero perdoável apenas quando dito por iniciantes, já que ninguém nasce com nenhum tipo de "talento" e, portanto, todas as habilidades precisam ser adquiridas. Escritores são *criados*, e não nascidos. Para ser exata, escritores se criam a si próprios. Foi principalmente com *Nós que vivemos*, meu primeiro romance (e, cada vez menos, com meus romances anteriores à *A nascente*), que senti que meus meios eram inadequados para o meu propósito, e que eu não havia dito o que queria tão bem quanto desejava. Agora, fico surpresa em descobrir o quão bem o fiz.

*Nós que vivemos* não é um romance "sobre a Rússia soviética". É um romance sobre o Homem contra o Estado. Seu tema fundamental é a santidade da vida humana – e uso a palavra "santidade" não em um sentido místico, mas no sentido de "valor supremo". A essência de meu tema está contida nas palavras de Irina, uma personagem secundária da história, uma jovem condenada à prisão na Sibéria que sabe que nunca retornará: "Só existe uma coisa que gostaria de compreender. E não acredito que alguém possa explicá-lo. Veja, sei que é o fim da linha para mim. Sei, mas não consigo acreditar, não consigo senti-lo. É muito estranho. Eis a sua vida. Você começa a vivê-la, sentindo que é algo tão precioso e raro, tão belo como um tesouro sagrado. Agora ela acabou, e não faz qualquer diferença para ninguém, e não é que eles sejam indiferentes, é apenas que eles não sabem, não sabem o que essa vida significa, esse meu tesouro, e há algo sobre ela que eles deveriam compreender. Eu mesma não compreendo, mas há algo que deveria ser compreendido por todos nós. Mas o que é, Kira? O quê?".

Na época, eu sabia um pouco mais sobre essa pergunta do que Irina, mas não muito mais. Sabia que essa atitude em relação à própria vida deveria ser, mas não é compartilhada por todas as pessoas – que é a característica fundamental do melhor entre os homens –, e que sua ausência representa um grande mal que nunca fora identificado. Sabia que esse era o problema na base de todas as ditaduras, de todas as teorias coletivistas e de todos os males humanos, e que os problemas políticos ou econômicos são meras derivações e consequências dessa premissa básica. Na época, eu encarava qualquer defensor da ditadura ou do coletivismo com um desprezo incrédulo: eu não conseguia entender como um homem poderia ser tão brutalizado a ponto de reivindicar o direito sobre a vida dos outros, nem como qualquer homem poderia ter uma autoestima tão baixa a ponto de conceder aos outros o direito de dispor de sua vida. Hoje, o desprezo permanece; a incredulidade se foi, posto que já sei a resposta.

Não foi até *A revolta de Atlas* que consegui a resposta completa para a pergunta de Irina. Em *A revolta de Atlas*, explico o significado filosófico, psicológico e moral dos homens que valoram suas próprias vidas e dos homens que não. Eu mostro que os primeiros são os motores da humanidade; e os segundos, assassinos metafísicos que trabalham pela oportunidade de se tornarem assassinos físicos. Em *A revolta de Atlas*, exponho porque os homens são motivados, ou por uma premissa de vida ou uma premissa de morte. Em *Nós que vivemos*, exponho apenas as suas motivações.

A rápida degeneração epistemológica de nossa era – quando os homens estão sendo rebaixados ao nível de animais limitados aos concretos e incapazes de perceber as abstrações, quando os homens são ensinados que devem olhar para as árvores, mas nunca para florestas – desejo fazer o seguinte alerta para meus leitores: não sejam enganados por aqueles que lhe dizem que *Nós que vivemos* está "obsoleto" ou que é irrelevante para o presente, pois é sobre a União Soviética dos anos 1920. Tal crítica é aplicável apenas aos escritores da escola naturalista, e representam o ponto de vista daqueles que, sem nunca terem descoberto que existia ou poderia existir qualquer outra escola de literatura, são incapazes de distinguir a função de um romance e a de um artigo descartável de um jornal de domingo.

A escola naturalista de literatura consiste em substituir o padrão de valor de um indivíduo por estatísticas, catalogando detalhes ínfimos, fotográficos e jornalísticos de um determinado país, região, cidade ou bairro em determinada década, ano, mês ou instante, sobre a premissa geral de que: "é isso que os humanos fizeram", em vez de "é isso que os homens *escolheram* e/ou *deveriam* escolher fazer". Essa última é a premissa da escola romântica de literatura, que se ocupa, sobretudo, de valores humanos e, portanto, do essencial e universal nas ações humanas, e não do estatístico e fortuito. A escola naturalista funde as escolhas que os homens por acaso fizeram; a escola romântica projeta as escolhas que os homens podem e devem fazer. Eu sou uma realista romântica, e me distingo da tradição romântica na medida em que os valores de que me ocupo dizem respeito a esta terra e aos problemas básicos desta era.

*Nós que vivemos* não é uma história sobre a Rússia Soviética em 1925. É uma história sobre Ditadura, qualquer ditadura, em qualquer parte, em qualquer tempo, seja na Rússia soviética, na Alemanha nazista, ou – o que talvez este romance possa ajudar a evitar – uma América socialista. O que a regra da força bruta faz com os homens, e como destrói os melhores, seguirá sendo a mesma em 1925, em 1955 ou em 1975, não importando se a polícia secreta se chama GPU ou NKVD, se os homens comem painço ou pão, se eles vivem em casebres ou habitações populares; se seus governantes vestem camisas vermelhas ou marrons, se o carniceiro da vez beija um feiticeiro cambojano ou um pianista americano.

Quando, aos doze anos, nos tempos da Revolução Russa, ouvi pela primeira vez o princípio comunista de que o Homem deve existir em prol do Estado, percebi que essa era a questão principal, que esse princípio era maligno, e que não nos levaria a nada além do mal, não importando os métodos, detalhes, decretos, políticas, promessas ou lugares-comuns piedosos. Essa era a razão de minha oposição ao comunismo na época, e é a minha razão agora. Ainda me assusta, às vezes, que muitos americanos adultos não entendam a natureza da luta contra o comunismo tão claramente quanto eu já entendia aos doze anos; eles seguem acreditando que apenas os métodos comunistas são malignos, mas que seus ideais são nobres. Todas as vitórias do comunismo desde o ano de 1917 se devem a essa crença particular entre os homens que ainda são livres.

Para aqueles que se perguntam se as condições de vida na União Soviética mudaram em qualquer aspecto essencial desde 1925, farei uma sugestão: analisem os arquivos dos jornais. Se o fizerem, observarão o seguinte padrão: primeiro, lerão reportagens resplandecentes sobre a felicidade, a prosperidade, o desenvolvimento industrial, o progresso e o poder da União Soviética, e que quaisquer afirmações em contrário não passam de mentiras de reacionários reféns do preconceito. Depois de cinco anos, lerão confissões de que as coisas eram bastante miseráveis na União Soviética cinco anos antes, tão ruins quanto tinham afirmado os reacionários reféns do preconceito, mas que, *agora sim*, os problemas estão resolvidos e a União Soviética é uma terra de felicidade, prosperidade, desenvolvimento industrial, progresso e poder. Cinco anos depois, lerão que Trotsky (ou Zinoviev, Kamenev, Litvinov, os *kulaks* ou os imperialistas estrangeiros) foram causadores da miséria dos cinco anos anteriores, mas que, *agora sim*, Stalin tinha expulsado todos eles e a União Soviética finalmente superou o Ocidente decadente em felicidade, prosperidade, desenvolvimento industrial etc. Cinco anos mais tarde, lerão que Stalin era um monstro que tinha destruído o progresso da União Soviética, mas que, *agora sim*, é uma terra de felicidade, prosperidade, liberdade artística, perfeição educacional e superioridade científica, um exemplo para o mundo. Quantos planos quinquenais serão necessários para que vocês entendam? Isso depende de sua honestidade intelectual e de sua capacidade de abstração. Mas o que dizer do fato de a União Soviética ter uma bomba atômica? Leia os relatos sobre os julgamentos dos cientistas que eram espiões soviéticos na Inglaterra, no Canadá e nos Estados Unidos. Mas como podemos explicar o "Sputnik"? Leiam a história do "Projeto X" em *A revolta de Atlas*.

Volumes podem e já foram escritos sobre a questão da liberdade contra a ditadura, mas, em essência, ela pode ser resumida em uma única pergunta: vocês consideram moral tratar os homens como animais de sacrifício e governá-los por meio da força física? Se, como cidadãos do país mais livre do mundo, vocês não sabem o que isso de fato significa, *Nós que vivemos* lhes ajudará a descobrir.

Voltando às palavras iniciais desse prefácio, quero falar das mudanças editoriais que fiz no texto desse romance para essa nova edição: a principal deficiência de minha expressão literária era gramatical, um tipo específico de incerteza sobre o uso da língua inglesa que refletia o estado de transição de uma mente que já não pensava em russo, mas ainda não pensava totalmente em inglês. Mudei apenas os lapsos mais terríveis e confusos desse tipo. Reformulei frases e esclareci seus significados, sem mudar seu conteúdo. Não adicionei ou eliminei nada relacionado ao conteúdo do romance. Cortei algumas frases e alguns parágrafos que eram repetitivos ou tão confusos em suas implicações que, para deixá-los mais claros, teria precisado fazer grandes adições. Em suma, todas as mudanças são meramente editoriais. O romance permanece sendo o que sempre foi.

Para aqueles leitores que manifestaram uma curiosidade pessoal sobre mim, quero dizer que *Nós que vivemos* é o mais próximo de uma autobiografia que jamais escreverei. Não é uma autobiografia no sentido literal, mas apenas no intelectual. O enredo é fictício; o pano de fundo, não. Como uma escritora da escola romântica, jamais estaria disposta a transcrever uma história "baseada em fatos reais", o que equivaleria a suprimir a parte mais importante e difícil da escrita criativa: a construção de um enredo. Além disso, isso me aborreceria muito. Minha visão sobre o que uma boa autobiografia deveria ser está contida no título que Louis H. Sullivan escolheu para a história de sua vida: *The Autobiography of an Idea*. É apenas nesse sentido que *Nós que vivemos* é minha autobiografia, e que Kira, a heroína, sou eu. Nasci na Rússia, fui educada sob o regime soviético, vivi as condições de vida que descrevo. Os detalhes da história de Kira não foram os meus; eu não estudei Engenharia, mas História; eu não queria construir pontes, mas escrever; sua aparência física não tem semelhança alguma com a minha, tampouco a família dela. Os eventos específicos da vida de Kira não foram os meus; suas ideias, convicções e valores o foram e o são.

Ayn Rand
Nova York
Outubro de 1958

# PARTE UM

# I

PETROGRADO FEDIA A ÁCIDO CARBÓLICO.

Uma bandeira cinza rosada que havia sido vermelha estava presa no meio de barras de aço. As vigas se elevavam até um teto de claraboias, cinza como o aço devido à poeira e ao vento de muitos anos; algumas claraboias estavam quebradas, perfuradas por balas esquecidas; as arestas afiadas se abriam para um céu tão cinza quanto o vidro. Abaixo da bandeira se encontravam teias de aranha; abaixo dessas, um imenso relógio de estação com os números negros em uma esfera amarelada, sem ponteiros. Abaixo do relógio, uma multidão de rostos pálidos e casacos gordurosos esperavam o trem.

Kira Argounova entrou em Petrogrado a bordo de um vagão de cargas. Estava de pé, ereta, imóvel, com a elegante indiferença de uma viajante de um transatlântico de luxo, com um velho traje azul descolorido, pernas finas e bronzeadas, e sem meias. Vestia um velho lenço de seda em volta de seu pescoço, cabelo curto e bagunçado, e um gorro de lã com uma aba amarelo-claro. Tinha a boca relaxada e os olhos ligeiramente arregalados com o olhar desafiador, embelezado, solene e temeroso de um guerreiro que está entrando em uma cidade desconhecida e não está seguro de se está entrando nela como um conquistador ou um prisioneiro.

Atrás dela havia um vagão superlotado com uma remessa de humanos e pacotes. Os pacotes estavam amarrados em lençóis, jornais e sacos de farinha. Os humanos estavam empacotados em casacos e xales esfarrapados. Os pacotes tinham servido como camas e já perdido todo o seu formato.

A poeira tinha esculpido rugas nas peles secas e rachadas, que tinham perdido toda sua expressão.

Lentamente, exaustivamente, o trem fez sua parada. A última de uma longa jornada através das planícies devastadas da Rússia. Havia levado duas semanas para completar uma viagem outrora de três dias da Crimeia até Petrogrado. Em 1922, as ferrovias, bem como todo o resto, ainda não tinham sido organizadas. A guerra civil tinha chegado ao fim. Os últimos vestígios do Exército Branco tinham sido eliminados. Mas, embora o regime vermelho tivesse tomado as rédeas do país, as redes ferroviárias e os cabos telegráficos seguiam em queda livre, fora do alcance dessas rédeas.

Não havia itinerários, nem horários. Ninguém sabia quando um trem chegava ou saía. Um rumor qualquer de que um deles chegaria atraía uma multidão de viajantes ansiosos de todas as cidades ao longo dessa linha. Esperavam por horas, por dias; temiam abandonar a estação onde o trem poderia aparecer dentro de um minuto – ou de uma semana. Os chãos sujos das salas de espera, cheios de lixo, cheiravam como seus corpos; colocavam seus pacotes no chão, e seus corpos em cima deles, e dormiam. Mastigavam pacientemente pedaços de pão seco e sementes de girassol; passavam semanas sem trocar de roupa. Quando, por fim, entre gemidos e grunhidos, o trem chegava, os homens o invadiam com punhos, com pés e uma aflição feroz. Como cracas, eles se prendiam aos degraus, aos forros, ao teto. Perdiam seus filhos e suas bagagens; sem nenhuma campainha ou notificação, o trem saia rapidamente, levando aqueles que tinham subido a bordo.

Kira Argounova não tinha começado a viagem em um vagão de carga. No início, ela tinha conseguido um bom lugar; uma mesinha junto à janela em um vagão de passageiros de terceira categoria; a mesinha ficava no centro do compartimento, e ela era o centro das atenções dos passageiros. Um jovem oficial soviético admirava a silhueta de seu corpo que se desenhava sobre o fundo claro da janela quebrada. Uma senhora gorda em um casaco de pele observava indignada a atitude desafiadora da garota que a fazia recordar uma dançarina de cabaré deitada entre copos de champanhe, mas com uma expressão de calma em seu rosto tão severa e arrogante que a senhora se perguntava se estava realmente pensando em um cabaré ou um pedestal. Por muitos longos quilômetros, os viajantes desse compartimento viram passar os campos e pradarias da Rússia como pano de fundo para um perfil de cabelos castanhos que o vento jogava para trás, revelando sua face.

Por falta de espaço, os pés de Kira repousavam sobre o colo de seu pai. Cansado, Alexander Dimitrievitch Argounov estava recostado em um canto, com os braços cruzados sobre a barriga; com olhos semicerrados, avermelhados e inchados, despertava assustado de vez em quando com a boca aberta. Ele vestia um casaco remendado de cor cáqui, botas de camponês com saltos gastos e uma camiseta desgastada com os dizeres "Batatas Ucranianas" nas costas. Esse não era um disfarce intencional; era tudo o que Alexander Dimitrievitch possuía. Mas ele estava muito preocupado de que alguém percebesse que a armação de seus óculos era de ouro autêntico.

Apoiada em seu braço, Galina Petrovna, sua esposa, conseguia manter seu corpo ereto e seu livro à altura da ponta de seu nariz. Ela havia conservado o livro, mas perdido todos os seus grampos de cabelo na corrida pelos assentos, quando, graças a seus esforços, garantira a entrada da família no vagão. Cuidava muito para que os outros viajantes não vissem que o seu livro era francês.

De vez em quando, tateava com o pé abaixo do assento para garantir que o seu pacote mais valioso ainda estava ali, envolto em uma toalha de mesa bordada em ponto-cruz. Aquele pacote continha os remanescentes de suas calcinhas de renda feitas à mão, compradas em Viena antes da guerra, e a prataria com as iniciais da família Argounov. Ela se ressentia muito, mas não podia evitar o fato de que o pacote servia como um travesseiro para um soldado que dormia e roncava abaixo do assento, enquanto suas botas invadiam o corredor.

Lydia, a filha mais velha dos Argounov, teve que sentar no corredor, próximo das botas, sobre um pacote; mas ela fez questão de deixar claro para todos os passageiros do vagão que ela não estava acostumada a viajar assim. Lydia não se importava em esconder os sinais externos de superioridade social, três dos quais ela exibia com orgulho: um jabô com um laço dourado manchado sobre seu traje de veludo desbotado, um par de luvas de seda meticulosamente arrumado e um frasco de *eau-de-cologne*. Ela retirava o frasco só de vez em quando para pingar algumas gotas em suas mãos, e o escondia rapidamente, notando o olhar firme de soslaio de sua mãe por detrás de seu romance francês.

Quatro anos tinham se passado desde que a família Argounov deixara Petrogrado. Quatro anos antes, a fábrica de têxteis dos Argounov, nos subúrbios da capital, fora nacionalizada em nome do povo. Em nome do povo, os bancos foram declarados propriedade nacional. Os cofres dos Argounov tinham sido abertos e esvaziados. Os colares brilhantes de rubis e diamantes com os quais Galina Petrovna desfilava orgulhosamente em salões de festas, e que depois guardava com prudência, passaram a mãos desconhecidas, para nunca mais serem vistos.

Nos dias em que a sombra de um medo crescente e inominável descendia sobre a cidade, pairando como uma névoa pesada sobre as esquinas escuras; quando, pela noite, ouviam-se tiros repentinos, caminhões carregados com baionetas e vitrines das lojas sendo destruídas; quando as pessoas pertencentes ao círculo de amizades dos Argounov desapareciam como flocos de neve em contato com o fogo; a família, reunida em uma das salas de sua mansão de granito, com uma quantia considerável de dinheiro em espécie, algumas joias e um constante terror a cada toque da campainha, decidiu que a única solução seria fugir da cidade.

Naqueles dias, o fragor da luta revolucionária já havia esmaecido em Petrogrado, na desesperança resignada da vitória vermelha; mas, nos campos do Sul da Rússia, a guerra civil continuava. O Sul estava nas mãos do Exército Branco. Tal exército fora formado por tropas desorganizadas ao longo do país, divididas por quilômetros de ferrovias destruídas e aldeias desconhecidas e desoladas; esse exército carregava bandeiras tricolores, um desprezo impaciente e selvagem pelo inimigo – e nenhuma consciência de sua importância.

Os Argounov partiram de Petrogrado para a Crimeia. Ali deveriam esperar até que a capital fosse libertada do jugo vermelho. Deixaram para trás salas de estar com grandes espelhos que refletiam belos lustres de cristal; as peles perfumadas e os cavalos puro-sangue nas manhãs ensolaradas de inverno; as janelas que se abriam para uma avenida cheia de mansões, a rua Kamenostrovsky, no bairro mais exclusivo de Petrogrado. Passaram quatro anos em cabanas lotadas no verão, com os ventos cortantes da Crimeia assoviando através de paredes rachadas; os chás com sacarina, os peixes fritos com óleo de linhaça; os bombardeios noturnos e manhãs temerosas quando apenas as bandeiras vermelhas ou as bandeiras tricolores nas ruas anunciavam para quais mãos a cidade tinha passado.

A Crimeia mudou de mãos seis vezes. O ano de 1921 marcou o fim do conflito. Das margens do Mar Branco às margens do Mar Negro, da fronteira com a Polônia até os rios amarelos da China, o estandarte vermelho elevou-se triunfante ao som da "Internacional Comunista" e do estrondo das portas do mundo que se fechavam para a Rússia.

Os Argounov tinham deixado Petrogrado no outono, calmamente e quase alegremente. Consideravam sua viagem algo desagradável, mas breve. Esperavam estar de volta na primavera. Galina Petrovna não tinha deixado Alexander Dimitrievitch levar um casaco de pele de inverno.

"Para quê? Acha que isso vai durar um ano?", disse ela, rindo, referindo-se ao governo soviético.

Já durava cinco anos. Em 1922, com uma resignação silenciosa, apagada, a família pegou um trem de volta para Petrogrado, para começar uma nova vida, se um início ainda fosse possível.

Quando estavam no trem e as rodas começaram a girar pela primeira vez, naquele primeiro golpe em direção a Petrogrado, eles olharam uns para os outros, mas não disseram nada. Galina Petrovna estava pensando em sua mansão na rua Kamenostrovsky e se poderiam recuperá-la; Lydia estava pensando na antiga igreja em que se ajoelhara em todas as Páscoas de sua infância, e que a visitaria em seu primeiro dia em Petrogrado; Alexander Dimitrievitch não estava pensando; Kira lembrou repentinamente que, quando ia ao teatro, seu momento favorito era quando as luzes se apagavam e as cortinas tremiam antes de subirem, e se perguntou por que estava pensando nisso naquele momento.

A mesa em que Kira estava sentada se apoiava em dois bancos de madeira. Dez cabeças se encaravam, como dois muros tensos e hostis que se mexiam com o balançar do trem – dez manchas desgastadas, empoeiradas e brancas na semiescuridão: Alexander Dimitrievitch e o brilho fraco de sua armação dourada; Galina Petrovna com o rosto mais branco que as páginas de seu livro; um jovem oficial soviético com o reflexo de sua nova pastinha de couro; um camponês barbudo em um sobretudo fedido de lã, que se coçava continuamente; uma mulher abatida com seios flácidos, que contava constante e histericamente seus pacotes e seus filhos; e, frente a eles, duas das crianças, descalças, descabeladas; um soldado com a cabeça baixa que apoiava seus sapatos amarelos de fibra na maleta de pele de jacaré de uma mulher gorda vestida com um casaco de pele, a única passageira com uma maleta e bochechas rosadas e brilhantes e, próxima a ela, o rosto amarelado e sardento de uma mulher amargurada que vestia uma jaqueta masculina, seus dentes estavam sujos e um lenço vermelho lhe cobria o cabelo.

Através da janela quebrada, entrou um raio de luz sobre a cabeça de Kira. A poeira dançava ao longo do raio e parou em três pares de botas que oscilavam na cabina elevada onde três soldados se amontoavam. Acima deles, muito acima da cabina elevada, um jovem tísico está curvado no bagageiro, seu peito pressionado contra o teto, adormecido, roncando, respirando com dificuldade. Sob os pés dos viajantes, as rodas batiam como se uma carga de ferro enferrujado se chocasse e soltasse faíscas, retinindo três degraus abaixo, e outro choque e faíscas, e outro choque e faíscas, e sobre as cabeças dos viajantes, a respiração de um homem soava com o ar que vazava de um balão. O homem parava às vezes para gemer debilmente; as rodas seguiam...

Kira tinha dezoito anos de idade, e pensava em Petrogrado.

Os rostos ao seu redor falavam de Petrogrado. Não sabia se as frases que cruzavam aquele ar empoeirado tinham sido pronunciadas em uma hora, ou em um dia, ou nas duas semanas daquela atmosfera de poeira, suor e medo. Não se recordava porque não as tinha ouvido.

"Em Petrogrado, eles têm peixe seco, cidadãos."

"E óleo de semente de girassol."

"Óleo de semente de girassol! E não de verdade?"

"Stepka, não coce a sua cabeça para o meu lado, coce para o corredor! Em nossa cooperativa em Petrogrado, davam batatas. Um pouco congeladas, mas autênticas."

"Vocês já provaram as panquecas de café com melado, cidadãos?"

"A lama chega até os joelhos em Petrogrado."

"Você fica na fila por três horas na cooperativa e, talvez, te deem comida."

"Mas em Petrogrado está a NEP."

"O que é isso?"

"Nunca ouviu falar dela? Você não é um cidadão consciencioso."

"Sim, companheiros, Petrogrado, NEP e comércios privados."

"Mas se você não é um especulador, você morrerá de fome. Se for, pode ir e comprar o que quiser. Mas se comprar, você é um especulador, então, cuidado. Mas se não for, não terá dinheiro para um comércio privado e precisará ficar na fila da cooperativa."

"Na cooperativa, eles distribuem painço."

"Uma barriga vazia é uma barriga vazia para todos, menos para os piolhos."

"Pare de se coçar, cidadão."

Alguém no andar superior disse: "Eu gostaria de comer mingau de trigo sarraceno quando chegasse em Petrogrado."

"Ó Deus", suspirou a senhora com colete de pele, "se eu pudesse tomar um banho, um banho de banheira com sabonete, assim que chegasse em Petrogrado."

"Cidadãos", Lydia perguntou, atrevida, "eles têm sorvete em Petrogrado? Faz cinco anos que não tomo. Sorvete de verdade, gelado, tão gelado de tirar o fôlego."

"Sim", disse Kira, "tão gelado de tirar o fôlego, mas, então, você pode andar mais rápido, e há luzes, uma longa sequência de luzes que passa enquanto caminha."

"Do que você está falando?", perguntou Lydia.

"Ora, sobre Petrogrado." respondeu Kira, olhando surpresa. "Eu pensei que você estivesse falando de Petrogrado, e do frio que faz lá, não?"

"Não, não é sobre isso. Você está distraída, como sempre."

"Eu estava pensando nas ruas. As ruas de uma grande cidade, onde tudo é possível e muitas coisas podem acontecer."

Galina Petrovna respondeu secamente: "Você diz com alegria, não? Eu diria que todos já estamos cansados de 'coisas acontecendo'. Já não aconteceu muita coisa com a Revolução e tudo mais?".

"Ah, sim, a revolução", disse Kira, indiferente.

A mulher com o lenço vermelho abriu um pacote e tirou um pedaço de peixe seco, e falou em direção à cabina elevada: "Por favor, afaste suas botas, cidadão. Estou comendo".

As botas não se moveram. Uma voz respondeu: "Você não come pelo nariz".

A mulher deu uma mordida no peixe e, cutucando furiosamente o casaco de pele de sua vizinha, disse: "Certo, nenhuma consideração por nós, os proletários. Se eu estivesse usando um casaco de pele... não estaria comendo peixe seco. Estaria comendo pão branco".

"Pão branco?", disse a senhora do casaco de pele, que se sentia intimidada. "Mas, cidadã, quem já ouviu falar de pão branco? Eu tenho um sobrinho no Exército Vermelho, cidadã e... e nunca vi pão branco nem em meus sonhos!"

"Não? Aposto que você não comeria peixe seco. Quer um pedaço?"

"Por quê... por quê... Sim, obrigada companheira. Estou com um pouco de fome..."

"E daí? Está, é? Conheço vocês, burgueses. Ficam encantados em ficar com o último pedaço da boca de um trabalhador. Mas não será da minha boca!"

O vagão fedia a madeira podre, a roupas que não tinham sido trocadas por semanas, e ao odor que vinha de uma portinhola aberta ao final do vagão.

A senhora no casaco de pele se levantou e caminhou timidamente para essa portinhola, passando por cima dos corpos no corredor.

"Poderiam sair por um momento, cidadãos?", perguntou ela, humildemente, para os dois cavalheiros que viajavam confortavelmente em um pequeno compartimento privado, um deles no assento, o outro esticado na imundície do piso.

"Certamente, cidadã", respondeu educadamente o que estava sentado, dando um pontapé no que estava deitado para acordá-lo.

Sozinha, onde ninguém poderia vê-la, a senhora no casaco de pele abriu sua bolsa de mão furtivamente e desembrulhou um pequeno pacote com papel umedecido. Não queria que alguém no vagão soubesse que tinha uma batata assada inteira. Ela a comeu apressadamente em grandes e histéricas mordidas, quase engasgando, tentando não ser ouvida por trás da porta fechada.

Quando saiu, encontrou os dois senhores esperando ao lado da porta para recuperar seus assentos.

De noite, duas lanternas oscilavam no vagão, uma em cada ponta, sobre as portas, dois pontos amarelos brilhantes na escuridão, com o céu cinza da noite agitando-se nos cantos das janelas quebradas. Figuras negras, rígidas e flácidas como bonecos, saltavam pelo ruído das rodas, adormecidas sentadas. Algumas roncavam; outras se queixavam. Ninguém falava.

Quando passavam por uma estação, um raio de luz varria o vagão que, por um instante, recortava a figura de Kira, inclinada, seu rosto sobre os braços cruzados, cabelos caídos sobre os joelhos, a luz gerando faíscas nos cabelos, que depois se apagavam.

Em alguma parte do trem, um soldado tinha um acordeão. Ele cantava, hora após hora, através da escuridão, das rodas e dos grunhidos, de forma boba, persistente e desesperançada. Ninguém sabia dizer se essa música era alegre ou triste, um trocadilho ou um monumento imortal; foi a primeira canção da Revolução, surgida do nada, alegre, descuidada, amarga, impudente, cantada por milhões de vozes, ecoando contra os tetos do trem, as estradas dos vilarejos e os pavimentos da cidade. Algumas vozes riam, outras vozes se lamentavam; um povo rindo de sua própria tristeza, a canção da Revolução, não escrita em nenhum estandarte, mas em toda garganta cansada, a "Canção da pequena maçã".

*Olá, pequena maçã,*
*para onde você está rolando?*

"Olá, pequena maçã, para onde você está rolando? Se cair nas garras dos alemães, nunca voltará... Olá, pequena maçã, para onde você está rolando? Minha garota é branca e eu sou bolchevique... Olá, pequena maçã, para onde...?"

Ninguém sabia o que era a pequena maçã; mas todos entendiam.

Muitas vezes em toda noite, alguém chutava a porta do vagão e uma lanterna entrava, mantida elevada em uma mão trêmula, atrás da lanterna vinham correntes de metal, a cor cáqui e os botões de cobre; baionetas e homens com vozes severas e imperiosas que exigiam:

"Seus documentos!"

A lanterna passava lentamente, agitando-se pelo vagão, parando nos rostos pálidos e surpresos com olhos piscantes e mãos trêmulas com pedaços velhos de papel.

Então, Galina Petrovna sorria insinuante, e repetia:

"Aqui está, companheiro. Aqui, companheiro", projetando em direção à lanterna um pedaço de papel com algumas linhas datilografadas que declarava que uma permissão de viagem a Petrogrado tinha sido concedida ao cidadão Alexander Argounov com a esposa Galina e as filhas Lydia, 28, e Kira, 18.

Os homens atrás da lanterna olhavam o papel, e rapidamente o devolviam, seguindo em frente, passando por cima das pernas de Lydia, estendidas no corredor.

Às vezes, alguns homens davam uma boa olhada na garota sentada na mesinha. Ela estava acordada e os seguia com os olhos. Seus olhos não tinham medo; estavam fixos, curiosos, hostis.

Depois, os homens e a lanterna iam embora e, em algum lugar do trem, o soldado com o acordeão tocava:

*E agora não existe Rússia,*
*pois toda a Rússia está dispersa.*
*Olá, pequena maçã.*
*Para onde você está rolando?*

Às vezes, o trem parava de noite. Ninguém sabia por que tinha parado. Não havia estação, nem sinal de vida em quilômetros de planície estéril. Um longo pedaço vazio de céu cobria um grande trecho vazio de terra; o céu tinha algumas manchas mais escuras: as nuvens; a terra, outras: os arbustos. Uma linha fraca, vermelha e trêmula dividia os dois; parecia uma tempestade, ou um incêndio distante.

Os sussurros se espalhavam pela longa sequência de vagões: "A caldeira explodiu".

"A ponte foi detonada meio quilômetro à frente..."

"Encontraram contrarrevolucionários no trem e vão fuzilá-los aqui mesmo, nos arbustos."

"Se ficarmos aqui muito tempo... os bandidos... você sabe."

"Dizem que Makhno está nesta área."

"Se ele nos pegar, sabem o que significa, não? Não deixa nenhum homem vivo, mas as mulheres sim, e melhor seria que não."

"Pare de falar besteira, cidadão. Está deixando as mulheres nervosas."

Os holofotes cruzavam as nuvens e logo desapareciam, e ninguém sabia se estavam próximos ou a quilômetros de distância. Ninguém sabia dizer se a mancha negra que parecia se mover era um cavaleiro ou apenas um arbusto.

O trem voltou a se mover tão rápido como havia parado. O ruído das rodas foi recebido com suspiros de alívio. Ninguém jamais soube por que o trem tinha parado.

Certa manhã, bem cedo, alguns homens passaram correndo pelo vagão. Um deles tinha um bracelete da Cruz Vermelha. Lá fora havia sons de comoção. Um dos passageiros seguiu os homens. Quando voltou, seu rosto inquietou os viajantes.

"Está no próximo vagão", explicou ele. "Uma tola camponesa. Viajando entre dois vagões, amarrou seus pés ao amortecedor para não cair. De noite, adormeceu, pois estava muito cansada, e resvalou. Por ter as pernas amarradas, o trem a arrastou para baixo do vagão. Foi decapitada. Sinto muito ter ido ver."

Na metade da viagem, em uma pequena e solitária estação que tinha uma plataforma velha, pôsteres brilhantes e soldados descuidados, descobriu-se que o vagão de passageiros no qual a família viajava já não podia seguir adiante. Os vagões não tinham sido reparados ou inspecionados por anos. Quando repentina e finalmente quebraram, nenhum reparo era possível. Os ocupantes foram obrigados a sair rapidamente. Teriam que se aglutinar em outros vagões superlotados, se conseguissem.

Os Argounov finalmente chegaram a um vagão de cargas. Agradecidas, Galina Petrovna e Lydia fizeram o sinal da cruz.

A mulher dos seios flácidos não pôde encontrar lugar para todos os seus filhos. Quando o trem partiu, ela foi vista sentada em seus pacotes, as crianças assustadas subindo em sua saia, vendo o trem com um olhar vazio, sem esperança.

Ao longo de pradarias e pântanos, a longa sequência de vagões seguiu lentamente, um véu de fumaça que se dissipava, formando nuvens brancas. Os soldados ficavam em grupos nos tetos escorregadios. Alguns deles tinham harmônicas. Eles tocavam e cantavam sobre a pequena maçã.

Uma multidão esperava o trem em Petrogrado. Quando o último resfôlego do motor reverberou através das abóbadas do terminal, Kira Argounova encarou a gangue que esperava por todo trem. Sob camadas de roupas sem forma, seus corpos eram movidos pela energia tensa e não natural de um longo conflito que tinha se tornado habitual; seus rostos eram duros e cansados. Atrás deles havia janelas altas e gradeadas; atrás delas, a cidade.

Kira foi empurrada pelos viajantes impacientes. Ao sair do trem, parou por um momento, vacilante, como se sentisse a importância desse passo. Seu pé bronzeado era calçado por uma sandália artesanal com cordas de couro. Por um instante, o pé ficou em suspenso no ar. Então a sandália de madeira tocou a madeira do solo da plataforma: Kira Argounova estava em Petrogrado.

# II

PROLETÁRIOS DO MUNDO, UNI-VOS!

Kira olhou para as palavras nas paredes de gesso da estação. O gesso tinha rachaduras que faziam as paredes aparentarem padecer de alguma doença de pele. Não obstante, novos dizeres tinham sido impressos nelas. Letras vermelhas anunciavam: VIDA LONGA À DITADURA DO PROLETARIADO! QUEM NÃO ESTÁ CONOSCO, ESTÁ CONTRA NÓS!

As letras tinham sido desenhadas com a aplicação de tinta vermelha sobre um estêncil. Algumas delas estavam desalinhadas. Já de outras escorriam faixas longas e secas de tinta vermelha.

Um jovem estava escorado em uma parede, abaixo da mensagem. Um chapéu velho de pele de cordeiro cobria seus cabelos secos e fazia sombra sobre seus olhos pálidos; olhava fixamente para frente e mastigava sementes de girassol, cuspindo as cascas pelo canto de sua boca.

Entre o trem e as paredes, um redemoinho de cáqui e vermelho arrastara Kira para o meio de um grupo de soldados, entre rostos por barbear e bocas por falar, seus gritos engolidos pelo ruído de botas pisando na plataforma, que faziam tremer a abóbada de aço. Em um velho barril de aros enferrujados com uma caneca de latão presa por uma corrente lia-se uma mensagem pintada: "Água fervida" e um grande cartaz: "CUIDADO COM A CÓLERA. NÃO BEBA ÁGUA NÃO FERVIDA". Um cachorro de rua, suas costelas esqueléticas e o rabo entre as pernas, cheirava o lixo do chão à procura de comida. Dois soldados armados abriam caminho na multidão, arrastando uma camponesa que se debatia e soluçava: "Camaradas, eu não fiz nada! Irmãos, para onde vocês estão me levando? Queridos camaradas, juro por Deus, eu não fiz nada!".

Embaixo, entre as botas e as saias ondulantes cor de lama, alguém grunhia com monotonia; não era bem um som humano nem um latido: uma mulher rastejava de joelhos, tentando recolher o painço que tinha caído de um saco; soluçava, recolhendo junto com as cascas das sementes de girassol e os tocos de cigarros.

Kira olhou para as grandes claraboias. Ouviu o som velho e familiar do sino penetrante do bonde vindo de fora. Sorriu.

Em uma porta marcada com letras vermelhas – "Comandante" –, um jovem soldado estava de guarda. Kira olhou para ele. Seus olhos eram austeros e intimidantes como cavernas em que uma só chama ardia sob abóbadas frias e cinzentas; nos contornos de seu rosto bronzeado, na mão que segurava a baioneta e no pescoço revelado pela gola da camisa havia um ar de temeridade inata. Kira gostou dele. Olhou fixamente nos olhos dele e sorriu. Pensou que ele a tinha entendido, que adivinhara a grande aventura que se iniciava para ela.

O soldado olhou para ela friamente, indiferentemente, estupefato. Ela desviou o olhar, um pouco decepcionada, embora não soubesse exatamente o que tinha esperado.

A única coisa que o soldado notou foi que a estranha garota com um gorro de criança tinha olhos estranhos; também que usava um vestido leve, sem sutiã, algo que não o incomodou em absoluto.

"Kira!", a voz de Galina Petrovna cobriu os ruídos da estação.

"Kira! Onde você está? Onde estão os seus pacotes? O que aconteceu com seus pacotes?"

Kira retornou ao vagão de carga, onde sua família estava brigando com suas bagagens. Tinha se esquecido de que teria que carregar três pacotes, sendo que carregadores eram um luxo fora de seu alcance. Galina Petrovna tentava afastar esses carregadores, vagabundos fortes em casacos rasgados de infantaria, que agarravam bagagens sem que fossem requisitados, oferecendo com insolência seus serviços.

Depois, com os braços cansados de carregar os restos de suas riquezas, a família Argounov pisou no solo de Petrogrado.

Um símbolo dourado de foice e martelo estava no topo do portão de saída da estação. Dois cartazes estavam pendurados nos lados. No primeiro cartaz, via-se um trabalhador forte cujas botas gigantes esmagavam pequenos palácios, enquanto seu braço erguido, com músculos tão vermelhos quanto bifes, saudava um sol nascente, tão vermelho como seus músculos; no próprio sol, liam-se as palavras: CAMARADAS! NÓS SOMOS OS CONSTRUTORES DE UMA NOVA VIDA!

No segundo, havia um grande piolho branco em um fundo preto, dizendo em letras vermelhas: OS PIOLHOS ESPALHAM DOENÇAS! CIDADÃOS, UNI-VOS NA FRENTE ANTITIFO!

O odor de ácido carbólico superava todos os outros. Os edifícios da estação foram desinfetados para combaterem as doenças que invadiam a cidade a cada trem. O odor, parecido com o que sai das janelas dos hospitais, pairava pelo ar como um lembrete e alerta sombrio.

Os portões de Petrogrado davam para a praça Znamensky. Um cartaz em um poste anunciava seu novo nome: PRAÇA DA INSURREIÇÃO.* Uma imensa estátua cinza de Alexandre III encarava a estação de frente e, atrás dela, havia um hotel cinza coberto por um céu também cinza. Não chovia muito, mas algumas gotas caíam em grandes intervalos, lentas e monótonas, como se o céu estivesse vazando e também precisasse de reparos, como o piso de madeira podre em que as gotas de chuva formavam faíscas prateadas nas poças escuras. As capotas negras das carruagens pareciam de couro envernizado, agitavam-se e tremiam; o grunhido das rodas sobre a lama parecia o de animais ruminantes. Os velhos edifícios observavam a praça com os olhos inertes das lojas abandonadas em cujas janelas as teias de aranha e os jornais velhos tinham permanecido inalterados por cinco anos.

Mas uma loja tinha uma placa: CENTRAL DE ABASTECIMENTO. Uma fila de pessoas aguardava na porta, prolongando-se até a esquina; uma longa sequência de pés em calçados encharcados pela chuva, de mãos vermelhas e congeladas, de golas levantadas que não impediam que as gotas de chuva resvalassem por muitas costas, já que muitas cabeças estavam curvadas.

“Bem”, disse Alexander Dimitrievitch. “Estamos de volta.”

---

* Em russo, a praça se chama Vosstaniya. (N. E.)

"Não é maravilhoso?" disse Kira.

"Lama, como sempre", disse Lydia.

"Teremos que alugar uma carruagem. É tão caro!", disse Galina Petrovna.

Eles se amontoaram em uma carruagem, Kira sentada em cima dos fardos. O cavalo deu uma guinada para frente, salpicando de lama as pernas de Kira, e dobrou em direção à avenida Nevsky.

A larga avenida se estendia frente aos seus olhos, reta como se fosse a espinha da cidade. À distância, na névoa cinzenta, a fina e dourada cúpula do Almirantado brilhava levemente, como um longo braço erguido em uma saudação solene.

Petrogrado tinha experimentado cinco anos de revolução. Em quatro desses anos, todas as suas artérias e lojas tinham sido fechadas, quando a nacionalização espalhou poeira e teias de aranha sobre as vitrines; o ano passado trouxera consigo sabonetes e esfregões, novas pinturas e novos proprietários, já que a Nova Política Econômica do Estado havia anunciado uma "concessão temporária", permitindo que pequenos comércios privados reabrissem timidamente.

Após um longo sono, Nevsky estava reabrindo seus olhos lentamente. Não estavam acostumados com a luz: de pronto, estavam olhando fixamente, assustados, incrédulos. As novas placas eram pedaços de telas com letras brilhantes e irregulares. As antigas eram lápides mortuárias de homens desaparecidos muito tempo antes. Sobre as vitrines dos novos proprietários, as placas douradas falavam de nomes esquecidos; nas vidraças, podia-se ver os buracos de bala e as rachaduras feitas pelo sol. Havia comércios sem placas, e placas sem comércios. Mas entre as janelas e sobre as portas fechadas, sobre os tijolos, as tábuas e os gessos rachados, a cidade vestia um manto de cores vibrantes como uma colcha de retalhos: havia panfletos de camisetas vermelhas e trigo amarelo, estandartes vermelhos e rodas azuis, lenços vermelhos e tratores cinzas, além de chaminés e caminhões vermelhos; esses panfletos, umedecidos pela chuva, quase transparentes, multiplicavam-se sem limites, como o mofo vivo de uma cidade.

Em uma esquina, uma velha senhora segurava timidamente uma bandeja de bolos feitos em casa, mas os pés passavam por ela apressadamente, sem parar.

"*Pravda! Krasnaya Gazeta!* As últimas notícias, cidadãos!", alguém gritava.

"Sacarina, cidadãos!", dizia outro.

"Pedras para isqueiros, muito baratas, cidadãos!", outro ainda gritava.

No chão, havia lama e cascas de sementes de girassol; no alto, em todas as janelas se viam bandeiras vermelhas cobertas de manchas das quais pingavam gotas rosas.

"Espero que a minha irmã Marussia fique contente de nos ver", disse Galina Petrovna.

"Eu me pergunto sobre como foram os últimos anos para os Dunaevs", disse Lydia.

"Eu me pergunto o que restará de sua fortuna", disse Galina Petrovna, "se é que lhes restou algo. Pobre Marussia! Duvido que tenham mais do que nós."

"E se tiverem", suspirou Alexander Dimitrievitch, "que diferença faz agora, Galina?"

"Nenhuma", disse Galina Petrovna, "... espero."

"De qualquer forma, não somos pobretões", disse Lydia com orgulho, e levantou um pouco sua saia para que os transeuntes vissem seus sapatos com cordões verde-oliva.

Kira não estava ouvindo; estava observando as ruas.

A carruagem parou em frente a um prédio onde, quatro anos antes, eles tinham visitado os Dunaevs em seu magnífico apartamento. Uma metade do imponente portão de entrada tinha um grande painel quadrado de vidro; a outra fora preenchida com painéis de madeira sem pintura colocados apressadamente.

O alpendre espaçoso tinha um carpete leve, lembrava Galina Petrovna, e uma lareira talhada a mão. O carpete tinha sumido; a lareira ainda estava lá, mas havia inscrições a lápis nas barrigas brancas dos cupidos de mármore e uma longa rachadura diagonal no grande espelho que estava acima dela.

Um porteiro sonolento esticou sua cabeça para fora de uma pequena cabine embaixo das escadas, e retornou ao seu lugar, indiferente.

Eles carregaram seus pacotes escada acima. Pararam diante de uma porta acolchoada; o tapete preto estava rasgado e pequenos chumaços de algodão sujo cobriam a porta.

"Eu me pergunto", cochichou Lydia, "se eles ainda têm aquele magnífico mordomo."

Galina Petrovna tocou a campainha.

Ouviram-se passos lá dentro. Uma chave girou na fechadura. Uma mão cautelosa abriu um pouco a porta, protegida por uma corrente. Através da estreita abertura, viram o rosto de uma velha coberto por cabelos brancos; como avental, tinha uma toalha suja presa à cintura, e um de seus pés calçando um chinelo de homem. A mulher contemplou em silêncio os recém-chegados, com um ar arrogante e hostil, sem nenhuma intenção de abrir mais a porta.

"Maria Petrovna está?", perguntou Galina Petrovna, com uma voz levemente forçada.

"Quem quer saber?", perguntou a velha desdentada.

"Sou irmã dela, Galina Petrovna Argounova."

A mulher não respondeu; ela se virou e gritou em direção à casa: "Maria Petrovna! Tem uma pessoa aqui que diz ser sua irmã!".

Uma tosse respondeu das profundezas da casa, depois, ouviram passos lentos; então, um rosto pálido espreitou por cima do ombro da velha, cuja boca se abriu com um grito: "Meus Deus do céu!".

A porta foi escancarada. Dois braços finos abraçaram Galina Petrovna, esmagando-a contra um peito trêmulo. "Galina! Querida! É você!"

"Marussia!", os lábios de Galina Petrovna se afundaram em uma bochecha fofa e seu nariz se perdeu entre os finos e secos cabelos perfumados com algo que cheirava a baunilha.

Maria Petrovna sempre fora a mais bela da família, a queridinha delicada e mimada que, no inverno, era carregada pelo marido até a carruagem para que não tivesse que pisar na neve. Agora parecia mais velha que Galina Petrovna. Sua pele tinha a cor de linho sujo; seus lábios não estavam suficientemente rubros, mas suas pálpebras, sim.

Uma porta se abriu rapidamente atrás dela e algo entrou voando na antessala; algo alto, tenso, um furacão de cabelos e dois olhos que pareciam faróis de automóvel; e Galina Petrovna reconheceu a sua sobrinha Irina, uma jovem de dezoito anos com olhos de vinte e oito e risada de oito. Atrás dela, Acia, sua irmã mais jovem, ficou parada na porta, amuada, vendo os recém-chegados. Tinha oito anos, precisava de um corte de cabelo e uma cinta.

Galina Petrovna beijou as meninas, e depois ficou na ponta dos pés para dar um beijo na bochecha de seu cunhado Vasili Ivanovitch. Tentou não olhar para ele. Seu cabelo grosso estava branco, e seu alto e poderoso corpo, curvado. Se ela tivesse visto a torre do Almirantado curvada, teria ficado menos surpresa.

Vasili Ivanovitch raramente falava. Só disse:

"Esta é a minha amiguinha Kira?" Foi uma pergunta mais calorosa que um beijo.

Seus olhos afundados eram como uma lareira na qual as últimas brasas em chamas lutavam contra as cinzas lentas e inevitáveis. Ele disse:

"Desculpe, Victor não está em casa. Está no Instituto. O garoto trabalha muito." O nome de seu filho foi como uma rajada de ar que reviveu as brasas por um momento.

Antes da Revolução, Vasili Ivanovitch Dunaev tinha um negócio produtivo de peles. Começou como caçador no deserto da Sibéria, com um fuzil, um par de botas e dois braços que poderiam levantar um touro. Tinha a cicatriz dos dentes de um urso em sua coxa. Uma vez, foi encontrado enterrado na neve. Ficara ali por dois dias, com os braços agarrados ao corpo da raposa prateada mais esplêndida que os assustados camponeses siberianos já tinham visto. Seus parentes não souberam dele por dez anos. Quando retornou a São Petersburgo, abriu um escritório do qual seus parentes não podiam nem pagar as fechaduras. Comprou ferraduras de prata para os três cavalos que galopavam com sua carruagem pela Nevsky.

Suas mãos tinham fornecido os arminhos que ornamentavam muitas escadarias de mármore nos palácios reais e as zibelinas que acariciavam tantos ombros brancos como o mármore. Seus músculos e as longas horas das congelantes noites siberianas tinham pago por cada pelo de cada pelagem que passara por suas mãos.

Tinha sessenta anos de idade; sua espinha dorsal tinha sido tão ereta como seu fuzil, e seu espírito, tão ereto como sua espinha dorsal.

Quando Galina Petrovna levou uma colher fumegante de painço a seus lábios na sala de jantar de sua irmã, lançou um olhar furtivo para Vasili

Ivanovitch. Ela temia estudá-lo abertamente; mas ela tinha visto a coluna curvada; pensava no espírito dele.

Viu as mudanças na sala de jantar. A colher que segurava não era da prataria monogramada de que se lembrava; era de estanho pesado que dava um sabor metálico ao purê. Ela se lembrava dos vasos de prata e cristal sobre a mesa de jantar; agora, só a adornava um jarro de cerâmica ucraniana. Grandes pregos enferrujados nas paredes mostravam os lugares em que ficavam penduradas antigas pinturas.

Do outro lado da mesa, Maria Petrovna falava com uma pressa nervosa, agitada: uma estranha caricatura do modo caprichoso que fascinava os salões de festas em que entrava. Suas palavras eram estranhas para Galina Petrovna: eram palavras que marcavam os anos que tinham passado separadas e o que tinha acontecido neles.

"Os cupons de racionamento são reservados apenas para funcionários soviéticos. E para os estudantes. Só conseguimos dois. Apenas dois para toda a família – e não é fácil. O cupom estudantil de Victor, do Instituto, e o de Irina, da Academia de Artes. Mas não estou empregada em nenhum lugar, logo, não tenho um cupom, e Vasili..."

Ela parou de repente, como se suas palavras, ao correrem, tivessem ido longe demais. Olhou furtivamente para o seu esposo, um olhar que parecia envergonhado. Vasili Ivanovitch contemplava seu prato em silêncio.

As mãos de Maria Petrovna agitavam-se com eloquência:

"São tempos difíceis, que Deus tenha piedade de nós, são tempos difíceis. Galina, você se lembra de Lili Savinskaia, aquela que só usava pérolas? Bem, ela está morta. Morreu em 1919. Foi assim: passou vários dias sem nada para comer, e o marido dela estava caminhando pela rua e viu um cavalo que tinha caído, morto de fome, e havia uma multidão lutando por seu corpo. Eles o despedaçaram, e ele conseguiu um pedaço. Ele o levou para casa, eles o cozinharam e comeram; suponho que o cavalo não tinha apenas morrido de fome, pois ficaram muito doentes. Os médicos o salvaram, mas Lili faleceu... Ele perdeu tudo em 1918, é claro... Seu negócio de açúcar foi nacionalizado no mesmo dia que nosso comércio de peles..."

Ela parou novamente, suas pálpebras tremendo ao olhar para Vasili Ivanovitch. Vasili Ivanovitch não disse nada.

"Mais", disse a pequena Acia, amuada, estendendo seu prato para uma segunda porção de painço.

"Kira!", gritou Irina, do outro lado da mesa, sua voz clara e forte, como se para apagar tudo o que fora dito. "Você comeu frutas frescas na Crimeia?"

"Sim, algumas", respondeu Kira, indiferente.

"Tenho sonhado, ansiado, morrido de vontade de comer uvas. Você não gosta de uvas?"

"Nunca presto atenção ao que como", disse Kira.

"É claro", Maria Petrovna se apressou, "o marido de Lili Savinskaia está trabalhando. Ele é funcionário em um ministério soviético. *Algumas* pessoas *estão* aceitando emprego, afinal..." Ela olhou diretamente para Vasili Ivanovitch e esperou, mas ele não disse nada.

Galina Petrovna perguntou timidamente: "Como... como está nossa antiga casa?".

"A de vocês? Em Kamenostrovsky? Nem sonhe com ela. Agora vive nela um pintor de cartazes. Um proletário autêntico. Deus sabe *onde* vocês encontrarão um apartamento, Galina. As pessoas vivem amontoadas, como animais."

Alexander Dimitrievitch perguntou, hesitando: "Vocês souberam da fábrica... o que aconteceu com a minha fábrica?".

"Fechada", gritou prontamente Vasili Ivanovitch. "*Eles* não conseguiram geri-la. Fechada. Como todo o resto."

Maria Petrovna tossiu. "Um grave problema para vocês, Galina, um grande problema! As meninas irão para a escola? Ou – como vocês farão para obter os cupons de racionamento?"

"Mas eu pensei que, com a NPE e tudo, houvesse comércios privados agora."

"Sim – a NPE, a Nova Política Econômica deles, sim, eles permitem comércios privados agora, mas onde você conseguirá o dinheiro para as compras? Os preços são dez vezes maiores que nas cooperativas. Ainda não estive em um comércio privado. Não conseguimos pagar. Ninguém consegue. Não conseguimos pagar nem o ingresso do teatro. O Victor me levou uma vez a uma peça. Mas Vasili – Vasili não vai colocar os pés em um teatro."

"Por que não?"

Vasili Ivanovitch ergueu sua cabeça com os olhos firmes e disse, solenemente: "Quando o seu país está agonizando, você não busca distrações frívolas. Eu estou de luto pelo meu país".

"Lydia", perguntou Irina em sua voz arrebatadora, "você já se apaixonou?"

"Eu não respondo perguntas indecentes", disse Lydia.

"Eu vou lhe dizer, Galina", Maria Petrovna se apressou, tossiu, engasgou-se e seguiu, "eu vou lhe dizer a melhor coisa a se fazer: Alexander deve conseguir um emprego."

Galina Petrovna sentou-se ereta, como se tivessem lhe dado uma bofetada. "Um emprego *soviético*?"

"Bem... todos os empregos são empregos soviéticos."

"Não enquanto eu viver", afirmou Alexander Dimitrievitch com uma energia inesperada.

Vasili Ivanovitch soltou sua colher e ela bateu no prato; silenciosa e solenemente, ele estendeu seu braço ao outro lado da mesa e apertou a mão de Alexander Dimitrievitch, e lançou um olhar hostil para Maria Petrovna. Ela se encolheu, engoliu uma colherada de painço e tossiu.

"Eu não estou falando de você, Vasili", ela protestou, timidamente. "Já sei que você não aprova, nem nunca aprovará... Mas estava refletindo que eles têm cupons para pão, manteiga e açúcar... algumas vezes."

"Quando eu tiver que aceitar um emprego soviético", disse Vasili Ivanovitch, "você ficará viúva, Marussia."

"Eu não estou dizendo nada, Vasili, apenas..."

"Pare de se preocupar. Nós vamos nos virar. Nos viramos até agora. Ainda há muitas coisas para vender."

Galina Petrovna olhou para os pregos nas paredes; olhou para as mãos de sua irmã, as famosas mãos que artistas tinham retratado e sobre as quais um poema tinha sido escrito – "Champanhe e as mãos de Maria". Geladas, enrijecidas, inchadas e rachadas. Maria Petrovna sabia o valor de suas mãos, e tinha aprendido a mantê-las sempre à vista, a usá-las com a graça de uma bailarina. Era um hábito que não tinha perdido. Galina Petrovna desejava que o tivesse perdido. Os gestos suaves e trêmulos dessas mãos eram apenas mais um lembrete.

Vasili Ivanovitch começou a falar repentinamente. Sempre fora reticente na expressão de seus sentimentos. Mas quando um tema o provocava, ele não se segurava: "Tudo isso é temporário. Vocês perdem a fé muito facilmente. Esse é o problema de nossa intelectualidade covarde, resmungona, falastrona, libertária e embasbacada! Por isso estamos onde estamos. Não há fé. Não há vontade. Sangue de barata. Pensam que tudo isso pode continuar? Pensam que a Rússia está morta? Pensam que a Europa está cega? Vejam a Europa. Ainda não deu sua palavra final. Logo chegará o dia em que esses assassinos sanguinários, esses canalhas repugnantes, essa corja comunista ...".

A campainha da porta tocou.

A velha servente foi se arrastando para abrir a porta. Ouviram-se passos vigorosos, ressonantes e enérgicos de um homem. Uma mão forte escancarou a porta da sala de jantar.

Victor Dunaev parecia um tenor em uma grande ópera italiana. Não era essa a sua profissão, mas tinha os ombros largos, os olhos negros e vibrantes, o cabelo moreno, ondulado e rebelde, um sorriso reluzente, e se movia com uma arrogante segurança de si mesmo. Quando ele parou no umbral, seus olhos se fixaram em Kira; conforme ela se virou, eles se fixaram nas pernas dela.

"É a pequena Kira, não é?", foram as primeiras palavras que sua voz forte e clara pronunciou.

"Era", respondeu ela.

"Ora, ora, que surpresa! Que surpresa mais agradável!... Tia Galina, mais jovem que nunca!" Ele beijou a mão de sua tia. "E minha charmosa prima Lydia!" Seus cabelos escuros roçaram o pulso dela. "Desculpem-me pelo atraso. Uma reunião no Instituto. Sou membro do Conselho Estudantil... Sinto muito, papai. Papai não aprova nenhum tipo de eleição."

"Às vezes ocorrem eleições justas", disse Vasili Ivanovitch, sem disfarçar o orgulho paternal em sua voz; o afeto em seus olhos duros repentinamente os fez parecerem desamparados.

Victor puxou uma cadeira e se sentou perto de Kira. "Bem, tio Alexander", disse, e mostrou uma fileira de reluzentes dentes brancos a Alexander Dimitrievitch, "vocês escolheram um momento fascinante para retornar a Petrogrado. Tempos difíceis, sem dúvida. Tempos cruéis. Mas muito fascinantes, como todos os cataclismas históricos."

Galina Petrovna sorriu com admiração. "O que você está estudando, Victor?"

"Estudo no Instituto de Tecnologia. Engenharia Elétrica. Há um grande futuro na eletricidade. O futuro da Rússia... Mas papai não pensa assim... Irina, você nunca se penteia? Quais são seus planos, tio Alexander?"

"Eu vou abrir um comércio", Alexander Dimitrievitch anunciou solenemente, quase com orgulho.

"Mas meios são necessários, dinheiro é necessário, tio Alexander."

"Conseguimos poupar um pouco no Sul."

"Senhor do Céu!", exclamou Maria Petrovna. "Vocês deveriam gastá-lo rapidamente. No ritmo em que a moeda está se desvalorizando... Vejam, o pão custava 60 mil rublos por libra na semana passada – e agora já está 75 mil!"

"Novas empresas, tio Alexander, têm um grande futuro nesta era", disse Victor.

"Até o governo esmagá-los com seu peso", disse Vasili Ivanovitch, sombrio.

"Nada que temer, pai. Os dias de confiscos acabaram. O governo soviético traçou uma nova política muito progressista."

"Traçada a sangue", disse Vasili Ivanovitch.

"Victor, eles ainda vestem coisas muito engraçadas no Sul", disse Irina apressadamente.

"Você reparou nas sandálias de madeira de Kira?"

"Muito bem, Liga das Nações. Este é o nome de Irina. Tentando manter a paz. Eu *amaria* ver suas sandálias."

Kira ergueu o pé com indiferença. Sua saia curta cobria pouco de sua perna; ela não se deu conta, mas Victor e Lydia, sim.

"Em sua idade, Kira, é hora de usar saias mais longas", Lydia comentou, com mordacidade.

"Se eu tiver matéria-prima...", Kira respondeu, indiferente. "Nunca percebi o que visto."

"Bobagem, querida Lydia", Victor esfriou a conversa. "Saias curtas são o auge da elegância feminina, e a elegância feminina é o ponto mais alto das Artes."

* * *

Naquela noite, antes de se retirarem, a família se reuniu na sala de estar. Maria Petrovna separou dolorosamente três pedaços de lenha e acendeu uma fogueira na lareira. As pequenas chamas cintilavam sobre o abismo de escuridão para além das grandes janelas sem cortinas; pequenas faíscas dançavam em curvas definidas pela mobília esculpida à mão, deixando na penumbra o brocado rasgado; lantejoulas douradas contornavam a pesada moldura do único quadro da sala: uma pintura de Maria Petrovna de vinte anos atrás, com sua mão delicada sobre um ombro de marfim, simulando o velho xale de malha sobre os ombros trêmulos sobre os quais a Maria Petrovna atual se agarrava convulsivamente quando tossia.

As lenhas estavam úmidas; uma chama azulada sibilava fraca, morrendo e voltando a arder numa explosão de fumaça pungente.

Kira estava sentada na almofada grossa e sedosa de pele de urso branco que jazia junto à lareira, rodeando ternamente com o braço a enorme e feroz cabeça do animal. Quando visitava o seu tio, sempre perguntava como ele tinha abatido aquele urso, e sempre ria alegremente quando ele ameaçava que o urso voltaria à vida para morder garotinhas desobedientes.

"Bem", disse Maria Petrovna, suas mãos se aquecendo perto do fogo, "eis vocês aqui de volta a Petrogrado."

"Sim", disse Galina Petrovna, "aqui estamos."

"Virgem Santíssima", suspirou Maria Petrovna. "Às vezes é tão difícil pensar em um futuro!"

"É verdade", disse sua irmã.

"Então, quais são os planos para as garotas? Querida Lydia, uma jovem senhorita... o seu coração continua disponível?" O sorriso de Lydia não foi de gratidão. Maria Petrovna suspirou. "Os homens são tão estranhos hoje em dia. Não pensam em casamento. E as garotas? Eu, na idade de Irina, já tinha um filho. Mas ela não pensa em casa ou família. A Academia de Artes é tudo para ela. Galina, você lembra que, assim que largou as fraldas, ela já começou a arruinar meus móveis com seus desenhos infernais? Bem, Lydia, você irá estudar?"

"Não tenho tal intenção", disse Lydia. "Estudar demais não é algo feminino."

"E Kira?"

"É engraçado pensar que a pequena Kira já esteja em idade universitária, não?", disse Victor. "Antes de mais nada, Kira, você terá que obter uma caderneta de trabalho – o novo passaporte, você sabe. Você já tem mais de dezesseis anos, então..."

"Creio que ter uma profissão é muito útil hoje em dia", sugeriu, ansiosa, Maria Petrovna. "Por que não você não manda Kira para a faculdade de Medicina? As médicas conseguem cupons ótimos!"

"Kira, médica?", replicou sorrindo Galina Petrovna. "Mas essa garotinha egoísta odeia machucados! Ela não socorreria nem uma galinha ferida."

"Minha opinião...", começou Victor.

Um telefone tocou no quarto ao lado. Irina saiu em disparada e voltou, anunciando em voz alta, dando uma piscada para Victor: "Para você, Victor. É Vava".

Victor saiu de má vontade. Atrás da porta encostada, se ouviam algumas de suas palavras: "... sei que prometi ir nesta noite, mas tenho um teste surpresa no Instituto. Tenho que estudar toda a noite, sem perder um minuto... Claro que não, ninguém mais... Você sabe que sim, querida...".

Voltou à lareira e se sentou confortavelmente nas costas do urso branco, próximo a Kira.

"Minha opinião, minha querida priminha", disse ele, "é a de que a carreira mais promissora para uma mulher não é oferecida pela faculdade, mas por um escritório soviético."

"Victor, você não está falando sério, né?", disse Vasili Ivanovitch.

"Temos que ser práticos hoje em dia", respondeu Victor, lentamente. "Um cupom de estudante não oferece muito para uma família inteira, como vocês devem saber."

"Funcionários conseguem banha de porco e açúcar", disse Maria Petrovna.

"Estão contratando muitas datilógrafas", insistiu Victor. "As teclas de uma máquina de escrever são os primeiros passos para qualquer cargo importante."

"E lhe dão sapatos e bilhetes de bonde", agregou Maria Petrovna.

"Que diabos", explodiu Vasili Ivanovitch, "não se pode transformar um burro de carga em um cavalo de corrida."

"Por que, Kira", perguntou Irina, "você não está interessada no tema desta discussão?"

"Estou, mas creio que seja uma conversa desnecessária. Irei para o Instituto Tecnológico, respondeu Kira, calmamente."

"Kira!"

As sete vozes, maravilhadas, proferiram o mesmo nome. Então, Galina Petrovna disse: "Bem, com uma filha assim, nem a própria mãe consegue saber de seus segredos!"

"Quando você decidiu isso?", sussurrou Lydia.

"Cerca de oito anos atrás", disse Kira.

"Mas Kira! O que você fará?", sussurrou Maria Petrovna.

"Serei uma engenheira."

"Francamente", disse Victor, irritado, "não acredito que a engenharia seja uma profissão para mulheres."

"Kira", disse timidamente Alexander Dimitrievitch, "você nunca gostou dos comunistas e agora escolhe a profissão favorita deles – uma mulher engenheira!"

"Você irá construir para o Estado Vermelho?", perguntou Victor.

"Eu vou construir porque quero construir", disse Kira.

"Mas Kira!", Lydia olhou para ela, surpresa. "Isso significa sujeira, e ferro, e ferrugem, e fogo, e homens asquerosos, suados, sem nenhuma companhia feminina para te ajudar."

"É por isso que eu gosto."

"Não é uma profissão refinada para uma mulher", disse Galina Petrovna.

"É a única profissão", disse Kira, "para a qual não terei que aprender mentiras. Aço é aço. A maioria das outras ciências representa o desejo de alguém, as elucubrações de alguém e as mentiras de muitos."

"O que lhe falta são as coisas do espírito", disse Lydia.

"Francamente", disse Victor, "sua atitude é levemente antissocial, Kira. Escolher uma profissão simplesmente porque lhe atrai, sem parar para pensar que, como mulher, você seria muito mais útil para a sociedade com uma função mais feminina. E todos temos que considerar nosso dever para com a sociedade."

"Exatamente para com quem você tem um dever, Victor?"

"Para com a sociedade."

"O que é a sociedade?"

"Se me permite dizer, Kira, esta pergunta é infantil."

"Mas...", disse Kira, com os olhos perigosamente cordiais e arreganhados, "Eu não entendo. Para com quem tenho deveres? Para com seu vizinho de porta? Para com o miliciano da esquina? Para com o funcionário da cooperativa? Ou para com o velho que vi na fila, carregando uma cesta velha e usando um chapéu de mulher?"

"A sociedade, Kira, é um todo maravilhoso."

"Se você escreve uma linha inteira de zeros, ainda é o mesmo – nada."

"Querida", disse Vasili Ivanovitch, "o que você está fazendo na Rússia soviética?"

"Isso é o que me pergunto", disse Kira.

"Deixe-a ir para o Instituto", disse Vasili Ivanovitch.

"Terei que deixar. Não consigo discutir com ela", disse Galina Petrovna, com amargura.

"Ela sempre faz o que quer", disse Lydia, ressentida. "Não entendo como ela faz isso."

Kira se inclinou sobre a lareira para soprar uma chama que desfalecia. Por um momento, quando a labareda subiu, um resplendor vermelho tirou seu rosto da escuridão. Seu rosto era o de um ferreiro sobre a sua forja.

"Temo por seu futuro, Kira", disse Victor. "É hora de se conformar com a vida. Você não irá muito longe com essas suas ideias."

"Isso", disse Kira, "depende de qual direção eu tomar."

# III

DUAS MÃOS SEGURAVAM UMA PEQUENA CADERNETA encadernada em juta cinza. Estavam secas e calejadas. Tinham encarado muitos anos de trabalho com óleo, calor e graxa de grandes máquinas. Suas rugas estavam esculpidas sob a forma de sulcos escuros em uma pele curtida pelo pó. Suas unhas quebradas estavam pretas. Um dedo levava um anel enferrujado com uma imitação de esmeralda.

As paredes do escritório estavam vazias. Tinham servido de toalha para muitas mãos sujas, pelos rastros em zigue-zague de cinco dedos sobre a pintura desgastada. Na antiga casa, agora nacionalizada como escritórios do governo, antes havia um lavatório. A pia tinha sido retirada; mas uma mancha de ferrugem, com alguns buracos deixados pelos pregos, desenhava seu contorno, por onde saíam canos quebrados, como os intestinos de um edifício acidentado.

A janela tinha uma grade de ferro e vidros quebrados que uma aranha tinha tentado remendar. Em frente a ela havia uma parede vazia de tijolos vermelhos que estava perdendo as últimas camadas de pintura que antes levara uma propaganda de um restaurador capilar.

O funcionário estava sentado em sua mesa. A mesa tinha, em um canto, um mata-borrão despedaçado e, no outro, um tinteiro quase seco. O funcionário vestia um terno de cor cáqui e óculos.

Como dois silenciosos juízes presidindo a sala atrás de seu porta-voz, dois retratos ladeavam sua cabeça. Não tinham molduras; quatro percevejos prendiam cada um à parede. Um era de Lênin, o outro, de Karl Marx. Letras vermelhas acima deles diziam: NA UNIÃO SE ENCONTRA A NOSSA FORÇA.

De cabeça erguida, Kira Argounova estava de pé diante da mesa.

Ela estava lá para receber sua caderneta de trabalho. Todos os cidadãos acima de 16 anos deviam ter uma e precisavam carregá-la a todo momento. Esta deveria ser apresentada e carimbada toda vez que uma pessoa encontrasse trabalho ou o deixasse; quando alugasse um apartamento ou o desocupasse; quando se matriculasse em uma escola, recebesse um cupom de pão ou se casasse. O novo passaporte soviético era mais que um passaporte: era a permissão que um cidadão tinha para viver. Chamava-se de "caderneta de trabalho" porque trabalho e vida eram considerados sinônimos.

A Federação das Repúblicas Socialistas Soviéticas (URSS) estava prestes a adquirir uma nova cidadã.

O oficial segurou a pequena caderneta encadernada em juta cinza, cujas muitas páginas ele iria preencher. Ele teve problemas com sua caneta; estava velha e oxidada, e apenas sugava o nanquim do fundo do tinteiro.

Na página aberta e limpa, escreveu:

*Nome:* ARGOUNOVA, KIRA ALEXANDROVNA
*Estatura:* MEDIANA

O corpo de Kira era esguio, muito esguio, e quando se movia com uma precisão elegante, veloz e geométrica, as pessoas só se davam conta do movimento, não do corpo. E independentemente do vestido que usasse, a presença oculta de seu corpo a fazia parecer nua. As pessoas se perguntavam por que tinham essa impressão. Parecia que as palavras que ela dizia eram governadas pela vontade de seu corpo e que seus movimentos precisos pareciam o reflexo inconsciente de uma alma que dançava e ria, de modo que seu espírito parecia físico e seu corpo, espiritual.

O funcionário escreveu:

*Olhos*: CINZA

Os olhos de Kira eram cinza-escuro, o cinza das nuvens de tempestade, atrás das quais o sol poderia aparecer a qualquer momento. Olhavam de forma tranquila e direta, com algo que as pessoas chamavam de arrogância, mas que não passava de uma calma profunda e confiante que parecia dizer aos homens que ela enxergava com muita clareza e que não dependia de nenhum de seus binóculos favoritos para observar a vida.

*Boca*: NORMAL

A boca de Kira era fina e extensa. Quando se calava, era fria, indômita, e os homens pensavam em uma valquíria com sua lança e seu elmo alado, em meio à batalha. Mas um leve movimento produzia um vinco nos cantos de seus lábios, e os homens pensavam em um diabinho sentado em um cogumelo, rindo da cara das margaridas.

*Cabelo*: CASTANHO

O cabelo de Kira era curto, jogado para trás da testa, raios de luz perdidos em um emaranhado confuso, o cabelo de uma mulher selvagem, primitiva, sobre um rosto que havia escapado do cavalete de um apressado artista moderno: um rosto de contornos retos e nítidos, furiosamente traçados para insinuarem uma promessa não cumprida.

*Sinais particulares*: NENHUM

O funcionário soviético arrancou um fio da pena, enrolou-o entre os dedos e os limpou em suas calças.

*Local e data de nascimento*: PETROGRADO, 11 DE ABRIL DE 1904

Kira nasceu na casa de granito cinza da rua Kamenostrovsky. Naquela enorme mansão, Galina Petrovna tinha uma alcova onde, durante a noite, uma camareira vestida de preto guardava em uma caixa o seu lindo colar de diamantes, e uma sala de estar onde, em um traje de seda que brilhava solenemente, recebia algumas senhoritas que vestiam zibelinas e joias preciosas. Naqueles cômodos as crianças não podiam entrar, e Galina Petrovna raramente aparecia nos demais.

Kira tinha uma governanta inglesa, uma jovem amável com um sorriso encantador. Gostava dela, mas normalmente preferia ficar sozinha – e a deixavam sozinha. Quando se negou a brincar com um primo aleijado que a piedade familiar tinha transformado em um ídolo – nunca mais lhe pediram que brincasse com ele. Quando jogou pela janela o primeiro livro que leu sobre uma fada boazinha que recompensava uma criança altruísta – a governanta nunca mais lhe trouxe um livro parecido. Quando a levaram à igreja e Kira escapou na metade da missa e se perdeu pelas ruas, tendo que ser levada de volta para casa à sua família desesperada – por uma carruagem da polícia – nunca mais a levaram à igreja.

A residência de verão dos Argounov, nos arredores de um famoso resort de verão, ficava em uma alta colina sobre um rio, quase isolada em seus jardins espaçosos. A casa, de costas para o rio, mirava as terras onde a colina descendia graciosamente em direção a um jardim de trevos traçados a régua, arbustos podados em forma de arcos e fontes de mármore feitos por artistas famosos.

O outro lado da colina pairava sobre o rio como uma massa de rocha e terra derramada por um vulcão e congelada em sua dança caótica. Remando rio abaixo, esperava-se que algum dinossauro pusesse a cabeça para fora das cavernas sombrias cobertas por samambaias selvagens, entre árvores que se elevavam até o céu, enquanto suas raízes, como enormes aranhas, agarravam-se às rochas.

Durante muitos verões, enquanto seus pais visitavam Nice, Biarritz ou Viena, Kira ficou sozinha, passando seus dias na liberdade silvestre da colina rochosa; sozinha, soberana absoluta em uma saia azul rasgada e uma blusa branca que nunca tinha mangas. A areia áspera cortava seus pés descalços. Saltava de pedra em pedra, agarrando-se em um galho, lançando seu corpo ao espaço, e sua saia azul se abria como um paraquedas.

Com três troncos tinha construído uma balsa e, apoiada em uma longa vara, navegava pelo rio. Havia muitas rochas perigosas e redemoinhos terríveis no caminho. Com seus pés descalços, sob as madeiras frágeis da balsa, sentia a corrente do rio. Kira seguia com o corpo tenso que se opunha ao vento, enquanto sua saia azul batia como uma vela em suas pernas. Galhos inclinados sobre o rio tocavam o seu rosto. Ela passava por eles, deixando alguns fios de cabelo presos entre as folhas, enquanto as árvores deixavam frutas silvestres presas em seus cabelos.

A primeira coisa que Kira aprendeu sobre a vida, e a primeira coisa que seus pais, consternados, aprenderam sobre ela, foi a alegria de estar sozinha.

* * *

"Nasceu em 1904, certo?", disse o funcionário soviético. "Então, você tem... vejamos... 18. Dezoito anos. Você tem sorte, camarada. Você é jovem e tem muitos anos para dedicar à causa dos trabalhadores. Uma vida inteira de disciplina, trabalho duro e mão de obra útil para o grande coletivo." Ele estava resfriado; tirou um grande lenço quadriculado do bolso e assoou o nariz.

*Estado civil*: SOLTEIRA

"Eu lavo as minhas mãos sobre o futuro de Kira", dissera Galina Petrovna. "Às vezes, penso que ela nasceu para ser solteirona, e outras, que nasceu para ser... sim, uma mulherinha."

Kira vivenciou seus primeiros anos de saias largas e saltos altos durante seu refúgio em Yalta, onde uma estranha sociedade de emigrantes do Norte, de famílias de sobrenomes antiquados e velhas fortunas, amontoavam-se como galinhas assustadas em uma rocha enquanto a enchente crescia lentamente em torno delas. Jovens impecavelmente penteados e de unhas feitas notavam a jovem esbelta que andava pelas ruas a passos largos, agitando um galho como um chicote, seu corpo vibrando ao vento sob um vestido curto que nada escondia. Galina Petrovna sorria com aprovação quando os jovens ligavam para sua casa. Mas Kira tinha sobrancelhas estranhas: podia levantá-las e sorrir com elas de forma tão fria e brincalhona sem mover os lábios, de modo que os poemas de amor e as intenções daqueles jovens morriam antes de nascer. E Galina Petrovna logo parou de se perguntar por que os jovens tinham deixado de notar sua filha.

Pelas noites, Lydia lia avidamente, ruborizada, noveletas românticas delicadas e pecaminosas que escondia de Galina Petrovna. Kira começou a ler um desses livros; ela adormeceu e não o terminou. Nunca começou outro.

Kira não via diferença entre as ervas daninhas e as flores; bocejava quando Lydia suspirava frente à beleza de um entardecer sobre as colinas solitárias, mas podia ficar uma hora observando a silhueta negra de um soldado jovem e alto recortada pela chama viva de um flamejante poço petrolífero que ele fora destinado a vigiar.

Uma tarde, enquanto passeavam pela rua, Kira parou de repente e apontou para um estranho ângulo que uma parede branca formava com seus telhados danificados, brilhando em um céu negro pelo reflexo de uma lanterna antiga, janela com barras como as de um calabouço. E ela murmurou: "Que bonito!".

"O que tem de bonito nisso?", perguntou Lydia.

"É tão estranho... promissor... como se algo pudesse acontecer ali."

"Acontecer com quem?"

"Comigo."

Lydia raramente questionava as emoções de Kira; não eram sentimentos para ela, mas unicamente os sentimentos de Kira, e a família dava de ombros com impaciência frente ao que chamavam de "os sentimentos de Kira". Ela sentia o mesmo ao comer sopa sem sal, ao descobrir um caracol subindo por suas pernas nuas, ao ver os garotos implorarem por seu beijo com corações partidos, olhos úmidos e lábios macios. Sentia o mesmo pelas estátuas brancas de deuses antigos sobre um fundo de veludo negro nos museus, pelas chaminés das fábricas e as vigas de ferro; pelos músculos tensos como cabos de aço de um edifício em construção. Ela raramente visitava museus; mas sua família, quando saia com ela, evitava passar por casas, ruas e, especialmente, pontes em construção. Era certo que Kira pararia para observar por horas os tijolos vermelhos, as tábuas de carvalho e as peças de ferro que, por vontade do homem, mesclavam-se e se sobrepunham. Nos domingos, nunca conseguiam fazê-la entrar em parques públicos; metia os dedos nos ouvidos ao ouvir um coral cantar cânticos populares. Quando Galina Petrovna acompanhou suas filhas a um espetáculo que retratava os sofrimentos dos servos que o czar Alexandre II havia liberado em toda a sua magnificência,

Lydia chorou ao ver os pobres campesinos que se retorciam de dor sob os golpes dos chicotes; Kira permaneceu sentada, com seus olhos extasiados, observando o golpe bruto contra as mãos do alto e jovem ator.

"Que bonito!", disse Lydia, olhando para um cenário. "Parece real."

"Que bonito!", disse Kira, olhando para uma paisagem. "Parece artificial."

"De certa forma", disse o oficial soviético, "vocês, camaradas mulheres, têm uma vantagem sobre nós homens. Podem cuidar da geração mais jovem, do futuro de nossa república. Há muitas crianças sujas e famintas que necessitam das mãos amorosas de nossas mulheres."

*Afiliação sindical*: NENHUMA

Kira foi para a escola em Yalta. No refeitório da escola havia muitas mesas. No almoço, as garotas se sentavam nas mesas em grupos de duas, quatro ou doze. Kira se sentava sempre em uma mesinha no canto, sozinha.

Certo dia, sua turma declarou um boicote contra uma menina de sardas que tinha caído no desagrado da garota mais popular, uma jovem rude de voz aguda que tinha de antemão um sorriso, um aperto de mão e uma ordem para todas.

Naquele almoço, a mesinha do canto foi ocupada por duas alunas: Kira e a menina sardenta. Estavam na metade de seus pratos de purê de trigo quando a líder da turma se aproximou delas.

"Você sabe o que está fazendo, Argounova?", perguntou, com os olhos flamejantes.

"Comendo purê", respondeu Kira. "Você não vai se sentar?"

"Você sabe o que essa garota fez?"

"Não faço a menor ideia."

"Não? Então, por que está fazendo isso por ela?"

"Você está equivocada. Eu não estou fazendo isso *por* ela, mas sim, *contra* as outras 28 garotas."

"Você acha bonito ir contra a maioria?"

"Creio que, quando houver dúvida sobre a verdade de uma questão, é mais seguro e de mais bom gosto escolher o adversário de menor número... Pode me passar o sal, por favor?"

Aos treze anos, Lydia se apaixonou por um tenor de ópera. Tinha uma foto dele em sua penteadeira, e junto a ela, uma única rosa vermelha em um copo de cristal fino. Aos quinze anos, apaixonou-se por São Francisco de Assis, que falava com pássaros e ajudava os pobres, e sonhava em ingressar em um convento. Kira nunca tinha se apaixonado. O único herói que tinha conhecido era um viking cuja história tinha lido na infância: um viking cujos olhos nunca olhavam para além da ponta de sua espada; um viking que passava pela vida rompendo barreiras e colhendo vitórias, que caminhava entre as ruínas enquanto o sol formava uma coroa sobre sua cabeça; não obstante, ele seguia andando, leve e ereto, sem consciência de seu peso. Um viking que ria dos reis e dos sacerdotes, que olhava para o céu apenas quando se inclinava para beber em um riacho e, ali, fazendo sombra ao céu, via refletida sua própria imagem. Um viking que só vivia para a alegria e a glória maravilhosa do deus que ele próprio era. Kira não se lembrava dos livros que tinha lido antes dessa lenda, e não queria se lembrar dos que tinha lido depois. Mas nunca se esqueceu do final: quando o viking estava de pé em uma torre, sobre as muralhas de uma cidade que tinha conquistado. Sorria como os homens sorriem quando olham para o céu; mas quando olhava para baixo, seu braço direito formava uma linha reta com sua espada abaixada; seu braço esquerdo, rígido como a própria espada, levantava uma taça de vinho em direção ao céu. Os primeiros raios do sol nascente, ainda oculto pela terra, banharam a taça de cristal, que reluzia como uma tocha branca, iluminando os rostos abaixo. "A uma vida", disse o viking, "que seja uma razão em si mesma!"

"Então, você não é filiada a nenhum sindicato, cidadã?", disse o funcionário soviético. "Muito ruim, muito ruim. Os sindicatos são as vigas de aço do nosso grande edifício estatal, como disse... bem, como disse um de nossos grandes líderes. O que é um cidadão? Apenas um tijolo sem nenhuma utilidade a menos que cimentado com outros tijolos como ele."

*Ocupação*: ESTUDANTE

De algum ponto da aristocrática Idade Média, Kira tinha herdado a convicção de que o trabalho e o esforço eram ignóbeis. Tinha passado pela escola com as notas mais altas, mas os cadernos mais desastrosos. Pôs fogo em seus exercícios de piano e nunca costurou suas meias. Subia nos pedestais das estátuas nos parques para beijar os lábios frios dos deuses gregos, mas adormecia nos concertos sinfônicos. Quando havia convidados em casa, escapava pela janela, e não sabia cozinhar uma batata. Nunca ia à igreja e raramente lia um jornal.

Mas tinha escolhido para seu futuro o trabalho mais duro e o esforço mais exigente. Seria engenheira. Tinha decidido isso quando, pela primeira vez, pensara em algo tão vago como o destino. E esse primeiro pensamento seu tinha sido tranquilo e respeitoso, porque o seu futuro estava consagrado, porque era o *seu* futuro. Tinha ganhado brinquedos mecânicos, que não eram para meninas, e tinha construído barcos, torres e pontes. Tinha observado como se tratavam o aço, os tijolos e o vapor. Na cabeceira da cama de Lydia havia um ícone; na de Kira, a imagem de um arranha-céu dos Estados Unidos. Apesar do riso incrédulo daqueles que a ouviam, ela falava das casas de vidro e aço que iria construir, de uma ponte de alumínio branco sobre um rio azul. "Mas, Kira, você não pode construir pontes de alumínio", e falava de homens, rodas e gruas que se moveriam às suas ordens, e de um amanhecer sobre a armação de aço de um arranha-céu.

Sabia que tinha uma vida e que esta vida era sua. Sabia qual trabalho escolhera e o que esperava da existência. E também esperava algo mais; não sabia o quê; mas era algo que lhe fora prometido, prometido em uma recordação de sua infância.

Quando o sol de verão se escondia atrás das colinas, Kira se sentava sobre uma grande rocha e contemplava o elegante cassino, à distância, rio abaixo. O alto pináculo do auditório penetrava o céu vermelho, e esbeltas figuras femininas se moviam sobre o marco alaranjado das portas iluminadas. Uma orquestra tocava no auditório. Tocava melodias alegres e divertidas de comédias musicais. Jogava o luxo dos letreiros elétricos, do tilintar de copos, das limusines resplandecentes das noites das capitais da Europa no escuro céu noturno sobre um rio silencioso e junto a uma colina rochosa coberta de árvores pré-históricas.

As alegres melodias dos cassinos e dos terraços, cantadas em toda a Europa por garotas de olhos vivazes e quadris sinuosos, tinham para Kira uma importância que não tinham para mais ninguém. Davam-lhe a impressão da alegria de viver, uma alegria tão profunda e leve, como os pés de uma bailarina. E como adorava a alegria, Kira quase nunca ria e não ia ao cinema assistir a comédias. E, como se rebelava profundamente contra o sério, o trágico e o solene, Kira venerava essas canções de alegria desafiante.

Eles vinham de um estranho mundo em que os adultos se moviam entre luzes de cores e mesas brancas, em que havia tantas coisas que ela não conseguia entender, mas que estavam aguardando por ela. Vinham do seu futuro.

Kira tinha escolhido como sua uma canção de uma antiga opereta, que se chamava "A canção da taça quebrada". Uma cantora famosa de Viena a havia popularizado. No cenário aparecia um balaústre com vista para as luzes brilhantes de uma grande cidade. Alinhadas sobre ele estavam uma série de taças de cristal. A linda mulher seguia cantando e, quase sem tocá-las, chutava-as uma a uma; e as taças voavam em pedaços, vibrando e rasgando as finas meias das pernas mais lindas da Europa.

A música tinha breves batidas incisivas e, depois, as ondas de notas rápidas e agudas estalavam como o tilintar de vidro quebrado. Tinha algumas notas graves, como se as cordas dos violinos tremessem, vacilando, mas intensas e seguras como se marcassem o passo antes de romperem em uma explosão de riso.

O vento soprava os cabelos de Kira em seus olhos e formava uma corrente de ar frio em seus dedos dos pés descalços pendurados na beira do penhasco. No entardecer, parecia que o céu, enquanto escurecia, ia se elevando cada vez mais; e logo caía sobre o rio a primeira estrela. Uma pequena garota solitária em uma rocha escorregadia escutava seu próprio canto e sorria frente ao que este lhe prometia.

Essa foi a entrada de Kira na vida. Alguns entram abaixo das abóbadas cinzas de um templo, com a cabeça inclinada por um temor reverente, enquanto ardem em seu coração e em seus olhos velas de oferenda. Outros, com o coração ferido e uma pele fria que implora chorando pelo calor do rebanho. Kira Argounova entrava nela com a espada de um viking que lhe indicava o caminho e a melodia de uma opereta como marcha de combate.

* * *

O funcionário soviético secou com raiva sua pena com seu lenço, porque tinha feito um borrão na última página.

"O trabalho, camarada", disse ele, "é o ideal supremo de nossas vidas. Quem não trabalha, não deve comer."

A caderneta estava preenchida. O funcionário carimbou a última página. No carimbo figuravam uma foice e um martelo cruzados sobre um globo terrestre.

"Aqui está sua caderneta de trabalho, cidadã Argounova", disse o oficial soviético. "Agora você faz parte da maior república já estabelecida na história do mundo. Que a irmandade dos trabalhadores e campesinos seja sempre o objetivo de sua vida, já que é o objetivo de todos os cidadãos vermelhos."

Ele lhe entregou a caderneta. Na parte superior da capa, estava impresso o lema:

PROLETÁRIOS DO MUNDO, UNI-VOS!

Abaixo dele, estava escrito o nome:

*Kira Argounova*

# IV

KIRA TINHA BOLHAS EM SUAS MÃOS ONDE as cordas grossas tinham roçado por muito tempo. Não era fácil subir com os pacotes por quatro andares, oito lances de escada de pedra que fediam a gatos, enquanto seus pés sentiam o frio que passava pelas finas solas dos sapatos. Cada vez que descia correndo para pegar outra carga, saltando alegremente os degraus ou escorregando pelos corrimões, encontrava-se com Lydia, que subia lentamente, cansada, apertando os pacotes contra o peito, ofegando e suspirando com amargura; de sua boca saía vapor em cada palavra: "Senhor que estás no céu! Santa Mãe de Deus!".

Os Argounov tinham encontrado um apartamento.

Tinham comemorado como se isso fosse um milagre. O milagre tinha sido possível pelo aperto de mãos entre Alexander Dimitrievitch e o *Upravdom* – o administrador da casa. Um aperto que deixou a mão de Alexander vazia, mas não a do *Upravdom*. Três cômodos e uma cozinha mereciam um pouco de gratidão em uma cidade superlotada.

"Um banheiro?", tinha dito o *Upravdom*, indignado, repetindo a pergunta para Galina Petrovna. "Não seja ridícula, cidadã, não seja ridícula."

Precisavam de móveis. Corajosamente, Galina Petrovna visitou a mansão de granito cinza na rua Kamenostrovsky. Parou alguns instantes em frente ao majestoso edifício que se elevava até o céu, protegendo sua garganta com a pele de seu abrigo rasgado. Logo abriu seu bolso e passou pó em seu nariz: sentiu vergonha frente àquela massa de granito. Não fechou sua bolsa, tirando dela um lenço: as lágrimas doíam com o vento frio. Depois, tocou a campainha.

"Bem, bem, então você é a cidadã Argounova", disse o gordo e corado pintor de cartazes que a deixou entrar e ouviu pacientemente suas explicações. "Claro, você pode levar seus velhos trastes. Aqueles que eu não uso. Estão na cocheira. Recolha-os. Não somos tão insensíveis. Sabemos que está difícil para todos vocês, cidadãos burgueses."

Galina Petrovna lançou um olhar nostálgico para seu grande espelho veneziano cujo pé de ônix sustentava agora uma escrivaninha; mas não disse uma palavra e desceu até o pátio, dirigindo-se à cocheira. Encontrou algumas cadeiras que não tinham pés, poucas peças de porcelana antiga de valor inestimável, uma pia, um samovar enferrujado, duas camas, um baú cheio de roupas velhas e o piano de cauda de Lydia. Em cima de tudo isso, pilhas de livros de sua biblioteca, caixas vazias, pedaços de madeira e excrementos de ratos.

Contrataram um carroceiro para transportar tudo aquilo ao pequeno apartamento no quarto andar de um antigo edifício de tijolos cujas janelas translúcidas se abriam para o sujo riacho Moika. Mas não podiam pagar duas viagens do carroceiro. Pediram uma carroça emprestada, e Alexander Dimitrievitch, silencioso e indiferente, carregou os pacotes que tinham ficado na casa dos Dunaev até sua nova casa. Os quatro subiram com pacotes pelas escadas, passando por portas barulhentas que se alternavam com janelas quebradas. Aquela era uma "escada negra", ou seja, uma escada de serviço; mas a casa nova não tinha uma porta de entrada. Não tinha luz elétrica; os encanamentos estavam quebrados; e eles tinham que buscar água com baldes no andar de baixo. Havia manchas amareladas no teto que testemunhavam chuvas passadas.

"Será muito acolhedor, com um pouco de trabalho e bom gosto artístico", tinha dito Galina Petrovna. Alexander Dimitrievitch suspirou.

O piano de cauda ficava na cozinha. Sobre ele, Galina Petrovna tinha colocado um bule de chá sem asa e bico, o único que restava de seu valiosíssimo jogo de chá da Sachs. Nas caixas de madeira havia uma mescla díspar de pratos quebrados; Lydia forrara as estantes com papel colorido. Um jornal dobrado sustentava a perna mais curta da mesa; um pavio que flutuava em uma taça de óleo de linhaça projetava uma mancha de luz no teto nas longas e escuras noites; pelas manhãs, sinais de fumaça, como teias de aranha, balançavam-se suavemente no ar, um pouco abaixo do teto.

Galina Petrovna era a primeira a se levantar pela manhã. Jogava um velho xale sobre os ombros e, soprando forte para reacender as lenhas úmidas, cozinhava painço para o café da manhã. Depois do café da manhã, a família se separava.

Alexander Dimitrievitch se arrastava por três quilômetros até o seu negócio, o comércio de tecidos que tinha aberto. Nunca pegava o bonde; havia sempre longas filas e ele não tinha esperanças de conseguir pegá-lo. O seu comércio anterior tinha sido uma padaria. Não tinha dinheiro para novas placas. Estendeu uma faixa de algodão com letras tortas junto à porta, sobre a antiga vitrine negra em que se via um *pretzel* dourado. Tinha pendurado dois panos e um avental na janela. Tinha retirado as etiquetas de padaria das caixas velhas, fixando-as caprichosamente nas estantes vazias. E ali passava o dia, sentado, com os pés gelados sobre uma estufa de ferro e os braços cruzados sobre a barriga, quase dormindo.

Quando entrava um cliente, ele arrastava os pés até o balcão e sorria amavelmente:

“Os melhores tecidos da cidade, cidadão... Sem dúvida, com cores vivas, tão vivas quanto as do estrangeiro... Se eu aceitaria banha em vez de dinheiro...? Claro que sim, cidadão campesino, claro... Por 250 gramas? Posso lhe dar dois tecidos, cidadão, e mais um metro de chita.”

Sorrindo feliz, guardava a banha em uma caixa grande, que servia de caixa registradora, ao lado de meio quilo de farinha de centeio.

Depois do café da manhã, Lydia enrolava um velho cachecol de tricô ao redor do pescoço; colocava um cesto embaixo do braço, suspirava com amargura e seguia para a cooperativa. Permanecia na fila, observando como os ponteiros do relógio de uma torre distante se moviam lentamente pela esfera, e se distraía recitando mentalmente poemas franceses que aprendera na infância.

“Mas não preciso de sabão, cidadão”, protestava quando chegava a sua vez, em um balcão sem pintura dentro da loja que cheirava a pepinos com endro e a hálito de pessoas. “E não preciso de arenque seco.”

"Isso é tudo o que temos hoje, cidadã. Próximo!"

"Tudo bem, tudo bem, levarei isso", disse Lydia, apressada. "Precisamos ter algo."

Galina Petrovna lavava os pratos depois do café; então, colocava seus óculos e separava um quilo de lentilhas de um saco, limpando-as cuidadosamente; picava as cebolas enquanto as lágrimas escorriam pelas rugas de sua face; lavava a camisa de Alexander Dimitrievitch em uma tina de água fria; e moía grãos para fazer o café.

Se tivesse que sair, descia correndo as escadas com a esperança de não se encontrar com o *Upravdom*. Se o encontrava, sorria com demasiada vivacidade e dizia, quase cantando:

"Bom dia, companheiro *Upravdom*!"

O camarada *Upravdom* jamais respondia. Ela via a tácita acusação em seus olhos turvos: "Burgueses. Comerciantes privados".

Kira fora admitida no Instituto Tecnológico. Todas as manhãs, caminhava até lá, assoviando, com as mãos nos bolsos de um velho abrigo preto de gola alta e totalmente abotoado do queixo para baixo. No Instituto, assistia a todas as aulas, mas falava com poucas pessoas. Entre os estudantes, observava muitos lenços vermelhos e ouvia muito falarem de construtores vermelhos, da cultura proletária e dos jovens engenheiros na vanguarda da revolução mundial. Mas, como estava ocupada com seu último problema matemático, não escutava. Durante as aulas, sorria de repente, de vez em quando; não para alguém em particular, mas para algum pensamento confuso que ainda não tinha sabido expressar em palavras. Sentia-se como se a sua passada infância tivesse sido uma ducha de água fria, alegre, dura e revigorante, e agora começava a sua manhã, com seu trabalho à sua frente, com muito a fazer.

À noite, os Argounov se reuniam em torno de uma lamparina de querosene sobre a mesa da sala de jantar. Galina Petrovna lhes servia lentilhas e painço. Não havia muita variedade em sua alimentação. O painço acabava logo; assim como suas economias.

Após o jantar, Kira levava seus livros para a sala de jantar, pois só tinham uma lamparina. Ela se sentava à mesa com os livros entre seus cotovelos; afundava seus dedos no cabelo, e abria atentamente os olhos, contemplando as figuras geométricas com a mesma paixão que se estivesse lendo o romance mais interessante.

Lydia ficava sentada bordando uma toalha, e suspirava com amargura: "Ó, esta luz soviética! Que luz! E pensar que alguém já inventou a eletricidade!".

"É verdade", concordou Kira, surpresa, "não é uma luz boa, não é? Engraçado, nunca tinha me dado conta disso."

Certa noite, Galina Petrovna percebeu que o painço estava muito úmido para ser cozido. Não tinham janta. Lydia suspirou sobre o seu bordado: "Estes menus soviéticos!"

"É verdade", disse Kira, "não jantamos hoje, jantamos?"

"Onde você está com a cabeça?", disse Lydia, furiosa. "Você não se dá conta de nada?"

Durante as tardes, Galina Petrovna resmungava de vez em quando: "Uma mulher engenheira! Que profissão para uma filha minha! Esta é uma forma de viver adequada para uma garota? Sem um garoto que a corteje, nem um pretendente que a visite... Dura como uma sola de sapato. Sem romance. Sem delicadeza. Sem qualquer sentimento refinado. Uma filha minha!".

No quartinho que Kira e Lydia compartilhavam à noite, havia apenas uma cama. Kira dormia em um colchão no chão. Dormiam cedo para poupar luz. Aninhada sob uma fina coberta, com seu abrigo por cima, Kira observava a silhueta de Lydia, vestida com uma longa camisola: uma mancha branca na escuridão, ajoelhada em frente a seus ícones, em um canto. Lydia murmurava orações com fervor, tremendo de frio, fazendo o sinal da cruz com uma mão apressada e se inclinava frente à luzinha vermelha e aos escassos lampejos das severas caras de bronze.

De seu canto no chão, Kira conseguia ver o céu cinza-avermelhado pela janela e o pináculo dourado do Almirantado à distância, no frio e nublado crepúsculo sobre Petrogrado, a cidade onde tanto era possível.

* * *

Victor Dunaev tinha demonstrado um súbito interesse pela família de seus primos. Visitava-a com frequência, pedia a benção de Galina Petrovna, como se estivesse na corte, e ria alegremente, como se estivesse no circo.

Em sua homenagem, Galina Petrovna servia com o chá os últimos torrões de açúcar que lhe restavam, em lugar da sacarina tradicional. Ele trazia seu sorriso luminoso, mencionava os últimos escândalos políticos, as anedotas do momento, as notícias das últimas invenções estrangeiras, as citações dos últimos poemas e expunha suas opiniões sobre a teoria dos reflexos, a teoria da relatividade e a missão social da literatura proletária.

"Um homem de cultura", explicava, "deve ser, sobretudo, um homem em sintonia com seu século."

Sorria para Alexander Dimitrievitch e se apressava para lhe oferecer fogo para seus cigarros caseiros; sorria para Galina Petrovna, e se levantava sempre que ela se levantava; sorria para Lydia e escutava seus discursos sobre sua fé; mas sempre fazia o possível para sentar-se junto a Kira.

Na tarde de 10 de outubro, Victor chegou tarde. Eram nove em ponto quando o som da campainha fez que Lydia saísse correndo ansiosa à pequena antessala.

"Sinto muito, sinto muito mesmo", desculpou-se Victor, e sorriu. Largou seu abrigo gelado em uma cadeira, levou as mãos de Lydia a seus lábios e arrumou seus cabelos rebeldes dando uma rápida olhada no espelho, tudo isso no espaço de um segundo.

"Fiquei preso no Instituto", prosseguiu. "O Conselho Estudantil. Sei que é uma hora imprópria para visitas, mas tinha prometido a Kira levá-la para dar uma volta pela cidade, e..."

"Não tem problema, meu querido Victor", Galina Petrovna gritou da cozinha. "Entre e beba um chá."

A família estava reunida em torno da mesa. A chama que transitava pelo óleo de linhaça tremia a cada sopro. Cinco sombras negras se prolongavam até o teto. A fraca luz da lamparina desenhava um triângulo de luz abaixo dos cinco pares de narinas. O chá ficava verde através dos cortes dos vidros das velhas garrafas.

"Ouvi dizer, Victor", sussurrou Galina Petrovna, em tom de confidência, como uma conspiradora, "e ouvi dizer de uma boa fonte, que essa NPE é só o início de uma série de mudanças. O princípio do fim. O próximo passo será devolver as casas e os apartamentos a seus antigos proprietários. Imagine isso! Você sabe nossa casa na rua Kamenostrovsky... Enfim, foi o funcionário da cooperativa quem me contou. E ele tem uma prima no Partido, portanto, ele deve saber de alguma coisa."

"É muito provável", afirmou Victor, com autoridade, e Galina Petrovna sorriu, feliz.

Alexander Dimitrievitch se serviu de outra xícara de chá; ele olhou para o açúcar, vacilou, olhou para Galina Petrovna, e bebeu seu chá sem açúcar. Logo disse, com mau humor: "Os tempos não estão melhores. Agora chamam a sua polícia secreta de GPU, em vez de Cheka, mas segue sendo a mesma. Sabem o que ouvi em meu comércio hoje? Que acabaram de descobrir outra conspiração antissoviética. Prenderam dezenas de pessoas, e hoje prenderam o velho almirante Kovalensky, o que ficou cego na guerra, e o fuzilaram sem julgamento."

"São apenas rumores", disse Victor. "As pessoas gostam de exagerar."

"Bem, de qualquer forma, está ficando mais fácil conseguir comida", disse Galina Petrovna. "Hoje nós conseguimos lentilhas maravilhosas."

"E", disse Lydia, "eu recebi um quilo de painço."

"E", disse Alexander Dimitrievitch, "eu recebi um quilo de banha."

Quando Kira e Victor se levantaram para sair, Galina Petrovna os acompanhou até a porta.

"Você vai cuidar da minha filha, querido Victor? Não fiquem fora até tarde. As ruas estão perigosas hoje em dia. Tomem bastante cuidado. E, sobretudo, não falem com estranhos. Existem uns tipos tão estranhos por aí hoje em dia."

* * *

A carruagem andava ruidosamente pelas ruas silenciosas. As largas calçadas vazias pareciam canais de gelo cinza, iluminadas pelos altos faróis que se passavam bruscamente por ela. Às vezes, viam um círculo negro de uma sombra na calçada deserta. Sobre o círculo estava uma mulher de saia curta, que caminhava com suas grossas pernas, com os laços dos sapatos muito apertados. Parecia a silhueta de um moinho de vento que girava pela calçada. Sobre esta sombra pairava um marinheiro, balançando os braços e cuspindo cascas de sementes de girassol.

Um pesado caminhão, reluzente de baionetas, passou rapidamente ao lado do carro. Entre as baionetas, Kira vislumbrou uma cara branca, perfurada por dois buracos profundos: olhos negros assustadores.

Victor estava dizendo: "Um homem de cultura moderno deve conservar um ponto de vista objetivo que lhe permita ver, quaisquer que sejam suas convicções pessoais, nossa época como um grande drama histórico, um momento de importância gigantesca para a humanidade".

"Bobagem", disse Kira. "É uma velha e desagradável verdade que as massas existem e fazem notar sua existência. E nesta época, elas se fazem sentir de forma especialmente desagradável. Isso é tudo."

"Esse é um ponto de vista impulsivo e anticientífico, Kira", disse Victor. Depois, seguiu falando do valor estético da escultura, dos balés modernos e dos novos poetas, cujos versos tinham sido publicados em bonitos livretos com capas brancas e brilhantes. Victor sempre tinha o poema mais recente em sua mesa junto com o último tratado sociológico – "para equilibrar as coisas", explicou. E logo recitou com voz inexpressiva seu poema favorito à medida que se apoderava da mão de Kira. Ela retirou sua mão e olhou para as luzes da rua.

A carruagem dobrou a rua, em direção ao cais. Kira sabia que eles estavam seguindo o curso do rio, pois, de um lado, o céu negro tinha caído abaixo do nível do solo em um abismo frio e úmido e, ao longo dele, brilhavam luzes brancas solitárias que flutuavam na escuridão em algum lugar muito longe dali. Do outro lado, as mansões recortavam o céu em um perfil de urnas, estátuas e balaústres. Não havia luzes nas mansões. As ferraduras dos cavalos, ao golpearem as pedras arredondadas, geravam ecos que percorriam as fileiras de habitações vazias.

Victor deixou o carro no Jardim de Verão. Passearam, abrindo espaço com dificuldade por um carpete de folhas secas que ninguém havia varrido. Nenhuma luz, nenhum outro visitante perturbava a desolação silenciosa do famoso parque. Ao redor deles, as cúpulas negras dos antigos carvalhos haviam repentinamente engolido a cidade; e, no sussurro da noite úmida com aroma de musgo, folhas molhadas e outono, as sombras brancas das estátuas sinalizavam as amplas calçadas retas.

Victor pegou seu lenço e limpou um velho banco molhado pelo orvalho. Ali se sentaram, sob a estátua de uma deusa grega com o nariz quebrado.

Uma folha caiu lentamente: flutuou ao redor de sua cabeça e acabou pousando em um dos braços da estátua, que tinha perdido sua mão.

O braço de Victor circulou os ombros de Kira. Ela se afastou. Victor, inclinando-se sobre ela, murmurou suspirando o quanto havia aguardado pelo momento de falar a sós com ela, que ele tinha vivido muitos romances, com mulheres que tinham sido muito amorosas com ele, mas que sempre tinha se sentido infeliz e sozinho. Buscava o seu ideal. Compreendia que sua alma tímida e sensível, travada pelas convenções, ainda não tinha despertado para a vida, para o amor. Kira se afastou um pouco mais e tentou mudar de assunto.

Ele suspirou e perguntou: "Kira, você nunca pensou no amor?".

"Não, não pensei. E nunca pensarei. E não gosto da palavra. Agora que você já sabe, vamos para casa."

Ela se levantou. Ele agarrou o punho dela. "Não, não vamos. Ainda não."

Ela jogou sua cabeça para trás, e o beijo violento destinado a seus lábios raspou a sua bochecha. Com um movimento rápido, Kira se soltou e empurrou Victor contra o banco. Respirou fundo e apertou a gola de seu casaco.

"Boa noite, Victor", disse tranquilamente. "Vou para casa – sozinha."

Confuso, ele se levantou, murmurando: "Desculpe, Kira. Vou levá-la para casa".

"Eu disse que vou sozinha."

"Mas você não pode fazer isso! Você sabe que não pode. É muito perigoso. Uma garota não pode andar sozinha pelas ruas a estas horas."

"Não tenho medo."

Ela começou a andar. Ele a seguiu. Saíram do Jardim de Verão. No cais deserto, um miliciano, apoiado no parapeito, contemplava absorto as luzes na água.

"Se você não me deixar em paz agora mesmo", disse Kira, "direi a esse miliciano que você é um desconhecido que está me molestando."

"Eu direi que você está mentindo."

"Você poderia provar isso – amanhã de manhã. Enquanto isso, nós dois passaríamos a noite na cadeia."

"Bem, vá em frente. Diga a ele."

Kira se aproximou do miliciano.

"Desculpe, camarada" – ela começou a falar; viu Victor dar a volta e se afastar rapidamente – "por favor, pode me dizer como posso chegar ao Moika?"

Kira caminhou sozinha pelas ruas escuras de Petrogrado, que pareciam serpentear em um cenário abandonado. Não havia luzes nas janelas. Sobre os telhados, a torre de uma igreja crescia contra as nuvens flutuantes; a torre parecia estar nadando lentamente por um céu imutável, ameaçando colapsar na rua abaixo.

As lanternas esfumaçavam sobre os portões fechados; através das janelinhas arejadas, os vigilantes noturnos seguiam com os olhos a garota solitária. Milicianos sonolentos lhe lançavam olhares suspeitos. Um cocheiro despertou com o ruído de seus passos e lhe ofereceu seus serviços. Um marinheiro tentou segui-la, mas lhe bastou ver a expressão na cara de Kira para mudar de ideia. Silenciosamente, um gato saltou em uma janela quebrada de porão assim que ela se aproximou.

Já passava muito da meia-noite quando Kira se viu em uma rua que parecia viva em meio à cidade morta. Viu alguns quadrados de luz amarelos, cobertos com cortinas, que rompiam a rigidez das paredes vazias; quadrados de luz na calçada deserta frente a um portal com portas de cristal; telhados escuros, à distância, que pareciam se encontrar no céu escuro sobre aquela estreita rachadura de pedra e luz.

Kira parou. Ouvia-se um gramofone. O som brotava em silêncio de uma janela iluminada. Era "A canção da taça quebrada".

Era a canção de uma esperança sem nome que a assustava, porque prometia muito, mas ela não sabia o quê; nem sequer podia dizer que era uma promessa: era uma emoção, quase dolorosa, que perpassava o seu corpo.

Rápidas notas triunfais explodiram, como se as cordas do violino não conseguissem detê-las, como se pernas desafiantes estivessem chutando taças de cristal. E, nos buracos que se criavam sobre as nuvens irregulares, o céu negro ficava tomado pelo pó luminoso que parecia feito de cacos de cristal.

A música terminou com a risada alta de alguém. Um braço nu fechou a cortina da janela.

Então Kira percebeu que não estava sozinha. Viu mulheres com lábios pintados de violeta em rostos maquiados, brancos como a neve, com lenços vermelhos, saias curtas e pernas calçando botas muito apertadas. Viu um homem tomar uma mulher pelo braço e ambos desaparecerem por uma porta de vidro.

Ela entendeu onde estava. Começou a se afastar com pressa, nervosa, até a esquina mais próxima.

E, então, ela parou.

Ele era alto; tinha a gola levantada e um gorro lhe tapando os olhos. Sua boca, serena e desdenhosa, era a de um antigo capitão que podia ordenar a morte de outros homens, e seus olhos poderiam contemplar a execução dessa ordem.

Kira se aproximou de um poste de luz, olhou de frente o rosto do homem, e sorriu. Não pensava: sorria, atônita, sem se dar conta de que esperava que ele a conhecesse como ela o conhecia.

Ele parou e olhou para ela. "Boa noite", disse ele.

E Kira, que acreditava em milagres, respondeu: "Boa noite".

Ele se aproximou e olhou para ela sorrindo, com os olhos semicerrados. Mas, quando sorria, os cantos de sua boca não se elevavam, mas baixavam, e o lábio superior formava um arco desdenhoso.

"Sozinha?", perguntou ele.

"Terrivelmente... e já faz tanto tempo!", respondeu ela, direta.

"Bem, vamos."

"Sim."

Ele pegou o braço dela e ela o seguiu. Ele disse: "Temos que nos apressar. Quero sair desta rua cheia de gente."

"Eu também."

"Devo lhe advertir que não faça perguntas."

"Não tenho perguntas a fazer."

Kira contemplava os incríveis contornos de seu rosto. Tocava com timidez e incredulidade os largos dedos que agarravam seu braço.

"Por que está me olhando assim?", perguntou ele. Mas ela não respondeu. "Temo não ser uma companhia muito alegre nesta noite", disse ele.

"Posso lhe ajudar?"

"Bem, é para isso que você está aqui." E parou de repente. "Qual é o preço?", perguntou. "Não tenho muito."

Kira olhou para ele e compreendeu por que ele tinha se aproximado. Ficou olhando em silêncio para seus olhos. Quando ela falou, sua voz tinha perdido seu tom de respeito: era serena e firme. Disse: "Não será muito".

"Passei por um pequeno jardim, logo ali na esquina. Vamos lá primeiro."

"Não há algum miliciano por aí?"

"Não."

Sentaram-se na escada de uma residência abandonada. As árvores os protegiam da luz da rua; e em seus rostos e nas paredes se viam manchas iluminadas pelos trêmulos raios das luzes ponteadas, quadriculadas e seccionadas. Sobre suas cabeças, havia fileiras de janelas vazias sobre o granito nu. A mansão tinha uma cicatriz aberta sobre a porta de entrada, de onde se havia arrancado o brasão do proprietário. A cerca viva do jardim tinha sido vandalizada e suas altas lanças de ferro estavam torcidas até o chão, como se inclinadas em uma solene saudação.

"Tire o gorro", disse Kira.

"Para quê?"

"Quero olhar para você."

"Enviada para procurar alguém?"

"Não, quem iria me enviar?"

Ele não respondeu e tirou seu gorro. A garota contemplava sua beleza não com admiração, mas com uma incrédula reverência tímida. Ela só disse a ele: "Você sempre caminha por aí com o ombro do casaco rasgado?".

"Este é o único que me restou. Sempre olha para as pessoas como se seus olhos fossem explodir?"

"Às vezes."

"Eu não faria isso se fosse você. Quanto menos os ver, melhor. A menos que você tenha nervos muito fortes e um estômago muito resistente."

"Eu tenho."

"E pernas fortes?"

Manteve dois de seus dedos eretos e, com as pontas, subiu a saia dela até acima do joelho, com leveza e desdém. Ela se agarrou aos degraus de pedra; ela não baixou a saia. Ela se forçou a ficar sentada sem se mover, sem respirar, congelada aos degraus.

Ele olhou para ela; seus olhos se moviam para cima e para baixo, mas os cantos de seus lábios só se moviam para baixo.

Ela sussurrou, obediente, sem olhar para ele: "E as pernas fortes".

"Pois bem, se você tem as pernas fortes, corra."

"De você?"

"Não. De todas as pessoas. Mas esqueça isso. Baixe a sua saia. Você não está com frio?"

"Não", mas baixou a saia.

"Não preste atenção no que digo", ele disse. "Tem alguma bebida em casa?"

"Sim, tenho."

"Já vou avisando que vou beber como uma esponja hoje."

"Por que nesta noite?"

"Tenho esse costume."

"Não tem não."

"Como você sabe?"

"Sei que não."

"O que mais você sabe sobre mim?"

"Sei que você está cansado."

"Estou. Andei a noite toda."

"Por quê?"

"Achei que tinha lhe dito para não fazer perguntas."

Ele olhou para a garota que seguia sentada pressionando suas costas contra a parede. Só viu um único olho cinza, sereno e firme e, mais acima, um chumaço de cabelos; viu também uma mão escondida em um bolso negro, e as meias negras, curtas, que cobriam pernas muito fechadas. Na escuridão, adivinhou a linha de uma boca larga e fina, o molde escuro de um corpo esbelto que tremia lentamente. Seus dedos se fecharam sobre a meia negra. Kira não se moveu. Ele se aproximou um pouco mais da boca escura e sussurrou: "Pare de me olhar fixamente, como se eu fosse algo estranho. Quero beber. Desejo uma mulher como você. Quero me afundar para onde você conseguir me arrastar".

Ela disse: "Sabe, parece que você tem muito medo de que não possa ser arrastado".

Sua mão largou a meia. Ele a olhou mais de perto e perguntou de repente: "Há quanto tempo você trabalha com isso?".

"Bem... não muito."

"Imaginei."

"Sinto muito, estou tentando fazer o meu melhor."

"Tentando o quê?"

"Parecer que sou experiente."

"Sua bobinha! Por quê? Prefiro você como você é, com esses estranhos olhos que veem demais... O que a levou a... isso?"

"Um homem."

"Valeu a pena?"

"Sim."

"Que apetite!"

"De quê?"

"De viver."

"Se se perde tal apetite, por que ainda sentar-se à mesa?"

Ele riu. Sua risada entrou pelas janelas vazias acima deles, tão fria e vazia como elas.

"Talvez para recolher migalhas – como você faz –, isso ainda pode ser divertido... Tire esse chapéu."

Ela tirou sua boina. Com o pano de fundo da rocha cinza e a luz refletida nas folhas, seu cabelo cacheado brilhava como seda morna. Ele deslizou seus dedos pelos cabelos de Kira e puxou sua cabeça para trás tão violentamente que a machucou. "Você amou aquele homem?", perguntou ele.

"Qual homem?"

"Aquele que a fez entrar nisso?"

"Se eu...?", de repente, sentiu-se confusa, surpreendida por um pensamento inesperado. "Não, eu não o amava."

"Isso é bom."

"Você alguma vez...", começou a pergunta e descobriu que não podia terminá-la.

"Dizem que não sinto nada, exceto por mim mesmo, e bem pouco", respondeu ele.

"Quem disse?"

"Uma pessoa que não gostava de mim. Conheço muita gente que não gosta de mim."

"Isso é bom."

"Mas nunca conheci ninguém que dissesse que isso era bom."

"Bem, você conheceu uma."

"Pode me dizer quem?"

"Você mesmo."

Ele se inclinou na direção dela novamente, seus olhos buscando na escuridão; depois, se afastou e deu de ombros; ele disse: "Você está equivocada. Não sou o que você acha que sou. Sempre quis ser um escriturário soviético que vende sabonete e sorri para os clientes".

"Que infeliz você é", disse ela.

O rosto dele estava tão próximo que ela poderia sentir o hálito dele em seus lábios. "Quem lhe pediu compaixão? Pois bem, não se engane. Não me importa o que eu penso de você e ainda menos o que você pensa de mim. Sou como qualquer outro homem com quem você já tenha transado – e como qualquer um com quem irá transar."

Ela disse: "Quer dizer que você gostaria de ser como qualquer outro homem? E que gostaria de pensar que não houve outros homens... em minha cama".

Ele olhou para ela silenciosamente. Perguntou de forma abrupta: "Você é... uma prostituta?"

Ela respondeu tranquila: "Não".

Ele pulou de sobressalto. "Quem você é, então?"

"Sente-se."

"Responda."

"Sou uma garota decente que estuda no Instituto Tecnológico, cujos pais a enxotariam de casa se soubessem que ela falou com um estranho na rua."

Ele a olhou de cima a baixo. Kira estava sentada em um degrau a seus pés, e contemplava o seu rosto com atenção. Ele não via medo nem ternura em seus olhos, apenas uma calma insolente, e lhe perguntou: "Por que você fez isso?".

"Eu queria conhecê-lo."

"Por quê?"

"Porque fui com a sua cara."

"Sua bobinha! Se eu fosse outra pessoa, eu poderia ter... ter agido de outra forma."

"Mas eu sabia que você não era como outras pessoas."

"Mas você não sabe que não se deve fazer certas coisas?"

"Não me importo."

Ele sorriu de repente, e perguntou:

"Posso lhe confessar uma coisa?"

"É a primeira vez que tento... comprar uma mulher."

"Por que você tentou isso hoje à noite?"

"Não me importava. Tinha andado por horas. Não há uma casa nesta cidade na qual eu possa entrar hoje."

"Por quê?"

"Não faça perguntas. Nunca consegui me aproximar de uma... daquelas mulheres. Mas você... Gostei de seu estranho sorriso. O que você fazia na rua a essas horas?"

"Briguei com alguém, não tinha passagem para o bonde e resolvi ir para casa sozinha – e me perdi."

"Bem, obrigado por uma noite bem atípica. Será uma grande recordação que levarei de minha última noite na cidade."

"A sua... última noite?"

"Vou embora ao amanhecer."

"Quando voltará?"

"Nunca, espero."

Ela se levantou. Parou na frente dele e lhe perguntou: "Quem é você?".

"Mesmo que confiasse em você, não poderia lhe contar."

"Não posso permitir que você se vá para sempre."

"Bem, eu gostaria de vê-la novamente. Não irei para muito longe. Pode ser que eu volte algum dia."

"Eu lhe darei o meu endereço."

"Não. Você não vive sozinha e não posso entrar na casa de ninguém."

"Posso visitá-lo?"

"Eu não tenho casa."

"Mas, então...?"

"Que tal nos encontrarmos aqui novamente – em um mês? Então, se ainda estiver vivo, se ainda puder entrar na cidade, estarei esperando aqui."

"Eu virei."

"10 de novembro. Mas que seja de dia. Às três da tarde. Nessas escadas."

"Sim."

"Bem, é uma loucura, como a forma que nos conhecemos. Agora é hora de você ir para casa. Não deveria ficar na rua a estas horas."

"Mas para onde você vai?"

"Andarei até o amanhecer. São só mais algumas horas. Vamos lá."

Ela não argumentou. Ele a tomou pelo braço. Ela o seguiu. Passaram pelos galhos quebrados de uma cerca viva. A rua estava deserta. Um cocheiro em uma esquina distante levantou a cabeça ao ouvir seus passos. Ele lhe fez um sinal. Quatro cavalos avançaram, quebrando o silêncio.

"Qual é o seu nome?", ela perguntou.

"Leo. E o seu?"

"Kira."

O cocheiro se aproximou. Leo lhe deu uma nota. "Diga-lhe para onde você quer ir", disse ele.

"Adeus", disse Kira. "Até daqui a um mês."

"Se eu ainda estiver vivo", ele respondeu, "e se eu não me esquecer."

Ela se aconchegou no assento e se ajoelhou de modo que pudesse ver pela janelinha posterior. Enquanto a carruagem se afastava lentamente, a garota, com seu cabelo ao vento, contemplava o homem que seguia olhando para ela.

Quando a carruagem dobrou a esquina, Kira permaneceu ajoelhada, mas inclinou a cabeça. Sua mão repousava sobre o assento, abandonada com a palma virada para cima. Uma de suas mãos repousava sobre o assento, impotente, com a palma para cima; e ela sentia a batida de seu coração na ponta dos dedos.

# V

GALINA PETROVNA SE LAMENTAVA TODAS AS MANHÃS: "Qual é o seu problema, Kira? Você não se importa se come ou não. Você não se importa se sente frio. Você não ouve quando as pessoas falam com você. Qual é o problema?".

No entardecer, Kira caminhava do Instituto para casa, e seus olhos seguiam todos os corpos altos, olhando fixa e ansiosamente para toda gola levantada, prendendo a respiração. Não esperava encontrá-lo na cidade; nem queria encontrá-lo. Não se preocupava se ele voltaria ou não. Nunca se perguntou se ele gostava dela. Não tinha outro pensamento, a não ser que que ele existia. Mas era difícil para ela se lembrar da existência de qualquer outra coisa.

Certo dia, quando ela chegou em casa, Galina Petrovna abriu a porta com os olhos avermelhados e inchados.

"Você buscou o pão?", foi a primeira pergunta feita na fria corrente da porta aberta.

"Que pão?", perguntou Kira.

"*Que* pão? O seu pão! O pão do Instituto! Hoje era o dia de buscá-lo! Não me diga que você se esqueceu!"

"Eu me esqueci."

"Ai, meu Senhor!"

Galina Petrovna se sentou pesadamente e deixou cair suas mãos, impotente.

"Kira, qual é o seu problema? Recebe rações que não bastam para alimentar um gato e se esquece delas! Não temos pão! Ai, Deus misericordioso!"

Na escura sala de jantar, Lydia estava sentada junto à janela, tricotando uma meia de lã perto da luz externa. Alexander Dimitrievitch cochilava com a cabeça sobre a mesa.

"Não temos pão", anunciou Galina Petrovna. "Sua alteza se esqueceu."

Lydia sorriu amargamente. Alexander Dimitrievitch suspirou e se levantou.

"Vou me deitar", murmurou. "Não se tem tanta fome quanto se está dormindo."

"Não temos o que comer hoje. Não temos painço. Os canos estão quebrados. Não há água na casa."

"Não estou com fome", disse Kira.

"Você é a única que tem cupons de pão. Mas, Deus, você parece não se importar com isso!"

"Desculpe, mãe. Pegarei amanhã."

Kira acendeu a lamparina. Lydia se aproximou da pequena chama.

"Seu pai não vendeu nada hoje no comércio dele", disse Galina Petrovna.

As agulhas de Lydia tricotavam em silêncio.

A campainha soou bruscamente, com insistência. Galina Petrovna se assustou e se apressou para abrir a porta.

Pesadas botas entraram na antessala. O *Upravdom* entrou sem ser convidado, sujando de lama o piso da sala de jantar. Galina Petrovna o seguiu, agarrando ansiosamente seu xale. Ele tinha uma lista em sua mão.

"A respeito do assunto dos canos, cidadã Petrovna", disse ele, jogando a lista na mesa sem tirar seu chapéu. "O comitê da casa votou uma resolução para impor aos inquilinos uma cota proporcional à sua condição social, para reparar os canos. Isso além do aluguel. Aqui está a lista do que devem pagar. O dinheiro deve estar em meu escritório amanhã pela manhã, antes das 10h. Boa noite, cidadã."

Galina Petrovna fechou a porta e, com a mão trêmula, segurou o papel contra a luz.

Doubenko – trabalhador – no nº 12 ......... 3.000.000 rublos
Rilnikov – funcionário soviético – no nº 13 ......... 5.000.000 rublos
Argounov – comerciante privado – no nº 14 ......... 50.000.000 rublos

O papel caiu no chão: o olhar de Galina Petrovna caiu sobre seus braços cruzados sobre a mesa.

"Qual é o problema, Galina? Quanto é?", perguntou Alexander Dimitrievitch, que estava no quarto.

Galina Petrovna levantou a cabeça.

"Não é... não é muito. Vá dormir. Conversamos amanhã."

Como não tinha lenço, secou seus olhos com o canto de seu xale e foi se arrastando para o quarto.

Kira lia um livro-texto. A pequena chama tremia, dançando sobre as páginas. A única coisa que conseguia ler ou lembrar não estava escrita no livro:

"Se eu ainda estiver vivo, e se eu não me esquecer..."

* * *

Os estudantes recebiam cupons de pão e bilhetes de bonde gratuitos. Nos escritórios úmidos e vazios do Instituto Tecnológico, os estudantes faziam fila para obter os cupons. Depois, na Cooperativa dos Estudantes, faziam fila para obter o pão.

Kira esperou por uma hora. O empregado no balcão distribuía pedaços de pão seco à fila que ia avançando lentamente; logo, afundava as mãos em um barril para pescar o arenque, limpando-as no pão e, por último, recolhia os cupons amassados. O pão e o arenque desapareciam, desembrulhados, dentro das mochilas cheias de livros. Os estudantes assoviavam alegremente e davam passinhos de dança sobre o chão cheio de farinha.

A jovem que estava atrás de Kira na fila se apoiou subitamente sobre seu ombro, sorrindo de forma cordial e confidencial, apesar de Kira nunca tê-la visto antes. A jovem tinha ombros largos e vestia uma jaqueta de couro masculina; tinha pernas finas e ossudas; usava sapatos Oxford masculinos e um lenço vermelho amarrado descuidadamente em seu cabelo curto e liso; seus olhos eram muito separados, em um rosto redondo e sardento; apertava os finos lábios com uma determinação tão óbvia e feroz que pareciam frágeis; e nos ombros de couro negro de sua jaqueta havia caspa.

Ela apontou para um grande folheto que convocava todos os alunos para uma assembleia para que votassem no Conselho Estudantil. Ela perguntou: "Você irá à assembleia nesta tarde, camarada?".

"Não", respondeu Kira.

"Ah, mas você tem que ir, camarada. De todos os modos, é algo muito importante. Você precisa votar, sabe?"

"Nunca votei em minha vida."

"Você está no primeiro ano, camarada?"

"Sim."

"Maravilhoso! Maravilhoso! Não acha maravilhoso?"

"O que é maravilhoso?"

"Começar seus estudos em um momento glorioso como este, quando a ciência é uma oportunidade gratuita e aberta para todos. Eu entendo, tudo é novo para você e tudo deve lhe parecer muito estranho. Mas não tenha medo, querida. Eu sou veterana, e estou aqui para ajudá-la."

"Agradeço a oferta, mas..."

"Como se chama, querida?"

"Kira Argounova."

"Eu me chamo Sonia. Apenas camarada Sonia. Todo mundo me chama assim. Sabe, tenho a sensação de que seremos grandes amigas. Minha maior alegria é ajudar alunas jovens e inteligentes como você."

"Mas", disse Kira, "não me lembro de ter dito nada particularmente inteligente."

A camarada Sonia deu uma gargalhada: "Ah, mas eu conheço as garotas. Conheço as mulheres. Nós, as novas mulheres que desejam ter uma vida útil, ter uma carreira e ocupar o posto que nos corresponde junto aos homens no trabalho produtivo do mundo, em lugar das velhas atividades culinárias, devemos nos manter unidas. Nada me alegra mais que uma nova estudante. A camarada Sonia sempre será sua amiga. A camarada Sonia é amiga de todos".

A camarada Sonia sorriu. Sorriu diretamente para os olhos de Kira, como se tomando de forma gentil e irrevogável os olhos e a mente que havia atrás deles com sua própria mão. O sorriso da camarada Sonia era amistoso, de uma cordialidade cortês, insistente e peremptória, que se aproveitava da primeira palavra dita para se apoderar da presa.

"Obrigada", disse Kira. "O que você quer que eu faça?"

"Bem, para começar, camarada Argounova, você precisa ir à assembleia. Estamos elegendo o Conselho Estudantil deste ano. Será uma disputa ferrenha. Há uma forte facção antiproletária entre nossos alunos mais velhos. Nossos inimigos de classe, sabe? Alunas jovens como você devem apoiar os candidatos de nossa Célula Comunista, que são os que velam por seus interesses."

"Você é uma das candidatas da Célula, camarada Sonia?"

A camarada Sonia sorriu: "Viu? Eu disse que você era inteligente. Sim, sou uma delas. Faço parte do conselho há dois anos. Trabalho duro. Mas, o que posso fazer? Os camaradas alunos parecem precisar de mim e tenho que cumprir o meu dever. Venha comigo e eu lhe direi em quem você deve votar".

"Ah", disse Kira. "E depois disso?"

"Eu explicarei. Todos os estudantes vermelhos dedicam-se a algum tipo de atividade social. Você não quer levantar suspeitas de tendências burguesas. Estou organizando um Círculo Marxista. Só um pequeno grupo de estudantes, do qual sou presidente, que querem aprender a ideologia proletária de que todos nós precisamos quando entrarmos no mundo para servir o Estado proletário. Na verdade, é para isso que estudamos, não é?"

"Já lhe ocorreu que eu possa estar aqui pela atípica e antinatural razão de querer aprender uma profissão só porque gosto dela?", perguntou Kira.

A camarada Sonia olhou para os olhos cinzas da camarada Argounova e compreendeu que havia se equivocado. "Bem", disse a camarada Sonia, sem sorrir, "como preferir."

"Acho que irei à assembleia", disse Kira, "e creio que irei votar."

* * *

Um anfiteatro de assentos cheios de gente se levantava como um dique, e as ondas de estudantes inundaram os degraus dos corredores, os parapeitos das janelas, os umbrais das portas abertas.

Um jovem orador, de pé na tribuna, esfregava suas mãos, como um vendedor atrás de um balcão. Sua cara parecia um anúncio que havia permanecido em uma vitrine por tempo demais: faltava-lhe um pouco de cor para que seus olhos fossem azuis, que seus cabelos fossem loiros e que sua pele estivesse saudável. Seus lábios pálidos não chegavam a enquadrar o buraco escuro de sua boca, tão aberta que gritava as palavras como se fossem ordens militares a um público atento.

"Camaradas! As portas da ciência estão abertas para nós, filhos do trabalho! A ciência está agora em nossas mãos calejadas. Superamos o velho preconceito burguês da imparcialidade objetiva da ciência. A ciência não é imparcial. A ciência é uma arma na luta de classes. Não estamos aqui para impulsionar nossas míseras ambições pessoais. Superamos o viscoso egoísmo do burguês que ambicionava uma carreira individual. Nossa única meta e propósito ao ingressarmos no Instituto Tecnológico vermelho é nos formarmos como combatentes eficazes na vanguarda da cultura e da construção proletárias."

O orador deixou a tribuna esfregando as mãos. Entre os ouvintes, alguns aplaudiram ruidosamente, outros mantiveram suas mãos nos bolsos de velhos abrigos, silenciosamente.

Kira se inclinou em direção a uma garota sardenta que estava ao seu lado e perguntou: "Quem é ele?".

A garota sussurrou: "Pavel Syerov. Da Célula Comunista. Membro do Partido. Tenha cuidado. Eles têm espiões por toda parte".

Em seus assentos, os estudantes formavam uma massa confusa que chegava até o teto, uma massa de caras pálidas e casacos velhos e desbotados. Mas havia uma linha invisível que os dividia: uma linha que não corria reta entre os assentos, mas que ziguezagueava pela sala cheia; uma linha que ninguém podia ver, mas que todos sentiam; uma linha tão precisa e sem misericórdia como uma faca afiada. Um setor vestia os gorros verdes dos antigos tempos desprezados pelos regulamentos; já o outro vestia lenços vermelhos e elegantes jaquetas militares de couro, de forma orgulhosa e desafiante, como uma medalha de honra e um desafio. O primeiro setor, mais numeroso, enviou à tribuna oradores que recordavam ao público que os estudantes sempre tinham sabido como combater a tirania, qualquer que fosse a cor que vestissem, e um furacão de aplausos retumbou a partir do teto até os degraus da tribuna, um aplauso demasiado forte, enérgico, hostil e ameaçador como a última palavra da multidão, como se as mãos dissessem mais do que ousavam dizer as palavras. O outro setor observava em silêncio, com olhos frios e sérios. Seus oradores vociferavam com diligência sobre a ditadura do proletariado, ignorando o riso repentino que parecia surgir, e os imprudentes lançamentos de cascas de sementes de girassol contra o orador.

Eram jovens, e tinham muita confiança de que não tinham nada a temer. Levantavam suas vozes pela primeira vez, enquanto o país ao seu redor já havia dito há tempos sua última palavra. Eram corretos e amáveis com seus inimigos, e seus inimigos eram corretos e amáveis com eles: ambos se chamavam de "camaradas". Ambos tinham consciência da silenciosa batalha de vida ou morte, mas apenas o menor setor sabia quem sairia vitorioso. Jovens e confiantes, com suas jaquetas de couro e seus lenços vermelhos, contemplavam com tolerância implacável os outros, também jovens e confiantes; e sua tolerância tinha o frio toque de uma baioneta escondida que, eles sabiam, não tardaria em aparecer.

Pavel Syerov se inclinou para a pessoa ao seu lado, um jovem franzino com a cara magra e tuberculosa, e sussurrou: "Esse é o tipo de discurso que fazem aqui. Que tarefa nos espera! Se alguém tivesse se atrevido a isso na frente de batalha...".

"A frente, camarada Syerov, mudou", respondeu a voz suave e inexpressiva de seu companheiro. "A frente externa está conquistada. É na frente interna onde devemos cavar agora nossas trincheiras."

Inclinou-se um pouco mais em direção ao camarada Syerov. Suas mãos compridas e finas se apoiavam sobre a mesa; levantou apenas um dedo e o moveu lentamente, indicando o auditório de uma parede a outra. "Na frente interna", sussurrou ele, "não existem bombas, nem metralhadoras. Quando nossos inimigos caem, não há sangue, nem lágrimas. O mundo nunca sabe quando eles morrem. Às vezes, nem eles próprios sabem. Este dia, camarada Syerov, pertence aos combatentes da cultura vermelha."

Quando o último discurso tinha sido pronunciado, foi conduzida uma votação. Os candidatos saíam da sala em turnos, enquanto outros pronunciavam breves discursos sobre eles; então, mãos foram levantadas e alguns estudantes em cima de mesas, balançando lápis, contaram os votos.

Kira viu Victor saindo e ouviu o discurso de seu leal apoiador sobre a sabedoria do camarada Victor Dunaev, que era orientado por um espírito de entendimento e cooperação: ambas as facções aplaudiram; ambas votaram no camarada Dunaev. Kira não.

"O candidato Pavel Syerov sairá agora, cordialmente", anunciou o presidente da assembleia. "Tem a palavra a camarada Presniakova."

Em meio aos aplausos, a camarada Sonia subiu à tribuna, arrancou seu lenço vermelho e sacudiu, enérgica, seus cabelos cheios e curtos.

"Apenas a camarada Sonia!", dirigindo-se a sua plateia. "Cordiais saudações proletárias a todos e, especialmente, a nossas camaradas mulheres! Nada me alegra mais que uma nova aluna, uma mulher emancipada da antiga escravidão dos pratos e das fraldas. Então, aqui estou: a camarada Sonia, disposta a servir a todos!" Esperou que cessassem os aplausos. "Camaradas alunos! Devemos permanecer unidos para sustentarmos nossos direitos. Temos que aprender a expressar nossa vontade proletária e fazer com que nossos inimigos a reconheçam. Temos que enfiar nossas botas proletárias em suas gargantas e em suas intenções traiçoeiras. Nossas escolas vermelhas são para os alunos vermelhos. Nosso Conselho Estudantil deve montar a guarda em torno de nossos interesses proletários. Cabe a nós escolhermos aqueles cuja lealdade proletária está acima de qualquer suspeita. Vocês ouviram falar do camarada Syerov. Estou aqui para lhes dizer que ele é um veterano combatente nas fileiras comunistas, um membro do Partido desde antes da Revolução, um soldado do Exército Vermelho. Votemos todos em um bom proletário, em um soldado vermelho, no herói do Melitopol, no camarada Pavel Syerov!"

Através da torrente de aplausos, seus sapatos pesados desceram os degraus da tribuna. Tinha o estômago agitado e seu amplo rosto aberto, com um sorriso imenso. Limpou o suor sob o nariz com as costas de uma das mãos.

O camarada Syerov foi eleito, assim como a camarada Sonia e o camarada Victor Dunaev. Mas também foram eleitos membros do setor dos gorros verdes – dois terços do novo Conselho Estudantil.

"E, para fechar a sessão, camaradas", gritou o presidente, "cantaremos nossa velha canção: 'Dias de nossa vida'."

Um coro discordante rompeu solenemente a cantar:

*Velozes como as ondas*
*são os dias de nossa vida...*

Era uma velha canção de bebedeira elevada à dignidade de hino estudantil; uma melodia lenta, enlutada, com a alegria artificial produzida por algumas notas sem brio, nascida antes da revolução nos quartos mal arejados em que alguns homens não barbeados e algumas mulheres masculinizadas falavam de filosofia e, com bravata forçada, bebiam vodca barata pela futilidade da vida.

Kira franziu a testa; ela não cantou; ela não conhecia aquela canção e não queria aprendê-la. Ela observou que os estudantes com jaquetas de couro e lenços vermelhos também permaneciam em silêncio.

Quando a canção terminou, Pavel Syerov gritou:

"Agora, camaradas, nossa resposta!"

Pela primeira vez em Petrogrado, Kira ouviu "A Internacional". Tentou não escutar a letra. Falava de condenados, de famintos, de escravos, daqueles que não tinham sido nada e deveriam ser tudo. Na magnífica taça da música, as palavras não eram tão embriagantes como o vinho, nem terríveis como o sangue, mas cinzas como a água com a qual se lavam os pratos.

Mas a música era como a marcha de milhares de pés, compassada e firme, como tambores tocados por mãos apressadas. Era como os pés dos soldados que marcham ao amanhecer que irá presenciar sua batalha e sua vitória; como se a música surgisse vinda de debaixo dos pés dos soldados na poeira do caminho, como se os pés deles a tocassem sobre a terra.

A melodia cantava uma promessa, com a calma de uma força incomensurável e, então, se tensionava com um êxtase restringido, mas incontrolável; as notas cresciam, trêmulas, repetindo-se, demasiado intensas para ficarem quietas, como se fossem braços levantados sob o ondear das bandeiras.

Era um hino com a força de uma marcha, e uma marcha com a majestosidade de um hino. Era a canção de alguns soldados portadores de bandeiras sagradas e de sacerdotes com espadas. Era um hino com a santidade da força.

Todo mundo tinha que se levantar quando "A Internacional" tocava.

Kira, de pé, sorria para a música. "É a primeira coisa bonita que vejo na Revolução", disse à companheira ao lado.

"Tenha cuidado", sussurrou a garota sardenta, olhando nervosamente ao seu redor. "Eles podem ouvi-la."

"Quando tudo isso acabar", disse Kira, "quando as manchas de sua república tiverem sido desinfetadas da história, que gloriosa marcha fúnebre será este hino!"

"Sua idiota! De que você está falando?"

Uma mão de homem agarrou Kira pelo pulso e a fez se virar.

Kira viu dois olhos cinzas que pareciam de um tigre domesticado; mas não tinha certeza se o era ou não. Havia quatro linhas retas em sua cara: duas sobrancelhas, uma boca e uma cicatriz em sua têmpora direita.

Por um breve momento, eles se encararam em silêncio, hostis, ambos sobressaltados pelos olhos do outro.

"Quanto lhe pagam para andar bisbilhotando por aí?", perguntou Kira.

Ela tentou livrar seu pulso. Ele a segurou. "Sabe qual é o lugar para garotas do seu tipo?"

"Sim; onde homens como você não poderiam entrar nem pelos fundos."

"Você deve ser nova por aqui. Eu lhe aconselharia a ter cuidado."

"Nossas escadas resvalam, e é preciso subir quatro andares, então, tenha cuidado quando vier me prender."

Ele soltou o pulso dela. Ela olhou para a sua boca silenciosa: falava das muitas batalhas passadas, com muito mais eloquência que a cicatriz de sua bochecha; falava também de muitas batalhas futuras.

"A Internacional" ressoava como os pés dos soldados golpeando a terra.

"Você se acha valente?", perguntou friamente o homem. "Ou é apenas estúpida?"

"Deixarei que você descubra por si mesmo."

Ele encolheu os ombros, deu a volta e foi embora. Era alto e jovem, e vestia uma jaqueta e um gorro de couro. Andava como um soldado enérgico e seguro.

Os estudantes cantavam "A Internacional"; suas notas surgiam eufóricas, vibravam, repetiam-se.

"Camarada", sussurrou a garota sardenta, "o que você fez?"

* * *

A primeira coisa que Kira ouviu quando tocou a campainha dos Dunaev foi a tosse de Maria Petrovna. Então, a chave girou na fechadura. Uma onda de fumaça golpeou seu rosto. Em meio à fumaça, viu os olhos de Maria Petrovna cheios de lágrimas e sua mão inchada que lhe tapava a boca, sacudida por uma tosse violenta.

"Entre, entre, querida Kira", balbuciou Maria Petrovna. "Não se assuste; não é um incêndio."

Kira atravessou a névoa cinza que irritava seus olhos como uma cebola; Maria Petrovna se arrastava atrás dela, falando e tossindo muito: "É o fogão ... essa madeira soviética... não queima... tão úmida que poderia... criar girinos... Não tire o seu... casaco, Kira... Está muito frio. As janelas estão abertas".

"Irina está em casa?"

"Sem dúvida", disse a voz limpa e vibrante de Irina, vinda de algum lugar da névoa. "Se conseguir me encontrar."

Na sala de jantar, as grandes janelas de duas partes tinham sido vedadas para o inverno, mas havia uma janelinha aberta. Ao redor dela se formava um redemoinho de fumaça, lutando contra o ar fresco que vinha da rua. Irina se sentou à mesa, com seu casaco de inverno jogado sobre os ombros, assoprando os dedos duros e azuis.

Maria Petrovna viu uma pequena sombra trêmula atrás da cômoda, e a tirou de lá. "Acia, diga oi para a sua prima Kira."

Acia levantou o olhar de má vontade, tinha os olhos avermelhados e seu nariz úmido aparecia acima da gola da jaqueta de pele de seu pai.

"Acia, você me ouve? Onde está o seu lenço? Diga olá para sua prima Kira."

"Olá", resmungou Acia, olhando para o chão.

"Por que não está na escola hoje, Acia?"

"Fechada", suspirou Maria Petrovna. "A escola está fechada. Durante duas semanas. Não há lenha."

Uma porta bateu na névoa. Entrou Victor. "Ah, como está Kira?", disse ele friamente. "Mãe, *quando* essa fumaça vai acabar? Como se pode estudar nesta atmosfera infernal? Ah, não me importo, mas se eu não passar nos exames... não haverá cupons de pão para certa família!" Ele bateu a porta mais forte quando saiu.

Kira se sentou, observando Irina desenhar. Irina estudava Arte. Dedicava seu tempo ao estudo sério das obras magistrais da Antiguidade nos museus; mas a sua mão rápida e seus olhos maliciosos reproduziam a arte insolente dos jornais. Fazia desenhos sempre que tinha que fazê-lo, e também em qualquer outro momento. Com uma prancheta de desenho em seu colo, jogava o cabelo para trás em seu esforço para retratar sua irmã menor. No papel, Acia fora transformada em um duende com orelhas e barriga enormes, montado nas costas de um caracol.

Vasili Ivanovitch voltou sorrindo do mercado. Ele tinha permanecido lá o dia inteiro e tinha vendido o candelabro da sala por um bom preço.

Seu sorriso aumentou quando viu Kira, e a saudou alegremente com a cabeça. Maria Petrovna lhe trouxe uma tigela de sopa quente. Perguntou timidamente: "Quer um pouco de sopa, Kira?".

"Não, obrigada, tia Marussia. Acabei de jantar."

Ela sabia que só restava a Maria Petrovna uma tigela de sopa, guardada para Vasili Ivanovitch; sabia que o suspiro de Maria Petrovna era de alívio.

Vasili Ivanovitch comeu feliz, falando com Kira como se fosse sua convidada pessoal; falava tão pouco com os convidados que Maria Petrovna e Irina não se intrometeram, observando com curiosidade o raro espetáculo de seu sorriso.

Ele deu uma risada: "Veja Irina como ela desenha. Segue todo dia pintando e apagando. Não são feios né? Digo, os desenhos... Como está Victor no Instituto? Aposto que não é dos piores... Bem, ainda nos resta algo. Sim, ainda nos resta algo". Ele se inclinou para frente, seus olhos cintilantes, e disse em voz baixa: "Você leu os jornais da tarde, Kira?".

"Sim, tio Vasili. O que foi?"

"As notícias do estrangeiro. Obviamente, o jornal não diz grande coisa. *Eles* não publicariam isso. Mas temos que saber ler nas entrelinhas. Preste atenção e lembre-se de minhas palavras. A Europa está se movimentando. E não tardará... não tardará para que..."

Maria Petrovna tossiu nervosamente. Estava acostumada; já ouvia há cinco anos que Vasili Ivanovitch lia nas entrelinhas sobre a salvação que viria da Europa e que nunca chegava. Suspirou; não se atrevia a discutir. Vasili Ivanovitch sorria feliz: "E quando isso ocorrer, estou preparado para recomeçar de onde eles me interromperam. Não será difícil. Claro, fecharam meu comércio e levaram todos os móveis, mas...". Aproximou-se um pouco mais de Kira, e murmurou: "Mas os tenho vigiado. Sei para onde os levaram. Sei onde estão agora".

"De verdade, tio Vasili?"

"Vi as estantes em uma loja de sapatos do governo na avenida Bolshoi; e as cadeiras, no restaurante de uma fábrica no distrito de Viborgsky; e o candelabro, ele está no novo escritório da Companhia Estatal de Tabacos. Não perdi tempo. Estou preparado. Tão logo... tão logo as coisas mudem, sei onde encontrar tudo e voltarei a abrir o antigo comércio."

"Isso é maravilhoso, tio Vasili; eu fico feliz de não terem destruído ou queimado os seus móveis."

"Não, por sorte... ainda se conservam em bom estado, como se fossem novos. Sim, vi um grande arranhão em uma das estantes, uma lástima, mas tem conserto. E o mais engraçado", disse rindo, rispidamente, como se tivesse sido mais esperto que seus inimigos, "são os cartazes. Kira, você se lembra de minhas placas de vidro jateado com letras negras? Bem, até isso encontrei. Estão pendurados sobre uma cooperativa perto do mercado Alexandrovsky. De um lado, diz: 'Cooperativa do Estado'; mas, do outro, diz: 'Vasili Dunaev' – Peles." Ele captou o olhar de Maria Petrovna. Franziu a testa. "Marussia não acredita mais. Não acredita que vamos recuperar tudo. Perde a fé muito facilmente. O que você acha, Kira? Acredita que viverá toda a sua vida sob a pressão de uma bota vermelha?"

"Não", disse Kira, "não pode durar para sempre."

"É claro que não. Sem dúvida, não. É por isso que eu digo, não pode." Levantou-se subitamente. "Vem, Kira, quero lhe mostrar uma coisa."

"Vasili", suspirou Maria Petrovna, "você não vai acabar a sopa?"

"Não me importa a sopa. Não tenho fome. Venha ao meu escritório, Kira."

Não restava nenhum móvel no escritório de Vasili Ivanovitch, salvo uma escrivaninha e uma cadeira. Ele abriu uma gaveta que estava fechada com chave e tirou um pacote envolto em um velho lenço amarelado. Desfez um nó muito apertado, sorrindo com orgulho, feliz, direcionando suas costas encurvadas, e mostrou a Kira diversos maços de notas, cuidadosamente atados, dos tempos do czar. Os maços eram grandes, de forma que representavam uma verdadeira fortuna.

Kira falou com a voz entrecortada: "Mas, tio Vasili... não, não valem nada. Já não é permitido usá-las... nem sequer guardá-las. É... perigoso".

Ele riu: "Claro, não valem nada... *agora*. Mas espere e verá. Espere até as coisas mudarem. Verá quanto tenho aqui mesmo, nas mãos".

"Mas... tio Vasili, onde você as obteve?"

"Eu as comprei. Em segredo, claro. De especuladores. É perigoso, mas é possível obtê-las. Elas me custaram muito. Eu lhe contarei por que comprei tantas. Veja, justo... justo antes de acontecer... sabe, antes de nacionalizarem o meu comércio... Eu tinha uma grande dívida, a dos vidros novos de minhas janelas, que mandei vir do estrangeiro, da Suécia, e ninguém na cidade tinha nada parecido. Quando confiscaram o comércio, quebraram as vidraças a chutes, mas isso não importa: sigo devendo a fatura. Agora não tenho como pagar, pois não há como enviar dinheiro ao estrangeiro, mas vou aguardar. Não posso pagar com esse lixo de dinheiro soviético que não vale nada... afinal, não poderiam usar isso no estrangeiro nem para limpar a bunda. E não se pode conseguir ouro. Mas estas notas... estas valerão como ouro. E eu pagarei a minha dívida. O velho da empresa de vidros morreu, mas seu filho está vivo. Agora está em Berlim. Pagarei o que estou devendo. Não gosto de dívidas. Nunca devi nada a ninguém..." Pesou o maço de dinheiro na palma de sua grande mão, dizendo lentamente: "Aceite este conselho de um velho, Kira. Nunca olhe para trás. O passado está morto, mas sempre há um futuro. Sempre há um futuro. E aqui está o meu. Uma boa ideia ajuntar esse dinheiro, não Kira?".

Kira forçou um sorriso, afastou seu olhar e sussurrou: "Sim, tio Vasili, uma ótima ideia".

Soou a campainha. Na sala de jantar, ouviu-se a risada de uma garota que parecia mais clara e alta que a campainha. Vasili Ivanovitch franziu a testa. "Aqui está outra vez", disse com a voz amuada. "Vava Milovskaia, uma amiga de Victor."

"Qual é o problema, tio Vasili? Você não gosta dela?"

Ele encolheu os ombros: "Ah, não tem nada de mau, suponho. Não é que eu não goste dela, é que não há nada nela do que se possa gostar. Não é nada mais que uma mulherzinha com cabeça de repolho. Não é uma garota como você, Kira. Vamos, suponho que terá que conhecê-la".

Vava Milovskaia estava de pé, no meio da sala de jantar, formando dois círculos luminosos: o inferior e maior era uma saia longa de *chintz* rosa; o superior e menor era um buquê de crisântemos de brilhantes cachos pretos. Seu vestido era de *chintz* simples, mas era novo, obviamente caro, e ela usava um fino bracelete de brilhantes.

"Boa noite, Vasili Ivanovitch!", disse cantarolando. "Boa noite, boa noite!" Ela saltou com suas mãos sobre os ombros dele, sua saia rosa voando e deu um beijo em sua testa enrugada. "E está é, já sei, Kira! Kira Argounova. Eu fico feliz por finalmente conhecê-la, Kira!"

Victor saiu de seu quarto. Vava repetiu que tinha vindo ver Irina, mas ele sabia, como todos ali, qual era o verdadeiro objetivo de sua visita. Ele a observou, sorridente. Riu feliz, brincou com ela, deu um puxão de orelha em Acia, levou uma jaqueta a Maria Petrovna quando ela tossia, contou anedotas e inclusive obrigou Vasili Ivanovitch, que estava tristemente sentado em um canto na penumbra, a sorrir de uma piada.

"Eu trouxe algo para mostrar a todos vocês", Vava anunciou misteriosamente, tirando um pequeno pacote de sua bolsa de mão. "Algo... algo maravilhoso. Algo que nunca viram antes."

Todas as cabeças se voltaram: em cima da mesa, havia uma caixinha redonda, de cor laranja e dourado. Vava sussurrou as palavras mágicas: "Do *estrangeiro*".

Os demais olharam respeitosamente, sem se atrever a tocá-la. Vava disse com orgulho, ofegante, tratando de soar casual: "Pó de rosto. Francês. Francês de verdade. Passados via contrabando de Riga. Uma das pacientes de papai deu a ele – em parte como honorários".

"Sabe?", disse Irina, "ouvi dizer que não se usa apenas pó no estrangeiro, mas – imagine – batons!"

"Sim", respondeu Vava, "e essa mulher, a paciente de meu pai, prometeu-me conseguir um batom, da próxima vez."

"Vava! Não se atreverá a usá-lo!"

"Bem, não sei... Talvez... talvez um pouquinho, só de vez em quando."

"Nenhuma mulher decente pinta seus lábios", disse Maria Petrovna.

"Mas dizem que elas o fazem e que é perfeitamente aceitável no estrangeiro."

"No estrangeiro..." Maria Petrovna suspirou com melancolia. "Esse lugar existe em alguma parte, certo? O estrangeiro."

* * *

Ainda não havia nevado, mas a lama tinha se convertido em uma grossa capa de gelo sobre as calçadas, e nos canos de água já se viam os primeiros pedacinhos de gelo. O céu, que flutuava claro e verde, planava pelas frias rachaduras do gelo. Os homens andavam devagar, com prudência, como se estivessem aprendendo a patinar; de vez em quando, escorregavam, levantando involuntariamente uma perna, agarrando-se ao poste mais próximo. Os cavalos também escorregavam; saltavam faíscas de seus cascos, que arranhavam o gelo convulsivamente.

Kira caminhava para o Instituto. Através de suas finas solas, a calçada congelada transmitia um sopro frio que lhe subia pelas pernas. Ia depressa, insegura, e os pés escorregavam em todas as direções.

Ela ouviu firmes passos atrás dela; passos decididos que a fizeram se virar de forma involuntária. Olhou para o tigre domesticado com a cicatriz em sua testa. Seus olhos se encontraram. Ele sorriu. E Kira sorriu de volta. Ele tocou a viseira de seu chapéu a título de saudação.

"Bom dia", disse ele.

"Bom dia", disse Kira.

Ela observou aquela alta figura que caminhava depressa, seus ombros eretos em sua jaqueta de couro e os pés firmes sobre o gelo.

Em frente ao Instituto, ele parou de repente e deu a volta, a esperar por ela. Ela se aproximou. A calçada elevada baixava bruscamente em um ângulo fechado, perigoso e congelado. Ele lhe ofereceu o braço para ajudá-la. Os pés de Kira resvalaram perigosamente; a mão forte do homem se fechou sobre seu braço e, com rapidez e destreza, a fez cair de pé.

“Obrigada”, disse ela.

“Pensei que talvez precisasse de ajuda, mas, então...”, disse, e a olhou com um sorriso breve, “supus que você não tinha medo.”

“Pelo contrário, estava com medo – desta vez”, disse ela, e seu sorriso foi uma resposta de súbita compreensão.

Ele tocou o visor de seu chapéu e marchou depressa pelas portas do Instituto, por um longo corredor.

Kira viu então um garoto que conhecia e, apontando para o sujeito da jaqueta de couro que se afastava, perguntou-lhe: “Quem é ele?”.

O garoto olhou, e logo emitiu um estranho som de advertência com os lábios. “Tenha cuidado com *ele*”, sussurrou. E exalou três letras pavorosas: “GPU”.

“Ah, faz parte dela?”, perguntou Kira.

“Se faz parte?”, disse o garoto com um longo e indignado assovio como resposta.

# VI

DURANTE UM MÊS, KIRA NÃO SE APROXIMOU DO BAIRRO DA MANSÃO com a cerca viva quebrada; não pensou sequer no jardim, porque não queria vê-lo vazio, mesmo com seus olhos fechados. Mas no dia 10 de novembro ela caminhou em direção a ele com passos tranquilos, uniformes, sem pressa, sem dúvidas.

A escuridão estava vindo, não do céu cinza e transparente, mas dos cantos das casas, onde as sombras repentinamente se tornavam mais densas, como se não houvesse motivo. Lentas colunas de fumaça saíam pelas chaminés, e os raios de um pequeno sol invisível e frio, a distância, em algum ponto atrás das nuvens, pareciam torná-las enferrujadas. Nas vitrines dos comércios, as lâmpadas de querosene formavam círculos amarelos nos vidros gelados, ao redor de pequenos pontos alaranjados de chama vacilante. Tinha nevado. Convertida em lama pelos cascos dos cavalos, a neve parecia café aguado, com pedacinhos de açúcar que se dissolviam. Envolvia a cidade em um silêncio suave e macio. Os cascos dos cavalos tocavam a lama com um som claro e úmido, como se alguém estivesse estalando a língua, sonora e ritmicamente, o som se propagando e morrendo ao longo das ruas escuras.

Kira dobrou a esquina; viu algumas lanças negras reverenciando a neve, e as árvores que agarravam pedaços de algodão com a rede escura de ramos sem folhas. Parou por um momento: de repente, não se atrevia a olhar; logo espreitou o jardim.

Ele estava de pé nos degraus da mansão, com as mãos nos bolsos, e a gola levantada. Kira parou para contemplá-lo. Mas ele a ouviu e se virou rapidamente.

Ele saiu ao encontro dela. Sorriu com um toque de desdém. “Olá, Kira.”

“Boa noite, Leo.”

Ela tirou suas pesadas luvas negras; ele segurou a mão dela por alguns instantes com seus dedos frios e fortes. Então, ele perguntou: “É uma loucura, não?”.

“Por quê?”

“Não pensei que viria. Só sei que eu não tinha intenção de vir.”

“Mas você está aqui.”

“Acordei nesta manhã e sabia que estaria aqui, contra meu melhor juízo, admito.”

“Você está vivendo em Petrogrado agora?”

“Não. Não voltei desde a noite que a conheci. Muitas vezes ficamos sem comer porque eu não podia vir à cidade. Mas voltei para me encontrar com uma garota na esquina de uma rua. Meus cumprimentos, Kira.”

“Quem ficou sem comer porque você não podia dirigir até a cidade?”

O sorriso dele disse a ela que ele entendeu a pergunta e mais do que a pergunta. Mas ele disse: “Vamos nos sentar”.

Eles se sentaram nos degraus e ela bateu os pés um no outro, sacudindo a neve. Ele perguntou:

“Então, você quer saber com quem eu estou vivendo? Vê? Meu abrigo está remendado.”

“Sim.”

“Foi feito por uma mulher. Uma mulher muito boa que gosta muito de mim.”

“Ela costura bem.”

“Sim, mas ela já não enxerga tão bem. E tem o cabelo grisalho. Ela é a minha antiga enfermeira, que vive no campo. Algo mais que queira perguntar?”

“Não.”

“Bem, eu não gosto das perguntas das mulheres, mas não sei se gostaria de uma mulher que não me desse a satisfação de me negar a responder.”

"Não tenho nada a perguntar."

"Há algumas coisas que você não sabe sobre mim."

"Não tenho que saber."

"Essa é outra coisa sobre a qual quero adverti-la: não gosto de mulheres que deixam óbvio o quanto gostam de mim."

"Por quê? Pensa que eu quero que você goste de mim?"

"Por que você está aqui?"

"Só porque gosto de você. Não me importo com o que você pensa das mulheres que gostam de você, nem com quantas você já esteve."

"Bem, essa foi uma pergunta. E ficará sem resposta. Mas lhe direi que gosto de você, criaturinha arrogante, queira você ouvir isso ou não. E agora serei eu que farei uma pergunta: o que uma criança como você está fazendo no Instituto Tecnológico?"

Leo não sabia nada sobre o presente de Kira, mas ela contou a ele sobre o futuro dela; sobre as estruturas de aço que iria construir, sobre os arranha-céus de vidro e da ponte de alumínio. Ele a ouvia em silêncio, e os cantos de seus lábios permaneciam caídos, contenciosos, e divertidos, e tristes.

Ele perguntou: "Vale a pena, Kira?".

"O quê?"

"O esforço. A criação. Seus arranha-céus de vidro. Poderia ter valido a pena – cem anos atrás. Poderia valer a pena novamente – dentro de cem anos, embora eu duvide disso. Mas se eu pudesse escolher – de todos os séculos –, eu escolheria por último a maldição de ter nascido neste. E, talvez, se não fosse pela curiosidade, eu escolheria nunca ter nascido."

"Se não fosse pela curiosidade, ou pela fome?"

"Não tenho fome."

"Não tem desejos?"

"Sim, um: aprender a desejar algo."

"Não há esperança?"

"Não sei. O que isso vale? O que você espera do mundo pelo seu arranha-céu de vidro?"

"Não sei. Talvez admiração."

"Bem, eu sou muito convencido para querer admiração. Mas se você a quer, quem pode lhe dar isso? Quem é capaz disso? E quem ainda quer ser capaz? É uma maldição, sabe, esta de poder olhar mais alto do que se pode alcançar. É mais seguro olhar para baixo, e quanto mais para baixo, mais seguro, nestes dias."

"Também se pode lutar."

"Lutar, contra o quê? Sem dúvida, pode-se reunir todo o heroísmo que se tenha para combater leões. Mas castigar a sua alma com um fogo sagrado para combater piolhos...! Não, isso não é uma boa construção, camarada engenheira. Não há equilíbrio."

"Leo, você mesmo não acredita nisso."

"Não sei. Não quero acreditar em nada. Não quero ver muito. Quem sofre neste mundo? Aqueles que carecem de alguma coisa? Não. Aqueles que têm alguma coisa que não deveriam ter. Um cego não pode ver, mas é mais difícil deixar de ver para aqueles que têm uma boa visão. Mais impossível e quase uma tortura. Se ao menos se pudesse perder o sentido da visão e baixar, baixar ao nível dos que nunca a quiseram, nunca dela sentiram falta."

"Você nunca fará isso, Leo."

"Não sei. É curioso, Kira. Eu a encontrei e pensei que você poderia fazer isso por mim. Agora, temo que seja você que me salvará disso. Mas não sei se vou agradecê-la."

Estavam sentados lado a lado e falavam e, à medida que escurecia, suas vozes baixaram, porque havia um miliciano de guarda, indo e vindo pela rua, por trás das lanças torcidas. A neve rangia sob suas botas como couro novo. As casas iam se tornando azuis, azul-escuro contra um céu mais claro, como se a noite saísse das calçadas. Estrelas amarelas tilintavam nas janelas geladas. Acendeu-se um farol na esquina, atrás das árvores. Projetava um triângulo de mármore rosa sulcado pelas sombras dos ramos nus, na neve azulada do jardim, aos pés deles.

Leo olhou para o seu relógio de pulso, um relógio valioso e estrangeiro, sob o punho desgastado de sua camisa. Levantou-se com um movimento rápido e elegante, enquanto ela permanecia sentada, olhando-o com admiração, como se esperasse vê-lo repetir o gesto.

"Eu tenho que ir, Kira."

"Agora?"

"Tenho que pegar um trem."

"Então você vai embora de novo."

"Mas desta vez levo comigo algo novo."

"Uma espada nova?"

"Não. Um escudo."

Ela se levantou. Ela ficou na frente dele. Ela perguntou, obediente: "Haverá outro mês, Leo?".

"Sim. Nestes degraus. Às três em ponto. No dia 10 de dezembro."

"Se você ainda estiver vivo, e se não..."

"Não. Estarei vivo, porque não me esquecerei."

Ele pegou a mão dela antes que ela pudesse estendê-la, tirou sua luva preta, levou lentamente a mão a seus lábios e beijou sua palma.

Então, ele se virou rapidamente e foi embora. A neve estalava debaixo de seus pés. O som e a figura se perderam na escuridão enquanto ela permanecia de pé, imóvel, com a mão estendida, até que um pequeno floco branco pousou sobre sua palma, sobre o tesouro invisível que ela temia derramar.

* * *

Quando o comércio de Alexander Dimitrievitch dava lucro, ele dava dinheiro a Kira para o bonde; quando dava prejuízo, Kira tinha que ir andando para o Instituto. No entanto, Kira preferia ir todos os dias a pé, e poupava o dinheiro do bonde para comprar uma pasta.

Foi ao mercado Alexandrovsky para comprá-la. Ali poderia conseguir uma usada, e também qualquer outro artigo que as pessoas haviam usado.

Caminhava lentamente, passando com cuidado por cima dos artigos espalhados na calçada. Uma velhinha com mãos de marfim sobre um xale de renda preta olhou para ela com ansiedade e esperança, enquanto ela passava ao lado de uma toalha de mesa com garfos de prata, um álbum de veludo azul de fotografias desbotadas e três ícones de bronze. Um velho com um tapa-olho negro estendeu-lhe silenciosamente o retrato de um jovem oficial em uma moldura niquelada dourada. Uma jovem que tossia lhe ofereceu um saiote de cetim desbotado.

Kira parou repentinamente. Acabava de ver ombros largos que se destacavam sobre a longa e desolada fila que invadia a rua. Vasili Ivanovitch estava ali, em silêncio; não anunciava o seu propósito em estar ali; o relógio delicado de porcelana da Sachs sustentado em suas mãos sem luvas, avermelhadas e congeladas fazia isso por ele. Seus olhos escuros, sob suas grossas e espessas sobrancelhas, fixavam-se sem expressão acima das cabeças dos transeuntes.

Ele viu Kira antes de ela ter tempo de fugir e evitá-lo, mas ele parecia não se importar; ele a chamou, e seu rosto tenso abriu um sorriso, aquele estranho e desolado sorriso que só tinha para Kira, Victor e Irina.

"Como está, Kira? Fico feliz em vê-la. Fico feliz em vê-la... Isto? Só um relógio velho. Não significa muito... Comprei para Marussia em seu aniversário... seu primeiro aniversário depois de nos casarmos. Ela o viu em um museu e o quis. Este, e não outro. Então, tive que recorrer à diplomacia. Foi necessária uma ordem do Palácio Imperial para que o museu pudesse vendê-lo... Mas ele não funciona mais. Podemos abrir mão dele."

Ele parou e olhou esperançoso para uma campesina gorda que contemplava o relógio, coçando o pescoço. Mas quando ela encontrou os olhos de Vasili Ivanovitch, deu a volta e se afastou depressa, levantando as pesadas saias por cima de suas botas de feltro.

Vasili Ivanovitch murmurou a Kira:

"Este não é um lugar alegre, sabe? Sinto muito por todas estas pessoas, vendendo até a última de suas posses, sem nada que esperar da vida. Para mim, é diferente. Eu não me importo. O que são algumas bugigangas a mais ou a menos? Terei tanto tempo para comprar outras! Mas tenho algo que não posso vender, que não posso perder, e que não pode ser nacionalizado. Tenho um futuro. Um futuro vivo. Meus filhos. Irina é tão inteligente, e sempre foi a primeira da classe! Se tivesse terminado seus estudos nos velhos tempos, teria recebido uma medalha de ouro. E Victor?" Os velhos ombros voltaram a ficar eretos, como os de um soldado em posição de sentido. "Victor é um jovem fora do comum. É o garoto mais brilhante que vi em minha vida. Sim, discordamos algumas vezes, mas isso é porque ele é jovem, e ainda não compreende certas coisas. Lembre-se de minhas palavras: Victor será um grande homem algum dia."

"E Irina será uma artista famosa, tio Vasili."

"E, Kira, você leu os jornais desta manhã? Veja a Inglaterra. Daqui a um mês ou dois..."

Um indivíduo volumoso com um chapéu de pele de foca tinha parado e contemplava atentamente o relógio da Sachs, com olhos de pessoa competente.

"Eu lhe dou cinquenta milhões por ele, cidadão", disse brevemente, apontando para o relógio com um dedo pequeno em uma luva de couro.

A cifra não seria suficiente nem para comprar dez libras de pão. Vasili Ivanovitch hesitou: olhou melancolicamente para o céu que se avermelhava por cima das casas, para a longa silhueta de sombras no chão, sombras de pessoas que olhavam ansiosa e desoladamente para cada transeunte.

"Bem...", murmurou.

"Mas, cidadão", Kira se voltou para o comprador, com uma voz repentinamente aguda e ranzinza como a de uma dona de casa indignada. "Cinquenta milhões? Acabo de oferecer a ele sessenta milhões e não quis me vender. Eu iria oferecer..."

"Setenta e cinco milhões e fico com ele", disse o desconhecido.

Vasili Ivanovitch contou meticulosamente as notas. Não seguiu o relógio com os olhos enquanto ele desaparecia dentro da multidão, tremulando contra um quadril imponente. Ele olhou para Kira:

"Nossa, garota! Onde você aprendeu isso?"

Ela riu. "Pode-se aprender qualquer coisa em uma emergência."

Então, eles se despediram. Vasili Ivanovitch correu para casa. Kira continuou sua busca por uma pasta.

Vasili Ivanovitch foi andando para poupar o dinheiro do bonde. Estava escurecendo. A neve caía lentamente, continuamente, como se renunciasse à velocidade para resistir por um longo tempo. Uma espessa espuma branca se espalhava pelas sarjetas.

Em uma esquina, um par de olhos humanos se focaram em Vasili Ivanovitch, na altura de seu peito. Os olhos estavam em um rosto jovem, bem barbeado; as pernas do corpo ao qual o rosto pertencia pareciam ter caído sobre a calçada, até acima dos joelhos; Vasili Ivanovitch teve que fazer um esforço para compreender que aquele corpo não tinha pernas, que terminava em duas estacas envoltas em trapos sujos, na neve. O resto do corpo vestia a limpa e remendada túnica militar de um oficial do Exército Imperial. Uma das mangas estava vazia, na outra havia um braço e uma mão. A mão esticava um jornal, silenciosamente, à altura dos joelhos dos transeuntes. Na lapela da túnica, Vasili Ivanovitch observou uma pequena faixa negra e laranja, o laço da Cruz de São Jorge.

Vasili Ivanovitch parou e comprou um jornal. Custava cinquenta mil rublos; ele pagou com uma nota de 1 milhão de rublos.

"Desculpe, cidadão", disse o oficial em uma voz leve e cortês, "não tenho troco."

Vasili Ivanovitch murmurou com a voz rouca: "Fique com o troco. Ainda seguiria em dívida contigo".

E se afastou depressa, sem olhar para trás.

* * *

Kira estava ouvindo uma palestra no Instituto. O auditório não tinha calefação; os alunos vestiam seus casacos e luvas de lã. O auditório estava lotado, e os alunos estavam sentados no chão dos corredores.

Uma mão abriu a porta com cuidado, e apareceu uma cabeça de homem que deu uma olhada rápida para a mesa do professor. Kira reconheceu a cicatriz na têmpora direita. Era uma palestra para calouros, a qual ele nunca assistira. Havia entrado por engano no auditório. Estava a ponto de se retirar quando viu Kira. Entrou, fechou a porta sem fazer barulho e tirou o gorro. Ela o observava de canto de olho. Havia lugar junto à porta, mas ele se aproximou silenciosamente e se sentou nos degraus do corredor, aos pés dela.

Ela não pôde resistir à tentação de olhar para ele. Ele se inclinou em saudação, insinuando levemente um sorriso, e voltou a prestar atenção à mesa do professor. Estava sentado, imóvel, com as pernas cruzadas e uma mão inerte sobre o joelho. A mão parecia feita unicamente de ossos, pele e nervos. Ela observou quão ocas eram suas bochechas, quão retos os ângulos de suas maçãs do rosto. Sua jaqueta de couro era mais militar que um arma, mais comunista que uma bandeira vermelha. Ele não levantou seu olhar em direção a ela nenhuma vez.

Quando a palestra terminou e uma turba de pés impacientes ocupou os corredores, ele se levantou, mas não correu em direção à porta; voltou-se em direção a Kira.

"Como você está?", perguntou ele.

"Surpresa", respondeu ela.

"Pelo quê?"

"Desde quando comunistas conscienciosos perdem tempo escutando palestras de que não precisam?"

"Os comunistas conscienciosos são curiosos. Não lhes custa investigar aquilo que não entendem."

"Eu ouvi dizer que eles têm muitas formas eficazes de satisfazer sua curiosidade."

"Eles nem sempre querem utilizá-las", respondeu tranquilamente, "logo, eles precisam descobrir as coisas por si próprios."

"Para si mesmos? Ou para o Partido?"

"Às vezes, para os dois. Mas nem sempre."

Saíram do auditório, caminhando juntos pelo corredor. Uma mão forte deu um tapinha nas costas de Kira e ela ouviu uma risada que era demasiado sonora.

"Ora, ora, ora, camarada Argounova!", gritou a camarada Sonia em sua cara. "Que surpresa! Você não tem vergonha? Passeando com o camarada Taganov, o comunista mais vermelho que temos?"

"Você tem medo de que eu vá corrompê-lo, camarada Sonia?"

"Corromper? *Ele*? Sem chance, querida, sem chance. Bem, até mais. Tenho que ir. Tenho três reuniões às quatro, e prometi participar de todas!"

As pernas curtas da camarada Sonia marchavam retumbando pelo auditório, seu braço balançando uma pasta pesada como uma mochila.

"Você está indo para casa, *camarada Argounova*?", perguntou ele.

"Sim, *camarada Taganov*."

"Você não se importa em ser vista com um comunista bem vermelho?"

"Em absoluto, se a sua reputação não for manchada por ser visto com uma dama muito branca."

Do lado de fora, a neve se fundia com a lama sob os muitos passos apressados, formando cristas pontudas e afiadas. Ele pegou o braço de Kira. Olhou para ela pedindo tacitamente o seu consentimento. Ela respondeu fechando os olhos e confirmando com a cabeça. Caminharam em silêncio. Depois, ela olhou para ele e sorriu.

Ela disse:

"Pensei que os comunistas nunca faziam nada exceto o que tinham que fazer, que nunca acreditavam em fazer nada além do que tinham que fazer."

"Isso é estranho", sorriu ele, "devo ser um comunista muito ruim. Sempre fiz apenas o que queria fazer."

"Seu dever revolucionário?"

"Não existe dever. Se se sabe que algo é correto, quer fazê-lo. Se não quer fazê-lo, não é o correto. Se é o correto e você não quer fazê-lo, não sabe o que é correto e, então, você não é um homem."

"Nunca quis algo sem nenhuma razão, salvo uma: o fato de *você* o querer?"

"Certamente. Essa sempre foi a minha única razão. Nunca quis nada que não servisse à minha causa. Pois, veja, é a *minha* causa."

"E a sua causa é renunciar a si próprio para o bem de milhões?"

"Não. É conduzir esses milhões para onde os quero, pelo meu bem."

"E quando pensa que algo é correto, fá-lo a qualquer preço?"

"Eu sei o que você vai dizer. Vai dizer, como dizem muitos de nossos inimigos, que admira nossos ideais, mas abomina nossos métodos."

"Abomino os seus ideais."

"Por quê?"

"Por uma razão, principal, maior e eterna, não importa quanto o seu Partido prometa alcançar, não importa qual paraíso planeja trazer para a humanidade. Não importa qualquer outra declaração que fizer, existe uma que não se pode evitar, que transformará seu paraíso no inferno mais inenarrável: a de que o homem deve viver pelo Estado."

"Para qual propósito melhor ele pode viver?"

"Você não sabe", sua voz estremeceu subitamente e se converteu em uma súplica apaixonada, impossível de ocultar, "não sabe que há coisas, nos melhores de nós, que nenhuma mão externa deveria se atrever a tocar? Coisas sagradas, pela mesma razão – e não por outra – que se pode dizer delas: 'Isto é *meu*'? Não sabe que os melhores de nós, os que merecem viver, vivem unicamente para si mesmos? Não sabe que há algo em nós que não deve ser tocado por nenhum Estado, nenhum coletivo, nem milhões de pessoas?"

"Não", ele respondeu.

"Camarada Taganov", sussurrou ela, "você tem muito a aprender!"

Ele a contemplou com a sombra tranquila de um sorriso e lhe deu uma palmada na mão, como a uma criança. "Você não sabe", ele perguntou, "que não podemos sacrificar milhões de pessoas pelo benefício de poucos?"

"Pode-se sacrificar os poucos, quando esses poucos são os melhores? Negue aos melhores o seu direito ao topo – e não restará nenhum. O que *são* as suas massas, senão milhões de almas entediadas, estagnadas, sem pensamentos próprios, sem sonhos profundos, nem vontade própria, que comem, dormem e mastigam impotentes as palavras que os demais colocam em seu cérebro? E por eles você sacrificaria os poucos que conhecem a vida, que *são* a vida? Abomino seus ideais porque não conheço pior injustiça que dar o imerecido. Posto que os homens não são iguais em sua capacidade, não se pode tratá-los como se fossem. E porque abomino a maioria deles."

"Fico feliz. Eu também penso assim."

"Mas, então..."

"Só que não me dou ao luxo de abominar. Prefiro tentar dignificar os que não são dignos, elevá-los ao meu nível. Você seria uma grande combatente – do nosso lado."

"Creio que já saiba que eu jamais seria isso."

"Talvez. Mas, me diga: por que não luta contra nós, então?"

"Porque tenho menos em comum com vocês que os inimigos que os combatem. Não quero lutar pelo povo, não quero lutar contra o povo, não quero ouvir o povo. Quero que me deixem sozinha – para viver."

"Não é um desejo estranho?"

"É? E o que é o Estado, senão um servidor e uma conveniência para um grande número de pessoas, como são a luz elétrica e a tubulação de esgoto? E não seria absurdo afirmar que os homens devem existir para os canos, e não os canos para os homens?"

"E se os seus canos de esgoto se rompessem, não seria absurdo ficar parado e não se esforçar para consertá-los?"

"Eu lhe desejo sorte, camarada Taganov. Espero que, quando vir por esses canos passar seu próprio sangue vermelho, continue pensando que eles são dignos de conserto."

"Isso não me assusta. O que me assusta é o que tempos como estes podem fazer com uma mulher como você."

"Então, você entende o que estes tempos de vocês são?"

"Todos vemos. Não estamos cegos. Sei que, talvez, seja um inferno na Terra. Não obstante, se pudesse escolher, eu preferiria nascer quando nasci, e viver os dias que estou vivendo, porque agora não sonhamos, não reclamamos, não desejamos – fazemos, agimos, construímos!"

Kira gostava do som dos passos dele junto aos dela, passos seguros, sem precipitação, e o som da voz que harmonizava com os passos. Ele havia estado no Exército Vermelho. Ela franzia a testa quando ele falava de suas batalhas, mas sorria com admiração pela cicatriz em sua testa. Ele sorria ironicamente ouvindo a história das fábricas perdidas dos Argounov, mas franzia a testa, preocupado, ao ver os velhos sapatos de Kira. As palavras dele brigavam com as dela, mas seus olhos buscavam suporte nos olhos dela. Ela dizia "não" às palavras que ele dizia, mas "sim" à voz que as pronunciava.

Kira parou diante de um cartaz dos Teatros Acadêmicos do Estado, os três teatros que se chamavam "Imperiais" antes da revolução.

"Rigoletto", disse ela, com melancolia. "Você gosta de ópera, camarada Taganov?"

"Nunca ouvi nenhuma."

Ela seguiu andando. Ele disse: "Mas me dão muitas entradas na Célula Comunista. O problema é que nunca tive tempo. Você vai ao teatro com frequência?"

"Não muito. A última vez que fui foi há seis anos. Por ser burguesa, não tenho como pagar uma entrada."

"Iria comigo se eu a convidasse?"

"Tente."

"Gostaria de ir à ópera comigo, camarada Argounova?"

Ela sorriu com malícia. E perguntou: "A sua Célula Comunista no Instituto não tem um escritório secreto de informação sobre os estudantes?".

Ele franziu a testa um pouco, perplexo: "Por quê?".

"Poderia verificar através dele que eu me chamo Kira."

Ele sorriu, um sorriso quente, que não batia com seus lábios duros e sérios. "Mas ele não lhe permitirá descobrir que eu me chamo Andrei."

"Será um prazer aceitar o seu convite, Andrei."

"Obrigado, Kira."

Na porta da casa de tijolos vermelhos junto ao Moika, ela estendeu a mão.

"Você pode infringir a disciplina do Partido e apertar uma mão contrarrevolucionária?", perguntou ela.

Ele apertou a mão dela com firmeza.

"A disciplina do Partido não será infringida", ele respondeu, "mas, ah! Como ela pode ser flexível!"

Seus olhos se mantiveram unidos por mais tempo que suas mãos, em uma compreensão tácita e atônita. Depois, ele se afastou com passos ágeis e precisos de soldado. Kira subiu correndo quatro lances de escadas, com sua velha boina na mão, sacudindo seu cabelo desgrenhado e rindo.

# VII

ALEXANDER DIMITRIEVITCH guardava suas economias costuradas em sua camiseta. Havia adquirido o hábito de levar a mão ao coração de vez em quando, como se tivesse gases. Tocava os maços de dinheiro, gostava da segurança sob a ponta de seus dedos. Quando necessitava de dinheiro, abria mais um ponto da costura e suspirava à medida que o maço ficava mais leve. No dia 16 de novembro, abriu o último ponto de costura.

Tinha que pagar o imposto especial aos comerciantes privados com o objetivo de mitigar a fome no Volga, mesmo que isso implicasse fechar o pequeno comércio de tecidos na antiga padaria. Outra empresa privada que havia fracassado.

Alexander Dimitrievitch já esperava por isso. Em todas as esquinas se abriam comércios, frescos e esperançosos como cogumelos depois da chuva; mas logo, tal qual os cogumelos, desapareciam antes do fim de sua primeira manhã. Alguns homens tiveram sucesso. Tinha visto homens vestindo casacos de pele resplandecentes, com bochechas brancas e gordurosas que o faziam pensar na manteiga do café da manhã, e olhos que o faziam levar sua mão, nervosamente, ao maço sobre seu coração. Esses homens eram vistos nas primeiras filas dos teatros; eram vistos saindo das confeitarias com caixas brancas redondas cujo preço teria bastado para manter uma família por dois meses; eram vistos pegando carruagens e pagando pelo serviço. Os garotos insolentes da rua os chamavam de "homens da NPE" e suas caricaturas adornavam as páginas dos jornais vermelhos com críticas sardônicas aos novos abutres da NPE, mas se viam seus quentes gorros de pele nas janelas dos automóveis desfilando com os mais altos funcionários vermelhos pelas ruas de Petrogrado. Alexander Dimitrievitch se perguntava melancolicamente sobre seus segredos, mas a temível palavra "especulador" lhe dava calafrios, e ele não tinha os talentos de um chantagista.

Abandonou, então, as caixas de seu predecessor, o padeiro, mas levou para casa seu cartaz desbotado de tecido de algodão. Ele o dobrou com cuidado e o colocou na mesma caixa em que guardava o envelope com o carimbo da Fábrica de Têxteis Argounov.

"Não me tornarei funcionário dos soviéticos, mesmo que morramos todos de fome", disse Alexander Dimitrievitch.

Galina Petrovna resmungou que algo precisava ser feito. E uma ajuda inesperada apareceu sob a forma de um antigo contador da fábrica dos Argounov.

Ele usava óculos e uma jaqueta de soldado, e não se preocupava em se barbear. Mas esfregava as mãos com desconfiança, e sabia respeitar a autoridade em todas as circunstâncias.

"Tsc, tsc, tsc, senhor Alexander Dimitrievitch", disse ele. "Isso não é vida para o senhor", ele lamentou. "Bem, se nos uníssemos... se o senhor investir um pouco, eu farei todo o trabalho..."

Formaram uma sociedade. Alexander Dimitrievitch tinha que fabricar sabão. O contador de barbas longas tinha que vendê-lo; ocupava uma esquina excelente no mercado Alexandrovsky.

"O quê? Como fazer isso?", disse entusiasmado. "É tão simples como uma omelete. Eu lhe darei a melhor receita de sabão. O sabão é o produto do momento. As pessoas ficaram tanto tempo sem ele que o arrancarão de suas mãos. Vamos falir todos os demais. Conheço um lugar onde podemos conseguir gordura de porco vencida. Não é boa para comer, mas é perfeita para fazer sabão."

Alexander Dimitrievitch gastou seu último centavo para comprar gordura de porco vencida. Ele a derreteu em um grande caldeirão de cobre no fogão da cozinha. Ele se inclinou sobre os vapores, piscando, com a camiseta arregaçada acima dos cotovelos, mexendo a mistura com uma pá de madeira. Tinham que deixar a porta da cozinha aberta, pois não havia outro fogão para aquecer o apartamento. O odor amargo e rançoso de chão de fábrica e os vapores que faziam redemoinhos como em uma lavanderia subiam até o teto cheio de manchas. Galina Petrovna cortava a gordura de porco vencida na mesa da cozinha, com o dedo mindinho delicadamente levantado, pigarreando.

Lydia tocava o piano. Lydia sempre se orgulhara de duas coisas: seu magnífico cabelo, que ela penteava durante meia hora todas as manhãs, e de sua música, que praticava durante três horas por dia. Galina Petrovna lhe pedia Chopin. Lydia tocava Chopin. Aquela música melancólica, delicada como as pétalas de rosa que caem lentamente na escuridão de um antigo parque, ressoava suavemente através da névoa dos vapores do sabão. Galina Petrovna não sabia por que caíam lágrimas sobre sua faca, pensou que a gordura de porco estava irritando os seus olhos.

Kira estava sentada na mesa com um livro. O fedor do caldeirão arranhava a sua garganta como se fossem pregos afiados. Ela não dava bola para isso. Tinha que aprender e se lembrar das palavras do livro por conta daquela ponte que construiria algum dia. Mas ela parava com frequência para contemplar a palma da mão direita. Furtivamente, passava a palma da mão pela bochecha, lentamente, das têmporas até o queixo. Parecia uma rendição frente a tudo o que ela sempre havia odiado. Ela ficava ruborizada, mas ninguém podia vê-la através dos vapores.

O sabão ficou sob a forma de quadrados marrons. Alexander Dimitrievitch encontrou um velho botão de latão de sua jaqueta náutica e imprimiu uma âncora no canto de cada quadrado.

"Grande ideia, uma marca registrada", disse o contador não barbeado. Chamaremos de 'Sabão Náutico Argounov'. É um belo nome revolucionário."

Meio quilo de sabão saía mais caro para Alexander Dimitrievitch do que custava no mercado.

"Não importa", disse o sócio. "Melhor assim. Se têm que pagar mais caro, eles o apreciarão mais. É um sabão de qualidade, e não a velha porcaria que Jukov vende."

Tinha uma bandeja com alças para carregá-la nos ombros. Arranjou com cuidado os quadrados marrons na bandeja e foi assobiando para o mercado Alexandrovsky.

* * *

Em um dos corredores do Instituto, Kira viu a camarada Sonia. Ela estava fazendo um pequeno discurso a um grupo de cinco alunos mais jovens. A camarada Sonia sempre estava rodeada de muitos jovens e falava constantemente, agitando os braços como se fossem asas protetoras.

"... e o camarada Syerov é o melhor combatente dos membros dos estudantes proletários. Ninguém superou o recorde revolucionário do camarada Syerov. O camarada Syerov, o herói do Melitopol..."

Um garoto magrelo, com um chapéu de soldado para trás até a nuca, deteve seus passos bamboleantes ao cruzar o auditório e gritou para a camarada Sonia: "O herói do Melitopol? Já ouviu falar de Andrei Taganov?".

Lançou uma semente de girassol que foi parar diretamente no botão da jaqueta de couro da camarada Sonia, e saiu cambaleando com indiferença. A camarada Sonia não respondeu. Kira viu pelo olhar dela que ela não tinha gostado nada disso.

Em um dos poucos momentos em que a camarada Sonia estava sozinha, Kira lhe perguntou: "Que tipo de homem é o camarada Taganov?".

A camarada Sonia coçou a cabeça, sem sorrir.

"Um revolucionário perfeito, suponho. Alguns o chamam assim. Contudo, não é a ideia que tenho de um bom proletário, se não cede nunca, nem tenta ser sociável com seus camaradas de vez em quando... E se está pensando em ir para a cama com ele, camarada Argounova, bem, acorde! É o tipo de santo que dorme enrolado com a bandeira vermelha. Confie em mim, eu *sei.*"

Soltou uma gargalhada ao ver a expressão no rosto de Kira e se afastou, dizendo por cima do ombro: "Ah, um pouco de vulgaridade proletária não lhe fará mal!".

* * *

Andrei Taganov voltou à aula inaugural no auditório abarrotado. Abrindo o caminho a cotoveladas, chegou até Kira e sussurrou: "Entradas para amanhã à noite. Teatro Mikhailovsky. Rigoletto".

"Ah, Andrei!"

"Posso ir buscá-la?"

"É o número 14. Quarto andar, pelas escadas traseiras."

"Estarei lá às sete e meia."

"Posso lhe agradecer?"

"Não."

"Sente-se. Arranjo um espaço."

"Não posso. Preciso ir. Tenho que participar de outra palestra."

Com cuidado e sem fazer barulho, ele chegou até a porta e se virou mais uma vez para contemplar a cara sorridente dela.

* * *

Kira deu um ultimato a Galina Petrovna: "Mamãe, necessito de um vestido. Vou à ópera amanhã."

"À... ópera!", Galina Petrovna deixou a cebola que estava descascando cair. Lydia soltou seu bordado.

"Quem é ele?", murmurou Lydia.

"Um garoto. Do Instituto."

"É bonito?"

"De certa forma."

"Como se chama?", quis saber Galina Petrovna.

"Andrei Taganov."

"Taganov...? Nunca ouvi falar dele... De boa família?"

Kira sorriu e deu de ombros.

Acharam um vestido no fundo do baú. Um velho vestido de Galina Petrovna, de seda suave de cor cinza-escuro. Depois de longas discussões entre Galina Petrovna e Lydia, depois de dezoito horas em que dois pares de ombros permaneceram curvados sob a lamparina de querosene e duas mãos trabalharam febrilmente com duas agulhas, ficou pronto o vestido para Kira: um vestido simples, de mangas curtas, com uma gola de camisa, porque não havia material para cortá-lo.

Antes do jantar, Kira disse: "Cuidado quando ele chegar. Ele é comunista".

"Um comu...", Galina Petrovna deixou o saleiro cair dentro da caixa de painço.

"Kira! Você não está... não está se tornando amiga de um... *comunista*?" Lydia se engasgou. "Depois de alardear o quanto você os odeia?"

"Acontece que eu gosto dele."

"Kira, é uma vergonha! Você não tem nenhuma consideração por sua posição social. Trazer um comunista para casa! Eu, para começar, não dirigirei a palavra a ele."

Galina Petrovna não discutiu. Suspirou com amargura: "Kira, você sempre parece capaz de tornar momentos difíceis ainda mais difíceis".

Havia painço para a janta. Estava mofado e todos notaram, mas ninguém disse nada para não tirar o apetite dos outros. Tinha que ser comido, não havia outra coisa, então comeram em silêncio.

Quando soou a campainha, Lydia, curiosa apesar de suas convicções, correu para abrir a porta.

"Posso ver Kira, por favor?", perguntou Andrei, tirando o chapéu.

"Sim", disse Lydia, com frieza.

Kira fez as apresentações. Alexander Dimitrievitch disse: "Boa noite", e não voltou a falar, enquanto observava o convidado fixa e irritadamente. Lydia inclinou a cabeça e se foi.

Mas Galina Petrovna sorriu com entusiasmo: "Me alegra muito, camarada Taganov, que minha filha vá prestigiar uma verdadeira ópera proletária em um de nossos grandes teatros vermelhos!".

Os olhos de Kira encontraram os de Andrei por cima da lamparina. Ela agradeceu pela inclinação de cabeça serena e amável com que ele acolheu o comentário.

* * *

Dois dias por semana, as funções dos Teatros Acadêmicos do Estado eram "reservadas" aos Sindicatos. Não se vendiam entradas para o público em geral, elas eram distribuídas pela metade do preço entre os sindicatos profissionais. No saguão do Teatro Mikhailovsky, entre elegantes trajes novos e uniformes militares, ressoavam algumas botas de feltro e poucas mãos calosas tiravam timidamente os gorros de pele com proteção aveludada nas orelhas. Alguns eram desajeitados e inseguros, outros olhavam com insolência, desafiando aquele esplendor impressionante ao mastigarem ruidosamente sementes de girassol. As esposas dos sindicalistas passeavam altivamente entre a multidão, eretas e resplandecentes com novos vestidos da moda, com seus cabelos ondulados, suas unhas brilhantes e suas sapatilhas de couro envernizado. As limusines reluzentes chegavam, paravam ruidosamente frente à entrada, e delas saíam grossos casacos de pele que balançavam rapidamente pela calçada e esticavam mãos enluvadas que davam algumas moedas aos vendedores ambulantes maltrapilhos; estes, sombras lívidas e congeladas, apressavam-se servilmente entre o público sindicalista que não pagava entrada, mais rico, mais altivo e mais bem alimentado que o público pagante do resto dos dias.

O teatro cheirava a veludo velho, a mármore e a naftalina. Quatro níveis de camarotes erguiam-se em direção a um grande lustre de correntes de cristal que geravam pequenos arco-íris ao longo do teto. Cinco anos de revolução não tinham afetado a solene grandiosidade do teatro, deixaram tudo exceto uma coisa: a águia imperial tinha desaparecido de cima do enorme camarote central que havia pertencido à família real.

Kira se recordava das longas caudas de cetim, dos ombros brancos nus e dos diamantes que brilhavam como os cristais do lustre, movendo-se pelos carpetes laranjas dos amplos corredores. Agora havia poucos diamantes, e os vestidos eram escuros, sóbrios, de golas altas e mangas longas. Esbelta, ereta em seu vestido de cetim, entrou como tinha visto fazer várias damas muitos anos atrás, apoiando seu braço no do jovem alto com uma jaqueta de couro.

E, quando subiu a cortina e a música invadiu a sala escura e silenciosa do teatro, crescendo, retumbando contra paredes que não podiam contê-la, algo parou na garganta de Kira e ela abriu a boca para tomar fôlego. Atrás daquelas paredes havia lamparinas de querosene, homens esperando na fila para pegar o bonde, bandeiras vermelhas e a ditadura do proletariado. No cenário, sob as colunas de mármore de um palácio italiano, as mulheres moviam as mãos com suavidade e elegância, como galhos movidos pela música. As longas caudas de veludo se arrastavam pela luz ofuscante, e um jovem despreocupado, o duque de Mantua, embriagado pela luz e pela música, entoava o desafio da juventude e da alegria aos rostos cinzas e cansados na escuridão; rostos que poderiam esquecer, durante um tempo, a hora, o dia e o século.

Kira olhou uma vez para Andrei. Ele não estava olhando para o cenário; estava olhando para ela.

Durante um interlúdio, no saguão, encontraram a camarada Sonia nos braços de Pavel Syerov. Pavel Syerov estava impecável. A camarada Sonia usava um vestido de seda amassado com um corte abaixo do sovaco direito. Ela riu efusivamente, dando tapinhas no ombro de Kira.

"Você se tornou proletária, então? Ou foi o camarada Taganov que se tornou burguês?"

"Muito descortês de sua parte, Sonia", reprovou Pavel Syerov, e seus lábios pálidos formaram um grande sorriso. "Felicito a camarada Argounova por sua sábia escolha."

"Como sabe o meu nome?", perguntou Kira. "Você não me conhece."

"Sabemos de muitas coisas, camarada Argounova", respondeu ele, cordialmente. "De muitas coisas."

A camarada Sonia riu e, guiando com maestria o braço de Syerov, desapareceu na multidão.

No caminho para casa, Kira perguntou: "Andrei, você gostou da ópera?".

"Particularmente, não."

"Andrei, você vê o que está perdendo?"

"Não creio, Kira. É tudo bastante estúpido. E inútil."

"Você não consegue desfrutar das coisas inúteis apenas por serem belas?"

"Não, mas desfrutei."

"A música?"

"Não. Como você a ouviu."

Em casa, em seu colchão no chão, Kira lembrou desgostosa de que ele não havia dito nada sobre seu vestido novo.

* * *

Kira tinha dor de cabeça. Ela estava sentada junto à janela do auditório, com a testa apoiada sobre a mão, e seu cotovelo, sobre o braço da carteira. No reflexo da janela, conseguia ver uma única lâmpada elétrica no teto e sua cara de cansaço com os cabelos desgrenhados que caíam sobre seus olhos. O rosto e a lâmpada pareciam sombras incompatíveis sobre o fundo de um vento gelado do Norte que soprava do outro lado da janela, um vento sinistro e frio como sangue coagulado.

Seus pés estavam gelados pela corrente de ar que vinha do corredor. A gola da roupa apertava muito a sua garganta. Nenhuma aula jamais tinha sido tão longa. Ainda era 2 de dezembro. Ainda havia muitos dias de espera, muitas aulas. Viu que seus dedos tamborilavam suavemente na vidraça, e cada par de golpes era um nome de duas sílabas, e seus dedos repetiam incessantemente, contra sua vontade, um nome que ecoava em algum lugar de suas têmporas, um nome de três letras que não desejava ouvir, mas que ouvia sem cessar, como se algo em seu interior estivesse clamando por ajuda.

Kira não se deu conta quando a aula terminou e saiu, percorrendo um largo e escuro corredor, em direção a uma porta branca em um piso branco. Ela pisou na neve e fechou o casaco para se proteger do vento frio.

"Boa tarde, Kira", disse uma voz suave, vinda da escuridão.

Ela conhecia a voz. Seus pés pararam, depois sua respiração, depois seu coração. Em uma esquina, Leo estava em pé, apoiado em uma parede, olhando para ela.

"Leo, como pôde...?"

"Tinha que vê-la."

Seu rosto estava rígido, pálido. Não sorriu.

Ouviram passos apressados. Pavel Syerov passou com pressa por eles. Parou repentinamente, olhou na escuridão. Lançou um olhar rápido para Kira, depois deu de ombros e se afastou pela rua. Voltou-se mais uma vez para olhá-los.

"Vamos embora daqui", sussurrou Kira.

Leo chamou um trenó. Ajudou Kira a subir e ajustou a pesada manta de pele sobre os joelhos dos dois. O trenó deu um golpe e começou a andar.

"Leo, como você pôde?"

"Não havia outra forma de encontrá-la."

"E você..."

"Esperei na porta durante três horas. Quase perdi as esperanças."

"Mas, não era...?"

"Arriscado? Sim, muito."

"E você veio... outra vez... do interior?"

"Sim."

"O que você queria me dizer?"

"Nada. Só queria vê-la."

No cais, no Almirantado, Leo mandou parar o trenó e eles saíram dele e foram andando pelo parapeito. O Neva estava congelado. Uma sólida camada de gelo formava uma ampla pista branca entre suas margens altas. Pés humanos tinham deixado uma longa trilha de pegadas sobre a neve. A rua estava deserta.

Desceram pela margem íngreme até a superfície gelada do rio. Andavam em silêncio, sozinhos em meio à vastidão gelada.

O rio era uma grande fissura no coração da cidade. Estendia o silêncio de sua neve sob o silêncio do céu. À distância, as chaminés, como pequenos fósforos, esfumaçavam um fraco cumprimento marrom que se fundia com o anoitecer. E o sol se foi em meio a uma névoa de gelo e fumaça; então, foi cortado por um raio vermelho, aberto e brilhante como carne viva; depois, a ferida se fechou e o sangue fluiu lentamente no alto do céu, como se fosse coberto por uma pele nebulosa, um laranja opaco, um amarelo vibrante, um violeta suave que se rendia e se tornava um azul irrevogável. As casinhas, altas e bem distantes, cortavam sombras pardas, descontínuas, no céu. Algumas janelas recolhiam gotas de fogo vindas de cima, outras respondiam debilmente com pequenas luzes metalizadas, frias e azuladas como a neve. E a agulha dourada do Almirantado sustentava desafiante um sol desvanecido bem alto sobre a cidade escura.

Kira sussurrou: "Eu estava pensando em você... hoje".

"Você estava pensando em mim?"

Os dedos dele machucavam o braço dela, ele se inclinou em direção a ela com os olhos muito abertos, ameaçadores e risonhos em sua elevada compreensão, acariciadores e autoritários.

Ela sussurrou: "Sim".

Estavam no meio do rio. Um bonde passou retumbando pela ponte, fazendo vibrar as vigas até sua base, no fundo do rio. A cara de Leo estava séria. Ele disse: "Também tenho pensado em você. Mas não queria. Resisti até agora".

Ela não respondeu. Permanecia ereta, tensa, imóvel.

"Você sabe o que eu queria lhe dizer", disse ele, com o seu rosto muito próximo do dela.

E, sem pensar, sem vontade, sem perguntar nada, com uma voz que não era a sua, mas de alguém que lhe dava uma ordem, respondeu: “Sim”.

Seu beijo parecia uma ferida.

Os braços dela se fecharam em torno do encanto assustador de um corpo de homem. Ela o ouviu sussurrando, tão perto dela que seus lábios pareciam ter ouvido antes: “Kira, eu a amo”.

E a voz da ordem se repetiu através dos lábios de Kira com persistência, com desejo, com loucura: “Leo, eu o amo... eu o amo... eu o amo...”.

Um homem passou próximo deles. A chama de um cigarro respingou na escuridão.

Leo a tomou pelo braço e a guiou por um terreno perigoso, através da neve profunda e compacta, até a ponte.

Permaneceram à sombra dos arcos de aço. Sobre eles, através da armação negra acima, viram como o céu vermelho agonizava lentamente.

Ela não sabia o que ele estava dizendo; sabia que seus lábios estavam juntos. Não sabia que a gola de seu casaco estava aberta; sabia que a mão dele estava em seu peito, e que essa mão estava mais faminta que seus lábios.

Quando um bonde passou pela ponte sobre suas cabeças, o aço retumbou convulsivamente e um estrondo surdo se propagou por todas suas estruturas. E por um longo tempo depois de que se fora, a ponte se queixou.

As primeiras palavras que ela recordou foram: “Virei amanhã”.

Depois encontrou sua própria voz, ficou de pé e disse: “Não. É muito perigoso. Temo que alguém possa vê-lo. Há espiões no Instituto. Espere uma semana”.

“Tanto assim?”

“Sim.”

“Aqui?”

“Não, em nosso antigo lugar. Pela noite. Às nove.”

“Será difícil esperar.”

“Sim, Leo... Leo...”

“O quê?”

“Nada... gosto de ouvir o seu nome.”

Nesta noite, no colchão do canto do quarto, deitada e quieta, viu como o quadrado azul da janela se tornava rosa.

# VIII

NO DIA SEGUINTE, NO CORREDOR DO INSTITUTO, UM ESTUDANTE com uma insígnia vermelha a parou.

"Cidadã Argounova, querem que você se dirija para a Célula Comunista. De imediato."

Na sala da Célula Comunista, sentado em uma grande mesa vazia, estava Pavel Syerov.

Ele perguntou: "Cidadã Argounova, quem era o homem que estava no portão contigo na noite passada?".

Pavel Syerov estava fumando. Segurava o cigarro fortemente entre os lábios e olhava para Kira através da fumaça.

Ela perguntou: "Que homem?".

"A camarada Argounova tem problemas de memória? O homem com quem a vi na porta ontem à noite."

Havia um retrato de Lênin pregado na parede, atrás de Pavel Syerov. Lênin olhava de lado, piscando sorrateiramente, com o rosto congelado em meio sorriso.

"Ah, sim, eu me lembro", disse Kira. "Havia um homem. Mas não sei quem era. Ele me perguntou como encontrar uma rua."

Pavel Syerov sacudiu as cinzas de seu cigarro em um cinzeiro quebrado. Disse, com tom cordial: "Camarada Argounova, você é aluna do Instituto Tecnológico. Sem dúvida, deseja continuar sendo".

"Sem dúvida", disse Kira.

"Quem era aquele homem?"

"Não fiquei interessada o bastante para perguntar."

"Muito bem, não insistirei. Tenho certeza de que ambos sabemos o nome dele. Eu só quero o endereço dele."

"Bem, deixe-me pensar... Sim, queria saber como chegar à rua Sadovaia. Talvez você possa encontrá-lo lá."

"Camarada Argounova, devo recordá-la que os senhores de sua facção sempre nos acusaram, os estudantes proletários, de pertencer a uma organização da Polícia Secreta. E, é claro, isso pode ser verdade, sabe?"

"Então, posso fazer uma pergunta para *você*?"

"Por que não? Sempre me interessa agradar uma dama."

"Quem *era* esse homem?"

Pavel deu um soco na mesa. "Cidadã Argounova, preciso lembrar-lhe de que isso não é uma piada?"

"Se não é, você poderia me dizer o que é?"

"Você irá entender o que é, e logo. Você já viveu o bastante na Rússia soviética para entender o quão grave é proteger contrarrevolucionários."

Uma mão abriu a porta sem bater. Andrei Taganov entrou. Sua cara não demonstrou nem surpresa, nem emoção. A de Syerov, sim: levou o cigarro rapidamente de volta à boca.

"Bom dia, Kira", disse Andrei, calmamente.

"Bom dia, Andrei", respondeu ela.

Ele se aproximou da mesa. Pegou um cigarro e o aproximou do que estava na mão de Syerov. Syerov esperava. Mas Andrei não disse nada; permaneceu de pé junto à mesa, enquanto a fumaça de seu cigarro subia formando uma coluna reta. Contemplava Kira e Syerov, em silêncio.

"Camarada Argounova, eu não duvido de sua lealdade política", disse amavelmente o camarada Syerov. "Estou certo de que não será difícil para você responder a uma simples pergunta sobre um endereço."

"Eu disse que não o conheço. Nunca o tinha visto antes. Não tenho como saber qual é o endereço dele."

Pavel Syerov tentou observar dissimuladamente a reação de Andrei; mas Andrei não se moveu. Pavel Syerov se inclinou para frente e disse em voz baixa, em tom confidencial: "Camarada Argounova, quero que entenda que esse homem é procurado pelo Estado. Talvez não seja de nossa incumbência procurá-lo, mas se nos ajudar a encontrá-lo, será muito benéfico para você, para mim... e para todos nós", disse, com ênfase.

"E se eu não puder ajudá-lo – que devo fazer?"

"Deve ir para casa, Kira", disse Andrei.

Syerov largou seu cigarro.

"Quer dizer", complementou Andrei, "se não tiver que assistir a mais aulas. Se precisarmos de você, *eu* pedirei que a chamem."

Kira deu meia volta e saiu. Andrei sentou-se em uma quina da mesa e cruzou as pernas.

Pavel Syerov sorriu. Andrei não estava olhando para ele. Pavel Syerov pigarreou e disse: "É claro, Andrei, velho amigo, espero que não pense que eu... porque é sua amiga e...".

"Não penso", disse Andrei.

"Eu nunca questionaria ou criticaria os seus atos. Nem mesmo se eu pensasse que não é um sinal de disciplina desautorizar um companheiro comunista frente a alguém de fora."

"Que disciplina lhe permitiu chamá-la para interrogá-la?"

"Desculpe, amigo. Culpa minha. É claro, só estava tentando ajudá-lo."

"Eu não pedi ajuda."

"Foi assim, Andrei: eu a vi com ele no portão na noite passada. Eu o reconheci pelas fotografias. A GPU está procurando por ele há quase dois meses."

"Por que não me informou sobre isso?"

"Bem, não tinha certeza de que era ele. Poderia estar equivocado... e..."

"E, neste caso, a sua ajuda teria sido útil... para você."

"Caramba, amigo, você está me acusando de ter algum interesse pessoal? Talvez tenha excedido minha autoridade nesses pequenos assuntos da GPU que são responsabilidade de seu cargo, mas eu só estava pensando em ajudar um companheiro proletário em seu dever. Você sabe que nada pode me impedir na hora de cumprir meu dever, nem sequer qualquer... vínculo emocional."

"Romper a disciplina do Partido é romper a disciplina do Partido, não importa quem o faça."

Pavel Syerov estava olhando fixamente para Andrei Taganov, enquanto respondia, lentamente: "Isso é o que eu sempre disse".

"Nunca é recomendável o excesso de zelo no cumprimento do próprio dever."

"Sem dúvida. Isso é tão ruim quanto ser negligente."

"No futuro, qualquer interrogatório político nesta unidade será feito por mim."

"Como queira, amigo."

"E, se alguma vez, achar que não posso cumprir essa tarefa, informe ao Partido e peça minha destituição."

"Andrei, como pode dizer isso? Você não acha que questiono a sua inestimável importância para o Partido, não é? Não fui sempre eu o seu grande admirador – você, o herói de Melitopol? Não somos velhos amigos? Não lutamos juntos nas trincheiras, você e eu, sob a bandeira vermelha, ombro a ombro?"

"Sim", disse Andrei, "nós lutamos."

* * *

No ano de 1896, a casa de tijolo vermelho do distrito industrial da fábrica de Putilovsky em São Petersburgo não tinha sistema de encanamento. As cinquenta famílias proletárias que se aglutinavam em seus três andares tinham cinquenta barris nos quais armazenavam água. Quando Andrei Taganov nasceu, um vizinho amável subiu com um deles pelo patamar da escada; a água estava congelada; o vizinho rompeu o gelo com uma machadinha e esvaziou o barril. A jovem mãe, suas mãos pálidas e trêmulas, enfiou um velho travesseiro no barril. Essa foi a primeira cama de Andrei.

Sua mãe se inclinou sobre o barril e riu; riu feliz, histérica, até que as lágrimas caíram nas covinhas das pequenas mãozinhas vermelhas. Seu pai só soube de seu nascimento três dias depois do ocorrido. Estava fora há uma semana, e os vizinhos cochichavam sobre isso.

No ano de 1905, os vizinhos já não precisavam mais cochichar sobre o pai. Ele não ocultava a bandeira vermelha que carregava pelas ruas de São Petersburgo, nem os panfletos brancos que semeava no solo escuro das massas, nem as palavras que bradava sua potente voz como um forte vendaval que espalhava sementes: as palavras incendiárias que alimentavam as chamas da primeira revolução da Rússia.

Andrei tinha dez anos. Em um canto da cozinha, contemplava os botões de metal dos uniformes dos gendarmes. Eles tinham bigodes negros e fuzis de verdade. Seu pai vestiu o uniforme devagar. Deu um beijo nele e na mãe dele. As botas dos gendarmes rasparam a pintura que restava no chão da cozinha. Os braços de sua mãe se agarraram como tentáculos nos ombros de seu pai. Uma mão forte os separou. Ela caiu, de joelhos. Deixaram a porta aberta. Seus passos ressoaram pelas escadas. Os cabelos de sua mãe se espalharam pelos tijolos dos patamares da escada.

Andrei escrevia as cartas de sua mãe. Nenhum deles tinha aprendido a escrever, mas Andrei aprendeu por conta própria. As cartas eram dirigidas a seu pai, e o endereço, com a grande e torta letra manuscrita de Andrei, era o de um povoado na Sibéria. Com o passar do tempo, sua mãe deixou de ditar cartas. Seu pai jamais regressou.

Andrei carregava os cestos de roupa que sua mãe lavava. Ele mesmo cabia dentro de um dos cestos, mas era forte. Em seu novo quarto no sótão havia sempre uma espuma branca, como uma nuvem, que enchia a tina de madeira sob as mãos inchadas de sua mãe, e um vapor branco, como a neve, que flutuava sob o teto. Não conseguiam ver que lá fora havia chegado a primavera, mas sequer teriam podido vê-la se não houvesse o vapor, porque a janela dava para calçada, e só conseguiam ver as novas e reluzentes botas de inverno dos transeuntes que cruzavam sobre a neve que começava a derreter, e, uma vez, alguém soltou uma folha verde ao lado da janela.

Andrei tinha doze anos quando sua mãe morreu. Alguns disseram que a tina de madeira a havia matado, porque sempre estava demasiado cheia, outros, que havia sido a dispensa da cozinha, porque sempre estava demasiado vazia.

Andrei foi trabalhar em uma fábrica. Passava o dia junto à máquina, e seus olhos eram frios como o aço das estruturas dela; suas mãos, firmes como as alavancas dela; e seus nervos, tensos como as correias de transmissão dela. Pela noite, se amontoava no chão, atrás de uma barricada de caixas vazias no canto que tinha alugado; precisava dessa barricada porque os inquilinos dos outros três cantos se opunham à luz da vela quando queriam dormir, e Agrafena Vlassovna, a caseira, não aprovava a leitura de livros. Assim, Andrei colocava a vela no chão, segurava o livro perto dela e lia bem lentamente, envolvendo seus pés com jornais, pois estavam muito frios; e a neve gemia ao golpear a janela, os inquilinos dos três cantos roncavam, Agrafena Vlassovna babava em seu sono, a vela derramava, e todo mundo dormia, menos Andrei e as baratas.

Falava muito pouco, dificilmente sorria e jamais dava esmolas a mendigos.

Às vezes, aos domingos, passava por Pavel Syerov na rua. Eles se conheciam, como todas as crianças do bairro se conheciam, mas não conversavam com frequência. Pavel não gostava das roupas de Andrei. Pavel andava com o cabelo alinhado e sua mãe o levava à igreja. Andrei nunca ia à igreja.

O pai de Pavel era um balconista da loja de armarinhos e passava pomada no bigode seis dias por semana. Nos domingos, bebia e batia na sua mulher. O pequeno Pavel gostava de sabão perfumado, quando conseguia roubá-lo do boticário, e estudava os mandamentos de Deus – vestindo sua melhor camisa branca – com o pároco.

No ano de 1915, Andrei estava junto à máquina, e seus olhos eram mais frios que o aço das estruturas dela, suas mãos, mais firmes que as alavancas dela, e seus nervos, mais frios e firmes que ambos. Sua pele estava bronzeada pelo fogo dos fornos, e seus músculos, e a vontade que havia por trás deles, eram temperados pelo metal que tinha manipulado. E os panfletos brancos que seu pai havia semeado reapareceram nas mãos de seu filho. Mas ele não os lançava para a multidão sobre as asas de discursos flamejantes; compartilhava-os disfarçadamente, por mãos furtivas, e as palavras que as acompanhavam eram sussurradas. Seu nome figurava na lista de um Partido sobre o qual poucos se atreviam a murmurar e, através das misteriosas e invisíveis veias da fábrica Putilovsky, transmitiu as mensagens de um homem chamado Lênin.

Andrei Taganov tinha dezenove anos. Andava depressa, falava devagar e nunca ia a bailes. Recebia e dava ordens, e não tinha amigos. Contemplava os superintendentes com abrigos de pele e os mendigos aos trapos com os mesmos olhos impávidos, e não sentia compaixão.

Pavel Syerov era balconista de uma mercearia. Aos domingos, ele se reunia com um conjunto de amigos no bar da esquina, reclinado na cadeira, e soltava impropérios ao garçom se ele não servisse rapidamente. Emprestava seu dinheiro sem cobrar juros e ninguém lhe negava um empréstimo. Colocava seus sapatos de couro quando levava uma garota para dançar, e impregnava seu lenço com água de colônia. Ele gostava de pegar as moças pela cintura e dizer: "Não somos plebeus, querida. Somos cavalheiros".

No ano de 1916, Pavel Syerov perdeu seu emprego na mercearia devido a uma disputa por uma garota. Era o terceiro ano da guerra, os preços estavam elevados, e os empregos, escassos. Pavel Syerov atravessava o portão da fábrica Putilovsky nas manhãs de inverno, quando ainda era cedo e estava tão escuro que as lâmpadas que iluminavam a entrada o faziam abrir à força os olhos inchados de sono, e ele bocejava por trás de sua gola levantada. No início, evitou seus antigos companheiros, pois sentia vergonha de admitir que estava trabalhando. Mais tarde, ele os evitou porque sentia vergonha de admitir que eles tinham sido seus amigos. Ele divulgava panfletos brancos, pronunciava discursos em reuniões secretas e recebia ordens de Andrei Taganov só porque "Andrei está nisso há mais tempo, mas esperem só eu o alcançar". Os trabalhadores gostavam de "Pavlusha". Quando, por casualidade, encontrava um de seus antigos amigos, passava altivamente por ele, como se tivesse herdado um título de nobreza, e falava da superioridade do proletariado sobre a insignificante e pequena burguesia, segundo Karl Marx.

Em fevereiro do ano de 1917, Andrei Taganov conduziu as multidões pelas ruas de Petrogrado. Levava sua primeira bandeira vermelha, sofria seu primeiro ferimento e matava o primeiro homem, um gendarme. A única coisa que o impressionou foi a bandeira.

Pavel Syerov não viu como a Revolução de Fevereiro surgiu triunfante das calçadas da cidade. Estava trancado em casa, resfriado.

Mas, em outubro de 1917, quando o Partido, cujos carnês de associado incluíam Andrei e Pavel, chegou ao poder, estavam ambos nas ruas. Andrei Taganov, seus cabelos ao vento, lutou na esplanada do Palácio de Inverno. Pavel Syerov recebeu o crédito por parar – depois que a maioria dos tesouros já tinha desaparecido – o saque de uma mansão do Grão-Duque.

No ano de 1918, Andrei Taganov, em um uniforme do Exército Vermelho, marchou com outras filas de uniformes distintos, saindo dos comércios e fábricas, pelas ruas de Petrogrado, ao som de "A Internacional", até os depósitos e, por fim, à frente da guerra civil. Marchou solenemente, com um triunfo silencioso, como um homem que caminha para o altar.

A mão de Andrei empunhava a baioneta como se fosse de aço, e apertava o gatilho como se manipulasse uma alavanca. No leito voluptuoso da lama de uma trincheira, seu corpo era jovem, flexível, como um galho entortado pelo sol. Sorria lentamente e disparava rápido.

No ano de 1920, o destino de Melitopol estava por um fio entre o Exército Branco e o Exército Vermelho. O fio se rompeu em uma escura noite de primavera. A ruptura era esperada. Os dois exércitos defendiam suas últimas posições em um vale estreito e silencioso. No lado do Exército Branco havia um desejo desesperado de manter Melitopol, uma divisão cinco vezes superior à de seus adversários, e reinava um vago e duro ressentimento dos soldados contra seus superiores e uma taciturna e secreta simpatia pela bandeira vermelha das trincheiras existentes a alguns metros de distância. No lado do Exército Vermelho, reinava uma disciplina de ferro e se trabalhava muito.

Imóveis, separadas por algumas centenas de metros de distância, duas trincheiras de baionetas cintilavam fracamente como a água sob um céu escuro, homens prontos e silenciosos, rígidos, esperando. Rochas negras atingiam o céu no Norte, e rochas negras atingiam o céu no Sul, mas entre elas havia um vale estreito, onde ainda se podia ver a relva entre montes de terra e espaço suficiente para disparar, gritar, morrer e decidir o destino daqueles além das rochas de ambos os lados. As baionetas nas trincheiras não se moviam. E as folhas de grama também não se moviam, porque não havia vento e nem fôlego vindo das trincheiras para agitá-las.

Andrei Taganov estava de guarda, ereto, e pediu permissão ao comandante para executar o plano que tinha explicado. O comandante disse: "É a sua morte, dez contra um, camarada Taganov".

Andrei disse: "Não importa, camarada comandante".

"Tem certeza de que consegue?"

"Considere feito, camarada comandante. Já estão prontos. Só precisam de um empurrão."

"O proletariado lhe agradece, camarada Taganov."

Então, os que estavam nas primeiras trincheiras o viram subir até o topo. Levantou seus braços contra o céu escuro; seu corpo parecia alto e magro.

Depois caminhou, com os braços levantados, em direção às trincheiras brancas. Andava com passos firmes, sem se precipitar. As folhas de grama estalavam, partindo sob seus pés, e o som chegou até o vale. Os brancos o observavam e esperavam em silêncio.

Ele parou a poucos passos das trincheiras brancas. Não conseguia ver os diversos fuzis que apontavam para seu peito, mas sabia que eles estavam lá. Rapidamente, tirou a cartucheira do cinto e a jogou no solo. "Irmãos", gritou. "Não tenho armas. Não estou aqui para atirar. Só quero lhes dizer algumas palavras. Se não querem me ouvir, me abatam de uma vez."

Um oficial levantou um fuzil, outro o baixou. Não gostou do olhar de seus soldados, estavam segurando baionetas, mas não estavam apontando para o desconhecido, era mais seguro deixá-lo falar.

"Irmãos! Por que lutam contra nós? Vocês estão nos matando porque queremos dar-lhes a vida? Por que queremos que tenham pão e queremos dar-lhes terra para cultivar? Por que queremos abrir a porta de vossa pocilga para um Estado onde serão homens, como eram quando nasceram, mas que já esqueceram? Irmãos, são vossas vidas pelas quais estamos lutando – contra os fuzis! Quando nossa bandeira vermelha, a nossa e a vossa, surgir..."

Ouviu-se um disparo, um ruído seco e cortante, como se tivesse danificado um cano no vale, e uma pequena chama azul saiu do fuzil de um oficial, empunhado com força sob seus lábios azuis. Andrei Taganov vacilou, seus braços se agitaram no céu e caiu sob a terra ensanguentada.

Depois houve mais disparos, balas que sibilaram nas trincheiras brancas, mas elas não vinham do outro lado. Jogaram o corpo de um oficial para fora da trincheira e um soldado agitou os braços para os soldados vermelhos, gritando: "Camaradas!". Houve grandes urros e pés que saíram na correria ao cruzarem o vale; bandeiras vermelhas ondulantes e mãos que levantavam o corpo de Andrei, sua cara branca sobre a terra negra, seu peito quente e viscoso.

Então, Pavel Syerov, do Exército Vermelho, saltou às trincheiras brancas onde os soldados vermelhos e brancos estavam se dando as mãos, e gritou, de pé sobre uma montanha de sacos:

"Camaradas! Permitam-me saudar o despertar da consciência de classe! Outro passo na marcha da história em direção ao comunismo! Abaixo os malditos exploradores burgueses! Saqueiem os saqueadores, camaradas! Quem não trabalhar duro, não comerá! Proletários do mundo, uni-vos! Como disse o camarada Karl Marx, se nós, a classe dos..."

Andrei Taganov se recuperou de seu ferimento em poucos meses. Ficou uma cicatriz em seu peito. A da têmpora foi fruto de outra batalha. Não gostava de falar dessa outra batalha, e ninguém soube o que tinha ocorrido depois disso.

Foi na batalha de Perekop de 1920 que a Crimeia passou pela terceira e última vez para as mãos dos soviéticos. Quando Andrei abriu os olhos, viu uma névoa branca que cobria o seu peito e o pressionava como um fardo pesado. Por trás da névoa, algo vermelho e brilhante vinha em direção a ele. Abriu a boca e viu como uma névoa branca que saía de seus lábios e se misturava à que havia acima. Depois pensou que fazia frio, e que o frio o mantivera pregado ao solo, com uma dor aguda como se pregos perfurassem cada músculo seu. Sentou-se, e então compreendeu que não era só o frio de seus músculos, mas um buraco negro em sua coxa, coberto de sangue, e outro ferimento ensanguentado em sua têmpora direita. Também se deu conta de que a névoa branca não estava próxima de seu peito; havia espaço suficiente para ele ficar de pé. Estava muito longe, no céu, e a aurora vermelha a cortava como uma débil linha horizontal, mais distante ainda.

Ele se levantou. O som de seus passos parecia alto demais no silêncio sem fim. Tirou o cabelo dos olhos e pensou que a névoa branca de cima era o hálito congelado dos homens que o rodeavam. Mas sabia que aqueles homens já não respiravam. O sangue era púrpuro e acastanhado, e Andrei não teria sabido dizer onde terminavam os corpos e começava a terra, nem se as manchas brancas eram acúmulos de névoa ou rostos humanos.

Viu um corpo sob seus pés, e ao seu lado, um cantil. O cantil estava intacto, o corpo, não. Inclinou-se e de sua têmpora caiu uma gota vermelha sobre o cantil. Ele bebeu.

Uma voz lhe pediu: "Dê-me de beber, irmão".

Os restos de um homem se arrastaram até ele, saindo de uma fissura no chão. Não tinha uniforme, tão só uma camisa que tinha sido branca e umas botas que combinavam com ela, mesmo que agora não parecesse haver nada que combinasse.

Andrei compreendeu que era um dos brancos. Segurou a cabeça do homem e aproximou o cantil de seus lábios, que eram da mesma cor do sangue sobre a terra. O peito do homem tremeu convulsivamente e se ouviu o borbulhar do líquido. Ninguém mais se movia ao redor deles.

Andrei não sabia quem tinha vencido a batalha da noite anterior. Não sabia quem tinha conquistado a Crimeia, nem – o que era mais importante para muitos deles – se tinham capturado o capitão Karsavin, um dos homens mais temíveis do Exército Branco, um homem que tinha ceifado muitas vidas vermelhas, cuja cabeça valia um preço alto em dinheiro vermelho. Andrei queria andar. Em alguma parte, esse silêncio deveria acabar. Encontraria outros homens, em alguma parte, não sabia se vermelhos ou brancos, mas começou a andar em direção ao amanhecer.

Caminhava sobre uma terra suave, úmida do orvalho, mas limpa e vazia, por um caminho que levava a algum lugar, quando ouviu um ruído atrás dele, como de esquis pesados arrastados pela lama. O homem branco o seguia. Ele se apoiava em um pedaço de madeira e seus pés andavam sem se levantar do chão. Andrei parou e o esperou. Os lábios do homem se abriram em um sorriso. Ele disse: "Posso segui-lo, irmão? Não estou muito... estável para encontrar meu caminho sozinho".

Andrei disse: "Você e eu não seguimos o mesmo caminho, amigo. Quando encontrarmos homens, será o fim, para você ou para mim".

"Nos arriscaremos", disse o homem.

"Nos arriscaremos", disse Andrei.

Assim, caminharam juntos até o anoitecer. Margens altas protegiam o caminho e as sombras dos matagais secos pendiam imóveis sobre suas cabeças, com finos galhos que pareciam dedos de esqueletos espalhados, entranhados na névoa. As raízes envolviam o caminho, e seus quatro pés as cruzavam lentamente, com um esforço silencioso. À frente deles, o céu queimava a névoa. Havia uma sombra rosada sobre a testa de Andrei; sobre sua têmpora esquerda, as gotas de suor eram transparentes como vidro; sobre sua têmpora direita, as gotas eram vermelhas. O outro homem respirava como se jogasse dados bem no fundo de seu peito.

"Enquanto um homem conseguir caminhar...", disse Andrei.

"... ele caminha", concluiu o homem.

Seus olhos se encontraram como se se sustentassem mutuamente.

Pequenas gotas vermelhas seguiam seus passos na terra macia e úmida, à direita e à esquerda do caminho.

Então, o homem caiu. Andrei parou. O homem disse: "Siga em frente".

Andrei colocou o braço do homem em seu ombro e seguiu, cambaleando um pouco devido ao peso.

O homem disse: "Você é um idiota".

"Não se abandona um bom soldado, não importa a cor do seu uniforme", disse Andrei.

O homem disse: "Se encontrarmos os meus, pedirei que sejam brandos contigo".

"Buscarei que seja internado em um hospital penitenciário, com uma cama confortável – se forem os meus", respondeu Andrei.

Então, Andrei seguiu com cuidado para não cair devido ao peso. E ouviu com atenção o coração que batia com dificuldades contra suas costas.

A névoa se dissipara e o céu queimava como um grande forno em que o ouro não se fundia em líquido, mas em ar ardente. Em contraste com o dourado, viram blocos negros empilhados de um povoado distante. Um longo poste entre os blocos apontava para o céu verde e limpo, como se alguém o tivesse lavado com um grande esfregão durante a noite. Havia uma bandeira no poste e ela tremulava no vento da manhã como uma pequena asa negra contrastando com o amanhecer. E os olhos de Andrei, e os olhos sem lágrimas do homem que levava sobre os ombros, olharam fixamente para aquela pequena bandeira, com a mesma pergunta. Mas eles ainda estavam muito longe.

Quando viram a cor da bandeira, Andrei parou e desceu o homem com cuidado; esticou os braços, para descansar e em saudação. A bandeira era vermelha.

O homem disse, em um tom estranho: "Deixe-me aqui".

"Não tema", disse Andrei, "não somos tão duros com os companheiros soldados."

"Não", disse o homem, "com os companheiros soldados, não."

Então, Andrei se deu conta de uma manga que estava sobre o cinto do homem, e sobre ela viu as insígnias de um capitão.

"Se você tem compaixão", disse o homem, "deixe-me aqui."

Mas Andrei já tinha tirado o cabelo pegajoso do homem de sua face, e contemplava com atenção, pela primeira vez, um rosto jovem e indômito que havia visto em fotografias.

"Não", disse Andrei, muito lentamente. "Não posso fazer isso, capitão Karsavin."

"Tenho certeza de que morrerei aqui", disse o capitão.

"Não se pode arriscar", disse Andrei, "com inimigos como você."

"Não", disse o capitão, "não se pode."

Ele se levantou apoiando-se em uma mão. Sua face, jogada para trás, estava muito pálida. Olhava o alvorecer.

Disse: "Quando era criança, sempre quis ver um amanhecer. Mas minha mãe nunca me deixou levantar tão cedo. Temia que eu pegasse um resfriado".

"Permitirei que descanse um pouco", disse Andrei.

"Se tiver compaixão", disse o capitão Karsavin, "atirará em mim."

"Não", disse Andrei, "não posso."

Então, ficaram em silêncio.

"Você é um homem?", perguntou o capitão Karsavin.

"O que você quer?", perguntou Andrei.

O capitão disse: "A sua pistola".

Andrei olhou fixamente para aqueles olhos escuros e serenos, e estendeu a mão. O capitão deu-lhe um aperto. Quando separaram as mãos, Andrei deixou sua pistola.

Depois, ergueu-se e seguiu para o povoado. Quando ouviu o disparo, não olhou. Andava seguro, com a cabeça erguida, os olhos focados na bandeira vermelha que tremulava contra o nascer do sol. Algumas gotas vermelhas seguiam os passos na terra fofa e úmida – apenas de um lado do caminho.

# IX

O SABÃO NÁUTICO ARGOUNOV FOI UM FRACASSO.

O contador, que não se barbeava, coçou sua testa, murmurou algo sobre a concorrência burguesa sem princípios e desapareceu com o dinheiro das três unidades que tinha vendido.

Alexander Dimitrievitch ficou com uma bandeja cheia de sabão e totalmente desesperado.

O rigor de Galina Petrovna descobriu a próxima aventura empresarial da família.

Seu novo chefe tinha um chapéu negro de astracã e um colarinho alto de astracã. Chegava ofegante após subir quatro lances de escada, retirava das misteriosas profundezas de seu imenso casaco de pele um grosso fardo de notas velhas, contando-as com cuspe nos dedos e estava sempre com pressa.

"Há dois tipos", explicou, "os cristais em tubos de vidro e os torrões que vão nas caixas de papel. Eu disponibilizo o material. Vocês empacotam. Lembrem bem: na caixa com a etiqueta de 'Cem', devem colocar apenas oitenta e sete pastilhas. Há um grande futuro na sacarina."

O cavalheiro do chapéu de astracã tinha uma grande equipe: uma rede de famílias que empacotavam sua mercadoria, uma rede de vendedores ambulantes que vendiam nas esquinas das ruas e uma rede de contrabandistas que lhe traziam milagrosamente a sacarina da longínqua Berlim.

Quatro cabeças se inclinavam ao redor da lamparina na cozinha dos Argounov e oito mãos contavam com cuidado, monotonia e desespero: seis pequenos cristais de uma reluzente lata de estanho que vinha do estrangeiro em cada tubinho de vidro, e oitenta e sete torrões brancos em cada caixinha branca. As caixas vinham sob a forma de folhas de papelão; precisavam ser cortadas e montadas; levavam inscrições em alemão, em letras verdes: "Autêntica Sacarina Alemã"; o outro lado da folha levava as cores brilhantes de anúncios russos antigos.

"Sinto muito por seus estudos, Kira", disse Galina Petrovna, "mas precisa nos ajudar. Você precisa comer, não é?"

Naquela noite, só havia três cabeças e seis mãos em torno da lamparina: Alexander Dimitrievitch tinha sido mobilizado. Uma tempestade de neve tinha formado uma camada profunda e pesada sobre as calçadas de Petrogrado; uma mobilização de todos os comerciantes privados e burgueses desempregados tinha sido organizada com o propósito de remover a neve. Eles tinham que se apresentar no alvorecer; eles se esforçavam e se inclinavam sobre o gelo, seus narizes azulados pelo frio umedeciam, as velhas luvas de lã pegavam as pás, carne viva nas fendas das luvas; eles trabalhavam, curvando-se e grunhindo, pás exaustivamente atacando paredes brancas. Eles lhes davam pás, mas nenhum pagamento.

Maria Petrovna foi visitá-los. Desenrolou os metros de cachecol de seu pescoço e sacudiu a neve das botas de feltro na antessala, tossindo.

"Não, não, Marussia", protestou Galina Petrovna. "Obrigada, mas não pode nos ajudar. O pó a faria tossir. Sente-se perto do fogão. Aqueça-se."

"... setenta e quatro, setenta e cinco, setenta e seis... Quais são as novidades, tia Marussia?", perguntou Lydia.

"Graves são nossos pecados", suspirou Maria Petrovna. "Isso é tóxico?"

"Não, é inofensivo. Apenas doce. A sobremesa da Revolução."

"Vasili vendeu a mesa de mosaico da sala de visitas... Cinquenta milhões de rublos e dois quilos de banha. Fiz uma omelete com a farinha de ovo que nos deram na cooperativa. Não podem me convencer de que a fizeram com ovos frescos."

"Dezesseis, dezessete, dezoito... dizem que a NPE deles é um fracasso, Marussia... dezenove, vinte... devolverão as casas a seus proprietários em pouco tempo."

Maria Petrovna tirou uma pequena lixa de seu bolso e seguiu falando, polindo mecanicamente as unhas. Suas mãos sempre tinham sido seu orgulho, e não iria descuidar delas, mesmo que pensasse, às vezes, que elas tinham mudado um pouco.

"Você soube de Boris Koulikov? Ele estava com pressa e tentou entrar em um tranvia superlotado que estava em alta velocidade. Perdeu as duas pernas."

"Marussia! Qual é o problema com seus olhos?"

"Não sei. Tenho chorado muito ultimamente... e sem nenhum motivo."

"Não há consolo espiritual nesses tempos, tia Marussia...", suspirou Lydia, "... cinquenta e oito, cinquenta e nove... Aqueles pagãos! Aqueles apóstatas sacrílegos! Eles levaram os ícones de ouro das igrejas para mitigar a miséria que eles próprios criaram. Profanaram as relíquias sagradas... sessenta e três, sessenta e quatro, sessenta e cinco... Todos seremos castigados, porque eles afrontaram Deus."

"Irina perdeu seu cupom de racionamento", suspirou Maria Petrovna. "Não lhe darão nada até o final do mês."

"Não me surpreende", disse Lydia friamente. "Não se pode confiar em Irina."

Lydia detestava sua prima desde que esta, seguindo seu costume de expressar suas opiniões pessoais com desenhos, retratara Lydia como um peixe cavalinha.

"O que você tem em seu lenço, Marussia ?", perguntou Galina Petrovna.

"Ah... nada... desculpe... está sujo. Não consigo dormir mais à noite, parece. Parece que minha camisola está sempre quente e pegajosa. Estou muito preocupada com Victor. Agora ele traz pessoas muito estranhas para casa. Não tiram os gorros na sala de estar e atiram as cinzas de seus cigarros no sofá. Creio que são... comunistas. Vasili não disse uma palavra. E isso me assusta. Eu sei o que ele pensa: 'Comunistas em casa!'"

"Vocês não são os únicos", disse Lydia, dando uma olhada fria para Kira, que enfiava cristais em um tubo de vidro.

"Tento falar com Victor e ele responde: 'A diplomacia é a mais elevada das artes'. Graves são nossos pecados!"

"Deveria cuidar dessa tosse, Marussia."

"Ah, isso não é nada. Nada mesmo. É só o tempo frio. Os médicos são uns idiotas e não sabem o que dizem."

Kira contou os cristais na palma de sua mão. Tentou não respirar, nem engolir; quando o fazia, o pó branco, passando por seus lábios e narinas, irritava sua garganta com a dor de uma doçura penetrante e metálica.

Maria Petrovna seguia tossindo: "Sim, Nina Mirskaia... Imagine! Nem sequer um casamento civil soviético. E o pai dela, que Deus o tenha, era um bispo... Dormem juntos, como gatos".

Lydia pigarreou e ruborizou.

Galina Petrovna disse: "É uma desgraça. Esta nova liberdade amorosa arruinará o país. Mas, graças a Deus, nada disso ocorrerá conosco. Ainda restam famílias com princípios".

Soou a campainha.

"É o papai", disse Lydia, e correu para abrir a porta. Era Andrei Taganov.

"Posso ver Kira?", perguntou, sacudindo a neve dos ombros.

"Ah... bem, não posso impedi-lo", respondeu Lydia, arrogante.

Quando entrou na cozinha, Kira se levantou, com os olhos arregalados na escuridão.

"Ah... que surpresa!", disse Galina Petrovna, com uma caixa cheia, cujos torrões estavam caindo sobre a mesa. "Isto sim é agradável... Como você está? Ah, sim, deixe-me apresentá-los: Andrei Fedorovitch Taganov, minha irmã, Maria Petrovna Dunaeva."

Andrei se inclinou; Maria Petrovna olhou, estupefata, para a caixa na mão de sua irmã.

"Posso falar contigo, Kira?", perguntou Andrei. "A sós?"

"Com licença", disse Kira. "Por aqui, Andrei."

"Suponho que...", arfou Maria Petrovna, "... em seu quarto? Ora, os jovens modernos se comportam quase como... como comunistas."

Galina Petrovna soltou a caixa, e Lydia deu um pisão em sua tia. Andrei seguiu Kira até o seu quarto.

"Não temos iluminação", disse Kira, "só aquela luz lá de fora. Sente-se aqui, na cama de Lydia."

Andrei sentou-se. Ela se sentou em seu colchão no chão, de frente para ele. A luz da rua atrás da janela formava um quadrado branco no solo, onde se projetava a sombra de Andrei. Uma pequena língua vermelha tremulava no local, acima do canto dos ícones de Lydia.

"É sobre o que ocorreu nesta manhã", disse Andrei. "É sobre Syerov."

"Sim?"

"Queria dizer que você não precisa se preocupar. Ele não tinha nenhuma autoridade para interrogá-la. Ninguém poderia expedir uma ordem para interrogá-la, exceto eu. E tal ordem não será expedida."

"Obrigada, Andrei."

"Sei o que pensa de nós. É sincera. Mas não se interessa por política. Não é uma adversária ativa. Confio em você."

"Não sei o endereço dele, Andrei."

"Não estou perguntando quem você conhece. Só não permita ser arrastada para algo."

"Andrei, você sabe quem é aquele homem?"

"Você se importa se não discutirmos isso, Kira?"

"Não. Mas posso lhe fazer uma pergunta?"

"Sim. Qual?"

"Por que você está fazendo isso por mim?"

"Porque confio em você e acho que somos amigos. Mas não me pergunte por que o somos, nem eu mesmo sei."

"Eu sei disso. É porque... Veja, se tivéssemos almas, que não temos, e nossas almas – a sua e a minha – se encontrassem, lutariam até a morte. Mas, após terem se destruído mutuamente, perceberiam que suas raízes são as mesmas. Não sei se consegue me entender, porque, veja, eu não acredito em almas."

"Nem eu, mas eu a entendo. E quais são essas raízes?"

"Você acredita em Deus, Andrei?"

"Não."

"Nem eu. Mas é uma das minhas perguntas favoritas. É uma pergunta ao contrário."

"O que você quer dizer?"

"Bem, se eu perguntasse às pessoas se acreditam na vida, nunca entenderiam a pergunta. É uma pergunta ruim. Pode significar tanto que, de fato, não significa nada. Por isso, eu lhes pergunto se acreditam em Deus. E se respondem que sim, então, sei que não acreditam na vida."

"Por quê?"

"Porque, veja, Deus – o que qualquer um decida chamar de Deus – é a concepção individual mais elevada que se pode ter. E qualquer um que coloque essa concepção acima de si mesmo e de suas próprias possibilidades estima-se pouco e não dá importância à sua vida. É um talento raro, sabe, este de sentir reverência por sua própria vida e querer o melhor, o maior, o mais elevado possível, aqui, agora, para si próprio. Imaginar um paraíso e não sonhar com ele, mas exigi-lo."

"Você é uma garota esquisita."

"Veja, você e eu acreditamos na vida. Mas você deseja lutar por ela, matar por ela, talvez até morrer por ela. Eu só quero vivê-la."

Atrás da porta fechada, Lydia, cansada de contar sacarina, descansou tocando o piano. Tocou Chopin.

Andrei disse, de repente: "Sabe, isso é bonito".

"O que é bonito, Andrei?"

"Essa música."

"Pensei que você não se interessava por música."

"Nunca tinha me interessado. Mas, por alguma razão, eu gosto agora, aqui."

Eles se sentaram na escuridão e ouviram. Abaixo, em algum lugar, um caminhão dobrou uma esquina. Os vidros da janela balançaram com um estremecer leve e tenso. O quadrado de luz com a sombra de Andrei se levantou do solo, passou, como um leque, pelas paredes e se deteve novamente em seus pés.

Quando acabou a música, voltaram à cozinha. Lydia seguia sentada ao piano. Andrei, vacilante, disse: "Foi lindo, Lydia Alexandrova. Poderia tocá-la novamente?".

Lydia levantou a cabeça com orgulho. "Desculpe", disse ficando bruscamente de pé. "Estou cansada." E saiu do quarto como se fosse Joana d'Arc.

Maria Petrovna se encolheu na cadeira, como se tentasse desaparecer da linha de visão de Andrei. Quando a sua tosse atraiu os olhos dele, ela murmurou: "Sempre disse que a nossa juventude moderna não segue o suficiente o exemplo dos comunistas".

Quando Kira o acompanhou até a porta, Andrei disse: "Não creio que deva visitá-la, Kira. Incomodo a sua família. Não se preocupe, eu entendo. Vejo você no Instituto?".

"Sim", disse Kira. "Obrigada, Andrei. Boa noite."

* * *

Leo estava em pé nos degraus da mansão vazia. Ele não se moveu quando ouviu os passos rápidos de Kira na neve; permaneceu imóvel com as mãos nos bolsos.

Quando ela se aproximou dele, seus olhos se encontraram em um olhar que era mais que um beijo. Depois, os braços dele a apertaram com a violência do ódio, como se quisesse destruí-la.

Depois, disse: "Kira...".

Em sua voz havia um tom estranho e inquietante. Ela tirou o chapéu dele e se pôs na ponta dos pés para alcançar seus lábios, enquanto seus dedos acariciavam o cabelo dele.

Ele disse: "Kira, vou embora".

Ela olhou para ele, calada, com a cabeça ligeiramente curvada para o lado e, em seus olhos – uma pergunta, sem compreensão.

"Vou embora esta noite. Para sempre. Para a Alemanha."

"Leo...", disse ela, com os olhos bem abertos, mas não assustados.

Ele falou como se mastigasse cada palavra, como se todo seu ódio e desespero viesse desses sons, não de seu significado: "Sou um fugitivo, Kira. Um contrarrevolucionário. Tenho que fugir da Rússia antes que eles me encontrem. Acabo de receber o dinheiro de minha tia de Berlim. Era isso o que eu estava esperando. Eles o contrabandearam para mim".

Ela perguntou: "O barco vai sair nesta noite?".

"É um barco de contrabandistas. Fazem o contrabando de carne humana, tirando-a desta armadilha de lobos. E de almas desesperadas, como a minha. Se não nos capturarem, desembarcaremos na Alemanha. Se nos capturarem – bem, não creio que todos sejam condenados à morte, mas não soube de ninguém que tivesse sido poupado."

"Leo, você não quer me abandonar."

Ele a encarou com um ódio mais eloquente do que a ternura. "Às vezes, eu me pego querendo que capturassem o barco e me trouxessem de volta."

"Vou contigo, Leo."

Ele não se surpreendeu. Perguntou: "Você entende o risco que está assumindo?".

"Sim."

"Você sabe que é a sua vida que está em risco se não chegarmos à Alemanha e, talvez, até se chegarmos lá?"

"Sim."

"O barco zarpa em uma hora. Está longe. Precisamos ir depressa. Com a roupa do corpo. Não temos tempo para fazer malas."

"Estou pronta."

"Não pode contar para ninguém. Não pode ligar para se despedir."

"Eu não preciso."

"Está bem. Vamos."

Ele pegou seu gorro e se dirigiu rapidamente para a rua, em silêncio, sem olhar ou notar a presença dela. Chamou um trenó. As únicas palavras que pronunciou foram o endereço que deu ao condutor. As lâminas afiadas cortavam a neve, e o vento afiado, seus rostos.

Dobraram uma esquina e passaram por uma casa que tinha desmoronado; seus antigos tijolos, cobertos de neve, tinham rolado até a rua; a luz de um poste atrás da casa penetrava nos quartos vazios; a estrutura de uma cama de ferro pendia alta em algum lugar do raio de luz. Um vendedor de jornais gritava com voz rouca a uma rua vazia: "*Pravda! ... Krasnaya Gazeta!*".

Leo murmurou: "Lá... há automóveis... e avenidas... e luzes...".

Havia um homem na porta, a neve se acumulava na aba de seu chapéu. Com a cabeça afundada no peito, cochilava sobre uma bandeja de biscoitos caseiros.

Kira sussurrou: "... batons e meias-calças...".

Um cachorro de rua chafurdava em uma lixeira abaixo da janela escura de uma cooperativa.

Leo sussurrou: "... champanhe... rádio... bandas de jazz...".

Kira sussurrou: "... como 'A canção da taça quebrada'...".

Um homem gemia, assoprando as mãos: "Sacarina, cidadãos!".

Um soldado mastigava sementes de girassol e cantava uma música sobre a pequena maçã.

Os cartazes os seguiam, como se surgissem lentamente de casa em casa, vermelhos, laranjas, brancos, braços, martelos, rodas, alavancas, piolhos, aviões.

O ruído da cidade morria atrás deles. Uma fábrica projetava no céu suas grandes chaminés negras. Na rua, através de uma corda de telhado em telhado, como uma barreira, havia uma grande faixa, lutando contra o vento, retorcendo-se furiosamente, gritando para a rua e aos quatro ventos:

> PROLETAR... NOSSO COLET... UNI... DE CLASSE... LUT... LIBERD... FUTURO...

Então, seus olhos se encontraram, e esse olhar foi como um aperto de mãos. Leo sorriu e disse:

"Eu não podia lhe pedir para fazer isso, mas sabia que você viria."

Pararam em uma cerca, em uma rua não asfaltada. Leo pagou o condutor. Começaram a andar lentamente. Leo ficou olhando para o trenó com cautela até que ele desapareceu ao dobrar a esquina. Então, disse: "Temos que andar três quilômetros até o mar. Sente frio?".

"Não."

Ele pegou a mão dela. Seguiram a cerca até uma calçada de madeira. Um cachorro uivou. Uma árvore sem folhas sibilou no vento.

Saíram da calçada. A neve já estava na altura de seus tornozelos. Estavam em um campo aberto, caminhando em direção à escuridão sem fim.

Ela se movia com uma precisão serena, como alguém se move frente ao inevitável. Ele segurava a mão dela. Atrás deles, a cidade exalava o seu esplendor vermelho até o céu. Na frente deles, o céu se curvava em direção à terra, ou a terra em direção ao céu, e seus corpos eram a divisão entre ambos.

A neve agora chegava em suas panturrilhas. O vento soprava contra eles. Andavam curvados para frente; seus casacos pareciam velas que lutavam contra um furacão; e o frio congelava suas bochechas.

Além da neve estava o mundo; além da neve estava aquela entidade consagrada frente à qual o mundo às suas costas se inclinava reverentemente, melancolicamente, tragicamente: o estrangeiro. A vida começava além da neve.

Quando pararam, a neve cessou subitamente. Olharam para um vazio negro sem horizonte ou céu. De algum lugar abaixo, ouviram um ruído de sibilos e estalos, como se alguém estivesse esvaziando baldes de água em intervalos regulares. Leo sussurrou: "Fique em silêncio".

Ele a guiou por um caminho estreito e escorregadio seguindo as pegadas de outra pessoa. Ela distinguiu uma silhueta difusa que flutuava no vazio, um mastro, uma pequena faísca, como um fósforo que está se apagando.

Não havia luzes no barco. Ela não notou a figura robusta em seu caminho até que a luz de uma lanterna iluminou o rosto de Leo e tocou seu ombro; depois focou em Kira e se apagou. Ela viu a barba negra e uma mão que segurava um fuzil, mas o fuzil estava abaixado.

A mão de Leo remexeu seu bolso e ele entregou algo para aquele homem. "Outra passagem", murmurou Leo. "Essa garota vem comigo."

"Não temos mais cabines."

"Tudo bem. A minha é suficiente."

Subiram em tábuas que se balançavam suavemente. Apareceu do nada outra silhueta que os guiou até uma porta. Leo conduziu Kira pela escada. Havia uma luz no deque inferior e algumas sombras furtivas; um homem com a barba feita e a cruz de São Jorge no peito olhou para eles em silêncio; no vão de uma porta, uma mulher envolta em um delicado casaco de lã os observava com temor, apertando uma caixinha de madeira em suas mãos trêmulas.

O guia abriu a porta e sinalizou com a cabeça para seu interior.

Na cabine havia apenas uma cama e um espaço estreito entre paredes rachadas e sem pintura. Uma tábua atravessada em um canto fazia as vezes de mesa. Sobre ela estavam uma lamparina e uma mancha de luz amarelada e trêmula. O piso subia e baixava suavemente, como se respirasse. A persiana da portinhola estava fechada.

Leo fechou a porta e disse: "Tire o casaco".

Ela obedeceu. Ele tirou o casaco e atirou o gorro na mesa. Leo vestia um grosso suéter preto, ajustado nos braços e ombros. Era a primeira vez que se viam sem casacos. Ela se sentiu nua, e se afastou um pouco.

A cabine era tão pequena que inclusive o ar ao seu redor parecia formar parte de Leo. Ela se apoiou lentamente na mesa de canto.

Ele olhou para as pesadas botas de feltro dela, muito pesadas para sua frágil estrutura. Ela seguiu o olhar dele, e tirou as botas e as jogou do outro lado da cabine.

Ele se sentou na cama. Ela se sentou na mesa, escondendo as pernas embaixo do banco, com suas meias pretas justas de algodão; com braços bem grudados ao corpo, de ombros curvados, seu corpo recolhia-se com força, como se encolhido pelo frio, e o triângulo branco que formava seu decote aberto reluzia na penumbra.

Leo disse: "Minha tia de Berlim me odeia. Mas amava o meu pai. Meu pai... está morto".

"Sacuda a neve dos sapatos, Leo. Está derretendo no chão."

"Se não fosse por você, teria embarcado no barco de três dias atrás. Mas não podia ir embora sem vê-la. Por isso, esperei por este. O outro barco desapareceu. Naufragado ou capturado, ninguém sabe. Não chegaram à Alemanha. Então, você salvou a minha vida – talvez."

Quando ouviram um ruído fraco e as tábuas chiaram mais alto e a chama da lamparina se agitou contra o vidro esfumaçado, Leo se levantou, apagou a luz e abriu a persiana da portinhola. Seus rostos se aproximaram do pequeno orifício e observaram como o brilho vermelho da cidade se afastava. Por fim, desapareceu; então, só restavam algumas luzes entre o céu e a terra, que não se moviam, mas paulatinamente se transformavam em estrelas, logo em faíscas, logo em nada. Ela olhou para Leo; os olhos dele estavam muito abertos, com uma emoção que ele nunca tinha expressado antes. Ele perguntou com um tom pausado e triunfal:

"Você sabe o que estamos deixando para trás?"

Então, suas mãos se fecharam sobre os ombros dela e seus lábios forçaram os dela a se abrirem, e ela teve a sensação de estar se recostando no ar, seus músculos sentindo o peso dos dele. Seus braços se moviam lentamente sobre o suéter dele, como se ela quisesse sentir aquele corpo com a pele de seus braços.

Depois ele a soltou, baixou a persiana e acendeu a lamparina. A faísca se tornou uma chama azul. Ele acendeu um cigarro e ficou perto da porta, sem olhar para ela, fumando.

Ela se sentou à mesa, obediente, sem palavras nem perguntas, sem tirar os olhos dele. Depois, ele apagou o cigarro na parede e se aproximou dela, sem dizer nada, com as mãos nos bolsos e um sorriso de canto, sem expressão. Ela se levantou lentamente, ainda obediente, olhando para Leo. Ficou quieta, como se os olhos dele a mantivessem presa em uma corrente.

"Tire a roupa", disse ele.

Ela não disse nada, e não afastou seu olhar do dele, e obedeceu.

Ele ficou de pé, contemplando-a. Ela não pensava na visão de mundo de seus pais. No entanto, esse código retornou uma vez mais, por um instante, quando viu sua saia no chão. Depois, em tom de desafio, lamentou que a sua roupa íntima não fosse de seda, mas de algodão grosso.

Baixou uma alça de sua combinação e a deixou cair abaixo de seu seio. Estava a ponto de baixar a outra, mas ele a levantou do chão e a curvou sem resistência no ar, o cabelo dela sobre o braço dele, o seio dela na boca dele.

Logo estavam na cama, todo o peso dela na mão dele espalmada entre suas escápulas nuas. Então, ele apagou a lamparina. Ela ouviu o suéter dele caindo no chão.

Depois, sentiu as pernas dele como um líquido quente junto às suas. Seu cabelo escorreu pela borda da cama. Seus lábios se abriram como se rosnasse.

# X

QUANDO KIRA DESPERTOU, A CABEÇA DE LEO DESCANSAVA sobre um de seus seios, enquanto um marinheiro estava contemplando o outro.

Ela puxou o lençol até seu queixo e Leo despertou. Eles o fitaram ao mesmo tempo.

Era de manhã. A porta estava aberta. O marinheiro estava na porta; seus ombros eram muito largos para a porta e seu punho estava sobre uma pistola que levava no cinto; vestia uma jaqueta de couro aberta sobre um blusão listrado e sua boca tinha um grande sorriso sobre duas fileiras de dentes branquíssimos; estava ligeiramente inclinado, porque o seu gorro azul tocava a parte de cima da porta; o gorro carregava a estrela vermelha soviética de cinco pontas.

Ele disse, rindo: "Desculpe incomodá-los, cidadãos".

Kira, seus olhos fixos na estrela vermelha, a estrela que enchia seus olhos, mas não conseguia atingir seu cérebro, murmurou com uma voz atabalhoada e suave, como uma criança: "Por favor, vá embora. Esta é a nossa primeira...". Sua voz engasgou, pois a estrela vermelha tinha atingido o seu cérebro.

O marinheiro soltou uma risada: "Bem, você não poderia ter escolhido um momento pior, cidadã. Não poderia".

"Saia daqui, temos que nos vestir", respondeu Leo.

Sua voz não era arrogante, nem suplicante; era uma ordem tão implacável que o marinheiro obedeceu como se viesse de um superior. Ele fechou a porta ao sair.

"Não se mova até que eu recolha as suas coisas. Está frio", disse Leo.

Ele saiu da cama e se agachou para recolher as roupas dela, tão nu e indiferente como uma estátua. Uma luz cinza entrava através de uma rachadura na persiana fechada.

Vestiram-se em silêncio. O teto tremia sob os passos apressados que vinham de cima. Em alguma parte, a voz de uma mulher uivava em soluços, como um animal enlouquecido. Quando se vestiram, Leo disse: "Está tudo bem, Kira. Não tenha medo".

Ele estava tão sereno que, por um instante, ela agradeceu o desastre que a havia permitido vê-lo assim. Seus olhos se encontraram durante um segundo, era uma sanção tácita do que ambos se recordavam.

Ele abriu a porta. O marinheiro aguardava do lado de fora. Leo disse, sem se alterar: "Quaisquer confissões que queiram. Assinarei tudo que quiserem, desde que a deixem ir". Kira abriu a boca, e a mão de Leo a tapou brutalmente. Continuou: "Ela não tem nada a ver com isso. Eu a sequestrei. Irei a julgamento por isso, se quiserem".

Kira gritou: "Ele está mentindo!".

Leo disse: "Cale a boca!".

O marinheiro disse: "Calem-se os dois".

Eles o seguiram. Os gritos da mulher eram ensurdecedores. Eles a viram se arrastando de joelhos atrás de dois marinheiros que seguravam sua caixinha de madeira. A caixa estava aberta, e algumas joias reluziam entre os dedos deles. Os cabelos da mulher cobriam seus olhos e ela uivava no ar.

Ao passar pela porta aberta de uma cabine, Leo empurrou Kira para frente para que ela não pudesse ver nada. Dentro da cabine, alguns homens estavam olhando para um corpo imóvel estendido no chão; a mão daquele corpo estava agarrada ao cabo de uma adaga cravada no coração, junto à cruz de São Jorge.

No deque, o céu cinza descia sobre a ponta do mastro e vapores eram exalados nas ordens dadas pelos lábios dos homens que tinham tomado o controle do barco, homens do barco da guarda-costeira que subia e descia em meio à névoa como uma grande sombra, uma bandeira vermelha se agitava debilmente em seu mastro.

Dois marinheiros seguravam os braços do capitão dos contrabandistas, o homem da barba negra. O capitão olhava para seus sapatos.

Os marinheiros aguardavam as ordens de um gigante com jaqueta de couro. O gigante tirou uma lista de seu bolso, segurando-a sob a barba do capitão e, com o polegar, apontou para Leo por cima de seu ombro, e perguntou:

"Qual deles é ele?"

O capitão apontou com o nariz a um nome. Kira viu se abrirem os olhos do gigante, com uma estranha expressão que não soube interpretar.

"Quem é a garota?"

"Não sei", respondeu o capitão. "Não está na lista de passageiros. Chegou com ele na última hora."

"Dezessete deles são ratos contrarrevolucionários que tentaram fugir do país, camarada Timoshenko", disse um marinheiro.

O camarada Timoshenko riu, e bateu com o punho em seus músculos sob o suéter listrado. "Pensaram que poderiam escapar, então? De Stepan Timoshenko, da Frota do Báltico Vermelho?"

O capitão seguia olhando para seus sapatos.

"Fiquem com os olhos abertos e os fuzis prontos", disse o camarada Timoshenko. "A qualquer atitude suspeita, atirem sem dó."

Sorriu para a névoa com sua deslumbrante dentadura e seu pescoço bronzeado exposto ao frio, e se afastou assoviando.

Quando os dois barcos começaram a se mover, o camarada Timoshenko voltou. Passou próximo a Leo e Kira, em meio à multidão de prisioneiros, no deque úmido e reluzente. Parou e olhou para eles por um instante, com uma expressão inexplicável em seus olhos escuros e redondos. Seguiu andando, e depois voltou e disse em voz alta, sem se dirigir a ninguém em particular, apontando para Kira com o polegar: "A garota é inocente. Ele a sequestrou".

"Mas estou lhe dizendo...", começou Kira.

"Faça a sua putinha ficar quieta", disse Timoshenko, trocando um olhar com Leo que quase parecia de cumplicidade.

Viram como a silhueta de Petrogrado crescia formando uma longa fileira de casas alinhadas com o imenso céu congelado. A cúpula da catedral de São Isaac, uma esfera de ouro pálido cortada pela metade, parecia uma lua cansada sobre a fumaça das chaminés.

Leo e Kira se sentaram sobre um rolo de cordas. Atrás deles, um marinheiro marcado pela varíola fumava um cigarro, com uma mão apoiada sobre a pistola.

Não ouviram o marinheiro se afastar. Stepan Timoshenko se aproximou deles. Olhou para Kira e murmurou:

"Quando desembarcarmos, haverá um caminhão esperando. Os garotos estarão ocupados. Tenho a sensação de que eles estarão de costas. Se assim for, comece a andar... e siga andando."

"Não", disse Kira. "Ficarei com ele."

"Kira! Você..."

"Não seja louca. Não pode ajudá-lo."

"Vocês não tirarão uma confissão dele, não em minha defesa."

Timoshenko disse, rindo: "Ele não tem que confessar nada. E não quero crianças envolvidas em coisas que não entendem. Garanta que ela tenha sumido quando chegarmos ao caminhão, cidadão".

Kira olhou para os olhos escuros e redondos, eles se aproximaram dela, e ela ouviu as palavras sussurradas por aqueles dentes brancos: "É mais fácil tirar um da GPU que dois. Estarei lá às quatro da tarde. Vá e pergunte por mim, Stepan Timoshenko. Talvez tenha notícias para você. Ninguém lhe causará danos. Gorokhovaya, 2".

Ele não esperou pela resposta. Afastou-se e deu uma bofetada no marinheiro de rosto marcado por ter deixado os prisioneiros sozinhos.

Leo sussurrou: "Quer complicar ainda mais a minha situação? Você irá. E fique longe de Gorokhovaya, 2".

Quando as casas se aproximaram do mastro, ele a beijou. Foi difícil separar os seus lábios dos dela, como se fosse um vidro congelado.

"Kira, qual é o seu sobrenome?", ele murmurou.

"Kira Argounova, e o seu?"

"Leo Kovalensky."

* * *

"Na casa de Irina. Estávamos conversando e não me dei conta da hora, e já era muito tarde para voltar para casa."

Galina Petrovna suspirou com indiferença, a camisola tremia sobre os ombros na fria antessala. "E por que voltar às sete da manhã? Suponho que tenha acordado sua tia Marussia, e a pobre Marussia, com sua tosse..."

"Não conseguia dormir. A tia Marussia não me ouviu."

Galina Petrovna bocejou e se arrastou de volta para o seu quarto. Kira tinha passado a noite na casa de sua prima diversas vezes, e Galina Petrovna nem tinha ficado preocupada.

Kira se sentou e relaxou suas mãos. Restavam muitas horas de espera até às quatro horas da tarde. Deveria estar assustada, pensou ela, e estava, mas, sob o terror, havia algo sem nome nem palavras, um cântico sem som, algo que ria, apesar de Leo estar trancado em uma cela em Gorokhovaya, 2. Sentia como se seu corpo ainda estivesse abraçado ao dele.

* * *

O número 2 da rua Gorokhovaya era um edifício verde-claro, da cor da sopa de ervilhas. A pintura e o gesso começavam a descascar. Suas janelas não tinham cortinas nem barras de ferro. Abriam-se tranquilamente para uma rua lateral. Era o quartel-general da GPU em Petrogrado.

Havia palavras que as pessoas não gostavam de mencionar, sentiam um medo supersticioso ao articular esses sons, como quando falavam de um cemitério desolado, de uma casa mal-assombrada, da Inquisição espanhola ou do edifício na Gorokhovaya, 2. Muitas noites tinham passado por Petrogrado, muitos passos tinham sido dados naquelas noites, muitos toques de campainha e muitas pessoas que se foram para nunca mais serem vistas. Uma onda de terror silencioso se espalhava pela cidade reduzindo as vozes a sussurros; a onda tinha um coração, do qual saía e ao qual retornava; esse coração era a rua Gorokhovaya, 2.

Era um edifício semelhante aos que o rodeavam; do outro lado da rua, atrás de algumas janelas parecidas, famílias cozinhavam painço e tocavam o gramofone. Na esquina, uma mulher vendia bolos; a mulher tinha as bochechas rosadas e os olhos azuis; e os bolos tinham uma cobertura dourada e cheiravam a gordura quente; um cartaz em um poste anunciava um novo cigarro da Companhia Estatal de Tabacos. Mas, conforme se aproximava do edifício, Kira percebeu que as pessoas passavam diante dele sem olhá-lo, com uma expressão forçada de indiferença, e que aceleravam o passo involuntariamente, como se tivessem medo de sua própria presença, de seus olhos, de seus pensamentos. Atrás das paredes verdes estava aquilo de que ninguém queria saber.

A porta estava aberta. Kira entrou com as mãos nos bolsos, deliberadamente despreocupada, indiferente. Lá dentro, havia amplas escadas, corredores e escritórios. Havia muitas pessoas, apressadas e esperando, como em todos os edifícios do governo soviético; pelo piso se arrastavam muitos pés, mas não havia muitas vozes. Nos rostos, não havia lágrimas. Muitas portas estavam fechadas; os rostos eram impassíveis e tão fechados quanto as portas.

Kira encontrou Stepan Timoshenko sentado em uma mesa de escritório: ele a recebeu com um sorriso sarcástico.

"Bem como pensava", disse ele. "Eles não têm nada contra ele. É apenas por causa do pai dele. Bem, isso é coisa do passado. Se o tivessem capturado há dois meses, teria sido o pelotão de fuzilamento e haveria poucas perguntas. Mas agora, bem, veremos."

"O que ele fez?"

"Ele? Nada. O problema é o pai dele. Você ouviu falar da conspiração do professor Gorski, dois meses atrás? O pobre coitado não estava metido nisso – como poderia, sendo cego? Porém, escondeu Gorski em sua casa. No final, ele pagou por isso."

"Quem era o pai de Leo?"

"O velho almirante Kovalensky."

"Aquele que...", Kira ofegou e parou.

"Sim. Aquele que ficou cego na guerra. E foi fuzilado."

"Ah!"

"Bem, eu não teria feito isso, não naquela época. Mas eu não sou o único que decide. Enfim, não se faz uma revolução sem sujar as mãos."

"Mas, se Leo não teve nada a ver com isso... Por quê...?"

"Naquela época, teriam fuzilado qualquer um que conhecesse alguém envolvido na conspiração. Agora se acalmaram. Já é coisa do passado. Nesse sentido, ele tem sorte... não me olhe com essa cara de idiota. Se tivesse trabalhado aqui, saberia que diferença tempo, dias e horas podem ter. Enfim, é assim que trabalhamos. Bem, quem é o idiota que pensa que uma revolução é limpinha e cheirosa?"

"Então, você pode deixá-lo..."

"Não sei. Tentarei. Investigaremos. Há também o negócio de ele ter tentado sair do país ilegalmente. Mas isso, creio que eu possa... Não lutamos contra crianças. Especialmente contra crianças idiotas que encontram tempo para fazer amor justo em cima de um vulcão em erupção."

Kira olhou para aqueles olhos redondos, eles não tinham expressão, mas a grande boca sorria; ele tinha um nariz chato que evidenciava narinas largas e insolentes.

"Você é muito gentil", disse ela.

"Quem é gentil ?", respondeu ele, rindo. "Stepan Timoshenko, da Frota do Báltico? Você se lembra dos dias de outubro de 1917? Já ouviu falar alguma vez sobre o que ocorreu com a Frota do Báltico? Não trema como vara verde. Stepan Timoshenko era um bolchevique quando essa cambada de vândalos ainda não tinha nem largado a mamadeira..."

"Posso vê-lo?"

"Não. Sem chance. Visitas não são permitidas àquele tipo de pessoa."

"Mas, então..."

"Mas, então... vá para casa e fique lá. E não se preocupe. Isso é tudo que eu queria lhe dizer."

"Tenho um amigo que tem contatos, acho, que poderia..."

"Você fique de boca fechada e não meta nenhum contato nisso. Fique quieta por dois ou três dias."

"Tanto tempo!"

"Bem, não é tanto quanto nunca voltar a vê-lo. E não se preocupe, manteremos ele preso só para você – sem mulheres por perto."

Ele se levantou da mesa e sorriu. Depois, seus lábios se fecharam em linha reta. Aproximou-se de Kira, imponente, e a olhou bem nos olhos. Não era um olhar alegre. Disse: "Quando ele estiver de volta, mantenha-o sob suas garras. Se não as tiver, deixe-as crescer. Não é um homem fácil. E não tentem sair do país. Vocês estão na Rússia soviética: podem odiar isso; podem ficar sufocados, mas daqui vocês não sairão. Acho que você tem garras. Vigie-o. O pai dele o amava".

Kira estendeu sua mão, que desapareceu na mãozona bronzeada de Stepan Timoshenko.

Na porta, virou-se e perguntou suavemente: "Por que está fazendo isso?". Ele não a estava vendo, estava olhando pela janela. Respondeu: "Vivi a guerra na Frota do Báltico. O almirante Kovalensky ficou cego enquanto servia a Frota do Báltico. Não foi o pior comandante que tivemos... Suma daqui!".

* * *

Lydia disse: "Ela passa a noite inteira se revirando no colchão. Parece que há ratos na casa. Não consigo dormir".

Galina Petrovna disse: "Eu creio que você seja uma estudante, Kira Alexandrovna. Ou estou errada? Faz três dias que você não vai ao Instituto. Victor que disse. Você teria a dignidade de nos dizer em que bobagem você está envolvida agora?".

Alexander Dimitrievitch não disse nada. Acordou assustado, porque tinha cochilado com um pequeno tubo de sacarina pela metade em sua mão. Kira não disse nada.

"Veja as suas olheiras. Nenhuma garota respeitável tem essa aparência", disse Galina Petrovna.

"Eu sabia!", gritou Lydia. "Eu sabia! Ela colocou oito cristais de sacarina naquele tubo novamente."

* * *

No início da noite do quarto dia, soou a campainha.

Kira não tirou os olhos do tubo de sacarina. Lydia, que sempre tinha curiosidade quando a campainha tocava, foi abrir a porta.

Kira ouviu uma voz que dizia: "Kira está?".

Então, o tubo caiu no chão e se fez em pedaços, enquanto Kira corria para a antessala, com a mão em seu peito.

Ele sorriu, os cantos de seus lábios inclinados com arrogância. "Boa noite, Kira", disse tranquilamente.

"Boa noite, Leo."

Lydia ficou olhando para eles.

Kira estava na porta, seus olhos encarando os dele, incapaz de falar. Galina Petrovna e Alexander Dimitrievitch pararam de contar a sacarina.

"Pegue o seu casaco, Kira, e vamos", disse Leo.

"Sim, Leo", disse ela, pegando seu casaco pendurado no gancho da parede, movendo-se como uma sonâmbula.

Lydia tossiu discretamente. Leo olhou para ela. Seu olhar provocou um sorriso cordial e melancólico nos lábios de Lydia. Ele tinha esse efeito sobre as mulheres, mas não havia nada em seu olhar, exceto que, quando olhava uma mulher nos olhos, dizia-lhe que ele era um homem, que ela era uma mulher, e que ele não se esqueceria disso.

Lydia adquiriu coragem para ignorar a falta de uma apresentação, mas ela não sabia como começar e contemplava intimidada o homem mais lindo que já passara pela porta de sua casa, e proferiu sem rodeios a pergunta que tinha em mente: "De onde você vem?".

"Da prisão", respondeu Leo, com um sorriso cortês.

Kira tinha abotoado o seu casaco. Seus olhos estavam fixos nele, como se não soubesse que havia outras pessoas presentes. Ele a tomou pelo braço com uma atitude de proprietário e eles partiram.

"Bem, de todos os mal-educados...", disse, hesitante, Galina Petrovna, levantando-se. Mas a porta foi fechada.

* * *

Para o condutor do trenó, Leo deu um endereço.

"Onde é isto?", disse Leo, repetindo a pergunta dela, com os lábios em seu pescoço forrado de pele, enquanto o trenó se punha em marcha. "Esta é a minha casa... Sim, eu a recuperei. Ela estava fechada desde a prisão de meu pai."

"Quando você..."

"Nesta tarde. Fui ao Instituto para conseguir o seu endereço. Depois, fui para casa e acendi a estufa. Era como uma tumba, não foi aquecida por dois meses. Agora já deve estar aquecida para nós."

A porta que cruzaram tinha o selo vermelho da GPU. O lacre tinha sido rompido, restavam duas crostas vermelhas de cera que os separavam de entrar.

Atravessaram uma sala escura. A lareira resplandecia e projetava uma luz vermelha sobre seus pés e seu reflexo no assoalho de madeira. O apartamento tinha sido inspecionado. Havia papéis espalhados pelo chão e cadeiras reviradas. Sobre pedestais de malaquita havia vasos de cristal; um deles estava quebrado, os pedaços brilhavam no chão em meio à escuridão; através deles, pequenas chamas dançavam e piscavam, como se brasas tivessem pulado para fora da lareira.

No quarto de Leo, havia uma chama acesa, uma única lamparina de cor prata sobre uma lareira de ônix preto. Uma última chama azul tremia sobre o carvão em cinzas e formava um brilho violeta sobre a colcha prateada.

Leo jogou seu casaco em um canto e abriu os botões do dela e o tirou. Sem dizer uma palavra, abriu o vestido dela. Ela permaneceu imóvel e o deixou despi-la.

Ele sussurrou no pequeno buraquinho quente abaixo do queixo. "Foi uma tortura. A espera. Três dias... e três noites."

Ele a jogou na cama. O esplendor púrpuro estremecia sobre o seu corpo. Ele não tirou a roupa. Ele não apagou a luz.

* * *

Kira olhava para o teto, que era de uma brancura prateada e parecia distante. A luz atravessava as cortinas de cetim cinza. Sentou-se na cama, com os bicos de seus seios rígidos pelo frio. Disse: "Creio que já seja de manhã".

Leo estava dormindo, sua cabeça jogada para trás e um braço escorado na lateral da cama. As meias dela estavam no chão, e seu vestido, em um dos balaústres da cama. As sobrancelhas de Leo se moveram lentamente; ele olhou para cima e disse: "Bom dia, Kira".

Ela esticou os braços, cruzou-os sobre a sua cabeça e a jogou para trás, tirando o cabelo do rosto. Disse: "Creio que minha família não vai gostar. Creio que vão me expulsar de casa".

"Você vai ficar aqui."

"Irei lá para me despedir."

"Para que voltar?"

"Algo terei que dizer a eles."

"Bem, vá. Mas não demore. Eu quero você aqui."

* * *

Estavam de pé, como três colunas, impotentes e silenciosas, ao redor da mesa da sala de jantar. Tinham os olhos inchados e avermelhados por causa de uma noite mal dormida. Kira estava na frente deles, apoiada na quina da porta com indiferença e paciência.

"Então...", disse Galina Petrovna.

"Então, o quê?", disse Kira.

"Você não irá dizer outra vez que estava na casa de Irina."

"Não."

Galina Petrovna endireitou seus ombros e seu velho roupão de flanela. "Não sei até onde pode chegar a sua inocência irresponsável. Mas você sabe que as pessoas podem pensar que..."

"Sim, eu dormi com ele."

O grito partiu de Lydia.

Galina Petrovna abriu a boca e logo a fechou.

Alexander Dimitrievitch abriu a boca e permaneceu com ela aberta.

O braço de Galina Petrovna apontou para a porta. "Vá embora de minha casa", disse ela. "E nunca mais volte."

"Está bem", disse Kira.

"Como pôde? Uma filha minha! Como se atreve a vir aqui e nos olhar na cara? Não tem vergonha, não percebe a desgraça que significa sua depravação?"

"Não vamos falar disso", disse Kira.

"Parou para pensar que é um pecado mortal? Dezoito anos e um homem que saiu da cadeia...! E a Igreja... durante séculos... por seus pais e avós... Todos nossos santos nos disseram que não existe pior pecado! Ouvimos falar dessas coisas, mas, Deus, minha própria filha! Os santos que, por nossos pecados..."

"Posso recolher minhas coisas ou querem ficar com elas?", perguntou Kira.

"Não quero nada seu aqui! Não quero nem a sua respiração neste quarto! Não quero nem a menção de seu nome nesta casa!"

Lydia chorava histericamente, com a cabeça entre os braços, sobre a mesa. "Diga que se vá, mãe!", gritou entre soluços. "Não posso suportá-la! Essas mulheres não deveriam viver!"

"Pegue as suas coisas e vá embora!", disse Galina Petrovna, com os dentes cerrados. "Agora só me resta uma filha! Sua putinha! Sua asquerosa, mulher de...!"

Lydia olhava fixamente, com um espanto incrédulo, para as pernas de Kira.

* * *

Leo abriu a porta e pegou o pacote que ela tinha enrolado em um lençol velho.

"Há três quartos", disse. "Pode reordenar as coisas como quiser. Está frio lá fora? Suas bochechas estão congeladas."

"Está um pouco frio."

"Tenho chá quente para você, na sala de visitas."

Ele tinha arrumado uma mesa junto à lareira. Pequenas línguas vermelhas cintilavam sobre a prataria. Sobre o céu cinza de um grande janelão estava um lustre de cristal. Do outro lado da rua, havia uma fila de gente na porta de uma cooperativa; suas cabeças estavam abaixadas; nevava.

Kira pôs suas mãos sobre a chaleira de prata quente, e depois as esfregou em suas bochechas. Ela disse: "Terei que recolher esses vidros. E varrer o chão. E...".

Ela parou. De pé, em meio ao grande salão, estendeu os braços, jogou a cabeça para trás e riu. Riu de forma desafiante, extasiante, triunfante. Ela exclamou: "Leo...!".

Ele a abraçou. Ela olhou para o rosto dele, e se sentia como uma sacerdotisa que tivesse perdido sua alma nos cantos da boca arrogante de um deus; como se fosse uma sacerdotisa e uma oferenda de sacrifício, ambas as coisas e além de ambas, sem vergonha de sua risada, engasgava, algo lhe subia por dentro, demasiado difícil de segurar.

Então, os olhos dele a olharam, muito abertos e escuros, e ele respondeu a um pensamento não pronunciado: "Kira, pense em tudo que há contra nós".

Ela encostou ligeiramente a cabeça sobre o ombro, com os olhos redondos, os lábios ternos e o rosto sereno e confiante de uma criança. Olhou pela janela, para os homens que, na oblíqua névoa da neve, faziam fila imóveis, desesperados, destroçados. Ela balançou a cabeça.

"Nós o combateremos, Leo. Juntos. Enfrentaremos tudo isso. O país. O século. Os milhões. Podemos suportar. Podemos fazê-lo."

Ele disse, sem esperança: "Tentaremos".

# XI

A REVOLUÇÃO CHEGARA A UM PAÍS que tinha vivido três anos de guerra. Em três anos, a Revolução tinha destruído os trilhos dos trens, abrasado os campos, explodido chaminés de fábricas em chuvas de tijolos, e enviado homens para filas com seus velhos cestos, esperando as pequenas gotas de vida que ainda pingavam dos centros de abastecimento. As florestas permaneciam em um silêncio nevoso, mas nas cidades a lenha era um luxo; querosene era o único combustível para queima; só havia um dispositivo para queimar o querosene. Os benefícios da Revolução ainda estavam por vir. Mas um – o primeiro – já fora concedido: em diversas cidades, inúmeros estômagos tinham aprendido a mendigar o fogo de sua subsistência para manter vivo o fogo de suas almas, a primeira insígnia de uma nova vida, o primeiro governante de um país livre: o PRIMUS.

Kira se ajoelhou junto à mesa e acionou o pistão do pequeno fogão de estanho em que figuravam as palavras: "Autêntico Primus. Fabricado na Suécia". Observou como o fino jato de querosene enchia o depósito; depois, acendeu um fósforo, aproximou o querosene do depósito e aumentou a chama, seus olhos muito atentos; o fogo lambia os tubos negros com sua língua fuliginosa, enviando o odor de querosene a suas narinas, até que algo sibilou nos tubos e surgiu uma coroa de chamas azuis, tensas e sibilantes como uma tocha. Ela colocou uma panela com painço sobre as chamas azuis.

Depois, de joelhos junto à lareira, reuniu pequenos pedaços de lenha, úmidos e escorregadios entre seus dedos, que lançavam um odor acre de pântano e mofo. Abriu a portinhola da “Burguesa” e acomodou as lenhas dentro, e a preencheu com jornais amassados. Acendeu um fósforo, assoprou com força, sua cara junto ao chão, seus cabelos sobre os olhos, enquanto a fumaça voltava em direção a ela, subindo até o teto branco, e as cinzas, ao voarem, entravam em suas narinas, acumulando-se em seus cílios.

A “Burguesa” era uma caixa de ferro quadrada com alguns tubos largos que chegavam até o teto e se dobravam em um ângulo reto até um buraco aberto sobre a lareira. Eles tinham tido que instalar uma “Burguesa” na sala de estar porque não podiam pagar pela lenha para a lareira. As lenhas sibilavam na caixa e, através das rachaduras dos cantos, dançavam chamas vermelhas e, de vez em quando, flutuava o cheiro de fumaça, e as paredes de ferro ardiam em vermelho vivo e cheiravam a verniz queimado. Os novos pequenos fogões eram chamados de “Burguesas”, porque surgiram nas casas daqueles que não podiam comprar toras inteiras para aquecerem as estufas de tamanho normal de suas outrora luxuosas casas.

O apartamento do almirante Kovalensky tinha sete quartos, mas quatro deles tinham sido alugados há muito tempo. O almirante Kovalensky tinha levantado uma divisória na sala, o que os separava de seus inquilinos. Agora Leo era dono de três quartos, o banheiro e a porta dianteira; os inquilinos eram donos de quatro quartos, a porta de serviço e a cozinha. Kira cozinhava no Primus e lavava os pratos no banheiro. Às vezes, ouvia passos e vozes do outro lado da divisória, e um gato miando; três famílias viviam lá, mas ela nunca teve que encontrá-las.

Quando Leo se levantava de manhã, encontrava a mesa arrumada na sala de jantar, com uma toalha branca e chá fervendo, e Kira caminhando ao redor da mesa, com suas bochechas rosadas e olhos sorridentes, rápida e desenvolta como se tudo aquilo tivesse sido feito por um passe de mágica. Desde o primeiro dia juntos em sua nova casa, ela tinha dado um ultimato: “Quando eu estiver cozinhando, você não pode me ver. Quando me vir, não pode saber que estive cozinhando”.

Ela sempre soube que estava viva; nunca pensara muito sobre a necessidade de se manter viva. Descobriu rapidamente que o mero fato de seguir viva tinha se convertido em um problema complicado que exigia muitas horas de esforço, o simples fato de seguir viva que sempre tomara como dado com arrogância e desdém. Descobriu que só poderia combatê-lo mantendo, com mais ferocidade que nunca, esse mesmo desdém; um desdém que, se cedesse, rebaixaria toda a vida à pequena chama azul do Primus que cozinhava lentamente o painço para o jantar. Descobriu que podia sacrificar todas as horas que esse esforço requeria se isso nunca se interpusesse entre Leo e ela, se a própria vida, a vida que era Leo, permanecesse ilesa, intacta. Essas horas gastas não contavam; não falava sobre elas. Mantinha em silêncio, com uma faísca oculta nos olhos que cintilavam com o júbilo da batalha. Era uma batalha, os primeiros estalidos de uma batalha imensa e indefinida que não conseguia designar, mas a sentia; a batalha deles dois, apenas, contra algo imenso e inominável, algo que subia, como a maré, ao redor das paredes de sua casa; algo naqueles infinitos passos cansados nas calçadas da rua, nas filas nas portas das cooperativas; esse algo invadiu sua casa com o Primus e a "Burguesa" que acomodava painço, lenhas úmidas e a fome de milhões de estômagos desconhecidos e deformados contra duas vidas que lutavam pelo seu direito a um futuro.

Depois do café da manhã, Leo abotoou sua jaqueta e perguntou: "Vai hoje ao Instituto?".

"Sim."

"Precisa de dinheiro?"

"Um pouco."

"Voltará para jantar?"

"Sim."

"Voltarei às seis."

Ele foi para a Universidade, ela foi para o Instituto. Ela corria, patinando sobre as calçadas congeladas, rindo dos desconhecidos, soprando um dedo vermelho pelo buraco de sua luva, subindo no tranvia em alta velocidade, desarmando com um sorriso as condutoras toscas que grunhiam: "Deveriam multá-la, cidadã. Vão cortar suas pernas algum dia".

Ficava inquieta nas aulas e olhava para o relógio de pulso de seu colega, quando conseguia encontrar algum que tinha relógio. Ficava impaciente para voltar para casa, como ficava quando, na escola, no dia de seu aniversário, sabia que a esperavam em casa com presentes. Nada a esperava lá agora, exceto o Primus e o painço, um repolho a cortar para a sopa, e, quando Leo voltava, uma voz que dizia detrás da porta fechada: "Estou em casa". E ela respondia com indiferença: "Estou ocupada"; e ria sem emitir nenhum som, extasiada, em meio ao vapor da sopa.

Depois de jantar, ele levava os livros à "Burguesa" e ela levava os dela. Ele estudava História e Filosofia na Universidade Estatal de Petrogrado. Ele também tinha um emprego. Quando, ao final de dois meses, retornou à vida que a execução de seu pai havia interrompido, encontrou o emprego ainda esperando por ele. Era muito valioso para o "Gossizdat", o ente editorial do Estado. Pelas tardes, junto ao fogo que crepitava na "Burguesa", traduzia livros do inglês, do alemão e do francês. Ele não gostava dos livros. Eram romances de escritores estrangeiros nos quais algum trabalhador pobre e honrado era sempre preso por roubar uma fatia de pão para alimentar a mãe faminta de sua linda e jovem esposa que fora estuprada por um capitalista e se suicidado logo depois. Logo, o todo-poderoso capitalista demitia seu esposo da fábrica, e seu filho tinha que mendigar na rua, sendo atropelado pela limusine do capitalista, com seus para-lamas reluzentes e seu chofer de uniforme.

Mas Leo podia trabalhar em casa, e ganhava bem, embora, quando recebia seu dinheiro no Gossizdat, sempre se seguia o comentário: "Deduzimos 2,5% como contribuição para a nova Associação de Química Vermelha para a Defesa do Proletariado. Além da dedução de 5% para a Força Aérea Russa, 3% para a Luta Contra o Analfabetismo e 5% para a sua Previdência Social, e...".

Quando Leo trabalhava, Kira se movia pela sala sem fazer barulho, ou se sentava em silêncio com suas anotações, gráficos e planos, e nunca o interrompia.

Às vezes, eram interrompidos pelo *Upravdom*. Ele entrava, seu chapéu na nuca, e exigia sua cota para os encanamentos congelados da casa, as chaminés entupidas, as lâmpadas elétricas para as escadas – "alguém voltou a roubá-las" – as goteiras no telhado, os degraus quebrados do sótão, e a contribuição voluntária para a Força Aérea Vermelha.

Quando Kira e Leo se falavam, suas palavras eram breves, impessoais, excessivamente indiferentes, e seus rostos inexpressivos guardavam um segredo de que ambos se recordavam.

Mas quando estavam sozinhos no quarto cinza e prata, riam juntos; seus olhos, seus lábios e seus corpos se encontravam avidamente. Kira não sabia quantas vezes despertavam de noite, nem onde sentia seus lábios, muito menos se eles a machucavam. Não ouvia nada no silêncio, exceto a respiração dele. Empurrava o seu corpo contra o dele, depois ria prazerosamente, escondia o rosto atrás do braço e ouvia a respiração dele em sua garganta. Ela estava entorpecida, os dentes nos braços musculosos dele, embriagada pelo odor de sua pele.

* * *

Leo não tinha parentes em Petrogrado.

Sua mãe tinha morrido antes da revolução. Era filho único. Seu pai tinha estado frente a imensos trigais sob um céu azul que caía nos bosques escuros distantes, e pensava que algum dia esses campos e os bosques estariam aos pés de um garoto de cabelos e olhos escuros e, no coração dele, havia um brilho mais luminoso que o do sol sobre o trigo maduro.

O almirante Kovalensky raramente participava das cerimônias da corte; o deque de um barco lhe parecia mais estável sob seus pés do que o piso de madeira do palácio real. Mas, quando participava, os olhares de estupor, impaciência e inveja seguiam a mulher que se movia lentamente em seus braços. Sua esposa, condessa de nascimento e de sobrenome tradicional, tinha a beleza de vários séculos reunidos em todos os contornos de seu corpo perfeito. Quando faleceu, o almirante Kovalensky notou os primeiros cabelos grisalhos nas têmporas, mas, no fundo do coração, com palavras que não se atrevia a pronunciar, dava graças a Deus pela morte ter levado sua esposa em vez de seu filho.

O almirante Kovalensky tinha um só tom de voz, com o qual dava ordens a seus marinheiros e falava com seu filho. Alguns diziam que era demasiado amável com seus marinheiros, e outros, que era demasiado severo com seu filho. Mas adorava o garoto cujo nome seus tutores estrangeiros tinham mudado para "Leo", em vez do russo Lev; e se sentia indefeso frente ao menor sinal de desejo nos altivos olhos escuros do garoto.

Os tutores, os servos e os convidados olhavam para Leo como se observassem uma estátua de Apolo no escritório do almirante, com a mesma desesperança reverente que sentiam frente ao mármore branco de uma antiga era. Leo sorria; era a única ordem que tinha que dar, a única desculpa para quaisquer de suas ordens.

Quando seus jovens amigos se referiam, em voz baixa, às últimas histórias francesas, Leo citava Spinoza e Nietzsche; citava Oscar Wilde em reuniões puritanas do rígido Clube Feminino de Caridade de sua tia; descobria a superioridade da cultura ocidental sobre a da Rússia com os velhos e austeros amigos diplomatas de seu pai, eslavófilos raivosos, saudando-os com um insolente e estrangeiro "*hallo*". Uma vez, aos dezoito anos, quando foi se confessar, fez o velho sacerdote ficar vermelho com suas revelações, as quais o venerável dignitário não tinha conhecido em seus setenta anos.

Ressentido com o retrato do Czar no escritório de seu pai, e pela inquebrantável e irracional lealdade do almirante, Leo participou de uma reunião de jovens revolucionários. Mas, quando um jovem não barbeado pronunciou um discurso sobre a fraternidade dos homens, chamando-o de "camarada", Leo assoviou o hino "Deus Salve o Czar" e foi para casa.

Ele passou sua primeira noite na cama de uma mulher aos dezesseis anos. Quando a conheceu em alguns salões reluzentes, seu rosto permaneceu cordialmente impassível enquanto se inclinou para beijar a mão dela; o marido, de cabelos grisalhos, não suspeitava das lições que a fria e desdenhosa beleza que possuía estava dando àquele garoto esguio de cabelos negros.

A essa se seguiram muitas outras. O almirante teve que intervir uma vez, para recordar a Leo de que a sua carreira podia ser comprometida caso vissem seu filho sair outra vez, ao amanhecer, do palácio de uma famosa bailarina de cujo patrono real só se pronunciava o nome entre sussurros.

A revolução encontrou o almirante Kovalensky com óculos escuros sobre seus olhos cegos e o laço da cruz de São Jorge em sua lapela; encontrou Leo com um sorriso lento e desafiador, andando com pressa, com um chicote perdido que ele tinha nascido para carregar.

* * *

Por duas semanas, Kira não recebeu nem fez visitas. Então, recorreu a Irina.

Maria Petrovna abriu a porta e murmurou uma saudação, confusa, assustada, recuando com insegurança.

A família estava reunida na sala de jantar ao redor da recém-instalada "Burguesa". Irina se levantou com um sorriso radiante e beijou a prima, algo que nunca havia feito antes.

"Kira, fico feliz em vê-la! Pensei que não queria mais ver nenhum de nós."

Kira olhou para a figura alta que se levantou de pronto em um canto da sala. "Como você está, tio Vasili?", disse sorrindo.

Vasili Ivanovitch não respondeu; ele não olhou para ela; ele se virou e saiu da sala.

As bochechas de Irina ficaram vermelho-escuro e ela mordeu seus lábios. Maria Petrovna torcia um lenço. A pequena Acia olhava para Kira por trás de uma cadeira. Kira ficou olhando para a porta fechada.

"Que bonitas as suas botas de feltro, Kira", murmurou Maria Petrovna, embora já as tivesse visto diversas vezes. "Ótimas para o inverno. Que clima terrível!"

"Sim", disse Kira, "está nevando lá fora."

Entrou Victor, arrastando os chinelos, vestindo um roupão sobre o pijama; era o fim da tarde, mas seu cabelo despenteado tapava seus olhos vermelhos e inchados pelo sono interrompido.

"Kira! Que agradável surpresa!" Inclinou-se efusivamente e estendeu a mão. Apertou a mão de Kira, com um olhar atrevido, jocoso, como se ambos compartilhassem um segredo. "Não te esperávamos, Kira, mas *tantas* coisas inesperadas acontecem hoje em dia." Não se desculpou por sua aparência; sua arrogância despreocupada parecia dizer que essa aparência não devia ter nenhum impacto sobre ela. "Bem, Kira, não é o camarada Taganov, afinal? Ah, não se faça de desentendida. Ouvem-se coisas no Instituto. Contudo, é útil ter como amigo o camarada Taganov. Ele tem uma posição muito influente. Vem a calhar, caso você tenha algum amigo... na prisão."

"Victor", disse Irina, "você parece um porco e fala como tal. Vá lavar seu rosto."

"Quando eu receber ordens de você, querida irmã, pode avisar os jornais."

"Crianças, crianças", suspirou Maria Petrovna, impotente.

"Tenho que ir", disse Kira. "Passei apenas para uma visita rápida a caminho do Instituto."

"Ah, Kira!", suplicou Irina. "Não vá embora, por favor."

"Tenho que ir. Tenho aula."

"Que diabos!", disse Irina. "Todos têm medo de lhe perguntar, mas eu perguntarei antes que você vá embora: qual é o nome *dele*?"

"Leo Kovalensky."

"Não é o filho de...", engasgou Maria Petrovna.

"Sim", disse Kira.

Quando a porta se fechou atrás de Kira, Vasili Ivanovitch voltou. Maria Petrovna buscou nervosamente sua lixa de unhas e se distraiu fazendo a manicure, evitando olhá-lo nos olhos. Ele colocou uma lenha no fogo da "Burguesa". Não disse nada.

"Pai, o que Kira...", Irina começou.

"Irina, esse tema não está aberto a discussões."

"O mundo está todo de cabeça para baixo", disse Maria Petrovna, e tossiu.

Victor olhou para seu pai com um olhar radiante de compreensão mútua. Mas Vasili Ivanovitch não respondeu; deu a volta de propósito; ele vinha evitando Victor há semanas. Acia se agachou em um canto atrás da cômoda, choramingando suavemente, impotente.

"Acia, venha aqui", ordenou Vasili Ivanovitch.

Ela se aproximou cambaleando devagar, envergonhada, olhando para a ponta de seu nariz, limpando-o na gola.

"Acia, por que suas notas do colégio são sempre tão ruins?", perguntou Vasili Ivanovitch.

Acia não respondeu e fungou.

"Qual é o seu problema com aritmética?"

"São os tratores."

"Os o quê?"

"Os tratores. Eu não sabia."

"O que você não sabia?"

"Os Selskosoyuz tinham doze tratores e os dividiram entre seis vilarejos pobres, quantos tratores recebeu cada vilarejo?"

"Acia, quanto é doze dividido por seis?"

Acia olhou para seu nariz e fungou.

"Na sua idade, Irina era sempre a primeira da classe", Vasili Ivanovitch disse amargamente e se afastou.

Acia correu para se esconder atrás da cadeira de Maria Petrovna.

Vasili Ivanovitch saiu do cômodo. Victor o seguiu até a cozinha. Se Vasili Ivanovitch ouviu os passos que o seguiam, não prestou atenção. A cozinha estava escura, o vidro da janela estava quebrado e a janela tinha sido coberta com tábuas. Três pequenos fios de luz somavam três listras luminosas às largas rachaduras do chão. As camisas de Vasili Ivanovitch estavam empilhadas embaixo da pia. Ele se abaixou lentamente, colocou as camisas em uma panela de latão e a completou com água fria. Sua mãozona se fechou sobre uma barra de sabão azulado. Pouco a pouco, desajeitado, esfregou o colarinho de uma camisa. Tiveram que despedir a criada, e Maria Petrovna estava muito fraca para trabalhar.

"Qual é o problema, pai?", perguntou Victor.

Vasili Ivanovitch respondeu sem se virar: "Você sabe".

Victor protestou energicamente: "Mas, pai, eu não tenho a menor ideia! Fiz algo errado ultimamente?".

"Você viu aquela garota?"

"Kira? Sim. Por quê?"

"Pensei que poderia confiar nela como na minha própria alma. Mas a alcançaram. A revolução a alcançou. E – você é o próximo."

"Mas, pai..."

"Na minha época, a virtude de uma mulher não era levada para o esgoto pelo primeiro que passasse."

"Mas Kira..."

"Suponho que eu seja antiquado. Nasci assim, e assim morrerei. Mas todos os jovens apodrecem antes de amadurecer. Socialismo, comunismo, marxismo, e a decência que vá para o inferno!"

"Mas eu, pai..."

"Eles lhe alcançarão de outra forma. Estive observando. Durante as últimas semanas, seus amigos têm estado...Você chegou de uma festa hoje cedo."

"Você não desaprova uma festinha, não é?"

"Quem eram os convidados?"

"Algumas garotas encantadoras."

"Com certeza. Quem mais?"

Victor tirou uma poeira de sua manga e disse: "Um ou dois comunistas".

Vasili Ivanovitch não disse nada.

"Pai, tenhamos a mente aberta. Um pouco de vodca com eles não irá me ferir. Mas pode me *ajudar* – e muito."

A voz de Vasili Ivanovitch era severa como a de um profeta; as bolhas brotavam na água fria sob suas mãos: "Há coisas sobre as quais não se pode fazer concessões".

Victor riu alegremente e passou seu braço em torno de seus fortes ombros encurvados: "Ora, velho, você e eu conseguimos entender as coisas juntos. Não gostaria que eu ficasse de braços cruzados e me rendesse – porque *eles* têm o poder, não é? Derrotá-los em seu próprio jogo, é isso que eu vou fazer. Diplomacia, a melhor filosofia de nosso tempo. É o século da diplomacia. Não pode ser contra isso, não? Mas você me conhece. Isso não vai me afetar. Não vai me alcançar. Continuo sendo muito cavalheiro".

Vasili Ivanovitch virou-se para ele. Um raio de luz, através das brechas da janela, cruzou seu rosto. O rosto não era de um profeta; os olhos sob as densas sobrancelhas brancas estavam esgotados, impotentes; o sorriso era tímido. O sorriso era um esforço, assim como as palavras: "Eu sei, filho. Confio em você. Bem, você sabe o que faz. Mas estes são tempos estranhos. E você... bem, Irina e você são tudo que me resta".

* * *

Irina foi a primeira do antigo mundo de Kira a visitá-la em sua nova casa. Leo se inclinou de forma cortês, com deferência, mas Irina o encarou fixamente, sorriu e disse sem rodeios:

"Bem, gosto de você. Mas eu já esperava gostar de você. E espero que goste de mim, porque sou a única parente que você verá por um longo tempo. Mas todos me farão perguntas sobre você, tenha certeza disso."

Eles se sentaram na penumbra da grande sala de visitas e falaram sobre Rembrandt, quem Irina estava estudando; sobre o novo perfume que Vava

Milovskaia tinha conseguido com um contrabandista – perfume francês autêntico, Coty, que custava cinquenta milhões de rublos por frasco – e Irina tinha roubado uma gota para seu lenço – e Maria Petrovna chorara ao cheirá-lo; sobre o filme americano a que Irina tinha assistido, em que as mulheres usavam vestidos com lantejoulas sem mangas e em que se via uma imagem de Nova York pela noite – com arranha-céus de verdade, de infinitos andares com janelas iluminadas sob o céu negro – e ela ficou lá por duas sessões para ver tal imagem, mas que durava tão pouco – só um instante – e que ela gostaria de desenhar Nova York.

Ela tinha pegado um livro da mesa e estava atarefada desenhando no verso da capa branca, movendo o lápis muito rápido. Quando terminou, ela jogou o livro para Kira, do outro lado da sala. Kira olhou para o desenho: era um retrato de Leo, ereto, de corpo inteiro, nu.

"Irina!"

"Deveria mostrá-lo a ele."

Leo sorriu, com os lábios caídos, olhando para Irina de forma inquisidora.

"Este é o estado que mais lhe favorece" – explicou Irina. "E não me diga que minha imaginação o lisonjeia – porque não é o caso. As roupas não escondem nada de... bem, sim, de um artista. Alguma objeção?"

"Sim", disse Leo. "Este livro pertence ao Gossizdat."

"Ah, bem", ela arrancou rapidamente a capa. "Diga a eles que utilizou a capa para fazer um cartaz revolucionário."

Sozinha com Kira por um instante, antes de ir embora, Irina a olhou seriamente, com curiosidade e quase timidez, e murmurou: "Está... feliz?".

Kira disse com indiferença: "Estou feliz".

* * *

Kira quase nunca falava sobre o que pensava, e menos ainda sobre o que sentia. Não obstante, havia um homem para quem ela fazia uma exceção, em ambos os casos. Fazia outras exceções para ele também, e se perguntava vagamente por que as fazia. Os comunistas despertavam medo nela, um medo de sua própria degradação caso se relacionasse, falasse ou mesmo olhasse para eles; um medo não de suas pistolas, suas prisões e seus olhos secretos e vigilantes, mas de algo por trás de suas testas enrugadas, algo que tinham ou, talvez, algo que não tinham e que a fazia sentir como se estivesse sozinha na presença de uma besta com as mandíbulas abertas, a qual ela nunca poderia controlar. Mas sorria com confiança para Andrei Taganov e, espremida contra a parede, em um auditório vazio no Instituto, com os olhos radiantes e um sorriso tímido e confiante, como uma criança que busca uma mão que a guie, ela disse: "Estou feliz, Andrei".

Ele não a vira por muitas semanas. Sorriu cordial e tranquilamente, olhando para seus olhos ansiosos.

"Senti saudades, Kira."

"Senti saudades, Andrei. Eu... Eu estive ocupada."

"Não quis te procurar. Pensei que preferiria que eu nunca a procurasse em sua casa."

"Veja bem..." Então, ela parou. Não podia lhe contar. Ela não podia levá-lo à sua nova casa – a casa de Leo. Andrei podia ser perigoso: era membro da GPU e tinha um dever a cumprir. Era melhor não desafiar esse dever. Então, Kira apenas disse: "Sim, Andrei, melhor que nunca me procure... na minha casa".

"Não irei. Mas você virá com mais frequência às aulas? Assim, posso vê-la de vez em quando – e ouvir você dizer que está feliz? Gosto de ouvir isso."

"Andrei, você já foi feliz?"

"Nunca fui infeliz."

"Isso é suficiente?"

"Bem, sempre sei o que quero. E quando se sabe o que se quer, vai-se atrás disso. Às vezes, vai-se muito rápido e, às vezes, um centímetro por ano. Talvez se sinta mais feliz quando se vai rápido. Não sei. Esqueci a diferença há muito tempo, porque realmente não importa, desde que se mova."

"E se você quiser algo em uma direção em que não consegue se mover?"

"Nunca passei por isso."

"E se, pelo caminho, encontra uma barreira que não quer romper?"

"Nunca passei por isso."

Ela se lembrou repentinamente: "Andrei, você nem sequer perguntou por que estou feliz".

"Faz diferença – desde que esteja?"

Ele segurou as duas mãos dela, finas e confiantes, entre seus cinco dedos fortes.

* * *

Os primeiros indícios da primavera em Petrogrado eram lágrimas e sorrisos: os homens sorriam, as casas soltavam as lágrimas. No alto dos telhados, a neve derretia, cinza com a poeira da cidade, como algodão sujo, quebradiço e brilhante como o açúcar molhado, e as gotas cintilantes caíam lentamente sobre os riachos que saíam dos canos e atravessavam as calçadas até os bueiros, empurrando gentilmente tocos de cigarros e cascas de girassol. Os homens saíam das casas e respiravam fundo, e sorriam, e não sabiam por que sorriam, até que olhavam para cima e viam que, sobre os telhados, o céu era de um tom azul fraco, vacilante, incrédulo; um azul muito pálido, como se um pintor tivesse diluído a cor de seu pincel em um imenso pote de água, e como se na água só houvesse a gota de uma promessa.

Uma massa gelada se movia sob as galochas, e o sol formava brilhos brancos nos calçados pretos de borracha; os condutores de trenós grunhiam enquanto passavam por colinas marrons. Uma voz exclamava: "Sacarina, cidadãos!". Gotas golpeavam as calçadas com monotonia e persistência, como uma metralhadora lenta e distante. Uma voz exclamava: "Violetas, cidadãos!".

Pavel Syerov comprou botas novas. Piscando os olhos por causa do sol, olhou para a camarada Sonia e comprou para ela um pedaço de bolo quente de repolho de uma mulher na esquina. Ela o mastigou, sorrindo. Disse: "Às três, dar uma palestra no Komsomol sobre 'Nossa condução à frente da NPE'. Às cinco, dar uma palestra no clube da Rabfac sobre 'Mulheres Proletárias e Analfabetismo'. Às sete, debate na sede do Partido sobre 'O Espírito do Coletivo'. Por que não passa lá em casa às nove? Parece que nunca o vejo".

"Sonia, velha amiga, não posso abusar de seu tempo valioso. Pessoas como você e eu não têm vida privada, exceto a do nosso dever de classe", disse ele.

Havia filas nas portas das sapatarias; os sindicatos estavam distribuindo cupons para a compra de galochas.

Maria Petrovna ficou na cama quase todo o dia; viu o sol através dos vidros de uma janela fechada e escondeu seus lenços da vista de todos.

O camarada Lênin tinha sofrido um segundo derrame e havia perdido seu poder de fala. O *Pravda* disse: "... nenhum sacrifício maior para a causa do proletariado que um líder que consome sua vontade, sua saúde e seu corpo no esforço sobre-humano da responsabilidade depositada sobre seus ombros pelos trabalhadores e campesinos".

Victor convidou três estudantes comunistas para seu quarto e debateram sobre o futuro da Eletrificação Proletária. Ele os fez sair pela porta de serviço para evitar Vasili Ivanovitch.

A Inglaterra tinha planos traiçoeiros contra a República dos Trabalhadores e dos Campesinos. O ensino do inglês estava proibido nas escolas.

Acia teve que aprender alemão, choramingando pelas diferenças de "*der*," "*die*," "*das*", tratando de lembrar que foi o que os nossos irmãos de classe alemães tinham feito em Rapallo.

O chefe da Gossizdat disse: "O proletariado da cidade se manifestará amanhã para protestar contra a política francesa no Ruhr. Espero que todos os nossos funcionários participem, camarada Kovalensky".

Leo disse: "Ficarei de cama. Amanhã terei enxaqueca".

Vasili Ivanovitch vendeu a proteção da lâmpada da sala; ficou só com a lâmpada, pois era a última.

Nas tardes escuras e quentes, as igrejas ficavam cheias de cabeças baixas, incenso e círios. Lydia rezou pela santa Rússia e pelo pavor surdo que sentia em seu coração.

Andrei levou Kira para o teatro Marinsky e viram o balé de Tchaikovsky, *A Bela Adormecida*. Ele a deixou em casa junto com Moika, e ela pegou um tranvia até sua outra casa. Uma neve leve se derretia em seu rosto, como a chuva.

Leo perguntou: "Como está o seu amigo comunista?".

"Você se sentiu sozinho?", perguntou ela.

Ele tirou o cabelo dela da testa e olhou para seus lábios, em uma tensão deliberada de se recusar a beijá-la. Ele respondeu: "Gostaria de dizer que não. Mas sabe que sim".

Seus lábios quentes recolheram a fria chuva primaveril dos lábios dela.

O ano de 1923, como qualquer outro, teve uma primavera.

# XII

KIRA TINHA ESPERADO NA FILA por três horas para conseguir pão na Cooperativa do Instituto. Era noite quando desceu do tranvia, seu pão fortemente pressionado embaixo de seu braço. Nas esquinas distantes, os faróis formavam serpentes de luz que se contorciam nas poças negras. Caminhou em linha reta; seus sapatos afundavam na água, fazendo salpicar o gelo, que tilintava como o vidro. Quando dobrou a esquina de sua rua, uma sombra apressada assoviou para ela da escuridão.

"*Hallo!*", exclamou a voz de Irina. "De quem você se recorda quando digo isso?"

"Irina! O que você faz aqui a essas horas?"

"Acabo de sair da sua casa. Esperei você por uma hora. Já tinha desistido."

"Bem, volte comigo."

"Não", disse Irina. "Talvez seja melhor que lhe fale aqui. Eu... bem, talvez Leo não goste, e está em casa, e...", Irina titubeou, o que era incomum para ela.

"O que houve?"

"Kira, como... como estão as suas finanças?"

"Pois, estupendas! Por que a pergunta?"

"É que... veja... bem, se eu for presunçosa, me fale para calar a boca... Não fique brava... Sabe que nunca os mencionei antes... mas é sua família."

Kira viu através da escuridão a cara preocupada de Irina.

"O que há com eles?"

"Estão desesperados, Kira. Sinceramente desesperados. Sei que a tia Galina me mataria se soubesse que eu lhe contei, mas... Veja, o homem da sacarina foi preso por especulação. Foi condenado a seis anos de prisão. E sua família... bem, o que lhes resta? Já sabe. Na semana passada, meu pai levou meio quilo de painço para eles. Se pudéssemos... mas você já conhece a nossa situação. Minha mãe está muito doente. E não resta muito para vender no mercado Alexandrovsky, salvo o papel de parede. Não acho que tenha sobrado nada na casa de sua família. Pensei que, talvez, você... talvez você quisesse saber."

"Toma, pegue esse pão", disse Kira. "Nós não precisamos dele. Nós o compraremos em algum comércio privado. Diga-lhes que você o encontrou, pediu fiado ou que o roubou, seja lá o que for. Mas não diga a eles que veio de mim."

* * *

No dia seguinte, Galina Petrovna tocou a campainha. Kira não estava em casa. Leo abriu a porta e fez uma reverência cortês.

"Imagino que seja a minha... sogra?", perguntou.

"Isso é o que eu gostaria de ser", declarou Galina Petrovna.

O sorriso dele a desarmou; era contagioso; ela sorriu.

Quando Kira chegou, houve lágrimas. Galina Petrovna a esmagou em seus braços, antes de dizer quaisquer palavras, e soluçou: "Kira, minha filha...! Minha querida filha...! Que Deus perdoe nossos pecados! Estão sendo dias difíceis... dias muito difíceis... Depois disso, quem somos nós para julgar? Tudo está caindo aos pedaços... Que diferença faz? Se simplesmente pudéssemos recompor as peças, e... Que Deus nos mostre o caminho. Nós estamos perdidos...".

Quando ela soltou Kira, encheu seu nariz de farinha de batata e murmurou: "Sobre aquele pão, Kira. Não usamos tudo. Eu o escondi. Tinha medo de que talvez você precisasse dele. Eu posso devolver, se for o caso. Só cortamos uma fatia, pois seu pai estava com muita fome".

"Irina fala demais", disse Kira. "Não precisamos do pão, mãe. Não se preocupe. Fique com ele."

"Deveria ir nos ver", disse Galina Petrovna. "Os dois. O passado, no passado está. É claro, eu não sei por que vocês dois não... Oh, bem, é problema de vocês. As coisas não são o que eram dez anos atrás... Você deve nos visitar, Leo. Posso lhe chamar de Leo, certo? Lydia está ansiosa para conhecê-lo."

* * *

Era possível comprar pão nos comércios privados, mas o preço fez Kira hesitar. "Vamos à estação de trem", ela disse a Leo.

Os terminais de trem eram os mercados mais baratos e perigosos da cidade. Havia normas estritas contra "especuladores" privados que contrabandeavam alimentos dos vilarejos. Ainda assim, especuladores esfarrapados se atreviam a percorrer longos trajetos sobre telhados e tetos de trens, a andar quilômetros a pé por caminhos escorregadios e lamacentos, a enfrentar os piolhos e o tifo nos trens e, na volta, a vigilância dos agentes do governo. Os víveres eram introduzidos furtivamente na cidade em botas empoeiradas, em forros de casacos infestados de vermes, em pacotes de roupas sujas. A cidade, morta de fome, aguardava cada trem. Depois de sua chegada, nas ruas escuras que rodeavam a estação, trocavam-se às escondidas taças de cristal e blusas de cetim por pedaços de banha e farinha mofada.

De mãos dadas, Kira e Leo se dirigiram à estação Nikolaevsky. As gotas pingavam sobre o chão. O sol inundava o chão de gotas. Leo comprou um ramo de violetas em uma esquina. Ele o prendeu no ombro de Kira, um tufo púrpura, fresco e perfumado em seu velho casaco preto. Ela sorriu contente e chutou um pedaço de gelo em uma poça, jogando água em um transeunte, rindo.

O trem havia chegado. Conseguiram abrir espaço em meio a uma multidão ansiosa que os empurrava para o lado e os arrastava para frente, além de dar cotoveladas em seus estômagos e pisar em seus pés. Os soldados observavam em silêncio, vigilantes e suspeitos, os passageiros que chegavam.

Um homem saiu do trem. Tinha um nariz particular; era tão pequeno e arrebitado que suas duas amplas e inclinadas narinas eram quase verticais; abaixo das narinas, havia um amplo espaço e uma boca volumosa. Ao sair, sua barriga tremeu como gelatina. Seu casaco parecia muito esfarrapado, e suas botas, muito sujas.

Os soldados o agarraram pelos braços. Iriam revistá-lo. Ele reclamou baixinho: "Camaradas, irmãos! Que Deus me ajude, vocês estão errados. Não sou mais que um pobre campesino, irmãos, um campesino muito pobre! Nunca ouvi nada sobre especulações. Mas também sou um cidadão responsável. Eu lhes direi uma coisa. Se me deixarem ir, eu lhes direi uma coisa".

"O que você pode dizer, seu filho da puta?"

"Veem aquela mulher? Ela é uma especuladora. Eu sei. Eu lhes direi onde ela esconde a comida. Eu já a vi."

Fortes mãos agarraram a mulher. Seus braços, nos punhos dos soldados, pareciam os de um esqueleto; o cabelo grisalho caía sobre seus olhos debaixo de um velho chapéu com uma pena negra; seu xale, mantido sob seu peito, perfurado por um broche antigo de mosaico, agitava-se em silêncio, convulsivamente, com uma leve sacudida nervosa, como uma janela com o som de uma explosão distante. A mulher gemia, mostrando três dentes amarelos em uma boca escura : "Camaradas... É o meu neto... Não ia vender... É por meu neto... Por favor, deixem-me ir, camaradas... meu neto – ele tem escorbuto... Tem que comer... Por favor, camaradas... O escorbuto... Por favor...".

Os soldados a arrastaram. O chapéu dela caiu. Não pararam para recolhê-lo. Alguém pisou na pena negra.

O homem com as fossas nasais verticais os viu se afastar. Seus amplos lábios encarnados sorriram.

Depois ele se virou e viu que Kira o encarava. Deu uma piscadela, com ar de mistério e cumplicidade, e apontou com a cabeça para a saída. E ele saiu; Kira e Leo o seguiram, perplexos.

Em um beco escuro próximo da estação, o homem olhou com cautela, piscou novamente e abriu seu casaco. O casaco esfarrapado tinha um forro suave de pele espessa e cara, com um odor sufocante de óleo de cravo utilizado por todos os viajantes para se protegerem dos piolhos nos trens. Desabotoou alguns ganchos ocultos no fundo da pele. Seu braço desapareceu dentro do forro e voltou com um pão e um presunto defumado. Ele sorriu. Seus lábios e a parte inferior de seu rosto sorriram; a parte superior – o nariz curto, os olhos claros e estreitos – permaneceu imóvel, como se paralisada.

"Aqui está, cidadãos", disse presunçoso. "Pão, presunto, o que quiserem. Sem problemas. Conhecemos o nosso negócio."

No momento seguinte, Kira estava correndo pela rua, fugindo selvagemente, sem sentido, fugindo de um sentimento que não sabia explicar.

* * *

"Só uma festinha, Kira", disse Vava Milovskaia por telefone. "Sábado à noite... O que acha de dez horas?... E trará Leo Kovalensky, certo? Estou morrendo de vontade de conhecê-lo... Ah, só quinze ou vinte pessoas... E, Kira, uma questão complicada: convidei Lydia, e... poderia trazer um amigo para ela? Veja, tenho muitos garotos e garotas em minha lista, mas todos estão namorando, e..., bem, hoje em dia é difícil achar garotos... e... bem, sabe como é, e pensei que você talvez conheça alguém, qualquer pessoa..."

"Qualquer pessoa? Não lhe importa que seja um comunista?"

"Um comunista? Que fantástico! É bonito? Sem dúvida, convide-o... Dançaremos... E haverá aperitivos. Sim, comida. E Kira, estou pedindo que todos os convidados tragam um pedaço de lenha. Um pedaço por pessoa... para aquecer o salão. É tão grande que não podemos... Não se importa? Que amável de sua parte. Vejo vocês no sábado à noite."

Festas eram pouco frequentes em Petrogrado, em 1923. Era a primeira de Kira. Decidiu convidar Andrei. Estava um pouco cansada do engodo, um pouco surpresa de que tivesse ido tão longe. Leo sabia tudo sobre Andrei, mas Andrei não sabia nada sobre Leo. Ela tinha contado a Leo sobre a amizade deles; ele não se opusera; sorria com desdém quando ela falava de Andrei, e lhe perguntava sobre seu "amigo comunista". Andrei não conhecia ninguém do círculo de Kira, e nenhum rumor chegara a seus ouvidos. Nunca fazia perguntas. Manteve sua promessa e nunca foi procurá-la em casa. Eles se encontravam no Instituto. Falavam da humanidade, seu futuro e seus líderes; falavam de balé, tranvias e ateísmo. Por um acordo tácito, nunca falavam da Rússia soviética. Era como se um abismo os separasse, mas suas mãos e seus espíritos eram suficientemente fortes para se sobreporem a ele.

As duras linhas de seu rosto bronzeado eram como a efígie de um santo medieval; da era das Cruzadas havia herdado a crueldade, a devoção e também a austera castidade. Kira não podia falar de amor com ele; ela nem podia pensar em amor em sua presença; não porque ela temesse uma condenação dura, mas porque ela temia sua sublime indiferença.

Não queria escondê-lo para sempre. Os dois homens tinham que se conhecer. Temia tal encontro, um pouco. Lembrou-se que um deles era filho de um pai executado; o outro, membro da GPU. A festa de Vava era uma ocasião oportuna: os dois se conheceriam, ela observaria as reações deles; então, talvez, ela pudesse convidar Andrei para sua casa; e se, na festa, ele descobrisse a verdade sobre ela – bem, ela pensou, melhor assim.

Ela o encontrou na biblioteca do Instituto, e perguntou: "Andrei, participar de uma festa burguesa o assustaria?".

"Não se você estivesse lá para me proteger – se isso é um convite."

"Estarei lá. E sim, é um convite. Sábado à noite. Lydia e eu iremos. E dois homens. Você é um deles."

"Certo – se Lydia não tiver muito medo de mim."

"O outro... é Leo Kovalensky."

"Ah."

"Eu *não sabia* o endereço dele *na época*, Andrei."

"Eu *não* lhe perguntei, Kira. E isso não importa."

"Venha nos buscar às nove e meia, na casa na rua Moika."

"Eu me lembro de seu endereço."

"Meu... ah, sim, é claro."

* * *

Vava Milovskaia recebia seus convidados na antessala.

Seu sorriso estava radiante; seus olhos escuros e seus cachos negros brilhavam como a fivela do cinto de grife que rodeava sua cintura fina, e as delicadas flores de couro em seu ombro – a última moda soviética – brilhavam como seus olhos.

Os convidados entraram com pedaços de lenha debaixo dos braços. Uma donzela alta e séria vestida de preto, com avental e gorro branco de algodão, recebia a lenha em silêncio.

"Kira! Lydia! Queridos! Que alegria! Como estão?", disse Vava, que se aproximou vibrante do grupo.

"Ouvi tanto falar de você, Leo, que me sinto intimidada", e o cumprimentou, colocando a sua mão sobre a de Leo; até Lydia entendeu o olhar de resposta de Leo; quanto a Vava, ela prendeu a respiração, deu um passo para trás, e olhou para Kira. Mas Kira não prestou atenção.

Para Andrei, Vava disse: "Então, você é um comunista? Parece-me encantador. Sempre disse que os comunistas eram iguais às outras pessoas".

O grande salão não fora aquecido em todo o inverno. A lareira tinha sido acendida há pouco. Uma fumaça inquieta lutava para sair da chaminé e fugia para o salão de vez em quando. Uma neblina cinza flutuava sobre os espelhos impecavelmente polidos, e as mesas recém-limpas exibiam com orgulho e cuidado várias fileiras de bibelôs; um odor úmido de madeira mofada fluía para destruir a dolorosa dignidade de um salão ostensivamente preparado para os convidados.

Os convidados sentavam-se amontoados nos cantos, tremendo sob os velhos xales e suéteres, tensos, inseguros e muito imprudentemente displicentes em suas antigas melhores roupas. Eles mantinham seus braços grudados na lateral para tapar os buracos das axilas; os cotovelos, imóveis sobre os joelhos – para ocultar os remendos malfeitos; e os pés, sob as cadeiras – para esconder as botas de feltro desgastadas. Sorriam com o olhar vazio, sem motivo, riam demasiado alto por nada em particular, tímidos e incômodos e com a sensação de culpa por um objetivo proibido, o objetivo esquecido da alegria. Olhavam para a lareira com melancolia, desejosos e relutantes em tomar os melhores lugares perto do fogo. Todo mundo sentia frio, e todo mundo queria desesperadamente estar alegre.

O único cuja alegria radiante e sonora parecia natural era Victor. Seus passos largos iam de grupo em grupo, oferecendo a tônica de uma voz ressoante e um sorriso resplandecente: "Por aqui, damas e cavalheiros... Aproximem-se desta lareira aconchegante. Estaremos aquecidos em um instante... Ah, minhas adoráveis primas, Kira e Lydia! Encantado, camarada Taganov, encantado!... Aqui há uma poltrona estupenda, Lydia querida, que reservei especialmente para você... Rita querida, você me lembra a heroína do novo romance de Smirnov. Você já leu? É magnífico! Literatura emancipada de conceitos obsoletos de forma. Uma nova mulher – a mulher livre do futuro... Camarada Taganov, esse projeto para eletrificação de toda a

RSFSR é o empreendimento mais estupendo da história da humanidade. Quando consideramos a quantidade de energia elétrica por cidadão que se pode extrair de nossos recursos naturais... Vava, estas flores de couro envernizado de grife são a última palavra em elegância feminina. Entendo que seja o acessório mais popular em Paris... Concordo contigo, Boris. O pessimismo de Schopenhauer é totalmente antiquado frente aos saudáveis e práticos conceitos filosóficos do proletário emergente e, independentemente de nossas convicções pessoais, todos devemos ser suficientemente objetivos para concluirmos que o proletariado *é* a classe dirigente do futuro".

Com perfeita convicção, Victor assumiu o papel de anfitrião. Os olhos escuros de Vava, que nele repousavam toda vez que ele rodopiava pelo salão, sancionavam esse direito com um olhar longo e adorador. Ela se dirigia rapidamente à antessala toda vez que a campainha tocava, e voltava com um casal que sorria timidamente, esfregando as mãos frias, ocultando as desgastadas costuras de suas roupas. A solene criada os seguia com as toras de lenhas na mão, como se estivesse servindo um prato, e depois as empilhava com cuidado junto à lareira.

Kolya Smiatkin, um jovem ruivo, gordinho e com um sorriso agradável, que trabalhava na Companhia Estatal de Tabacos, disse timidamente: "Eles dizem que... hum... Eu ouvi... receio que haverá uma redução de pessoal em nosso escritório, no mês que vem. Há um burburinho por aí. Talvez me despeçam desta vez. Talvez não. Isso faz com que eu me sinta um pouco incomodado".

Um homem alto com um pincenê dourado e os olhos intensos de um filósofo desnutrido disse em tom lúgubre: "Tenho um excelente trabalho nos arquivos. Pão quase todas as semanas. Só temo que exista uma mulher atrás do cargo – a amante de um comunista –, e...".

Alguém lhe deu um cutucão e apontou para Andrei, que estava junto à lareira, fumando. O cavalheiro alto tossiu, e pareceu desconfortável.

Rita Eksler era a única mulher na sala que fumava. Estava deitada em um sofá, com as pernas apoiadas na lateral e saia levantada acima dos joelhos, franjas vermelhas sobre seus olhos de cor verde-claro, seus lábios pintados atrevidamente franzidos em volta de um cigarro. Muitas coisas eram ditas sobre ela. Mataram seus pais na Revolução. Ela se casara com um comandante do Exército Vermelho e se divorciou dele dois meses depois.

Era simples e usava sua simplicidade com tal ênfase hábil e audaz que as garotas mais belas temiam competir com ela.

Ela se espreguiçou e disse em voz baixa e rouca: "Ouvi algo curioso. Um amigo me enviou uma carta de Berlim...", todos os olhos se voltaram para ela, ansiosos, reverentes, "... dizendo que em Berlim há cafés que ficam abertos a noite toda – *a noite toda*! Que elegante, não? Eles os chamam de *Nacht Local*. E, em um *Nacht Local* muito famoso e malicioso, uma bailarina famosa, Rikki Rey, dançou nua com dezesseis garotas. Quero dizer, totalmente nua. Então, ela foi presa. Na noite seguinte, ela e suas garotas apareceram em um evento militar, utilizando pequenas calçolas de chiffon, com duas correntes de ouro cruzadas sobre os seios, e enormes chapéus de pele. E se consideravam vestidas. Que elegante, não?".

Ela deu uma risada rouca à multidão pasmada, mas seus olhos estavam focados em Leo; haviam estado desde que ele entrara no salão. A resposta de Leo tinha sido um olhar direto e jocoso, de entendimento, que insultava Rita e, ao mesmo tempo, a encorajava.

Uma garota anêmica que estava sentada em um canto de mau humor, escondendo miseravelmente seus pés e suas pesadas botas de feltro, disse, com um olhar opaco e incrédulo frente às suas próprias palavras: "No estrangeiro... ouvi falar..., dizem que não há cupons de racionamento, cooperativas, nem nada do tipo, que se pode simplesmente entrar em uma loja quando quiser e comprar pão, batatas, seja lá o que for, inclusive açúcar. Eu mesma não acredito nisso".

"E dizem que se pode comprar roupas sem ter que passar pelos sindicatos – no estrangeiro."

"Não temos futuro", disse o filósofo com o pincenê de ouro. "Nós o perdemos em buscas materialistas. O destino da Rússia sempre foi o espiritual. A Santa Rússia perdeu seu Deus e sua alma."

"Vocês ouviram falar sobre o pobre Mitya Vessiolkin? Tentou sair de um tranvia em movimento e ficou sob ele, mas teve sorte: só perdeu uma mão."

"O Ocidente", disse Victor, "não tem nenhum significado interior. A velha civilização está condenada. Está preenchendo novas formas com um conteúdo obsoleto que já não satisfaz mais ninguém. Podemos ter percalços, mas estamos construindo algo novo. O futuro está do nosso lado."

"Estou resfriada", disse a garota anêmica. "Minha mãe conseguiu um cupom para galochas, mas não havia nenhum par no meu número e perdemos nossa vez. Tivemos que esperar três meses e eu fiquei resfriada."

"O Primus de Vera Borodina explodiu na cara dela. E ela está cega. E seu rosto... parece que foi para a guerra."

"Eu comprei um par de galochas em uma loja privada", disse Kolya Smiatkin, orgulhoso. "E agora temo haver me precipitado. Com as reduções de pessoal e..."

"Vava, posso colocar mais lenha no fogo? Ainda está bastante... frio."

"O problema destes tempos", disse Lydia, "é que não há enriquecimento espiritual. As pessoas se esqueceram da simples fé."

"Tivemos redução de pessoal no mês passado, mas não fui afetada. Eu sou socialmente ativa. Dou aulas para analfabetos, gratuitamente, uma hora por tarde, como dever do Círculo, e eles sabem que sou uma cidadã consciênciosa."

"Eu sou vice-secretário da biblioteca do Círculo", disse Kolya Smiatkin. "São três tardes por semana, e sem salário, mas isso me salvou da última redução. Mas, desta vez, temo que seja eu ou outro cara – e o outro é vice-presidente de duas bibliotecas."

"Quando temos redução de pessoas", disse a garota anêmica, "sempre tenho medo de que demitam esposas ou esposos cujos parceiros tenham emprego. E Misha tem um emprego estupendo na Companhia de Abastecimento. Assim, estamos pensando... Temo que tenhamos que nos divorciar. Ah, não tem problema. Podemos continuar vivendo juntos. Isso tem sido feito."

"Minha carreira é meu dever para com a sociedade", disse Victor. "Optei pela engenharia porque me parece ser a profissão de que mais necessita nossa grande república."

Deu uma olhada para a lareira para garantir que Andrei o tivesse ouvido.

"Estou estudando Filosofia", disse Leo, "porque é uma ciência da qual o proletariado da URSS não necessita em absoluto."

"Alguns filósofos", disse Andrei pausadamente, em meio a um repentino e atônito silêncio, "podem precisar do proletariado da URSS."

"Talvez", disse Leo. "E talvez eu fuja para o estrangeiro, e venda meus serviços ao maior explorador milionário e tenha uma aventura com sua bela esposa."

"Sem dúvida", disse Victor, "*isso* você conseguirá."

"Certamente", Vava disse apressada, "penso que ainda está frio e que seria melhor que dançássemos. Lydia, querida?"

Ela lançou um olhar lisonjeiro de interrogação para Lydia. Esta suspirou profundamente, se levantou e se dirigiu ao piano vertical. Era a única com dotes musicais entre a multidão. Tinha suspeitas sobre o verdadeiro motivo de sua popularidade nas raras festas que ainda eram dadas. Esfregou os dedos gelados e tocou as teclas com determinação feroz. Tocou "John Gray".

Os historiadores descreverão "A Internacional" como o grande hino revolucionário, mas as cidades da revolução tinham seu próprio hino. No futuro, os homens de Petrogrado se recordarão daqueles anos de fome, luta e esperança ao ritmo convulsivo de "John Gray".

O estilo era chamado de foxtrote. Sua melodia e seu ritmo eram como os dos novos bailes para além das fronteiras, no estrangeiro. Tinha a letra bem estrangeira sobre um John Gray bem estrangeiro cuja amada, Kitty, rejeitava seu amor por medo de ter filhos, como lhe dizia abertamente. Petrogrado tinha sofrido devastadoras epidemias de cólera; havia sofrido epidemias de tifo, que eram piores; mas a pior epidemia de todas foi a de "John Gray".

Os homens faziam fila nas cooperativas – e assoviavam "John Gray". Na hora do intervalo das aulas, jovens casais dançavam no grande salão, enquanto um amável aluno tocava "John Gray". Homens se agarravam aos degraus de tranvias em alta velocidade, desesperadamente murmurando "John Gray". Clubes de trabalhadores escutavam com atenção uma palestra sobre marxismo, e depois relaxavam enquanto um camarada se gabava de seu talento, tocando, em um piano desafinado, "John Gray".

Sua alegria era triste; seu ritmo abrupto, histérico; sua frivolidade, um pedido, um lamento pelo que existia em algum lugar, impossível de ser alcançado. Nas noites de inverno, as bandeiras vermelhas sibilavam nos montes de neve, e a cidade rezava impotente as breves e agudas notas de "John Gray".

Lydia tocou energicamente. Casais se moviam lentamente pelo salão, ao ritmo da antiquada dança de dois passos. Irina, que não tinha voz, cantava as palavras, às vezes cantando, às vezes tossindo, em um lamento rouco, como ouvira uma cantora alemã fazer em um *vaudeville*:

*John Gray*
*Era bravo e audaz,*
*Kitty*
*Era muito bonita.*
*Loucamente,*
*John se apaixonou por*
*Kitty.*
*Uma paixão difícil de resistir...*
*Ele declarou*
*seus sentimentos,*
*Mas Kat*
*Disse "Não", nem pensar!*

Kira dançou nos braços de Leo. Ele sussurrou, olhando para ela:

"Dançaríamos assim, em um lugar com taças de cristal e vestidos de lantejoulas, sem mangas, em um lugar chamado *Natch Local.*"

Ela fechou os olhos, e o corpo forte que a guiava, esperto e imperioso, parecia levá-la para outro mundo, que ela tinha visto há muito tempo, junto a um rio escuro que murmurava "A canção da taça quebrada".

Vava se dispôs a ensinar Andrei a dançar e o arrastou em direção às pessoas. Ele a seguiu obediente, sorrindo, como um tigre que não poderia ferir um gatinho. Não era um aluno ruim, pensou ela. Ela se sentia muito corajosa e audaz ao pensar que estava corrompendo um comunista sisudo. Lamentava que a corrupção não pudesse ir além. Era irritante encontrar um homem sobre o qual a sua beleza não provocava nenhuma reação, que a encarava com calma e firmeza nos olhos, como olhava para Lydia, como olhava para a garota anêmica com botas de feltro.

Lydia tocou "Destiny Waltz". Andrei chamou Kira para dançar. Leo olhou para eles com seu sorriso frio, mas não disse nada e se afastou deles.

"Vava é uma boa professora", murmurou Kira, enquanto Andrei a levava rodopiando em direção aos outros pares, "mas me abrace mais forte. Ah, sim, muito mais forte."

"Destiny Waltz" era suave e lenta; de vez em quando, parava, sem fôlego, e retomava seu ritmo, vagarosamente, oscilando um pouco, como se esperasse que as saias de cetim murmurassem gentilmente em resposta, em um salão como não mais existia.

Kira olhou para o rosto severo que sorria meio irônico, meio tímido. Ela pressionou sua cabeça no peito dele, e o olhou fugazmente; depois jogou sua cabeça para trás, seus cabelos desgrenhados se enroscaram no botão do casaco de Andrei e alguns fios ficaram presos ao redor dele.

Andrei sentiu uma seda muito suave em seus braços e, sob a seda, um corpo muito esbelto. Ele olhou para o decote dela e viu uma sombra tênue que dividia a carne. Não voltou a baixar seu olhar.

Leo dançava com Rita, e seus olhos se encontravam em um entendimento silencioso; ela apertava o corpo dele como uma especialista, uma profissional. Vava girava, sorrindo orgulhosa para todos os casais que passavam a seu lado, apoiando sua mão, triunfante e possessiva, sobre o ombro de Victor. Kolya Smiatkin observava Vava tímido e melancólico. Tinha vergonha de tirá-la para dançar: era mais baixo do que ela. Sabia que todos estavam cientes de sua desesperada e canina devoção por ela, e que riam dele; ele não conseguia evitar. As botas de feltro da garota anêmica faziam o castiçal tremer, suas gotas de cristal tilintavam lentamente; em uma ocasião, pisou nos sapatos reluzentes de couro envernizado de Vava. Um convidado gentil colocou lenha no fogo, que começou a crepitar e fazer fumaça. Alguém tinha se descuidado e trazido um pedaço de lenha úmido.

Às duas da manhã, a mãe de Vava mostrou seu rosto, tímido e pálido, no canto de uma porta entreaberta e perguntou se os convidados "queriam tomar um refresco". A corrida para a sala de jantar deixou uma valsa pela metade.

Na sala de jantar, uma grande mesa fixa em um esplendor solene de branco e prata; cristal brilhando com uma luz ofuscante, talheres colocados com precisão formal. Pratos luxuosos de porcelana de cor leitosa ofereciam fatias de pão preto de aspecto amanteigado, pedaços de peixe seco, biscoitos de casca de batata, chucrute e chá com caramelos, em vez de açúcar.

A mãe de Vava sorria com hospitalidade: "Por favor, sirvam-se de um de cada. Não se preocupem. Há o bastante. Eu os contei".

O pai de Vava estava sentado, com um amplo sorriso, na cabeceira da mesa. Ele era um médico especializado em ginecologia. Antes da Revolução, não era bem-sucedido; depois, dois fatos o ajudaram a crescer: como médico, pertencia aos "Profissionais Liberais", pelo qual não era considerado um explorador, e fazia certas operações que não eram estritamente legais. Dentro de alguns anos, tinha se convertido no membro mais próspero de seu antigo círculo e de outros muitos superiores.

Estava comodamente encostado na cadeira, com os punhos sobre a mesa. Sua barriga se sobressaía abaixo de uma pesada corrente de ouro, com diversos penduricalhos que tilintavam com os músculos de seu estômago. Seus olhos estreitos desapareciam sob as sobrancelhas grossas de pele branca. Sorria afetuosamente para seus convidados; estava muito orgulhoso de seu raro e invejável papel de anfitrião – um anfitrião que podia oferecer comida; ele se sentia como protetor e benfeitor dos filhos daqueles frente aos quais precisara se inclinar em épocas passadas: os filhos do magnata industrial Argounov e do almirante Kovalensky. Pensou em se lembrar de doar um pouco mais para a Frota Aérea Vermelha na manhã seguinte.

Seu sorriso aumentou quando a criada entrou mal-humorada com uma bandeja de prata com seis garrafas de um raro vinho antigo – um sinal de gratidão de um de seus influentes pacientes. Encheu as taças de cristal com um risinho afável: "Isto é coisa fina, antiga. Vinho autêntico, de antes da guerra. Aposto que vocês, crianças, nunca provaram nada assim".

As taças foram passando de mão em mão pela longa mesa. Kira se sentou entre Leo e Andrei. Este último levantou seu copo com solenidade e firmeza, como um guerreiro. "À sua saúde, Kira", disse ele.

Leo levantou seu copo lentamente, com elegância, como um diplomata em um bar no estrangeiro. "Como já foi brindada por uma classe superior, Kira", disse ele, "brindo à nossa encantadora anfitriã."

Vava respondeu com um sorriso afável, agradecida. Leo elevou seu copo em direção a ela, e bebeu olhando para Rita.

Quando retornaram ao salão, foi preciso reacender o fogo. Lydia voltou a tocar. Alguns casais dançavam preguiçosamente. Vava cantou uma canção sobre uma falecida dama cujos dedos fediam a incenso. Kolya Smiatkin fez a imitação de um bêbado. Victor contou anedotas. Outros seguiram o seu exemplo; algumas das anedotas eram políticas e, após os olhares de cautela em direção a Andrei, elas ficavam pela metade, e o contador, com vergonha.

Às cinco da manhã, todos estavam esgotados, mas ninguém poderia ir para casa antes do amanhecer: era muito perigoso. A milícia da cidade não dava conta dos ladrões e assaltantes. Nenhum cidadão se arriscava a pisar na rua depois da meia-noite.

O doutor Milovsky e sua esposa se retiraram, deixando os jovens convidados esperando o amanhecer. A rígida e cansada criada arrastou para o salão alguns colchões emprestados dos vizinhos. Os colchões foram alinhados junto à parede. A criada foi embora. Vava apagou a luz.

Os convidados se acomodaram em casais. Nada penetrava a escuridão, salvo a última fagulha da lareira, os pontos vermelhos de alguns cigarros, alguns sussurros e alguns sons suspeitos que não eram sussurros. As leis não escritas das festas ditavam que não se deveria ser muito curioso nessas últimas horas de cansaço, as mais interessantes da festa.

Kira sentiu a mão de Andrei em seu braço. “Creio que tenham um alpendre”, murmurou ele. “Vamos lá fora.”

Enquanto o seguia, Kira ouviu um suspiro, e algo que parecia um beijo muito apaixonado, do canto onde Vava se aninhava nos braços de Victor.

No alpendre fazia frio. A rua jazia em silêncio como um túnel sob um arco que pouco a pouco se tornava cinza. As poças congeladas pareciam janelas nas calçadas; as janelas pareciam poças congeladas nas paredes. Um miliciano estava apoiado em um poste. Uma bandeira se inclinava em direção à rua. A bandeira não se movia; tampouco o homem.

“É engraçado”, disse Andrei. “Nunca pensei nisso, mas gosto de dançar.”

“Andrei, estou brava contigo.”

“Por quê?”

“Esta é a segunda vez que você não notou o meu melhor vestido.”

“É bonito.”

A porta atrás deles rangeu devido a suas dobradiças enferrujadas. Leo saiu para o alpendre, com um cigarro no canto dos lábios. Perguntou: “Kira também é propriedade nacionalizada?”.

Andrei respondeu pausadamente: “Às vezes, penso que seria melhor para ela se fosse”.

“Bem, até o Partido aprovar a resolução pertinente, ela não é”, disse Leo.

Voltaram à escuridão cálida do salão. Leo deitou Kira no colchão, ao seu lado; não disse nada. Ela cochilou com a cabeça apoiada em seu ombro. Rita se afastou, dando de ombros. Andrei ficou na porta do alpendre, fumando.

Às oito horas da manhã, as cortinas da janela foram abertas. Um pálido céu branco se espalhou sobre os telhados, como água com sabão. Vava se despediu com voz baixa de seus convidados na porta; estava um pouco cambaleante, com olheiras, um cacho de cabelo escuro na ponta do nariz, marcas de seu batom no queixo. Os convidados se dividiram em grupos, caminhando juntos o máximo possível.

No frio amanhecer, enquanto o gelo se partia sob seus pés, Andrei fez um breve comentário a Kira. Apontou para Leo, que estava ajudando Lydia a saltar uma poça, alguns passos à frente deles. "Você o vê com frequência?", perguntou ele.

Essa pergunta a fez compreender que ele não tinha descoberto a verdade; e o tom da pergunta, que ela não iria contar a ele.

As luzes se acenderam nas janelas dos comércios com barras e cadeados. Em muitas portas, havia um cartaz:

"Camaradas ladrões, por favor, não percam tempo. Não há nada aqui dentro."

# XIII

NO VERÃO, PETROGRADO ERA UMA FORNALHA.

As tábuas de madeira das calçadas se partiam em fissuras negras, secas como o leito de um rio vazio. As paredes pareciam respirar, febris, e os telhados fediam a tinta queimada. Com os olhos cegados por um resplendor branco, os homens buscavam desesperados uma árvore na cidade de pedra. Quando a encontravam, logo se afastavam: suas folhas, imóveis, estavam cinzas, cheias de pó. Os cabelos grudavam na testa. Os cavalos espantavam as moscas de suas narinas espumantes. O Neva estava paralisado; sobre a água saltavam gotas de fogo brincalhonas que pareciam lantejoulas e davam ainda mais a sensação de calor aos homens nas pontes.

Sempre que podiam, Kira e Leo passavam o dia no campo.

Passeavam de mãos dadas pelos corredores ensolarados e as sombras dos pinheiros. Como colunas de pedras escuras, como corpos fibrosos queimados de sol como bronze e descamando em finas cascas, os pinheiros montavam guarda junto ao caminho, deixando passar, com inveja, através de uma densa relva de cor malaquita, alguns raios de tom azul-claro. Nas verdes encostas das valetas, pequenos pontos purpúreos das violetas se inclinavam sobre um caminho de areia amarela; apenas o brilho cristalino da areia deixava ver a água que os banhava. Kira tirou os sapatos e as meias. Com a poeira e as agulhas de pinho entre os dedos de seus pés, chutava para longe os pinhões negros espalhados pelo chão. Leo jogou seus chinelos em alguns galhos secos; vestia uma camisa desabotoada, suas mangas acima dos cotovelos. Os pés descalços dela pisavam sobre as tábuas de uma velha ponte. Por meio das amplas rachaduras, viu uma água tomada por brilhos nadando, como peixes, corrente abaixo e girinos se agitando como enxames de vírgulas negras.

Sentaram-se em uma pradaria. A relva alta parecia um muro ao redor deles, acima de suas cabeças; um céu azul e cálido descia até suas finas pontas verdes; o céu parecia cheirar a trevo. Um grilo zumbia como um motor elétrico. Kira estava sentada no chão e Leo, deitado, apoiava a cabeça em seu colo. Ele mascava a ponta de um longo caule de grama, e o movimento da mão que o segurava era tão perfeito como o de um anúncio de cigarros estrangeiros. De vez em quando, ela se inclinava para beijá-lo.

Eles se sentaram sobre um enorme tronco junto ao rio. As samambaias, abertas como estrelas na relva abaixo deles, pareciam uma selva de palmeiras anãs. O tronco branco de bétulas brilhava ao sol, suas folhas como uma cascata de gotas verdes suspensas no ar, trêmulas, que se tornavam prateadas e brancas e, logo, verdes novamente; caindo de vez em quando para serem levadas pela corrente. Kira saltava sobre as rochas, as raízes e as samambaias, rápida, ágil e alegre como um animal. Leo a observava. Seus movimentos eram precisos, angulares, inexplicavelmente graciosos ao serem a antítese da própria graça; não eram movimentos suaves e fluidos de uma mulher, mas movimentos descontínuos, bruscos, precisos e geométricos de uma bailarina futurista. Ele a observava empoleirada no tronco de uma árvore morta, olhava para a água, suas mãos em ângulo reto com os braços, seus cotovelos em ângulo reto com o corpo, seu corpo em ângulo reto com as pernas; uma figurinha selvagem, quebrada, tensa, viva, como o formato de um relâmpago. Depois, ele se levantou e correu atrás dela, segurando-a, para abrir seus ângulos retos e convertê-la em uma linha reta apertada ao seu corpo. O tronco, que pendia sobre o rio, rangeu perigosamente. Ela riu, o seu estranho riso que era muito jocoso para ser alegre, uma risada que apresentava desafio, e triunfo, e êxtase. Os lábios dela estavam úmidos, reluzentes.

* * *

Quando voltaram à cidade, o asfixiante crepúsculo saiu ao encontro deles com pôsteres, bandeirolas e manchetes, quatro letras que flamejavam pelas ruas:

URSS

O país tinha um novo nome e uma nova constituição. O Congresso Pan-russo dos Sovietes assim tinha decidido. As bandeirolas diziam:

A UNIÃO DAS REPÚBLICAS SOCIALISTAS SOVIÉTICAS É A SEMENTE DO FUTURO CRESCIMENTO DE UM ESTADO MUNDIAL

As manifestações marcharam pelas ruas quentes e empoeiradas; os lenços vermelhos enxugavam as testas suadas.

NOSSO PODER ESTÁ NA FORTE UNIÃO DA COLETIVIDADE!

Uma fileira de crianças marchava ao som de tambores em direção ao pôr do sol: uma camada de pernas nuas, uma camada de calções azuis, uma camada de camisas brancas, e uma camada de laços vermelhos; o jardim de infância do Partido, os "Pioneiros". Suas vozes, agudas e juvenis, cantavam em coro:

*Para a tristeza do avarento burguês,*
*Acenderemos amanhã nosso fogo,*
*Nosso fogo mundial de sangue...*

Uma vez, Kira e Leo tentaram passar uma noite no campo.

"Certamente", disse a senhoria. "Certamente, cidadãos, posso lhes alugar um quarto para passarem a noite. Mas primeiro devem pedir ao seu *Upravdom* o seu certificado de residência na cidade, além de uma permissão de sua milícia local; depois precisam trazer suas carteiras de trabalho, para que eu os registre junto ao soviete e à nossa milícia local, e há um imposto a pagar e, então, poderão ter acesso ao quarto."

Eles ficaram na cidade.

* * *

Galina Petrovna tomou uma decisão valente e começou a trabalhar. Ministrava aulas de costura em uma escola para filhos de proletários. Ela se sacudia por quilômetros empoeirados em um tranvia do centro até a área industrial. Observava as mãozinhas encardidas que confeccionavam camisas e aventais e, às vezes, letras vermelhas em uma bandeirola. Falava da importância do bordado e das leis construtivas do governo soviético no campo da educação.

Alexander Dimitrievitch dormia na maior parte do dia. Quando estava acordado, jogava "paciência" sobre a tábua de passar ferro da cozinha e preparava meticulosamente uma imitação de leite à base de água, amido e sacarina para Plutarco, o gato que tinha encontrado em uma sarjeta.

Quando Kira e Leo vinham visitá-los, não havia nada sobre o que falar. Galina Petrovna falava de forma estridente e rápida da educação das massas e do dever sagrado das elites intelectuais de instruir seus irmãos menos iluminados. Lydia falava das coisas do espírito. Alexander Dimitrievitch não falava nada. Galina Petrovna tinha desistido há tempos de qualquer insinuação sobre a instituição do matrimônio. Só Lydia se abalava quando Leo lhe dirigia a palavra; ela ficava vermelha, envergonhada e emocionada.

Kira os visitava porque Alexander Dimitrievitch a observava em silêncio quando ela chegava, com a leve sombra de um sorriso, como se, ausente a repentina névoa que havia surgido entre ele e a vida ao seu redor, ele ficasse alegre em vê-la.

* * *

Kira estava sentada no parapeito de uma janela e observava a primeira chuva de outono sobre a calçada. Bolhas cristalinas brotavam em uma poça de tinta, um anel ao redor de cada bolha, e flutuavam por um instante, e estouravam descontroladamente como pequenos vulcões. A chuva tamborilava com monotonia sobre todas as calçadas da cidade; soava como o ruído distante de um motor lento, como um pequeno fio de água em meio ao barulho, como uma torneira próxima que pingava.

Uma única pessoa passava pela rua abaixo. Uma velha gola levantada entre ombros curvados, mãos nos bolsos, braços grudados ao corpo, ela se afastava – uma sombra solitária, cambaleando um pouco – em direção à cidade de telhados que brilhavam sob a bruma de uma chuva fina e oblíqua.

Kira não acendeu a luz. Leo a encontrou no escuro, ao lado da janela. Ele pressionou a sua bochecha contra a dela, e perguntou: "Qual é o problema?".

Ela disse suavemente: "Nada. É só o inverno chegando. Um novo ano começando".

"Você não está com medo, não é Kira? Aguentamos até agora..."

"Não", disse Kira. "Não estou com medo."

* * *

O ano novo foi iniciado pelo *Upravdom*.

"É assim, cidadão Kovalensky", disse ele, alternando os pés de nervoso, apertando o boné em ambas as mãos e evitando os olhos de Leo. "É pela Normativa Residencial. Há uma lei que diz que ser ilegal que dois cidadãos tenham três quartos, pois há muitas pessoas na cidade e problemas de aglomeração – e não há lugar para viver. O *Gilotdel* me enviou um inquilino com um pedido de um quarto, e ele é um bom proletário, e tenho que lhe dar um de seus quartos. Ele pode ficar com a sala de jantar, e vocês com os outros dois quartos. Além disso, já se foi a época quando as pessoas podiam viver em sete quartos, como alguns costumavam fazer."

O novo inquilino, um velho pequeno, tímido e trêmulo, usava óculos e trabalhava como contador na fábrica de sapatos "Red Skorohod". Ele saía cedo de manhã e chegava tarde da noite. Ele cozinhava em seu próprio Primus e nunca recebia visitas.

"Não serei um estorvo, cidadã Argounova", ele tinha dito. "Não serei um estorvo de forma alguma. Só me preocupo com o banheiro. Se me permitirem tomar um banho por mês, ficarei muito agradecido. Quanto às outras necessidades, há uma latrina no pátio, e peço desculpas por mencionar isso. Não me importo. Não vou incomodar uma dama."

Eles moveram seus móveis da sala de jantar para os quartos que lhe restavam, fechando a porta com pregos. Quando Kira cozinhava, na sala de visitas, ela pedia que Leo permanecesse no quarto.

"Autopreservação", disse ela, "para ambos."

* * *

Andrei tinha passado o verão em uma missão do Partido nos vilarejos do Volga.

Ele encontrou Kira no Instituto no primeiro dia do novo semestre. Seu bronzeado estava um pouco mais intenso; as linhas nos cantos de seus lábios não eram nem uma ferida, nem uma cicatriz, mas pareciam ambas as coisas.

"Kira, eu sabia que ficaria contente de voltar a vê-la. Mas não sabia que eu ficaria tão... feliz."

"Você teve um verão muito difícil, não é verdade, Andrei?"

"Obrigado por suas cartas. Elas me mantiveram animado."

Ela olhou para a tristeza de seus lábios.

"O que eles lhe fizeram, Andrei?"

"Quem?"

Mas ele sabia que ela sabia. Não olhou para ela, mas respondeu:

"Bem, suponho que todo mundo saiba. Os vilarejos... são o ponto fraco de nosso futuro. Não foram conquistados. Não estão conosco. Têm uma bandeira vermelha no edifício do soviete local e uma faca escondida atrás das costas. Eles se curvam, e acenam, mas riem sarcasticamente com suas barbas. Penduram retratos de Lênin nos celeiros onde escondem seus grãos de nós. Você leu nos jornais sobre a sede que incendiaram e os três comunistas que foram queimados vivos. Eu fui para lá no dia seguinte."

"Andrei! Espero que os tenha capturado!"

Ele não pôde conter o sorriso:

"Ora, Kira! Você está dizendo isso sobre homens que combatem o comunismo?"

"Mas... mas é que podiam ter feito isso com *você*."

"Bem, nada me ocorreu, como pode ver. Não olhe para a cicatriz no meu pescoço. Foi só um arranhão. O idiota não estava acostumado com armas de fogo. Não tinha boa pontaria."

* * *

O chefe da Gossizdat tinha cinco retratos nas paredes de seu escritório: um de Karl Marx, um de Trotsky, um de Zinoviev e dois de Lênin. Em sua mesa, havia dois pequenos bustos de gesso: de Lênin e de Karl Marx. Vestia um blusão caro de cetim de campesino de gola alta.

Ele olhou para suas unhas bem cuidadas; então, olhou para Leo. "Estou seguro, camarada Kovalensky, de que você agradecerá essa oportunidade de cumprir seu dever nesta nossa grande iniciativa cultural, como todos nós."

Leo perguntou: "O que você quer?".

"Esta organização aceitou a posição honorária de 'Chefia Cultural' de uma divisão do Báltico. Você entende o que digo, certo? De acordo com a nova e brilhante decisão do Partido de avançar em direção à expansão da educação e cultura do proletariado, aceitamos a posição de 'Chefia Cultural' de uma unidade menos instruída, como fizeram todas as instituições importantes. Portanto, somos responsáveis pelo progresso cultural de nossos bravos irmãos da Frota do Báltico. Esta é a nossa modesta contribuição para o gigantesco desenvolvimento da nova classe dirigente."

"Bem", disse Leo. "O que você quer que eu faça a respeito disso?"

"Acho que é óbvio, camarada Kovalensky. Estamos organizando uma escola noturna gratuita para nossos pupilos. Com seu conhecimento de línguas estrangeiras... Estava pensando em uma aula de alemão, duas vezes por semana; a Alemanha é a pedra angular de nossa diplomacia futura e o próximo passo da revolução mundial. E em uma aula de inglês, uma vez por semana. Obviamente, não deve esperar nenhuma remuneração financeira por seu trabalho. Seus serviços são uma doação, já que este não é um projeto do governo, mas nosso presente estritamente voluntário ao Estado."

"Desde o início da revolução", disse Leo, "não comprei presentes para ninguém, nem para meus amigos, nem para ninguém. Não posso pagar por eles."

"Camarada Kovalensky, já lhe ocorreu considerar o que pensamos dos homens que apenas trabalham por dinheiro e não participam de nenhuma atividade social em seu tempo livre?"

"Já lhe ocorreu que eu tenho uma vida para viver – em meu tempo livre?"

O homem atrás da mesa olhou para os cinco retratos em suas paredes. "O Estado soviético não reconhece outra vida senão a da classe social."

"Não creio que devamos discutir sobre o assunto."

"Em outras palavras, você se nega a fazer sua parte?"

"Sim."

"Muito bem. Este serviço não é compulsório. De modo algum. Seu significado e inovação residem no livre-arbítrio daqueles que participam. Eu estava apenas pensando no seu próprio bem quando lhe fiz a oferta. Pensei, à luz de certos eventos de seu passado, que ficaria muito contente em... Não importa. Contudo, devo adverti-lo que o camarada Zoubikov, da Célula Comunista, não gostou nada de ver um homem com o seu passado social em nossa folha de pagamento. E quando ele souber disso..."

"Quando ele souber", disse Leo, "diga-lhe que me procure. Eu darei a *ele* uma lição gratuita – se ele se importar com o tema."

* * *

Leo chegou em casa mais cedo que o habitual.

A chama azul do Primus sibilava no pó acumulado. O avental de Kira era uma mancha branca inclinada sobre o Primus.

Leo jogou seu chapéu e maleta na mesa. "Chega", disse ele. "Estou fora."

Kira ficou parada com uma colher na mão. Perguntou: "Você quer dizer... da Gossizdat?".

"Sim. Demitido. Redução de pessoal. Eles se livraram do elemento indesejável. Disseram que eu tinha uma atitude burguesa. Não tenho consciência social."

"Bem... bem, não tem problema. Sobreviveremos."

"É claro, não tem problema. Acha que me importo com o maldito emprego deles? Isso não me afeta mais que uma mudança no clima."

"Certamente. Agora tire o seu casaco e lave as mãos, e vamos jantar."

"Jantar? O que temos?"

"Sopa de beterraba. Você gosta."

"Quando eu disse que gostava? Não quero jantar. Não estou com fome. Vou para o quarto estudar. Por favor, não me interrompa."

"Não interromperei."

Sozinha, Kira pegou uma toalha, tirou a tampa da panela e mexeu a sopa lenta e deliberadamente, por mais tempo que o necessário. Então, pegou um prato da estante. Enquanto o levava para a mesa, viu que o prato estava tremendo. Ela parou e, na escuridão, sussurrou, dirigindo-se a si mesma pela primeira vez em sua vida, como se falando com uma pessoa que nunca havia visto antes: "Não, Kira, não faça isso. Não faça. Não faça".

Ela ficou segurando o prato sobre a mesa e olhou para baixo, com toda a força de seus olhos, como se o destino do mundo dependesse do prato. Imediatamente, o prato parou de tremer.

* * *

Passada uma hora de pé na fila, ele fumou um cigarro.

Passadas duas horas de pé, ele começou a sentir suas pernas adormecerem.

Passadas três horas de pé, ele sentiu que o adormecimento tinha subido para sua garganta, e teve que se apoiar em uma parede.

Quando chegou a sua vez, o editor olhou para Leo e disse: "Não sei como podemos utilizá-lo, cidadão. Claro, nossa publicação é estritamente artística, mas é Arte Proletária, devo recordar-lhe. O foco é estritamente de classe. Você não pertence ao Partido, tampouco o seu *status* social é adequado, concorda? Tenho dez repórteres experientes – membros do Partido – em minha lista de espera".

* * *

Na verdade, não tinha por que fritar o peixe na manteiga, decidiu Kira. Podia utilizar azeite de girassol. Se comprasse um bom azeite, não deixaria cheiro e sairia mais barato. Ela contou o dinheiro com cuidado no balcão da cooperativa e depois foi para casa, vigiando cuidadosamente o espesso líquido amarelo que levava em uma garrafa engordurada.

* * *

A secretária disse a Leo: "Desculpe-me por ter tido que esperar tanto, cidadão, mas o camarada editor é um homem muito ocupado. Pode entrar agora".

O camarada editor estava recostado na cadeira; segurava um abre-cartas de bronze; o abre-cartas tocava o canto de um calendário de mesa com o retrato de Lunacharsky, Comissário do Povo para Educação e Arte; a voz do editor soava como uma faca cortando papel: "Não, não há vagas. Não há previsão. Tantos proletários morrendo de fome, e você, um burguês, pedindo trabalho. Eu mesmo sou proletário. Saído diretamente da fábrica. Estive desempregado, no passado. Mas seus irmãos de classe, os burgueses, não tiveram piedade. Será muito bom você sentir isso na pele".

* * *

"Trata-se de uma confusão, cidadãos. O horário de entrevistas é das nove às onze, só às quintas... Uma hora e meia? Bem, como eu poderia saber por que vocês estavam sentados aqui? Ninguém lhes pediu para se sentarem."

* * *

Quando Leo chegava em casa à noite, ficava em silêncio.

Kira servia o jantar, ele se sentava à mesa e comia. Ela preparava o jantar com todo carinho. Ele não dizia nada. Não olhava para os firmes olhos cinzas do outro lado da mesa, nem para os lábios que sorriam com doçura. Ele não apresentava queixas, e nem consolo.

Às vezes, por muitos longos momentos, parava em frente ao vaso de cristal no pedestal de malaquita, o único que não tinha sido quebrado, e o contemplava com olhos inexpressivos, com as mãos nos bolsos e um cigarro no canto dos lábios; ficava sem se mover, sem piscar, apenas a fumaça subindo lentamente, desaparecendo. Então, ele sorria e o cigarro caía no chão, e queimava, fumegante, um anel negro cada vez maior no assoalho de madeira; mas ele não se dava conta; e Kira tampouco, porque os olhos dela estavam fixados, muito abertos e assustados, no sorriso gélido e sardônico de Leo.

* * *

"Alguma experiência prévia, cidadão?"

"Não."

"Membro do partido?"

"Não."

"Sinto muito. Não há vagas. Próximo."

* * *

Era segunda, e o emprego tinha sido prometido a ele na segunda. Leo estava de pé em frente ao pequeno e enrugado diretor do escritório, e sabia que tinha que sorrir com gratidão. Mas Leo nunca sorria quando sabia que devia. E talvez isso tivesse sido em vão. O diretor do escritório o recebeu com olhar preocupado e pesaroso, e evitou olhá-lo nos olhos.

"Sinto muito, cidadão. Sim, eu lhe prometi este trabalho, mas... veja bem, chegou a prima do chefão de Moscou, e ela está desempregada, e... circunstâncias imprevistas, cidadão. Já sabe, o homem propõe e Deus dispõe... Volte depois, cidadão."

* * *

Kira ia ao Instituto com menos frequência.

Mas quando se sentava em uma sala fria e grande e ouvia as palestras sobre aço, parafusos e quilowatts, ela endireitava os ombros, como se uma chave inglesa tivesse apertado os cabos de seus nervos. Olhava para o homem que estava sentado ao seu lado; às vezes, ela se perguntava se aquelas palavras sobre vigas de aço não tinham relação com os ossos e os músculos dele, um homem para o qual se havia criado o aço, ou, talvez, fora ele quem havia sido criado para o aço, o concreto e as altas temperaturas. Há tempos esquecera onde terminava a vida de Andrei Taganov e onde começava a dos motores.

Quando ele a questionava solícito, ela respondia: "Andrei, quaisquer olheiras que possa ver não passam de sua própria imaginação. E você nunca teve o costume de pensar nos meus olhos".

* * *

Quando Leo se sentou à mesa, o sorriso de Kira foi um pouco forçado.

“Veja, não há jantar nesta noite”, explicou suavemente. “Isto é, não um jantar verdadeiro. Apenas este pão. A cooperativa ficou sem painço antes de chegar a minha vez. Mas consegui o pão. Esta é a sua porção. E fritei algumas cebolas em óleo de girassol. Ficam gostosas com o pão.”

“Onde está a sua porção?”

“Eu... eu já a comi. Antes que você chegasse.”

“Quanto lhe deram nesta semana?”

“Ah... bem... eles nos deram um quilo, imagina? Em vez do meio quilo normal. Que bom, não é?”

“Sim. Muito. Só que não estou com fome. Vou para a cama.”

* * *

O pequeno homem que estava próximo a Leo na fila tinha uma risada desagradável; era um som servil e sibilante, palatal, que não chegava a sua garganta, como se repetisse sem alegria um texto impresso:“hee-hee”.

“Vejo que você está olhando para o lenço vermelho que tenho em meu peito, cidadão, hee-hee”, sussurrou com um tom confiante no ouvido de Leo. “Vou lhe contar um segredo. É apenas um trapo de seda. Viu? Ao entrarem, à primeira vista, eles pensam que é uma insígnia do Partido ou algo assim, hee-hee. Depois, veem que não é, mas o efeito psicológico está aí, hee-hee. Isso ajuda, se eles tiverem uma vaga de emprego... Prossiga. É a sua vez. Senhor Jesus Cristo! Já está escuro lá fora. Como o tempo voa nas filas, cidadão. Hee-hee!”

* * *

Na cooperativa da Universidade, o estudante que esperava na fila na frente de Leo disse a um companheiro que, como ele, usava a insígnia do Partido: “Engraçado – não é? – como alguns cidadãos faltam às suas aulas, mas depois nós sempre os encontramos na fila das rações de comida”.

Leo, tentando que sua voz soasse suplicante, embora tenha saído rígida e inexpressiva, disse ao funcionário atrás do balcão: “Camarada, você se importaria se eu descontasse o cupom da próxima semana também? Eu o guardarei e o apresentarei em troca de meu pão na próxima semana. Veja bem, tenho... alguém em casa e gostaria de poder dizer a ela que obtive uma ração de duas semanas e comi metade a caminho de casa, para que ela possa comer todo o pedaço. Obrigado, camarada".

* * *

O corpulento funcionário guiou Leo por um corredor estreito até um escritório vazio, onde estava pendurado um retrato de Lênin na parede, e fechou a porta cuidadosamente. Ele tinha um sorriso afável e bochechas gordas.

"Há mais privacidade aqui, cidadão. Assim são as coisas, cidadão. Um emprego é coisa rara hoje em dia. Agora, um camarada que tenha um posto de responsabilidade e empregos para distribuir – ele tem algo valioso a distribuir, não é? Bem, um camarada que tenha um posto de responsabilidade não está ganhando muito hoje em dia. E as coisas estão caras. É preciso viver. Um companheiro que consegue um trabalho tem algo que agradecer, não é? Quase falido, você diz? Bem, o que você faz aqui, seu idiota? Espera que nós, proletários, demos emprego a todo burguês abandonado?"

* * *

"Inglês, alemão e francês? Valioso, muito valioso, cidadão. Nós precisamos de professores para as aulas de idiomas. Você é membro do sindicato...? De nenhum sindicato...? Sinto muito, cidadão, mas só damos trabalho para membros de algum sindicato."

* * *

"Então, você quer se unir ao Sindicato de Pedagogos? Muito bem, cidadão. Onde você está trabalhando?"

"Não estou trabalhando."

"Você não pode se juntar ao Sindicato se não estiver trabalhando."

"Não consigo ter um emprego se não for membro de um sindicato."

"Se você não tem emprego, não pode se associar a um sindicato. Próximo!"

* * *

"Meio litro de óleo de linhaça, por favor. Aquele que não estiver muito rançoso, por favor, se possível... Não, não posso levar óleo de girassol, é muito caro."

* * *

"Kira! O que você faz aqui de camisola?"

Ele levantou sua cabeça do livro. Uma única lâmpada sobre a mesa projetava sombras nos cantos da sala de visitas e nas olheiras de Leo. A camisola branca de Kira tremia na escuridão.

"Passou das três horas ...", ela murmurou.

"Eu sei. Mas tenho que estudar. Tem uma corrente de ar aqui. Por favor, volte para a cama. Você está tremendo."

"Leo, você vai se esgotar."

"Bem, e se for o caso? Isso seria o fim... De modo que, quanto antes, melhor."

Ele intuiu o olhar daqueles olhos que não podia ver na escuridão. Ele se levantou e tomou pelos braços a sombra branca que tremia.

"Kira, é claro que não estou falando sério... Só um beijo, se voltar para cama... Até seus lábios estão gelados... Se não voltar para cama, eu vou te levar."

Ele a carregou nos braços, que ainda eram fortes, firmes e quentes. Ele a carregou de volta para o quarto, sua cabeça próxima à dela, sussurrando: "Só mais algumas páginas e estarei contigo. Vá dormir. Boa noite. Não se preocupe".

* * *

"Em meu dever no *Upravdom*, cidadã Argounova, tenho que lhe dizer. A lei é a lei. O aluguel sobe porque nenhum de vocês, cidadãos, é funcionário soviético. Isso os inclui na categoria de rentistas... E como eu sei qual renda? A lei é a lei."

* * *

Atrás dele, homens estavam na fila; homens encolhidos, retraídos, agachados; peitos vazios e ombros curvados; mãos amarelas unidas e trêmulas; umas últimas convulsões nas profundezas de almas extinguidas; olhos que miravam com uma desesperança solitária, um horror opaco, uma súplica suprimida; uma fila igual à que leva o gado para o matadouro. Entre eles, estava ele, alto, esguio, jovem; uma forma divina com lábios ainda orgulhosos.

Uma transeunte passou e parou; e olhou, surpresa, para aquele homem entre os outros; e piscou a modo de convite. Ele não se moveu, apenas virou a cabeça.

# XIV

NO INÍCIO DE UMA TARDE, UMA CASA DESABOU. A fachada dianteira veio abaixo, provocando uma avalanche de tijolos em meio a uma nuvem branca de pó de calcário. Ao voltar do trabalho, os inquilinos viram seus quartos expostos à luz fria da rua, como se fossem níveis de um palco. Um piano de parede, sustentado por uma viga, pendia precariamente muito acima do solo. Houve alguns lamentos cansados, mas nenhum espanto: as casas, que precisavam desesperadamente de reformas, estavam desabando sem aviso por toda a cidade. Tijolos velhos se acumulavam nas vias do tranvia e paravam o tráfego. Leo conseguiu um trabalho por dois dias para desobstruir as ruas. Ele trabalhou, se curvando e se levantando, se curvando e se levantando, durante muitas horas, com uma dor entumecida na coluna, pó vermelho em dedos ensanguentados, rígidos e em carne viva devido ao frio.

O Museu da Revolução organizou uma exposição em homenagem a delegados visitantes de um sindicato sueco. Kira conseguiu um trabalho fazendo a caligrafia de cartazes. Curvou-se durante quatro longas noites, olhos embaçados, mãos trêmulas sobre uma régua, traçando penosamente letras negras e uniformes que diziam: "TRABALHADORES MORRENDO DE FOME NOS BLOCOS HABITACIONAIS DOS EXPLORADORES CAPITALISTAS DE 1910", "TRABALHADORES EXILADOS NA SIBÉRIA PELOS GENDARMES CZARISTAS DE 1905".

A neve formava montes brancos nas sarjetas, sob as janelas dos sótãos. Leo passou três noites removendo neve, sua respiração formava jatos de vapor branco, pedaços de gelo brilhavam na velha echarpe firmemente enrolada em torno de seu pescoço.

Um cidadão sem aparentes meios de subsistência, que possuía um automóvel e um apartamento de cinco quartos, e que mantinha longas conversas sussurradas com funcionários da Companhia Estatal de Alimentos, decidiu que seus filhos tinham que falar francês. Kira dava aulas duas vezes por semana, explicando zelosamente o *passé imparfait* a dois pirralhos malcriados que limpavam o nariz com os dedos, ela com a voz rouca, sua cabeça girando, seus olhos evitando o buffet onde bolinhos brancos decorados tinham crostas marrons e bem amanteigadas.

Leo ajudava um estudante proletário que tinha que passar em um teste. Ele explicava lentamente as leis do capital e dos juros para um indivíduo sonolento que coçava os joelhos porque tinha comichão.

Kira lavava louças duas horas por dia, curvada sobre uma pia engordurada que fedia a peixe podre, em um restaurante privado – até ele falir.

Eles desapareciam por horas todos os dias e, quando voltavam para casa, nunca se perguntavam em que filas tinham esperado, por quais ruas tinham se arrastado cansados, até quais portas tinham se fechado bruscamente em suas caras. À noite, Kira acendia a "Burguesa" e eles se sentavam em silêncio, curvados sobre os livros. Eles ainda tinham coisas a estudar e um objetivo a lembrar, mesmo que tivessem que esquecer todos os demais: formar-se. "Não importa", dissera Kira, "nada importa. Não devemos pensar. Não devemos pensar de forma alguma. Devemos lembrar apenas que precisamos estar preparados, e então... talvez... talvez achemos uma forma de ir para o estran..." Kira não terminou a frase. Ela não conseguia pronunciar a palavra. Aquela palavra era como uma ferida silenciosa, secreta e profunda em ambos.

Às vezes, eles liam os jornais. O camarada Zinoviev, presidente do Soviete de Petrogrado, disse: "A revolução mundial não é uma questão de anos, camaradas, não é uma questão de meses, mas sim uma questão de dias. A chama de uma Revolta Proletária varrerá a Terra, eliminando para sempre a Maldição do Capitalismo Mundial".

Também entrevistaram o camarada Biriuchin, terceiro foguista em um encouraçado vermelho. O camarada Biriuchin disse: "Bem, temos que manter as máquinas engraxadas e, novamente, cuidar para que não enferrujem, já que cabe a nós vigiar os motores do povo e, como proletários conscienciosos, fazermos nossa parte, na medida em que não nos importamos com o que não seja um bom trabalho prático e, novamente, há os burgueses estrangeiros nos observando, e...".

Às vezes, liam revistas.

"... Masha olhou para ele com frieza."

"Temo que nossas ideologias estejam muito distantes uma da outra. Nascemos em classes sociais distintas. Os preconceitos burgueses estão muito arraigados em sua consciência. Eu sou uma filha das massas trabalhadoras. O amor individual é um preconceito burguês."

"'Este é o fim, Masha?', perguntou ele com voz rouca, com uma palidez letal que se estendia por seu rosto belo, mas burguês."

"Sim, Ivan", disse ela, "é o fim. Eu sou a nova mulher de um novo tempo."

Também havia poesia para ler:

*... Meu coração é um trator que ara o solo,*
*Meu coração é a fumaça do petróleo da fábrica...*

Uma vez, foram assistir a um filme.

Era um filme estadunidense. Frente ao claro resplendor das vitrines, aglomerados de sombras contemplavam melancólicas os incríveis e espetaculares fotogramas *estrangeiros*; grandes flocos de neve se chocavam contra o vidro; os rostos ansiosos sorriam debilmente, como se pensassem todos a mesma coisa: que o vidro – e algo mais que o vidro – protegia esse mundo distante e milagroso do irremediável inverno russo.

Kira e Leo aguardavam, congestionados em meio à multidão do saguão. Quando terminou uma sessão e as portas foram abertas, a multidão saiu em disparada, jogando para os lados aqueles que tentavam sair, espremendo-se através de duas portas estreitas, dolorosa e furiosamente, com um desespero brutal, como carne passando por um pequeno moedor.

O título do filme piscava em enormes letras brancas:

"O POLVO DOURADO", DIRIGIDO POR REGINALD MOORE, CENSURADO PELO CAMARADA M. ZAVADKOV

O filme era confuso. Tremia e piscava, mostrando um escritório mal-iluminado em que sombras borradas de pessoas se sacudiam espasmodicamente. Na parede havia um letreiro em inglês com problemas de ortografia. O escritório era de um sindicato de trabalhadores dos Estados Unidos, onde um camarada sério encomendava ao herói – um jovem loiro de olhos escuros – a missão de recuperar alguns documentos de suma importância para o sindicato, roubados por um capitalista.

"Que diabos!", cochichou Leo. "Também fazem filmes assim nos Estados Unidos?"

De pronto, como se uma névoa se dissipasse, a fotografia ficou mais nítida. Eles podiam ver as linhas do batom e cada fio dos longos cílios da bela e sorridente protagonista. Homens e mulheres vestidos com magníficas roupas estrangeiras moviam-se com elegância ao longo de uma história que não tinha sentido. As legendas não combinavam com as ações. As legendas protestavam em letras brancas ofuscantes contra o sofrimento de "nossos irmãos estadunidenses sob o jugo capitalista". Na tela, pessoas felizes riam alegres, dançavam em salões iluminados, corriam pelas praias, seus cabelos flutuando ao vento, e os músculos de seus jovens braços, firmes, esplêndidos e saudáveis. Uma mulher saiu de seu quarto com um vestido branco e apareceu na rua com um *tailleur* preto. O herói tinha repentinamente ficado mais alto, mais magro, muito loiro e de olhos azuis. Seu elegante terno completo era inesperado em um membro trabalhador do sindicato; e os documentos que estava procurando em meio a um amontoado incoerente de eventos parecia suspeitamente próximo a algo como um testamento acerca da herança de seu tio.

Uma legenda dizia: "Eu te odeio. Você é um explorador capitalista sanguinário. Saia do meu quarto!".

Na tela, um homem se inclinava sobre a mão de uma delicada dama, pressionando-a suavemente contra seus lábios, enquanto ela o olhava com tristeza, acariciando delicadamente seus cabelos.

O final do filme não foi mostrado. Terminou de forma abrupta, como se tivesse sido arrancado. Uma legenda concluía: "Seis meses depois, o capitalista sanguinário encontrou sua morte nas mãos dos trabalhadores grevistas. Nosso herói renunciou às alegrias de um amor egoísta com o qual a sereia burguesa tinha tentado ludibriá-lo, e ele dedicou sua vida à causa da Revolução Mundial".

"Eu sei", disse Kira, quando estavam saindo do cinema. "Eu sei o que eles fizeram! Eles filmaram o início aqui, eles próprios. Retalharam o filme!"

Um lanterninha que a ouviu, riu baixinho.

* * *

Às vezes, soava a campainha e o *Upravdom* vinha lembrá-los da reunião com todos os inquilinos sobre um assunto urgente. Ele disse: "Sem exceções, cidadãos. O dever social está acima de tudo. Todos os inquilinos têm que participar da reunião".

Então, Kira e Leo se dirigiram ao maior cômodo do conjunto habitacional, uma sala ampla e vazia, com uma única lâmpada elétrica no teto, no apartamento de um condutor de tranvia que o havia cedido gentilmente em prol do dever social. Os inquilinos chegaram com suas próprias cadeiras e se sentaram, comendo sementes de girassol. Aqueles que não tinham cadeiras se sentaram no chão e comeram sementes de girassol.

"Na tarefa de *Upravdom*", disse ele, "declaro iniciada esta reunião dos inquilinos do número... da rua Sergievskaia. Na ordem do dia está a questão das chaminés. Agora, camaradas cidadãos, posto que somos todos cidadãos responsáveis e temos conhecimento da consciência de classe propriamente dita, temos que entender que já não é como nos velhos tempos, quando tínhamos senhorios e não nos preocupávamos com o estado da casa onde vivíamos. Agora é diferente, camaradas. Graças ao novo regime e à ditadura do proletariado, e tendo em vista o entupimento das chaminés, temos que fazer algo a respeito, já que somos os proprietários do local. Agora, se as chaminés estão entupidas, nossa casa ficará cheia de fumaça, e se ficarmos com a casa cheia de fumaça, isso é negligência, e se formos negligentes, essa não é a verdadeira disciplina proletária. Portanto, camaradas cidadãos..."

As donas de casa estavam inquietas, sentindo o cheiro de comida queimada. Um homem gordo com uma camisa vermelha estava de braços cruzados. Um jovem de boca aberta coçava a cabeça.

"... e a taxa especial será dividida proporcionalmente ao... Você está tentando fugir, camarada Kira Argounova? Bem, melhor que não o faça. Você sabe o que pensamos de pessoas que sabotam seus deveres sociais... E a taxa especial será dividida proporcionalmente ao *status* social dos inquilinos. Os trabalhadores pagam 3%; os profissionais liberais, 10%; e os comerciantes privados e desempregados, o resto. Quem vota a favor? Levantem a mão... Camarada secretário, conte as mãos dos cidadãos... Quem vota contra? Levantem a mão... Camarada Michliuk, não pode levantar a mão a favor e contra a mesma proposta..."

* * *

A visita de Victor foi inesperada e inexplicável.

Ele esticou suas mãos para a "Burguesa", esfregou-as energicamente e sorriu alegremente para Kira e Leo.

"Eu estava só passando por aqui e pensei em entrar... Que casa encantadora vocês têm. Irina tinha me falado dela... Ela está bem, obrigado. Não, minha mãe não está tão bem. O médico disse que não há nada que ele possa fazer, que devíamos enviá-la para o Sul. E quem pode pensar em pagar uma viagem hoje em dia?... Tenho estado muito ocupado no Instituto. Fui reeleito para o Conselho Estudantil... Leem poesia? Acabei de ler uns versos de uma mulher. Sentimentos de uma delicadeza requintada... Sim, é um lugar adorável aqui. Luxo pré-revolucionário... Vocês dois são muito burgueses, não? Dois quartos enormes assim. Não tiveram problemas com a Normativa Residencial? Fomos obrigados a aceitar dois inquilinos na semana passada. Um é comunista. Meu pai está rangendo os dentes. Irina tem que compartilhar o quarto com Acia, e elas brigam como cão e gato... O que se pode fazer? As pessoas precisam de um teto... Sim, Petrogrado é uma cidade superpovoada, Petrogrado certamente é.

* * *

Ela entrou, com uma bandana vermelha nos cabelos, manchas de pó em seu nariz, com um pacote envolto em um lençol branco, do qual saía uma meia preta. Perguntou: "Onde está a sala de visitas?".

"O que você deseja, cidadã?" Kira perguntou, estupefata.

A garota não respondeu. Abriu a primeira porta que viu, que dava acesso ao quarto de um inquilino. Fechou-a de golpe. Abriu a outra porta e entrou na sala de visitas.

"É isso", disse ela. "Você pode tirar a sua 'Burguesa' – e seus pratos e outras tralhas. Eu tenho as minhas coisas."

"O que você quer, cidadã?", repetiu Kira.

"Ah, sim", disse a garota. "Veja."

Ela entregou à Kira um pedaço de papel amassado com um grande selo oficial. Era uma ordem do *Gilotdel*, que conferia à cidadã Maria Lavrova o direito de ocupar o quarto denominado "sala de visitas" no apartamento 22, do número... da rua Sergievskaia; e exigia que os ocupantes atuais liberassem o quarto imediatamente, removendo apenas "itens pessoais de primeira necessidade".

"Como? Isso é impossível!", disse Kira, sufocada.

A garota riu. "Mexa-se, cidadã, mexa-se!"

"Escute aqui. Saia daqui pacificamente. Você não ficará com este quarto."

"Não? E quem vai me impedir? Você?"

Ela andou até uma cadeira, viu o avental de Kira sobre ela, jogou-o no chão e colocou seu pacote no lugar onde estava.

Batendo a porta atrás dela, Kira subiu correndo as escadas, três andares, até o apartamento do *Upravdom* e, ofegante, ficou batendo na porta ferozmente. O *Upravdom* abriu a porta e escutou sua história com a testa enrugada.

"Ordem do *Gilotdel*?", disse ele. "É estranho que não tenham me avisado. Parece-me irregular. Colocarei a cidadã em seu lugar."

"Camarada *Upravdom*, você sabe muito bem que isso é contra a lei. O cidadão Kovalensky e eu não estamos casados. Temos direito a dois quartos separados."

"Certamente."

Kira tinha sido paga por um mês de aulas no dia anterior. Tirou um pequeno maço de notas de seu bolso e, sem olhar para ele, sem contá-lo, colocou-o na mão do *Upravdom*.

"Camarada *Upravdom*, eu não tenho o costume de mendigar ajuda, mas por favor – por favor! –, tire-a daqui. Isso... isso seria simplesmente o fim para nós."

O *Upravdom* deslizou dissimuladamente as notas em seu bolso, então olhou diretamente para Kira, aberta e inocentemente, como se nada tivesse acontecido. "Não se preocupe, cidadã Argounova. Sabemos qual é nosso dever. Corrigiremos a situação da moça. Ela voltará para o esgoto ao qual pertence."

Ele afundou seu chapéu em uma orelha e seguiu Kira escada abaixo.

"Escute, cidadã, o que é isso?", o *Upravdom* perguntou severamente.

A cidadã Marina Lavrova tinha tirado seu casaco e aberto seu pacote. Vestia uma camisa branca confeccionada sob medida, uma saia velha, um colar de pérolas falsas e chinelos de salto altíssimo. Ela tinha empilhado roupas de baixo, livros e uma chaleira formando um monte sobre a mesa.

"Como está, camarada *Upravdom*?", disse ela, com um sorriso cordial. "Talvez devêssemos nos conhecer."

Ela tirou uma pequena carteira de seu bolso e a entregou, aberta, mostrando um pequeno cartão. Era um carnê da União Comunista da Juventude, o Komsomol.

"Ah", disse o *Upravdom*. "Ah." E se virou para Kira. "O que você quer, cidadã? Você tem dois quartos e quer jogar uma jovem trabalhadora na rua? Já passaram os tempos dos privilégios burgueses, cidadã. Pessoas como você devem ficar alertas."

* * *

Kira e Leo levaram o caso ao Tribunal Popular.

Eles se sentaram em uma sala vazia que fedia a suor e a chão por varrer. Lênin e Karl Marx, sem molduras, gigantescos, os observavam da parede. Uma faixa de tecido de algodão dizia: "Proletários do mun ...". O resto não se via, porque a outra parte da faixa tinha se desprendido e se agitava, enrolada como uma serpente, com uma corrente de ar.

O juiz presidente bocejou e perguntou a Kira: "Qual é o seu *status* social, cidadã?".

"Estudante."

"Empregada?"

"Não."

"Membro de algum sindicato?"

"Não."

O *Upravdom* testemunhou que, embora a cidadã Argounova e o cidadão Kovalensky não estivessem legalmente casados, suas relações eram de "intimidade sexual", pois havia só uma cama em seus quartos, fato esse que ele, o *Upravdom,* verificara, o que os convertia, para todos os efeitos, em "casados", e que a Normativa Residencial não permitia mais de um quarto para um casal casado, como sabia muito bem o camarada juiz; ademais, "o quarto chamado sala de visitas", junto com o quarto deles, concedia aos cidadãos em questão meio metro quadrado de espaço habitável a mais do que o prescrito pelas normas; e, além disso, os cidadãos em questão pagavam o aluguel com atraso.

"Quem foi seu pai, cidadã Argounova?"

"Alexander Argounov."

"O antigo fabricante têxtil, dono de uma fábrica?"

"Sim."

"Entendo. Quem foi seu pai, cidadão Kovalensky?"

"Almirante Kovalensky."

"Executado por atividades contrarrevolucionárias?"

"Executado, sim."

"Quem foi seu pai, cidadã Lavrova?"

"Trabalhador de fábrica, camarada juiz. Exilado na Sibéria pelo czar em 1913. Minha mãe é camponesa, dedicada à lavoura."

"É o veredicto do Tribunal Popular que o quarto em questão pertence legitimamente à cidadã Lavrova."

"Isto é um tribunal de justiça ou uma comédia musical?", perguntou Leo.

O juiz presidente dirigiu-se a ele com tom solene: "A chamada justiça imparcial, cidadão, é um preconceito burguês. Este é um tribunal de justiça de classe. É nossa postura e plataforma oficial. Próximo caso!".

"Camarada juiz!", replicou Kira. "E os móveis, nossos móveis?"

"Não podem colocar todos aqueles móveis dentro de um quarto."

"Não, mas poderíamos vendê-los. Estamos passando por dificuldades."

"E daí? Vocês os venderiam para ganhar dinheiro, enquanto uma jovem proletária, que não pôde acumular nenhum móvel, teria que dormir no chão...? Próximo caso!"

* * *

"Diga-me uma coisa", Kira perguntou à cidadã Lavrova. "Como você conseguiu obter uma ordem para este nosso quarto em específico? Quem lhe contou sobre ele?"

A cidadã Lavrova soltou um risinho nervoso com o olhar vago. "Tem-se amigos", foi tudo que ela disse.

Ela tinha a cara pálida, um nariz pequeno e chato, seus lábios pareciam cronicamente insatisfeitos. Tinha os olhos claros, azulados, frios e suspeitos. Tinha cabelos cacheados, e alguns cachos caíam sobre sua testa, e sempre usava brincos pequenos, aros de latão ao redor do lóbulo de sua orelha, com uma pequena turquesa falsa. Não era sociável e falava pouco, mas a campainha soava continuamente, tocada pelas visitas da camarada Lavrova. Seus amigos a chamavam de Marisha.

No quarto cinza e prata de Leo, tinham aberto um buraco sobre a lareira de ônix negro – para o escapamento da "Burguesa". Esvaziaram duas prateleiras do armário dele para colocarem os pratos, os talheres e a comida. Migalhas de pão caiam em meio às roupas de baixo deles, e os lençóis cheiravam a óleo de linhaça. Os livros de Leo estavam amontoados na cômoda, e os de Kira, debaixo da cama. Leo assoviava um foxtrote enquanto organizava seus livros. Kira não olhou para ele.

Após hesitar um pouco, Marisha renunciou à pintura da mãe de Leo que estava pendurada na sala. Mas ficou com a moldura; colocou uma foto de Lênin nela. Ela também tinha retratos de Trotsky, Marx, Engels e Rosa Luxemburgo, e também um pôster que representava o espírito da Força Aérea Vermelha. Ela tinha um gramofone. A altas horas da noite, colocava discos antigos, dos quais seu favorito era uma canção sobre a derrota de Napoleão na Rússia: "Crepitava, subia o fogo de Moscou...". Quando se cansava do gramofone, tocava "Dog's Waltz" no piano de calda.

Para chegar ao banheiro, era preciso passar pelo quarto. Marisha entrava e saía sem parar, arrastando os pés, com um roupão de banho desbotado aberto.

"Quando quiser passar, gostaria que você batesse", disse Kira.

"Para quê? O banheiro não é seu."

* * *

Marisha estudava na Universidade Rabfac.

As Rabfacs eram faculdades especiais para trabalhadores cujo plano acadêmico era um pouco menos exigente que o de uma universidade, com um currículo de ciências revolucionárias muito mais exigente, e com critérios de admissão estritamente proletários.

Marisha não gostava de Kira, mas conversava às vezes com Leo. Abria a porta com tal ímpeto que seus pôsteres tremiam nas paredes, e gritava soberbamente: "Cidadão Kovalensky, poderia me ajudar com esta maldita história francesa? Em que século queimaram Martin Lutero? Ou isso foi na Alemanha? Ele foi mesmo queimado?".

Outras vezes, abria a porta e anunciava para ninguém em particular:

"Vou a uma reunião no Clube Komsomol. Se o camarada Rilenko vier, diga-lhe que ele pode me encontrar no Clube. Mas se for o canalha do Mishka Gvozdev, diga-lhe que fui para a América. Já sabem quem ele é – o baixinho com a verruga no nariz."

Entrava, com uma xícara na mão: "Cidadã Argounova, pode me emprestar um pouco de manteiga? Não percebi que tinha acabado... Você só tem óleo de linhaça? Como consegue comer essa coisa fedida? Bem, dê-me meia xícara".

Quando saia às sete da manhã, passando pelo quarto dela, Leo a via dormindo, sua cabeça apoiada na mesa, repleta de livros. Marisha se sacudia, despertando com o ruído de seus passos.

"Maldição", dizia ela, bocejando e se alongando. "É este artigo que tenho que ler nesta noite para nossos camaradas menos instruídos no Círculo Marxista sobre a 'Importância Social da Eletricidade como Fator Histórico'. Cidadão Kovalensky, quem diabos é Edison?"

Tarde da noite, eles a ouviam chegar em casa. Ela fechava a porta e jogava seus livros em uma cadeira, e eles conseguiam ouvi-los caindo ruidosamente no chão. Sua voz se misturava com a voz baixo grave e adolescente do camarada Rilenko: "Aleshka, amigo, seja um querido. Acenda este maldito Primus. Estou morrendo de fome".

Ouviam-se os passos de Aleshka arrastando-se pelo quarto, e o Primus apitava.

"Você é um querido, Aleshka. Sempre disse que era. Estou mais cansada que um burro de carga. A Rabfac de manhã, o Clube Komsomol ao meio-dia, o comitê sobre creches nas fábricas à uma e meia, o Círculo Marxista às duas, a manifestação contra o analfabetismo às três – e, se eu correr – a conferência sobre eletrificação às quatro. Às sete, a reunião editorial do Jornal Mural, da qual serei editora; às sete e meia, uma reunião com as donas de casa; às... conferência sobre nossos camaradas na Hungria. Você não pode dizer que a sua amiga não tem consciência de classe e não faz ações sociais, Aleshka, você não pode dizer isso mesmo."

Aleshka sentou-se ao piano e tocou "John Gray".

Uma vez, no meio da noite, Kira foi despertada por alguém que entrava furtivamente no banheiro. Viu de relance um jovem nu de cabelos loiros. Não havia luz no quarto de Marisha.

* * *

Uma noite, Kira ouviu uma voz conhecida do outro lado da porta. Um homem dizia: "É claro que somos amigos. Sabe que somos. Talvez... talvez eu queira mais do que isso, mas não me atrevo a ter esperanças. Já demonstrei minha devoção a você. Sabe o favor que lhe fiz. Agora, devolva-me o favor. Quero conhecer aquele seu amigo do Partido".

Ao passar pelo quarto de Marisha para sair, Kira parou de repente. Viu Victor sentado no sofá, segurando a mão de Marisha. Ele se levantou de salto, com as bochechas vermelhas.

"Victor! Você veio me ver ou..." Sua voz congelou; ela entendeu.

"Kira, não quero que pense que eu...", disse Victor.

Kira saiu imediatamente do quarto, depois da antessala, e desceu correndo as escadas.

Quando ela contou isso a Leo, ele ameaçou quebrar todos os ossos do corpo de Victor. Ela lhe implorou para manter a calma. "Se você levantar a questão, o pai dele saberá. Isso destruirá o tio Vasili, e ele já está tão infeliz agora. De que isso serviria? Não vamos recuperar o quarto."

* * *

Na Cooperativa do Instituto, Kira encontrou a camarada Sonia e Pavel Syerov. A camarada Sonia mastigava um pedaço de pão da forma que recebera, enquanto Pavel Syerov parecia bem arrumado em um traje militar. Ele sorriu com efusividade: "Como está, camarada Argounova? Não a vemos muito no Instituto ultimamente".

"Tenho estado ocupada."

"Já não a vemos com o camarada Taganov. Vocês brigaram, é isso?"

"Por que isso lhes interessa?"

"Ah, não é de particular interesse para mim, pessoalmente."

"Mas, sim, nos interessa como um dever do Partido", disse a camarada Sonia, em tom severo. "O camarada Taganov é um valioso trabalhador do Partido. Naturalmente, isso nos preocupa, pois a sua amizade com uma mulher de sua origem social poderia prejudicar a posição dele no Partido."

"Bobagem, Sonia, bobagem", protestou Pavel Syerov, com um ímpeto repentino. "A posição de Andrei no Partido é muito elevada. Nada pode prejudicá-la. A camarada Argounova não deve se preocupar em acabar com essa linda amizade."

Kira olhou para ele fixamente e perguntou: "Mas a posição dele no Partido lhes preocupa por ser muito elevada, não é?".

"O camarada Taganov é um grande amigo meu, e..."

"E *você* é um bom amigo dele?"

"É uma pergunta peculiar, camarada Argounova."

"Ouvem-se coisas peculiares ultimamente, não é? Bom dia, camarada Syerov."

* * *

Kira estava sozinha quando Marisha chegou. Tinha os lábios inchados e os olhos avermelhados, cheios de lágrimas. Perguntou de mau humor: "Cidadã Argounova, o que você usa para evitar engravidar?".

Kira olhou para ela, perplexa.

"Acho que tenho um problema", disse Marisha, gemendo. "É esse maldito canalha do Aleshka Rilenko. Disse que eu seria burguesa se não lhe permitisse... Disse que teria cuidado. O que vou fazer? O que vou fazer?"

Kira disse que não sabia.

* * *

Por três semanas, Kira trabalhou secretamente em um novo vestido. Era apenas seu velho vestido, mas, pouco a pouco, com cuidado e a duras penas, conseguiu virá-lo do avesso. A lã azul era suave e sedosa por dentro; parecia quase nova. Seria uma surpresa para Leo; ela trabalhava nisso à noite quando ele já tinha ido dormir. Colocava uma vela no chão e abria a grande porta espelhada do armário e a usava como uma tela, agachada no chão atrás dela, à luz de vela. Nunca tinha aprendido a costurar. Seus dedos se moviam com lentidão e desespero. Quando se espetava com a agulha, limpava as gotas de sangue que caíam em sua anágua. Sentia como se pequenas agulhas espetassem seus olhos continuamente, por cima de suas pálpebras; e sentia as pálpebras tão pesadas que, quando piscava, elas se fechavam e tinha que se esforçar para abri-las para o enorme brilho amarelo da vela. Em algum lugar na escuridão, atrás do brilho amarelo, Leo dormia, respirando profundamente.

O vestido estava pronto no dia em que ela se encontrou com Vava na rua. Vava estava sorrindo contente, de vez em quando misteriosa, sem motivo aparente, como se sorrisse com algum pensamento secreto. Elas caminharam juntas para casa, e Vava não conseguiu mais resistir: "Não quer entrar, Kira?", ela implorou. "Nem por um segundo? Tenho algo que quero lhe mostrar. Algo... do *estrangeiro*".

O quarto de Vava cheirava a perfume e lençóis limpos. Sobre a colcha branca de sua cama havia um grande urso de pelúcia com um laço rosa em sua cabeça. Vava abriu um pacote cuidadosamente envolto em papel de seda. Manejava os objetos em seu interior com uma reverência assustada, com dedos delicados e trêmulos. O pacote continha dois pares de meias e um bracelete negro de celuloide.

Kira ofegou. Ela estendeu sua mão. Hesitou. Tocou uma meia com a ponta de seus dedos, acariciando-a timidamente, como se fosse a pele de um animal de valor incalculável.

"São contrabandeados", sussurrou Vava. "Uma senhora, paciente de meu pai. Seu marido se dedica a essas coisas. Trouxeram-na de contrabando desde Riga. E o bracelete... é a última moda no estrangeiro. Imagina isso? Joias falsas. Não é fascinante?"

Kira segurou o bracelete, com reverência, na palma de sua mão; não se atreveu a colocá-lo.

Vava perguntou de pronto, timidamente, sem sorrir: "Kira, como está Victor?".

"Está bem."

"Eu... faz tempo que não o vejo. Sim, eu sei, ele é muito ocupado. Desisti de outros pretendentes, esperando por ele... Ah, bem, ele é uma pessoa tão ativa... Estou muito feliz com essas meias. Vou usá-las quando... quando ele vier. Eu tive que jogar fora meu último par de meias de seda nesta manhã."

"Você... as jogou fora?"

"Ora, joguei. Acho que ainda estão na lata de lixo. Estão destruídas. Têm um furo enorme na parte de trás.

"Vava... posso ficar com elas?"

"O quê? Com as meias furadas? Mas não estão boas..."

"É só... para pregar uma peça."

Kira foi para casa, segurando uma bolinha em seu bolso. Ela manteve a mão do bolso. Não poderia arriscar perdê-la.

Naquela noite, quando Leo chegou, sua mão abriu a porta e jogou sua maleta na sala. A maleta se abriu, espalhando todos os livros pelo chão. Depois, ele entrou.

Ele não tirou seu casaco; foi direto para a "Burguesa" e ficou de pé, suas mãos azuis estendidas sobre o fogo, esfregava-as furiosamente. Então, tirou o casaco e o jogou em uma cadeira, no outro extremo do quarto; falhou, e o casaco caiu no chão; não o recolheu. Depois, perguntou: "Tem algo para comer?".

Kira estava de pé em sua frente, em silêncio, imóvel no esplendor de seu novo vestido e suas autênticas meias de seda cuidadosamente remendadas. Ela disse, com voz suave: "Sim. Sente-se. Tudo está pronto".

Ele se sentou. Ele tinha olhado várias vezes para ela. Ele não tinha se dado conta. Era o velho vestido azul de sempre, mas ela o tinha decorado meticulosamente com franjas e botões de linóleo preto que pareciam couro envernizado. Quando ela serviu o painço, ele afundou, faminto, sua colher no fumegante purê amarelo. Ela ficou de pé junto à mesa e, levantando um pouco a saia, estendeu sua perna ao foco da luz, observando alegremente a seda, apertada e brilhante. Disse, com timidez: "Leo, veja".

Ele olhou e perguntou bruscamente: "Onde você conseguiu isso?".

"Eu... Vava me deu. Estavam... estavam rasgadas."

"Eu não usaria o lixo de outras pessoas."

Ele não mencionou o vestido novo. Ela não chamou a atenção para ele. Eles comeram em silêncio.

Marisha havia abortado. Gemia, atrás da porta fechada. Ela se arrastava com pesar pelo quarto, amaldiçoando em voz alta a parteira que não soube fazer o seu trabalho.

* * *

"Cidadã Lavrova, poderia, por favor, limpar o banheiro? Há sangue por todos os lados."

"Deixe-me em paz. Estou doente. Limpe você mesma, se é tão burguesa com seu banheiro."

Marisha bateu a porta, então a abriu novamente, com cuidado: "Cidadã Argounova, você não vai me dedurar para o seu primo, certo? Ele não sabe sobre... o meu problema. Ele é... um cavalheiro".

* * *

Leo chegou em casa ao amanhecer. Tinha trabalhado a noite toda preparando cimento para uma ponte em construção, no fundo de um rio quase congelado.

Kira estava esperando por ele. Havia deixado a "Burguesa" acesa.

Ele entrou, óleo e lama em seu casaco, óleo e suor em seu rosto, óleo e sangue em suas mãos. Ele cambaleou um pouco e se segurou na porta. Um fio de cabelo estava colado em sua testa.

Ele foi ao banheiro. E saiu, perguntando: "Kira, tenho alguma cueca limpa?".

Ele estava nu. Suas mãos estavam inchadas. Sua cabeça pendia para um ombro. Suas pálpebras estavam azuis.

Seu corpo estava branco como o mármore e tão duro e reto quanto. O corpo de um deus, ela pensou, que deveria subir uma montanha ao amanhecer, a grama fresca sob seus pés, e o orvalho da manhã sobre seus músculos, como uma homenagem.

A "Burguesa" estava fumegando. Uma névoa acre flutuava sob a lâmpada. O tapete cinza sob seus pés fedia a querosene. Gotas pretas de fuligem caíam lentamente, com um ruído seco, vindas de uma ligação do encanamento do fogão no tapete cinza.

Kira estava de pé em frente a ele. Ela não sabia o que dizer. Ela pegou a mão dele e a levou aos seus lábios.

Ele cambaleou um pouco. Jogou a cabeça para trás e tossiu.

* * *

Leo estava atrasado. Ele tinha ficado retido na palestra da Universidade. Kira esperava, enquanto o Primus sibilava debilmente, mantendo o jantar dele aquecido.

O telefone tocou. Ela ouviu uma voz infantil, trêmula, assustada, que engolia lágrimas entre as palavras: "É você, Kira? Sou Acia... Kira, por favor, venha imediatamente, agora mesmo... Estou com medo... Tem algo errado... acho que é a mamãe... Não tem ninguém em casa, só o papai... E ele não quer ligar, não quer falar, e estou com medo... Não tem nada para comer em casa... Por favor, Kira, estou com muito medo... Por favor, venha. Por favor, Kira".

Com todo o dinheiro que tinha, Kira comprou no caminho uma garrafa de leite e dois pães em uma loja privada.

Acia abriu a porta. Seus olhos eram como fendas em um rosto roxo e inchado. Ela se agarrou na saia de Kira e soluçava fastidiosamente, convulsivamente, seus ombros tremendo, seu nariz afundado na bainha de Kira.

"Acia! O que aconteceu? Onde está Irina? Onde está Victor?"

"Victor não está em casa. Irina foi buscar o médico. Chamei um inquilino e ele me disse para eu ir para o inferno. Estou com medo."

Vasili Ivanovitch estava sentado ao lado da cama de sua esposa. Suas mãos estavam sob seus joelhos e ele não se movia. Os cabelos de Maria Petrovna estavam espalhados sobre o travesseiro branco. Ela respirava, sibilante, e a colcha branca oscilava para cima e para baixo, espasmodicamente. Sobre ela havia uma grande mancha escura.

Kira ficou de pé, impotente, a garrafa de leite em uma mão, o pão na outra. Vasili Ivanovitch levantou lentamente a cabeça e olhou para ela.

“Kira...”, disse ele, com indiferença. “Leite... Você se importaria em esquentá-lo?... Talvez possa ajudar.”

Kira encontrou o Primus. Ela aqueceu o leite; aproximou a xícara dos lábios azuis e trêmulos. Maria Petrovna engoliu duas vezes e afastou a xícara.

“Hemorragia...”, disse Vasili Ivanovitch. “Irina foi buscar o médico. Ele não tem telefone. Nenhum outro médico virá. Não tenho dinheiro. O hospital não enviará ninguém: não somos membros de nenhum sindicato.”

Uma vela queimava sobre a mesa. Através de uma névoa doente e amarelada, uma neblina repleta de poeira, mais que uma luz, três janelas altas, desnudadas, sem cortinas, ficavam ali como três talhos negros. Um cântaro branco ficava de lado em uma mesa, deixando cair as últimas gotas em uma poça escura no chão. Um círculo amarelo tremia no teto, sobre a vela; um brilho amarelo estremecia nas mãos de Maria Petrovna, como se a sua pele estivesse tremendo.

Maria Petrovna lamentou-se suavemente: “Estou bem... Estou bem... Sei que estou bem... Vasili só quer me assustar... Ninguém pode dizer que não estou bem... Quero viver... Vou viver... Quem disse que não vou viver?”.

“Claro que sim, tia Marussia. Você está bem. Só fique quieta. Relaxe.”

“Kira, onde está minha lixa de unhas? Encontre minha lixa de unhas. Irina a perdeu novamente. Eu disse para não mexer nela. Onde está minha lixa de unhas?”

Kira abriu uma gaveta em busca da lixa. Um barulho a fez parar. Era como seixos rolando sobre um piso duro, como água borbulhando por um cano entupido, como um animal uivando. Maria Petrovna estava tossindo. Uma espuma escura escorria por seu queixo branco.

“Gelo, Kira!”, gritou Vasili Ivanovitch. “Temos gelo?”

Kira correu, tropeçando, por um caminho escuro até a cozinha. Uma grossa camada de gelo cobria os cantos da pia. Quebrou um pedaço com a lâmina afiada e enferrujada de uma velha faca, cortando suas mãos. Ela voltou, correndo, a água do gelo pingando entre seus dedos.

Maria Petrovna gritou, tossindo: “Me ajudem! Me ajudem! Me ajudem!”.

Eles enrolaram o gelo em uma toalha e a colocaram sobre o seu peito. Manchas vermelhas se espalharam por sua camisola.

De repente, ela se levantou abruptamente. O gelo rolou, chacoalhou, até o chão. De seu lábio inferior saía um longo fio de espuma rosa. Seus olhos se abriram com uma expressão de horror que superava toda a dignidade humana. Ela estava olhando para Kira. Gritou:

"Kira! Eu quero viver! Eu quero viver!"

Ela caiu para trás. Seus cabelos se sacudiram como serpentes sobre o travesseiro e ficaram inertes. O braço caiu para o lado da cama e ficou inerte. Uma bolha vermelha cresceu sobre sua boca e estourou em algo negro e denso, borbulhando como a última gota que sai de um cano entupido. Ela não se movia. Nada se movia na cama, exceto aquela coisa negra que escorria lentamente pela pele de sua garganta.

Kira se manteve inerte.

Alguém agarrou a sua mão. Vasili Ivanovitch afundou seu rosto no quadril dela e chorou. Chorou em silêncio. Ela viu como tremiam os cabelos grisalhos no pescoço dele.

Atrás de uma cadeira em um canto, Acia estava agachada no chão e soluçava suavemente, monotonamente.

Kira não chorou.

Quando chegou em casa, Leo estava sentado ao lado do Primus, aquecendo o jantar dela. Ele estava tossindo.

* * *

Sentaram-se em uma pequena mesa em um canto escuro do restaurante. Kira tinha encontrado Andrei no Instituto e ele a havia convidado para uma xícara de chá com "autênticas tortas francesas". O restaurante estava quase vazio. Da calçada, alguns rostos observavam aqueles que podiam se dar ao luxo de se sentar num restaurante. Em uma mesa no centro, um homem com um grande casaco de pele estava segurando um prato de torta para uma mulher sorridente que hesitava em sua escolha, seus dedos tocando as coberturas lustrosas de chocolate, um diamante lustroso em seu dedo. O restaurante fedia a borracha velha e peixe estragado. Da lâmpada central pendia um longo tubo de papel grudento, untado com cola marrom e tomado por moscas mortas. O tubo oscilava cada vez que a porta da cozinha se abria. Sobre a porta da cozinha pendia um retrato de Lênin adornado com laços de papel crepom.

"Kira, eu quase quebrei a minha promessa. Quase fui buscá-la. Estava preocupado. Ainda estou. Você parece tão... pálida. Algum problema, Kira?"

"Um... problema... em casa."

"Eu tinha ingressos para o balé – *O lago dos cisnes*. Eu esperei por você, mas você perdeu todas as aulas."

"Peço desculpas. Foi bonito?"

"Eu não fui."

"Andrei, acho que Pavel Syerov está tentando gerar problemas para você no Partido."

"É provável que esteja. Não gosto de Pavel Syerov. Enquanto o Partido luta contra os especuladores, ele os protege. Sabemos que ele comprou um casaco estrangeiro de um contrabandista."

"Andrei, por que o Partido não acredita no direito de viver enquanto não se é morto?"

"Você se refere a Syerov, ou a si mesma?"

"A mim mesma."

"Em nossa luta, Kira, não há neutralidade."

"Vocês podem reivindicar seu direito de matar, como todos os combatentes. Mas ninguém antes de vocês jamais pensou em proibir a vida àqueles que ainda vivem."

Ela olhou para o rosto impiedoso a sua frente; ela viu dois triângulos escuros nas bochechas afundadas; os músculos de sua face estavam retesados. Ele estava dizendo: "Quando alguém consegue suportar qualquer sofrimento, também consegue suportar ver os outros sofrerem. Isso é lei marcial. Nossa época é o amanhecer. Há um novo sol nascendo, tal qual o mundo nunca viu. Estamos no caminho de seus primeiros raios. Toda nossa dor, todos os nossos gritos serão transmitidos por esses raios, em uma gigantesca expansão ao longo dos séculos; cada figura insignificante projetará uma imensa sombra que apagará décadas de arrependimento futuro por cada minuto dos nossos".

A garçonete trouxe o chá e a torta.

Os dedos de Kira tremiam levemente quando ela levava um pedaço da torta à boca: uma pressa involuntária, assustada, que não era mera ganância por uma rara iguaria.

"Kira!", disse Andrei suspirando, e soltou seu garfo. "Kira!"

Ela o encarou, assustada.

"Kira! Por que não me disse?"

"Andrei... Não sei do que você está falando..." Ela tentou dizer, mas entendeu que ele tinha adivinhado.

"Espere! Não coma isso. Garçonete! Uma sopa quente agora mesmo. E, depois, janta. Tudo que tiverem. Rápido!... Kira, eu não sabia... Não sabia que era tão grave."

Ela sorriu debilmente, com impotência: "Tentei conseguir trabalho...".

"Por que não me disse?"

"Sei que você é contra usar a influência do Partido para ajudar amigos."

"Ah, mas isto... Kira... isto!" Era a primeira vez que o via assustado. Ele se levantou de pronto: "Licença, só um minuto".

Cruzou o local até o telefone. Ela ouviu alguns fragmentos da conversa: "Camarada Voronov. Urgente... Andrei Taganov... Em reunião? Interrompa! Camarada Voronov...? Precisa ser agora... imediatamente... Sim... não importa. Faça um... Sim... Não... Não! Amanhã pela manhã... Sim... Obrigado, camarada. Adeus".

Andrei voltou para a mesa. Sorriu para o rosto perplexo e incrédulo dela. "Bem, você vai trabalhar amanhã. No escritório da Casa do Campesino. Não é um grande trabalho, mas é o que eu podia conseguir agora, e não será difícil. Precisa chegar às nove. Peça para falar com o camarada Voronov. Ele saberá quem você é. E – toma." Ele abriu sua carteira e, esvaziando-a, passou um maço de notas para ela.

"Ah, Andrei! Eu não posso!"

"Bem, talvez não possa – para si mesma. Mas pode – para outrem. Não existe alguém em sua casa que precise disso – sua família?"

Ela pensou em alguém em casa que precisava disso. Ela pegou o dinheiro.

# XV

ENQUANTO KIRA DORMIA, SUA CABEÇA CAÍA do travesseiro, de modo que a fraca luz das estrelas formava um triângulo branco sob seu queixo. Seus cílios repousavam imóveis sobre suas pálidas e serenas bochechas. Seus lábios respiravam suavemente, entreabertos, como os de uma criança, com um indício de sorriso nos cantos da boca, confiante e com expectativas, tímida e radiantemente jovem.

O despertador tocava às seis e meia da manhã. Ele tinha tocado nos últimos dois meses às seis e meia da manhã.

Seu primeiro movimento do dia era dar um salto em um precipício gelado. Ela pegava o despertador após seu primeiro histérico toque e o desligava – para permitir que Leo dormisse; então, de pé, balançava-se, tremendo, o despertador ainda soando em seus ouvidos como um insulto, um ódio escuro em seu corpo, um grito crescendo em cada músculo como a dor de uma grave enfermidade, chamando-a de volta para cama; a cabeça pesava muito sobre o corpo e, sob seus pés descalços, o chão frio parecia fogo.

Então, ela cambaleava às cegas, tateando na escuridão, até chegar ao banheiro. Os seus olhos não se abriam. Alcançava a torneira da banheira, que tinha ficado gotejando lentamente, borbulhando na escuridão, por toda a noite; tinha que deixá-la gotejar para que os canos não se congelassem. Com os olhos fechados, jogava água fria na cara com uma mão; e com a outra se apoiava debilmente na borda da banheira para evitar escorregar e cair de cabeça.

Depois, seus olhos se abriam e ela tirava sua camisola, vapor emergindo de seus braços úmidos no ar gelado, enquanto ela tentava sorrir, rangendo os dentes, dizendo a si mesma que já estava acordada e que o pior já tinha passado.

Kira se vestia e voltava para o quarto. Ela não acendia a luz. Conseguia ver a silhueta negra do Primus sobre a mesa em contraste com o azul escuro da janela. Ela acendia um fósforo, seu corpo protegendo a cama da pequena chama de luz. Acionava o pistão nervosamente, mas o Primus não acendia. Ouvia-se o tique-taque do relógio na escuridão, o passar dos segundos valiosos que a apressavam. A chama azul surgia, por fim. Ela colocava uma panela de água sobre a chama.

Ela tomava um chá com sacarina e mastigava lentamente um pedaço de pão seco. A janela que tinha à sua frente formava um padrão ininterrupto de samambaias brancas que cintilavam levemente; do outro lado da janela, ainda era noite. Ela se agachava junto à mesa, temendo mover-se, tentando mastigar sem fazer ruído. O sono de Leo era agitado. Virava-se na cama e tossia; uma tosse seca, sufocada pelo travesseiro. Suspirava de vez em quando em seu sono; era um suspiro rouco, quase um gemido.

Ela colocava suas botas de feltro e seu casaco de inverno, enrolando um velho cachecol ao redor de seu pescoço. Ia na ponta dos pés até a porta, dava uma última olhada para o azul-claro da escuridão que era a cara de Leo, e tocava de leve nos lábios com as pontas dos dedos, mandando um beijo silencioso. Depois abria a porta muito lentamente, e também lentamente a fechava atrás de si.

A neve ainda estava azulada do lado de fora. Sobre os telhados, a escuridão azul retrocedia em círculos, de forma que, à distância, no céu, podia-se ver um azul mais claro se se olhasse com atenção. Em algum lugar atrás das casas, um tranvia chiava como uma jovem ave de rapina.

Kira se curvava para frente, suas mãos sob as axilas, recolhida em seu tremor contra o vento. O frio cortava o seu fôlego com uma dor aguda em suas narinas. Ela corria, resvalando nas calçadas congeladas, em direção ao distante tranvia.

Havia uma fila de gente esperando o tranvia. Ela esperava de pé, curvada contra o vento e em silêncio como os demais. Quando o tranvia chegava

– quadrados amarelos de luz amarela que se aproximavam tremendo na escuridão –, a fila se desfazia. Logo se formava um rápido redemoinho na porta estreita, um tumulto de corpos prensados; os quadrados amarelos de janelas iluminadas se enchiam rapidamente de sombras apertadas. Naquele dia, Kira ficou de fora quando soou a campainha e o tranvia começou a andar. Tinha que esperar meia hora até o seguinte; ela chegaria tarde; se chegasse tarde, seria demitida; ela correu atrás do tranvia, saltou; alcançou uma alça de latão; mas não havia lugar nos degraus; seus pés foram arrastados pelo chão congelado quando o tranvia começou a ganhar velocidade; o braço forte de alguém a enganchou pelos ombros e a puxou para dentro; seu pé encontrou lugar nos degraus; uma voz áspera gritou em seu ouvido: "Está louca, cidadã? É assim que muitos morrem!".

Ela se agarrou a um aglomerado de homens nos degraus do tranvia, segurando-se com uma mão e um pé, vendo passar velozmente a neve pelo chão; agarrando-se com toda a sua força ao aglomerado de corpos, viu um caminhão se aproximar demais que quase a arrancou dos degraus.

A Casa do Campesino ocupava o que havia sido a mansão de alguém. Tinha uma escadaria de mármore rosa pálido com uma balaustrada de bronze, iluminada por grandes vitrais onde uvas violetas e pêssegos rosados saíam de cornucópias douradas. Um cartaz foi posto sobre as escadas: CAMARADAS! NÃO CUSPAM NO CHÃO.

Havia outros cartazes: uma foice e um martelo feitos de papel machê dourado, um cartaz em que aparecia uma campesina com um feixe de trigo, mais cartazes de feixes, feixes dourados, feixes verdes, feixes vermelhos, um retrato de Lênin, um campesino esmagando com o pé uma aranha com a cabeça de um sacerdote, um retrato de Trotsky, um campesino e um trator vermelho, um retrato de Karl Marx, "Proletários do mundo, uni-vos!", "Quem não trabalhar duro, não comerá!", "Vida longa ao reino dos trabalhadores e dos campesinos pobres!", "Camaradas campesinos, destruam os acumuladores em seu meio!".

Um novo movimento tinha começado em diversos jornais e cartazes em prol de "um entendimento mais próximo entre trabalhadores e campesinos, uma maior expansão das ideias urbanas no campo", um movimento chamado "A Convergência de Cidade e Vilarejo". A Casa do Campesino era dedicada a essa convergência. Havia cartazes de trabalhadores e campesinos de mãos dadas, de um trabalhador e uma campesina, também de um campesino e uma trabalhadora, de uma bancada e um arado, de chaminés e campos de trigo, e eles diziam: "Nosso futuro reside na Convergência de Cidade e Vilarejo!", "Camaradas, reforcemos a convergência!", "Camaradas, façam a vossa parte na convergência!", "Camarada, o que vocês fizeram pela convergência?".

Os cartazes surgiam como espuma vindos da porta de entrada, subiam pelas escadas até o escritório. No escritório, havia colunas de mármore esculpido e divisórias em madeira sem pintura; e também mesas, arquivos, retratos de líderes proletários e uma máquina de escrever; e também a camarada Bitiuk, diretora do escritório, e cinco funcionários, entre eles, Kira Argounova.

A camarada Bitiuk era uma mulher alta, magra, de cabelos grisalhos e porte militar, estritamente simpatizante do governo soviético; seu principal objetivo na vida era evidenciar constantemente quão estrita era tal simpatia, apesar de ter se formado em uma faculdade feminina e levar no peito um antigo relógio pendurado em uma corrente de prata polida.

Seus quatro colegas eram: uma garota alta com um nariz longo e uma jaqueta de couro, que era um membro do Partido e conseguia fazer a camarada Bitiuk estremecer ao seu bel-prazer, e sabia disso; um jovem de mau aspecto, que ainda não era membro do Partido, mas que tinha solicitado entrada e era um candidato, e que não perdia nunca a oportunidade de mencioná-lo; e duas garotas que trabalhavam apenas porque necessitavam do salário: Nina e Tina. Nina usava brincos e atendia o telefone; Tina usava pó no nariz e datilografava. Havia surgido um costume do nada que se espalhou pelo país, o qual até os membros do Partido não podiam verificar ou combater, pois ninguém era responsável nem podia ser castigado, que era o de se referir a todos os produtos da ineficácia local como "soviéticos"; havia "fósforos soviéticos" que não acendiam, "lenços soviéticos" que se rasgavam ao primeiro uso, e "sapatos soviéticos" com solas de papelão. Jovens como Nina e Tina eram chamadas de "garotas soviéticas".

Havia muitos andares e muitos escritórios na Casa do Campesino. Muitos pés apressados subiam e desciam seus muitos corredores em meio ao zumbido constante. Kira nunca entendeu em que consistia essa atividade, nem quem trabalhava no edifício, além de seus colegas e o imponente camarada

Voronov, a quem só havia visto uma vez, em seu primeiro dia de trabalho na Casa do Campesino.

Como a camarada Bitiuk os lembrava constantemente, a Casa do Campesino era "o coração de uma rede gigantesca cujas veias distribuíam a benéfica luz da nova Cultura Proletária que iluminava os cantos mais escuros de nossos vilarejos mais remotos". Representava os braços abertos e acolhedores da cidade, que davam as boas-vindas a todas as delegações de campesinos e camaradas dos vilarejos que ali chegavam. Ali estava, como guia e mestre, como o devoto servo de suas necessidades culturais e espirituais.

De sua mesa, Kira observava a camarada Bitiuk, que falava efusivamente ao telefone: "Sim, sim, camarada, tudo está pronto. Uma hora em ponto, os camaradas campesinos da delegação siberiana irão ao Museu da Revolução ver a história de nosso movimento revolucionário desde seus primeiros dias – uma revisão fácil, visual, da história proletária, com duração de duas horas, muito preciosa –, e tomamos medidas para termos um guia especial. Às três em ponto, os camaradas campesinos visitarão nosso Círculo Marxista, onde teremos uma palestra especial sobre os ' Problemas da Cidade Soviética e dos Vilarejos'. Às cinco em ponto, os campesinos são esperados em um clube dos Pioneiros, onde as crianças solicitaram uma reunião especial em sua homenagem – haverá uma exibição de treinos de cultura física executados pelos nossos queridos pequenos. Às sete em ponto, os camaradas campesinos irão à ópera – reservamos dois espaços no teatro Marinsky – onde assistirão a *Aïda*".

Quando a camarada Bitiuk terminou a ligação, ela deu uma volta em sua cadeira e vociferou com tom de ordem militar: "Camarada Argounova! Você tem a requisição para o palestrante especial?".

"Não, camarada Bitiuk."

"Camarada Ivanova! Você datilografou a requisição?!"

"Que requisição, camarada Bit...?"

"A requisição para o palestrante especial para a delegação dos camaradas campesinos da Sibéria!"

"Mas você não me disse para datilografar nenhuma requisição, camarada Bitiu..."

"Eu mesma escrevi e a deixei em sua mesa."

"Ah, sim, claro... Ah, era para isso? Ah, bem, eu vi, mas não sabia que tinha que datilografá-la, camarada Bitiuk. E a fita de minha máquina de escrever está partida."

"Camarada Argounova, você tem a requisição aprovada para uma nova fita para a máquina de escrever da camarada Ivanova?"

"Não, camarada Bitiuk."

"Onde está?"

"No escritório do camarada Voronov."

"O que está fazendo lá?"

"O camarada Voronov ainda não a assinou."

"Os outros a assinaram?"

"Sim, camarada Bitiuk. O camarada Semenov a assinou, e a camarada Vlassova e a camarada Pereverstov. Mas o camarada Voronov ainda não a devolveu."

"Algumas pessoas não percebem a tremenda importância cultural do trabalho que estamos fazendo!", disse furiosa a camarada Bitiuk, mas, ao se dar conta do olhar frio e suspeito da garota de jaqueta de couro, que ouviu esta crítica a um funcionário de nível superior, ela se apressou para se retificar.

"Eu me refiro a você, camarada Argounova. Você não mostra suficiente interesse por seu trabalho, nem qualquer consciência proletária. Cabe a você garantir que essa requisição seja assinada."

"Sim, camarada Bitiuk."

Durante horas, magra e pálida sob seu vestido desbotado, Kira preenchia documentos, formulários, certificados, relatórios, contas e requisições que deviam ser arquivadas onde ninguém jamais os consultaria; contava livros, pilhas de livros, montanhas de livros recém-saídos da impressora, manchando os dedos de tinta, livros com capas vermelhas e brancas a ser enviados aos Círculos de Campesinos de todo o país: "O que você pode fazer pela convergência", "O Campesino Vermelho", "A Fábrica e o Arado", "O ABC do Comunismo", "O Camarada Lênin e o Camarada Marx". Havia muitas chamadas telefônicas; havia muitas pessoas entrando e saindo, que tinham de ser chamadas de "camaradas" ou "cidadãos"; havia que se repetir muitas vezes, mecanicamente, como um gramofone com corda, imitando as inflexões entusiastas da camarada Bitiuk: "Assim, camarada, você estará contribuindo para a Convergência" e "O progresso cultural do proletariado, camarada, exige que...".

Às vezes, um camarada campesino vinha pessoalmente ao escritório. Ficava atrás da divisória baixa e sem pintura, timidamente apertando seu chapéu de pele com uma mão, coçando a cabeça com a outra. Assentia com a cabeça devagar, encarando Kira com olhos desconcertados, sem compreender nada, enquanto ela dizia: "... e organizamos uma excursão para os camaradas de sua delegação ao Palácio de Inverno, onde vocês podem ver como vivia o czar, uma lição fácil e visual sobre a tirania de classe, e então...".

O campesino murmurava com sua barba loura: "Então, quanto ao tema da escassez de trigo, camarada...".

"Então, após a excursão, temos uma palestra especial organizada para vocês: 'A Maldição do Capitalismo'."

Quando o camarada campesino saía, Nina ou Tina bisbilhotavam cuidadosamente o lugar onde ele havia ficado, inspecionando o corrimão de ferro. Uma vez, Kira viu Nina tirar algo com a unha de seu polegar.

Nessa manhã, em seu caminho para o escritório, Kira parou nos patamares da escada e olhou para o Jornal do Mural. A Casa do Campesino, como todas as instituições, tinha um Jornal do Mural escrito pelos funcionários, editado pela Célula Comunista local, pregado em algum lugar de destaque para que todos os camaradas lessem; esses jornais deveriam "estimular o espírito social e a consciência da atividade coletiva" e se dedicavam às "notícias locais de importância social e à crítica proletária construtiva".

O Jornal do Mural da Casa do Campesino consistia em um metro quadrado de tiras datilografadas pregadas em um quadro negro com manchetes escritas a lápis vermelho e azul. Havia um editorial destacado: "O que cada um de nossos camaradas faz pela Convergência"; um artigo humorístico: "Como Perfuraremos a Barriga do Imperialista Estrangeiro"; um poema de um poeta local: "O Ritmo do Trabalho"; uma caricatura de um artista local, representando um homem obeso com um chapéu alto de seda sentado em um vaso sanitário. Havia muitas notas de crítica proletária construtiva:

"A camarada Nadia Chernova está usando meias de seda. É hora de ser lembrada de que exibir tais luxos não é muito proletário, camarada Chernova."

"Um certo camarada em uma posição elevada tem ultimamente deixado que esta lhe suba à cabeça. É sabido que ele foi descortês e rude com jovens membros do Komsomol. Isto é uma advertência, camarada. Cabeças muito melhores que a sua já rolaram quando chegou a hora da redução de pessoal."

"O camarada E. Ovsov fala demais quando perguntado sobre assuntos de trabalho. Isso leva à perda de um tempo valioso e é totalmente contrário ao espírito da eficiência proletária."

"Certo camarada, que muitos reconhecerão, esquece-se de apagar a luz quando sai do banheiro. A eletricidade custa dinheiro para o Estado soviético, camarada."

"Ouvimos dizer que a camarada Kira Argounova carece de espírito social. Já se foi a época das arrogantes práticas burguesas, camarada Argounova."

Ela ficou imóvel e ouviu seu coração bater. Ninguém se atrevia a ignorar o poderoso dedo acusador do Jornal do Mural. Todos o seguiam com cuidado e um pouco nervosos, todos prestavam reverência ao seu veredicto, de Nina e Tina até o próprio camarada Voronov. O Jornal do Mural era a voz da Atividade Social. Ninguém podia salvar aqueles que fossem qualificados como "elementos antissociais", nem mesmo Andrei Taganov. Havia conversas sobre uma redução de pessoal. Kira sentiu frio. Ela pensou que Leo não tinha comido nada além de painço no jantar da noite anterior. Ela pensou na tosse de Leo.

Em sua mesa, observou os outros na sala, perguntando-se quem a tinha denunciado ao Jornal do Mural, quem e por quê. Ela tinha sido tão cuidadosa. Ela nunca tinha pronunciado uma palavra de crítica contra os sovietes. Tinha sido tão lealmente entusiasta em seu trabalho quanto a própria camarada Bitiuk, ou tanto quanto pôde imitá-la. Tinha tido o cuidado de nunca discutir, nem responder rudemente, nem se tornar inimiga de ninguém. Enquanto contava rapidamente exemplares das obras de Karl Marx, ela se perguntou com impotência e desespero: "Eu ainda sou diferente? Sou diferente deles? Como eles sabem que sou diferente? O que foi que eu fiz? O que foi que não fiz?".

Quando a camarada Bitiuk saía do escritório, o que acontecia frequentemente, o trabalho parava. A equipe se reunia em torno da máquina de escrever de Tina. Eram ávidas reuniões entre sussurros sobre a cooperativa que produzia o melhor calicô estampado com que se faziam lindas blusas, sobre a barraca de Nepman no mercado que vendia meias de algodão "tão finas quanto a seda", e sobre amantes – particularmente os amantes de Tina. Ela era considerada a mais linda do escritório, e a que tinha mais êxito com os homens. Nunca ninguém tinha visto o seu narizinho sem sua cobertura branquinha de pó; havia fortes suspeitas no escritório de que ela pintava seus cílios; e várias figuras masculinas diferentes tinham sido vistas esperando para levá-la para casa após o trabalho. A garota com a jaqueta de couro, sendo membro do Partido, era a líder indiscutível e a autoridade máxima em todas as discussões, mas em questões de romance, cedia seu posto a Tina. Ela escutava com um sorriso de superioridade, condescendente, que não escondia sua ávida curiosidade, enquanto Tina sussurrava ofegante:

"... E Mishka tocou a campainha e ali estava Ivashka de cueca, e eu ouço Elena Maximovna – que é a inquilina do quarto ao lado – ouço Elena Maximovna dizer: 'Você tem visita, Tina'. E quando vi, Mishka entrou direto, Ivashka estava de cueca – e tinham que ter visto a cara de Mishka, de verdade, foi melhor que um show de comédia – e penso rápido e digo: 'Mishka, querido, este é Ivan, um vizinho, que vive com Elena Maximovna e não estava se sentindo bem, então, veio buscar uma aspirina'. Deveriam ter visto a cara de Ivashka... Então, Elena Maximovna diz: 'Sim, ele vive comigo. Volte para o meu quarto, querido'. E acreditam que o canalha do Ivashka se recusou?".

O jovem que era candidato ao Partido não participava dessas conversas, permanecendo modestamente em sua mesa, escutando com atenção e comentando de vez em quando: "Vocês, camaradas mulheres! Aposto que dizem coisas que um cidadão sério que é candidato ao Partido não deveria nem ouvir".

Elas riam, lisonjeadas, e o recompensavam com olhares amistosos.

Kira ficava em sua mesa, continuava seu trabalho e não ouvia. Nunca falava com ninguém de nada que não fosse assunto de trabalho. Se, às vezes, dirigiam-lhe o olhar, este não era amistoso.

Ela se perguntava com uma fria sensação de pânico se era isso que eles ressentiam, se era essa sua arrogante atitude burguesa. Ela precisava desse trabalho. Leo precisava desse trabalho. Ela tinha decidido mantê-lo. Ela iria mantê-lo.

Ela se levantou e caminhou casualmente até a mesa de Tina. O pequeno grupo respondeu a sua presença com alguns olhares frios e surpresos e continuou com seus cochichos.

Ela esperou uma pausa e disse repentinamente, despretensiosamente, forçando todo o entusiasmo artificial que tinha aprendido a fingir em sua voz desafinada e vacilante: “Ontem aconteceu algo curioso. Meu namorado me xingou porque... porque tinha me visto chegar em casa com outro homem... e ele... gritou muito comigo... e eu disse a ele que essa ideia de propriedade era uma antiquada atitude burguesa, mas ele... bem... brigou comigo...”.

Ela sentiu sua blusa grudar no ponto frio entre suas omoplatas. Tentou fazer com que sua voz soasse tão alegre e frívola como a de Tina. Ela tentou acreditar na história que estava inventando; era estranho pensar no namorado imaginário oferecido àqueles olhos intrometidos e hostis, e no Leo que Irina desenhara nu como um deus.

“... e ele gritou muito comigo...”

“Uh-huh”, disse Nina.

A garota da jaqueta de couro não disse nada.

“No mercado Kouznetsky”, disse Tina, “eu os vi vendendo batons, o novo batom soviético da Companhia Estatal de Cosméticos. Baratos, também. Só que dizem que é perigoso usá-los. São feitos com gordura de cavalo e os cavalos morreram de mormo.”

* * *

Às doze e trinta, o escritório fechava para o almoço. Às doze e vinte e cinco, a camarada Bitiuk disse: “Devo recordar-lhes mais uma vez, camaradas, de que, à uma e meia, ao invés de voltar para o escritório, vocês devem ir para o Instituto Smolny para participarem da manifestação de todos os trabalhadores de Petrogrado em homenagem à delegação dos sindicatos britânicos. O escritório estará fechado nesta tarde”.

Kira passou sua hora de almoço na fila da cooperativa para receber o pão que lhe correspondia com seu cupom de racionamento. Estava de pé imóvel, em um estupor vazio; um movimento ou pensamento parecia algo muito distante, em um mundo ao qual ela já não pertencia. Os cachos de cabelo, sob seu velho chapéu, estavam brancos de neve. Ela pensou que, em algum lugar, muito além de todas essas coisas que não lhe importavam, estavam sua vida e Leo. Fechou os olhos para descansar por um instante e não pensar em nada além do nome dele. Então, ela abriu seus olhos e observou, com pálpebras pesadas devido aos cílios cheios de neve, pardais inchados bicando esterco de cavalo na neve.

Ela tinha trazido o almoço – um pedaço de peixe seco envolto em papel. Ela o comeu, porque sabia que tinha que comer. Quando recebeu o pão – um quadrado marrom de um quilo que ainda estava fresco – ela sentiu seu odor quente e reconfortante e mastigou lentamente um pedaço da casca; o resto, enfiado com força embaixo de seu braço, era para Leo.

Correu atrás do tranvia e saltou a tempo de percorrer o longo trajeto até o Instituto Smolny, do outro lado da cidade, para participar da manifestação de todos os trabalhadores de Petrogrado em homenagem à delegação dos sindicatos britânicos.

* * *

A avenida Nevsky parecia uma extensão interrompida de cabeças estáticas sobre um imenso cinturão que rodava muito lentamente, levando-as para frente. As bandeirolas vermelhas, infladas como velas entre dois mastros, flutuavam lentamente sobre as cabeças imóveis, cabeças idênticas com gorros cáqui, gorros de pele, lenços vermelhos, chapéus, gorros cáqui, lenços vermelhos. Um ritmo monótono enchia as ruas de parede a parede até os telhados, o rufar de tambores de muitos pés contra calçadas de pedra congeladas.

Tranvias paravam e caminhões esperavam nas esquinas para deixarem a manifestação passar. Algumas cabeças apareciam nas janelas, olhavam com indiferença as cabeças abaixo e voltavam a desaparecer: Petrogrado estava acostumada com manifestações.

NÓS, TRABALHADORES DE PETROGRADO, SAUDAMOS NOSSOS IRMÃOS DE CLASSE BRITÂNICOS! SEJAM BEM-VINDOS À TERRA DOS SOVIETES, ONDE O TRABALHO É LIVRE!

AS MULHERES DA FÁBRICA ESTATAL DE TÊXTEIS Nº 2 BRINDAM SEU APOIO AO PROLETARIADO DA INGLATERRA EM SUA LUTA CONTRA OS IMPERIALISTAS.

Kira marchava entre Nina e a camarada Bitiuk. A camarada Bitiuk tinha trocado seu chapéu por um lenço vermelho para a ocasião. Kira marchava firmemente, ombros eretos, cabeça erguida. Tinha que marchar para manter seu trabalho, e tinha que manter seu trabalho por Leo; não era uma traidora, estava marchando por Leo, mesmo que o cartaz acima dela, carregado por Tina e os candidatos do Partido, dissesse:

NÓS, CAMPESINOS SOVIÉTICOS, ESTAMOS UNIDOS POR NOSSOS IRMÃOS DE CLASSE BRITÂNICOS!

Kira não sentia seus pés; mas ela sabia que estava andando, pois estava avançando como os demais. Sentia as mãos como se suas luvas estivessem cheias de água fervente. Ela tinha que andar. Ela estava andando.

Em algum ponto da longa serpente que se desenrolava lentamente pela Nevsky, uma voz áspera e forte começou a cantar "A Internacional". Outras se juntaram. Isso se propagou em ondas estridentes e discordantes pela longa fila de gargantas cansadas engasgadas com o gelo.

Na Praça do Palácio, agora chamada de Praça Uritzki, um anfiteatro de madeira fora construído. Contra o fundo de paredes vermelhas e janelas espelhadas do Palácio de Inverno, sobre o estrado de madeira coberto de bandeirolas vermelhas, estava a delegação dos sindicatos britânicos. Os trabalhadores de Petrogrado passaram marchando lentamente por eles. Os irmãos de classe britânicos estavam de pé, um pouco rígidos, um pouco envergonhados, um pouco desorientados.

Os olhos de Kira só viram uma pessoa: a delegada dos sindicatos britânicos. Era alta, magra, não tão jovem, a postura preocupada de uma professora de escola. Mas vestia uma jaqueta esportiva marrom e essa jaqueta gritava mais alto que as urras da multidão, mais alto que "A Internacional", que era *estrangeira*. Com dobras firmes de um tecido de qualidade, a jaqueta vestia bem, transmitia serenidade, e não reclamava, como todos os casacos ao redor de Kira, da miséria dos músculos por baixo deles. A camarada britânica vestia meias de seda de cor parda, muito justas nos pés que calçavam sapatos lustrosos novos de cor marrom.

E, de repente, Kira queria gritar e se arremessar no estrado, e agarrar essas finas pernas brilhantes, segurando-se nelas com os dentes, como uma âncora, e ser levada com elas para um mundo que era possível em algum lugar, que estava aqui agora, próximo, ao alcance de um pedido de socorro.

Mas ela só se moveu um pouco e fechou seus olhos.

A manifestação parou. Parados, os participantes batiam suas botas para aquecerem os pés, ouvindo os discursos. Houve muitos discursos. A camarada mulher do sindicato britânico falou. Um intérprete rouco berrava as palavras dela à praça vermelha e cáqui, lotada de cabeças espremidas.

"Esta vista é emocionante. Os trabalhadores da Inglaterra nos mandaram aqui para que víssemos e contássemos ao mundo a verdade sobre o grande experimento que vocês estão conduzindo. Contaremos que vimos a livre e magnífica expressão de lealdade dos trabalhadores russos ao governo soviético."

Em um momento de loucura, Kira se perguntou se conseguiria atravessar a multidão, correr em direção à mulher e gritar para ela, para os trabalhadores da Inglaterra, para o mundo, a verdade que estavam buscando. Mas pensou em Leo em casa, pálido como mármore, tossindo. Era Leo contra a verdade para um mundo que não ouviria. Leo venceu.

* * *

Às cinco da tarde, uma limusine reluzente levou os delegados embora e a manifestação se dissolveu. Estava anoitecendo. Kira tinha tempo para assistir a uma aula no Instituto.

Os auditórios frios e mal iluminados eram um bálsamo para ela, com seus mapas, gráficos e ilustrações nas paredes, que mostravam olhos, vigas e perfis precisos, impessoais e impecáveis. Durante uma breve hora, apesar de o seu estômago palpitar de fome, ela pôde recordar que seria engenheira e construiria pontes de alumínio e torres de aço e vidro; e que havia um futuro.

Após a aula, ao sair apressadamente pelos corredores sombrios, ela encontrou a camarada Sonia.

"Ah, camarada Argounova", disse a camarada Sonia. "Fazia tempo que não a víamos. Já não está mais tão ativa em seus estudos, não é? E quanto à atividade social – ora, você é a aluna mais privadamente individualista que temos."

"Eu...", Kira começou.

"Não é da minha conta, camarada Argounova, eu sei, não é da minha conta. Só estava pensando no que se ouve hoje em dia sobre coisas que o Partido pode fazer com estudantes que não têm consciência social. Nem pense nisso."

"Eu... veja..." Kira sabia que era mais prudente se explicar. "Estou trabalhando e sou muito ativa socialmente em nosso Clube Marxista."

"É? Você é, não é? Já conhecemos vocês, burgueses. Vocês só são ativos para manterem seus trabalhos miseráveis. Vocês não enganam ninguém."

* * *

Quando Kira entrou no quarto, Marisha saltou como uma mola:

"Cidadã Argounova! Mantenha sua maldita gata em seu próprio quarto ou torcerei o pescoço dela!"

"Minha gata? Que gata? Eu não tenho gata."

"Bem, quem fez isto? Seu namorado?" Marisha estava apontando para uma poça no meio de seu quarto. "E o que é aquilo? Um elefante?", disse ela, furiosa, enquanto emergia um miado e um par de orelhas cinzas e peludas debaixo de uma cadeira.

"A gata não é minha", disse Kira.

"De onde ela veio, então?"

"Como vou saber?"

"Você nunca sabe de nada!"

Kira não respondeu e foi para o seu quarto. Ouviu Marisha no pequeno corredor próximo da entrada, batendo na divisória que os separava dos outros inquilinos. Ela a ouviu gritando: "Ei, vocês! Sua maldita gata destruiu uma tábua solta e aqui está ela, cagando por todas as partes! Ou vocês a levam embora ou a destriparei viva e os denunciarei ao *Upravdom*!".

Leo não estava em casa. O quarto estava escuro e frio como um sótão. Kira acendeu a luz. A cama não estava arrumada; o cobertor estava no chão. Acendeu a "Burguesa", assoprando as lenhas úmidas, seus olhos inchando. Os canos estavam vazando. Ela pendurou uma lata em um arame para recolher a fuligem que caía.

Acionou o Primus. Ele não acendia; seus tubos estavam entupidos novamente. Ela procurou em todo o quarto o limpador específico dos tubos. Não o encontrou. E bateu na porta:

"Cidadã Lavrova, você pegou o limpador do meu Primus novamente?" Não houve resposta. Ela abriu a porta de golpe. "Cidadã Lavrova, você pegou o limpador do meu Primus?"

"Ah, que inferno", disse Marisha. "Que mesquinha você é com esse seu limpador, não é? Aqui está."

"Quantas vezes tenho que lhe pedir, cidadã Lavrova, para não mexer nas minhas coisas em minha ausência?"

"O que você vai fazer? Vai me denunciar?"

Kira pegou o limpador do Primus e saiu batendo a porta.

Ela estava descascando batatas quando Leo chegou.

"Ah", disse ele, "você está em casa?"

"Sim. Onde você esteve, Leo?"

"Isso é da sua conta?"

Ela não respondeu. Os ombros dele estavam caídos e seus lábios, azuis. Ela sabia onde ele tinha estado; e que ele não tinha conseguido nada.

Ela seguiu descansando batatas. Ele permaneceu de pé com as mãos estendidas na "Burguesa", os lábios retorcidos de dor. Tossiu. Depois, virou-se bruscamente e disse: "O de sempre. Já sabe. Desde as oito da manhã. Nenhuma vaga. Nenhum emprego. Nenhum trabalho".

"Não tem problema, Leo. Não precisamos nos preocupar."

"Não? Não precisamos nos preocupar, não é? Você está gostando de me ver vivendo às suas custas? Fica contente de me lembrar que eu não tenho que me preocupar enquanto você trabalha para se converter em um espantalho de um mártir?"

"Leo!"

"Bem, não quero que você trabalhe! Não quero que você cozinhe! Não... Ah, Kira!" Ele a abraçou e apoiou a cabeça em seu ombro, afundando seu rosto no pescoço dela, sobre a chama azul do Primus. "Kira, você me perdoa, não é?"

Ela tocou o cabelo dele com sua bochecha, pois suas mãos estavam pegajosas por causa das cascas de batata. "É claro... querido... por que não se deita e descansa? O jantar estará pronto em breve."

"Por que você não me deixa ajudá-lo?"

"Isso é um assunto que já foi encerrado há muito tempo."

Ele se aproximou dela e levantou seu queixo. Ela sussurrou, ligeiramente estremecida: "Não, Leo. Não me beije... aqui". Ela estendeu suas mãos sujas sobre o Primus.

Ele não a beijou. Um pequeno sorriso amargo de compreensão surgiu no canto de sua boca. Leo andou até a cama e se atirou nela.

Estava tão quieto, a cabeça jogada para trás, um braço caído ao lado da cama, que ela se sentia desconfortável. De vez em quando, ela o chamava em voz baixa: "Leo", só para vê-lo abrir os olhos. Então, desejava não tê-lo chamado: ela não queria que os olhos dele ficassem abertos, encarando-a fixamente. Ela – que com tanto cuidado fechara a porta entre eles para que ele não a visse, pois ela não queria ser vista – estava agora diante dele, inclinada sobre um Primus, em uma aura de querosene e cheiro de cebola, suas mãos viscosas de barro, seus cabelos caídos em mechas grudentas sobre um nariz brilhante sem pó, seus olhos e narinas vermelhos sob sua face pálida, seu corpo flácido escondido atrás de um avental imundo que não tivera tempo de lavar, seus movimentos pesados e mal articulados, não as manobras precisas dos músculos, mas a queda preguiçosa de membros impelidos por um esgotamento além de seu controle.

E quando o jantar ficou pronto e eles se sentaram frente a frente na mesa, Kira pensou com dor naquilo que não podia se tornar um hábito, que ele – para quem ela queria se mostrar jovem, ereta e vibrante com toda a sua devoção – olhava agora para olhos inchados pela fumaça e uma boca pálida que sorria com um esforço que ela não conseguia esconder.

Eles comeram painço, batatas e cebola frita em azeite de linhaça. Estava tão faminta que seus braços estavam fracos. Mas ela não conseguiu tocar no painço. Sentiu prontamente uma náusea incontrolável, um ódio que a fazia preferir morrer de fome a engolir mais uma colherada do purê amargo que parecia ter comido por toda a sua vida. Perguntou-se vagamente se havia algum lugar na Terra onde podia comer sem sentir asco a cada colherada; um lugar onde os ovos, a manteiga e o açúcar não fossem um ideal sublime, angustiantemente desejado e jamais alcançado.

Kira lavou os pratos com água fria, gordura flutuando sobre a panela. Então, colocou suas botas de feltro. "Tenho que sair, Leo", disse com resignação. "É a noite do Círculo Marxista. Atividade social, você sabe."

Ele não respondeu. Não olhou para ela quando ela saiu.

* * *

O Círculo Marxista realizava suas sessões na biblioteca da Casa do Campesino. A biblioteca era igual a todas as outras salas do edifício, salvo que tinha mais cartazes e menos livros; e os livros estavam organizados nas estantes, em vez de em grandes pilhas, prontos para o envio.

A garota da jaqueta de couro era a presidente do Círculo; e os funcionários da Casa do Campesino, seus membros. O Círculo se dedicava à "autoformação política" e ao estudo da "filosofia revolucionária histórica"; ele se reunia duas vezes por semana; um membro lia a tese que tinha preparado, e os demais a debatiam.

Era a vez de Kira. Ela leu sua tese sobre "Marxismo e Leninismo".

"O leninismo é o marxismo adaptado à realidade russa. Karl Marx, o grande fundador do comunismo, acreditava que o socialismo seria a consequência lógica do capitalismo em um país com uma industrialização muito desenvolvida e um proletariado em sintonia com um alto nível de consciência de classe. Mas nosso grande líder, o camarada Lênin, demonstrou que..."

Ela tinha copiado sua tese, mal trocando as palavras, do "ABC do Comunismo", um livro cujo estudo era obrigatório em todas as escolas do país. Ela sabia que todos os ouvintes o tinham lido, e que também tinham lido a tese dela, repetidamente, em todo editorial de todo jornal pelos últimos seis anos. Eles estavam sentados ao redor dela, curvados, com as pernas esticadas, tremendo sob seus casacos. Sabiam que Kira estava ali pelo mesmo motivo que eles. A garota da jaqueta de couro presidia a sessão, bocejando de vez em quando.

Quando Kira terminou, algumas mãos aplaudiram sonolentamente.

"Quem deseja fazer algum comentário, camaradas?", perguntou a presidente.

Uma jovem com uma cara muito redonda e os olhos tristes, disse ceceando, mostrando avidamente o seu interesse ativo: "Acho que foi uma tese muito boa, instrutiva e importante, pois foi muito precisa e expôs com clareza uma nova e valiosa teoria". Um jovem intelectual tísico com pálpebras azuladas e um pincenê disse, com o estilo profissional de um cientista: "Eu faria a seguinte crítica, camarada Argounova: quando você fala que o camarada Lênin deu um lugar para o campesino ao lado do trabalhador industrial no esquema do comunismo, você deveria especificar que se trata do campesino *pobre*, e não qualquer tipo de campesino, porque é bem sabido que nos vilarejos há campesinos ricos hostis ao leninismo".

Kira sabia que tinha que discutir e defender sua tese; sabia que o jovem tísico tinha que discutir para exibir sua atividade; sabia que ele não estava mais interessado no debate que ela, que suas pálpebras azuladas estavam cansadas por falta de sono, que ele aplaudia com suas mãos magras nervosamente, sem se atrever a olhar para o relógio, sem se atrever a deixar seus pensamentos vagarem em direção à sua casa, com suas preocupações que lhe aguardavam em algum lugar.

Ela disse, aborrecida: "Quando falo do campesino ao lado do trabalhador na teoria do camarada Lênin, subentende-se que me refiro ao campesino pobre, já que nenhum outro tem lugar no comunismo".

O jovem disse com a voz sonolenta: "Sim, mas creio que deveríamos ser cientificamente metódicos e dizer: campesino *pobre*".

A presidente disse: "Estou de acordo com o último comentário. A tese deveria ser corrigida para que dissesse 'campesino *pobre*'. Algum outro comentário, camaradas?".

Não houve mais nenhum.

"Devemos agradecer à camarada Argounova por seu valioso trabalho", disse a presidente. "Nossa próxima sessão será dedicada a uma tese do camarada Leskov, 'Marxismo e Coletivismo'. Eu declaro esta sessão encerrada."

Com um arranque convulsivo e um arrastar de cadeiras, eles saíram correndo da biblioteca e desceram as escadas até as ruas escuras. Tinham cumprido seu dever. A noite – ou o que restava dela – pertencia a eles agora.

Kira andava rápido, escutando seus próprios passos com a mente vazia, sem pensar; agora ela podia pensar, mas, depois de tantas horas de um tremendo esforço para não pensar, para lembrar apenas de não pensar, os pensamentos pareciam demorar a voltar; ela só sabia que seus passos eram rápidos, firmes, precisos, até que a força e a esperança deles subiram para seu corpo, seu coração, a bruma palpitante em suas têmporas. Ela jogou sua cabeça para trás, como se estivesse descansando, nadando de costas, sob um céu negro limpo, as estrelas na ponta do nariz e os telhados cobertos de neve limpa sob a luz estelar gelada, como picos brancos de montanhas virgens.

Então, moveu-se para frente, com os movimentos precisos e rápidos do corpo de Kira Argounova, e sussurrou para si mesma, como vinha fazendo nos dois últimos meses: "Bem, é guerra. É guerra. Você não desiste, não é Kira? Não é perigoso desde que você não desista. E quanto mais difícil fica, mais feliz você deveria estar de suportá-lo. É isso. Quanto mais difícil – mais feliz. É guerra. Você é um bom soldado, Kira Argounova".

* * *

Quando Leo a envolveu em seus braços e murmurou entre seus cabelos: "Ah, sim, sim, Kira. Esta noite. Por favor!", ela soube que já não podia negar mais. Seu corpo, repentinamente fraco novamente, não pedia nada além de sono, um sono infinito. Isso a horrorizava, tal rendição relutante, entumecida, inerte, sem reação.

Ele aproximou seu corpo do dela. Ela sentiu o calor da pele dele sob o cobertor frio. A pele dele estava quente e reconfortante, e ela fechou os olhos.

"Qual é o problema, Kira?"

Ela sorriu e focou suas últimas forças em seus lábios, em sua clavícula, em seus braços ao redor do corpo dele. Seus braços relaxaram, e uma mão escorregou, suave e débil, pela borda da cama. Ela forçava os olhos a se manterem abertos, ela o amava, ela o desejava, ela queria desejá-lo – ela gritava para si mesma, quase em voz alta. Ele estava beijando o corpo dela, mas ela estava pensando sobre o que tinham achado de sua tese, em Tina e na garota da jaqueta de couro, na provável redução de pessoal – e, de repente, ela foi tomada de uma súbita repulsa por aqueles lábios suaves e ávidos, porque algo nela, ou dela, ou ao redor dela era muito indigno dele. Mas conseguiu se manter acordada um pouco mais e deixou seu corpo mais tenso, como se fosse para um suplício, e todos seus pensamentos amorosos reduziram-se a uma pressa tortuosa por acabar o quanto antes.

* * *

Era mais de meia-noite, e ela não sabia se tinha dormido ou não. Leo respirava com dificuldade sobre o travesseiro ao lado dela, sua testa ensopada de suor frio. Em sua confusão mental, um pensamento se destacou com clareza: o avental. Seu avental estava imundo; estava nojento. Não podia permitir que Leo a visse um dia mais com ele; nem um dia a mais.

Ela rastejou para fora da cama e pôs seu casaco sobre a camisola; fazia muito frio e Kira estava muito cansada para se vestir. Colocou o balde de água fria no chão do banheiro, agachou-se ao lado dele e meteu o avental, o sabão e as mãos no líquido que parecia ácido.

Kira não sabia se estava bem acordada, e não lhe importava. Só sabia que a grande mancha de gordura amarela não saía, e ela esfregou, e ela esfregou, e ela esfregou, com o sabão seco, acre, amarelo, com suas unhas, com os nós de seus dedos, bolhas de sabão sobre os punhos de lã de seu casaco, agachada no chão, seus seios pressionando a borda de latão do balde, seus cabelos caindo, caindo sobre a espuma, do outro lado da pequena rachadura da porta do banheiro, uma janela azul alta brilhava com a geada, os nós de seus dedos em carne viva, sem pele, do outro lado da porta do quarto, alguém na sala de Marisha tocando "John Gray" em um piano que não tinha uma tecla, a dor nas costas aumentando, e a espuma marrom e gordurosa em suas mãos arroxeadas.

* * *

Eles pouparam dinheiro durante muitos meses e, em uma tarde de domingo, compraram duas entradas para ver "Bajadere", anunciada como a "última sensação de Viena, Berlim e Paris".

Eles se sentaram solenes, eretos e reverentes como em uma missa. Kira, mais pálida que o habitual, com seu vestido de seda cinza, e Leo, tentando não tossir, ouviram a mais impudica opereta que vinha de fora, do *estrangeiro*.

Era uma tolice muito alegre. Era como um olhar direto através da neve e das bandeiras, através das fronteiras, para o coração daquele outro mundo. Havia luzes de cores e lantejoulas, taças de cristal, e um autêntico bar estrangeiro com um arco de vidro opaco em que uma luz verde se movia para cima, precedendo cada nova cena – um autêntico elevador estrangeiro. Havia mulheres vestidas com um cetim reluzente que provinha de um lugar onde a moda existia, e as pessoas dançavam uma curiosa dança chamada "Shimmy", e uma mulher que não cantava, mas ladrava as palavras, cuspindo-as com desdém no público, com uma voz desafinada e rouca que se arrastava e se convertia subitamente em um lamento áspero – e uma música que ria insolente, que palpitava, impactava, atingia os ouvidos, a garganta e o fôlego; uma música despudorada, embriagada, como o desafio de uma alegria triunfante, como "A canção da taça quebrada", uma promessa que existia em algum lugar, isto é, que podia existir.

O público riu, aplaudiu, e riu. Quando acenderam as luzes após a cortina cair, na procissão de sorrisos alegres sob os corredores, muitos notaram com espanto uma garota em um vestido de seda cinza, que estava sentada em uma fila vazia, curvada, seu rosto entre as mãos, chorando.

# XVI

EM PRINCÍPIO, HAVIA MURMÚRIOS.

Estudantes se reuniam em grupos em cantos escuros e balançavam suas cabeças, nervosos, toda vez que se aproximava alguém novo, e em seus murmúrios se ouvia as palavras: "O Expurgo".

Nas filas das cooperativas e nos tranvias, as pessoas perguntavam: "Você já ouviu falar do Expurgo?".

Nas colunas do *Pravda*, havia muitas menções sobre o estado deplorável das faculdades vermelhas e do Expurgo que se aproximava.

E então, ao final do semestre de inverno, no Instituto Tecnológico, na Universidade e em todos os institutos de ensino superior, apareceu um grande aviso com enormes letras escritas em lápis vermelho:

O EXPURGO

O aviso direcionava todos os estudantes para a secretaria, onde receberiam questionários que deveriam preencher de imediato e, após pedirem ao seu *Upravdom* que certificasse a veracidade das respostas, devolvê-los ao Comitê do Expurgo. As escolas da URSS deveriam ser purificadas de todas as pessoas socialmente indesejáveis. Aqueles que fossem julgados socialmente indesejáveis seriam expulsos e não voltariam a ser admitidos em nenhuma faculdade.

Jornais bradavam por todo o país como trompetes: "A ciência é uma arma da luta de classes! As escolas proletárias são para o proletariado! Não educaremos nossos inimigos de classe!".

Havia aqueles que tinham o cuidado de não permitir que esses trompetes fossem ouvidos em alto e bom som do outro lado da fronteira.

Kira recebeu seu questionário no Instituto, e Leo, na Universidade. Eles se sentaram em silêncio na mesa de jantar, respondendo as perguntas. Não jantaram muito naquela noite. Quando assinaram os questionários, sabiam que tinham assinado a sentença de morte de seu futuro, mas não disseram isso em voz alta e nem olharam um para o outro.

As principais perguntas eram:

> Quem eram os seus pais?
> Qual era a profissão de seu pai antes do ano de 1917?
> Qual era a profissão de seu pai do ano de 1917 até o ano de 1921?
> Qual é a profissão de seu pai hoje?
> Qual é a profissão de sua mãe?
> O que você fez durante a Guerra Civil?
> O que seu pai fez durante a Guerra Civil?
> Você é membro de um sindicato?
> Você é membro do Partido Comunista?

Qualquer tentativa de dar uma resposta falsa era inútil: as respostas iriam ser investigadas pelo Comitê do Expurgo e pela GPU. Uma resposta falsa seria punida com detenção, prisão ou outras penas, inclusive a capital.

A mão de Kira tremeu um pouco quando ela entregou o questionário ao Comitê do Expurgo, que tinha a resposta:

> Qual era a profissão de seu pai antes de 1917?
> Proprietário da Fábrica de Tecidos Argounov.

O que esperava aqueles que fossem expulsos, ninguém se atrevia a imaginar; ninguém o mencionava; os questionários eram entregues e os estudantes esperavam ser chamados pelo Comitê, esperavam em silêncio, os nervos tensos como cabos. Nos longos corredores das faculdades, onde as correntes turbulentas de estudantes formavam coágulos inquietos, eles cochichavam que sua "origem social" era o mais importante; que se você fosse de "ascendência burguesa", não tinha chance; que se seus pais tivessem sido ricos, você ainda era um "inimigo de classe", mesmo que estivesse morrendo de fome; e que você deveria tentar, se pudesse, às custas de sua alma imortal, se tivesse uma, provar sua "procedência da fábrica ou do arado". Havia mais jaquetas de couro, lenços vermelhos e cascas de girassol nos corredores das faculdades, e piadas a respeito: "Meus pais? Claro, foram uma campesina e dois trabalhadores".

Era novamente primavera, a neve derretida perfurava as calçadas, e jacintos azuis eram vendidos nas esquinas. Mas aqueles que eram jovens já não pensavam na primavera; e os que ainda pensavam, já não eram mais jovens.

Kira Argounova compareceu, de cabeça erguida, em frente ao Comitê de Expurgo do Instituto Tecnológico. Na mesa, entre os desconhecidos do Comitê, viu três pessoas que conhecia: a camarada Sonia, Pavel Syerov e Andrei Taganov.

Foi Pavel Syerov que conduziu a maior parte do interrogatório. O questionário dela estava na mesa em sua frente. "Então, cidadã Argounova, seu pai era proprietário de uma fábrica?"

"Sim."

"Sei. E sua mãe? Ela trabalhava antes da Revolução?"

"Não."

"Sei. Tinham algum funcionário em sua casa?"

"Sim."

"Sei."

A camarada Sonia perguntou: "E você nunca se filiou a um sindicato, cidadã Argounova? Não achou conveniente?".

"Nunca tive a oportunidade."

"Sei."

Andrei Taganov escutava. Seu rosto não se movia. Seus olhos eram frios, firmes, impessoais, como se jamais tivesse visto Kira. E, de repente, ela sentiu uma inexplicável compaixão por ele, por essa imobilidade e o que ela escondia, embora Andrei não mostrasse o menor sinal do que ela escondia.

Mas quando ele de repente lhe fez uma pergunta, apesar da dureza de sua voz e de seus olhos vazios, esta foi uma súplica: "Não obstante, você sempre teve uma afinidade estrita com o governo soviético, não é verdade, cidadã Argounova?".

Ela respondeu muito suavemente: "Sim".

* * *

Em algum lugar, em torno de uma lâmpada, já na madrugada, em meio a papéis, informes e documentos empilhados, um comitê celebrava uma reunião.

"Os proprietários das fábricas foram os principais exploradores do proletariado."

"Piores que os latifundiários."

"Os mais perigosos dos inimigos de classe."

"Estamos prestando um serviço à causa da Revolução e nenhum sentimento pessoal deve interferir em nosso dever."

"Ordem de Moscou: os filhos de antigos proprietários de fábricas são a primeira categoria que deve ser expulsa."

Uma voz perguntou, pesando cada palavra: "Alguma exceção a essa regra, camarada Taganov?".

Ele estava de pé junto à janela, com as mãos unidas nas costas. "Nenhuma", respondeu.

* * *

Os nomes dos expulsos foram datilografados em uma grande folha de papel postada em uma lousa na secretaria do Instituto Tecnológico.

Kira já esperava. Mas quando viu o seu nome na lista: "*Argounova, Kira*", ela fechou seus olhos e olhou novamente, lendo a longa lista cuidadosamente, para ter certeza.

Então, ela percebeu que sua maleta estava aberta; ela a fechou com cuidado. Olhou para o buraco em sua luva e meteu o dedo para fora, tentando ver até onde ele podia ir; puxou um fio sem costura, como se fosse uma pequena serpente, e observou como ele se desenrolava.

Então, observou que alguém estava olhando para ela. Ela se virou. Andrei estava de pé, sozinho, junto à janela. Ele estava olhando para ela, mas não se aproximou, não disse uma palavra, não a saudou com a cabeça. Ela sabia o que ele temia, o que ele esperava, o que ele estava aguardando. Ela se aproximou, olhou para ele e estendeu a mão com o mesmo sorriso confiante que ele já tinha visto naqueles mesmos lábios jovens, só que agora eles tremiam um pouco.

"Não tem problema, Andrei. Sei que não pôde eviar."

Ela não esperava a gratidão, uma gratidão que parecia uma dor, em sua voz grave, ao responder: "Eu lhe daria o meu lugar – se pudesse".

"Ah, não tem problema... Bem... Suponho que não serei engenheira, no fim das contas... Suponho que não construirei pontes de alumínio." Ela tentou rir. "Não tem problema, porque todo o mundo sempre me disse que não se pode construir pontes de alumínio, de qualquer forma." Ela se deu conta de que rir era ainda mais difícil para ele. "E, Andrei", disse com doçura, sabendo que ele não se atrevia a lhe perguntar, "isto não significa que não voltaremos a nos ver, verdade?"

Ele pegou a mão dela entre as suas. "Não, Kira, se..."

"Bem, então, não. Dê-me o seu número de telefone e seu endereço, para que eu possa ligar, porque... não nos veremos mais... aqui. Somos tão bons amigos que... não é curioso? Nunca soube onde você mora. É tudo para o melhor. Talvez... talvez sejamos melhores amigos agora."

* * *

Quando chegou em casa, Leo estava jogado na cama, e não se levantou. Ele olhou para ela e riu. Riu de forma seca, monótona, sem sentido.

Ela ficou de pé, parada, olhando para ele.

"Eles te expulsaram?", perguntou ele, deitando apoiado no cotovelo, seu cabelo caindo sobre seu rosto. "Não me diga. Já sei. Eles te chutaram de lá. Como um cachorro. Eles me chutaram também. Como dois cachorros. Parabéns, Kira Argounova. Meus sinceros parabéns proletários!"

"Leo, você... você bebeu!"

"Sim. Para celebrar. Todos nós bebemos. Dezenas e dezenas de nós na Universidade. Um brinde à ditadura do proletariado... Muitos brindes à ditadura do proletariado... Não me olhe assim... É um bom e velho costume beber em batizados, casamentos e funerais... Bem, não nascemos juntos, camarada Argounova...! E nunca nos casamos, camarada Argounova... Mas ainda poderíamos passar pelo outro... poderíamos... ainda... o outro... Kira..."

Ela estava ajoelhada ao lado da cama, aproximando de seu peito uma cara lívida cuja boca parecia uma ferida aberta; retirava o cabelo úmido da frente, sussurrando: "Leo..., querido... não deveria fazer isso... Não é hora de fazer isso... Agora temos que pensar com clareza...". Ela sussurrava sem convicção. "Não é perigoso enquanto não nos rendamos... Você deve se cuidar, Leo... Deve poupar forças..."

"Para quê?", cuspiu a boca dele.

* * *

Kira encontrou Vasili Ivanovitch na rua.

Teve que fazer um esforço para que sua cara não refletisse a mudança na dele. Ela só o tinha visto uma vez desde a morte de Maria Petrovna, e ele nunca tivera esse aspecto. Ele andava como um ancião. Seus olhos claros e orgulhosos disparavam contra todos os rostos, um olhar amargo de suspeita, ódio e vergonha. Suas mãos enrugadas, tendinosas, agitando-as de forma incerta para cima e para baixo, em movimentos inúteis como o de uma mulher idosa. Duas linhas cortavam os cantos de seus lábios até seu queixo, linhas de tamanho sofrimento que se sentia culpada pela intrusão de tê-las visto e compreendido.

"Kira, eu me alegro em vê-la novamente, eu me alegro em vê-la", murmurou ele, sua voz, suas palavras agarrando-se a ela, desesperadamente. "Por que não vem mais nos visitar? Sinto um pouco de solidão em casa. Ou... ou, talvez você saiba... e já não queira nos visitar?"

Ela não sabia. Mas algo na voz dele implorava para que Kira não lhe perguntasse *o que* ela não sabia. Ela disse com seu sorriso mais cálido: "Imagina, tio Vasili, vou visitá-lo, sim. É que tenho trabalhado tanto... Mas passarei lá hoje à noite, posso?".

Ela não perguntou sobre Irina e Victor, tampouco se eles também tinham sido expulsos. Como após um terremoto, todos olhavam ao seu redor com cautela, contando as vítimas, com medo de fazer perguntas.

Naquela noite, após o jantar, foi visitar os Dunaev. Tinha convencido Leo a se deitar: tinha febre e suas bochechas ardiam, avermelhadas. Tinha deixado uma jarra de chá gelado junto à cama e disse a ele que voltaria logo.

Em uma mesa sem toalha, sob uma lâmpada sem abajur, Vasili Ivanovitch estava sentado lendo um velho livro de Chekhov. Irina, com seu cabelo despenteado, desenhava figuras absurdas em uma grande folha de papel. Acia dormia, completamente vestida, encolhida em uma poltrona em um canto escuro. Uma "Burguesa" oxidada esfumaçava.

"*Hallo*", disse Irina, seus lábios torcidos. Kira nunca a vira sorrir assim.

"Gostaria de um pouco de chá, Kira? Chá quente? Mas... mas não temos sacarina."

"Não, obrigado, tio Vasili. Acabei de jantar."

"Bem?", disse Irina. "Por que não fala? Eles lhe expulsaram?"

Kira acenou com a cabeça.

"E Leo também?"

Kira acenou novamente.

"Bem, por que não pergunta? Sim, vou lhe contar: sim, fui expulsa. O que se poderia esperar? A filha de um rico mercador de peles!"

"E... Victor?"

Irina e Vasili Ivanovitch trocaram um olhar, um olhar estranho. "Não", respondeu lentamente Irina. "Victor não foi expulso."

"Fico feliz, tio Vasili. Isso é uma boa notícia, não é?" Ela sabia a melhor forma de alegrar seu tio: "Victor é um jovem de muito talento. Fico feliz que não arruinaram o futuro dele".

"Sim", disse Vasili Ivanovitch lentamente, com amargura. "Victor é um jovem de muito talento."

"Ela usava um vestido branco", disse Irina histérica, "e, de fato, tinha uma voz encantadora... Ah, quero dizer, estou falando da nova produção de *La Traviata* no teatro Mikhailovsky – você já assistiu, não é? Ah, sim, deve assistir. Os velhos clássicos são... os velhos clássicos são..."

"Sim", disse Vasili Ivanovitch, "os velhos clássicos ainda são os melhores. Naqueles tempos, havia cultura, valores morais e... e integridade."

"Sem dúvida", disse Kira, nervosa e confusa, "terei que assistir à *La Traviata*."

"No último ato", disse Irina, "no último ato, ela... Ah, que demônios!" Ela jogou sua prancheta de desenho no chão e o impacto acordou Acia, que se sentou olhando, piscando. "Você saberá cedo ou tarde: Victor se juntou ao Partido!"

Kira tinha nas mãos o livro de Chekhov, e este caiu ruidosamente no chão. "Ele... o quê?"

"Ele se filiou ao Partido. Ao Partido Comunista. Com uma estrela vermelha, um carnê do Partido, um cupom de pão, e as mãos sujas de todo o sangue derramado, e de todo o sangue que virá!"

"Irina! Como... como é possível que o tenham admitido?"

Ela tinha medo de olhar para Vasili Ivanovitch. Sabia que não deveria fazer perguntas, perguntas que eram como facas enfiadas em uma ferida; mas ela não pôde resistir.

"Ah, parece que já tinha planejado isso há tempos. Foi fazendo amizades, com cuidado e critério. Foi candidato durante meses – e nunca soubemos. Então – eles o admitiram. Sim, eles o aceitaram sem problemas, por causa do tipo de padrinhos que tinha escolhido para testemunhar seu espírito proletário, mesmo que seu pai tivesse vendido peles ao czar!"

"Ele sabia disso – do expurgo, quero dizer – sabia que estava por vir?"

"Ah, não diga bobagens. Não é assim. Por certo, ele não sabia de antemão. Está mirando mais alto do que apenas manter seu lugar no Instituto. Ah, meu irmão Victor é um jovem brilhante. Quando quer ascender, sabe por onde."

"Bem", disse Kira, e tentou sorrir para dizer algo que animasse Vasili Ivanovitch, sem olhar para ele – "este é um problema de Victor. Ele sabe o que quer. Ele... ele continua vivendo aqui?"

"Se dependesse de mim, ele..." disse Irina, e parou abruptamente. "Sim, o sem-vergonha continua aqui."

"Irina", Vasili Ivanovitch disse, cansado, "ele é seu irmão."

Kira mudou de assunto; mas não era fácil manter uma conversa. Meia hora depois, chegou Victor. A dignidade de sua expressão e a estrela vermelha em sua lapela saltavam à vista.

"Victor", disse Kira. "Ouvi falar que agora você é um bom comunista."

"Tive a honra de me filiar ao Partido Comunista", respondeu Victor, "e quero deixar claro que não tolerarei que se fale mal do Partido."

"Ah", disse Kira. "Entendo."

No entanto, ela não havia visto a mão estendida de Victor enquanto saía.

No alpendre, junto à porta, Irina sussurrou para ela: "No início, pensei que meu pai o expulsaria. Mas... agora que minha mãe faleceu..., e tudo... e você sabe que ele sempre foi louco pelo Victor... bem, ele pensa que tentará ser tolerante. Creio que isso o destruirá... Pelo amor de Deus, Kira, venha nos visitar com mais frequência. Ele gosta de você".

* * *

Como não havia futuro, eles se atinham ao presente.

Havia dias em que Leo se sentava por horas lendo um livro e raramente falava com Kira, e, quando o fazia, seu sorriso trazia um amargo e infinito desprezo por si próprio, pelo mundo e pela eternidade.

Certa vez, ela o encontrou bêbado, apoiado na mesa, olhando atento para um copo quebrado no chão.

"Leo! Onde você pegou isso?"

"Peguei emprestado. Peguei emprestado de nossa querida vizinha, a camarada Marisha. Sempre tem muitos."

"Leo, por que você faz isso?"

"Por que não? Por quê? Quem, neste maldito mundo, pode me dizer por que eu não deveria fazê-lo?"

Mas havia dias em que uma nova calmaria repentinamente iluminava seus olhos e seu sorriso. Ele esperava Kira chegar em casa do trabalho e, quando ela entrava, corria para tomá-la em seus braços. Eles podiam passar uma tarde inteira sentados sem dizer uma palavra, enquanto a presença deles, um olhar, a pressão de uma mão induzia uma sensação de segurança em ambos, fazendo-os esquecer da manhã seguinte, de todas as manhãs seguintes.

De mãos dadas, caminhavam por ruas silenciosas e iluminadas nas noites brancas da primavera. O céu era como um vidro opaco cuja irradiação sem sol parecia vinda de outro lugar. Podiam se ver na cidade imóvel, que não dormia, sob essa estranha luz leitosa. Ele pressionava com força seu braço contra o dela e, quando estavam sozinhos em uma rua ampla, iluminada pelo crepúsculo e deserta, ele se inclinava para beijá-la.

Os passos de Kira eram decididos. Havia muitas questões no futuro, mas aqui, ao lado dela, estavam as coisas que lhe davam certeza: o corpo ereto e tenso de Leo, suas longas e finas mãos, sua altiva boca com o sorriso arrogante que respondia todas as perguntas. E, às vezes, ela sentia pena daqueles inúmeros seres anônimos ao seu redor que buscavam, febrilmente, alguma resposta, e que em sua busca esmagavam os outros, talvez até ela mesma. Mas eles não podiam esmagá-la, porque ela tinha a resposta. Não se fazia perguntas sobre o futuro. O futuro era Leo.

* * *

Leo estava muito pálido e se calava com muita frequência. Suas têmporas azuladas pareciam veias no mármore. Ele tossia e engasgava. Tomou remédios para a tosse, que não adiantaram, e se recusou a visitar um médico.

Kira via Andrei com frequência. Ela tinha perguntado a Leo se ele se importava. "Não, tudo bem", ele tinha respondido, "se vocês são amigos. Só que, por favor, não o traga aqui. Não tenho certeza de que posso ser cordial... com um deles."

Ela não convidou Andrei para visitá-la. Telefonava para ele aos domingos e sorria jovialmente enquanto falava: "Você quer me ver, Andrei? Às duas em ponto, no Jardim de Verão, na entrada da doca".

Eles se sentavam em um banco, enquanto as folhas dos carvalhos lutavam contra o brilho do sol sobre suas cabeças, e falavam de filosofia. Às vezes, ela sorria quando se dava conta de que Andrei era o único com quem podia pensar e falar sobre ideias. Não tinham nenhum motivo para se verem. Não obstante, se viam e escolhiam datas para voltarem a se ver; ela se sentia estranhamente confortável, e ele ria de seus vestidos curtos de verão, e sua risada era estranhamente feliz.

Uma vez, ele a convidou para passar o domingo no campo. Kira tinha ficado na cidade durante o verão; não pôde recusar. Leo tinha encontrado um trabalho aos domingos: quebrar os tijolos de madeira das calçadas, com um grupo que consertava as ruas. Não se opôs ao passeio dela.

No campo, ela viu um mar calmo que cintilava abaixo do sol; uma areia dourada que o vento empurrava formando leves ondulações homogêneas; e as elevadas folhas vermelhas dos pinheiros, com suas convulsas raízes nuas para a areia e o vento, cujas pinhas rolavam até se encontrarem com as conchas marinhas.

Kira e Andrei disputaram uma prova de natação, que ela venceu. Mas, quando correram pela praia em traje de banho, fazendo saltar a areia sob seus calcanhares e salpicando os pacíficos turistas de fim de semana, Andrei venceu. Ele a agarrou e ambos caíram rolando juntos: um redemoinho de pernas, braços e lama que se chocou com a cesta do almoço de uma matrona, que gritou horrorizada. Eles se desenroscaram e se sentaram rindo em gargalhadas. E quando a matrona conseguiu se levantar, recolheu seu almoço e se afastou malemolente, resmungando sobre "esta juventude moderna vulgar que não pode guardar seus romances para si próprios", os dois riam mais alto.

Jantaram em um pequeno e sujo restaurante campestre, e Kira falou em inglês com o garçom, que não conseguia entender uma palavra, mas se inclinava, trêmulo, derramando água sobre a mesa em seu afã por servir a primeira camarada estrangeira naquele esquecido rincão. Quando eles estavam saindo, Andrei pagou o dobro do preço do jantar. O garçom se inclinou até o chão, convencido de que estava lidando com autênticos estrangeiros. Kira não conseguiu dissimular seu grande espanto. Andrei riu quando saíram: "Por que não? Por que não fazer um garçom feliz? De todas as formas, ganho mais dinheiro do que posso gastar comigo mesmo".

No trem, enquanto entrava já de noite na fumaça da cidade, Andrei perguntou: "Kira, quando a verei novamente?".

"Telefonarei."

"Não. Eu quero saber agora."

"Dentro de alguns dias."

"Não. Quero um dia certo."

"Bem, então, que tal quarta-feira à noite?"

"Certo."

"Depois do trabalho, às cinco e meia, no Jardim de Verão."

"Combinado."

Quando ela chegou em casa, encontrou Leo dormindo em uma cadeira, com as mãos cheias de pó; com manchas de pó em seu rosto úmido e avermelhado e em suas sobrancelhas negras, que o pó tinha tornado loiras. Seu corpo estava desfalecido pelo esgotamento.

Ela lavou o rosto dele e o ajudou a tirar a roupa. Ele tossia.

As duas noites seguintes foram de longas e furiosas discussões, mas Leo se rendeu: prometeu que iria ao médico na quarta-feira.

* * *

Vava Milovskaia tinha um encontro com Victor na quarta-feira à noite. Na quarta-feira de tarde, Victor telefonou com um tom de desculpa impaciente: tinha ficado preso no Instituto por um assunto urgente e não poderia vê-la. Assuntos urgentes o tinham prendido nas últimas três vezes que tinha prometido vê-la. Vava tinha ouvido rumores; ela tinha ouvido um nome; ela sabia do que suspeitar.

Naquela noite, ela se vestiu com esmero; pegou um cinto de couro legítimo e o passou por sua fina cintura por sobre seu novo casaco branco; tocou seus lábios cuidadosamente com seu novo batom estrangeiro; colocou seu bracelete de celuloide estrangeira. Alinhou seu chapéu branco sobre seus cachos negros e disse à sua mãe que sairia com Kira Argounova.

Vacilou, no início da escadaria, diante do apartamento de Kira, e sua mão tremeu um pouco quando ela tocou a campainha.

Um inquilino abriu a porta. "Quer ver a cidadã Argounova? Por aqui, camarada", disse ele. "Você tem que passar pelo quarto da cidadã Lavrova. É esta porta."

Muito decidida, Vava abriu a porta de golpe, sem bater.

Aí estavam, juntos, Marisha e Victor, inclinados sobre o gramofone: tocava "O incêndio de Moscou".

Na cara de Victor havia uma fúria fria, silenciosa, mas Vava não olhou para ele. Levantou a cabeça e disse a Marisha, com todo o orgulho e dramaticidade que pôde, com a voz trêmula, contendo as lágrimas: "Peço desculpas, cidadã, só vim visitar a cidadã Argounova".

Surpresa e sem suspeitar de nada, Marisha apontou a porta de Kira com o polegar. Vava cruzou a sala com a cabeça erguida. Marisha não entendeu por que Victor foi embora tão rápido.

Kira não estava em casa, mas Leo, sim.

* * *

Kira tinha tido um dia atarefado. Leo tinha prometido telefonar para ela no escritório para lhe contar o diagnóstico do médico. Não telefonou. Kira telefonou para casa três vezes, sem resposta. A caminho de casa, ela se lembrou de que era quarta-feira à noite e que tinha um encontro com Andrei.

Ela não podia fazê-lo esperar indefinidamente na entrada de um parque público. Passaria pelo Jardim de Verão e lhe diria que não poderia ficar. Chegou ao jardim pontualmente.

Andrei não estava lá. Olhou para um lado e outro da doca, cada vez mais escura. Procurou entre as árvores e as sombras. Esperou. Por duas vezes, pediu as horas a um miliciano. Esperou. Não conseguia entender.

Ele não apareceu.

Quando ela finalmente foi para casa, tinha passado uma hora esperando.

Enfiou as mãos dentro dos bolsos, indignada. Não podia se preocupar com Andrei quando pensava em Leo, e no médico, e naquilo que ainda teria que ouvir. Subiu correndo as escadas. Cruzou como uma flecha o quarto de Marisha e abriu a porta de golpe. No divã, com o abrigo branco arrastando no chão, Vava estava nos braços de Leo, e os lábios de ambos, unidos.

Kira ficou de pé olhando para eles tranquilamente, levantando as sobrancelhas com um gesto de interrogação assombrada.

Eles se levantaram. Leo apenas se mantinha de pé. Tinha bebido outra vez. Cambaleava, com seu amargo e desdenhoso sorriso.

O rosto de Vava ficou vermelho-escuro, quase púrpura. Ela abriu sua boca, sufocada, sem emitir qualquer som. E como ninguém dizia uma palavra, gritou, em meio ao silêncio: "Você acha que é terrível, não é? Pois bem, eu também acho! É terrível, é asqueroso! Mas não me importa! Não me importa o que faço! Não me importa! Sou uma miserável? Mas não sou a única! Mas isso não me importa! Não me importa! Não me importa!".

Vava começou a chorar histericamente e saiu depressa, batendo a porta. Os outros dois não se moveram.

Ele zombou: "Bem, diga".

Ela respondeu lentamente: "Não tenho nada a dizer".

"Ouça, talvez você tenha que se acostumar com isso, que você não pode me ter. Porque você não pode. Você não me terá. Você não me terá por muito tempo."

"Leo, o que o médico disse?"

Ele riu: "Muitas coisas".

"O que você tem?"

"Nada. Nada mesmo."

"Leo!"

"Nada... ainda. Mas vou ter. Em algumas semanas. Vou ter."

"O quê, Leo?"

Ele cambaleou um pouco e fez um gesto solene: "Não é grande coisa. Apenas... tuberculose".

* * *

O médico perguntou: "Você é a esposa dele?".

Kira hesitou, e depois respondeu: "Não".

O médico disse: "Entendo...". Então, disse: "Bem, suponho que você tenha direito de saber. O cidadão Kovalensky está em péssimas condições. Chamamos seu quadro de princípio de tuberculose. Agora, ainda pode ser tratada. Em algumas semanas, será muito tarde".

"Em algumas semanas, ele terá... tuberculose?"

"A tuberculose é uma doença séria, cidadã. Na Rússia soviética... é uma doença fatal. É recomendável evitá-la. Se a deixar começar – é improvável que se possa pará-la."

"De que... ele precisa?"

"Descanso. Muito descanso. Sol. Ar fresco. Alimento. Alimento humano. Precisa de um sanatório para o inverno que vem. Mais um inverno em Petrogrado seria tão certeiro como um pelotão de fuzilamento. Terá que mandá-lo para o Sul."

Ela não respondeu nada; mas o médico sorriu ironicamente, pois ouviu a resposta sem palavras e viu os remendos nos sapatos dela.

"Se este jovem é alguém muito valioso para você", disse, "mande-o para o Sul. Se tem alguma possibilidade humana, ou inumana – mande-o para o Sul."

* * *

Kira estava muito calma enquanto caminhava para casa.

Quando chegou, Leo estava de pé junto à janela. Ele se virou lentamente. Seu rosto estava tão profunda e serenamente tranquilo que ele parecia mais jovem; como se tivesse tido sua primeira noite de sono. Perguntou com voz baixa: "Onde você esteve, Kira?".

"No médico."

"Ah, sinto muito. Não queria que soubesse de tudo isso."

"Ele me contou."

"Kira, peço desculpas por ontem. Sobre aquela tonta. Espero que não pense que eu..."

"Claro que não. Eu entendo."

"Acredito que é porque eu estava assustado. Mas não estou – agora. Tudo parece muito mais simples quando se fixa um limite. A coisa a fazer agora, Kira, é não falar disso. Não vamos pensar nisso. Não há nada que possamos fazer, como o médico provavelmente lhe disse. Podemos ainda ficar juntos – por algum tempo. Quando isso se tornar contagioso, bem..."

Ela o observava. Era assim que ele aceitava sua sentença de morte.

Ela disse, séria: "Bobagem, Leo. Você vai para o Sul".

* * *

No primeiro hospital do Estado que visitou, o responsável lhe disse: "Um lugar em um sanatório da Crimeia? Ele não é membro do Partido? E não é membro de um sindicato? E não é funcionário do Estado? Está brincando, cidadã?".

No segundo hospital, o responsável disse: "Temos centenas em nossa lista de espera, cidadã. Membros de sindicatos. Casos graves... Não, não podemos nem registrá-lo".

No terceiro hospital, o responsável se negou a recebê-la.

Havia de se esperar em filas, filas abomináveis de criaturas deformadas, de cicatrizes, e tipoias, e muletas, e feridas abertas, e olhos com curativos cheios de pus, e grunhidos, e gemidos e – junto à fila dos vivos – o fedor do necrotério.

Havia de se visitar os escritórios centrais dos serviços médicos do Estado: longas horas de espera nos corredores sombrios e úmidos que fediam a ácido carbólico e roupa suja. Havia secretários que se esqueciam dos compromissos, e assistentes que diziam: "Sinto muito, cidadã. O próximo, por favor". Havia jovens executivos com pressa, e funcionários que resmungavam: "Eu disse que ele foi embora, já passou do horário, precisamos fechar. Você não pode passar a noite aqui sentada".

Ao final das duas primeiras semanas, ela aprendeu, de forma tão categórica que parecia um tipo de certeza mística, que se alguém padecia de tuberculose, precisava ser membro de um sindicato e obter um despacho sindical para um sanatório sindical.

Havia de se ver funcionários, dar nomes e oferecer cartas de recomendação, pedindo alguma exceção. Havia de se ver chefes sindicais, que escutavam suas súplicas com olhares surpresos e irônicos. Alguns riam, outros davam de ombros e outros chamavam seus assessores para que a escoltassem até a saída. Um disse que podia e que o faria, mas citou uma cifra que ela não teria podido pagar nem com o salário de um ano de trabalho.

Ela estava firme, ereta, e sua voz não tremia, e ela não tinha medo de suplicar. Era a sua missão, seu objetivo, sua cruzada.

Às vezes, ela se perguntava por que as palavras: "Mas ele irá morrer", significavam tão pouco para eles, e por que as palavras: "Mas ele não é um trabalhador sindicalizado", significavam tão pouco para ela, e por que isso parecia tão difícil de explicar.

Ela obrigou Leo a pesquisar também. Ele a obedeceu sem discutir, sem reclamar, sem esperança.

Ela tentou tudo que pôde. Ela pediu ajuda a Victor, que respondeu, dignamente: "Minha querida prima, quero que entenda que minha filiação ao Partido é um dever sagrado que não se pode utilizar para obter vantagens de caráter pessoal".

Ela pediu a Marisha. Marisha riu: "Com todos os nossos sanatórios lotados como barris de arenque, e listas de espera até a próxima geração, e camaradas trabalhadores apodrecendo vivos esperando – e ele nem sequer está doente ainda! Você não se dá conta da realidade, cidadã Argounova?".

Não podia contar com Andrei. Andrei tinha falhado com ela.

Por diversos dias após o encontro que tinha perdido, telefonou várias vezes para Lydia para lhe perguntar o mesmo: "Andrei Taganov esteve aí? Recebeu alguma carta para mim?".

No primeiro dia, Lydia disse: "Não". No segundo dia, Lydia riu e quis saber o que estava acontecendo: era um romance? E disse que contaria para Leo. "Logo Leo, que é tão bonito!" E Kira a interrompeu com impaciência: "Ah, chega de bobagens, Lydia! É importante. Avise-me assim que souber alguma coisa, sim?".

Lydia não soube nada dele.

Uma noite, na casa dos Dunaev, Kira perguntou a Victor, casualmente, se ele vira Andrei Taganov no Instituto. "Claro", disse Victor, "vejo ele todos os dias."

Ela estava magoada. Estava com raiva. Estava desconcertada. O que ela tinha feito? Pela primeira vez, Kira questionou seu próprio comportamento. Tinha feito alguma bobagem naquele domingo no campo? Tentou se lembrar de cada palavra, de cada gesto. Não encontrou nenhuma falha. Ele tinha parecido mais feliz que nunca. Após um tempo, tinha decidido que deveria confiar na amizade deles e lhe dar uma chance para se explicar.

Ela telefonou para ele. Ouviu a velha voz da senhoria gritando: "Camarada Taganov!"; e gritava com uma entonação assertiva que fazia pensar que ele estava ali. Houve uma longa pausa, e a senhoria voltou e perguntou: "Da parte de quem?"; e, antes de Kira pronunciar a última sílaba de seu nome, ouviu a senhoria gritar: "Não está em casa!"; em seguida, desligou o telefone de golpe.

Kira também desligou de golpe. Ela decidiu esquecer Andrei Taganov.

* * *

Demorou um mês, mas, ao final dele, ela se convenceu de que as portas dos sanatórios do Estado estavam fechadas para Leo e que ela não poderia abri-las.

Havia sanatórios privados na Crimeia. Os sanatórios privados custavam dinheiro. Ela conseguiria o dinheiro.

Kira marcou uma reunião com o camarada Voronov e pediu um adiantamento de salário, um adiantamento de seis meses – apenas o suficiente para interná-lo. O camarada Voronov sorriu levemente e lhe perguntou como ela podia ter tanta certeza de que continuaria trabalhando mais um mês ali, isso para não falar de outros seis.

Ela visitou o doutor Milovsky, o pai de Vava, o seu conhecido mais rico, cuja conta bancária tinha sido celebrada por muitos fofoqueiros invejosos. A cara do dr. Milovksy ficou muito vermelha, e suas mãos rechonchudas gesticulavam para Kira, histéricas, como se quisessem espantar um fantasma: "Minha querida jovem, minha querida jovem, que diabos a fez pensar que eu era rico ou algo assim? Ha, ha. Muito engraçado. Um capitalista ou algo assim. Ha, ha. Apenas subsistimos, com o justo, vivo de meu esforço, como os proletários, digamos, apenas subsisto, diria eu, e isso é tudo: com o justo".

Kira sabia que seus pais não tinham nada. Perguntou se eles podiam tentar ajudá-la. Galina Petrovna chorou.

Ela perguntou a Vasili Ivanovitch. Ele ofereceu a ela sua última posse – o velho casaco de pele de Maria Petrovna. O valor do casaco não bastava nem para a passagem para a Crimeia. Ela não aceitou.

E ela sabia que Leo ficaria ofendido, mas escreveu para a tia dele em Berlim. Em sua carta, disse: "Escrevo, porque o amo muito, e suponho que você também deva amá-lo um pouco". Não recebeu resposta.

Através de misteriosos e sigilosos murmúrios, mais misteriosos e sigilosos que a GPU, que os vigiava atentamente, ela descobriu que se podia pegar dinheiro emprestado, em segredo e com altos juros, mas que era possível. Descobriu um nome e um endereço. Ela foi à banca de um comerciante privado em um mercado, onde um homem gordo se curvou em direção a ela, nervoso, sobre um balcão repleto de lenços vermelhos e meias de algodão. Ela sussurrou um nome. Ela disse um valor.

"Negócios?", ele suspirou. "Especulação?"

Ela sabia que era melhor dizer "sim". Bem, disse ele, isso poderia ser feito. Os juros eram de 25% ao mês. Ela assentiu com a cabeça, ansiosa. Que tipo de garantia a cidadã poderia oferecer? Garantia? Certamente ela sabia que não lhe emprestariam dinheiro por conta de sua beleza. Peles ou diamantes serviriam; boas peles e quaisquer tipos de diamantes. Ela não tinha nada a oferecer. O homem se afastou como se nunca tivesse falado com ela em sua vida.

No caminho de volta ao tranvia, através dos corredores estreitos e enlameados entre as bancas do mercado, ela parou, atônita; em uma pequena banca de aspecto próspero, atrás de um balcão cheio de fatias de pão fresco, presunto defumado e bolas amarelas de manteiga, viu uma cara conhecida: grossos lábios vermelhos sob um nariz chato com narinas amplas e verticais. Lembrou-se do especulador do trem da estação Nikolaevsky, com o casaco forrado de pele que cheirava a azeite de cravo. Ele havia progredido na vida. Sorria para os clientes sob uma cortina de salames.

No caminho de volta para casa, lembrou-se de alguém que tinha dito: "Ganho mais dinheiro do que posso gastar comigo mesmo". Alguma coisa ainda importava? Ela iria ao Instituto e tentaria falar com Andrei.

Trocou de tranvia para chegar ao Instituto. Ela viu Andrei vindo por um corredor e ele olhava para ela diretamente, de modo que os lábios dela começaram a formar um sorriso para cumprimentá-lo, mas, de repente, ele se virou e entrou em um auditório, batendo a porta com força.

Ela ficou ali petrificada, sem se mover, por um longo tempo.

Quando chegou em casa, Leo estava de pé no meio do quarto, com um papel amassado em sua mão, seu rosto distorcido pela raiva.

"Com que direito...?", gritou ele. "Então, você está se metendo nos meus assuntos agora? Escrevendo cartas? Quem lhe pediu para escrever?"

Sobre a mesa, ela viu um envelope com um selo alemão. O destinatário era Leo. "O que ela diz, Leo?"

"Você quer saber? Você realmente quer saber?"

Ele jogou a carta na cara dela.

Ela apenas se lembraria de uma frase: "Não há nenhuma razão pela qual você deveria esperar alguma ajuda nossa; e menos ainda quando você vive com uma vagabunda sem-vergonha que teve a audácia de escrever para pessoas respeitáveis".

* * *

No primeiro dia chuvoso do outono, uma delegação do Clube de Trabalhadoras Têxteis visitou a Casa do Campesino. A camarada Sonia era membro honorário da delegação. Quando viu Kira junto aos arquivos do escritório da camarada Bitiuk, caiu na gargalhada: "Ora, ora, ora! Uma leal cidadã como a camarada Argounova na Casa do Campesino vermelha!".

"Qual é o problema, camarada?", perguntou a camarada Bitiuk, nervosa e servil. "Qual é o problema?"

"É uma piada", gritou a camarada Sonia, "uma ótima piada!"

Kira encolheu os ombros, resignada; não podia esperar outra coisa.

Quando chegou o momento de reduzir o pessoal da Casa do Campesino e viu seu nome entre aqueles demitidos como "elementos antissociais", não ficou surpresa. Não fazia mais diferença. Gastou a maior parte de seu último salário para comprar ovos e leite para Leo, que ele nem tocou.

* * *

Durante o dia, Kira estava tranquila, com a calma de um rosto vazio, de um coração vazio, de uma mente vazia de todos os pensamentos, exceto um. Ela não tinha medo, pois sabia que Leo tinha que ir para o Sul, e ele iria, e ela não podia duvidar disso, de modo que não tinha nada a temer.

Mas daí a noite chegou.

Sentia o corpo dele, gelado e úmido, próximo ao dela. Ela o ouvia tossir. Às vezes, dormindo, a cabeça dele caía sobre o ombro dela, e jazia ali, confiante e impotente como uma criança, e sua respiração parecia um gemido.

Ela viu a bolha vermelha nos lábios agonizantes de Maria Petrovna, e ouviu seu grito: "Kira! Eu quero viver! Eu quero viver!".

Ela conseguia sentir a respiração quente e ofegante de Leo em seu pescoço.

Então, já não sabia se era Maria Petrovna ou Leo gritando quando já era muito tarde: "Kira! Eu quero viver! Eu quero viver!".

Estava enlouquecendo? Era tão simples: precisava de dinheiro; uma vida, a vida *dele* – e dinheiro.

"Ganho mais dinheiro do que posso gastar comigo mesmo."

"Kira! Eu quero viver! Eu quero viver!"

* * *

Ela tentou conseguir dinheiro pela última vez.

Estava caminhando por uma rua escorregadia devido às chuvas do outono, em cujas calçadas escuras se fundiam as luzes amarelas. O médico dissera que cada semana era crucial; agora, cada dia contava. Viu uma limusine reluzente parar em um bloco de luz alaranjado, em frente ao teatro. Dela saiu um homem; seu casaco de pele brilhava como os para-lamas de seu carro. Ela se interpôs em seu caminho. Sua voz era firme e clara:

"Por favor! Quero falar com você. Preciso de dinheiro. Não o conheço. Não tenho nada a oferecer. Sei que não se deve fazer isso. Mas você entenderá, porque é muito importante. É para salvar uma vida."

O homem parou. Jamais ouvira uma súplica que fosse uma ordem. Virando os olhos com um gesto valorativo, perguntou: "De quanto você precisa?".

Ela respondeu.

"O quê?", disse, engasgando-se. "Por uma noite? As suas irmãs ganham isso em uma vida inteira!"

Ele não conseguiu entender por que aquela garota estranha deu a volta e atravessou a rua depressa, passando por cima das poças, como se ele fosse sair correndo atrás dela.

* * *

Ela fez uma última súplica ao Estado.

Foram necessárias muitas semanas de telefonemas, cartas, introduções, secretários e assistentes, mas conseguiu uma reunião com um dos funcionários mais poderosos de Petrogrado. Ela iria vê-lo em pessoa, cara a cara. Ele conseguiria isso. Entre ele e o poder que poderia utilizar, interpunha-se apenas a habilidade dela para convencê-lo.

O oficial estava sentado em sua mesa. Uma grande janela surgia atrás dele, que permitia a entrada de um fio de luz, criando a atmosfera de uma catedral. Kira estava de pé, em frente a ele. Ela olhou diretamente para ele; seus olhos não eram hostis, nem suplicantes, mas claros, confiantes e serenos; sua voz era muito tranquila, muito pura, muito jovem.

"Camarada comissário, veja bem, eu o amo. E ele está doente. Sabe o que é a doença? É algo estranho que toma conta de seu corpo e que você não consegue impedir. E, então, ele morre. E agora a vida dele depende de algumas palavras e de uma folha de papel – e isso é muito simples quando se vê as coisas como são – é apenas algo feito por nós, e talvez acertemos, e talvez erremos, mas o risco que corremos é desesperador, certo? Não querem enviá-lo para um sanatório porque não escreveram o nome dele em uma folha de papel com muitos outros nomes, chamando isso de filiação a um sindicato. É apenas tinta, sabe, e papel, e algo que pensamos. Você pode escrever nele e rasgá-lo em pedaços, e reescrevê-lo. Mas o outro – aquilo que toma conta do seu corpo – você não consegue impedi-lo. Você não faz perguntas sobre isso. Camarada comissário, sei que são importantes essas coisas como o dinheiro, os sindicatos, e aqueles papéis, e tudo. E se alguém precisa sofrer e se sacrificar por eles, eu não me importo. Eu não me importo se tiver que trabalhar vinte e quatro horas por dia. Não me importo se meu vestido está velho, como está. Não olhe para o meu vestido, camarada comissário, sei que é feio, mas não me importo. Talvez nem sempre tenha entendido vocês, e todas aquelas coisas, mas posso ser obediente e aprender. É só que, quando se trata da própria vida, camarada comissário, temos de ser sérios, certo? Não podemos deixar aquelas coisas tirarem uma vida. Uma assinatura sua – e ele poderá ir para um sanatório, e não terá que morrer. Camarada comissário, se simplesmente pensarmos nas coisas, calma e tranquilamente – como são – sabe o que é a morte? Sabe que a morte é o nada, o nada em absoluto, o nunca, o jamais, não importa o que fizermos? Não compreende por que ele não pode morrer? Eu o amo. Todos nós temos que sofrer. Todos nós temos coisas que queremos, mas que são tiradas de nós. Está bem. Mas – como somos seres vivos – há algo em nosso interior, algo como a própria essência da vida condensada – e *aquilo* não deveria ser tocado. Compreende, não? Bem, ele é isso para mim, e vocês não podem tirar isso de mim, porque vocês não podem me permitir estar aqui, e olhar para vocês, falando, respirando e me mexendo, para depois me dizerem que o tirarão de mim. Não estamos loucos, nenhum dos dois, certo, camarada comissário?"

O camarada comissário disse: "Morreram cem mil trabalhadores na Guerra Civil. Por que – em face da União das Repúblicas Socialistas Soviéticas – não pode morrer um aristocrata?".

Kira voltou andando para casa muito lentamente e observou a cidade escura. Olhou para as calçadas brilhantes construídas para muitos milhares de sapatos velhos; para os tranvias que levavam os homens; para os cubículos de pedra onde os homens entravam furtivamente à noite; para os cartazes que vociferavam o que os homens sonhavam e o que os homens comiam; e se perguntou se alguns desses milhares de olhos ao seu redor viam o que ela via, e por que ela tinha tido que vê-lo.

* * *

Porque:

Em uma cozinha do quinto andar, uma mulher se inclinava sobre um fogão que soltava fumaça e mexia o repolho em um caldeirão, e o repolho fedia, e a mulher piscava, e se queixava de dor nas costas, e coçava sua cabeça com a colher;

Porque:

Em um canto de uma taverna, um homem se apoiava na bancada e levantava um copo de cerveja espumante, e caía espuma no chão e em suas calças, e ele se levantava e cantava uma canção alegre;

Porque:

Em uma cama branca, sobre lençóis brancos manchados de amarelo, uma criança dormia e choramingava nos sonhos, com o nariz molhado;

Porque:

Sobre um saco de farinha no sótão, um homem tirou as calças de uma mulher e mordeu seu pescoço, e eles rolaram, gemendo, sobre sacos de farinha e batatas;

Porque:

No silêncio de muros de pedras pelos quais pingava lentamente a umidade gelada, uma silhueta se ajoelhava frente a um crucifixo dourado e em sua exaltação levantava os braços trêmulos e sua pálida testa contra o chão frio de pedra;

Porque:

No meio do ruído das máquinas que giravam barras de aço e gotas de gordura fervente, os homens agitavam seus vigorosos braços e assopravam, empurrando seus peitos musculosos, brilhantes pelo suor, e faziam sabão;

Porque:

Em banheiros públicos, vapor vinha de caldeirões de cobre, e os corpos vermelhos e gelatinosos se sacudiam e esfregavam com sabão, suspirando e se contorcendo, tentando rasgar as costas úmidas, enquanto caía a água suja e borbulhante pelo chão até o esgoto...

Leo Kovalensky estava condenado à morte.

# XVII

ERA SUA ÚLTIMA CHANCE E TINHA QUE APROVEITÁ-LA.

Uma casa modesta estava à sua frente, em uma rua modesta isolada na escuridão. Uma velha senhoria abriu a porta e olhou para Kira com suspeita: o camarada Taganov não recebia visitas femininas. Mas não disse nada e, arrastando os pés, guiou Kira por um corredor, então parou, apontou para uma porta e se foi.

Kira bateu.

A voz dele disse: "Entre".

Ela entrou.

Ele estava sentado em sua mesa e estava a ponto de se levantar, mas não o fez. Ele se sentou olhando para ela, e então se levantou bem devagar, tão devagar que ela se perguntou por quanto tempo ela tinha ficado ali, na porta, enquanto ele se levantava sem deixar de olhar para ela.

Então, ele disse: "Boa noite, Kira".

"Boa noite, Andrei."

"Tire o seu casaco."

De repente, ela ficou assustada, desconfortável, confusa; perdeu toda a segurança ressentida e hostil que a havia levado ali; obedientemente, tirou seu casaco e jogou seu chapéu na cama. Era um quarto grande, vazio, com paredes caiadas, uma estreita cama de ferro, uma mesa, uma cadeira, uma cômoda, sem quadros, sem cartazes, mas livros, um mar de livros, papéis e jornais espalhados pela mesa, pela cômoda, pelo chão.

Ele disse: "Está frio hoje à noite, não?".

"Está frio."

"Sente-se."

Kira sentou-se junto à mesa. Ele se sentou na cama, suas mãos sobre seus joelhos. Ela preferia que ele não a olhasse assim, cada segundo de cada longo minuto. Mas Andrei disse calmamente: "Como você tem estado, Kira? Parece cansada".

"Estou um pouco cansada."

"Como está o seu trabalho?"

"Não está."

"O quê?"

"Redução de pessoal."

"Ah, Kira, sinto muito. Conseguirei outro para você."

"Obrigada, mas não sei se preciso de um. E o seu trabalho?"

"Na GPU? Tenho trabalhado muito. Buscas, detenções. Você ainda não tem medo de mim, não é?"

"Não."

"Eu não gosto de buscas."

"Você gosta de detenções?"

"Não me importo – quando é necessário."

Ficaram em silêncio, e então ela disse:

"Andrei, se eu lhe deixo desconfortável, vou embora."

"Não! Não vá. Por favor, não vá." Ele tentou rir. "Me deixa desconfortável? O que lhe faz pensar isso? Só estou... só estou um pouco envergonhado... Meu quarto... não está em condições de receber uma convidada."

"Ah, é um quarto bonito. Grande. Iluminado."

"Veja, estou tão pouco em casa que, quando estou, só tenho tempo para me jogar na cama, sem notar o que está ao meu redor."

"Ah."

Ficaram em silêncio.

"Como está a sua família, Kira?"

"Está bem, obrigada."

"Vejo muito o seu primo, Victor Dunaev, no Instituto. Você gosta dele?"

"Não."

"Nem eu."

Ficaram em silêncio.

"Victor se filiou ao Partido", disse Kira.

"Eu votei contra, mas a maioria estava ansiosa para admiti-lo."

"Fico feliz que tenha votado contra ele. Ele é o tipo de homem do Partido que desprezo."

"Que tipo de homem do Partido você não despreza, Kira?"

"O seu tipo, Andrei."

"Kira..." Quis começar uma frase, mas parou na primeira palavra.

Ela disse, resoluta: "Andrei, o que eu fiz?".

Ele olhou para ela, e franziu a testa, e desviou o olhar, balançando a cabeça lentamente: "Nada", disse ele. E, então, de repente, perguntou: "Por que você veio?".

"Passou muito tempo desde a última vez que o vi."

"Dois meses, depois de amanhã."

"A menos que tenha me visto no Instituto três semanas atrás."

"Eu a vi."

Ela esperou, mas ele não deu explicações; e ela tentou ignorá-lo, as palavras dela quase uma súplica: "Vim porque pensei... porque pensei que você talvez quisesse me ver".

"Não queria ver você."

Ela se levantou.

"Não vá, Kira!"

"Andrei, eu não entendo!"

Ele se levantou e a encarou. Sua voz era monótona e severa como um insulto: "Não queria que você entendesse. Não queria que soubesse. Mas se quer ouvi-lo, ouvirá. Nunca quis voltar a vê-la. Porque...". Sua voz foi como uma chicotada. "Porque eu a amo."

As mãos dela desabaram e bateram contra a parede. Ele continuou: "Não diga. Eu sei o que você vai dizer. Eu já disse a mim mesmo diversas vezes. Eu sei cada palavra. Mas é inútil. Eu sei que deveria estar envergonhado, e estou, mas é inútil. Eu sei que gostou de mim e confiou em mim, porque éramos amigos. Foi belo e raro, e você tem todo o direito de me odiar".

Ela permaneceu apoiada na parede, sem se mover.

"Quando você entrou, eu pensei: 'Mande-a embora'. Mas eu sabia que, se você fosse embora, eu correria atrás de você. Eu pensei: 'Não direi uma palavra'. Mas eu sabia que você saberia disso antes de ir embora. Eu te amo. Eu sei que pensaria melhor de mim se eu dissesse que a odeio."

Ela não disse nada; encolheu-se contra a parede, seus olhos arregalados, com o olhar sem qualquer compaixão por ele, mas uma súplica por sua compaixão por ela.

"Está com medo? Entende por que eu não podia vê-la? Eu sabia o que você sentia por mim e o que nunca poderia sentir. Sabia o que você diria, como seus olhos me veem. Quando começou? Não sei. Só sei que isso tem que acabar – porque eu não consigo mais suportar. Vê-la, rir contigo, falar do futuro da humanidade – e pensar apenas em quando a sua mão tocaria a minha, em seus pés na areia, a pequena sombra em seu pescoço, sua saia flutuando ao vento. Falar sobre o sentido da vida – e me perguntar se poderia ver o seu decote através de sua camisa desabotoada!"

Ela sussurrou: "Andrei... não...".

Não era uma confissão de amor, era a confissão de um crime: "Por que estou lhe contando tudo isso? Não sei. Não estou certo de que realmente estou lhe contando. Gritei para mim mesmo tantas vezes, por tanto tempo! Você não deveria ter vindo. Não sou seu amigo. Não me importa se a machuco. Tudo o que você é para mim é somente isto: eu desejo você".

"Andrei... eu não sabia...", sussurrou ela.

"Eu não queria que soubesse. Tentei me manter distante de você, romper este vínculo. Você não sabe o que isso fez comigo. Houve uma busca. Havia uma mulher. Nós a prendemos. Ela rolou pelo chão, de camisola, até meus pés, rogando por misericórdia. Pensei em você. Pensei em você ali, no chão, de camisola, pedindo, aos gritos, misericórdia, como eu tenho pedido por tantos meses. Eu a possuiria – e não me importaria se fosse no chão, e que aqueles homens estivessem olhando. Depois, talvez, eu atiraria em você, e atiraria em mim mesmo, mas não me importaria, porque seria depois. Pensei que poderia prendê-la, no silêncio da noite, e levá-la para onde eu quisesse – e possuí-la. Eu poderia fazer isso, você sabe. Eu ri da mulher e a chutei. Meus homens ficaram me encarando – nunca tinham me visto fazer aquilo. Levaram a mulher para a prisão, e encontrei uma desculpa para fugir, para ir andando para casa sozinho, pensando em você... Não me olhe assim. Não precisa temer que eu o faça ... Não tenho nada a oferecer. Não posso oferecer a minha vida. Minha vida são 28 anos daquilo que você despreza. E você... você é tudo que sempre esperei odiar. Mas eu a desejo. Eu lhe daria tudo que tenho, tudo quanto possa ter, Kira, por algo que você não pode me dar!"

Ele viu nos olhos arregalados dela um pensamento que não conseguia adivinhar.

Ela disse sem respirar: "O que você disse, Andrei?".

"Eu disse: tudo que tenho por algo que você não pode..."

Havia terror nos olhos dela; terror pela ideia que tinha tido durante um segundo, com tanta clareza. Tremendo, Kira sussurrou: "Andrei, é melhor que eu vá embora... é melhor que eu vá embora agora".

Mas ele a encarava fixamente, aproximando-se dela, perguntando-lhe com uma voz repentinamente muito doce e baixa: "Ou, por acaso, é algo que você... pode Kira?".

Ela não estava pensando nele; ela não estava pensando em Leo. Estava pensando em Maria Petrovna e na bolha vermelha em seus lábios moribundos. Estava pressionada contra a parede, acuada, seus dez dedos abertos na parede branca. A voz dele, a esperança dele a estavam arrastando. Ela se levantou lentamente contra a parede, até sua altura normal e um pouco mais, na ponta dos pés, com a cabeça jogada para trás, para que seu pescoço estivesse ao nível da boca dele, quando disparou: "Eu posso! Eu amo você".

Pareceu-lhe estranho sentir os lábios de um homem que não os de Leo.

Ela disse: "Sim... durante muito tempo... mas não sabia que você também...". Kira sentiu as mãos e a boca, e se perguntou se para ele era um prazer ou uma tortura, e quão fortes seriam seus braços. Esperava que fosse rápido.

* * *

A luz da rua atrás da janela formava um quadrado branco e uma cruz negra na parede, acima da cama. Em contraste com o quadrado branco, ela conseguia ver o rosto dele no travesseiro; ele não se movia. O braço dela, que repousava estendido sobre o corpo nu dele, não sentia nenhum movimento, só o da batida do coração dele.

Ela retirou o cobertor e se sentou, cruzando os braços sobre seus seios, suas mãos apertando seus ombros nus.

"Andrei, estou indo para casa."

"Kira! Agora não. Não esta noite."

"Tenho que ir."

"Quero você aqui. Até o amanhecer."

"Eu tenho que ir. Tem... tem a minha família... Andrei, teremos que manter isso em segredo."

"Kira, você quer se casar comigo?"

Ela não respondeu. Ele sentiu que ela tremia. Ele a fez deitar e a tapou com o lençol até o queixo.

"Kira, por que isso lhe dá medo?"

"Andrei... Andrei... Eu não posso..."

"Eu a amo."

"Andrei... tem a minha família. Você é comunista. Você sabe o que eles são. Precisa entender. Eles já sofreram muito. Se eu me casar com você – será demais para eles. Ou se souberem – sobre isso. Podemos poupá-los. Isso... isso faz alguma diferença para nós?"

"Não. Não se você quiser que seja assim."

"Andrei!"

"Sim, Kira?"

"Você fará qualquer coisa que eu quiser?"

"Qualquer coisa."

"Eu quero apenas uma coisa: o segredo. Absoluto segredo. Você promete?"

"Sim."

"Veja, da minha parte... tem a minha família. Da sua... tem o Partido. Eu não sou... não sou o tipo de... amante que o seu Partido aprovaria. Então, é melhor... Veja: estamos fazendo algo perigoso. Muito perigoso. Quero tentar não permitir que... que isso arruíne as nossas vidas."

"Arruinar nossas vidas? Kira!" Ele ria alegre, pressionando a mão dela em seus lábios.

"É melhor que ninguém saiba disso – nem uma alma, em nenhum lugar – salvo você e eu."

"Não, Kira, eu prometo: ninguém saberá, salvo você e eu."

"E agora eu preciso ir."

"Não. Por favor, não vá embora hoje. Só esta noite. Você pode explicar a eles de algum modo, invente uma desculpa. Mas fique. Não posso deixar que vá... Por favor, Kira... Só quero vê-la aqui quando eu acordar... Boa noite... Kira..."

* * *

Ela permaneceu quieta por muito tempo, até ele adormecer. Então, deslizou sem fazer barulho para sair da cama, prendendo sua respiração, e, com os pés descalços no piso frio, vestiu-se com pressa. Ele não a ouviu abrir a porta e sair.

O vento soprava pelas longas ruas vazias, e o céu estava cor de chumbo. Ela andava depressa. Sabia que havia algo de que tinha de escapar, e tentou se apressar. As janelas mortas, escuras, a observavam, a seguiam, diversas filas delas, em guarda ao longo do caminho. Andou mais rápido. Seus passos ecoavam muito, e todas as casas da cidade lhe devolviam os ecos, ecos que gritavam algo. Andou mais depressa. O vento rodava seu casaco, levantando-o acima dos joelhos, levantando-o por entre suas pernas. Andou mais depressa. Passou pelo cartaz de um trabalhador com uma bandeira vermelha; o trabalhador estava rindo.

De repente, estava correndo, como um raio trêmulo entre vitrines escuras e postes da rua, seu casaco rodando, seus passos golpeando o chão como uma metralhadora, suas pernas brilhando e se fundindo como os raios de uma roda, em um movimento circular que a impulsionava. Ela estava correndo ou voando ou sendo propulsada através do espaço por algo fora de seu corpo, e sabia que estava tudo bem, que tudo ficaria bem se apenas ela pudesse correr cada vez mais rápido.

Subiu as escadas ofegante. Na porta, parou. Ela parou e ficou olhando para a maçaneta, ainda ofegante. E, de repente, ela soube que não podia entrar; que ela não podia enfiar seu corpo no quarto de Leo, em sua cama, próxima de seu corpo. Passou as pontas dos dedos sobre a porta, sentindo--a, acariciando-a inseguramente, porque não podia mais se aproximar dele.

Ela se sentou nas escadas. Sentiu como se pudesse ouvi-lo – em algum lugar atrás da porta – dormindo, respirando com dificuldade. Ela ficou sentada ali por muito tempo, com o olhar vazio.

Quando ela virou a cabeça e viu que o quadrado da janela do corredor era de uma cor azul escura e brilhante, que já não era mais noite, ela se levantou, virou a chave e entrou. Leo estava dormindo. Ela se sentou ao lado da janela, acocorada. Ele não saberia a que horas ela tinha chegado.

* * *

Leo estava indo para o Sul.

Sua mala estava cheia. Sua passagem estava comprada. Seu lugar estava reservado em um sanatório privado em Yalta e um mês pago adiantado.

Ela tinha explicado sobre o dinheiro: "Veja, quando escrevi para sua tia em Berlim, também escrevi para meu tio em Budapeste. Ah, sim, eu tenho um tio em Budapeste. Você nunca me ouviu falar dele porque... veja... houve uma briga de família – e ele deixou a Rússia antes da guerra, e meu pai nos proibiu de mencionar seu nome. Mas ele não é uma pessoa ruim, e ele sempre gostou de mim, então eu escrevi para ele e foi isto que ele mandou, e ele disse que me ajudaria enquanto eu precisasse. Mas, por favor, nunca mencione isso para a minha família, porque meu pai iria... você entende".

Ela se surpreendeu um pouco com o quão simples e fácil era mentir.

Para Andrei, ela disse que sua família estava morrendo de fome. Não teve que pedir: ele lhe deu todo o seu salário do mês e disse que lhe deixasse apenas o que sobrasse. Ela esperava isso, mas não foi fácil ver as notas em sua mão; então, ela se lembrou do camarada comissário e de por que um aristocrata poderia morrer em nome da URSS – e manteve boa parte do dinheiro, com um sorriso duro e reluzente.

Não tinha sido fácil convencer Leo a ir. Disse que não permitiria que ela ou seu tio o sustentassem. Disse com ternura e disse com fúria. Levou muitas horas e muitas noites. "Leo, seu dinheiro, meu dinheiro ou de quem quer que seja: de verdade, importa? Quem o tornou importante? Mas você quer viver. Eu quero que você viva. Tantas coisas ainda são possíveis para nós. Você me ama. Não me ama o suficiente para viver por mim? Eu sei que será difícil. Seis meses. Todo o inverno. Sentirei a sua falta. Mas podemos fazê-lo... Leo, eu te amo. Amo. Amo. Tantas coisas ainda são possíveis!"

Ela venceu.

O trem sairia às oito e quinze da noite. Às nove, ela encontraria Andrei; pedira a ele que a levasse à inauguração de um novo cabaré.

Leo permaneceu calado quando saíram do quarto deles, e também na carruagem a caminho da estação. Ela o acompanhou até o vagão para ver o banco de madeira onde ele dormiria muitas noites; ela tinha levado um travesseiro para ele e um cobertor xadrez quente. Então, saíram novamente, esperando ao lado do vagão. Eles não tinham nada a dizer.

Quando tocou o primeiro sino, Leo disse: "Por favor, Kira, não façamos nenhuma bobagem quando o trem partir. Não vou olhar pela janelinha. Nada de despedidas, nem de correr atrás do trem, nem nada parecido".

"Não, Leo."

Ela olhou para um cartaz em um poste de aço; prometia uma grande orquestra, foxtrotes estrangeiros e comidas deliciosas na grande inauguração de um cabaré, às nove da noite. Ela disse, surpreendida, atribulada e um pouco assustada, como se se desse conta pela primeira vez: "Leo..., às nove da noite de hoje... você já não estará aqui".

"Não, não estarei."

O terceiro sino tocou.

Ele a abraçou bruscamente, e pressionou os lábios dela em um longo e asfixiante beijo enquanto durou o irritante assovio do trem. Ele sussurrou: "Kira... minha própria e única... eu a amo, a amo tanto...".

Ele subiu os degraus do vagão quando ele começou a se mover, e desapareceu. Ele não foi para a janelinha.

Ela ficou parada e ouviu as correntes de ferro se esticarem, o arranhar das rodas sobre os trilhos, o ronco da locomotiva à distância enquanto o vapor branco se estendia lentamente pelo céu. Os quadrados amarelos das janelas passaram subitamente ao seu lado. A estação fedia a ácido carbólico. De uma viga de aço pendia uma bandeira vermelha descolorida. As janelinhas passavam cada vez mais rápidas, fundindo-se em uma linha amarela.

À frente não havia nada mais que aço, vapor, fumaça e, sob um arco muito distante, um pedaço de céu escuro como um buraco.

E, de repente, ela entendeu que aquilo era um trem, e que Leo estava nesse trem, e que o trem a abandonava. Algo que transcendia o terror, imenso e inominável, algo que não era um sentimento humano, se apoderou dela. Correu atrás do trem. Alcançou um suporte de ferro. Queria pará-lo. Sabia que algo enorme e implacável se movia sobre ela e que tinha que pará-lo, que só ela podia pará-lo, e que não podia. Um puxão a fez cair e rodar pelo chão da plataforma; então, um soldado que vestia um gorro cáqui com uma estrela vermelha a levantou pelos ombros, a tirou do suporte, a jogou para um lado e a afastou do trem com uma cotovelada em seu peito.

O soldado gritou:

"O que pensa que está fazendo, cidadã?"

# PARTE DOIS

# I

ERA SÃO PETERSBURGO; A GUERRA A TRANSFORMOU em Petrogrado; e a Revolução, em Leningrado.

É uma cidade de pedra, e aqueles que vivem nela não pensam em pedras levadas a uma terra verde, empilhadas bloco por bloco para levantar uma cidade, mas em uma grande rocha sobre a qual foram esculpidas ruas, pontes e casas; em terra levada a punhados, espalhada, moída na pedra para lhes lembrar do que há além da cidade.

Suas árvores são os raros forasteiros, estrangeiros nostálgicos em um clima de granito, infeliz e inútil. Seus parques são concessões relutantes. Na primavera, um raro dente-de-leão coloca uma cabeça de cor amarelo vivo entre as pedras de seus aterros, e os homens sorriem para ele, incredulamente e condescendentemente, como para uma criança insolente. A primavera não surge do solo; suas primeiras violetas, e tulipas muito vermelhas, e jacintos muito azuis aparecem nas mãos dos homens, nas esquinas das ruas.

Petrogrado não nasceu; ela foi criada. A vontade de um homem a erigiu onde os homens não optaram por se estabelecer. Um imperador implacável ordenou a origem da cidade e do solo abaixo dela. Os homens trouxeram terra para cobrir um pântano onde não havia qualquer ser vivo senão mosquitos. E, como mosquitos, homens morriam e caíam no lodaçal onde trabalhavam. Não houve qualquer mão voluntária para construir a nova capital. Ela foi levantada pelo trabalho de soldados, milhares de soldados, regimentos que recebiam ordens e não podiam se negar a encarar um inimigo mortal:

o fuzil ou o pântano. Caíam, e a terra que levaram e seus ossos formaram o solo da cidade. "Petrogrado foi construída sobre esqueletos", dizem seus habitantes.

Petrogrado não tem pressa; não é preguiçosa; é gentil e lúdica, conforme a liberdade de suas ruas largas. É uma cidade que se jogou entre os pântanos e as florestas de pinheiros, luxuosamente, com os braços abertos. Suas praças são campos asfaltados; suas ruas são tão extensas quanto os afluentes do Neva, o rio mais largo que já cruzou uma grande cidade.

Na Nevsky, a principal avenida da capital, as casas foram construídas pelas gerações do passado para as gerações futuras. São impassíveis e imutáveis como fortalezas; seus muros são grossos e suas janelas são camadas de nichos profundos que se elevam sobre as calçadas de granito marrom-avermelhado. A partir da estátua de Alexandre III, um imenso homem cinza sobre um imenso cavalo cinza, estendem-se trilhos prateados, tensos e retos, até o distante edifício do Almirantado, com sua colunata branca e seu pináculo dourado erigidos como a coroa, o símbolo, a marca registrada da Nevsky, por cima do horizonte descontínuo no qual cada torre, sacada e gárgula arqueados sobre a rua são traços atemporais de um rosto de pedra congelada.

Uma cruz dourada em uma cúpula dourada se eleva em direção às nuvens na metade da Nevsky, sobre o palácio Anichkovsky, um bloco vermelho e liso cortado por janelas cinzas nuas. E mais adiante, para além do palácio, uma carruagem levanta ao céu as cabeças negras de seus cavalos rampantes, seus cascos pairando sobre a rua, sobre as majestosas colunas do teatro Alexandrinsky. O palácio parece uma caserna; o teatro parece um palácio.

Aos pés do palácio, a Nevsky é cortada por um riacho, e uma ponte se arqueia sobre suas águas turbulentas e lodosas. Quatro estátuas negras se elevam nos quatro cantos da ponte. Podem ser apenas uma casualidade e um adorno; podem ser o próprio espírito de Petrogrado, a cidade levantada pelo homem contra a vontade da natureza. Cada estátua contém um homem e um cavalo. Na primeira, os furiosos cascos de uma besta rampante estão suspensos no ar, prestes a pisotear o homem, ajoelhado e nu, seu braço esticado em uma tentativa desesperada de agarrar as rédeas do monstro. Na segunda, o homem está apoiado em um joelho, com seu torso jogado para trás; os músculos de suas pernas, de seus braços, de seu corpo parecem prontos a explodir através de sua pele, enquanto ele segura as rédeas, no momento supremo da luta. Na terceira, estão frente a frente, o homem de pé, com a cabeça ao nível das narinas de uma besta assustada ao reconhecer pela primeira vez o seu mestre. Na quarta, a besta está domesticada, trota obedientemente, guiada pela mão do homem, que é alto, ereto e tranquilo em sua vitória, seguindo em frente com confiança serena, sua cabeça elevada e seus olhos fixos em um futuro insondável.

Nas noites de inverno, cordões de grandes globos brancos são acendidos na Nevsky; a neve cintila sobre as luzes brancas como cristais de sal; os faróis coloridos dos tranvias – vermelhos, verdes, amarelos – piscam à distância, flutuando em uma suave escuridão; e, através dos cílios umedecidos pelo gelo, os globos brancos parecem cruzes projetadas em um céu negro.

Nevsky começa na costa do Neva, em um cais tão bem-acabado e perfeito quanto uma sala de visitas, com um parapeito de granito vermelho e uma fileira de palácios, de ângulos retos, de janelas altas, de colunas e balaústres imaculados, sérios, harmoniosos e luxuosamente austeros em sua graça masculina.

Separadas pelo rio, a maior mansão de Petrogrado, o Palácio de Inverno, encara a maior prisão de Petrogrado, a Fortaleza de São Pedro e São Paulo. Os czares viviam no Palácio de Inverno; quando faleciam, cruzavam o Neva: na catedral da Fortaleza, lajes brancas se erigiam sobre suas tumbas. A prisão ficava atrás da catedral. Os muros da Fortaleza vigiavam os czares mortos e seus inimigos vivos. Nos longos e silenciosos salões do palácio, espelhos elevados refletiam os muros atrás dos quais homens eram esquecidos, vivos por décadas em solitárias tumbas de pedra.

Pontes se erguem sobre o rio, como longas corcovas de aço, com tranvias rastejando lentamente até a metade e rolando rapidamente, trepidando, até a outra costa. A margem direita, depois da Fortaleza, é uma rendição gradual da cidade àquela terra, àquele campo que a expulsou; a Kamenostrovsky, uma avenida ampla, tranquila e interminável, é como um rio cheio de fragrâncias de um mar futuro, uma rua onde cada passo é uma previsão do país que está por vir. A avenida, a cidade e o rio terminam nas Ilhas, onde o Neva se divide entre pedaços de terra unidos por delicadas pontes, onde pesados cones brancos em camadas com as beiras verde-escuro se elevam sobre o profundo silêncio da neve; os ramos de pinheiros e as pegadas dos pássaros são os únicos sons que rompem a desolação branca; e, para além da última ilha, o céu e o mar são uma aquarela inacabada de um tom cinza suave em que uma faixa esverdeada se espalha para marcar um horizonte futuro.

Mas Petrogrado também tem ruelas. As ruelas de Petrogrado são de uma pedra incolor que a chuva mesclou com o cinza das nuvens do céu e da lama da calçada. São nuas como os corredores de uma prisão; cruzam-se em esquinas vazias de edifícios retangulares que parecem presídios. Velhos portões são trancados à noite sobre sulcos cheios de lama. Pequenas lojas se entristecem com letreiros descoloridos sobre vitrines turvas. Pequenos parques asfixiam-se com a relva tuberculosa que foi, durante um século, lodo, pó e lodo outra vez. Parapeitos de ferro protegem canais de água engrossada por resíduos. Nas esquinas escuras, ícones enferrujados da Virgem estão pregados sobre caixas de estanho esquecidas, pedindo esmolas para orfanatos.

Mais ao norte do Neva, surgem florestas de chaminés de tijolos vermelhos, expelindo uma nuvem negra sobre velhas casas de madeira encurvadas, sobre uma passarela de lenhas podres carcomidas no rio plácido e indiferente. A chuva cai lentamente através da fumaça; chuva, fumaça e pedra são o tema musical da cidade.

Os habitantes de Petrogrado se perguntam, às vezes, que estranhos laços os unem. Após o longo inverno, maldizem a lama e a pedra, e clamam pelas florestas de pinheiros; fogem da cidade como de uma madrasta odiosa; fogem para a relva e a areia, e para as cintilantes capitais da Europa. E, como para uma amante invencível, voltam no outono, sedentos pelas ruas amplas, os tranvias barulhentos e as pedras arredondadas, serenos e aliviados, como se a vida voltasse a começar. "Petrogrado é a única *Cidade*", eles dizem.

Cidades crescem como florestas, como ervas daninhas. Petrogrado não cresceu. Foi criada e concluída. Petrogrado não conhece a natureza. Foi obra do homem.

A natureza comete erros e assume riscos; mescla suas cores e não conhece muitas linhas retas. Mas Petrogrado é uma obra do homem que sabe o que quer.

A grandeza de Petrogrado está intacta; sua miséria, não aliviada. Suas facetas são clara e bruscamente talhadas; elas são premeditadas, exatas com a franca perfeição da obra do homem.

Cidades crescem com um povo, lutam por um lugar entre as mais importantes, e sobem lentamente os degraus dos anos. Petrogrado não subiu. Nasceu para estar nas alturas. Recebeu a ordem de dar ordens. Era uma capital antes de sua primeira pedra ser colocada. Era um monumento ao espírito do homem.

Povos não sabem nada sobre o espírito do homem, pois povos são apenas natureza, e homem é uma palavra que não tem plural. Petrogrado não é do povo. Não tem lenda nem folclore; não é glorificada em canções anônimas ao longo de estradas sem nome. É uma forasteira, distante, incompreensível, intimidante. Nenhum peregrino jamais viajou até seus portões de granito. Os portões nunca foram abertos com cálida compaixão para os humildes, os feridos e os mutilados, como as portas da amável Moscou. Petrogrado não precisa de uma alma; ela tem uma mente.

E talvez seja apenas uma coincidência que no idioma dos russos Moscou seja "ela", enquanto Petrogrado sempre foi "ele".

E talvez seja apenas uma coincidência que aqueles que tomaram o poder em nome do povo tenham transferido sua capital da mais soberba e aristocrata das cidades para a modesta Moscou.

Em 1924, um homem chamado Lênin morreu, e se ordenou que a cidade fosse chamada de Leningrado. A revolução também trouxe cartazes para os muros da cidade, bandeiras vermelhas para suas casas, e cascas de sementes de girassol para suas pedras arredondadas. Ela cravou um poema proletário no pedestal da estátua de Alexandre III, e enfiou um trapo vermelho na mão de Catarina II, em um pequeno jardim fora da Nevsky. Chamou Nevsky de "avenida do 25 de Outubro", e Sadovaia, uma de suas travessas, "rua do 3 de Julho", em honra das datas que ela queria que fossem lembradas; e na intersecção, condutoras robustas vociferavam para os tranvias lotados: "Esquina de 25 de Outubro com 3 de Julho! Última parada para os bilhetes amarelos! Nova tarifa, cidadãos!".

No início do verão de 1925, a Companhia Estatal de Têxteis lançou novas estampas de algodão. E as mulheres sorriam nas ruas de Petrogrado, mulheres que trajavam vestidos feitos com materiais novos pela primeira vez em muitos anos.

Mas havia apenas meia dúzia de estampas na cidade. Mulheres de xadrez preto e branco passavam ao lado de mulheres de xadrez preto e branco;

mulheres de branco com bolinhas vermelhas encontravam mulheres de branco com bolinhas verdes; mulheres com espirais azuis em um vestido cinza encontravam mulheres com as mesmas espirais em marrom em um vestido marrom-claro. Elas passavam como as internas de um imenso orfanato, carrancudas, amuadas, desconfortáveis, perdendo toda a alegria de seus novos vestidos.

Em uma loja na Nevsky, a Companhia Estatal de Porcelana exibia um deslumbrante conjunto de porcelanas de valor incalculável, um jogo de chá branco com modernas e estranhas flores borradas, gravadas em finas linhas negras pelas mãos de um famoso artista novo. O jogo estava ali há três meses; ninguém conseguia pagar por ele.

As vitrines reluziam com bijuterias estrangeiras – colares de miçangas floreadas, brincos de círculos brilhantes de celuloide –, a última moda, protegidas por um altíssimo preço das mulheres desejosas que paravam para admirá-los.

Em uma travessa da Nevsky, uma livraria estrangeira tinha sido aberta; uma vitrine de dois andares ostentava as brilhantes, radiantes, incríveis capas de livros que tinham cruzado a fronteira.

Toldos deslumbrantes se estendiam pelas amplas e áridas calçadas da Nevsky, e barômetros refulgiam sob o sol com o claro e penetrante brilho de vidro limpo.

Uma imensa faixa de tela de algodão sobre uma fachada apresentava um rosto tenso, os olhos enormes e as mãos largas e finas de um ator famoso, retratado em pinceladas ousadas sob o título de um filme alemão.

Retratos de Lênin observavam os transeuntes de cima – uma cara suspeita com barba curta e olhos orientais estreitos –, cobertas de bandeirolas vermelhas e crepe de luto.

Nas esquinas das ruas, sob o sol, homens em trapos vendiam sacarina e bustos de gesso de Lênin. Pardais piavam nos fios telefônicos. Havia filas nas portas das cooperativas; mulheres tiravam suas jaquetas e, com suas blusas amassadas de mangas curtas, ofereciam seus flácidos e pálidos braços ao primeiro calor do sol de verão.

Havia um cartaz pendurado no alto de uma parede. Nele, um enorme trabalhador levantava um martelo em direção ao céu, e a sombra do martelo caía como uma grande cruz negra sobre os pequenos edifícios da cidade sob suas botas.

Kira Argounova parou ao lado do cartaz para acender um cigarro.

Ela tirou uma caixinha de papel do bolso de seu velho casaco e, com dois dedos retos, rapidamente, sem olhar, levou um cigarro à sua boca. Depois, abriu sua velha bolsa de couro falso e tirou um isqueiro estrangeiro caro gravado com suas iniciais. Acendeu uma pequena chama, soltou um jato de fumaça pelo canto da boca e fechou a bolsa de um golpe ao guardar o isqueiro. Arregaçou o punho desgastado da manga de seu casaco e deu uma olhada no relógio brilhante, que tinha uma fina corrente de ouro. Ela seguiu em frente; os saltos altos de seus sapatos corriam apressados, ecoando pela calçada de granito. Seus sapatos estavam remendados; suas pernas reluziam o puro esplendor de meias de seda estrangeiras.

Ela se dirigiu para um antigo palácio que tinha uma estrela vermelha de cinco pontas sobre a entrada e uma inscrição em letras douradas:

CLUBE DISTRITAL DO PARTIDO COMUNISTA

Suas portas de cristal estavam severa e impecavelmente limpas, mas a fechadura do portal do jardim estava quebrada. Ervas daninhas tinham crescido sobre o que tinham sido trilhas de cascalho, e tocos de cigarro balançavam suavemente em uma fonte abandonada, ao redor de um cupido de mármore abatido com um rastro esverdeado de ferrugem em seu estômago sob a boca seca de uma urna.

Kira cruzou rapidamente os caminhos desertos, através de um espesso e abandonado emaranhado verde que sufocava o ruído dos tranvias do lado de fora; pombas azuis esvoaçavam preguiçosamente nos galhos ao som de seus passos, e uma abelha zunia sobre uma densa mata roxa de trevos. Um grande regimento de carvalhos estendia os braços, ocultando o palácio dos olhos da rua.

Nas profundezas do jardim havia um pequeno pavilhão de dois andares conectado ao palácio pela ponte de uma pequena galeria. As janelas do primeiro andar estavam quebradas e um pardal estava em uma borda do vidro, virando sua cabeça para olhar para as salas vazias e mofadas. Mas, no parapeito de uma janela do segundo andar, repousava uma pilha de livros.

A porta pesada, esculpida à mão, não estava trancada. Kira entrou e subiu impacientemente a longa escadaria. Era uma escadaria bem longa. Subia em linha reta ao segundo andar, um lance interminável de degraus de pedra nua, rachada, e que se esfarelava em pequenos rastros de cascalho. A escadaria tinha tido uma magnífica balaustrada branca, mas estava destruída; buracos vazios se multiplicavam sobre as colunas de mármore irregulares e seus corpos brancos, que ainda jaziam ao pé da escadaria. Ecos vazios reverberavam nas paredes, nos murais de elegantes cisnes brancos em lagos azuis, de grinaldas de rosas, de ninfas sensuais fugindo de sátiros sorridentes; os murais estavam desbotados e cortados pelos talhos de gesso descascado.

Kira bateu na porta ao topo da escadaria.

Andrei Taganov abriu a porta e recuou, surpreso; seus olhos se arregalaram com o olhar lento e incrédulo de um homem que vê um milagre que não poderia se tornar habitual; ele se esqueceu de se mover, permaneceu na frente dela, com a gola da camisa aberta sobre sua garganta bronzeada.

"Kira!"

Ela riu, uma risada clara e metálica: "Como você está, Andrei?".

Ele a tomou lentamente, suavemente, pelos ombros, tão suavemente que ela não sentia as mãos dele, apenas sua força, sua vontade a agarrando, inclinando-a para trás; mas seus lábios sobre os dela eram brutais, incontroláveis. Seus olhos estavam fechados; os dela estavam abertos, olhando indiferentemente para o teto.

"Kira, eu não a esperava até a noite."

"Eu sei. Mas você não vai me expulsar, vai?"

Ela se pôs de lado, adiantando-se a ele através da pequena e sombria entrada para o quarto dele, jogando sua bolsa em uma cadeira, seu chapéu em uma mesa, com imperiosa familiaridade.

Só Kira sabia por que Andrei Taganov tinha precisado economizar naquele inverno; por que tinha precisado se privar de seu quarto e se mudar para uma ala abandonada do palácio que o Clube do Partido não podia usar e que tinha lhe cedido gratuitamente.

Este havia sido o ninho secreto dos amores de um príncipe. Muitos anos antes, um esquecido soberano tinha esperado ali os passos leves e sigilosos e o farfalhar de uma saia de seda subindo a longa escadaria de mármore. Seus magníficos móveis tinham desaparecido; mas restavam as paredes, a lareira e o teto.

As paredes eram cobertas por um brocado branco bordado à mão com delicadas grinaldas de folhas azuis e prateadas. Uma fileira de cupidos de mármore com grinaldas e cornucópias que jorravam flores brancas geladas rodeava a cornija. Uma Leda de mármore reclinava-se voluptuosamente no abraço de asas brancas sobre a lareira. E, do azul suave de um céu pintado no teto, entre nuvens pálidas e macias, pombas brancas – que tinham assistido a longas noites de orgias luxuriosas – olhavam agora para uma cama de ferro, cadeiras quebradas, uma longa mesa sem pintura cheia de livros com capas vermelhas brilhantes, caixas de madeira empilhadas como uma cômoda, cartazes de soldados do Exército Vermelho escondendo as fendas do brocado branco, e uma jaqueta de couro pendurada num prego em um canto.

Kira disse, em tom peremptório: "Vim lhe dizer que não posso vir nesta noite".

"Ah... Não pode, Kira?"

"Não, não posso. Não seja dramático. Aqui, eu trouxe algo para animá-lo."

Ela tirou um pequeno brinquedo de seu bolso, um tubo de vidro que terminava em uma esfera cheia de um líquido vermelho no qual flutuava uma figurinha negra e trêmula.

"O que é isso?"

Ela segurava a esfera com o punho fechado, mas a figurinha não se movia. "Eu não sei fazer. Tente. Segure assim."

Ela fechou seus dedos ao redor da esfera. Nenhuma expressão, nenhum movimento dele revelou a ela, mas Kira sabia que Andrei não era indiferente ao toque de seus dedos sobre os dele, que todo o inverno passado não bastara para torná-lo acostumado e indiferente. O líquido vermelho no tubo vedado começou repentinamente a borbulhar com fúria, fervendo; a figurinha negra e chifruda começou a saltar estaticamente para cima e para baixo, através da tempestade.

"Vê? Eles o chamam de 'O Residente Americano'. Eu o comprei em uma esquina. Legal, não é?"

Ele sorriu e observou o diabinho dançar. "Muito legal... Kira, por que não pode vir hoje à noite?"

"São... alguns assuntos que preciso resolver. Nada sério. Você se importa?"

"Não, não se é uma coisa que realmente precisa resolver. Pode ficar agora?"

"Só um pouco." Ela tirou seu casaco e o jogou sobre a cama.

"Ah, Kira!"

"Gostou? Isso é culpa sua. Você insistiu que eu comprasse um vestido novo."

O vestido era vermelho, muito simples, muito curto, com acabamento de couro preto envernizado: um cinto, quatro botões, uma gola redonda lisa e um laço enorme. Ela estava de pé, encostada à porta, um pouco relaxada, repentinamente muito frágil e jovem, um vestido de criança grudado em um corpo que parecia tão indefeso e inocente como o de uma criança, seu cabelo emaranhado jogado para trás, sua saia elevada sobre as pernas esguias bem fechadas, seus olhos redondos e sinceros, mas seu sorriso zombeteiro e confiante, seus lábios úmidos, abertos. Andrei ficou olhando para Kira, assustado com uma mulher que parecia mais perigosa, mais desejável do que ele jamais imaginou.

Ela sacudiu a cabeça impacientemente: "E então, você não gostou?".

"Kira, você é... o vestido é... tão belo. Nunca vi um vestido de mulher assim."

"O que você sabe de vestidos de mulher?"

"Ontem folheei uma revista de moda de Paris no Escritório da Censura."

"*Você* folheando uma revista de moda?"

"Estava pensando em você. Queria saber do que as mulheres gostavam."

"E o que você aprendeu?"

"Coisas que eu gostaria que você tivesse. Pequenos chapéus engraçados. E sapatos do tipo sandálias – com nada além de tiras. E joias. Diamantes."

"Andrei! Você não contou para seus camaradas no Escritório de Censura, não é?"

Ele riu, olhando para ela fixamente, incrédulo: "Não. Não contei".

"Pare de me olhar assim. Qual é o problema? Está com medo de se aproximar de mim?"

Os dedos dele tocaram o vestido vermelho. Depois, afundou seus lábios na parte de dentro do cotovelo nu dela.

Ele se sentou no espaço do parapeito da janela, e ela ficou de pé ao lado dele, no círculo fechado de seus braços. Seu rosto não tinha expressão, e apenas seus olhos riam silenciosamente, gritavam silenciosamente o que ele não conseguia dizer.

Depois, seu rosto afundado no vestido vermelho, disse: "Sabe? Fico feliz que você tenha vindo agora, e não à noite. Ainda havia tantas horas para esperar... Nunca a tinha visto assim... Eu tentei ler e não consegui... Virá com este vestido da próxima vez? Foi sua ideia este laço de couro? Por que você parece tão... tão mais adulta em um vestido infantil como este? Gosto desse laço... Kira, sabe, senti tanto a sua falta... Mesmo quando estou trabalhando, eu...".

Os olhos dela eram doces, suplicantes, um pouco assustados: "Andrei, você não deveria pensar em mim quando está trabalhando".

Ele disse lentamente, sem sorrir: "Às vezes, só pensar em você é o que me ajuda no meu trabalho".

"Andrei! Qual é o problema?"

Mas ele estava sorrindo novamente: "Por que não quer que eu pense em você? Lembra que, da última vez que esteve aqui, você me contou que tinha lido um livro com um herói chamado Andrei, e disse que havia pensado em mim? Tenho repetido isso para mim mesmo desde então, e comprei o livro. Sei que não significa muito, Kira, mas... bem... você não diz essas coisas com frequência".

Ela se inclinou para trás, com as mãos cruzadas sobre a nuca, zombeteira e irresistível: "Ah, penso em você tão raramente que me esqueci de seu sobrenome. Espero lê-lo em algum livro. Nossa, eu me esqueci até daquela cicatriz, bem aqui, sobre o seu olho". Ela seguiu com o dedo a linha da cicatriz e o deslizou até sua testa, apagando sua cara fechada; ela estava rindo, ignorando a súplica que havia entendido.

"Kira, custaria tanto assim instalar um telefone em sua casa?"

"Mas eles... nós... não temos tomadas elétricas no apartamento. É realmente impossível."

"Muitas vezes desejei que tivesse um telefone. Então, eu poderia ligar para você... de vez em quando. Às vezes, é muito difícil esperar, simplesmente esperar por você."

"Não venho aqui sempre que você quer, Andrei?"

"Não é isso. Às vezes... veja... só quero ouvir sua voz... no mesmo dia em que você esteve aqui... Às vezes, até mesmo um minuto depois de você ir embora. É aquela sensação de que você foi embora e não tenho nenhuma forma de ligar para você, de encontrá-la, nenhum direito de me aproximar da casa onde você vive, como se tivesse ido embora da cidade. Às vezes, olho para as pessoas na rua – e isso me assusta – e me dá aquela sensação de que você está perdida em algum lugar entre elas, e de que não posso te alcançar, não posso gritar por você acima de todas as cabeças."

Ela disse, implacavelmente: "Andrei, você prometeu nunca me procurar na minha casa".

"Mas você não permitiria que eu telefonasse, se pudéssemos instalar um telefone?"

"Não. Meus pais poderiam suspeitar. E... ah, Andrei, precisamos ter cuidado. Precisamos ter muito cuidado, especialmente agora."

"Por que especialmente agora?"

"Ah, não mais que o habitual. Não é tão difícil, não é, respeitar essa única condição, só ter cuidado – pelo meu bem?"

"Não, querida."

"Virei com frequência. Ainda estarei aqui quando você se cansar de mim."

"Kira, por que você diz isso?"

"Bem, você se cansará de mim algum dia, não vai?"

"Você não acha isso mesmo, não é?"

Ela se apressou em dizer: "Não, é claro que não... Bem, claro, eu o amo. Você sabe disso. Mas não quero que se sinta... que se sinta preso a mim... que a sua vida...".

"Kira, por que você não quer que eu diga que minha vida..."

"É por isso que eu não quero que você diga nada."

Ela se inclinou e calou sua boca com um beijo doloroso.

Do outro lado da janela, algum membro do Clube no palácio estava ensaiando "A Internacional" lentamente, com uma mão, em um sonoro piano de concerto.

Os lábios de Andrei moviam-se famintos pela garganta, pelas mãos e pelos ombros dela. Foi duro se afastar, e ele se obrigou a dizer rápida e alegremente, como uma desculpa, se levantando: "Tenho algo para você, Kira. Era para hoje à noite. Mas então...".

Ele tirou uma caixinha da gaveta de sua mesa e a pôs nas mãos dela. Ela protestou, em vão: "Ah, Andrei, você não devia. Eu lhe pedi que não o fizesse. Com tudo o que você fez por mim e...".

"Eu não fiz nada por você. Acho que você não é nada egoísta. Sempre pensou em sua família. Tive que brigar contigo para que comprasse este vestido."

"E as meias, e o isqueiro, e... Ah, Andrei, estou muito agradecida, mas..."

"Mas não tenha medo de abri-la."

Era um pequeno frasco de um autêntico perfume francês. Ela suspirou. Quis protestar. Mas olhou para o sorriso dele e só pode rir de felicidade: "Ah, Andrei!".

A mão dele se movia lentamente no ar, sem tocá-la, seguindo o contorno do pescoço, do peito e do corpo dela, com cuidado e atenção, como se estivesse modelando uma estátua.

"O que você está fazendo, Andrei?"

"Tentando lembrar."

"Do quê?"

"De seu corpo, tal como está agora. Às vezes, quando estou sozinho, tento desenhá-la no ar – assim – para sentir como se você estivesse diante de mim."

Ela se aproximou mais dele. Seus olhos estavam cada vez mais escuros; seu sorriso parecia demorado e pesado. Disse, estendendo o frasco de perfume: "Você deve abri-lo. Quero que coloque a primeira gota em mim". Ela o aproximou de seu corpo, sobre a cama. Ela perguntou: "Onde irá colocá-la?".

Ele tocou com as pontas de seus dedos a fragrância desnorteante que vinha de outro mundo, pressionou-os timidamente nos cabelos dela.

Ela riu, desafiadora: "Onde mais?".

Passou as pontas dos dedos pelos lábios dela.

"Onde mais?"

A mão dele desenhou uma linha suave que descia a garganta dela, parando abruptamente na gola preta de couro.

Ela fixou seus olhos nos dele, abrindo bruscamente os botões de seu vestido. "Onde mais?"

Ele sussurrava, seus lábios sobre os seios dela. "Ah, Kira, Kira, eu a desejava aqui, aqui, nesta noite..."

Ela se jogou para trás, com o semblante sombrio, desafiadora, sem misericórdia, sua voz baixa: "Estou aqui – agora".

"Mas..."

"Por que não?"

"Se você não..."

"Sim. Por isso que vim."

E quando ele tentou se levantar, ela o deteve imperiosamente com seus braços. Ela sussurrou: "Não se incomode em tirar a roupa. Não tenho tempo".

* * *

Ele podia perdoar as palavras dela, pois as tinha esquecido, quando a viu exausta, respirando sofregamente, com os olhos fechados e a cabeça lânguida na curva de seu braço. Ele estava agradecido a ela pelo prazer que ele lhe tinha dado.

Andrei podia perdoar qualquer coisa, quando ela se virou para ele repentinamente na saída, vestindo seu casaco sobre o vestido vermelho; quando sussurrou, com uma voz suplicante, pensativa e carinhosa: "Não ficará com muita saudade de mim até a próxima vez, não é? Eu o deixei feliz, não deixei?".

* * *

Ela subiu correndo as escadas até seu apartamento, a casa que tinha sido do almirante Kovalensky. Abriu a porta, olhando com impaciência seu relógio de pulso.

Na antiga sala de estar, Marisha Lavrova estava ocupada, inclinada sobre o Primus, mexendo uma panela de sopa com uma mão, segurando um livro na outra, memorizando em voz alta: "As relações das classes sociais podem ser estudadas com base na distribuição dos meios de produção em qualquer momento da história...”.

Kira parou ao seu lado. “Que tal a teoria marxista, Marisha?”, interrompeu-a com voz alta, tirando o chapéu e sacudindo seu cabelo. “Você tem um cigarro? Fumei meu último a caminho de casa.”

Marisha acenou com o queixo para a cômoda. “Na gaveta”, ela respondeu. “Acende um para mim também? Como estão as coisas?”

“Bem. Um tempo maravilhoso lá fora. Verão mesmo. Ocupada?”

“Uh-uh. Tenho que fazer uma palestra no Círculo amanhã, sobre o materialismo histórico.”

Kira acendeu dois cigarros e meteu um na boca de Marisha.

“Obrigada”, disse Marisha, mexendo a colher na mistura espessa. “Materialismo histórico e sopa de macarrão. Isto é para um convidado”, ela piscou maliciosamente. “Acho que você o conhece. O nome dele é Victor Dunaev.”

“Eu desejo sorte. Para você e Victor.”

“Obrigada. Como estão as coisas? Soube algo sobre o seu namorado ultimamente?”

“Sim. Recebi uma carta. E um telegrama”. Kira respondeu, relutante.

“Como ele está indo? Quando ele volta?”

Foi como se a cara de Kira tivesse congelado de repente, com uma calma severa e reverente, como se Marisha estivesse olhando para a austera Kira de oito meses atrás. Ela respondeu:

“Hoje à noite.”

# II

HAVIA UM TELEGRAMA NA MESA EM FRENTE A KIRA. Continha quatro palavras:

"Chego cinco junho, Leo."

Ela o lera com frequência, mas restavam duas horas até a chegada do trem da Crimeia, e poderia relê-lo muitas vezes mais. Ela o abriu sobre a colcha desbotada de cetim cinza da cama e se ajoelhou ao lado, alisando todos os amassados do papel. Tinha quatro palavras: uma para cada dois meses que tinham passado; ela se perguntava quantos dias ela pagara por cada letra, e não tentou pensar em quantas horas nem no que tinham sido aquelas horas.

Mas ela se lembrou de quantas vezes tinha gritado para si mesma: "Não importa. Ele voltará – salvo". Tinha se tornado tão simples e tão fácil: se a vida de alguém pudesse ser reduzida a um único desejo, a vida podia ser fria, fácil e suportável. Talvez os outros ainda soubessem que havia pessoas, ruas e sentimentos; ela não, pois só sabia que ele voltaria a salvo. Isso tinha sido uma droga e um desinfetante; tinha incendiado tudo e a deixado gélida, límpida, sorridente.

Havia o quarto dela – subitamente tão vazio que ela se perguntava, perplexa, como quatro paredes podiam acomodar tamanho vazio. Houve manhãs em que acordava para olhar para um dia tão sombrio e desesperado quanto o quadrado cinza de nuvens de neve na janela, e fora preciso um esforço torturante para se levantar; dias em que cada passo pelo quarto era uma conquista de sua vontade, em que todos os objetos ao seu redor – o

Primus, o armário, a mesa – eram inimigos que lhe gritavam o que tinham compartilhado com ela, e o que tinham perdido.

Mas Leo estava na Crimeia, onde cada minuto era um raio de sol, e cada raio de sol, uma nova gota de vida.

Houve dias em que fugia de seu quarto em direção às pessoas e às vozes, e logo fugia das pessoas, pois se sentia repentinamente ainda mais sozinha, e fugia para vagar pelas ruas, suas mãos nos bolsos, seus ombros curvados, observando os trenós, os pardais e a neve ao redor dos postes, implorando a eles algo que não conseguia nomear. Então, voltava para casa, acendia a "Burguesa" e comia uma janta meio crua em uma mesa sem toalha, perdida em um quarto sombrio, esmagada sob o som alto do estalar das lenhas, do tique-taque do relógio em uma estante, dos cascos que moíam a neve do outro lado da janela.

Mas Leo bebia leite e comia frutas com cascas que explodiam em um suco fresco e espumoso.

Havia noites em que afundava a cabeça debaixo do cobertor e o rosto no travesseiro, como se tentasse escapar de seu próprio corpo, um corpo que queimava ao toque das mãos de um desconhecido – na cama que havia sido de Leo.

Mas Leo estava deitado na areia junto ao mar e seu corpo estava cada vez mais bronzeado.

Houve momentos em que ela percebeu, com repentina surpresa, como se antes não houvesse compreendido, o que ela estava fazendo com seu próprio corpo; depois fechava os olhos, pois atrás desse pensamento havia outro, mais assustador, proibido: o que ela estava fazendo com a alma de outro homem.

Mas Leo tinha ganhado dois quilos e os médicos estavam satisfeitos.

Houve momentos em que ela sentia como se estivesse de fato vendo a curvatura de uma boca sorridente e o gesto rápido e peremptório de uma mão larga e fina, vendo-os por um instante mais breve que um raio, e depois cada um de seus músculos gritava de dor, tanto que ela pensava não ser a única a ouvi-los.

Mas Leo escrevia para ela.

Ela lia as cartas dele, tentando recordar a inflexão de sua voz e como pronunciaria cada palavra. Ela espalhava as cartas ao seu redor e se sentava no quarto como se estivesse com uma presença viva.

Ele estava voltando, curado, forte e salvo. Ela tinha vivido oito meses por aquele único telegrama. Nunca enxergara além disso. Além do telegrama, não havia futuro.

* * *

O trem da Crimeia estava atrasado.

Kira estava de pé na plataforma, imóvel, olhando para os trilhos vazios, duas longas faixas de aço que se transformavam em cobre à distância, sob o sol de verão, atrás das abóbadas da estação. Ela temia olhar para o relógio e descobrir aquilo que temia: que o trem estava desesperançosa e indefinidamente atrasado. A plataforma tremia sob as rodas ásperas de um pesado vagão de bagagens. Em alguma parte do longo túnel de aço, uma voz gemia pesarosamente em intervalos regulares, as mesmas palavras que se mesclavam em uma, como o canto de um pássaro ao anoitecer: "Grishka a enterrou". Botas passavam ao lado dela sem objetivo, arrastando-se com lentidão. Do outro lado dos trilhos, uma mulher estava sentada sobre um pacote, com a cabeça pendente. Os vidros das janelas acima estavam se convertendo em um laranja desolador. A voz clamava, chorosa: "Grishka a enterrou...".

Quando Kira foi ao escritório do chefe da estação, este respondeu rudemente que o trem se atrasaria bastante; um atraso inevitável; uma falha de comunicação em uma junção; o trem não era esperado até a manhã seguinte.

Ela permaneceu na plataforma por um pouco mais de tempo, sem nenhum propósito, relutante em abandonar o lugar onde quase tinha sentido a presença dele. Então, saiu devagar, desceu as escadas, com os braços caídos, os pés parando hesitantes a cada degrau que descia.

Bem longe, no final da rua, o céu era uma faixa lisa de um amarelo brilhante, puro e estático como a gema espalhada de um ovo, e a rua parecia marrom e ampla em um crepúsculo cálido. Ela se afastava lentamente.

Viu uma esquina familiar, passou por ela, mas depois voltou e seguiu em outra direção, para a casa dos Dunaev. Ela tinha uma noite que precisava ser ocupada.

Irina abriu a porta. O cabelo dela estava rebelde e despenteado, mas ela usava um vestido novo de cambraia listrado de preto e branco, e seu rosto cansado estava cuidadosamente maquiado.

"Olha, Kira! De todas as pessoas! Que rara surpresa! Entre. Tire seu casaco. Há algo – alguém – que quero lhe apresentar. E o que você acha de meu novo vestido?"

Kira riu de repente. Ela tirou seu casaco: usava também um novo vestido de cambraia listrado de preto e branco. Irina perguntou: "Ah, que inferno! Quando você o comprou?".

"Faz uma semana, mais ou menos."

"Pensei que, se comprasse o de listras lisas, não veria tantos por aí, mas, na primeira vez que saí com ele, encontrei três senhoras com o mesmo vestido, em menos de quinze minutos... Ah, qual é a vantagem disso? Ah, ora, sério?"

Na sala de jantar, as janelas estavam abertas, e o cômodo parecia amplo e fresco, com o suave ruído da rua. Vasili Ivanovitch levantou-se rapidamente, sorridente, soltando algumas ferramentas e um pedaço de madeira sobre a mesa. Victor se levantou com elegância, cumprimentando-a. Um jovem alto, loiro e forte levantou-se de pronto e permaneceu ereto enquanto Irina anunciava:

"Dois pequenos gêmeos do reformatório soviético! Kira, posso lhe apresentar Sasha Chernov? Sasha, minha prima, Kira Argounova."

A mão de Sasha era grande e firme, e seu aperto de mão, muito forte. Sorriu timidamente, um sorriso acanhado, franco, encantador.

"Sasha, este é um deleite raro para você", disse Irina. "Uma visita rara. A reclusa de Petrogrado."

"De Leningrado", Victor corrigiu.

"De Petrogrado", repetiu Irina. "Como você está, Kira? Odeio admitir o quão contente estou em vê-la."

"Estou encantado em conhecê-la", murmurou Sasha. "Ouvi falar muito de você."

"Sem dúvida", disse Victor, "Kira é a mulher mais falada da cidade – mesmo nos círculos do partido." Kira lhe dirigiu um olhar cortante; mas ele sorriu cordialmente: "As mulheres glamourosas sempre têm sido um tema irresistível dos sussurros de admiração. Como a Madame de Pompadour, por exemplo. O encanto refuta a teoria marxista: não conhece distinções de classe".

"Cale a boca", disse Irina. "Não sei do que você está falando, mas tenho certeza de que é algo ruim."

"De forma alguma", disse Kira tranquilamente, sem tirar os olhos de Victor. "Victor é muito lisonjeiro, embora costume mesmo exagerar."

Sasha, desajeitado e acanhado, pegou uma cadeira para Kira, oferecendo-a em silêncio com um gesto de mão e um sorriso indefeso.

"Sasha está estudando História", disse Irina, "quer dizer, estava. Foi expulso da Universidade por tentar pensar em um país de pensamento livre."

"Quero que entenda, Irina", disse Victor, "que não vou tolerar tais comentários em minha presença. Espero que o Partido seja respeitado."

"Ah, pare de atuar!", gritou Irina. "O Coletivo do Partido não vai ouvir você."

Kira percebeu o longo e silencioso olhar de Sasha para Victor; os olhos azuis metálicos de Sasha não eram acanhados, nem amigáveis.

"Sinto muito sobre a Universidade, Sasha", disse Kira, sentindo uma súbita simpatia por ele.

"Não me importo", disse Sasha, arrastando as palavras com um tom comedido e tranquilo de convicção. "Na verdade, não era essencial. Há algumas circunstâncias externas que um poder autocrático pode controlar. Há alguns valores que ele nunca consegue atingir ou subjugar."

"Logo perceberá, Kira", Victor sorriu com frieza, "que Sasha e você têm muito em comum. Ambos tendem a ignorar os princípios mais elementares da precaução."

"Victor, você poderia...", começou a dizer Vasili Ivanovitch.

"Pai, enquanto eu estiver dando de comer a esta família, tenho o direito de esperar que minhas visões..."

"A quem está dando de comer?", perguntou uma voz estridente vinda do quarto contíguo. Acia apareceu no umbral, suas meias caídas em seus tornozelos, as tiras recortadas de uma revista em uma mão, e um par de tesouras na outra. E complementou: "Adoraria que alguém desse de comer a alguém. Continuo com fome e Irina não quis me dar outra porção de sopa".

"Pai, espero que algo seja feito a respeito desta garota", disse Victor. "Ela está crescendo como uma parasita. Se ela se unisse a uma organização infantil, como os Pioneiros..."

"Victor, não discutiremos isso novamente", interrompeu Vasili Ivanovitch, com firmeza e serenidade.

"Quem quer ser um asqueroso Pioneiro?", perguntou Acia.

"Acia, volte para seu quarto", ordenou Irina, "ou a colocarei para dormir."

"Você e quem mais?", desafiou Acia, desaparecendo após bater a porta.

"Sério", Victor observou, "se eu sou capaz de estudar, trabalhar e sustentar a casa, não entendo por que Irina não pode educar essa pirralha adequadamente."

Ninguém respondeu.

Vasili Ivanovitch se inclinou sobre o pedaço de madeira que vinha talhando. Irina fazia desenhos com o suporte da colher na velha toalha de mesa. Victor se levantou: "Desculpe-me, Kira, por abandonar uma convidada tão rara, mas preciso ir. Tenho um compromisso no jantar".

"Claro", disse Irina. "Mas se assegure de que a anfitriã não roube nenhum talher do quarto de Kira."

Victor saiu. Kira percebeu que as ferramentas tremiam entre os dedos enrugados de Vasili Ivanovitch.

"O que você está fazendo, tio Vasili?"

"Estou fazendo uma moldura", Vasili Ivanovitch ergueu a cabeça e lhe mostrou seu trabalho com orgulho, "para um dos quadros de Irina. São bons quadros. É uma pena deixar que se amassem e estraguem em uma gaveta."

"É muito bonita, tio Vasili. Não sabia que você conseguia fazer isso."

"Ah, eu costumava ser bom nisso. Não o faço há anos. Mas eu costumava ser bom... nos velhos tempos, quando eu era jovem, na Sibéria."

"Como está o seu trabalho, tio Vasili?"

"Não está mais nele", disse Irina. "Quanto tempo você acha que se pode manter um emprego em uma loja privada?"

"O que aconteceu?"

"Você não soube? Fecharam o comércio por atraso no pagamento de impostos. E o dono, inclusive, está agora mais falido que nós... Gostaria de uma xícara de chá, Kira? Prepararei. Os inquilinos roubaram o nosso Primus, mas Sasha me ajudará a acender o samovar da cozinha. Vamos!", disse Irina imperiosamente, e Sasha obedeceu. "Não sei por que peço a ajuda dele", ela piscou para Kira, "ele é a criatura mais incapaz, inútil e torpe que existe." Mas seus olhos brilhavam de alegria. Ela o pegou pelo braço e o tirou do cômodo.

Estava anoitecendo, e a janela aberta era de um nítido azul vivo. Vasili Ivanovitch não acendeu a lâmpada. Ele se inclinou ainda mais sobre sua escultura.

"Sasha é um bom garoto", disse repentinamente, "e estou preocupado."

"Por quê?", perguntou Kira.

"Política. Sociedades secretas. Pobre coitado, está condenado."

"E Victor suspeita?"

"Acho que sim."

Foi Irina quem acendeu a luz, retornando com uma reluzente bandeja de xícaras, adiantando-se a Sasha com um samovar fumegante.

"Aqui está o chá. E algumas bolachas. Eu mesma fiz. O que acha, Kira, para uma artista na cozinha?"

"Como vai a arte, Irina?"

"Você se refere ao trabalho? Bem, sobrevivendo, mas creio que eu não seja muito boa em desenhar cartazes. Fui advertida duas vezes no Jornal do Mural. Eles disseram que minhas camponesas pareciam dançarinas de cabaré, e que meus trabalhadores eram muito elegantes. Minha ideologia burguesa, você sabe. Bem, e o que eles queriam? Não é minha especialidade. Às vezes, tenho vontade de gritar, pois não tenho mais ideias para mais nenhum outro daqueles malditos cartazes."

"E agora fazem aquele concurso", disse Vasili Ivanovitch, com tom melancólico.

"Que concurso?"

Irina derramou um pouco de chá sobre a toalha de mesa. "Um concurso entre clubes, para ver quem produz os cartazes mais vermelhos. Tenho que trabalhar duas horas extras por dia, de graça, para a glória do Clube."

"Sob o regime soviético", disse Sasha, lentamente, "não há exploração."

"Pensei", disse Irina, "que tinha uma boa ideia para vencer: um autêntico casamento proletário, de um trabalhador com uma camponesa em um trator. Malditos sejam! Mas ouvi que o Clube de Gráficas Vermelhas está fazendo um simbólico – a união de um avião e um trator – no espírito da eletrificação e da construção do Estado proletário."

"E os salários", suspirou Vasili Ivanovitch... "Ela gastou tudo que ganhou no mês passado em sapatos para Acia."

"Bem", disse Irina, "ela não podia ficar descalça."

"Irina, você trabalha demais", observou Sasha, "e leva seu trabalho muito a sério. Por que acabar com sua saúde? Tudo é temporário."

"É", disse Vasili Ivanovitch.

"Espero que seja", respondeu Kira.

"Sasha é o meu salva-vidas", disse a boca cansada de Irina, que sorria trêmula e, ao mesmo tempo, sarcástica, como se tentasse negar a ternura involuntária de sua voz. "Ele me levou ao teatro na semana passada. E, na anterior, nós fomos ao Museu de Alexandre III, e passeamos por horas, contemplando os quadros."

"Leo volta amanhã", disse Kira, de repente, irrelevantemente, como se não pudesse mais segurar a notícia.

"Ah!", a colher de Irina caiu no chão, saltando. "Você nunca nos disse. Estou tão contente! E já está recuperado?"

"Sim. Chegaria hoje à noite, mas o trem está atrasado."

"Como está a tia dele em Berlim?", perguntou Vasili Ivanovitch. "Ainda os está ajudando? Aí está um exemplo de lealdade familiar. Tenho grande admiração por aquela mulher, mesmo que nunca a tenha visto. Qualquer um que esteja a salvo, livre e possa ainda nos compreender, enterrados vivos neste cemitério soviético, deve ser uma pessoa maravilhosa. Ela salvou a vida de Leo."

"Tio Vasili", disse Kira, "quando vir Leo, você se lembrará de nunca mencionar isso? A ajuda da tia dele, quero dizer. Lembre-se de que expliquei o quão sensível ele é sobre ter essa dívida com ela, então todos seremos cuidadosos para não o lembrar disso, certo?"

"Claro, eu entendo, criança. Não se preocupe... Mas isso é a Europa. É o estrangeiro. Isso é o que a vida humana faz com um ser humano. Penso que seja difícil para nós entendermos a compaixão, e o que se costumava chamar de ética. Todos nós estamos nos transformando em bestas em uma luta bestial. Mas nós seremos salvos. Seremos salvos antes que isso atinja a todos nós."

"Não teremos que esperar muito", disse Sasha.

Kira notou um olhar assustado e suplicante nos olhos de Irina.

Era tarde quando Kira e Sasha se levantaram para ir embora. Ele vivia no outro lado da cidade, mas se ofereceu para acompanhá-la até em casa, pois as ruas estavam escuras. Ele vestia um casaco velho e andava rápido, relaxado. Caminhavam juntos, a passos rápidos, por meio do suave e transparente crepúsculo, através da cidade impregnada da fragrância de uma terra quente que provinha de algum lugar profundo sob o asfalto e as pedras arredondadas.

"Irina não está feliz", disse ele repentinamente.

"Não", disse Kira, "não está. Ninguém está."

"Vivemos tempos difíceis, mas as coisas mudarão. As coisas estão mudando. Ainda há homens para quem a liberdade é mais que uma palavra em cartazes."

"Você acha que temos alguma chance, Sasha?"

A voz dele era grave, carregada de uma convicção apaixonada, de uma força tranquila que a fez pensar por que tinha pensado que ele era tímido: "Você acha que o trabalhador russo é uma besta que lambe seu mestre enquanto seu cérebro é destruído a golpes? Pensa que ele é enganado pelo ruído de uma gangue muito barulhenta de tiranos? Você sabe o que ele lê? Sabe que livros estão escondidos nas fábricas? Os jornais que passam clandestinamente por muitas mãos? Sabe que as pessoas estão abrindo os olhos e...".

"Sasha", ela interrompeu, "você não está brincando com uma coisa muito séria?"

Ele não respondeu. Olhou para os velhos telhados da cidade em contraste com o céu leitoso e azulado.

"O povo", disse ela, "já exigiu muitas vítimas – de sua espécie."

"A Rússia tem uma longa história revolucionária", disse ele. "*Eles* sabem disso. Eles estão até ensinando isso em suas escolas, mas acreditam que acabou. Não acabou. Só está começando. E nunca faltaram homens que não pensassem no perigo. Nos dias dos czares, ou em qualquer outra época."

Ela parou e olhou para ele na escuridão, e disse desesperadamente, esquecendo que fazia apenas algumas horas que o tinha conhecido: "Ah, Sasha, vale a pena o risco que está correndo?".

Ele se ergueu frente a ela; de seu gorro saíam algumas mechas loiras, sua boca sorria lentamente sobre a gola levantada de seu casaco. "Não precisa se preocupar, Kira. Tampouco Irina. Não corro perigo. Não vão me pegar. Eles não terão tempo."

* * *

De manhã, Kira tinha que ir trabalhar.

Ela insistira em trabalhar; Andrei tinha encontrado um emprego para ela – o de palestrante e guia no Museu da Revolução. O emprego consistia em ficar sentada em casa e esperar que a chamassem do Centro de Visitas. Quando a chamavam, ia correndo ao Museu e guiava um grupo de pessoas perplexas através das salas do que havia sido o Palácio de Inverno. Ela recebia alguns poucos rublos por cada visita; estava listada como funcionária soviética junto ao *Upravdom* de sua casa; isso a poupava de pagar um aluguel exorbitante e da suspeita de ser burguesa.

Pela manhã, ela tinha telefonado para a estação Nikolaevsky; o trem da Crimeia não era esperado até o início da tarde. Depois, foi chamada pelo Centro de Visitas e teve que ir.

As salas do Palácio de Inverno expunham fotografias desbotadas de líderes revolucionários, proclamações amareladas, mapas, diagramas, maquetes de prisões czaristas, fuzis oxidados e fragmentos de grilhões. Trinta trabalhadores esperavam na entrada do palácio pela "camarada guia". Eles estavam de férias, mas seu Clube Educativo tinha organizado a visita e não podiam ignorar sua ordem. Tiraram seus gorros respeitosamente e seguiram Kira timidamente, obedientemente, arrastando seus pés, escutando atenciosamente, curiosamente.

"... e esta fotografia, camaradas, foi tirada pouco antes da execução dele. Ele foi enforcado pelo assassinato de um tirano, um dos capangas do czar. Este foi o fim de outra gloriosa vítima no tortuoso caminho da revolução trabalhadora e campesina..."

"... e este diagrama, camaradas, dá-nos uma clara visão do movimento grevista na Rússia czarista. Verão que a linha vermelha cai drasticamente após o ano de 1905..."

Kira recitou a palestra com monotonia, mecanicamente; já não estava consciente das palavras; não era nada mais que uma sequência de sons memorizados, cada qual puxava o seguinte automaticamente, sem nenhuma ajuda da vontade; não sabia o que iria dizer; sabia que sua mão se levantaria em uma determinada palavra e apontaria para a imagem correta. Sabia em que palavra o borrão cinza e impessoal que tinha como público riria e em que palavra ele suspiraria e grunhiria com indignação social. Sabia que seus ouvintes queriam que ela se apressasse, enquanto o Centro de Visitas queria que a palestra fosse longa e detalhada.

"... e esta, camaradas, é a autêntica carruagem na qual Alexandre II estava viajando no dia de seu assassinato. A parte de trás foi destruída por uma bomba sob o controle de..."

Mas ela estava pensando no trem da Crimeia; talvez já tivesse chegado; talvez o quarto solitário que ela tanto odiava já tinha se transformado em um templo.

"Camarada guia, você pode me dizer se Alexandre II era pago por imperialistas internacionais?"

* * *

O quarto estava vazio quando ela chegou em casa.

"Não", disse Marisha, "ele não chegou."

"Não", disse a voz áspera no telefone, "o trem não chegou. É você de novo, cidadã? Qual é o seu problema? Os trens não circulam conforme a sua vontade. Não é esperado até hoje à noite."

Ela tirou seu casaco. Levantou sua mão e olhou para o seu relógio de pulso; com a mão suspensa no ar, lembrou-se de quem tinha recebido esse presente; tirou o relógio de seu braço e o jogou em uma gaveta. Ela se enrolou em uma cadeira ao lado da janela e tentou ler um jornal; o jornal resvalou até o chão; ela estava quieta, sua cabeça apoiada em seu braço.

Uma hora mais tarde, ouviu passos do outro lado da porta, que se abriu sem que ninguém batesse. A primeira coisa que viu foi uma maleta empoeirada. Então, viu o sorriso, os lábios arqueados para baixo, dentes brancos e pele bronzeada. Pôs-se de pé, com a palma da mão sobre a boca, e ficou paralisada.

Ele disse: "Olá, Kira".

Ela não o beijou. Suas mãos caíram sobre os ombros dele, deslizando por seus braços, todo seu peso na ponta dos dedos, pois ela estava repentinamente fraquejando e seu rosto deslizando pelo peito dele, tocando o tecido de seu casaco; e enquanto ele tentava erguer a cabeça dela, ela pressionava a boca contra a mão dele; seus ombros tremiam; ela estava soluçando.

"Kira, sua bobinha!"

Ele ria suavemente; seus dedos acariciavam os cabelos dela; os dedos tremiam. Ele a pegou em seus braços e a carregou até o sofá, e se sentou, acomodando-a em seu colo, forçando o encontro de seus lábios.

"E esta é a forte Kira que nunca chora. Você não deveria se alegrar tanto em me ver, Kira... Pare, Kira... Sua bobinha... Minha querida, querida ..."

Ela tentou se levantar: "Leo... você deve tirar seu casaco e...".

"Fique parada."

Ele a segurou, e ela se curvou para trás, sentindo repentinamente que já não tinha forças para levantar seus braços, que ela não tinha forças para se mover novamente; e a Kira que desprezava a feminilidade, deu um sorriso terno, radiante, confiante, mais frágil que o de qualquer outra mulher, o sorriso de uma garotinha perdida e surpresa, com os cílios pesados e salpicados de lágrimas.

Ele olhou para ela, seus olhos semicerrados, e seu olhar era insultante em seu claro e sarcástico entendimento de seu poder; era um olhar mais voluptuoso que as carícias de um amante.

Então, virou a cabeça e perguntou: "Foi terrivelmente difícil para você – este inverno?".

"Um pouco. Mas não temos que falar sobre isso. Já passou. Continua tossindo, Leo?"

"Não."

"E você está bem? Totalmente curado mesmo? Livre para viver novamente?"

"Estou bem, sim. Quanto a viver de novo..."

Ele deu de ombros. Seu rosto estava bronzeado, seus braços estavam fortes, e suas bochechas já não estavam mais côncavas; mas Kira viu nos olhos dele que algo não fora curado; algo que talvez já não tivesse mais cura.

Ela disse: "Leo, o pior já não passou? Não estamos prontos para recomeçar...?".

"Recomeçar o quê? Não lhe trouxe nada, exceto um corpo saudável."

"O que mais posso querer?"

"Nada mais – que um gigolô."

"Leo!"

"Bem, não sou isso?"

"Leo, você não me ama?"

"Eu amo você. Eu amo muito você. Mas queria não amar. Seria tudo tão simples se não a amasse. Mas amar uma mulher e vê-la se arrastando por este inferno que aqui chamam de vida, e não poder ajudá-la, mas permitir que ela me arraste para cá... Você achou mesmo que eu iria bendizer esta saúde que me restituiu? Eu a odeio porque *você* a restituiu. E porque eu a amo."

Ela riu delicadamente: "Você preferiria me odiar também?".

"Sim. Eu preferiria. Você é aquilo que perdi há muitos anos. Mas eu a amo tanto que estou tentando me amparar nisso, naquilo que você pensa que eu sou, que eu sei que fui, mesmo que não possa fazê-lo por muito tempo. E só isso que posso lhe oferecer, Kira."

Ela olhou para ele serena, seus olhos estavam secos, e seu sorriso não era de uma criança, e era mais forte do que o de qualquer outra mulher. Ela disse: "Só há uma coisa que importa e de que vamos nos lembrar. O resto não importa. Não me importa como será a vida, nem o que ela nos faça. Mas isso nunca nos destruirá. Nem a você, nem a mim. Essa é a nossa única arma. É a única bandeira que podemos levantar contra todos que nos rodeiam. Isso é tudo o que temos que saber sobre o futuro".

Com o tom mais terno e sério que Kira já o ouviu pronunciar, ele disse: "Kira, queria que você não fosse o que você é".

Então, ela afundou o rosto no ombro dele e sussurrou: "Não voltaremos a falar disso. E agora não temos que falar, temos? Tenho que me levantar e me maquiar, e você, tirar o casaco e tomar um banho, enquanto eu preparo algo para comer... Mas antes quero me sentar aqui contigo, só um momento, os dois quietos... Não se mova, Leo...".

A cabeça dela foi resvalando lentamente pelo peito dele, por seus joelhos, até seus pés.

# III

À TARDE, TRÊS DIAS DEPOIS, a campainha tocou e Kira foi abrir a porta.

Deixou a porta semiaberta, protegida por uma corrente. No patamar da escada estava uma mulher pesada, vestida com um casaco caro e elegante. Seu rosto tinha um queixo proeminente e saliente, que se erguia com o movimento estudado de interrogação graciosa que expunha seu pescoço robusto e branco; seus lábios carnudos, pintados com um magenta intenso, estavam entreabertos, revelando dentes fortes e brancos. Sua mão repousava em uma grande extensão de uma echarpe de seda verde. Ela disse arrastadamente, com uma voz timidamente agradável: "Leo Kovalensky mora aqui?".

Kira olhou incrédula para os anéis de diamante que brilhavam em seus dedos curtos e brancos. Ela respondeu: "Ora... sim".

Ela não removeu a corrente da porta; ficou de pé, encarando a mulher. A mulher disse com um pouco de sotaque, em um tom firme: "Quero vê-lo".

Kira a deixou entrar. A mulher olhou para Kira curiosamente, inquisitivamente, estreitando seus olhos.

Leo se levantou e franziu a testa quando elas entraram no cômodo. A mulher estendeu ambas as mãos em direção a ele, com uma saudação dramática: "Leo! Que prazer vê-lo novamente! Lembrei-me de que ameacei encontrá-lo. Eu realmente pretendo ser um incômodo!".

Leo não sorriu em resposta à risadinha dela; ele se inclinou graciosamente, e disse:

"Kira, esta é Antonina Pavlovna Platoshkina; Kira Alexandrovna Argounova."

"Ah!... *Argounova?...* Ah...", disse Antonina Pavlovna, como se isso denunciasse o fato de Kira não ter adotado o sobrenome de Leo; ela pareceu quase aliviada. Estendeu seu braço em linha reta, com os dedos caídos, como se estivesse estendendo a mão a um homem e esperasse que ele a beijasse.

"Antonina Pavlovna e eu éramos vizinhos no sanatório", explicou Leo.

"E foi um vizinho perfeitamente descortês, devo dizer", disse Antonina Pavlovna, com um riso rouco. "Não quis esperar por mim – e eu queria muito voltar no mesmo trem. E, Leo, você não me disse o número do seu apartamento e tive muito trabalho para obtê-lo do *Upravdom*. Os *Upravdoms* são um dos aborrecimentos inevitáveis de nosso tempo, e a única coisa que nós da elite intelectual podemos fazer é encarar isso com senso de humor."

Ela tirou o casaco. Tinha um vestido preto simples de seda nova e cara, de última moda, e brincos estrangeiros de círculos de celuloide verde. Seu cabelo estava penteado para trás, muito afastado da testa, e duas espirais elegantes estavam achatadas em suas bochechas cobertas com um pó muito branco. O seu cabelo era incrivelmente laranja, da cor de um magnífico fio de âmbar que balançava como um pêndulo, batendo no seu estômago quando ela se movia. O seu vestido era justo, acentuando as ancas muito largas, as pernas grossas com tornozelos muito finos e os pés muito pequenos que pareciam esmagados sob o seu peso desproporcional. Ela se sentou e seu estômago fez uma grande dobra sobre seu colo.

"Quando você voltou, Tonia?", perguntou Leo.

"Ontem. E que viagem!", suspirou ela. "Esses trens soviéticos! De verdade, acho que perdi tudo que consegui no sanatório. Estava lá descansando meus nervos", explicou, apontando seu queixo para Kira. "E que pessoa sensível não está uma pilha de nervos hoje em dia? Mas a Crimeia...! Aquele lugar salvou a minha vida."

"Era lindo", concordou Leo.

"Mas, de verdade, o lugar perdeu todo o seu charme depois que você se foi, Leo. Sabe, ele era o paciente mais encantador naquele sanatório chato, e todos o admiravam muito – ah, é puramente platônico, minha querida, não se preocupe", ela piscou para Kira.

"Não estou preocupada", disse Kira.

"Leo foi muito amável em me ajudar com minhas lições de francês. Estava aprendendo... quer dizer, relembrando meu francês. É um grande alívio, nestes tempos cinzentos, esbarrar em uma pessoa como Leo. Me perdoe, Leo. Compreendo que possa ser uma visita inoportuna, mas seria pedir muito que uma mulher renunciasse à sua bela amizade nesta cidade repugnante, onde pessoas autênticas são tão raras?"

"Claro que não, Tonia. Fico contente que você tenha se esforçado tanto para me encontrar."

"Ah, essas pessoas daqui! Conheço tantas delas. Nós nos encontramos, nós conversamos, nós apertamos as mãos. O que isso significa? Nada. Nada mais do que um gesto físico vazio. Quantas delas conhecem o significado mais profundo do espírito, ou o verdadeiro significado de nossas vidas?"

O lento e frágil sorriso de Leo não foi de compreensão, mas ele disse: "Alguém podia se esquecer de seus problemas com alguma atividade interessante, se essas ainda fossem permitidas hoje em dia".

"Que verdade tão profunda! É claro, a mulher moderna da cultura é organicamente incapaz de permanecer inativa. Tenho um programa audacioso para o próximo inverno. Irei estudar. Eu me proponho a ser uma especialista no Antigo Egito."

"O quê?", perguntou Kira.

"Antigo Egito", disse Antonina Pavlovna. "Quero recapturar seu espírito em sua totalidade. Há um profundo significado nessas culturas distantes, um vínculo misterioso com o presente, que nós, modernos, não apreciamos totalmente. Estou certa de que noutra encarnação... Não lhe interessa a teosofia, Leo?"

"Não."

"Valorizo seu ponto de vista, é claro, mas estudei a fundo e refleti muito sobre o tema. Há uma verdade transcendental nele, uma explicação de muitos dos fenômenos desconcertantes de nossa existência. É claro, sou daquela natureza que anseia pelo místico. Não obstante, não creia que sou antiquada. Não deve lhe surpreender que eu esteja estudando economia política."

"Você está, Tonia? Por quê?"

"Não se pode estar desconectado de seu tempo, você sabe. Para criticar, devemos compreender. Eu considero o tema surpreendentemente apaixonante. Há um romantismo peculiar no trabalho, nos mercados e nas máquinas. A propósito, você já leu o último livro de poesia de Valentina Sirkina?"

"Não, não li."

"Absolutamente delicioso. Tamanha profundidade de emoções e, ainda assim, completamente moderno, tão essencialmente moderno! Há um verso sobre... como é mesmo?... Sobre meu coração ser amianto que permanece frio sobre os altos fornos de minhas emoções – ou algo assim – é realmente soberbo."

"Devo admitir que não leio os poetas modernos."

"Eu lhe trarei este livro, Leo. Sei que você o entenderá e apreciará. E estou certa de que Kira Alexandrovna gostará dele."

"Obrigada", disse Kira, "mas nunca leio poesia."

"Sério? Que peculiar! Mas você gosta de música, não é?"

"Os foxtrotes", disse Kira.

"Sério?", sorriu Antonina Pavlovna, condescendentemente. Quando ela sorria, seu queixo apontava ainda mais para frente, e sua testa inclinava-se para trás; seus lábios se abriam lentamente, desconfortavelmente, como se estivessem se soltando. "Falando de música", disse, voltando-se para Leo, "é outro item essencial de minha agenda de inverno. Fiz Koko me prometer um camarote em todos os concertos da Filarmônica do Estado. Pobre Koko! No fundo, ele é um ótimo artista, se você souber como abordá-lo, mas temo que sua infeliz educação primária não o tenha treinado para apreciar a música sinfônica. Provavelmente, estarei sozinha em meu camarote. Ah – aqui vai outra grande ideia – você pode compartilhá-lo comigo, Leo... e Kira Alexandrovna, é claro" – disse, acenando a cabeça para Kira, antes de se virar novamente para Leo.

"Obrigado, Tonia", ele respondeu, "mas temo que não teremos muito tempo para isso neste inverno."

"Leo, meu querido!", ela estendeu seus braços em um amplo gesto de solidariedade, "você não acha que entendo? A sua situação econômica é... Ah, estes tempos não são para homens como você. No entanto, não perca a coragem. Com meus contatos... Koko não pode me negar nada. Ele odiou me ver partir para a Crimeia. Ele sentiu muita falta de mim... você não pode imaginar quão contente ele ficou de me ver de volta. Não seria mais devoto a mim se fosse meu marido. Na verdade, não podia ser mais devoto do que ele é. O matrimônio é um preconceito ultrapassado, como você sabe." Ela sorriu para Kira.

"Estou certo de que a Crimeia ajudou sua saúde", Leo disse apressadamente, friamente.

"Ah, não há outro lugar como aquele! É um pedaço do paraíso. O céu noturno de seda, estrelas como diamantes, o mar, e aquele luar divino! Sabe, eu me perguntava por que você era tão indiferente àquele feitiço mágico. Pensava que, em essência, não era nada romântico. É claro, posso entender a razão – agora."

Lançou um olhar rápido para Kira. Um olhar gelado, como se tivesse sido capturado e retido pelos olhos fixos de Kira. Depois, os lábios de Antonina Pavlovna se desprenderam formando um sorriso frio e ela afastou seu olhar, suspirando: "Vocês, homens, são criaturas raras. Entendê-los é toda uma ciência em si mesma e o primeiro dever de toda mulher de verdade. Eu os estudei a fundo na amarga escola da experiência!". Ela suspirou com fadiga, encolhendo os ombros com desdém. "Conheci oficiais heroicos do Exército Branco. Conheci comissários de ferro brutais." Ela riu estridentemente. "Eu confesso abertamente. Por que não? Aqui todos somos modernos, conheci muitas pessoas que me entenderam mal. Mas não me importa. Eu posso perdoá-las. Você sabe: *noblesse oblige.*"

Kira estava sentada no braço de uma poltrona, observando os dedos em seus velhos chinelos, estudando suas unhas, enquanto eles falavam. Do lado de fora das janelas já havia anoitecido quando Antonina Pavlovna deu uma olhada em seu relógio de pulso, cravejado de diamantes.

"Nossa, que tarde! Foi tão agradável a visita que eu não percebi o tempo passar. Devo correr para casa. Koko está provavelmente ficando melancólico sem mim, o pobre garoto."

Ela abriu sua bolsa, tirou um espelhinho de dentro dela e, segurando-o delicadamente entre dois dedos retos, inspecionou cuidadosamente seu rosto com os olhos entreabertos. Tirou um frasquinho de cor violeta com um pincelzinho e passou um líquido púrpura sobre seus lábios.

"Uma coisa deliciosa", explicou ela, mostrando o frasco para Kira, "infinitamente melhor que o batom. Notei que você não usa muito batom, Kira

Alexandrovna. Recomendo-lhe encarecidamente. De mulher para mulher, nunca negligencie a sua aparência. Em particular", disse com uma risada cordial e íntima, "quando tem uma propriedade tão valiosa para proteger."

Na porta de entrada, Antonina Pavlovna virou-se para Leo: "Não se preocupe com o inverno que vem, Leo. Com meus contatos... Koko, é claro, conhece os mais altos na hierarquia, enfim, teria medo de até sussurrar alguns dos nomes que ele conhece e... claro, Koko é como massa de modelar em minhas mãos. Precisa conhecê-lo, Leo. Podemos fazer muito por você. Cuidarei pessoalmente para que um jovem magnífico como você não se perca neste esgoto soviético".

"Obrigado, Tonia. Aprecio a sua oferta. Mas espero não estar tão perdido – ainda."

"Mas que cargo ele ocupa?", perguntou Kira de repente.

"Koko? Ele é diretor-adjunto da Companhia Estatal de Alimentos – *oficialmente*", Antonina Pavlovna piscou misteriosamente com um breve riso, baixando a voz; depois, agitando uma mão com um diamante que cintilou no reflexo de uma lâmpada, ela disse, lentamente: "*Au revoir, mes amis.* Verei vocês em breve".

Apressando-se para colocar a corrente na porta, Kira disse: "Leo, estou surpresa!".

"Com o quê?"

"Que você possa se relacionar com tão inenarrável..."

"Eu não critico os seus amigos."

Estavam passando pelo quarto de Marisha. Num canto, junto à janela, Marisha levantou a cabeça do seu livro e olhou para Leo com curiosidade, assombrada pelo tom de sua voz. Cruzaram o quarto e Leo bateu a porta atrás de si.

"Podia ter sido educada, pelo menos", disse ele.

"O que quer dizer?"

"Podia ter dito algumas palavras a cada duas horas."

"Ela não veio para me ouvir falar."

"Eu não a convidei. E ela não é minha amiga. Não precisava ser tão dramática."

"Mas, Leo, de onde você tirou aquilo?"

"*Aquilo* estava no mesmo sanatório e tinha livros estrangeiros, o que é um raro capricho quando você tem que passar os dias lendo lixo soviético. Foi assim que nos conhecemos. O que há de errado com isso?"

"Mas, Leo, você não percebe o que ela quer?"

"Claro que sim. E, de verdade, teme que vai consegui-lo?"

"Leo!"

"Bem, então, por que não posso falar com ela? É uma idiota inofensiva tentando conseguir algo. E ela realmente tem contatos."

"Mas se relacionar com esse tipo de pessoa..."

"Ela não é pior que a gentalha vermelha com quem temos que nos relacionar hoje em dia. Pelo menos, não é vermelha."

"Bem, como preferir."

"Esqueça, Kira. Ela nunca virá aqui novamente."

De pronto, ele estava sorrindo calidamente, seus olhos brilhantes, como se nada tivesse acontecido, e ela se rendeu, suas mãos nos ombros dele, e sussurrou: "Leo, você não percebe? Ninguém daquele tipo deveria sequer se atrever a olhar para você".

Ele riu e deu um tapinha na bochecha dela: "Deixe que olhe. Olhar não tira pedaço".

* * *

Leo tinha dito: "Escreva para o seu tio em Budapeste imediatamente. Agradeça e diga que não nos mande mais dinheiro. Estou bem. Lutaremos por nossa própria conta. Anotei a quantidade exata que você me enviou. E você, anotou o que gastou aqui, como eu lhe pedi? Teremos que começar a devolver o dinheiro – se ele for paciente, pois só o diabo sabe quanto tempo levará".

Ela tinha sussurrado, sem olhar para ele: "Sim, Leo".

Ele tinha notado seu relógio de pulso de ouro, e franziu a testa: "De onde saiu isso?".

Ela tinha dito: "É um presente. De... Andrei Taganov".

"Sério? Então, você está aceitando presentes dele?"

"Leo!" Ela se voltou para ele, com ar desafiador, defendendo-se: "Por que não? Era meu aniversário e não podia ferir os sentimentos dele".

Leo deu de ombros, desdenhoso: "Ah, não me importo. É assunto seu. Pessoalmente, não me sentiria confortável usando algo pago com o dinheiro da GPU".

"Leo!"

Ela tinha escondido o isqueiro, as meias de seda e o perfume. Tinha dito a Leo que fizera o vestido vermelho para o seu retorno. Ele se perguntava por que ela não gostava de usá-lo.

Ela passava a maioria de seus dias nos salões do Palácio de Inverno, dizendo aos visitantes boquiabertos: "... e é o dever de todo cidadão consciencioso conhecer a história de nosso movimento revolucionário, e assim se preparar como combatente nas fileiras da revolução mundial – nosso objetivo supremo".

Nas noites, tentava dizer a Leo: "Tenho que sair esta noite. Prometi à Irina..." ou "Realmente preciso sair esta noite. É um encontro dos guias de excursão". Mas ele a fazia ficar em casa.

Às vezes, ela se olhava no espelho e refletia sobre os olhos que as pessoas lhe diziam ser tão claros, tão honestos.

Ela não saía à noite. Não podia se afastar dele. Não podia satisfazer a fome de olhar para ele, de se sentar em silêncio, aconchegada no sofá, observando-o mover-se pelo quarto. Contemplava os contornos do corpo dele quando ele se apoiava na janela, longe dela, suas mãos escoradas em sua cintura, sustentando suas costas, ligeiramente jogado para trás, contra nas mãos. Sob o cabelo negro e despenteado aparecia um músculo de seu pescoço tenso e bronzeado, empolgante como uma insinuação, uma promessa de um rosto que ela não conseguia ver. Depois se levantava, dirigia-se vacilante em direção a ele e percorria lentamente com a mão o duro tendão de seu pescoço, sem palavras, sem beijos.

Então, já conseguia pensar, com uma fria estranheza, no outro homem que a esperava em outro lugar.

Mas sabia que tinha que ver Andrei. Certa noite, pôs seu vestido vermelho e disse a Leo que tinha prometido visitar a sua família.

"Posso ir contigo?", perguntou ele. "Não os vi desde meu retorno e lhes devo uma visita."

"Não, não desta vez, Leo", respondeu ela, tranquila. "Prefiro que não. Minha mãe está... está muito mudada... Sei que você não se daria bem com ela."

"Você tem que ir hoje de noite, Kira? Odeio deixá-la ir e ficar aqui sozinho. Passei muito tempo sem você."

"Prometi a eles que iria esta noite. Não ficarei até tarde. Voltarei logo."

Ela estava vestindo seu casaco quando tocou a campainha.

Foi Marisha quem abriu a porta, e ouviram a voz de Galina Petrovna tomando o quarto, aproximando-se: "Bem, estou feliz que estejam em casa. Bem, se pensasse que estavam visitando outras pessoas, enquanto negligenciam seus velhos pais...".

Galina Petrovna entrou primeiro; seguida por Lydia; Alexander Dimitrievitch entrou arrastando os pés atrás delas.

"Leo, meu filho querido!", Galina Petrovna correu em direção a ele, beijando suas bochechas. "Estou muito feliz em vê-lo! Bem-vindo de volta a Leningrado."

Lydia apertou suas mãos com indiferença; tirou seu velho chapéu e se sentou pesadamente, como se colapsasse, mexendo em seus grampos: uma longa mecha de cabelo caía levemente de seu coque na parte de trás de seu pescoço. Ela estava muito pálida e não usava pó; seu nariz brilhava; ela olhava pesarosamente para o chão.

Alexander Dimitrievitch murmurou: "Fico feliz que esteja bem, meu garoto", e tocou no ombro de Leo, inseguro, com o olhar tímido e assustado de um animal que teme ser ferido."

Kira estava serena, em frente a eles, e disse friamente: "Por que vieram? Estava saindo para a sua casa, como prometi".

"Como você..." começou Galina Petrovna, mas Kira a interrompeu:

"Bem, como já estão aqui, tirem seus casacos."

"Estou tão feliz que esteja curado, Leo", disse Galina Petrovna. "Sinto como se fosse meu filho. Você realmente é meu filho. Tudo mais é apenas preconceito burguês."

"Mãe!", protestou Lydia debilmente, com impotência.

Galina Petrovna se instalou em uma poltrona confortável. Alexander Dimitrievitch se sentou arrependidamente no limiar de uma cadeira, junto à porta.

"Obrigado por vir", Leo sorriu graciosamente. "Minha única desculpa por não ter ido vê-los, como deveria ter feito, é..."

"É Kira", Galina Petrovna terminou a frase. "Sabe que nós não a vimos mais do que três vezes enquanto você esteve fora?"

"Tenho uma carta para você, Kira", disse Lydia, de repente.

"Uma carta", a voz de Kira engasgou um pouco.

"Sim, chegou hoje."

Não havia endereço do remetente no envelope; mas Kira conhecia a letra. Ela a jogou com indiferença sobre a mesa.

"Você não quer abri-la?", perguntou Leo.

"Sem pressa", disse ela calmamente. "Nada importante."

"Bem, Leo?", irrompeu a voz de Galina Petrovna, agora mais alta e clara. "Quais são seus planos para o inverno? Começamos um ano muito interessante. Há muitas oportunidades, em particular para os jovens."

"Muitas... o quê?", perguntou Leo.

"Um campo de atividades muito amplo! Não é como nas cidades agonizantes e decadentes da Europa, onde as pessoas escravizam suas vidas por míseros salários e uma ínfima e patética existência. Aqui, cada um de nós tem a oportunidade de ser um membro útil e criativo de um magnífico todo. Aqui, o seu trabalho não é um simples esforço em vão para satisfazer a sua própria fome, mas uma contribuição para a gigantesca construção do futuro da humanidade."

"Mãe", perguntou Kira, "quem escreveu tudo isso para você?"

"Sério, Kira...", Galina Petrovna levantou seus ombros, "você não é apenas impertinente com sua mãe, mas creio que seja uma má influência para o futuro de Leo."

"Eu não me preocuparia com isso, Galina Petrovna", disse Leo.

"Obviamente, Leo, espero que você seja moderno o bastante para superar os preconceitos que todos compartilhamos. Nós devemos admitir que o governo soviético é o único governo progressista do mundo. Ele utiliza todos os seus recursos humanos. Mesmo uma velha como eu, que foi inútil em toda a sua vida, pode encontrar uma oportunidade de trabalho criativo. E, quanto a jovens como você..."

"Onde você está trabalhando, Galina Petrovna?", perguntou Leo.

"Ah, você não sabe? Dou aulas na Escola do Trabalho – eles costumavam chamá-las de Institutos. Ensino costura e bordado. Entendemos que uma atividade prática, como a costura, é muito mais importante para nossos pequenos futuros cidadãos do que coisas mortas e inúteis como o latim, que eram ensinadas nos velhos tempos burgueses. E nossos métodos? Estamos séculos à frente da Europa. Por exemplo, preste atenção no complexo método que estamos..."

"Mãe", disse Lydia, cansada. "Leo pode não estar interessado."

"Bobagem! Leo é um jovem moderno. Agora, veja esse método que estamos utilizando no presente... Por exemplo, o que se fazia nos velhos tempos? As crianças tinham que memorizar mecanicamente muitas disciplinas áridas e desconexas – História, Física, Aritmética – sem nenhuma conexão entre elas. O que fazemos agora? Temos o método complexo. Tome como exemplo a semana passada. Nosso tema era Fábrica. Então, todo professor tinha que preparar sua aula em torno desse tema central. Na aula de História, ensinaram sobre o crescimento e o desenvolvimento das fábricas; na aula de Física, tudo sobre as máquinas; o professor de Aritmética propôs problemas de produção e consumo; e na aula de Arte, desenharam interiores de fábricas. E na minha aula, fizemos macacões e camisas de trabalho. Vocês não percebem a vantagem deste método? A marca indelével que deixará na mente das crianças? Macacões e camisas, que são práticos e concretos, em vez de ensiná-las um monte de coisas áridas e teóricas sobre costuras e pontos."

Lydia deixou cair a cabeça com apatia; já tinha ouvido a mesma coisa muitas vezes.

"Estou feliz que esteja gostando de seu trabalho, Galina Petrovna", disse Leo.

"Estou feliz que tenha seu cupom de racionamento", disse Kira.

"Sim, tenho", afirmou Galina Petrovna, com orgulho. "Claro, nossa distribuição de produtos ainda não atingiu o nível de perfeição e, de fato, o azeite de girassol que me deram semana passada estava tão rançoso que não pude usá-lo... mas, enfim, este é um período de transição..."

"... a construção do Estado!", exclamou Alexander Dimitrievitch, como se repetisse uma lição bem memorizada.

"E o que você está fazendo, Alexander Dimitrievitch?", perguntou Leo.

"Ah, estou trabalhando!" Alexander Dimitrievitch resmungou, pronto para dar um passo à frente, como se fosse se defender de uma perigosa acusação. "Sim, estou trabalhando. Sou funcionário soviético. Sim."

"Obviamente", reforçou Galina Petrovna, "o posto de Alexander não carrega tanta responsabilidade quanto o meu. Ele é contador em um Escritório Distrital em algum lugar na Ilha Vasilievsky – é uma viagem tão longa, todos os dias! – e, afinal, que tipo de escritório é, Alexander? Mas, em todo caso, ele tem um cupom de pão, mesmo que não consiga o bastante nem para si mesmo."

"Mas estou trabalhando", disse Alexander Dimitrievitch, humildemente.

"É claro", disse Galina Petrovna, "eles me dão cupons de racionamento melhores, pois faço parte da categoria preferida dos pedagogos. Sou muito ativa socialmente. Sabe, Leo, fui escolhida como secretária adjunta do Conselho de Professores. É gratificante saber que o regime atual aprecia qualidades de liderança. Inclusive, até fiz um discurso sobre a metodologia da educação moderna em uma reunião dos clubes na qual Lydia tocou 'A Internacional' de forma magistral."

"Claro", disse Lydia com tom fúnebre, "'A Internacional'. Também estou trabalhando. Sou diretora musical e pianista no Clube dos Trabalhadores. Um quilo de pão por semana, o valor do transporte, e, às vezes, dinheiro, o que sobra após as contribuições do mês."

"Lydia não é flexível", suspirou Galina Petrovna.

"Mas toco 'A Internacional'", disse Lydia, "e a marcha fúnebre vermelha – 'Você foi uma vítima' – e as canções do Clube. Inclusive me aplaudiram quando toquei 'A Internacional' no ato em que minha mãe fez o discurso."

Kira se levantou cansada para preparar o chá. Acendeu o Primus e colocou a chaleira, vigiando-a com atenção – e, através do chiado da chama, a voz de Galina Petrovna ecoava forte e rítmica, como se estivesse dando aula: "... sim, duas vezes, imagina? Duas menções honrosas no Jornal do Mural de nossos alunos, como um dos três pedagogos mais modernos e conscienciosos... Sim, tenho certa influência. Quando aquela jovem e insolente professora tentou administrar a escola, não demoraram em demiti-la. E podem estar certos de que tive algo a ver com isso...".

Kira não ouviu o resto. Estava olhando para a carta sobre a mesa, intrigada. Quando voltou a ouvir uma voz, era a de Lydia, aguda, que estava dizendo: "... consolo espiritual. Eu sei. Isso foi revelado a mim. Há segredos além de nossas mentes mortais. A salvação da santa Rússia virá da fé. Isso foi previsto. Por meio da paciência e do longo sofrimento redimiremos nossos pecados...".

Do outro lado da porta, Marisha ligou seu gramofone e tocou "John Gray". Era um disco novo e as rápidas notas ecoavam alegremente, com breves e fortes toques.

*John Gray*
*Era bravo e audaz.*
*Kitty*
*Era muito bonita...*

Kira sentou-se, seu queixo entre as mãos, o brilho da chama do Primus piscando sob seu nariz, e ela sorriu de repente, muito levemente, e disse: "Eu gosto dessa música".

"Essa coisa horrível e vulgar, que tocam tanto que fiquei enjoada dela?", disse Lydia, engasgando.

"Sim... mesmo que a toquem muito...", disse Kira. "Tem um ritmo muito bonito... as batidas... é como se fossem rebites martelados em ferro." Falava com um tom delicado, sensível e de leve desespero, como raramente falava com sua família. Kira levantou a cabeça e olhou para eles, e – eles nunca tinham visto isso antes – seus olhos estavam suplicantes e feridos.

"Ainda pensando na sua engenharia, não é?", perguntou Lydia.

"Às vezes...", sussurrou Kira.

"Não consigo entender qual é o seu problema, Kira", irrompeu Galina Petrovna. "Você nunca está satisfeita. Tem um bom trabalho, fácil e bem pago, e se deprime por suas ideias infantis. Atualmente, os guias de excursão, tal como os pedagogos, não são considerados menos importantes que os engenheiros. É um cargo muito honrado e de responsabilidade, e contribui muito para a construção social – e não é mais fascinante construir com mentes e ideologias vivas do que com tijolos e aço?"

"É culpa sua, Kira", disse Lydia. "Você sempre será infeliz, já que recusa o consolo da fé."

"Para quê, Kira?", suspirou Alexander Dimitrievitch.

"Quem disse que sou infeliz?", perguntou Kira em voz alta e áspera; ela se levantou, pegou um cigarro e se inclinou para acendê-lo com a chama do Primus.

"Kira sempre foi imanejável", disse Galina Petrovna, "mas penso que estes são tempos para se pôr os pés no chão."

"Quais são seus planos para o inverno, Leo?", perguntou Alexander Dimitrievitch, indiferente, como se não esperasse uma resposta.

"Nenhum", disse Leo. "Nem para este inverno, nem para nenhum outro."

"Eu tive um sonho", disse Lydia, "com um corvo e uma lebre. A lebre cruzou a estrada, e isso é um mau sinal. Mas o corvo pousou em uma árvore que parecia um imenso cálice branco."

"Veja meu sobrinho Victor, por exemplo", disse Galina Petrovna. "Eis um jovem elegante e moderno. Está se formando no Instituto neste outono, e já tem um excelente emprego. Sustenta toda a sua família. E ele não tem nada de sentimental. Ele tem a mente aberta para a realidade moderna. Irá longe, aquele garoto."

"Mas Vasili não está trabalhando," observou Alexander Dimitrievitch com uma triste e serena estranheza.

"Vasili nunca foi prático", declarou Galina Petrovna.

Alexander Dimitrievitch disse, de repente: "Que bonito o seu vestido vermelho, Kira".

Ela disse, cansada: "Obrigada, pai".

"Você não parece bem, criança. Está cansada?"

"Não, particularmente não. Estou bem."

Então, a voz de Galina Petrovna silenciou o rugido do Primus: "... e, já sabe, só os melhores professores são elogiados no Jornal do Mural. Nossos alunos são muito severos e...".

Mais tarde, quando os convidados tinham ido embora, Kira levou a carta para o banheiro e a abriu. Continha duas linhas:

*Querida Kira,*

*Por favor, perdoe-me por escrever. Você não poderia me telefonar? Andrei*

* * *

Ela guiou duas excursões no dia seguinte. Chegando em casa, disse a Leo que seria demitida se não participasse de uma reunião de guias naquela noite. Pôs seu vestido vermelho. No patamar da escada, deu um leve beijo em Leo, enquanto ele a olhava ir: ela acenou para ele, descendo a saltos os degraus com um sorriso frio e alegre. Em uma esquina, abriu sua bolsa, tirou o pequeno frasco francês e jogou algumas gotas de perfume em seu cabelo. Pulou em um tranvia em alta velocidade, e ficou de pé, agarrada a uma alça de couro, olhando as luzes passarem por ela. Quando saiu, andou rápido, depressa, com uma determinação fria e precisa, até o palácio que era o Centro do Partido.

Subiu rápido e sem fazer ruído a degradada escadaria de mármore do pavilhão. Bateu com força na porta.

Quando Andrei abriu, ela riu e o beijou: "Eu sei, eu sei, eu sei... não diga nada. Quero ser perdoada primeiro, e logo explicarei".

Ele murmurou feliz: "Está perdoada. Não tem que explicar".

Ela não explicou. Ela não permitiu que ele se queixasse. Girava pelo quarto, e ele tentava pegá-la, sentindo o tecido frio de seu casaco nas mãos, o frescor e a fragrância da brisa noturna de verão. Ele só pôde sussurrar: "Sabe que já passaram duas semanas desde...", começou, mas não acabou a frase.

Então, ela percebeu que ele estava vestido com roupa de sair. "Você está de saída, Andrei?"

"Ah... sim, estava, mas não é importante."

"Onde estava indo?"

"Só para uma reunião da Célula do Partido."

"Uma reunião da Célula do Partido? E você diz que não é importante? Você não pode faltar."

"Sim, eu posso. Não irei."

"Andrei, eu posso vir amanhã e deixar que..."

"Não."

"Bem, então, vamos sair juntos. Leve-me para o terraço do Europeu."

"Esta noite?"

"Sim. Agora."

Ele não quis se negar. Ela não quis notar o olhar em seus olhos.

Eles se sentaram em uma mesa branca no jardim, no terraço do hotel Europeu. Sentaram-se em um canto escuro, e não conseguiam ver nada do amplo salão, exceto as costas brancas e nuas de uma mulher, algumas mesas distante, com uma pequena mecha do cabelo dourado que tocava a sua nuca, escapando das elegantes e lustrosas ondas de seu penteado, e projetava uma pequena sombra dourada entre suas omoplatas; seus longos dedos seguravam uma taça de um líquido da mesma cor de seu cabelo, que balançava lentamente. Atrás da mulher, para além da névoa de luzes amarelas e fumaças azuladas e pontuais, uma orquestra tocava foxtrotes de "Bajadere", e os violinistas balançavam ao ritmo da taça dourada.

Andrei disse: "Passaram duas semanas, Kira, e... e você provavelmente precise disso".

Ele pegou um maço de notas na mão, seu salário mensal.

Ela murmurou, rejeitando o maço e o colocando entre os dedos dele:

"Não, Andrei... Obrigada... Mas não preciso. E... e creio que não precisarei mais..."

"Mas..."

"Veja, recebo muitas excursões, minha mãe obteve mais aulas na escola, e todos temos roupa e tudo de que necessitamos, de modo que..."

"Mas, Kira, eu quero..."

"Por favor, Andrei! Não discutamos. Não sobre isso... Por favor... fique com ele... Se... se eu precisar, direi."

"Promete?"

"Sim."

Os violinos emitiam um som grave e pesado, e de repente a música estalou como fogos de artifício, de modo que as rápidas e alegres notas quase pareciam faíscas disparadas contra o teto.

"Você sabe", disse Kira, "eu não deveria lhe pedir para me trazer aqui. Não é um lugar para você. Mas eu gosto. É apenas uma caricatura, mesmo que muito ruim, mas ainda é uma caricatura do que é a Europa. Sabe que música estão tocando? É de 'Bajadere'. Eu a vi. Estão tocando na Europa, também. Como aqui... quase como aqui."

"Kira", perguntou Andrei, "aquele Leo Kovalensky, ele está apaixonado por você ou algo assim?"

Ela olhou para ele, e o reflexo de uma lâmpada elétrica ficou parado como duas faíscas em seus olhos, como uma pequena forma oval sobre sua gola de couro. "Por que a pergunta?"

"Vi o seu primo, Victor Dunaev, na reunião do Clube, e ele me contou que Leo Kovalensky tinha voltado, e sorriu como se a notícia devesse significar algo para mim. Eu nem sabia que Kovalensky tinha estado fora."

"Sim, ele voltou. Esteve em algum lugar da Crimeia, por questões de saúde, eu acho. Não sei se está apaixonado por mim, mas Victor uma vez se apaixonou por mim, e nunca me perdoou por isso."

"Entendo. Eu não gosto daquele homem."

"Victor?"

"Sim. E de Leo Kovalensky, também. Espero não o ver com frequência. Não confio naquele tipo de homem."

"Ah, eu o vejo ocasionalmente."

A orquestra parou de tocar.

"Andrei, peça a eles que toquem algo para mim. Algo de que eu gosto. É uma canção chamada 'A canção da taça quebrada'."

Ele a observou enquanto a música estalava outra vez, salpicando faíscas de som. Era a música mais alegre que já tinha ouvido; e ele nunca a tinha visto com cara de tristeza; mas ela estava imóvel, com o olhar vago e os olhos desolados e aturdidos.

"É muito bonita esta música, Kira", sussurrou ele, "por que você está com essa cara?"

"É algo de que gostava... muito tempo atrás... quando eu era criança... Andrei, você já sentiu como se algo tivesse sido prometido a você em sua infância, e você olha para si e pensa 'eu não sabia, então, que isso ocorreria comigo' – e é estranho, e engraçado, e um pouco triste?"

"Não, nunca me prometeram nada. Havia tantas coisas que não sabia e é tão estranho aprendê-las agora... Sabe, a primeira vez que a trouxe aqui, tive vergonha de entrar. Pensava que não era lugar para um homem do Partido. Pensei...", ele riu suavemente, arrependidamente, "pensei que estava fazendo um sacrifício por você. E agora eu gosto."

"Por quê?"

"Porque gosto de estar em um lugar onde não há outra razão para se estar, nenhuma razão além de me sentar e vê-la do outro lado da mesa.

Porque gosto do reflexo daquelas luzes em sua gola. Porque você tem uma boca muito séria – e gosto disso –, mas quando escuta aquela música, sua boca fica alegre, como se ela também a escutasse. E todas essas coisas não têm sentido para ninguém na Terra senão para mim, e como vivia uma vida em que cada hora tinha de ter um propósito, e de repente descubro como é sentir coisas que não têm propósito que não seja eu mesmo, e vejo de repente quão sagrado um propósito pode ser, a ponto de não poder nem debater, nem duvidar, nem combater, sei, então, que é possível uma vida cuja única justificativa é minha própria alegria – então, tudo, todo o resto parece de repente muito diferente para mim."

Ela murmurou: "Andrei, você não deveria falar assim. Sinto como se eu estivesse afastando você de sua própria vida, de tudo que tem sido a sua vida".

"Você não quer sentir isso?"

"Mas isso não o assusta? Não pensa às vezes que isso pode levá-lo a encarar uma escolha que você não tem o direito de fazer?"

Ele respondeu com uma convicção tão tranquila que a palavra soou leve, despreocupada, com uma calma que transcendia a honestidade: "Não". Ele se inclinou na direção dela, por cima da mesa, seus olhos serenos e sua voz firme e suave: "Kira, parece assustada. E, de fato, sabe que essa não é uma pergunta séria. Nunca tive que encarar muitas perguntas em minha vida. As pessoas criam suas próprias perguntas porque temem olhar para frente. A única coisa que você precisa fazer é olhar para frente e ver a estrada, e quando a vir, não espere – caminhe. Eu me filiei ao Partido porque sabia que estava certo. Eu amo você porque sei que estou certo. De certa forma, você e meu trabalho são a mesma coisa. As coisas, na verdade, são muito simples".

"Nem sempre, Andrei. Você conhece a sua estrada. Eu não faço parte dela."

"Não é este o espírito do que você me ensinou."

Ela sussurrou, impotente: "O que eu te ensinei?".

A orquestra estava tocando "A canção da taça quebrada". Ninguém cantava. A voz de Andrei soava como a letra da música. Estava dizendo: "Lembra que você me disse uma vez que tínhamos a mesma raiz em algum lugar de nosso interior, porque ambos acreditávamos na vida? É uma rara capacidade e não pode ser ensinada. E não pode ser explicada para aqueles em quem aquela palavra 'vida' não desperta o tipo de sentimento que um templo gera, ou uma marcha militar, ou a estátua de um corpo perfeito. É por este sentimento que me filiei ao Partido, o qual, na época, podia me levar apenas à Sibéria. É por este sentimento que quis lutar contra o mais absurdo e inútil dos monstros que se interpunha no caminho da vida humana – e é algo que agora chamamos de política da humanidade. E, portanto, minha própria existência foi só a luta e o futuro. Você me ensinou o presente".

Ela fez uma tentativa desesperada. Disse lentamente, olhando para ele: "Andrei, quando você disse que me amava pela primeira vez, você estava com fome. Eu quis satisfazer aquela fome".

"E isso é tudo?"

"Isso é tudo."

Ele riu com tanta tranquilidade que ela teve que se render. "Você não sabe o que está dizendo, Kira. Mulheres como você não amam *apenas* assim."

"Como são as mulheres como eu?"

"São como os templos, como as marchas militares..."

"Bebamos, Andrei."

"*Você* quer uma bebida?"

"Sim. Agora."

"Certo."

Ele pediu as bebidas. Observou o esplendor da taça nos lábios dela; uma longa e fina linha trêmula de luz líquida entre seus dedos, dourados pelo reflexo. E disse: "Vamos brindar a algo que eu nunca poderia lhe dar, exceto em um lugar como este: à minha vida".

"Sua nova vida?"

"Minha única vida."

"Andrei, e se você a perder?"

"Não posso perdê-la."

"Mas muitas coisas podem acontecer. Não quero prender sua vida nas minhas mãos."

"Mas você a está prendendo."

"Andrei, você deve pensar... de vez em quando... que é possível que... E se algo acontecesse comigo?"

"Por que pensar nisso?"

"Mas é possível."

Ela sentiu de pronto como se as palavras de sua resposta fossem os elos de uma corrente que ela nunca poderia romper: "É também possível que cada um de nós tenhamos que enfrentar uma sentença de morte algum dia. Isso significa que temos que nos preparar".

# IV

ELES SAÍRAM CEDO DO JARDIM DO TERRAÇO, e Kira pediu a Andrei que a levasse para casa; ela estava cansada; nem olhou para ele.

Ele disse: “Claro, querida”, chamou uma carruagem, deixou ela se sentar em silêncio e apoiar sua cabeça sobre seu ombro, enquanto ele segurava a mão dela sem dizer nada, para não a incomodar.

Ele deixou Kira na casa dos pais dela. Ela ficou esperando em um canto escuro e ouviu a carruagem se afastar; esperou um pouco mais; por dez minutos, ficou de pé na escuridão, apoiada sob uma vidraça gelada; para além da vidraça havia um estreito duto de ventilação e uma fina parede de tijolos com uma janela; na janela, a chama amarela de uma vela tremia convulsivamente e uma grande sombra do braço de uma mulher que subia e descia sem motivo aparente, monotonamente.

Após dez minutos, Kira desceu as escadas e se apressou para o tranvia.

Quando passou pelo quarto de Marisha, ouviu a voz de um estranho atrás da porta de seu próprio quarto; uma voz grave, profunda e arrastada que pausava cuidadosa e meticulosamente em toda letra “o” e, então, seguia como se fosse uma dobradiça enferrujada. Abriu a porta.

A primeira pessoa que Kira viu foi Antonina Pavlovna com um turbante de bordado verde, apontando seu queixo com ar inquisitivo; depois viu Leo; e, então, viu o homem da voz arrastada – e os olhos dela congelaram, enquanto ele se levantava com fadiga, lançando-lhe um olhar rápido de valorização e suspeita.

"Bem, Kira, pensei que você passaria a noite com os guias de excursão. E você disse que voltaria cedo", disse Leo asperamente, enquanto Antonina Pavlovna pronunciava lentamente:

"Boa noite, Kira Alexandrovna."

"Me desculpe. Saí quando pude", respondeu Kira, olhando fixamente para a cara do desconhecido.

"Kira, posso apresentá-la? Karp Karpovich Morozov – Kira Alexandrovna Argounova."

Kira não se deu conta de que a grossa mão de Karp Karpovich estava apertando sua mão. Tinha grandes sardas, olhos claros e estreitos, uma boca vermelha carnuda e um nariz chato com amplas narinas verticais. Ela já as tinha visto duas vezes antes; ela se lembrava do especulador da estação Nikolaevsky e do comerciante do mercado.

Ela ficou de pé, sem tirar seu casaco, sem dizer uma palavra, fria ao sentir um súbito e inexplicável pânico.

"Qual é o problema, Kira?", perguntou Leo.

"Leo, já não vimos o cidadão Morozov antes?"

"Acho que não."

"Nunca tive o prazer, Kira Alexandrovna", disse Morozov, arrastando as palavras, seus olhos ao mesmo tempo astutos, ingênuos e complacentemente cordiais.

Enquanto Kira tirava seu casaco lentamente, ele se virou para Leo: "E o comércio, Lev Sergeievitch, abriremos no bairro do mercado Kuznetski. O melhor bairro. Estou de olho em um imóvel vazio – justamente o que precisamos. Uma única janela, cômodo estreito – sem muitos metros quadrados pelo que pagar – e dei vinte rublos ao *Upravdom* para nos permitir ter um sótão grande – justamente o que precisamos. Podemos visitar o lugar amanhã, você ficará muito satisfeito".

O casaco de Kira caiu no chão. Havia uma lâmpada sobre a mesa; em seu brilho, ela conseguia ver o rosto de Morozov inclinado em direção ao de Leo, suas lentas palavras em seus grossos lábios, em um sussurro controlado e culpado. Ela encarou Leo. Ele não estava olhando para ela; seus olhos eram frios, arregalados por um estranho entusiasmo. Ela permaneceu na penumbra, fora do círculo que a lâmpada formava. Os homens não prestavam atenção nela. Antonina Pavlovna lhe deu uma olhada lenta e inexpressiva, e se virou para a mesa, sacudindo as cinzas de seu cigarro.

"Como é o *Upravdom?*", perguntou Leo.

"Não podia ser melhor", riu Morozov. "Um tipo afável, com bom caráter e... prático. Com algumas notas de dez rublos e um pouco de vodca de vez em quando – tratando-o com cuidado, não nos custará muito. Pedi que limpasse o local para você. E compraremos novos cartazes – 'Lev Kovalensky. Produtos Alimentícios'."

"De que vocês estão falando?", Kira lançou as palavras a Morozov com a violência de um bofetão. Ela estava de pé ao lado dele, a luz da lâmpada espalhando fragmentos de sombras em seu rosto. Morozov se afastou um pouco dela, aproximando-se da mesa, desconcertado.

"Estávamos falando de um pequeno negócio, Kira Alexandrovna", explicou pausadamente, com um tom suave e conciliador.

"Eu prometi que Koko faria muito por você, Leo", sorriu Antonina Pavlovna.

"Kira, eu explicarei depois", disse Leo lentamente. As palavras eram como uma ordem.

Sem dizer nada, ela puxou uma cadeira à mesa e se sentou encarando Morozov, curvada para frente, de braços cruzados. Morozov seguiu, tentando não olhar para os olhos fixos dela, que pareciam registrar cada uma de suas palavras: "Entenda a vantagem do acordo, Lev Sergeievitch. Não é fácil ter um título de comerciante privado nestes tempos. Por exemplo, considere o aluguel de suas acomodações. Só isso já poderia acabar com todos os lucros. Agora, se dissermos que você é o único proprietário, então, o aluguel não será muito alto, já que você só tem que pagar por um quarto. Mas, no meu caso, por exemplo, temos três quartos grandes, Tonia e eu, e se me rotularem como comerciante privado – Deus todo-poderoso! – o aluguel arruinará todo o negócio".

"Está bem", disse Leo, "eu o assumirei. Não me importo em ser chamado de comerciante privado, Nicolas II ou Mefistófeles."

"Isso aí", Morozov soltou uma risada muito alta, sacudindo seu queixo e barriga. "Isso aí. E, Lev Sergeievitch, senhor, não se arrependerá. Os lucros – que Deus nos abençoe! – os lucros farão com que os antigos burgueses pareçam mendigos. Com nosso pequeno esquema, nadaremos em rublos, tão fácil como se os catássemos da rua. Em um ou dois anos, seremos nossos próprios donos. Algumas centenas de rublos aqui e ali, e poderemos voar para o estrangeiro – para Paris, Nice ou Montecarlo, ou para qualquer desses lugares estrangeiros que são agradáveis e artísticos."

"Sim", disse Leo, cansado. "Para o estrangeiro." Então, ele balançou a cabeça, como se para se livrar de um pensamento incômodo, e deu a volta imperiosamente, dando ordens ao homem que o estava contratando.

"Mas esse amigo seu – o comunista – esse é o ponto fraco de todo o projeto. Você confia nele?"

Morozov abriu seus grossos braços e sacudiu levemente a cabeça, um sorriso suave como a vaselina, e disse: "Lev Sergeievitch, alma minha, você não acha que sou um bebê indefeso que dá seus primeiros passos no mundo dos negócios, acha? Estou tão certo disso como da salvação eterna de nossas almas, é o quão certo estou. Ele é o jovem mais inteligente que se poderia encontrar. Rápido e razoável. E não um daqueles vigaristas que gostam de se ouvir falar. Ele não pretende tirar da vida só grandes palavras e arenque seco, não senhor. Ele sabe quando tem seu ganha-pão – e não vai deixá-lo escorrer pelos dedos. E, de novo, é ele quem assume o maior risco. Se pegassem um de nós, cidadãos comuns, poderíamos passar dez anos na Sibéria – mas no caso deles, os homens do Partido, seria o pelotão de fuzilamento, e sem tempo de dizer adeus".

"Você não tem que se preocupar, Leo", sorriu Antonina Pavlovna, "conheci o jovem. Nós o convidamos para um lanche – com champanhe e caviar, para ser exato. Ele é inteligente e de plena confiança. Pode ter fé absoluta no tino de Koko para os negócios."

"E não é tão difícil para ele...", Morozov baixou sua voz para um sussurro quase inaudível. "Ele conseguiu um desses postos de engenheiro de ferrovias, tendo acesso a todas as linhas, como um rio com afluentes. Tudo o que ele tem que fazer é garantir que o carregamento de comida seja um pouco danificado – caia por acidente, molhe um pouco, ou o que for –, garantindo que ele seja considerado sem valor comercial. Isso é tudo. O resto é simples. O carregamento vai discretamente para o sótão de nossa pequena loja – 'Lev Kovalensky. Produtos Alimentícios'. Isso não tem nada de suspeito, certo? São apenas mercadorias para um comércio. As cooperativas do Estado não recebem um carregamento, enquanto os bons cidadãos não obtêm nada com seus cupons de racionamento, apenas uma desculpa e uma promessa. Esperamos algumas semanas, dividimos a mercadoria e a mandamos para nossos próprios clientes: comerciantes privados nas três províncias, toda uma rede... razoáveis e discretos. Tenho os endereços. E isso é tudo. Quem tem que saber? Se alguém vier bisbilhotar... bem, teremos um balconista que lhe venderá um quilo de manteiga se pedirem, e isso é tudo que fazemos, e a única coisa que eles sabem é: comércio varejista, aberto e legal."

"E, ademais...", sussurrou Antonina Pavlovna, "se algo der errado, esse jovem comunista tem..."

"Sim", murmurou Morozov, e olhou furtivamente ao seu redor, parando para ouvir qualquer ruído suspeito vindo de trás da porta. E, tranquilizado, sussurrou, seus lábios no ouvido de Leo: "Ele tem contatos na GPU. Um amigo poderoso e protetor. Eu temeria até mencionar seu nome".

"Ah, estaremos protegidos nesse aspecto", disse Leo com desdém, "se tivermos dinheiro suficiente."

"Dinheiro? Claro, Lev Sergeievitch, alma minha, teremos tanto dinheiro que enrolaremos cigarros com notas de dez rublos. Repartiremos os lucros entre três: você, eu e o amigo comunista. Teremos que molhar a mão dos amigos dele na ferrovia, do *Upravdom*, além de pagar o aluguel, que entrará na conta de gastos. Mas você deve se recordar que, para eles, você é o único proprietário. O comércio é seu, está em seu nome. Eu tenho que preservar minha posição na Companhia Estatal de Alimentos. Se eu tivesse um comércio privado registrado em meu nome, eles me chutariam de lá. E tenho que manter esse emprego. Percebe o quão útil ele é para nós?"

Ele piscou para Leo. Leo não sorriu em resposta, mas disse: "Não precisa se preocupar. Não estou com medo".

"Então, tudo resolvido, certo? Ai, amigo, dentro de um mês, pensará nunca ter vivido assim. Colocará um pouco de carne nessas bochechas sulcadas, dará roupas bonitas a Kira, uma ou duas pulseiras de diamantes, e depois, talvez, um automóvel e..."

"Leo, você está louco?"

A cadeira de Kira deu contra a parede, e a lâmpada vacilou e logo se estabilizou, vibrando com um leve cintilar vidroso. Ela havia se levantado, e os três rostos, perplexos, tinham se voltado para ela.

"Isso não é uma pegadinha, não é? Ou você perdeu a cabeça por completo?"

Leo se afastou lentamente, olhando para ela diretamente, e perguntou com frieza: "Quando você se deu o direito de falar comigo assim?".

"Leo! Se esta é uma nova forma de cometer suicídio, existem outras muito mais simples!"

"De verdade, Kira Alexandrovna, você está fazendo tempestade em copo d'água", disse Antonina Pavlovna, calmamente.

"Ora, ora, Kira Alexandrovna, alma minha", disse Morozov, em tom amistoso. "Sente-se e acalme-se, e falemos disso tranquilamente. Não há por que nos exaltarmos."

Kira gritou: "Leo, não vê o que eles estão fazendo? Você não é nada mais que um tapa-buraco para eles! Eles estão investindo dinheiro. Você está investindo a sua vida!".

"Fico feliz de servir para algo", disse Leo, sem se alterar.

"Leo, escute, ficarei calma. Venha. Vou me sentar. Me ouça: não deve fazer algo assim com os olhos fechados. Preste atenção, pense bem: você sabe quão difícil é a vida hoje em dia. Não quer torná-la ainda mais difícil, não é? Você conhece o governo que estamos enfrentando. Já é difícil evitar que nos atropelem. Quer que ele o esmague? Não sabe que o pelotão de fuzilamento é o destino de quem participa de especulação fraudulenta e criminosa?"

"Creio que Leo deixou claro que não precisa de conselhos", disse Antonina Pavlovna, segurando graciosamente seu cigarro.

"Kira Alexandrovna", protestou Morozov, "por que usar termos tão fortes para uma simples proposta de negócio que é perfeitamente permissível e quase legal e...?"

"Cale-se", Leo o interrompeu e se virou para Kira. "Escute, Kira, sei que esse acordo fede e é uma fraude completa. E sei que estou arriscando minha vida. E, ainda assim, quero tentar. Você entende?"

"Mesmo se eu suplicar para que não o aceite?"

"Nada que você diga mudará as coisas. É um negócio sujo, ruim e deplorável. Sem dúvida. Mas quem me forçou a ele? Você acha que passarei o resto de minha vida rastejando, mendigando um emprego, morrendo de fome lentamente? Faz duas semanas que voltei. Encontrei trabalho? Ou a promessa de trabalho? Então eles fuzilam especuladores de alimentos? Por que eles não nos dão a oportunidade de fazer outra coisa? Você não quer que eu arrisque a minha vida. E o que é a minha vida? Não tenho carreira. Não tenho futuro. Não conseguiria fazer o que Victor Dunaev está fazendo nem se me fritassem em óleo quente. Se o que estou arriscando é a minha vida, não estou arriscando muito."

"Lev Sergeievitch, alma minha", Morozov, suspirando com admiração, "como fala bem."

"Vocês dois podem ir agora", ordenou Leo. "Vejo você amanhã, Morozov, e daremos uma olhada no local."

"Na verdade, Leo, estou surpresa", destacou Antonina Pavlovna, levantando-se com dignidade. "Você é muito influenciável e não parece ter a gentileza de apreciar uma oportunidade, quando eu acreditava que estaria grato e..."

"Quem deve estar grato?", respondeu de forma rude. "Vocês precisam de mim e eu preciso de vocês. É um negócio. Só isso."

"Claro, claro, é o que é", disse Morozov, "e aprecio a sua ajuda, Lev Sergeievitch. Tudo bem, Tonia, alma minha, vamos agora e acertaremos todos os detalhes amanhã."

Ele esticou as pernas e se levantou com esforço, apoiando as mãos sobre os joelhos. Sua grande barriga tremia quando se movia, tornando seu corpo incomodamente próximo e visível sob as pregas de seu terno.

Na porta, ele se virou para Leo: "Bem, Lev Sergeievitch, que tal um aperto de mãos? Não podemos firmar um contrato, obviamente, você entende, mas confiaremos em sua palavra".

A boca dele se curvou com desdém, Leo estendeu sua mão, como se o gesto fosse uma vitória sobre si mesmo. Morozov a apertou longa e afavelmente e, ao sair, inclinou-se como faziam os antigos campesinos. Antonina Pavlovna o seguiu sem olhar para Kira.

Leo os acompanhou até o saguão. Quando voltou, Kira continuava de pé onde se encontrava quando ele saiu. Antes que ela se virasse, ele disse: "Kira, não vamos discutir sobre isso".

"Só uma coisa, Leo", murmurou, "que eu não podia dizer na frente deles. Disse que não lhe restava nada na vida. Pensava que você... tivesse a mim."

"Não me esqueci disso. E essa é uma das razões para o que estou fazendo. Ouça, você acha que viverei às suas custas pelo resto dos meus dias? Acha que ficarei quieto olhando-a acompanhar visitantes e engolindo fuligem sobre o Primus? Aquela idiota da Antonina não tem que fazer visitas guiadas. Ela não usaria nenhum de seus vestidos nem para esfregar o chão – mas ela não precisa esfregar chãos. Pois bem, você tampouco precisará. Pobrezinha! Você não sabe o que a vida pode ser. Nunca viveu. Mas viverá. E eu vou vivê-la antes que acabem comigo. Ouça, mesmo que soubesse com certeza que estaria frente ao pelotão de fuzilamento dentro de seis meses – ainda o faria!"

Ela se apoiou sobre a mesa, porque sentiu que desmaiaria. Sussurrou: "Leo, se eu implorasse, por todo meu amor por você, por todo o seu amor por mim; se eu dissesse que agradeceria cada hora de cada excursão, cada piso que esfregasse, cada protesto de que precisasse participar, cada Clube e cada bandeira vermelha – se apenas não o fizesse – você ainda o faria?".

Ele respondeu: "Sim".

* * *

O cidadão Karp Morozov se reuniu com o cidadão Pavel Syerov em um restaurante. Eles se sentaram em uma mesa em um canto escuro. O cidadão Morozov pediu sopa de repolho. O cidadão Syerov pediu chá e uma torta francesa. Então, o cidadão Morozov inclinou-se para frente e sussurrou através do vapor da sopa. "Tudo certo, Pavlusha. Consegui o homem. Eu o vi ontem."

Pavel Syerov levou a taça aos seus lábios, e seus lábios pálidos quase não se moviam, de modo que Morozov deduziu a pergunta, em vez de ouvi-la: "Quem?".

"Lev Kovalensky é o nome. Jovem. Não tem um maldito centavo e não dá a mínima. Está desesperado. Disposto a tudo."

Os lábios brancos formaram uma palavra muda: "Confiável?".

"Totalmente."

"Fácil de controlar?"

"Como uma criança."

"Manterá a boca fechada?"

"Como uma tumba."

Morozov meteu uma colher cheia de repolho na boca; um pedaço ficou para fora e ele o sugou fazendo ruído. Ele se inclinou um pouco mais e disse, ofegante: "Ademais, ele tem um passado social. Seu pai foi executado por ser contrarrevolucionário. Se algo ocorrer... será ideal para ser culpado. Um aristocrata traidor, você sabe".

Syerov sussurrou: "Muito bom". Ele cortou com a colher uma bomba de chocolate, saindo dela um jato de creme amarelo e suave que se espalhou pelo prato. Ele silvou, em voz baixa, alguns sons uniformes e inexpressivos: "Agora, escute aqui. Quero minha parte adiantada – em todo carregamento. Não quero nenhum atraso. Não quero ter que pedir duas vezes".

"Que Deus me ajude! Pavlusha, terá seu adiantamento, não precisa me dizer, você..."

"E outra coisa: quero cautela, entende? Cautela. A partir de agora, você não me conhece, entendido? Se, por acaso, nos encontrarmos, não nos conhecemos. Antonina entregará o dinheiro para mim naquele prostíbulo, como combinamos."

"Claro, claro. Eu me lembro de tudo, Pavlusha."

"Diga para aquele idiota do Kovalensky manter distância. Não quero encontrá-lo."

"Sim. Você não precisa encontrá-lo."

"Conseguiu a loja?"

"Hoje fecho a locação."

"Muito bem. Agora, fique sentado. Vou embora primeiro. Fique aqui por vinte minutos. Entendido?"

"Claro. Que Deus nos proteja."

"Fique com Deus para si. Tenha um bom dia."

* * *

No escritório do terminal ferroviário, uma secretária estava sentada em uma mesa, atrás de uma grade de madeira, datilografando, muito concentrada, levantando o lábio superior e mordendo o inferior. À frente dela, havia um espaço vazio não varrido e duas cadeiras. Seis visitantes esperavam pacientemente; dois deles sentados. Na porta que havia atrás da secretária estava marcado: "Camarada Syerov".

O camarada Syerov voltou do almoço. Cruzou rapidamente os corredores, suas brilhantes e ruidosas botas militares rangendo. As seis cabeças dos visitantes se sacudiram ansiosas, seguindo-o com olhares tímidos e suplicantes. Ele atravessou a sala como se estivesse vazia. A secretária o seguiu até seu despacho.

Em seu despacho, havia um retrato de Lênin pendurado sobre uma ampla mesa nova, entre um diagrama que mostrava o progresso das ferrovias e um letreiro que dizia em letras vermelhas: CAMARADAS, EXPONHAM VOSSOS ASSUNTOS COM BREVIDADE. A EFICIÊNCIA PROLETÁRIA É A DISCIPLINA DA CONSTRUÇÃO REVOLUCIONÁRIA EM TEMPOS DE PAZ.

Pavel Syerov tirou de seu bolso uma cigarreira lisa e dourada, acendeu um cigarro, sentou-se à mesa e começou a revisar uma pilha de papéis. A secretária ficou de pé, esperando timidamente.

Então, ele ergueu a cabeça e perguntou: "O que está acontecendo?".

"Há cidadãos ali fora, camarada Syerov, esperando para vê-lo."

"Para quê?"

"Para pedir emprego, em sua maioria."

"Não posso receber ninguém hoje. Tenho que me apressar para uma reunião do Clube, em meia hora. Já datilografou meu relatório: 'Ferrovias: as artérias do Estado proletário'?"

"Sim, camarada Syerov. Aqui está."

"Bem."

"Esses cidadãos aí fora, camarada Syerov, estão esperando há mais de três horas."

"Diga a eles para irem para o inferno. Que retornem amanhã. Se ocorrer algo importante, ligue para a sede do Sindicato dos Trabalhadores Ferroviários. Estarei lá depois do Clube... E, obviamente, amanhã chegarei tarde."

"Sim, camarada Syerov."

* * *

Pavel Syerov caminhou para casa da sede do Sindicato de Trabalhadores Ferroviários com um companheiro do Partido. Estava de bom humor. Assoviava alegremente e piscava para as garotas que passavam. Disse: "Acho que vou dar uma festa hoje. Fiquei três semanas sem diversão. Preciso me distrair. O que você acha?".

"Genial", disse o amigo.

"Uma pequena festa, nosso grupo. Na minha casa?"

"Genial."

"Conheço um cara que pode arranjar vodca – a de verdade. E podemos ir ao *Des Gourmets* e comprar tudo que tiverem em exposição."

"Vou contigo, amigo."

"Vamos comemorar."

"O que vamos comemorar?"

"Não importa. Só comemorar. E não temos que nos preocupar com os gastos. Que diabos! Não me preocupo com gastos quando quero me divertir."

"É isso aí, camarada."

"Quem chamaremos? Vejamos... Grishka e Maxim, com suas garotas."

"E Lizaveta."

"Sim, ligarei para a sua Lizaveta. E para Valka Dourova – que garota! – ela trará meia dúzia com ela. E para Victor Dunaev, suponho, com sua namorada, Marisha Lavrova. Victor é um idiota que será um grande canalha algum dia – é bom tê-lo do nosso lado. E... me diga, amigo, acha que devo convidar a camarada Sonia?"

"Ah, maldita seja. Aquela vaca está atrás de mim. Há mais de um ano quer dar para mim. Ela não me desce..."

"Mas então, Pavlusha, precisa ter cuidado. Se ferir os sentimentos da camarada Sonia, com a posição que ela ocupa..."

"Eu sei, maldita seja! Dois sindicatos profissionais e cinco círculos femininos em suas mãos. Ah, maldita seja! Ligarei para ela."

* * *

Pavel Syerov baixara as cortinas das três janelas do seu quarto. Uma das garotas tinha estendido uma echarpe laranja sobre a lâmpada e estava quase escuro. Os rostos dos convidados eram borrões esbranquiçados jogados pelas cadeiras, pelo sofá, pelo chão. No meio do corredor havia um prato com um bolo de chocolate do *Des Gourmets*; alguém pisara no bolo. Uma garrafa quebrada estava sobre o travesseiro da cama de Syerov; Victor e Marisha estavam sentados na cama. O chapéu de Victor estava no chão, junto à porta do forno; estava sendo usado como um cinzeiro. Um gramofone tocava "John Gray"; o disco estava emperrado, repetindo insistentemente as mesmas notas roucas e rangentes; ninguém reparava. Um jovem estava sentado no chão, encostado a um balaústre da cama, tentando cantar; murmurava uma canção triste e desafinada; de vez em quando, erguia a cabeça e gritava uma nota aguda, de modo que os outros estremeciam e alguém lhe atirava um sapato ou uma almofada, gritando "Grishka, cale-se!", então sua cabeça baixava novamente. Uma garota estava deitada em um canto, ao lado da escarradeira, dormindo, seu cabelo grudado em mechas pegajosas, por cima de um rosto brilhante e corado.

Pavel Syerov cambaleava pelo cômodo, agitando uma garrafa vazia e murmurando com uma voz ofendida e insistente: "Uma bebida... Alguém quer uma bebida?... Ninguém quer beber?".

"Maldito seja, Pavel, sua garrafa está vazia...", disse alguém, na escuridão.

Ele parou, cambaleante, olhou para a garrafa contra a luz, cuspiu e a jogou embaixo da cama. "Acham que não tenho mais?", exclamou, agitando o punho ameaçador para o cômodo. "Acham que sou um qualquer, não? Um mísero qualquer que não pode conseguir vodca... Um mísero tacanho, é isso que pensam, não é? Bem, vou lhes mostrar..."

Ele fuçou em uma caixa embaixo da mesa e se ergueu, cambaleante, segurando uma garrafa fechada por cima da cabeça. Riu: "Não posso me permitir, não é?". Então, ele andou vacilante até o canto de onde a voz tinha vindo. Ria das manchas esbranquiçadas que se viravam para vê-lo; fez um grande círculo com a garrafa e a espatifou contra uma estante de livros. Uma garota gritou; estilhaços de vidro por todos os lados. Um homem soltou diversos impropérios violentos.

"Minhas meias, Pavel, minhas meias!", soluçou a garota, levantando sua saia sobre as pernas encharcadas.

Os braços de um homem a alcançaram na escuridão: "Não importa, querida. Tire-as".

Syerov soltou uma risada triunfante: "Não posso me permitir, não é? Posso...? Pavel Syerov pode pagar qualquer coisa agora!... Qualquer coisa nesta maldita Terra!... Pode comprar a todos, corpos e almas!".

Alguém tinha rastejado por baixo da mesa e estava futricando na caixa, buscando mais garrafas.

Uma mão bateu na porta.

"Entre!", gritou Syerov. Ninguém entrou. A mão voltou a bater. "Que diabos! O que querem?" Foi cambaleando até a porta e a abriu de golpe.

Sua vizinha de porta, uma mulher gorda e pálida, estava de pé no corredor, tremendo com uma camisola de flanela, com um velho xale sobre os ombros, tirando mechas de cabelo grisalho dos olhos sonolentos.

"Cidadão Syerov", ela gemeu com indignação, "não pode parar com este barulho? A horas tão indecentes... vocês, jovens, não têm mais vergonha nestes dias... nem temor a Deus... nem..."

"Circule, vovó, circule!", ordenou Syerov. "Enfie a cabeça embaixo do travesseiro e mantenha a sua maldita boca fechada. Ou prefere dar uma volta até a GPU?"

A mulher deu a volta rapidamente e foi embora se arrastando, fazendo o sinal da cruz.

A camarada Sonia estava sentada num canto junto à janela, fumando. Vestia uma túnica de cor cáqui sob medida com bolsos nos quadris e no peito; fora confeccionada com tecido estrangeiro de luxo, mas ela continuava a deixar cinzas caírem sobre a saia. A voz de uma garota suplicava num sussurro queixoso: "Diga-me, Sonia, por que demitiu Dashka do escritório? Necessitava do trabalho, de verdade, é honesta...".

"Não falo de temas de trabalho fora do horário de trabalho", respondeu friamente a camarada Sonia. "Ademais, minhas ações são sempre motivadas pelo bem do coletivo."

"Sim, claro, não duvido disso, mas, ouça, Sonia..."

A camarada Sonia percebeu Pavel Syerov escorado na porta. Ela se levantou e andou até ele, deixando a garota falando sozinha.

"Venha aqui, Pavel", disse a camarada Sonia, seu braço forte o segurou, levando-o até uma cadeira. "É melhor se sentar. Deixe-me ajudar."

"Você é uma amiga, Sonia", resmungou ele, enquanto ela colocava um travesseiro entre seus ombros. "Você é uma amiga de verdade. Não gritaria comigo se eu fizesse um pouco de barulho, não é?"

"É claro que não."

"Você acha que não posso pagar uma boa vodca, como alguns idiotas aqui pensam?"

"É claro que não, Pavel. Algumas pessoas não sabem valorizá-lo."

"É isso. O problema é esse. Não me valorizam. Sou um grande homem. Serei um grande homem, mas eles não sabem. Ninguém sabe... Serei um homem muito, muito poderoso. Farei os capitalistas estrangeiros parecerem ratos... Isso: ratos... darei ordens ao próprio Lênin."

"Pavel, nosso grande chefe está morto."

"Sim. Ele está. O camarada Lênin está morto... Ah, de que isso serve? Preciso de uma bebida, Sonia. Eu me sinto muito triste. O camarada Lênin está morto."

"Muito gentil de sua parte, Pavel. Mas seria melhor você não beber mais."

"Mas estou muito triste, Sonia. Ninguém me valoriza."

"Eu valorizo, Pavel."

"Você é uma amiga. Você é amiga de verdade, Sonia."

Na cama, Victor segurou Marisha em seus braços. Ela ria, contando os botões da túnica dele; perdeu a conta após o terceiro e começou de novo. Ela sussurrava: "Você é um cavalheiro, Victor, é o que você é, um cavalheiro... É por isso que o amo, pois é um cavalheiro... E eu sou apenas uma fedelha. A minha mãe, ela era cozinheira antes... antes... Bem, de qualquer forma, antes. Lembro que, há muitos, muitos anos, ela trabalhava em uma casa enorme, eles tinham cavalos e carruagens, e um banheiro, e eu costumava descascar legumes para ela, na cozinha deles. E havia um jovem elegante, o filho deles, ah, tinha uniformes tão bonitos e falava diversos idiomas estrangeiros, e se parecia contigo. E eu nem sequer me atrevia a olhar para ele. E agora tenho um cavalheiro só meu", riu alegre, "não é engraçado? Eu, Marisha, a descascadora de legumes!".

"Ah, cale-se", disse Victor, e a beijou, sua cabeça caía de sono.

Uma garota, parada atrás deles na escuridão, riu em voz baixa: "Quando irão se casar no cartório?".

"Vá embora", disse Marisha, agitando a mão. "Nos casaremos no cartório. Estamos noivos."

A camarada Sonia tinha puxado uma cadeira para perto da de Syerov; ele havia deitado com a cabeça no colo dela, enquanto ela acariciava o cabelo dele. Ele sussurrava: "Você é uma mulher especial, Sonia... É uma mulher maravilhosa... você me entende...".

"Sim, Pavel. Eu sempre disse que você era o jovem mais brilhante, mais talentoso de nosso coletivo."

"Você é uma mulher maravilhosa, Sonia." Ele a beijava, gemendo: "Ninguém me valoriza".

Ele a havia jogado no chão, apoiando-se sobre seu corpo suave e pesado, sussurrando: "Um homem precisa de uma mulher... uma mulher inteligente, compreensiva, forte e robusta... Quem se importa com aqueles espantalhos esquálidos? Gosto de uma mulher como você, Sonia...".

Não sabia como ele de repente foi parar no pequeno armário entre o seu quarto e o de seus vizinhos. Uma janela com teias de aranha, no alto do teto, lançava um raio de luar empoeirado sobre uma pilha de caixas e cestos. Ele estava escorado no ombro da camarada Sonia, gaguejando: "Acham que Pavel Syerov será mais um vadio qualquer comendo nas latas de lixo toda a vida... Bem, vou mostrar para eles! Pavel Syerov vai mostrar a eles quem tem o chicote... Eu tenho um segredo... um grande segredo, Sonia... Mas não posso lhe contar... Mas eu sempre gostei de você, Sonia... Sempre precisei de uma mulher como você, Sonia... suave e confortável".

Quando tentou se esticar sobre a superfície plana de um grande cesto de vime, a pilha estremeceu, balançou e caiu com um grande estrondo. Os vizinhos bateram furiosamente, protestando, contra a parede.

Os camaradas Sonia e Pavel Syerov, no chão, não prestaram atenção.

# V

O BALCONISTA LIMPOU O NARIZ COM a palma da mão e embrulhou um quilo de manteiga em um jornal. Tinha cortado a manteiga de um círculo amarelo e pastoso que estava sobre um barril de madeira em cima do balcão à sua frente; limpou a faca em seu avental, que já tinha sido branco. Tinha olhos claros e lacrimejantes; seus lábios eram uma concavidade em sua cara enrugada; seu longo queixo pairava desconfortavelmente sobre um balcão muito alto para o esqueleto envelhecido que se escondia debaixo de seu velho suéter azul. Ele fungou e, mostrando dois dentes quebrados e enegrecidos, sorriu para uma cliente, uma garota muito bonita que usava um chapéu azul adornado com cerejas:

"A melhor manteiga da cidade, cidadã, a melhor da cidade."

Sobre o balcão havia uma pirâmide de pães quadrados, desde pães negros a pães brancos. Acima do balcão, estavam pendurados salsichões, salame e cogumelos secos. Moscas sobrevoavam os engordurados pratos de velhas balanças e caminhavam sobre os vidros empoeirados de uma única e estreita janela. Sobre ela, manchada pela primeira chuva de setembro, havia um cartaz pendurado:

LEV KOVALENSKY. PRODUTOS ALIMENTÍCIOS

A cliente jogou algumas moedas de prata sobre o balcão e pegou seu pacote. Ela estava se virando para ir embora quando parou involuntariamente, por um breve momento, assustada, olhando para o jovem que tinha entrado. Não sabia que ele era o dono da loja; mas sabia que não teria muitas chances de ver aquele tipo de jovem nas ruas de Petrogrado. Leo usava um sobretudo novo, estrangeiro, com um cinto apertado na cintura fina e esguia; ele usava um chapéu cinzento de feltro estrangeiro com um dos lados da aba virado para cima sobre um perfil arrogante, com um cigarro preso ao canto da boca por dois dedos longos e retos dentro de uma luva de couro estrangeiro apertada e brilhante. Movia-se com a graça rápida, confiante e inconsciente de um corpo que parecia ter nascido para essas roupas, como o corpo de um animal com sua majestosa pelagem, como o corpo de um manequim de uma loja estrangeira.

A garota olhou diretamente para ele, suavemente, desafiadoramente. Ele respondeu com um olhar que era um convite, e um insulto sarcástico, e quase uma promessa. Então, ele se virou e se dirigiu ao balcão, enquanto ela saía lentamente.

O balconista se inclinou tanto que tocou com o queixo o círculo da manteiga:

"Bom dia, Lev Sergeievitch, bom dia, senhor."

Leo bateu as cinzas de seu cigarro em uma lata vazia que havia no balcão e perguntou: "Há dinheiro em caixa?".

"Sim, senhor, não posso reclamar, o negócio tem ido bem hoje, senhor, e..."

"Passe o dinheiro."

Indeciso, o homem tocou seu queixo e murmurou:

"Mas, senhor, Karp Karpovitch disse na última vez que você..."

"Eu disse para me dar."

"Sim, senhor."

Leo enfiou as notas descuidadamente em sua carteira. E perguntou, baixando a voz: "O carregamento chegou na noite passada?".

O balconista confirmou com a cabeça, confiante, e deu uma risadinha.

"Cale-se", disse Leo. "E tenha cuidado."

"Mas, sim, senhor, claro, senhor, você sabe que sou a discrição em pessoa, como dizem por aí, se é que posso falar assim, senhor. Karp Karpovitch sabe que pode confiar em um velho e leal servo que trabalha para ele há mais de..."

"Poderia usar algum mata-moscas aqui, de vez em quando..."

"Sim, senhor, eu..."

"Hoje não voltarei. Mantenha o comércio aberto até a hora habitual."

"Sim, senhor. Que tenha um bom dia, senhor."

Leo saiu sem responder.

Na esquina, a garota do chapéu azul adornado com flores de cerejas o estava esperando. Ela sorriu esperançosa, incerta. Ele hesitou por um segundo; então, ele sorriu e se afastou. O sorriso provocou um rubor nas bochechas e no nariz sob a aba azul. Mas ela permaneceu ali, observando-o entrar em uma carruagem e se afastar.

Dirigiu-se para o mercado Alexandrovsky. Passou rapidamente pelas velharias espalhadas pela calçada, ignorando os olhares ansiosos e suplicantes de seus donos. Parou em uma pequena barraca que expunha vasos de porcelana, relógios de mármore e castiçais de bronze, um tesouro de valor incalculável que, vindo de um palácio demolido, tinha ido parar na penumbra poeirenta do mercado.

"Quero algo para dar de presente", disse ao balconista, que se mostrou solícito. "Um presente de casamento."

"Sim, claro", o balconista se inclinou de novo. "Para sua namorada, senhor?"

"Não, não. Para um amigo."

Olhou com indiferença e desprezo para os delicados tesouros, rachados e empoeirados, que deveriam repousar em almofadas de veludo na vitrine de um museu.

"Quero algo melhor", ordenou.

"Sim, claro, senhor", o balconista se inclinou, "algo bonito para um querido amigo."

"Não. Para alguém que odeio." Ele apontou para um vaso de porcelana azul e dourada em um canto. "O que é isso?"

"Ah, isso, senhor!" O balconista alcançou timidamente o vaso e o levou devagar e cuidadosamente até o balcão; seu preço o tinha feito hesitar mostrá-lo mesmo para um cliente de casaco estrangeiro. "Autêntica porcelana de Sèvres, senhor", sussurrou, limpando as teias de aranha para lhe mostrar a delicada marca de fábrica. "Um objeto da realeza, senhor", disse, assoprando, "um verdadeiro objeto da realeza."

"Vou ficar com ele", disse Leo.

O balconista engoliu em seco e atrapalhou-se com sua gravata, olhando a carteira entre os dedos enluvados de um cliente que não tinha nem pedido o preço.

* * *

"Camaradas, nestes dias de pacífica construção do Estado, os trabalhadores da cultura proletária são o batalhão de choque na vanguarda da revolução. A educação das massas trabalhadoras e campesinas é o grande problema de nossas jornadas vermelhas. Nós, os guias das excursões, somos parte do grande exército de educadores em tempos de paz, imbuídos da metodologia prática do materialismo histórico, em sintonia com o espírito da realidade soviética, dedicados a..."

Kira se sentou na nona fila, em uma cadeira que ameaçava se quebrar a qualquer momento. A reunião dos guias de excursão estava chegando ao fim. À sua volta, as cabeças se inclinavam cansadas e os olhos olhavam furtivamente, esperançosamente, para um grande relógio na parede, por cima da cabeça do orador. Mas Kira tentava ouvir; mantinha os olhos fixos na boca do orador para aproveitar cada palavra; desejava que as palavras fossem ditas em voz mais alta. Mas as palavras não conseguiam silenciar as vozes que soavam na sua mente: uma voz ao telefone, suplicante, tentando não parecer suplicante: "Kira, por que eu a vejo tão raramente?"; uma voz imperiosa na escuridão do seu quarto à noite: "Que visitas são essas, Kira? Você disse que estava na casa da Irina ontem. Mas não estava". Por quanto tempo ela conseguiria manter essa situação? Havia três semanas que não via Andrei.

Ouviu ao seu redor um barulho de cadeiras; a reunião tinha terminado. Ela desceu correndo as escadas. Estava dizendo a um companheiro: "... sim, um discurso esplêndido. Obviamente, nosso dever cultural para com o proletariado é nosso principal objetivo...". Era fácil dizer isso. Era fácil, após ter olhado fixamente para Leo, rindo: "Leo, de onde vêm essas perguntas estúpidas? Você não confia em mim?", pressionando sua mão contra seus seios para esconder a marca dos dentes de Andrei.

Ela correu para casa. No quarto de Marisha, havia dois baús e um cesto de vime no chão; gavetas vazias estavam abertas; e os cartazes, arrancados das paredes e empilhados nos baús. Marisha não estava em casa.

No quarto de Kira, uma criada correu do sibilante Primus, ao lado da janela, para pegar o casaco dela.

"Leo não voltou ainda, certo?", perguntou Kira.

"Não, senhora."

O casaco de Kira era velho, com remendos de borracha nos cotovelos. Seu vestido tinha manchas de gordura na gola e fios puxados na bainha. Com um rápido movimento, Kira o tirou por cima da cabeça e o jogou para a criada, sacudindo o cabelo desgrenhado. Então, caiu na cama, chutou os sapatos velhos com saltos gastos e arrancou suas velhas meias de algodão. A criada ajoelhou-se junto à cama, tirando as meias finas de seda das pernas esguias de Kira, calçando-lhe delicados sapatos de salto alto; depois, levantou-se para ajudá-la a colocar um vestido de lã escura. A moça colocou o casaco e os sapatos velhos em um armário que continha quatro casacos novos e seis pares de sapatos novos.

Mas Kira tinha que manter seu emprego para proteger seu título de funcionária soviética; e tinha que vestir suas roupas velhas para proteger seu emprego.

Um extravagante buquê de lírios brancos, o último presente de Leo, estava sobre a mesa. As pétalas brancas tinham manchas de fuligem do Primus. Kira tinha uma criada, mas não uma cozinha. A criada trabalhava cinco horas por dia e cozinhava as refeições no Primus, ao lado da janela.

Leo chegou em casa, carregando o vaso de Sèvres embrulhado em jornais.

"O jantar ainda não está pronto?", perguntou ele. "Quantas vezes eu já lhe disse que odeio ver aquela coisa enfumaçando quando chego em casa?"

"Está pronta, senhor." A criada, com seu juvenil e redondo rosto obediente e assustado, apressou-se para desligar o Primus.

"Comprou o presente?", perguntou Kira.

"Aqui está. Não desembrulhe. É frágil. Jantemos, que vamos nos atrasar."

Após o jantar, a criada lavou os pratos e foi embora. Kira se sentou em frente ao espelho, passando cuidadosamente em seus lábios um autêntico batom francês.

"Você não vai com esse vestido, não é?", perguntou Leo.

"Sim..."

"Não. Coloque o preto de veludo."

"Não tenho vontade de me produzir. Não para o casamento de Victor. Nem queria ir, só vou por causa do tio Vasili."

"Bem, já que vai, quero que esteja radiante."

"Mas, Leo, é prudente? Lá haverá muitos amigos dele do Partido. Por que mostrar a eles que temos dinheiro?"

"Por que não? Nós temos dinheiro. Que vejam que temos dinheiro. Não agirei como lixo em benefício do lixo."

"Tudo bem, Leo. Como quiser."

Leo olhou para Kira com um gesto de aprovação quando ela se posicionou em frente a ele, séria como uma freira, graciosa como uma marquesa de dois séculos atrás, suas mãos muito brancas e finas sobre o suave veludo negro. Ele sorriu com aprovação e segurou a mão dela, como se fosse uma dama em uma recepção da Corte, e beijou sua palma, como se fosse uma cortesã.

"Leo, o que você comprou para eles?", ela perguntou.

"Ah, só um vaso. Pode vê-lo, se quiser."

Ela retirou as folhas de jornal e perdeu o fôlego: "Leo! Mas isso... isso custa uma fortuna!".

"Sim. É Sèvres."

"Leo, não podemos presenteá-los com isso. Não podemos permitir que vejam que podemos comprar tal coisa. De verdade, é perigoso."

"Ah, bobagem."

"Leo, você está brincando com fogo. Por que dar um presente tão caro para todos os comunistas verem?"

"Exatamente por isso."

"Mas eles sabem que um comerciante privado comum não poderia comprar presentes como esse."

"Ah, pare de dizer bobagens!"

"Devolva isso e troque por outra coisa."

"Não vou devolver."

"Então, não irei à festa."

"Kira..."

"Leo, por favor!"

"Ah, tudo bem!"

Agarrou o vaso e o jogou no chão. Ele se espatifou em mil pedaços brilhantes. Ela ficou sem fôlego, e ele riu: "Venha, vamos. Pode comprar outra coisa para eles no caminho".

Ela olhou para os pedaços. Disse, com uma voz fraca: "Leo, todo esse dinheiro...".

"Você um dia vai esquecer essa palavra? Não podemos viver sem pensar nisso o tempo todo?"

"Mas você prometeu que pouparia. Precisaremos de dinheiro. As coisas podem não continuar assim."

"Ah, bobagem! Temos muito tempo para poupar."

"Mas, você não sabe o que significa, todas essas notas de cem, ali, no chão? Não se lembra de que é a sua vida que você está apostando por cada um desses rublos?"

"Claro que lembro. É só disso que me lembro. Como saber que tenho um futuro? Para que poupar? Talvez nunca precise de dinheiro. Passei muito tempo com medo por causa dele. Não posso desperdiçá-lo se eu quiser – enquanto ainda posso?"

"Está bem, Leo. Vamos. Chegaremos tarde."

"Venha, mude essa cara. Você está muito bonita para fazer cara feia."

* * *

Na sala de jantar dos Dunaev, havia um ramo de ásteres em uma tigela, outro de margaridas no bufê, e outro de capuchinhas sobre o piano. O piano fora emprestado pelos vizinhos; havia riscos nos tacos de madeira que se iniciavam na porta.

Victor vestia um modesto terno escuro e uma modesta expressão de felicidade juvenil. Apertava mãos, sorria e se inclinava graciosamente, agradecendo as felicitações. Marisha tinha um vestido de lã púrpura e uma rosa branca no ombro. Parecia desnorteada; observava os movimentos de Victor com um orgulho tímido e incrédulo. Ela enrubescia e se apressava para agradecer os cumprimentos dos convidados, e apertava mãos sem saber de quem eram, seus olhos confusos, vagando em busca de Victor.

Os convidados entravam, murmuravam votos de felicidade e se sentavam desconfortavelmente. Os amigos da família estavam tensos e desconfiados, tratando com cautela e cordialidade os membros do Partido. Os membros do Partido eram estranha, incerta e impotentemente cordiais com os amigos do passado burguês de Victor. Os convidados não pareciam muito naturais em suas ruidosas afirmações de felicidade quando olhavam para a figura quieta e curvada de Vasili Ivanovitch, com uma pergunta silenciosa e angustiada congelada em seus olhos; e para Irina em seu melhor vestido remendado, com seus movimentos bruscos e sua voz estridente de alegria forçada.

A pequena Acia usava um laço cor-de-rosa em uma mecha do cabelo, que sempre caía sobre o seu nariz. Ria, de vez em quando, olhando para um convidado, roendo as unhas. Observava Marisha com uma curiosidade insolente. Bisbilhotava a mesa que exibia os presentes de casamento, uma estranha variedade de objetos: um relógio de bronze, um cinzeiro chinês em forma de caveira, um Primus novo, um conjunto completo das obras de Lênin com capas vermelhas. Irina a observava atentamente para afastá-la a tempo do bufê e dos pratos de torta.

Galina Petrovna seguia Victor persistentemente, dando-lhe tapinhas no ombro e repetindo: "Estou tão feliz, tão feliz, meu querido!". Os músculos do rosto de Victor estavam fixos em um amplo sorriso, complementado por seus dentes reluzentemente brancos; não tinha que sorrir; simplesmente virava a cabeça em direção a ela e acenava sem mudar de expressão.

Quando Victor conseguiu fugir dela, Galina Petrovna deu tapinhas no ombro de Vasili Ivanovitch, repetindo: "Estou tão feliz, tão feliz, Vasili. Você tem um filho do qual deve se orgulhar". Vasili confirmava com a cabeça como se ele a tivesse ouvido.

Quando Kira entrou, a primeira pessoa que viu, sozinho ao lado de uma janela, foi Andrei.

Ela parou na porta. Os olhos dele encontraram os dela, e depois se moveram para o homem que a levava pelo braço. Leo sorriu levemente, desdenhosamente.

Kira foi diretamente em direção a Andrei; estava graciosa, ereta, supremamente confiante, em seu régio vestido preto. Ela estendeu sua mão, dizendo em voz alta: "Boa noite, Andrei. Fico muito feliz em vê-lo".

Os olhos dele lhe disseram tacitamente que ele compreendia, que seria cuidadoso, enquanto apertava a mão dela com um sorriso afável e impessoal.

Leo se aproximou deles lentamente, indiferentemente. Cumprimentou Andrei com uma inclinação e lhe perguntou, com uma voz cortês e um sorriso insolente: "Então, você também é amigo de Victor?".

"Sim, como você", respondeu Andrei.

Kira continuou andando, sem pressa, para felicitar Victor e Marisha. Cumprimentou com a cabeça os conhecidos, sorriu e conversou com Irina. Ela sabia que os olhos do homem ao lado da janela a estavam seguindo. Não se voltou para olhá-lo.

Falou com muitos convidados antes de se reaproximar de Andrei, como se fosse por acaso. Leo estava ocupado ouvindo Lydia do outro lado do salão.

Andrei sussurrou ansiosamente: "Victor sempre me convida. Esta é a primeira vez que aceito. Sabia que você estaria aqui. Kira, já se passaram três semanas...".

"Eu sei. Desculpe, Andrei. Mas não podia. Explicarei depois. Fico feliz de vê-lo aqui – se tiver cuidado."

"Terei cuidado. Que vestido bonito, Kira. É novo?"

"Ah... sim. É um presente de minha mãe."

"Kira, você sempre vai a festas com ele?"

"Você se refere a Leo?"

"Sim."

"Espero que não pretenda dizer com quem posso..."

"Kira!" Ele ficou surpreso com a firmeza gélida da voz dela. E se desculpou: "Kira, sinto muito. É claro que não quero dizer... Me perdoe. Sei que não tenho nenhum direito de dizer... mas, veja, nunca gostei dele".

Ela sorriu alegremente, como se nada tivesse acontecido e, se apoiando na sombra do nicho da janela, apertou suavemente os dedos dele.

"Não se preocupe", ela sussurrou e, afastando-se dele, virou-se, sacudindo seus cabelos, lançando em direção a ele, através dos cachos enrolados, um olhar de calidez e compreensão que o deixou sem fôlego, empolgado pelo segredo que guardavam, entre desconhecidos, pela primeira vez.

Vasili Ivanovitch estava sentado sozinho em um canto, debaixo de uma lâmpada, e a luz de um abajur de cetim rosado deixava seus cabelos grisalhos cor-de-rosa. Olhava para os pés que se arrastavam, para as botas militares dos jovens comunistas, para o nevoeiro azul de fumaça que se estendia até o teto, em ondas suaves e redondas, como uma mistura pesada e transparente que fervia lentamente, para uma cruz de ouro em uma fita de veludo preto em volta do pescoço de Lydia, uma faísca brilhante que furava o nevoeiro do outro lado da sala.

Kira se aproximou dele e se sentou ao seu lado. Ele tocou a mão dela, não disse nada, e sabia que ela sabia. Então, ele disse, como se ela estivesse seguindo o fio de seus pensamentos: "... não me importaria muito se Victor a amasse, mas ele não a ama. Sabe, Kira, quando ele era pequeno com seus grandes olhos negros, eu costumava olhar para minhas clientes, aquelas senhoras que pareciam retratos de imperatrizes, e me perguntava qual delas era a mãe da pequena lindeza, crescendo em algum lugar, que, algum dia, seria minha filha também... Você conheceu os pais de Marisha, Kira?".

Galina Petrovna tinha encurralado Leo; ela estava contando, entusiasmada: "... muito feliz pelo seu sucesso, Leo. Sempre disse que um jovem brilhante como você não teria nenhum problema. Aquele vestido de Kira é magnífico. Estou muito feliz por ver o quão bem cuida de minha filhinha...".

Victor estava sentado no braço de uma poltrona ocupada pela ruiva Rita Eksler. Inclinou-se perto dela, segurando seu cigarro para acender o que estava nos lábios dela. Rita acabara de se separar de seu terceiro marido; ela estreitou seus olhos sob seus longos cabelos ruivos e sussurrou conselhos confidenciais. Estavam rindo em voz baixa.

Marisha se aproximou timidamente e pegou a mão de Victor com um movimento desajeitado de faceirice. Ele afastou bruscamente sua mão e disse impacientemente: "Não podemos negligenciar nossos convidados, Marisha. Veja, a camarada Sonia está sozinha. Vá falar com ela".

Marisha obedeceu humildemente. O olhar de Rita a seguiu através de uma nuvem de fumaça; Rita puxou sua saia para cima e cruzou suas longas e finas pernas.

"Na verdade", disse friamente a camarada Sonia, com um tom de autoridade final, "não posso dizer que a felicito por sua escolha, camarada Lavrova. Um verdadeiro proletário não se casa com alguém de fora de sua classe."

"Mas camarada Sonia", protestou Marisha, estupefata, "Victor é membro do Partido."

"Eu sempre disse que as regras de admissão do Partido não eram suficientemente estritas", disse a camarada Sonia.

Marisha perambulava consternada entre a multidão de convidados. Ninguém olhava para ela, e ela não tinha nada para dizer. Viu Vasili Ivanovitch sozinho ao lado do bufê, organizando garrafas e taças. Aproximou-se dele e sorriu timidamente. Ele olhou para ela, atônito. Ela disse com determinação, muito rapidamente, sem rodeios, juntando as palavras, ruborizada: "Eu sei que não gosta de mim, Vasili. Mas, veja, eu... eu o amo tanto".

Vasili Ivanovitch olhou para ela, e depois disse, com uma voz inexpressiva: "Tudo bem, filha".

A família de Marisha estava sentada em um canto escuro, com ar solene, taciturno e incômodo. Seu pai – um homem curvado de cabelos grisalhos que vestia um blusão de trabalhador e calças remendadas – com mãos calosas sobre os joelhos; seu rosto, com uma boca fechada e amargurada, estava inclinado para frente, seus olhos ferozes e brilhantes perscrutando o salão; eles eram escuros e jovens, em um rosto combalido. Sua mulher se escondia timidamente atrás dele, pálida e disforme em um vestido floreado de chita, seu rosto era como um areal que a erosão deixara cinza e sem vida. O irmão mais novo de Marisha, um garoto magricela de oito anos, estava de pé agarrado à saia de sua mãe, lançando olhares irritados e desconfiados para Acia.

Victor se uniu a Pavel Syerov e um grupo de três homens com jaquetas de couro. Ele passou um braço em volta dos ombros de Syerov e outro nos do secretário da Célula do Partido. Se aproximou de ambos com ar de cumplicidade e confidencialidade, seus olhos negros sorriam. A camarada Sonia, que se aproximava, o ouviu sussurrar:

"... sim, tenho orgulho da família de minha esposa e seu histórico revolucionário. O pai dela, você sabe, foi exilado na Sibéria, sob o regime do czar."

A camarada Sonia disse: "O camarada Dunaev é um homem muito inteligente".

Nem Victor, nem Syerov gostaram do tom da voz dela. Syerov replicou: "Victor é um de nossos melhores trabalhadores, Sonia".

"Eu disse que o camarada Dunaev é muito inteligente", repetiu. E complementou: "não duvidaria de sua lealdade de classe. Estou certa de que ele não tem nada em comum com os cavalheiros patrícios como o cidadão Kovalensky aí".

Pavel Syerov olhou fixamente para a figura alta de Leo, inclinada sobre Rita Eksler. Ele perguntou: "Diga-me, Victor, esse homem se chama Lev Kovalensky, certo?".

"Leo Kovalensky, sim. Ele é um bom amigo da minha prima. Por quê?"

"Ah, nada. Nada não..."

Leo observou Kira e Andrei, que estavam sentados lado a lado no parapeito da janela. Ele acenou para Rita, que encolheu os ombros impacientemente, e caminhou lentamente em direção a eles.

"Estou atrapalhando?", perguntou.

"Imagina", disse Kira.

Leo se sentou ao lado dela. Tirou sua cigarreira dourada do bolso e, abrindo-a, ofereceu a ela. Ela recusou. Ele ofereceu a Andrei. Andrei pegou um cigarro. Leo se inclinou para a frente de Kira para acendê-lo.

"Dado que a sociologia é a ciência favorita de seu Partido", disse Leo, "não lhe parece que este casamento é uma ocasião de interesse especial, camarada Taganov?"

"Por quê, cidadão Kovalensky?"

"Como uma oportunidade para observar a imutabilidade essencial da natureza humana. O matrimônio por razões de Estado é um dos costumes mais antigos da humanidade. Sempre foi aconselhável casar-se com a classe dirigente."

"Você deve lembrar", disse Andrei, "a classe social a qual pertence a pessoa em questão."

"Ah, bobagem!", disse Kira. "Estão apaixonados."

"O amor", disse Leo, "não faz parte da filosofia do Partido do camarada Taganov. Faz?"

"É uma questão que não deveria lhe interessar", respondeu Andrei.

"Não deveria?", perguntou Leo lentamente, encarando-o. "É isso que estou tentando averiguar."

"É uma questão que contradiz sua... teoria sobre o tema?", perguntou Andrei.

"Não. Creio que confirma minha teoria. Veja, minha teoria é que os membros de seu Partido tendem a situar seus desejos sexuais muito acima de sua própria classe." Estava olhando fixamente para Andrei, mas apontava levemente, com seu cigarro, para Marisha, do outro lado do salão.

"Se o fazem", respondeu Andrei lentamente, "nem sempre fracassam." Andrei estava olhando fixamente para Kira, mas apontava para Victor.

"Marisha parece feliz", disse Kira. "Por que isso o incomoda?"

"O que me incomoda é a arrogante ousadia dos amigos...", começou a dizer Leo.

"... que não conhecem os limites dos direitos da amizade", concluiu Andrei.

"Andrei", disse Kira, "não estamos sendo gentis com... Marisha."

"Desculpe", ele se apressou a dizer. "Estou certo de que o cidadão Kovalensky não me interpretará mal."

"Não", disse Leo.

Irina tinha colocado as taças em bandejas, e Vasili Ivanovitch as tinha enchido. Ela as distribuiu entre os convidados, sorrindo levemente para as mãos que pegavam as taças; seu sorriso era resignado, indiferente; estava calada, o que não era normal para ela.

As bandejas se esvaziaram rapidamente; os convidados seguravam as taças ansiosos, impacientes. Victor se levantou e o burburinho de vozes parou na hora, em um silêncio solene.

"Meus queridos amigos" – a voz de Victor era clara e vibrante, com sua cálida persuasão – "não tenho palavras para descrever minha profunda gratidão a todos por sua amabilidade neste grande dia de minha vida. Brindemos por uma pessoa que é muito cara ao meu coração, não só como um parente, mas como um homem que simboliza um esplêndido exemplo para nós, jovens revolucionários começando nossas vidas de serviço à causa do proletariado. Um homem que dedicou sua vida a essa causa, que se lançou com valentia contra a tirania do czar, que sacrificou seus melhores anos nas frias paragens do exílio siberiano, lutando pelo grande objetivo da liberdade do povo. E, posto que esse objetivo é primordial para todos nós, posto que é superior a todas as nossas ideias de felicidade pessoal, dediquemos nosso primeiro brinde a um dos pioneiros na luta pelo triunfo dos trabalhadores e campesinos soviéticos, meu querido sogro, Glieb Ilyitch Lavrov!"

Mãos aplaudiram sonoramente; taças foram levantadas, tinindo; todos os olhos se voltaram para o canto onde a figura magra e curvada do pai de Marisha se colocava lentamente de pé. Lavrov estava segurando sua taça, mas não sorriu; sua mão pediu silêncio. Disse pausadamente, com firmeza e serenidade:

"Ouçam, meus jovens filhotes. Passei quatro anos na Sibéria. Passei esse período lá porque vi as pessoas famintas, esfarrapadas e esmagadas sob uma bota, e pedi liberdade. Ainda vejo as pessoas famintas, esfarrapadas e esmagadas sob uma bota. Só que a bota agora é vermelha. Não fui para Sibéria para lutar por um bando de loucos, sedentos por poder e sangue, que estrangula as pessoas como nunca foram estranguladas antes, que sabe menos sobre liberdade do que qualquer czar que já existiu! Bebam tudo que quiserem, bebam até afogarem o último resquício de consciência de vossos cérebros idiotas, bebam tudo que desejarem. Mas quando beberem em honra aos soviéticos, não bebam em meu nome!"

No silêncio sepulcral do salão, um homem subitamente começou a rir, com uma gargalhada forte, estridente e ecoante. Era Andrei Taganov.

Pavel Syerov saltou e, passando seu braço pelos ombros de Victor, exclamou, levantando seu copo: "Camaradas, há traidores inclusive entre as fileiras de trabalhadores! Bebamos por aqueles que são leais!".

Depois houve muito barulho, muito mais barulho, tilintar de taças, vozes altas, tapinhas em ombros, gritos de todos os presentes. Ninguém olhava para Lavrov.

Apenas Vasili Ivanovitch se aproximou dele lentamente, encarando-o. Seus olhos se cruzaram. Vasili Ivanovitch levantou sua taça e disse: "Bebamos pela felicidade de nossos filhos, mesmo que você não acredite que eles serão felizes, e eu também não".

Beberam.

Do outro lado do salão, Victor pegou Marisha pelo punho, puxando-a de lado, e sussurrou, seus lábios brancos na orelha dela: "Maldita idiota! Por que não me contou isso sobre ele?".

Ela murmurou, piscando, seus olhos cheios de lágrimas: "Tinha medo. Sabia que você não iria gostar, querido... Ah, querido, não deveria ter...".

"Cale-se!"

Havia muita bebida para continuar. Victor tinha conseguido uma boa quantidade de garrafas, e Pavel Syerov ajudou a abri-las rapidamente. Bandejas de torta foram esvaziadas. Pratos sujos foram amontoados nas mesas.

Algumas taças foram quebradas. A fumaça dos cigarros flutuava como uma nuvem azul e estática sob o teto.

A família de Marisha tinha ido embora. Galina Petrovna estava sentada em silêncio, tentando manter a cabeça erguida. Alexander Dimitrievitch roncava levemente, com sua cabeça apoiada nos braços de sua cadeira. A pequena Acia tinha adormecido sobre um baú no corredor, sua cara estava manchada com glacê de chocolate. Irina estava sentada em um canto, olhando para a multidão com indiferença. A camarada Sonia estava curvada sob uma lâmpada rosa, lendo um jornal. Victor e Pavel Syerov eram o centro de um grupo ao lado do bufê que bebia e tentava entoar canções revolucionárias com vozes amortecidas. Marisha vagava pelo lugar, seu nariz brilhava, uma rosa branca murcha e pardacenta em seu ombro.

Lydia se aproximou timidamente do piano e colocou um braço ao redor da cintura de Marisha.

"É lindo", disse Lydia com uma voz espessa e triste, "é lindo."

"O que é lindo?", perguntou Marisha.

"O amor", disse Lydia. "Romance. É isso: o romance... Ah, o amor é tão raro neste mundo. São poucos os escolhidos... Vagamos por uma existência estéril sem romance. Não restam sentimentos belos no mundo. Já lhe ocorreu que não restam sentimentos belos no mundo?"

"Isso é uma pena", disse Marisha.

"É triste", suspirou Lydia. "É isso que é: triste... você é uma garota muito sortuda..., mas é triste... Ouça, vou tocar algo belo para você... Algo bonito e triste..."

Encarou as teclas com insegurança. Tocou uma canção de amor cigana, seus dedos correndo para tocar trinados súbitos e agudos, então permanecendo sobre notas longas e tristes, e então tocando notas erradas, balançando a cabeça.

Andrei sussurrou para Kira: "Vamos, Kira. Deixe-me levá-la para casa".

"Não posso, Andrei. Eu..."

"Eu sei. Você veio com ele. Mas não acho que ele esteja em condições de levá-la para casa."

Apontou para Leo do outro lado da sala. A cabeça de Leo, jogada para trás, estava apoiada sobre o braço da cadeira. Tinha um braço ao redor da cintura de Rita e o outro sobre os ombros de uma linda loira que ria suavemente por qualquer coisa que ele falava. A cabeça de Rita repousava sobre seu ombro e sua mão acariciava o cabelo desgrenhado dele.

Kira se levantou silenciosamente, abandonando Andrei, e se dirigiu a Leo. Ela ficou de pé em frente a ele e disse levemente: "Leo, é melhor irmos para casa".

Ele acenou, sonolento. "Deixe-me em paz. Vá embora."

Ela percebeu que Andrei estava atrás dela. Ele disse: "Será melhor que tenha cuidado com o que diz, Kovalensky".

Leo empurrou Rita para um lado e a loira resvalou, rindo, no chão. Ele disse, franzindo, apontando para Kira: "E é melhor que você fique longe dela. E deixe de mandar presentes, relógios e coisas assim. Isso me incomoda".

"Que direito você tem de se incomodar?"

Leo se levantou, cambaleando, com um sorriso ameaçador: "Que direito? Eu lhe direi que direito. Eu vou...".

"Leo", interrompeu Kira com firmeza, pesando cada palavra, em voz alta, olhando fixamente em seus olhos, "as pessoas estão olhando. Bem, o que você queria dizer?"

"Nada", disse Leo.

"Se você não estivesse bêbado...", começou Andrei.

"Se eu não estivesse bêbado, você o quê? Você parece sóbrio. E, ainda assim, não o bastante para não passar pelo ridículo de cortejar uma mulher a quem você não tem direito de se aproximar."

"Bem, ouça, você..."

"Será melhor que escute, Leo", Kira interrompeu novamente. "Andrei acha este momento adequado para lhe contar algo."

"O que é, camarada da GPU?"

"Nada", disse Andrei.

"Então é melhor que a deixe em paz."

"Não enquanto você parece se esquecer do respeito que deve a..."

"Você a está defendendo... de *mim*?" Leo deu uma gargalhada. A risada de Leo conseguia ser mais insultante que seu sorriso, mais insultante que um tapa na cara.

"Vamos, Kira", disse Andrei, "vou levá-la para casa."

"Sim", disse Kira.

"Você não vai levá-la a lugar nenhum", bradou Leo. "Você ..."

"Sim, ele vai!", Irina interrompeu, colocando-se entre eles. Leo ficou olhando para ela, assustado. Com uma súbita força, Irina o empurrou contra a janela, enquanto fazia um gesto com a cabeça para Andrei, ordenando-o a se apressar. Ele pegou o braço de Kira e a tirou dali. Ela o seguiu em silêncio, obediente.

Irina rosnou para Leo: "Você está louco? O que estava tentando fazer? Gritar para que todos ouçam que ela é sua amante?".

Leo deu de ombros e riu com indiferença: "Está bem. Que vá embora com quem queira. Se acha que estou com ciúmes, está equivocada".

Kira se sentou em silêncio na carruagem, com a cabeça jogada para trás e os olhos fechados.

"Kira", sussurrou Andrei, "esse homem não é seu amigo. Não deveria mais vê-lo."

Ela não respondeu.

Quando passaram em frente ao jardim do palácio, ele perguntou: "Kira, você está muito cansada para... fazer uma parada em minha casa?".

Ela disse, com indiferença: "Não, não estou. Vamos parar".

* * *

Quando ela chegou em casa, Leo estava estirado na cama, totalmente vestido, adormecido. Ele ergueu a cabeça e olhou para ela.

"Onde você esteve, Kira?", ele perguntou lentamente.

"Passeando por aí...", respondeu ela.

"Pensei que você tinha ido embora. Para sempre... O que foi que eu disse esta noite, Kira?"

"Nada", sussurrou ela, ajoelhando ao seu lado.

"Você deveria me deixar, Kira... Eu queria que você pudesse me deixar... Mas você não irá... você não irá me deixar, Kira... irá?"

"Não", murmurou ela. "Leo, você sairá daquele negócio?"

"Não. É tarde demais. Mas antes... antes de me pegarem... ainda tenho você, Kira... Kira... Kira... Eu amo você... Ainda tenho você..."

Ela murmurou: "Sim", pressionando a face dele, branca como mármore, contra o veludo preto de seu vestido.

# VI

"CAMARADAS! A UNIÃO DAS REPÚBLICAS SOCIALISTAS SOVIÉTICAS está cercada por uma rede hostil de inimigos que assistem e tramam a sua queda. Mas nenhum inimigo externo, nenhuma conspiração abjeta dos imperialistas do mundo é tão perigosa para nós quanto o inimigo interno da discórdia dentro de nossas próprias fileiras."

Janelas altas, enxadrezadas em pequenos painéis quadrados, estavam fechadas frente ao vazio cinzento de um céu outonal. Colunas de mármore dourado pálido erguiam-se sob o formato de abóbadas escuras. Cinco retratos de Lênin, sombrios como ícones, olhavam de cima para uma multidão imóvel de jaquetas de couro e lenços vermelhos. Um púlpito alto, como a haste alta e fina de uma tocha, iluminava o salão; por cima dele, como a chama da tocha que buscava o teto, pendia uma faixa de veludo escarlate com letras douradas: "O Partido Comunista Russo lidera a luta mundial pela liberdade!". O salão, que tinha sido um palácio, parecia um templo; e seus ocupantes, um exército duro, silencioso e tenso que recebia ordens. Era uma reunião do Partido.

Um orador estava de pé no púlpito. Tinha uma pequena barba negra, e usava um pincenê que cintilava na penumbra. Agitava longos braços com mãos muito pequenas. Nada se movia no saguão à sua frente, apenas as gotas de chuva que resvalavam lentamente pelos vidros da janela.

"Camaradas! Um novo e grave perigo tem crescido entre nós no último ano. Eu o chamo de perigo do 'excesso de idealismo'. Todos nós ouvimos as acusações de suas delirantes vítimas. Elas gritam que o comunismo falhou, que renunciamos aos nossos princípios, que, desde a introdução da NPE – nossa Nova Política Econômica –, o Partido Comunista tem recuado, negligenciado uma nova forma de especulação privada que agora governa nosso país. Afirmam que detemos o poder como um fim em si mesmo e que nos esquecemos de nossos ideais. Essas são as lamúrias dos fracotes e covardes que não conseguem enfrentar a realidade prática. É verdade que tivemos que abandonar a política do Comunismo Militar, que nos colocou no limite da miséria total. É verdade que tivemos que fazer concessões aos comerciantes privados. E daí? Um recuo não é uma derrota. Uma concessão temporária não é uma rendição. Nós fomos traídos pelos fracos, pusilânimes e anêmicos socialistas dos países estrangeiros que venderam suas massas trabalhadoras para seus senhores burgueses. A Revolução Mundial, que tornaria um mundo comunista puro possível, foi postergada. Nós, portanto, tivemos que fazer concessões, por enquanto. Tivemos que abandonar nossas teorias do comunismo puro e pôr os pés no chão, na tarefa prosaica da reconstrução econômica. Alguns podem considerá-la um processo lento, chato e pouco inspirador; mas os comunistas leais sabem da grandeza épica de nossa nova frente econômica. Comunistas leais sabem do valor e do significado revolucionários de nossos cupons de racionamento, de nossos Primus, das filas em nossas cooperativas. Nosso grande líder, o camarada Lênin, com sua habitual visão de futuro, advertiu-nos anos atrás contra o perigo de sermos 'excessivamente idealistas'. Essa perigosa falácia afetou algumas de nossas melhores cabeças. Tirou de nós o homem que fora um de nossos primeiros líderes – Leon Trotsky. Nenhum de seus serviços passados ao proletariado poderia redimir a traição de sua declaração de que tínhamos traído o comunismo. Seus seguidores foram expulsos de nossas fileiras. É por isso que fizemos alguns expurgos de nosso Partido. É por isso que esses expurgos irão continuar. Devemos seguir, com disciplina absoluta, o programa ditado por nosso Partido – e não as dúvidas e opiniões mesquinhas dos poucos que ainda pensam em si próprios e em sua suposta 'consciência' em termos do individualismo burguês. Não precisamos daqueles que veem um motivo egoísta e antiquado de orgulho na pureza de suas próprias convicções. Precisamos daqueles que não temem as pequenas concessões. Não precisamos de comunistas de ferro, rígidos e obstinados. O novo comunista é de borracha! Camaradas, idealismo é bom na quantidade certa. Em excesso, é como beber em demasia um bom vinho: fica-se suscetível a perder a cabeça. Que esta seja uma advertência para quaisquer simpatizantes secretos de Trotsky que ainda existam no Partido: nenhum registro passado os salvará do corte do próximo expurgo no Partido. São traidores e serão expulsos, não importa quem sejam ou o que tenham sido!"

Mãos aplaudiram calorosamente. Depois, as fileiras negras e estáticas de jaquetas de couro começaram a se mover; homens se levantaram; a assembleia tinha acabado.

Eles se reuniram em grupos, murmurando empolgados. Davam risadas, abafando o som com a mão na boca. Apontavam furtivamente para algumas figuras solitárias. Para além das grandes janelas quadriculadas, o céu cinza estava se tornando azul escuro.

"Parabéns, amigo", alguém bateu no ombro de Pavel Syerov. "Soube que você foi eleito vice-presidente do Clube Leninista do Sindicato dos Trabalhadores das Ferrovias."

"Sim", respondeu Syerov, modestamente.

"Boa sorte, Pavlusha. Você é um exemplo de atividade para todos nós. Não precisa se preocupar com os expurgos do Partido."

"Sempre me esforcei para manter minha lealdade ao Partido acima de qualquer suspeita", respondeu Syerov, modestamente.

"Ouça, amigo, veja, só estamos na metade do mês e eu... bem, preciso de um pouco de dinheiro... E, bem..., pensei que, talvez..."

"Com prazer", disse Syerov, abrindo sua carteira.

"Nunca falha com os amigos, Pavlusha. E sempre parece ter o suficiente para..."

"Apenas economizo meu salário", respondeu Syerov, modestamente.

A camarada Sonia estava agitando seus braços curtos, tentando abrir caminho em meio a um grupo ansioso que a seguia com persistência. Dizia com firmeza: "Sinto muito, camarada, isso está fora de questão... Sim, camarada, ficarei contente em recebê-lo. Ligue para a minha secretária no *Zhenotdel*... Achará sensato aceitar minha sugestão... Ficaria feliz de falar em seu Clube, camarada, mas, infelizmente, estarei dando uma palestra no Clube da Rabfac nesse horário...".

Victor tinha puxado o orador barbudo de lado, dizendo-lhe em voz baixa, com tom ansioso e persuasivo: "Recebi meu diploma do Instituto há duas semanas, camarada... Você entende que o emprego que tenho agora é bastante insatisfatório para um engenheiro diplomado, e...".

"Sei, camarada Dunaev, sei qual cargo deseja. Pessoalmente, não conheço nenhum homem melhor para ocupá-lo. E farei todo o possível pelo esposo de minha amiga Marisha Lavrova, mas..." Olhou ao seu redor com cautela, por cima da armação de seu pincenê, e se aproximou de Victor, baixando a voz. "Cá entre nós, camarada, há um grave obstáculo em seu caminho. Compreenderá que esse plano hidrelétrico é o projeto mais importante da república no presente, e todo emprego relacionado a ele é concedido com particular cautela e...", sua voz se reduziu a um sussurro, "... e seu currículo dentro do Partido é magnífico, camarada Dunaev, mas você sabe como é, sempre existem os que suspeitam, e... Francamente, ouvi falar de seu passado social... seu pai e família, sabe... Mas não perca a esperança. Farei tudo o que puder por você."

Andrei Taganov estava sozinho de pé em uma fileira de cadeiras vazias. Estava abotoando sua jaqueta de couro lentamente. Seus olhos estavam fixos na faixa escarlate sobre o átrio.

No topo da escada, a caminho da saída, ele foi parado pela camarada Sonia.

"Bem, camarada Taganov", perguntou ela em voz alta, para que os outros voltassem seus olhares para eles, "o que você achou do discurso?"

"Foi explícito", respondeu lentamente Andrei, com a mesma entonação em todas as sílabas, como se fossem grãos de chumbo.

"Você não concorda com o orador?"

"Prefiro não falar disso."

"Ah, não precisa", ela sorriu amavelmente. "Não precisa. Eu sei – nós sabemos – o que você pensa. Mas o que eu gostaria que você me respondesse é o seguinte: por que você pensa que tem direito às suas próprias ideias? Frente às da maioria do coletivo? Ou a vontade da maioria não é suficiente para você, camarada Taganov? Ou o camarada Taganov está se tornando um individualista?"

"Sinto muito, camarada Sonia, mas estou com pressa."

"Sem problemas, camarada Taganov. Não tenho mais nada a dizer. Só um pequeno conselho de amiga: lembre-se de que o discurso deixou claro o que está à espera daqueles que se acham mais espertos que o Partido."

Andrei desceu lentamente as escadas. Estava escuro. Ao longe, um raio azulado iluminava um piso de mármore polido. Uma lâmpada da rua atrás da janela alta projetava um quadrado azul de luz, enxadrezado em painéis, na parede próxima à escada; pequenas sombras das gotas de chuva resvalavam lentamente pela parede. Andrei continuou descendo, seu corpo esbelto, ereto, firme, sem pressa, o tipo de corpo que, em séculos anteriores, tinha vestido a armadura de um romano, a malha de um cruzado; ele usava uma jaqueta de couro agora.

Sua sombra alta e negra se movia lentamente através do quadrado azul de luz e as gotas de chuva na parede.

* * *

Victor chegou em casa. Jogou seu casaco em uma cadeira e suas botas, em um canto. As botas se chocaram contra um guarda-chuva, que caiu no chão. Victor não parou para recolhê-lo.

Na sala de jantar, Marisha estava sentada frente a uma pilha de livros abertos, com a cabeça inclinada para um lado, escrevendo meticulosamente, mordendo seu lápis. Vasili Ivanovitch estava junto à janela, talhando uma caixa de madeira. Acia estava sentada no chão, misturava serragem, cascas de batata e cascas de semente de girassol em uma tigela quebrada.

"O jantar está pronto?", falou rispidamente Victor.

Marisha se levantou correndo para abraçá-lo.

"Não... ainda não, querido", ela se desculpou. "Irina tem estado muito ocupada e eu tenho esta tese para escrever para amanhã e..."

Ele se desvencilhou impacientemente dos braços dela e saiu dali, batendo a porta. Percorreu um corredor escuro até o quarto de Irina. Abriu a porta de golpe, sem bater. Irina estava de pé junto à janela, nos braços de Sasha, seus lábios nos dele. Ela se afastou dele e exclamou, sufocada pela indignação: "Victor!". Victor deu a volta sem dizer uma palavra, e bateu a porta atrás dele.

Voltou à sala de jantar e vociferou contra Marisha: "Por que diabos a cama de nosso quarto não está arrumada? O quarto parece um chiqueiro. O que você fez o dia inteiro?".

"Mas, querido", disse titubeando, "estive na Rabfac, e, então, na assembleia na Biblioteca Lênin, depois no comitê editorial do Jornal do Mural e, por fim, preciso ler esta tese sobre eletrificação para o Clube, pois não sei absolutamente nada sobre isso..."

"Bem, veja se consegue esquentar algo no Primus. Eu espero ser alimentado quando chegar em casa."

"Sim, querido."

Ela recolheu seus livros com pressa, nervosa. Correu, apertando a pesada pilha contra seu peito, e dois livros caíram ao lado da porta; ela se agachou torta para recolhê-los e saiu.

"Pai", disse Victor, "por que você não procura um emprego?"

Vasili Ivanovitch levantou a cabeça lentamente e olhou para ele. "Qual é o problema, Victor?", perguntou.

"Nada. Nada mesmo. Apenas que é ridículo estar inscrito como burguês desempregado e estar constantemente sob suspeita."

"Victor, faz tempo que não discutimos nossas visões políticas, você sabe. Mas se quiser ouvi-las: jamais trabalharei para o seu governo enquanto eu estiver vivo."

"Mas, certamente, pai, você não espera que..."

"O que espero não deve ser discutido com um homem do Partido. E se você está cansado do gasto..."

"Ah, não, pai, é claro que não é isso."

Sasha passou pela sala de jantar ao sair. Estendeu a mão para Vasili Ivanovitch. Deu um tapinha na cabeça de Acia. Saiu sem dizer uma palavra ou olhar para Victor.

"Irina, quero falar contigo", disse Victor.

"Sobre o quê?", perguntou ela.

"Quero falar contigo – a sós."

"O papai pode ouvir qualquer coisa que tenha que me dizer."

"Muito bem. Trata-se desse homem", apontando para a porta que tinha se fechado atrás de Sasha.

"Sim?"

"Espero que esteja consciente dessa situação infernal."

"Não, não estou. Qual situação?"

"Está consciente de com quem você está tendo um caso?"

"Não estou tendo nenhum caso. Sasha e eu estamos noivos."

Victor deu um passo à frente, abriu a boca e voltou a fechá-la, então disse lentamente, esforçando-se para não perder o controle: "Irina, isso é completamente impossível".

Irina está de pé na frente dele, seus olhos firmes, ameaçadores e desdenhosos. Ela perguntou: "Ah, sim? Exatamente por quê?".

Ele se inclinou em direção a ela, seus lábios trêmulos: "Ouça", ele sibilou, "é inútil negar. Sei quem é Sasha Chernov. Está metido até o pescoço em complôs contrarrevolucionários. Não é assunto meu. Estou mantendo a boca fechada. Mas não tardará muito até que os outros no Partido o descubram. Você sabe qual é o destino de jovens brilhantes como ele. Espera que eu fique quieto, vendo minha irmã se casar com um contrarrevolucionário? O que acha que isso fará com a minha posição no Partido?".

"O que isso fará com a sua posição no Partido ou para você mesmo", disse Irina, com meticulosa precisão, "me importa menos do que os restos de comida que você deixa para o gato na escada de serviço."

"Irina!", Vasili Ivanovitch bufou. Victor se virou bruscamente para ele.

"Diga a ela!", gritou Victor. "Já é difícil chegar em algum lugar com o fardo desta família atado ao meu pescoço! Podem ir para o inferno, se querem tanto, mas não me arrastarão com vocês!"

"Mas Victor", disse calmamente Vasili Ivanovitch, "não há nada que você nem eu possamos fazer. A sua irmã o ama. Ela tem direito a sua própria felicidade. Deus sabe, ela teve pouco disso nos últimos anos."

"Se tem tanto medo de seu maldito Partido", disse Irina, "vou embora daqui. Ganho o suficiente para me sustentar. Posso morrer de fome sozinha, com o salário 'digno' que seus clubes vermelhos pagam! Teria ido embora antes, se não fosse por nosso pai e Acia!"

"Irina", gemeu Vasili Ivanovitch, "você não fará isso!"

"Em outras palavras", perguntou Victor, "você se recusa a desistir desse jovem idiota?"

"E também me recuso a falar dele contigo", respondeu Irina.

"Muito bem", disse Victor, "Eu a adverti."

"Victor!", gritou Vasili Ivanovitch. "Não irá... não irá prejudicar Sasha, irá?"

"Não se preocupe", Irina sibilou, "ele não irá. Comprometeria muito sua posição no Partido!"

* * *

Kira encontrou Vava Milovskaia na rua, mas quase não a reconheceu, e foi Vava quem se aproximou timidamente, murmurando: "Como você está, Kira?".

Vava tinha um velho chapéu de feltro feito com o chapéu-coco de seu pai, com uma aba rasgada que parecia não ter sido escovada por dias. Uma mecha negra pendia sobre sua bochecha direita, sua boca estava manchada de batom violeta; seu nariz brilhava um pouco, mas seus olhos estavam vazios; pareciam inchados, envelhecidos, indiferentes.

"Vava, não a vejo há tanto tempo. Como você está?"

"Estou... estou casada, Kira."

"Você... nossa, parabéns! Quando?"

"Obrigada. Há duas semanas." Vava afastou seu olhar; então, murmurou, olhando para a rua: "Eu... nós... não tivemos um grande casamento, então, não convidamos ninguém. Só a família. Foi um casamento na igreja, e Kolya não queria que soubessem disso no escritório onde ele trabalha".

"Kolya...?"

"Sim, Kolya Smiatkin. Você provavelmente não se lembra dele, mas o conheceu em minha festa... É isso que sou agora: a cidadã Smiatkina... Ele trabalha na Companhia Estatal de Tabacos, o que não é um emprego muito bom, mas dizem que conseguirá um aumento... É um garoto muito bom... ele... ele me ama muito... Por que não me casaria com ele?"

"Eu não disse que não deveria, Vava."

"Para que esperar? O que se pode fazer hoje, nestes dias, se não... se não... O que gosto em você, Kira, é que é a primeira pessoa que não disse que desejava que eu fosse feliz!"

"Mas eu desejo sim, Vava."

"Bem, estou feliz!", sacudiu a cabeça desafiadoramente. "Sou perfeitamente feliz!"

A mão de Vava, em uma luva suja, repousava sobre o braço de Kira. Vacilava, como se temesse a presença de Kira, e fechou os dedos firmemente, pressionando o braço dela, como se temesse deixá-la ir, como se dependesse desesperadamente de algo que não queria dizer. Depois sussurrou, afastando o olhar: "Kira, você acha que... *ele* está feliz?".

"Victor não é uma pessoa que se preocupa em ser feliz", Kira respondeu lentamente.

"Eu não me importaria", disse Vava, "eu não me importaria se ela fosse bonita. Mas eu a vi... Bem, em todo caso, isso não me diz respeito. Não dou a mínima... Gostaria que viesse nos visitar, Kira, você e Leo. Só... só que ainda não encontramos um lugar para viver. Eu me mudei para o quarto de Kolya, pois... pois meu antigo quarto... Bem, meu pai não deu sua aprovação, entende, de modo que pensei que seria melhor ir embora. E o quarto de Kolya é o antigo armário de armazenamento de um grande apartamento, e é tão pequeno que... Mas, quando encontrarmos um quarto, vou convidá-los a nos visitar... Bem, tenho que ir... Adeus, Kira."

"Adeus, Vava."

* * *

"Ele não está", disse a mulher de cabelo grisalho.

"Vou esperar", disse a camarada Sonia.

A mulher oscilou, incômoda, entre um pé e outro, e mordeu os lábios. Depois, disse: "Não sei como vai esperar, cidadã. Não temos sala de estar. Sou apenas a vizinha do cidadão Syerov, e meu quarto...".

"Vou esperar no quarto do cidadão Syerov."

"Mas, cidadã..."

"Eu disse que vou esperar no quarto do cidadão Syerov."

A camarada Sonia avançou decididamente pelo corredor. A velha vizinha a seguiu, balançando a cabeça, olhando para os rápidos calcanhares dos sapatos baixos masculinos da camarada Sonia.

Pavel Syerov deu um salto quando a camarada Sonia entrou. Ele abriu os braços em um gesto de surpresa e boas-vindas.

"Sonia, querida!", ele gargalhou muito alto. "É você! Minha querida, peço desculpas. Estava ocupado e tinha dado ordens... mas, se soubesse que..."

"Sem problemas mesmo", a camarada Sonia encerrou o assunto. Ela jogou uma maleta pesada sobre a mesa e desabotoou seu casaco, desenrolando uma grossa echarpe masculina do pescoço. Deu uma olhada em seu relógio.

"Eu tenho meia hora", disse. "Estou a caminho do Clube. Hoje inauguramos o Rincão de Lênin. Tinha que consultá-lo sobre algo importante."

Syerov lhe ofereceu uma cadeira; pegou um casaco, ajustando a gravata em frente ao espelho, penteando seu cabelo, sorrindo, insinuante.

"Pavel", disse a camarada Sonia, "vamos ter um bebê."

Syerov deixou a mão cair. Sua boca estava aberta. "Um... ?"

"Um filho", disse com firmeza a camarada Sonia.

"Mas, por quê...?"

"Já se passaram três meses, eu sei", disse a camarada Sonia.

"Por que você não me disse antes?"

"Não tinha certeza."

"Mas que diabos! Terá que..."

"É muito tarde para fazer algo."

"Por que diabos não me..."

"Eu disse que já é tarde demais."

Syerov desabou em uma cadeira na frente de Sonia, contemplando a calma perene dela. "Você tem certeza de que é meu?", perguntou com voz rouca.

"Pavel", disse ela, sem elevar sua voz, "você está me insultando."

Ele se levantou de golpe, andou até a porta, voltou, sentou-se novamente e se levantou de golpe. "Bem, que diabos vamos fazer?"

"Temos que nos casar, Pavel."

Ele se inclinou em direção a ela, seu punho cerrado sobre a mesa. "Você enlouqueceu", disse ele, sério.

Ela olhou para ele, silenciosamente, esperando.

"Está louca, sem dúvida. Não tenho essa intenção."

"Mas terá que se casar comigo."

"Ah é, terei? Vá embora daqui, sua..."

"Pavel", disse ela tranquilamente, "não diga nada de que possa se arrepender."

"Ouça... mas que... não estamos vivendo em um país burguês. Maldita seja! Não existe isso de uma virgem traída. E, em todo caso, você não era virgem... e... se quiser recorrer ao tribunal – tente receber uma pensão para ele e que o diabo a carregue –, mas não há lei que me faça casar contigo! Casar! Maldita seja! Acha que vivemos na Inglaterra ou coisa assim?"

"Sente-se, Pavel", disse a camarada Sonia, ajustando um botão de seu punho. "Não me interprete mal. Minha opinião sobre o tema não é nada antiquada. Não me preocupa a moral, a desonra pública, nem nenhuma dessas bobagens. É meramente uma questão de nosso dever."

"Nosso... o quê?"

"Nosso dever, Pavel. Para com um futuro cidadão de nossa república."

Syerov riu; soava como se estivesse assoando o nariz. "Corta essa!", disse ele. "Não estamos em uma assembleia do Clube."

"É verdade", disse a camarada Sonia, "então, a lealdade a nossos princípios não faz parte da sua vida privada?"

Ele voltou a se levantar. "Vamos, Sonia, não me interprete mal. É claro, eu sou sempre leal a nossos princípios... é claro, é um sentimento nobre, e eu o aprecio... mas, então, qual é a diferença para o... futuro cidadão?"

"O futuro de nossa república está na próxima geração. A criação de nossos jovens é um problema vital. Nosso filho terá a vantagem de ter uma mãe do Partido – e um pai do Partido – para guiar seus passos."

"Maldita seja, Sonia! Isso não é precisamente moderno. Existem creches e, sabe, formação coletiva, uma grande família, o espírito coletivo aprendido cedo na vida, e..."

"Creches estatais serão a grande conquista do futuro. No presente – elas são imperfeitas. Nosso filho será educado como um perfeito cidadão de nossa grande república. Nosso filho..."

"Nosso filho! Maldita seja! Como sei..."

"Pavel, está insinuando que..."

"Ah, não, não, não quis dizer, mas... Demônios, Sonia! Estava bêbado. Deveria ter sabido melhor que..."

"Então, você está arrependido, Pavel?"

"Ah, não, não, é claro que não. Sabe que eu a amo, Sonia... Sonia, ouça, sinceramente, não posso me casar agora. De verdade, era o que eu mais queria e teria orgulho de me casar contigo, mas, veja, estou só começando, tenho que pensar em minha carreira. Comecei com o pé direito e... e é meu dever para com o Partido me educar, me aprimorar e crescer..."

"Eu poderia ajudá-lo, Pavel, ou...", disse lentamente, olhando para ele. Não teve que terminar; ele entendeu.

"Mas, Sonia...", ele gemeu desesperado.

"Estou tão chateada quanto você", disse ela, calmamente. "Foi uma surpresa mais dolorosa para mim do que para você. Mas estou preparada para fazer o que considero ser o meu dever."

Ele desabou novamente na cadeira e disse com a voz apagada, sem levantar a cabeça: "Ouça, Sonia, preciso de dois dias, está bem? Para eu pensar e me acostumar com a ideia e...".

"Sem dúvida", respondeu ela, levantando-se. "Pense. De todo modo, meu tempo acabou. Tenho que correr. Até logo."

"Até logo", murmurou ele, sem olhar para ela.

Pavel Syerov se embebedou naquela tarde. No dia seguinte, ligou para o Clube do Sindicato dos Trabalhadores das Ferrovias. O presidente disse: "Parabéns, camarada Syerov. Fiquei sabendo que você se casará com a camarada Sonia. Não poderia haver casal melhor". Na Célula do Partido, o secretário disse: "Bem, Pavlusha, tudo pronto para ir longe neste mundo? Com uma esposa assim...". No Clube Marxista, um imponente funcionário, que nunca tinha visto antes, sorriu, dando-lhe um tapinha no ombro: "Venha me ver em algum momento, camarada Syerov. Sempre poderá contar comigo como amigo de sua futura esposa".

Naquela noite, Pavel Syerov ligou para Antonina Pavlovna, xingou Morozov e pediu uma parte maior do que estava recebendo, e a exigiu como adiantamento. Ao recebê-la, saiu para beber com uma jovem que encontrou na rua.

Três dias depois, Pavel Syerov e a camarada Sonia estavam casados. Eles se apresentaram frente a um funcionário na austera sala dos Zags e assinaram um documento de registro. A camarada Sonia manifestou sua intenção de manter seu sobrenome de solteira.

Naquela noite, a camarada Sonia se mudou para o quarto de Syerov, que era maior que o dela. "Ah, querido", disse ela, "devemos pensar em um bom nome revolucionário para nosso filho."

* * *

Bateram na porta de Andrei. Uma batida forte, seguida por um baque, como se o punho tivesse se apoiado com força no painel da porta.

Andrei estava sentado no chão, estudando, com uma lâmpada ao seu lado, e uma grande pilha de folhas brancas ao seu redor. Ergueu a cabeça e perguntou irritado: "Quem é?".

"Sou eu, Andrei", respondeu uma voz grave masculina. "Abra a porta. Sou eu, Stepan Timoshenko."

Andrei deu um salto e abriu a porta. Stepan Timoshenko, que tinha servido na Frota do Báltico e na Guarda Costeira da GPU, estava no patamar da escada, balançando um pouco, encostado à parede. Usava um chapéu de marinheiro, mas sua faixa não tinha estrela, nem nome de navio; vestia roupa civil, uma jaqueta curta com uma gola de pele de coelho amarelada, com manchas na parte traseira das mangas muito apertadas para seus braços enormes; a gola de pele estava aberta; o pescoço bronzeado com músculos salientes estava exposto ao frio. Ele sorria, a luz refletindo seus dentes brancos e seus olhos escuros.

"Boa noite, Andrei. Se importa se eu interromper?"

"Entre. Fico feliz em vê-lo. Pensei que tinha se esquecido de seus velhos amigos."

"Não", disse Timoshenko. "Não, não me esqueci." Entrou devagar e fechou a porta, um pouco desequilibrado. "Não, não me esqueci... mas alguns de meus velhos amigos estão contentes de me esquecer... não falo de você, Andrei. Não. Não de você."

"Sente-se", disse Andrei. "Tire seu casaco. Você não está com frio?"

"Quem, eu? Não. Nunca tenho frio. E mesmo que tivesse, não me faria mal, porque é tudo que tenho... Tirarei esse maldito casaco... Aqui... claro, está bem, vou me sentar. Quer que eu me sente, pois acha que estou bêbado."

"Não", disse Andrei, "mas..."

"Sim, estou bêbado. Mas não muito. Não se importa se eu estiver um pouco bêbado, não é?"

"Onde você esteve, Stepan? Não o vejo há meses."

"Ah, por aí. Eles me despediram da GPU, já sabe, não?"

Andrei assentiu lentamente, olhando para seus esboços no chão.

"Sim", disse Timoshenko, esticando as pernas confortavelmente. "Fui expulso. Não confiável. Não. Não confiável. Não sou revolucionário o bastante. Stepan Timoshenko, da Frota do Báltico."

"Sinto muito", disse Andrei.

"Cale-se. Alguém pediu a sua compaixão? É engraçado, é o que é... Muito, muito engraçado..." Levantou o olhar para os cupidos da cornija. "Este lugar é engraçado. Um baita lugar para um comunista viver."

"Não me importo", disse Andrei. "Poderia me mudar, mas é difícil conseguir um quarto nestes dias."

"Certamente", disse Timoshenko e soltou uma gargalhada, sem motivo. "Certamente. É difícil para Andrei Taganov. Não seria difícil para o pequeno camarada Syerov, por exemplo. Não seria difícil para qualquer desgraçado que usa o carnê do Partido como uma faca de açougueiro. Não seria difícil jogar um pobre diabo no gelo do Neva."

"Está falando bobagens, Stepan. Gostaria de... gostaria de algo para comer?"

"Não. Que inferno, não... Onde quer chegar, idiota? Acha que estou morrendo de fome?"

"Homem, não, nem sequer ..."

"Bem, ainda não. Ainda tenho o suficiente para comer. E para beber. Muito para beber... Só passei aqui porque pensei que o pequeno Andrei precisava de alguém para tomar conta dele. O pequeno Andrei precisa muito. Ele vai precisar muito."

"Do que você está falando?"

"Nada. Nada, amigo. Só falando. Não posso falar? Por acaso você é como todos eles? Quer que todo mundo fale, ordena que falem, falem, falem, mas sem o direito de dizer nada?"

"Aqui", disse Andrei, "coloque aquela almofada sob seu pescoço e relaxe. Descanse. Você não está se sentindo bem."

"Quem, eu?", Timoshenko pegou a almofada e a jogou na parede, rindo. "Nunca me senti melhor na vida. Eu me sinto ótimo. Livre e terminado. Sem preocupações. Sem preocupações de nenhum tipo."

"Stepan, por que não me visita com mais frequência? Éramos amigos. Ainda podemos nos ajudar."

Timoshenko se inclinou para frente, olhou fixamente para Andrei e deu um sorriso forçado: "Não posso lhe ajudar, filho. Só poderia ajudá-lo se você me pegasse pelo cangote e me chutasse daqui, com tudo que tenho e represento, e então sair, se ajoelhar e lamber botas bem grandes. Mas não fará isso. É por isso que eu odeio você, Andrei. É por isso gostaria que fosse meu filho. Só que nunca terei um filho. Meus filhos estão todos espalhados pelos prostíbulos da URSS".

Olhou para os esboços brancos no chão, e chutou um livro, perguntando: "O que está fazendo aqui, Andrei?".

"Estava estudando. Não tenho tido muito tempo para estudar. Estive muito ocupado na GPU."

"Estudando, não é? Quantos anos para se formar no Instituto?"

"Três."

"Ah... Acha que precisará disso?"

"Do quê?"

"Do aprendizado."

"Por que não precisaria?

"Amigo, eu lhe disse que me expulsaram da GPU? Ah, sim, eu disse. Mas não me expulsaram do Partido. Ainda não. Mas irão. No próximo expurgo – serei expulso."

"Não pensaria nisso com antecedência. Você ainda pode..."

"Sei do que estou falando. E você também. E você sabe quem será o próximo?"

"Não", disse Andrei.

"Você", disse Stepan Timoshenko.

Andrei se levantou, cruzou os braços, olhou para Timoshenko e disse tranquilamente: "Talvez".

"Ouça, amigo, tem alguma coisa para beber aqui?"

"Não", disse Andrei. "E você está bebendo demais, Stepan."

"Ah, estou?", Timoshenko deu uma risadinha, e balançou a cabeça lentamente, de forma mecânica, de modo que sua imensa sombra na parede oscilou como um pêndulo. "Estou bebendo demais? E não tenho motivos para beber? Vou lhe contar." Ele se levantou, cambaleando, mais alto que Andrei, sua sombra atingindo as pombas do teto. "Vou lhe contar a razão e, então, você dirá que não bebo o suficiente, seu pequeno cachorrinho desamparado na chuva, é isso o que você dirá!"

Ele puxou sua camiseta, muito apertada nos braços, coçou as costas e disse: "Certa vez, fizemos uma revolução. Dissemos que estávamos cansados da fome, do suor e dos piolhos. Degolamos, rachamos crânios e derramamos sangue, o nosso, o deles, para limpar o caminho para a liberdade. Agora, olhe ao seu redor. Olhe ao seu redor, camarada Taganov, Membro do Partido desde 1915! Vê onde vivem os homens, homens que são nossos irmãos? Vê o que comem? Já viu alguma vez uma mulher caindo na rua, vomitando sangue nas pedras arredondadas, morrendo de fome? Eu, sim. Viu as limusines passando a toda velocidade à noite? Viu quem está dentro delas? Um pequeno camarada no Partido. Um jovem inteligente com um futuro brilhante. Pavel Syerov é o nome. Já o viu abrir a carteira para pagar uma taça de champanhe para uma prostituta? Já se perguntou de onde tira o dinheiro? Já foi ao jardim do terraço do Europeu? Não frequentemente, aposto. Mas, se já foi, deve ter visto o respeitável cidadão Morozov se empanturrando de caviar. Quem é ele? Apenas um diretor-adjunto da Companhia Estatal de Alimentos. A Companhia Estatal de Alimentos da URSS. Somos líderes do proletariado mundial e levaremos liberdade para toda a humanidade sofredora! Veja nosso Partido. Veja seus leais membros, com tinta ainda úmida em seus carnês do Partido. Veja como fazem a colheita fertilizada com nosso sangue. Mas não somos vermelhos o bastante para eles. Não somos revolucionários. Somos expulsos como traidores. Somos expulsos pelo trotskismo. Somos expulsos porque não perdemos nossa visão e nossa consciência quando o czar perdeu seu trono; a visão e a consciência que o fizeram perdê-lo. Somos expulsos porque denunciamos que eles perderam a batalha, estrangularam a revolução, venderam o povo, e que não lhes restou nada além do poder, o poder nu e cru. Eles não nos querem no Partido. Nem você, nem eu. Não há lugar para homens como você, Andrei, em nenhum lugar desta terra. Bem, você não enxerga. E me alegra que não enxergue. Só espero não estar aqui quando você finalmente enxergar!".

Andrei permaneceu de pé, seus braços cruzados. Timoshenko pegou sua jaqueta e a vestiu com pressa, cambaleante.

"Aonde você está indo?", perguntou Andrei.

"Vou embora. Para onde for. Não quero ficar aqui."

"Stepan, você acha que não enxergo? Mas gritar não serve de nada. E me afundar na bebida, tampouco. Ainda se pode lutar!"

"Claro. Siga lutando. Não é problema meu. Vou beber um trago."

"Andrei o observou enquanto ele abotoava a jaqueta, colocando seu chapéu sem estrela inclinado sobre uma orelha."

"Stepan, o que você vai fazer?"

"Agora?"

"Não. Nos próximos anos."

"Nos próximos anos?", Timoshenko riu, jogando a cabeça para trás, a amarelada gola de pelo de coelho tremendo sobre seus imensos ombros. "É uma frase bonita: os próximos anos. Por que está tão certo de que haverá 'próximos anos'?" Ele se inclinou em direção a Andrei, e piscou misteriosamente. "Já lhe ocorreu, camarada Taganov, o quão peculiar é o fato de que tantos de nossos camaradas do Partido estejam morrendo por excesso de trabalho? Você leu nos jornais, não é? Outra vítima gloriosa que tombou no caminho da revolução, uma vida consumida em uma tarefa incessante... Sabe o que eles são, não sabe, esses camaradas que morrem em uma tarefa incessante? Suicidas. É isso que eles são. Suicidas. Mas os jornais nunca dirão isso. É curioso que tantos deles estejam morrendo ultimamente. Eu me pergunto o porquê."

"Stepan", Andrei segurou a mão quente e suada dele em meio a suas mãos fortes e geladas, "você não está pensando em..."

"Não estou pensando em nada. Não, que diabos! A única coisa que quero é um trago. E, a propósito, se eu pensar, virei para dizer adeus. Eu prometo."

Na porta, Andrei o parou mais uma vez: "Stepan, por que não fica aqui por um tempo?".

Stepan Timoshenko se despediu majestosamente com a mão, como se jogasse uma capa sobre seus ombros, e fez um gesto de negação com a cabeça, enquanto saía cambaleando até o corrimão da escadaria de mármore:

"Não. Aqui não. Não quero te ver, Andrei. Não quero ver essa sua maldita cara. Porque... sabe, sou um velho navio de guerra, pronto para a sucata, com todas as suas entranhas enferrujadas e apodrecidas. Mas não me importo com isso. E eu daria a última dessas entranhas apodrecidas para ajudar o único homem que conheço que resta no mundo – e esse é você. Mas não me importo com isso. O que me importa é que sei que, mesmo que arrancasse as minhas entranhas e as desse a você, isso não o salvaria!"

# VII

KIRA ESTAVA CONTEMPLANDO UM EDIFÍCIO EM CONSTRUÇÃO.

Paredes irregulares de tijolos vermelhos, novos e crus, cobertas por uma camada de cimento branco e fresco, erguiam-se em direção a um céu cinzento que escurecia lentamente em um crepúsculo precoce. No alto, recortados pelas nuvens, trabalhadores ajoelhavam-se nas paredes, martelos de ferro batiam, ressoando sonoramente na rua, e motores rugiam roucamente, e vapor sibilava alhures em uma floresta de tábuas, vigas e andaimes salpicados de cal. Ela ficou observando, seus olhos arregalados, seus lábios sorrindo. Um jovem, com o rosto bronzeado e um cachimbo no canto da boca, subia as tábuas estreitas do perigoso andaime, e os movimentos de suas mãos eram bruscos, precisos e implacáveis como os golpes de um martelo. Ela não sabia há quanto tempo estava ali parada. Tinha se esquecido de tudo, exceto da obra que tinha diante de si. Então, de repente, seu mundo veio retornando para ela como um choque, num segundo ofuscante de percepção clara e nítida – como se novos olhos estivessem contemplando pela primeira vez um novo mundo e o viu como se ela tivesse esquecido de vê-lo – ela se perguntava, espantada, por que não estava ali, no andaime, dando ordens como o homem do cachimbo, qual razão poderia tê-la afastado de seu trabalho, do trabalho de sua vida, de seu único desejo. Foi um segundo rápido, tão rápido que só o sentiu após ele ter passado; depois, voltou a ver o mundo como tinha se habituado a vê-lo, e se lembrou de por que não estava no andaime, qual razão a tinha impossibilitado, para sempre, de fazer o único trabalho que queria. E, na sua mente, palavras preencheram o vazio que sentia surgir de algum lugar no seu peito: "Talvez... Um dia... No estrangeiro...".

Uma mão tocou seu ombro: "O que você está fazendo aqui, cidadã?".

Um miliciano a encarava com suspeita. Usava um boné com viseira de cor cáqui, com uma estrela vermelha, sobre uma testa pequena. Piscou, abrindo lábios finos que não tinham forma, como travesseiros: "Já está aqui há meia hora, cidadã. O que você quer?".

"Nada", disse Kira.

"Bem, então circule, cidadã."

"Só estava observando", respondeu Kira.

"Você", declarou o miliciano, abrindo lábios sem forma como travesseiros, "não tem nada que observar."

Ela se virou silenciosamente e foi embora.

Pressionando sua pele, costurado na saia, um pequeno bolso estava ficando mais grosso a cada semana. Nele, guardava o dinheiro que conseguia proteger da gastança desenfreada de Leo. Era um alicerce que crescia para seu futuro e, talvez – algum dia – no estrangeiro.

Ela estava voltando para casa de uma assembleia com os guias de excursão. Havia ocorrido um teste político no Centro de Excursões. Um homem com a cabeça raspada tinha sentado em um grande escritório, e os guias, tremendo e com os lábios pálidos, tinham se apresentado diante dele, um após o outro, e respondido a perguntas com vozes balbuciantes e artificiais. Kira tinha recitado corretamente os ruídos adequados sobre a importância das excursões históricas para a educação política e a consciência de classe das massas trabalhadoras; tinha sido capaz de responder a pergunta sobre a situação da última greve dos trabalhadores do setor têxtil na Grã-Bretanha; havia sabido responder a tudo sobre o último decreto do Comissário da Educação Popular sobre as Escolas para os Analfabetos no Turquestão; mas não soubera dizer a última quantidade de carvão produzida pelas minas da bacia do Don.

"Você não lê os jornais, camarada?", perguntara severamente o funcionário examinador.

"Sim, camarada."

"Sugeriria que os lesse com mais atenção. Não precisamos de especialistas limitados e acadêmicos antiquados que não sabem nada além do estreito âmbito de sua profissão. Nossos educadores modernos devem ter cultura política e mostrar um interesse ativo por nossa realidade soviética, em todos os detalhes de nossa construção estatal... Próximo!"

Talvez fosse demitida, pensou Kira com indiferença, a caminho de casa. Ela não se preocuparia. Já não podia se preocupar mais. Não se permitiria chegar ao estado da camarada Nesterova, uma guia idosa que tinha sido professora de escola durante trinta anos. A camarada Nesterova, entre excursões, aulas, clubes e cozinhar para uma mãe paralítica, passava todo o seu tempo lendo os jornais, memorizando cada item, palavra por palavra, preparando-se para o exame. A camarada Nesterova precisava desesperadamente do seu emprego. Mas, quando se pôs diante do examinador, não foi capaz de pronunciar uma palavra; ficou com a boca aberta como uma estúpida, sem emitir nenhum som, e caiu de repente, aos gritos, com lágrimas histéricas. Tiveram que tirá-la da sala e chamar uma enfermeira. Riscaram o nome da camarada Nesterova da lista dos guias de excursão.

Kira já se esquecera do exame quando chegou em casa, estava pensando em Leo; perguntava-se como o encontraria naquela noite. A pergunta surgia, com um pequeno toque de ansiedade, toda vez que chegava tarde em casa e sabia que o encontraria lá. Ele saía de manhã, sorridente, alegre e cheio de energia; mas ela nunca sabia o que esperar no fim do dia. Às vezes, ela o encontrava lendo um livro estrangeiro, mal respondendo às suas saudações, recusava-se a comer, rindo friamente de vez em quando dos claros confins de um mundo tão distante do deles. Às vezes, ela o encontrava bêbado, cambaleando pela sala, rindo amargamente, rasgando notas de dinheiro diante de seus olhos enquanto ela falava do dinheiro que ele havia gastado. Às vezes, ela o encontrava falando de arte com Antonina Pavlovna, bocejando como se não ouvisse suas próprias palavras. Às vezes – raramente – ele sorria para ela, com os olhos jovens e claros como tinham sido tempos atrás, em seus primeiros encontros, e colocava dinheiro em suas mãos e sussurrava: "Esconda-o de mim... para fugir. Para a Europa... Fugiremos... algum dia... se puder me impedir de pensar... até lá... se pudéssemos apenas não pensar...".

Ela tinha aprendido a não pensar; só se lembrava de que ele era Leo, e que ela não tinha vida além do som de sua voz, dos movimentos de suas mãos, e dos contornos de seu corpo – e que tinha que ficar de guarda entre ele e aquele algo imenso, inominável, que se aproximava lentamente dele, e que já tinha engolido muitos. Ficaria em guarda, e nada mais importava; nunca pensava no passado; o futuro – ninguém ao seu redor pensava no futuro.

Nunca pensava em Andrei; nunca se permitia perguntar como seriam os dias, talvez os anos, que ainda lhes restavam. Sabia que tinha ido muito longe e não podia voltar atrás. Era sábia o bastante para saber que não podia abandoná-lo; era corajosa o bastante para não tentar. Ao evitar um golpe que Andrei não poderia suportar, ela o estava pagando, silenciosamente, pelo que ela fizera. Certo dia, teve a vaga sensação de que teria que quitar a dívida; o dia quando, talvez, pudesse comprar passagens para o estrangeiro para Leo e ela. Então, poderia pôr um fim nisso sem hesitar, já que Leo precisaria dela. Então, Leo estaria a salvo; e nada mais importava.

"Kira?", uma voz alegre a chamou do banheiro quando ela entrou no quarto.

Leo saiu, uma toalha na mão, nu da cintura para cima, sacudindo gotas de água de seu rosto, retirando o cabelo da testa, sorrindo.

"Fico feliz que tenha voltado, Kira. Detesto chegar em casa e não encontrar você aqui."

Parecia recém-saído de um riacho em um dia quente de verão, e se podia quase ver o brilho do sol nas gotas de água em seus ombros. Movia-se como se todo seu corpo fosse uma vontade viva, ereta, arrogante e imponente; uma vontade e um corpo que não se poderia curvar porque nascera sem a capacidade de conceber o curvamento.

Ficou parada, temendo se aproximar, por medo de destruir um dos raros momentos em que Leo parecia o que poderia ter sido, o que nasceu para ser.

Ele se aproximou dela e suas mãos se fecharam sobre o pescoço dela, jogando a cabeça dela para trás para unir seus lábios aos dele. Havia uma ternura desdenhosa em seu gesto, e uma ordem, e uma fome; ele não era um amante, mas o senhor de uma escrava. Os braços dela ao redor dele, a boca dela bebendo as gotas brilhantes da pele dele; ela sabia a resposta, o motivo de todos os seus dias, tudo que tinha que suportar e esquecer naqueles dias, o único motivo de que ela precisava.

* * *

Irina visitava Kira de vez em quando, nas raras noites que conseguia sair de seu trabalho no Clube. Dava gargalhadas, espalhava cinzas de cigarro por todo o quarto, contava as últimas e mais perigosas anedotas políticas e desenhava caricaturas de todos seus conhecidos na toalha de mesa branca.

Mas nas noites em que Leo estava ocupado no comércio, quando Kira e Irina sentavam-se sozinhas diante da lareira acesa, Irina nem sempre ria. Às vezes, ficava sentada em silêncio por longos minutos e, quando erguia a cabeça e olhava para Kira, seus olhos pareciam confusos, suplicando por ajuda. Depois sussurrava, olhando para o fogo:

"Kira, eu... tenho medo... não sei o porquê, é só às vezes, mas tenho muito medo... O que vai acontecer conosco? Isso é o que me assusta. Não a pergunta em si, mas que é uma pergunta que não se pode fazer a ninguém. Se a fizer e observar as pessoas, verá nos olhos delas, e saberá que sentem o mesmo, o mesmo medo, e não pode questioná-las sobre isso, mas, se o fizesse, não poderiam explicá-lo, tampouco... Sabe, todos nós nos esforçamos tanto para não pensar, para não pensar no dia seguinte, às vezes, nem na hora seguinte... Sabe em que acredito? Acredito que *eles* estão fazendo isso deliberadamente. *Eles* não querem que pensemos. É por isso que temos que trabalhar tanto. E como ainda nos resta tempo após termos trabalhado o dia todo e permanecido em algumas filas, temos que participar de atividades sociais, e depois dos jornais. Sabe que quase me despediram do Clube na semana passada? Fui questionada sobre os novos poços petrolíferos perto de Baku e eu não sabia nada disso. Por que deveria saber sobre poços petrolíferos perto de Baku se quero conquistar meu painço desenhando cartazes abjetos? Por que tenho que memorizar jornais como poemas? Sim, preciso do querosene para o Primus. Mas, para obter o querosene e cozinhar o painço, tenho que saber o nome de todos os trabalhadores imundos de todos os poços imundos de onde provém o querosene? Duas horas por dia lendo notícias sobre a construção do Estado em troca de quinze minutos para cozinhar no Primus...? E não podemos fazer nada. Se tentamos, é pior. Veja Sasha, por exemplo... Ah, Kira!... Tenho... tenho tanto medo!... Ele... ele... Bem, não preciso mentir para você. Você sabe o que ele está fazendo. É um tipo de organização secreta e eles acreditam que podem derrubar o governo. Libertar o povo. Seu dever para com o povo, Sasha diz. E você e eu sabemos que qualquer um deste grande povo estaria disposto a traí-los, entregando-os para a GPU em troca de um litro a mais de óleo de linhaça. Eles se reúnem em segredo e imprimem coisas, distribuindo-as nas fábricas. Sasha diz que não podemos esperar ajuda do estrangeiro, e que cabe a nós lutarmos por nossa própria liberdade... Ah, o que eu posso fazer? Gostaria de impedi-lo, mas não tenho o direito de fazê-lo. Mas eu sei que vão pegá-lo. Lembra os estudantes que mandaram para a Sibéria na primavera passada? Centenas, milhares deles. Nunca mais saberemos deles. Ele é órfão, não tem ninguém no mundo, exceto a mim. Tentaria impedi-lo, mas ele não ouvirá, e ele tem razão, apenas eu o amo. Amo. E irá para Sibéria algum dia. E para quê? Kira! Para quê?"

* * *

Sasha Chernov dobrou a esquina de sua rua, correndo para chegar em casa. Era uma noite escura de outubro, e a pequena mão que o agarrou pelo cinto de seu casaco parecia ter aparecido do nada. Então, ele distinguiu um xale posto sobre uma cabecinha e um par de olhos que não piscavam, enormes, aterrorizados.

"Cidadão Chernov", sussurrou a garota, apertando seu corpo trêmulo contra as pernas dele, parando-o, "não vá para casa."

Reconheceu a filha de sua vizinha. Sorriu e lhe deu um tapinha na cabeça, mas, de forma instintiva, deu um passo para o lado, refugiando-se na sombra de uma parede. "Qual é o problema, Katia?"

"Minha mãe disse...", a garota engoliu a saliva, "minha mãe falou para avisá-lo para não ir para casa... Há alguns homens estranhos lá... jogaram seus livros no chão do quarto..."

"Agradeça a sua mãe por mim, Katia", murmurou Sasha, que deu a volta rapidamente e desapareceu atrás da esquina. Tinha tido tempo para detectar uma limusine preta diante da porta de sua casa.

Ele levantou sua gola e acelerou o passo. Entrou em um restaurante e fez uma ligação. A voz de um homem estranho respondeu roucamente. Sasha desligou sem dizer uma palavra; seu amigo tinha sido capturado.

Naquela noite, eles tinham se reunido em segredo. Eles tinham discutido planos, alvoroço entre os trabalhadores, e uma nova impressora. Sorriu levemente ao pensar nos agentes da GPU olhando para a imensa pilha de manifestos antissoviéticos em seu quarto. Franziu a testa; no dia seguinte, os manifestos teriam sido compartilhados por incontáveis mãos nas fábricas de Petrogrado.

Subiu em um tranvia e se dirigiu para a casa de outro amigo. Dobrando a esquina, viu uma limusine preta na porta. Afastou-se rapidamente.

Foi a uma estação de trem e voltou a telefonar, um número distinto. Ninguém atendeu.

Ele caminhou, arrastando os pés pela pesada neve meio derretida, até outro endereço. Não viu luz na janela do quarto de seu amigo. Mas viu a esposa de um zelador no portão traseiro, cochichando animadamente com uma vizinha. Não se aproximou da casa.

Ele assoprou as mãos geladas, sem luvas. Acelerou o passo até outro endereço. Havia luz na janela para qual estava olhando. Mas, no parapeito da janela, havia um vaso de um formato particular e que tinha sido o sinal de perigo que haviam acordado.

Pegou outro tranvia. Era tarde e o tranvia estava quase vazio, além de muito iluminado. Um homem vestido com jaqueta militar subiu na parada seguinte. Sasha desceu.

Ele se escorou contra um poste de luz e limpou sua testa. Sua testa estava queimando com um suor mais gelado que os flocos de neve que caíam.

Ele estava descendo uma rua escura quando viu um homem com um velho chapéu-coco que passeava tranquilamente do outro lado. Sasha dobrou uma esquina, andou dois quarteirões, dobrou outra esquina, andou um quarteirão, e dobrou mais uma esquina. Então, ele olhou cuidadosamente por sobre seus ombros. O homem no velho chapéu-coco estava contemplando a vitrine de uma botica três casas atrás dele.

Sasha acelerou o passo. Uma neve cinzenta caía sobre as luzes amarelas sobre portões fechados. A rua estava deserta. Ele não ouvia nenhum ruído além de seus próprios passos esmagando a lama. Mas, através dos sons, através do chiado longínquo de rodas, e através das crescentes palpitações surdas e amortecidas que sentia em alguma parte de seu peito, ouviu a marcha, leve como um sopro, de passos que o seguiam.

Ele parou de repente e olhou para trás. O homem do chapéu-coco estava ajoelhado, amarrando o cadarço do sapato. Sasha olhou para cima. Estava na porta de uma casa que conhecia bem. Em questão de segundos, cruzou o umbral e, apoiado contra a parede de um hall de entrada escuro, sem se mover nem respirar, olhou para o vidro da porta. Viu passar o homem com o chapéu-coco. Ouviu os passos dele se afastando, desacelerando, parando, hesitando, voltando. O chapéu-coco passou novamente pelo quadrado de vidro. Os passos chiavam, mais fortes e mais fracos, para trás e para frente, em algum lugar próximo.

Sasha subiu as escadas sem fazer barulho e bateu na porta.

Irina abriu.

Ele fez sinal de silêncio e murmurou: "Victor está?".

"Não", respirou ela.

"E a esposa dele?"

"Ela está dormindo."

"Posso entrar? Eles estão atrás de mim."

Ela o puxou para dentro e fechou a porta lentamente, sem pausa, levando um longo e paciente minuto. A porta tocou o batente sem um ruído.

* * *

Galina Petrovna entrou com um pacote embaixo do braço.

"Boa noite, Kira. Meu Deus, Kira, que cheiro ruim tem neste quarto!"

Kira se levantou com indiferença, largando um livro.

"Boa noite, mãe. São os Lavrov. Estão preparando chucrute."

"Meu Deus! Então é isso que ele estava misturando no barril grande. O velho Lavrov não é nada simpático. Ele nem me cumprimentou. E, afinal, somos parentes, de certa forma."

Atrás da porta, um remo de madeira mexia um barril de repolho. A esposa de Lavrov suspirou monotonamente: "Pesados são nossos pecados... pesados são nossos pecados". O garoto rachava lenha num canto e o lustre de cristal tilintava, estremecendo, a cada golpe. Os Lavrov tinham se mudado para o quarto que fora de sua filha; eles tinham dividido um sótão com duas outras famílias em um prédio de trabalhadores; tinham ficado contentes com a mudança.

Galina Petrovna perguntou: "Leo não está em casa?".

"Não", disse Kira. "Estou esperando por ele."

"Estou a caminho das aulas da noite", disse Galina Petrovna, "e só passei rapidinho..." Ela hesitou, tocou no pacote, sorriu de modo arrependido, e disse com um ar muito casual: "Passei para lhe mostrar algo, veja se gosta... talvez queira comprá-la".

"Comprar?", repetiu Kira, surpresa. "O que é, mãe?"

Galina Petrovna tinha desembrulhado o pacote; estava segurando um vestido antiquado de renda leve branca; a sua longa cauda tocava o chão; o sorriso hesitante de Galina Petrovna era quase envergonhado.

"Por quê, mãe?", Kira engasgou. "É o seu vestido de noiva!"

"Veja", Galina Petrovna explicou rapidamente, "é a escola. Recebi meu salário ontem e... e descontaram tanto para a minha inscrição na Sociedade Proletária de Defesa Química – e eu nem sabia que era membro dela – que não tenho... Veja, seu pai precisa de sapatos novos – o sapateiro recusou-se a remendar os velhos – e eu iria comprá-los neste mês..., mas com isso da Defesa Química... Veja, você pode alterá-lo como quiser – o vestido, quero dizer – é de um material bom, só o usei... uma vez... E pensei, se gostasse dele, podia transformá-lo em um vestido de noite, talvez, ou..."

"Mãe", disse Kira, séria, perguntando-se por que sua voz estava embargada, "sabe muito bem que, se precisar de alguma coisa..."

"Eu sei, filha, eu sei", interrompeu Galina Petrovna, e as rugas em seu rosto ficaram subitamente ruborizadas. "Você tem sido uma filha maravilhosa, mas... com tudo o que já nos deu... não me senti à vontade para pedir... e pensei que seria melhor... mas, se não gosta do vestido..."

"Sim", disse Kira, resoluta. "Gosto dele. Quero comprá-lo, mãe."

"Não preciso dele mesmo", murmurou Galina Petrovna, "e não me importo de forma alguma."

"Eu queria mesmo comprar um vestido de noite, de qualquer forma", mentiu Kira.

Ela pegou sua carteira. Estava estufada, abarrotada, explodindo de notas novinhas em folha. Na noite anterior, ao chegar em casa tarde, ao beijá-la, cambaleando, Leo tinha enfiado a mão no seu bolso e deixado cair notas amassadas pelo chão e enfiado na carteira dela, rindo: "Vá, gaste! Vem muito mais por aí. Apenas mais uma negociata com o camarada Syerov. Brilhante camarada Syerov. Vá, gaste, já disse!".

Ela esvaziou a carteira nas mãos de Galina Petrovna. "Por quê, filha?!", Galina Petrovna protestou. "Não é isso tudo! Eu não queria tanto. Não vale isso!"

"É claro que vale. Toda essa linda renda... Não discutamos, mãe... E muito obrigada!"

Galina Petrovna enfiou as notas em sua bolsa velha, com uma pressa assustada. Ela olhou para Kira e balançou a cabeça sabiamente, muito triste, e murmurou: "Obrigada a você, filha".

Quando Galina foi embora, Kira experimentou o vestido de noiva. Era longo e liso como um traje medieval; suas mangas justas ficavam bem abaixo das costas de suas mãos; sua gola apertada quase batia em seu queixo; era todo de renda, sem qualquer tipo de ornamento.

Estava diante de um espelho alto, seus braços ao lado do corpo, as palmas das mãos para cima, cabeça para trás, seus cabelos caídos sobre seus ombros brancos, seu corpo subitamente alto e muito magro, frágil nas longas e solenes dobras de uma renda delicada como uma teia de aranha. Olhava para si mesma como para uma estranha figura vinda de algum lugar de muitos séculos distantes. E seus olhos de repente pareciam muito grandes, muito escuros, assustados.

Ela tirou o vestido e o jogou em um canto do guarda-roupa.

Leo chegou em casa com Antonina Pavlovna. Ela vestia um casaco de pele de foca e um turbante de cetim violeta. Seu forte perfume francês cortava o odor de chucrute dos aposentos dos Lavrov.

"Onde está a criada?", perguntou Leo.

"Teve que ir embora. Nós esperamos, mas você se atrasou, Leo."

"Sem problemas. Jantamos em um restaurante, Tonia e eu. Você não mudou de ideia, não é, Kira? Irá conosco àquela inauguração?"

"Desculpe-me, Leo, mas não posso. Tenho uma assembleia de guias hoje à noite... E, Leo, você tem certeza de que quer ir? Esta é a terceira inauguração de clubes noturnos em duas semanas."

"Isso é diferente", disse Antonina Pavlovna. "Este é um verdadeiro cassino, como no estrangeiro. Igual a Monte Carlo."

"Leo", suspirou Kira, impotente, "apostando novamente?"

Ele riu: "Por que não? Não temos que nos preocupar se perdermos algumas centenas de rublos, não é, Tonia?".

Antonina Pavlovna sorriu, apontando o queixo para frente: "Certamente, não. Acabamos de deixar Koko, Kira Alexandrovna". Ela baixou sua voz, em tom confidencial. "Há outro carregamento de farinha branca de Syerov chegando depois de amanhã. Como aquele rapaz sabe gerenciar seus negócios! Eu o admiro tremendamente."

"Vou vestir meu *smoking*", disse Leo. "Fico pronto em um segundo. Você se importa de se virar para a janela por um momento, Tonia?"

"Claro", Antonina Pavlovna sorriu de forma sedutora. "Claro que me importo. Mas prometo não espiar, mesmo que quisesse muito."

Ela parou perto da janela, colocando uma mão amiga no ombro de Kira. "Pobre Koko!", suspirou Antonina Pavlovna. "Ele trabalha tanto. Tem uma reunião hoje à noite – o Clube Educacional dos Funcionários da Companhia de Alimentos. É vice-secretário. Precisa manter sua atividade social, você sabe." Ela piscava consideravelmente. "Ele tem tantas reuniões, sessões e coisas assim. Eu murcharia na solidão se o nosso querido Leo não fosse galante o suficiente para me levar para sair de vez em quando."

Kira olhou para o perfil alto e negro de Leo com sua roupa de gala impecável, como tinha olhado para si mesma no vestido de noiva medieval: como se Leo fosse um ser de muitos séculos atrás, e parecia estranho vê-lo de pé ao lado da mesa com o Primus.

Ele pegou o braço de Antonina Pavlovna com um gesto que pertencia a uma cena de filme estrangeiro, e eles saíram. Quando a porta se fechou atrás deles, no quarto de Lavrov, Kira ouviu a esposa de Lavrov resmungar: "E dizem que comerciantes privados não ganham dinheiro".

"Ditadura do Proletariado!", Lavrov rosnou e escarrou.

Kira vestiu seu casaco velho. Ela não estava indo para a reunião dos guias. Estava indo para o pavilhão no jardim de um palácio solitário.

* * *

O fogo ardia na lareira de Andrei. As lenhas rangiam com pequenas explosões; os longos troncos se convertiam em brasas de um vermelho uniforme, transparente e luminoso; pequenas chamas alaranjadas oscilavam, se agitavam, se encontravam, se curvavam suavemente, se extinguiam subitamente, saltavam de novo, pequenas línguas azuis lambendo carvões incandescentes; sobre as lenhas, como se estivessem suspensas no ar, longas chamas vermelhas afunilavam-se na escuridão da chaminé; faíscas amarelas disparavam para cima, morrendo em contato com tijolos negros cobertos de fuligem. Um brilho alaranjado dançava, trêmulo, nas paredes de tijolos brancos, sobre os cartazes dos soldados vermelhos, chaminés e tratores. Um dos pés da Leda caiu sobre a borda da lareira, seus dedos rosados no brilho.

Kira sentou-se em uma caixa diante da lareira. Andrei sentou-se aos seus pés, seu rosto afundado nos joelhos dela; a mão dele acariciava lentamente o arco sedoso do pé de Kira; os dedos tocavam o chão e voltavam para as meias de seda dela.

"... e, então, quando você está aqui", sussurrou ele "compensa toda a tortura, toda a espera... E, então, já não tenho que pensar mais..."

Ele levantou a cabeça. Olhou para Kira e pronunciou palavras que ela nunca havia ouvido dele antes: "Estou tão cansado...".

Ela segurou a cabeça dele, suas duas mãos nas têmporas dele. E perguntou: "Qual é o problema, Andrei?".

Ele se virou para a lareira. "Meu Partido", disse, e voltou a olhar para ela. "Você sabe, Kira. Talvez já saiba há muito tempo. Você tinha razão. Talvez tenha razão sobre muitas coisas sobre as quais tentamos não discutir."

Ela murmurou: "Andrei, quer discutir isso – comigo? Não quero machucá-lo".

"Você não consegue me machucar. Você não acha que posso ver tudo por mim mesmo? Não acha que sei em que se transformou nossa grande revolução? Fuzilamos um especulador, e centenas deles contratam carruagens em Nevsky toda noite. Arrasamos povoados até o chão, metralhamos fileiras de campesinos que, enlouquecidos pela miséria, matam um comunista. E dez irmãos da vítima vingada do Partido bebem champanhe na casa de um homem que veste uma camisa cravejada de diamantes. De onde ele tirou os diamantes? Quem paga o champanhe? Não investigamos isso a fundo."

"Andrei, você já pensou que foi você – seu Partido – que levaram os que vocês chamam de especuladores a fazerem o que estão fazendo – porque não lhes restou outra opção?"

"Eu sei disso... Queríamos elevar os homens ao nosso nível. Mas os homens que governamos não crescem, eles se encolhem. Estão encolhendo a um nível jamais atingido por nenhuma criatura humana. E nós estamos deslizando lentamente para o nível deles. Estamos desmoronando, como um muro, um por um. Kira, nunca tive medo. Agora tenho. É uma sensação estranha. Tenho medo de pensar. Porque... porque às vezes penso que, talvez, nossos ideais não obtiveram outro resultado."

"Isso é verdade! A culpa não está nos homens, mas na natureza de seus ideais. E eu... Não, Andrei, não vou falar disso. Gostaria de poder ajudá-lo. Mas de todas as pessoas, sou aquela que menos pode te ajudar. Você sabe disso."

Ele riu suavemente: "Mas você está me ajudando, Kira. É a única pessoa no mundo inteiro que está me ajudando".

"Por quê?", ela sussurrou.

"Porque, não importa o que aconteça, ainda tenho você. Porque, não importa a ruína humana que vejo ao meu redor, ainda tenho você. E porque, em você, ainda posso ver o que um ser humano pode ser."

"Andrei", sussurrou ela, "você tem certeza de que me conhece?"

Ele murmurou, seus lábios na mão dela, de modo que Kira ouvia as palavras como se ela as estivesse juntando, uma a uma, no côncavo de sua palma: "Kira, o mais elevado de um homem não é seu deus. É aquilo em seu interior que sabe a veneração devida a um deus. E você, Kira, é o que mais venero...".

* * *

"Sou eu", sussurrou uma voz atrás da porta, "Marisha. Deixe-me entrar, Irina."

Irina abriu a porta com cautela, insegura. Marisha estava na porta com uma barra de pão na mão.

"Toma", murmurou, "trouxe-lhe algo para comer. Para os dois."

"Marisha!", gritou Irina.

"Fique quieta!", sussurrou Marisha, com um olhar temeroso para o corredor. "Claro que sei. Mas não se preocupe. Minha boca é um túmulo. Aqui, tome. É meu cupom de pão. Ninguém perceberá. Sei que você não comeu nada no café nesta manhã. Mas você não pode continuar assim."

Irina a pegou pelo braço, puxou-a para o seu quarto, fechou a porta e riu histericamente: "Eu... veja... Ah, Marisha, não esperava que você...". Seu cabelo cobria um dos olhos, o outro estava cheio de lágrimas.

Marisha sussurrou: "Sei como é. Maldita seja! Você o ama... Bem, eu, oficialmente, não sei de nada, então, não tenho nada a dizer, se me perguntarem. Mas, pelo amor de Deus, não o mantenha aqui por muito tempo. Não estou tão segura sobre Victor".

"Você acha que ele... suspeita?"

"Não sei. Ele está agindo de forma estranha. E se ele souber – tenho medo dele, Irina."

"Sasha só ficará até a noite de hoje", sussurrou Irina, "*ele* vai embora... hoje à noite."

"Tentarei vigiar Victor por você."

"Marisha... não sei como lhe agradecer... Eu..."

"Que diabos, não há por que chorar."

"Não estou chorando... Eu... não dormi por duas noites e... Marisha, você é tão... Eu lhe agradeço muito e..."

"Ah, sem problemas. Bem, até logo. Não vou ficar por aqui."

Quando fechou a porta, Irina ouviu com cautela até que os passos de Marisha se extinguiram no corredor; então, ficou ouvindo outros ruídos, tremendo; a casa estava em silêncio. Trancou a porta, cruzou o quarto na ponta dos pés, entrando sem ruído no pequeno armário de armazenamento que se abria ao lado de sua cama. Sasha estava sentado em um baú velho dentro do armário, observando um pardal atrás da vidraça empoeirada no parapeito de uma pequena janela acima, sob o teto.

"Irina", murmurou ele, seus olhos na janela, "acho que é melhor eu ir agora."

"Ah, nem pensar! Não vou permitir."

"Ouça, já estive aqui por dois dias. Não era minha intenção. Desculpe-me por ter recorrido a você. Se algo ocorrer – sabe o que fariam contigo por isto?"

"Se algo acontecer contigo", sussurrou ela, rodeando com seu braço os grandes e curvados ombros dele, "já não me importarei com o que fizerem comigo."

"Eu já esperava por isso. Mas você... eu não quero arrastá-la para isso."

"Ouça, nada vai acontecer. Tenho sua passagem para Baku. E as roupas. Victor tem uma festa do Partido hoje. Escaparemos sem perigo. E, de qualquer forma, você não pode ir agora, em plena luz do dia. A rua está vigiada."

"Quase preferiria ter sido capturado sem jamais ter vindo aqui. Irina, eu sinto muito!"

"Querido, estou muito feliz!" – ela riu silenciosamente. "Eu realmente acho que salvei você. Eles prenderam todos de seu grupo. Eu arranquei isso do Victor. Todo mundo menos você."

"Mas se..."

"Agora estamos a salvo. Só mais algumas horas de espera." Ela se agachou em uma caixa ao seu lado, deixando sua cabeça cair sobre o ombro dele, retirando o cabelo de seus olhos febris e brilhantes. "Então, quando você chegar no estrangeiro, não se esqueça de me escrever logo no primeiro dia, sim? Logo no primeiro."

"Claro", disse ele, amuado.

"Então, buscarei uma forma de sair. Imagine! O estrangeiro! Iremos a um clube noturno e você ficará tão esquisito em traje de gala! Na verdade, penso que os alfaiates se negarão a vesti-lo."

"Provavelmente", disse ele, tentando sorrir.

"E veremos as garotas dançando com roupas esquisitas, como as que eu desenho. E pense! Poderei conseguir um emprego desenhando figurinos, trajes e cenários! Chega de cartazes. Nem mais um cartaz! Não desenharei outro proletário enquanto viver!"

"Assim espero."

"Mas, sabe, devo adverti-lo. Sou uma péssima dona de casa. De verdade, será impossível viver comigo. O seu filé do jantar estará queimado – é claro, jantaremos filé todos os dias! – suas meias não estarão remendadas, e não poderá reclamar. E se tentar – pobre criatura delicada e indefesa, eu te matarei a pauladas!" Ela riu histericamente, afundou seu rosto no ombro dele, e mordeu a camisa dele, pois seus sons estavam se transformando em algo que já não era uma risada.

Ele beijou o cabelo dela, e murmurou com bravura: "Não me queixarei se você puder continuar com seus desenhos. Esse é outro crime pelo qual nunca perdoarei este país. Penso que você poderia ser uma grande artista.

E ouça, você sabe que nunca me deu um desenho, mesmo eu tendo pedido diversas vezes?".

"Ah, sim!", ela suspirou. "Eu os prometi a tantas pessoas, mas nunca me concentrei tempo suficiente para acabar um que fosse. Mas faço uma promessa: desenharei duas dezenas, lá, no estrangeiro, e poderá pendurá-los nas paredes de nossa casa. Sasha, *nossa casa*!"

Os braços dele abraçaram um corpo trêmulo cuja cabeça despenteada olhava para o outro lado.

* * *

"Esse purê", disse Victor, "está queimado."

"Desculpe", murmurou Irina, "suponho que me descuidei e eu..."

"Há algo mais para comer?"

"Não, Victor, desculpe. Não há nada em casa e..."

"Nunca há nada nesta casa! É engraçado como a comida parece ter desaparecido nos últimos dias."

"Não mais que o habitual", disse Marisha. "E lembre-se, eu não obtive meu cupom de pão nesta semana."

"Bem, e por que não?"

"Estava muito ocupada para ficar na fila e..."

"Por que Irina não pôde ir buscar?"

"Victor", disse Vasili Ivanovitch, "a sua irmã não está se sentindo bem."

"Sim, percebi."

"Comerei o seu purê, se você não quiser", disse Acia, pegando o prato dele.

"Você já comeu o suficiente, Acia", protestou Irina. "Precisa voltar correndo para a escola."

"Ah, que inferno!", disse Acia.

"Acia! Onde você aprendeu esse linguajar?"

"Não quero voltar", choramingou Acia. "Temos que decorar o Canto de Lênin nesta tarde. Odeio colar fotos das revistas em seus velhos mata-borrões vermelhos. Eles me xingaram duas vezes 'porque tinham ficado tortas'."

"Apresse-se e ponha o seu casaco. Você vai se atrasar."

Acia suspirou com um olhar resignado para os pratos vazios do almoço e saiu arrastando os pés.

Victor se inclinou para trás em sua cadeira, suas mãos nos bolsos, e olhou fixamente para Irina. "Não vai trabalhar hoje, Irina?", perguntou, com indiferença.

"Não, liguei para eles. Não estou me sentindo bem. Acho que estou com febre."

"É melhor não correr o risco de sair neste tempo terrível", disse Marisha. "Veja, está nevando."

"Não", disse Victor, "Irina não deveria correr riscos."

"Não tenho medo", disse Irina, "apenas acho que é mais seguro ficar em casa."

"Não", disse Victor, "você nunca teve medo de nada. Um traço invejável – às vezes. E, às vezes – pode ir longe demais."

"O que você quer dizer exatamente?"

"Você deveria ter mais cuidado – com a sua saúde. Por que não telefona para um médico?"

"Ah, não é necessário. Não estou tão mal. Estarei melhor dentro de alguns dias."

"Sim, creio que sim", disse Victor, levantando-se.

"Aonde você vai hoje, Victor?", perguntou Marisha.

"Por que você quer saber?"

"Ah, por nada... Eu... bem... veja, pensei que, se não estivesse tão ocupado, gostaria que fosse ao meu clube para dizer algumas palavras sobre algo. Todos ouviram falar de meu importante esposo e prometi a eles levá-lo para dar uma palestra – sabe, algo sobre eletrificação, aviões modernos ou algo assim."

"Desculpe", disse Victor, "em outra ocasião. Tenho que ver um homem hoje. Sobre um emprego. Sobre aquele emprego na represa."

"Posso ir contigo, Victor?"

"Claro que não. O que é isso? Está me vigiando? Ciúmes ou algo assim?"

"Ah, não, não, querido. Não. Nada."

"Bem, então, cale-se. Não quero ter uma esposa que me segue por aí."

"Você está procurando um novo emprego, Victor?", perguntou Vasili Ivanovitch.

"Bem, o que você acha? Pensa que vou me resignar a ser escravo de um cupom de racionamento pelo resto de minha vida? Enfim, veremos."

* * *

"Você está certo disso?", perguntou o oficial.

"Sim", disse Victor.

"Quem mais é responsável?"

"Ninguém. Só minha irmã."

"Quem mais vive em seu apartamento, camarada Dunaev?"

"Minha esposa, meu pai e minha irmã mais nova – que é só uma criança. Meu pai não suspeita de nada. Minha esposa é uma criatura desmiolada que não perceberia nada embaixo de seu nariz. E, por certo, é membro do Komsomol. Há outros inquilinos também, mas nunca se comunicam com nosso lado do apartamento."

"Entendo. Obrigado, camarada Dunaev."

"Só estou cumprindo o meu dever."

O oficial se levantou e estendeu sua mão. "Camarada Dunaev, em nome da União das Repúblicas Socialistas Soviéticas, agradeço por sua coragem. Ainda são poucos cuja devoção ao Estado está acima dos laços de sangue e familiares. Essa é a atitude do futuro, para o qual estamos tentando educar nosso povo atrasado. Essa é a maior prova de lealdade ao Partido que um homem pode dar. Garantirei que seu heroísmo não passe despercebido."

"Não mereço esses elogios, camarada", disse Victor. "O único valor de meu exemplo é mostrar ao Partido que a família é uma instituição do passado, que não deveria ser considerada ao se julgar a lealdade de um membro do nosso grande coletivo."

# VIII

A CAMPAINHA TOCOU.

Irina estremeceu e deixou cair seu jornal. Marisha baixou seu livro.

"Eu vou abrir", disse Victor, levantando-se.

Irina olhou para o relógio da sala de jantar. Faltava uma hora para a saída do trem. E Victor não tinha ido para a assembleia do Partido: não quis sair de casa.

Vasili Ivanovitch estava talhando um abridor de cartas, sentado ao lado da janela. Acia gritou de algum lugar embaixo da mesa, folheando revistas velhas: "Diga-me, esta é uma foto de Lênin? Preciso recortar dez para o Canto e não encontro muitas. É Lênin ou um general tchecoslovaco? Não tenho nem ideia...".

Ouviram os passos de muitas botas pesadas no hall de entrada. A porta estava aberta. Um homem de jaqueta de couro parou no umbral, uma folha de papel em sua mão. Atrás dele, dois soldados com chapéus com viseira, suas mãos sobre as armas em seus cintos. Um terceiro estava na porta de entrada, segurando uma baioneta.

Ouviram um grito; era de Marisha. Levantou-se de golpe, com ambas as mãos tapando a boca. Vasili Ivanovitch levantou-se lentamente. Acia olhou para cima de debaixo da mesa, boquiaberta. Irina se manteve ereta, muito ereta, inclinando-se um pouco para trás.

"Mandado de busca", disse o homem de jaqueta de couro, jogando o papel sobre a mesa, e fazendo um sinal para seus soldados. "Por aqui!"

Eles caminharam pelo corredor até o quarto de Irina.

Abriram a porta da dispensa. Sasha estava no umbral, olhando para eles com sorriso sombrio.

Vasili Ivanovitch ofegou, no corredor, atrás dos soldados. Acia exclamou: "Ah, Deus! Por isso que não me deixava abrir...". Marisha lhe deu um pontapé nos tornozelos. Um desenho que estava no limiar da mesa deslizou, farfalhando, esvoaçando até o chão.

"Quem é a cidadã Irina Dunaeva?", perguntou o homem de jaqueta de couro.

"Sou eu", disse Irina.

"Ouça", Sasha deu um passo a frente. "Ela não teve nada a ver com isso... Ela... não é culpa dela... Eu a ameacei e..."

"Com o quê?", perguntou o homem da jaqueta de couro, com voz inexpressiva.

Um soldado passou sua mão sobre as roupas de Sasha. "Não tem armas", ele reportou.

"Muito bem", disse o homem da jaqueta de couro. "Leve-o para o carro. A cidadã Dunaeva também. E o velho. Verifique o apartamento."

"Camarada", Vasili Ivanovitch aproximou-se do líder, sua voz firme, suas mãos tremendo. "Camarada, minha filha não podia ser culpada de..."

"Terá a oportunidade de falar depois", disse o homem, e se virou para Victor. "Você é membro do Partido?"

"Sim", disse Victor.

"Seu carnê?", Victor mostrou seu carnê do Partido. O homem apontou para Marisha: "Sua esposa?".

"Sim."

"Muito bem. Esses dois podem ficar. Peguem seus casacos, cidadãos."

As botas dos soldados deixaram um rastro de neve derretida no chão. Um abajur cuja cúpula havia escorregado para o lado projetava uma mancha de luz no corredor, sobre a cara de Marisha, branco-esverdeada, com olhos fundos encarando Victor.

O soldado em guarda na entrada abriu a porta para o *Upvradom* entrar. O casaco do *Upvradom* estava jogado sobre seus ombros, sobre uma camisa suja desabotoada. Ele gritou, estalando os dedos de forma seca: "Meu Deus!

Meu Deus! Meu Deus!... Camarada Comissário, eu não sabia nada disso. Camarada Comissário, eu juro...". O soldado bateu a porta na cara dos vizinhos curiosos que tinham se reunido no patamar da escada.

Irina beijou Acia e Marisha. Victor se aproximou dela, a cara congelada em um gesto de ansiosa preocupação: "Irina, sinto muito... Não entendo... Verei o que posso fazer...".

Os olhos dela o calaram; olhavam fixamente para ele; de repente, pareciam os olhos de Maria Petrovna no velho retrato. Ela se virou e seguiu os soldados, sem dizer uma palavra. Ela saiu primeiro; Sasha e Vasili Ivanovitch a seguiram.

* * *

Vasili Ivanovitch foi solto em três dias.

Sasha Chernov foi condenado a dez anos em uma prisão na Sibéria por atividades contrarrevolucionárias.

Irina Dunaeva foi condenada a dez anos em uma prisão na Sibéria por auxiliar um contrarrevolucionário.

Vasili Ivanovitch tentou contatar vários oficiais, obteve algumas cartas de apresentação para alguns secretários auxiliares, passou horas amontoado nos cantos de salas de espera sem calefação, fez telefonemas, tentando evitar que sua voz tremesse. Nada se podia fazer e ele sabia disso.

Quando chegou em casa, não falou com Victor. Não olhou para Victor. Não pediu a ajuda de Victor.

Marisha, sozinha, saudou Vasili Ivanovitch quando ele chegou em casa. Disse timidamente: "Aqui, Vasili Ivanovitch, venha jantar. Fiz a sopa de macarrão de que você gosta – especialmente para você". Ela corou, agradecida e envergonhada, quando Vasili respondeu com um sorriso silencioso e distraído.

Vasili Ivanovitch visitou Irina em uma cela da GPU. Ele se trancou em seu quarto por muitas horas e chorou em silêncio, feliz, quando ele conseguiu que o último desejo dela fosse atendido. Ela tinha pedido permissão para se casar com Sasha antes que eles fossem levados.

O casamento foi celebrado em uma sala vazia da GPU. Guardas armados ficaram na porta. Vasili Ivanovitch e Kira foram as testemunhas. Os lábios de

Sasha tremiam. Irina estava muito tranquila. Tinha estado tranquila desde que a prenderam. Estava um pouco mais magra, um pouco mais pálida; sua pele parecia translúcida; seus olhos, muito grandes; seus dedos repousavam firmes sobre o braço de Sasha. Ela ergueu seu rosto para o beijo dele após a cerimônia, com um sorriso terno e compassivo.

No dia seguinte, o oficial que Vasili Ivanovitch visitou disse: "Bem, você conseguiu o que queria. Apenas não entendo para que serviu toda essa ladainha besta. Não sabe que as prisões deles estão a 350 quilômetros de distância uma da outra?".

"Não", disse Vasili Ivanovitch, e jogou-se na cadeira. "Eu não sabia disso."

Mas Irina já imaginava. Esse tinha sido o motivo do casamento: esperava que fosse influenciar a decisão. Não foi assim.

* * *

Era a última cruzada de Vasili Ivanovitch. Ninguém podia recorrer a uma sentença da GPU. Mas a prisão escolhida podia ser mudada; se ele conseguisse angariar a influência adequada, os contatos adequados. Vasili Ivanovitch levantou-se ao amanhecer. Marisha o obrigou a beber uma xícara de café preto, parando-o no hall enquanto saía, metendo-lhe a caneca nas mãos, tremendo em seu longo pijama. A noite o encontrou no hall de um cassino, abrindo caminho entre a multidão, amassando seu chapéu com ambas as mãos, parando uma figura imponente que tinha esperado por horas, dizendo delicadamente: "Camarada Comissário... só algumas palavras... por favor... camarada Comissário". Ele foi colocado para fora por um funcionário de uniforme e perdeu seu chapéu.

Marcou reuniões e conseguiu entrevistas. Entrou em um escritório solene, com seu casaco velho e remendado, seus calçados lustrados, seu cabelo grisalho bem penteado. Estava de pé diante de uma mesa, e seus ombros altos, que tinham carregado um rifle pesado durante várias noites escuras, cruzando diversas florestas da Sibéria, muitos anos atrás, inclinavam-se impotentemente. Olhou para um rosto severo e disse:

"Camarada Comissário, isso é tudo o que peço. Só isso. Não é muito, não é? Apenas os envie para o mesmo lugar. Eu sei que foram contrarrevolucionários e que vocês têm o direito de castigá-los. Não estou me queixando, camarada Comissário. São dez anos, mas não tem problema. Apenas os envie para o mesmo lugar. Que diferença faz para vocês? Que diferença faz para o Estado? Eles são tão jovens. Eles se amam. São dez anos, mas sabemos que nunca irão voltar – é a Sibéria, o frio e a fome, e as condições..."

"O que é isso?", uma voz severa o interrompeu.

"Camarada Comissário, eu... eu não quis dizer nada... não... não quis dizer... apenas suponha que eles fiquem doentes ou algo assim? Irina não é muito forte. Eles não foram sentenciados à morte. E enquanto estão vivos – não poderia permitir que fiquem juntos? Significaria muito para eles, e muito pouco para os demais. Eu sou um homem velho, camarada Comissário, e ela é minha filha. Conheço a Sibéria. Me ajudaria saber que ela não esteve sozinha lá. Que teve um homem ao seu lado, seu marido. Não sei muito bem como pedir isso, camarada Comissário, mas peço que me desculpe. Olhe, nunca pedi um favor a ninguém. Você provavelmente pensa que estou indignado, que o odeio de todo meu coração. Mas não odeio. Não odiarei. Apenas faça uma última coisa – aquela última coisa – e os envie para a mesma prisão, e eu te abençoarei enquanto viver."

Foi-lhe negado.

* * *

"Eu soube da história toda", disse Andrei, quando Kira lhe contou sobre isso. "Sabe quem denunciou Irina?"

"Não", disse Kira, que se virou e adicionou: "Suspeito, todavia. E não me conte. Não quero saber".

"Não contarei."

"Não queria pedir a sua ajuda, Andrei. Sei que não posso esperar que você interceda em favor de um contrarrevolucionário, mas não poderia pedir a eles que a mudem de prisão, mandando-os para o mesmo lugar? Não seria traição de sua parte, e, na verdade, não faz diferença para os seus funcionários."

Ele tomou a mão dela e disse: "Sem dúvida. Tentarei".

Em um escritório da GPU, o executivo encarou Andrei friamente e perguntou:

"Está advogando por um... familiar, não é, camarada Taganov?"

"Eu não entendo você, camarada", Andrei respondeu lentamente, olhando diretamente para ele.

"Ah, sim, acho que entende. E acho que você deveria entender que manter uma amante que é filha do antigo proprietário de uma fábrica não é a melhor forma de fortalecer sua posição no Partido... Não demonstre surpresa, camarada Taganov. Você realmente não acha que não sabemos disso, não é? E trabalhando para a GPU! Você me surpreende."

"Meus assuntos pessoais..."

"Seus assuntos *de que tipo*, camarada Taganov?"

"Se você está falando da cidadã Argounova..."

"Eu *estou* falando da cidadã Argounova. E sugiro que utilize alguns dos métodos e a autoridade que sua posição no Partido lhe dá para investigar um pouco a cidadã Argounova – pelo seu próprio bem, já que estamos falando disso."

"Sei tudo que preciso saber sobre a cidadã Argounova. Não precisa metê-la nisso. Ela é absolutamente inocente no que diz respeito à política."

"Ah, *politicamente*? E em outros aspectos?"

"Se fala comigo como meu superior, recuso-me a ouvir qualquer coisa sobre a cidadã Argounova que não seja sobre sua posição política."

"Muito bem. Não preciso dizer nada. Falava simplesmente como amigo. Deveria ter cuidado, camarada Taganov. Não lhe restam muitos amigos no Partido."

Andrei não pôde fazer nada para mudar a sentença de Irina.

* * *

"Que inferno!", disse Leo, afundando sua cabeça em uma bacia com água fria, pois tinha chegado em casa muito tarde na noite anterior. "Vou me encontrar com aquele canalha do Syerov. Ele tem um amigo muito importante na GPU. Ele terá que fazer algo se eu lhe pedir."

"Queria que tentasse, Leo", disse Kira.

"Os malditos sadistas! Que diferença fará para eles se as pobres crianças apodrecerem juntas na prisão infernal deles? Eles sabem que eles nunca retornarão vivos."

"Não lhe diga isso, Leo. Peça-lhe *gentilmente*."

"Pedirei a ele *muito gentilmente*!"

No escritório de Pavel Syerov, a secretária estava concentrada datilografando, mordendo seu lábio inferior. Havia dez visitas esperando diante da divisória de madeira. Leo cruzou o escritório, abriu a portinhola e disse para a secretária:

"Quero ver o camarada Syerov. Imediatamente."

"Mas cidadão", a secretária engasgou, "você não tem permissão para..."

"Eu disse que quero vê-lo imediatamente."

"O camarada Syerov está muito ocupado, cidadão, e existem todos esses cidadãos esperando, e você não pode vê-lo sem esperar a sua vez..."

"Vá e diga a ele que sou Lev Kovalensky. Ele irá me receber prontamente."

A secretária se levantou e foi ao escritório de Syerov, olhando para Leo como se esperasse que ele sacasse uma pistola. Voltou, com mais cara de susto, e disse, engolindo a saliva: "Entre, cidadão Kovalensky".

Quando a porta se fechou e eles ficaram sozinhos, Pavel Syerov levantou-se de pronto e sussurrou para Leo, com uma voz que parecia um rugido amortecido: "Maldito insensato! Você é louco? Como se atreve a vir aqui?".

Leo riu, sua risada gélida era como a mão de um senhor que esbofeteasse um escravo insolente. "Não está falando comigo, não é?", perguntou. "Especialmente quando o seu interesse é a discrição."

"Saia daqui! Não posso falar contigo aqui!"

"Não precisa", disse Leo, sentando-se confortavelmente. "Deixe que eu falo."

"Você sabe com quem está falando? Ou você é um demente ou eu nunca vi maior insolência em minha vida!"

"Repita isso a si mesmo", disse Leo, "com meus cumprimentos."

"Maldito seja!", disse Syerov, deixando-se cair na cadeira. "O que você quer?"

"Você tem um amigo na GPU."

"Fico contente de que se lembre disso."

"Sim. Por isso estou aqui. Tenho dois amigos condenados a dez anos de prisão na Sibéria. Acabam de se casar. Estão sendo enviados para prisões a centenas de quilômetros de distância. Quero que garanta que sejam enviados para a mesma prisão."

"Ah-ah", disse Pavel Syerov. "Ouvi falar do caso. Um belo exemplo da lealdade ao Partido por parte do camarada Victor Dunaev."

"Você não acha um pouco ridículo *você* estar falando sobre lealdade ao Partido para *mim*?"

"Bem, o que você fará se eu não mexer um dedo sobre o caso?"

"Já sabe", disse Leo. "Posso fazer muitas coisas."

"Sem dúvida", disse Syerov, complacente. "Sei que poderia. Também sei que não fará nada. Pois, veja, para me afundar, você teria que ser a pedra ao redor de meu pescoço, e não creio que seu nobre altruísmo vá tão longe."

"Ouça", disse Leo, "deixe de lado a pose de oficial. Ambos somos delinquentes, e você sabe disso, e nos odiamos mutuamente, e nós dois sabemos disso, mas estamos no mesmo barco, e ele não é muito estável. Não lhe parece sensato que nos ajudássemos uns aos outros sempre que possível?"

"Sim, sem dúvida. E a sua parte nisso é ficar o mais longe possível daqui. E se você não estivesse tão malditamente ofuscado por sua velha arrogância patrícia, que já passou da hora de esquecer, seria mais sensato e não me pediria para interceder por nenhuma prima sua, o que equivaleria a pendurar um cartaz indicando exatamente qual é a minha relação com você."

"Maldito covarde!"

"Bem, talvez eu seja. E talvez lhe faria bem ser um pouco também. É melhor que não venha aqui me exigindo favores. É melhor lembrar que, mesmo que nos prendessem juntos – por enquanto – eu tenho mais chances que você de romper as algemas."

Leo levantou-se. Na porta, ele se virou e disse: "Como quiser. Só que teria sido mais prudente de sua parte – no caso de as algemas algum dia estarem em minhas mãos...".

"Sim. E teria sido mais prudente de sua parte que não tivesse vindo aqui, no caso de estarem nas minhas... E ouça", ele baixou sua voz, "você pode fazer algo por mim, e é melhor que o faça. Diga ao porco do Morozov que envie o dinheiro. Ele está se enrolando no combinado. Diga a ele que não vou ficar esperando."

* * *

Marisha disse titubeando, tentando não olhar para Victor: "Ouça, não acha que se eu fosse ver alguém e pedisse... Sabe, só para os enviarem para a mesma prisão. Não faria diferença para ninguém... e...".

Victor pegou o punho dela e o retorceu com tanta brutalidade que ela gemeu de dor. "Ouça", disse cerrando os dentes, "você deveria se manter o mais longe disso quanto suas pernas possam te levar. Seria ótimo para mim, não é? Minha esposa suplicando pelos contrarrevolucionários!"

"Mas, é apenas..."

"Ouça! Diga uma só palavra – entende? – só uma, a qualquer um de seus amigos, e na manhã seguinte receberá uma notificação de divórcio!"

Naquela noite, Vasili Ivanovitch chegou em casa mais tranquilo que de costume. Tirou meticulosamente o casaco e dobrou meticulosamente suas luvas sobre o móvel do hall. Não olhou para a janta que Marisha tinha preparado para ele na cozinha. Disse: "Victor, quero falar contigo".

Victor o seguiu relutantemente até o seu escritório.

Vasili Ivanovitch não se sentou. Ficou de pé, suas mãos caídas para os lados, e olhou para seu filho.

"Victor", disse Vasili Ivanovitch, "sabe o que eu poderia dizer. Mas não o direi. Não farei perguntas. Vivemos em tempos estranhos. Muitos anos atrás, estava seguro daquilo que pensava. Sabia quando tinha razão e sabia quando devia condenar algo. Agora já não consigo. Não sei se posso condenar alguém por alguma coisa. Há tanto horror e sofrimento à nossa volta que não quero tachar ninguém como culpado. Somos pobres criaturas desnorteadas, todos nós, que sofremos tanto e sabemos tão pouco! Não posso te culpar por nada que possa ter feito. Não conheço suas razões. Não perguntarei. Sei que não entenderei. Ninguém se entende hoje em dia. Você é meu filho, Victor. Eu te amo. Não posso evitar, assim como você não pode evitar ser quem é. Sabe, sempre quis um filho desde que era mais jovem do que você é agora. Nunca confiei nos homens. E por isso queria meu próprio homem, para quem eu pudesse olhar com orgulho, diretamente, como estou fazendo agora. Quando você era um garotinho, Victor, você cortou seu dedo, um corte profundo, até o osso. Você veio do jardim para que fizessem um curativo. Os seus lábios estavam azuis, mas você não chorou. Não fez nenhum barulho. Sua mãe ficou muito zangada comigo porque eu ri, contente. Mas, entenda, é porque estava orgulhoso de você. Eu sabia que sempre me orgulharia de você... Sabe? Era tão engraçado quando sua mãe te fazia vestir um blusão azul de veludo com uma grande gola de renda. Você ficava tão zangado – e tão bonito! Tinha cabelos encaracolados... Bem, tudo isso não importa. É que não consigo dizer nada contra você, Victor. Não posso pensar em nada contra você. Por isso não questionarei. Só lhe peço um favor: não pode salvar a sua irmã, eu sei; mas peça aos seus amigos – e sei que tem amigos que podem fazê-lo – só peça a eles que a mandem para a mesma prisão de Sasha. Só isso. Não interferirá na sentença e não vai te comprometer. É um último pedido para ela – um pedido no leito de morte, Victor, pois sabe que nunca mais a verá. Só faça isso – e a página será virada. Não olharei para trás. Nunca tentarei ler algumas das páginas que não quero ver. Saldará nossas contas. Seguirei tendo um filho e, mesmo que seja difícil, por vezes, não pensar, é possível, hoje em dia, é preciso, e você me ajudará. Só um favor, em troca de... em troca de tudo que passou."

"Pai", disse Victor, "você precisa acreditar em mim, faria qualquer coisa em meu poder, se pudesse... Tentei, mas..."

"Victor, não discutamos. Não estou lhe perguntando se você pode fazer isso. Sei que pode. Não explique. Apenas diga 'sim' ou 'não'. Se for um 'não', Victor, então será o final para nós dois. Então, não terei mais um filho. Há um limite, Victor, para o quanto posso perdoar."

"Mas, pai, é absolutamente impossível, e..."

"Victor, já disse que se é 'não', não tenho mais filho. Pense no quanto eu perdi nos últimos anos. Bem, qual é a resposta?"

"Não posso fazer nada."

Vasili Ivanovitch endireitou seus ombros lentamente, as duas linhas que cortavam suas bochechas, desde o nariz aos cantos de sua boca, pareciam fixas, firmes e impassíveis. Ele se virou e se dirigiu à porta.

"Aonde você está indo?", perguntou Victor.

"Isso", disse Vasili Ivanovitch, "já não lhe diz mais respeito."

Na sala de jantar, Marisha e Acia estavam sentadas à mesa, olhando para os pratos de uma janta fria que não tinham tocado.

"Acia", disse Vasili Ivanovitch, "pegue seu casaco e seu chapéu."

"Pai", disse Marisha, e se pôs de pé repentinamente, empurrando a cadeira; era a primeira vez que dirigia essa palavra a Vasili Ivanovitch.

"Marisha", disse Vasili Ivanovitch gentilmente, "telefonarei para você em alguns dias... quando achar um lugar para viver. Então, poderá enviar minhas coisas... o que sobrou de meu aqui?"

"Você não pode ir embora!", disse Marisha, com a voz falhando. "Sem trabalho e sem dinheiro e... Esta é a sua casa."

"Esta é a casa de seu marido", disse Vasili Ivanovitch. "Venha, Acia."

"Posso levar minha coleção de selos?", murmurou Acia.

"Pegue sua coleção de selos."

Marisha se ajoelhou ao lado da janela, seu nariz amassado contra o vidro, suas costas tremendo em silenciosos soluços, vendo-os partir. Os ombros de Vasili Ivanovitch se curvavam e, sob a luz da rua, ela conseguia ver a mancha branca de seu pescoço nu entre a gola de seu velho casaco e o chapéu negro de pele sobre sua cabeça inclinada; segurava a mão de Acia, e o braço dela se esticava em direção ao dele; parecia muito pequena ao lado daquele volume enorme; ela caminhava obediente, na ponta dos dedos, através da lama, com o grande álbum de selos apertado contra seu peito.

* * *

Kira visitou Irina em uma cela da GPU na noite de sua partida. Irina sorriu calmamente; seu sorriso era doce, fascinado. Seus olhos, em um rosto que parecia de cera, olhavam para Kira amável e vagamente, como se fixos, com tranquilo estupor, em algo distante que ela se esforçava para compreender.

"Eu lhe enviarei algumas luvas", disse Kira, tentando sorrir, "de lã. Advirto que eu mesma as farei, então, não estranhe se não puder usá-las."

"Não", disse Irina, "mas pode me mandar uma foto. Seria estupendo: Kira Argounova tricotando!"

"Sabe", disse Kira, "você nunca me deu aquele desenho que me prometeu."

"É verdade, não dei. Meu pai está com todos eles. Diga a ele que lhe permita escolher qualquer um que quiser. Diga a ele que eu disse isso. Ainda assim, não é o que lhe prometi. Eu lhe prometi um retrato real de Leo."

"Bem, teremos que esperar seu retorno para isso."

"Sim." Então, jogou a cabeça para trás e deu uma gargalhada. "É muito amável de sua parte, Kira, mas não precisa me enganar. Não tenho medo.

Mas sei. Lembra quando enviaram aqueles estudantes universitários para a Sibéria? Não se ouve nada sobre a volta deles. Será o escorbuto ou o esgotamento, ou ambos. Ah, tudo bem. Eu sei."

"Irina..."

"Por favor, não precisamos ficar emocionadas, mesmo que seja a última vez... Há algo que gostaria de lhe perguntar, Kira. Você não precisa responder, se não quiser, é apenas uma curiosidade: o que há entre você e Andrei Taganov?"

"Tenho sido sua amante por mais de um ano", disse Kira. "Veja, a tia de Leo em Berlim não..."

"Foi o que pensei. Bem, garota, não sei qual de nós precisa de mais coragem para enfrentar o futuro."

"Só terei medo no dia que nunca vai chegar", disse Kira. "O dia em que eu me render."

"Já me rendi", disse Irina, "e não tenho medo. Só existe uma coisa que gostaria de compreender. E não acredito que alguém possa explicá-lo. Veja, sei que é o fim da linha para mim. Sei, mas não consigo acreditar, não consigo senti-lo. É muito estranho. Eis a sua vida. Você começa a vivê-la, sentindo que é algo tão precioso e raro, tão belo como um tesouro sagrado. Agora ela acabou, e não faz qualquer diferença para ninguém, e não é que eles sejam indiferentes, é apenas que eles não sabem, não sabem o que essa vida significa, esse meu tesouro, e há algo sobre ela que eles deveriam compreender. Eu mesma não compreendo, mas há algo que deveria ser compreendido por todos nós. Mas o que é, Kira? O quê?"

* * *

Os condenados políticos viajavam em um vagão separado; homens com baionetas ficavam à porta. Irina e Sasha se sentaram frente a frente em duros bancos de madeira; tinham viajado juntos durante boa parte do caminho, mas estavam se aproximando de um cruzamento onde Irina seria transferida para outro trem. As janelas do vagão eram negras e lustrosas, como se pedaços de couro autêntico forrassem os vidros; apenas cristais de neve suaves e úmidos, batendo contra o vidro, mostravam que havia terra para além das vidraças, e vento, e um céu escuro. Uma lanterna tremia no alto do teto, como se cada batida das rodas abaixo do assoalho apagasse a chama amarela, e ela tremia e voltava, tremulando, agarrada ao pequeno toco da vela. Um rapaz com um velho boné verde de estudante, sozinho junto a uma janela, cantava baixinho, monotonamente, entre os dentes, e sua voz soava como se estivesse sorrindo, embora suas bochechas estivessem imóveis:

*Olá, pequena maçã!*
*Para onde você está rolando?*

Sasha segurava as mãos de Irina. Ela estava sorrindo, seu queixo enfiado em uma velha manta de lã. Suas mãos estavam frias. Um vapor branco saiu de seus lábios quando ela sussurrou:

"Não devemos pensar nisso como se fossem dez anos. Parece muito tempo, não é? Mas, de verdade, não é. Sabe, um filósofo disse que o tempo é só uma ilusão ou algo assim. Quem foi que disse? Bem, não importa. O tempo pode passar muito rápido, se pararmos de pensar nele. Ainda seremos jovens quando... quando estivermos livres. Então, vamos prometer um ao outro que não vamos pensar em outra coisa. Então, promete?"

"Sim", sussurrou ele, olhando para as mãos dela. "Irina, se eu não tivesse..."

"E isso é algo que você me prometeu nunca mais mencionar, nem sequer para si próprio. Querido, não percebe que é realmente mais fácil para mim – desta forma – que ter ficado em casa e o terem enviado sozinho? Deste modo, sentirei que temos algo em comum, que estamos compartilhando algo, não é?"

Ele afundou seu rosto nas mãos dela e não disse nada.

"E, ouça", sussurrou ela, aproximando-se de seu cabelo louro, "sei que nem sempre será fácil manter o ânimo. Às vezes se pode pensar: 'Ah, faz sentido seguir sendo corajoso apenas por orgulho?'. Então, seremos corajosos por algo. Quando se sentir mal, apenas sorria e pense que está fazendo algo por mim. E eu farei o mesmo. Isso nos manterá unidos. E, sabe, é muito importante manter o ânimo. Duraremos mais."

"Para quê?", perguntou ele. "Não vamos durar o suficiente, de qualquer forma."

"Sasha, que bobagem!" Ela levantou a cabeça dele pelos cabelos, olhando diretamente para seus olhos, como se ela acreditasse em suas próprias palavras. "Duas criaturas fortes e saudáveis como nós! E, de toda forma, tenho certeza de que essas histórias são exageradas, se você se refere à fome ou ao esgotamento. Nada é tão ruim como se fala."

As rodas rangeram no chão, reduzindo a velocidade.

"Ah, Deus!", lamentou-se Sasha. "Esta é a última estação?"

O vagão estremeceu, e as rodas reiniciaram seu ruído no solo, como se um martelo batesse cada vez mais rápido.

"Não", murmurou Irina, sem fôlego, "ainda não."

O estudante que estava junto à janela cantou, gemendo, como se sorrisse, ao ritmo das rodas:

*Olá, pequena maçã,*
*Para onde você está rolando?*

E ele repetiu, lentamente, mordendo cada palavra, como se as palavras fossem a resposta para uma pergunta, e a própria pergunta, e também uma certeza letal de algum pensamento dele:

"Ah, pequena maçã, onde você está rolando?".

Irina estava sussurrando: "Ouça, há algo que podemos fazer: podemos olhar para a Lua, às vezes – e, sabe, é a mesma Lua em todos os lugares – e estaremos olhando para a mesma coisa juntos, não é?".

"Sim", disse Sasha, "será bonito."

"Iria dizer o Sol, mas não acho que haverá muito sol lá, de modo que..." Sua própria tosse a interrompeu; tossiu surdamente, com espasmos, tapando a boca com as mãos.

"Irina!", gritou ele. "O que é isso?"

"Nada", sorriu ela, piscando, recobrando seu fôlego. "Só um pequeno resfriado que peguei. Aquelas celas da GPU não estavam bem aquecidas."

Uma lanterna passou pela janela. Depois não havia nada, salvo os silenciosos flocos de neve que salpicavam no vidro, mas eles ficaram sentados, quietos, olhando pela janela.

Irina suspirou: "Creio que estamos nos aproximando".

Sasha se sentou ereto, com a cara da cor do latão, mais escura que seu cabelo, e disse, mudando de voz, com firmeza: "Se permitirem que escrevamos um para o outro, Irina, você escreverá... todos os dias?".

"É claro", respondeu ela, alegre.

"Você... desenhará coisas em suas cartas também?"

"Com prazer... veja", ela pegou um pequeno fragmento de carvão do parapeito da janela. "Veja, desenharei algo para você agora mesmo."

Com alguns traços, rápidos e seguros como o bisturi de um cirurgião, desenhou uma cara na parte de trás de seu assento, a cara de um diabinho que lhes sorria com a boca em forma de meia-lua, com os olhos esbugalhados, com um deles piscando maliciosamente. Era um sorriso bobo, contagioso e irresistível, que não se podia olhar sem responder com outro sorriso.

"Aqui", disse Irina, "ele lhe fará companhia depois... depois da estação."

Sasha sorriu, respondendo ao sorriso do diabinho. E, de pronto, jogando a cabeça para trás, cerrando os punhos, ele gritou, de tal modo que o estudante ao lado da janela estremeceu e olhou para ele: "Por que eles falam de honra, ideais e dever para com seu país? Por que nos ensinam...?".

"Querido, não tão alto! Não pense em coisas inúteis. Há muitos pensamentos inúteis no mundo!"

Na estação, outro trem aguardava em uma via paralela. Guardas com baionetas escoltaram alguns dos presos para fora. Sasha abraçou Irina, e os ossos dela estalaram entre seus enormes braços; ele beijou os lábios, o queixo, o cabelo e o pescoço dela, e emitiu um som que não era exatamente um gemido, nem o rugido de uma besta. Com voz rouca e furiosa, ele sussurrou na manta dela algumas palavras que sempre tinha sido relutante a pronunciar: "Eu... eu a amo".

Um guarda tocou o cotovelo de Irina; ela se separou de Sasha e seguiu o guarda pelo corredor. Na porta, Sasha empurrou o guarda, selvagemente, insanamente, e apanhou Irina novamente, segurando-a, sem beijá-la, olhando para ela de forma tola, suas longas mãos apertando o corpo de uma esposa que nunca possuíra.

O guarda a separou dele e a empurrou através da porta. Ela olhou para trás por um segundo para olhar pela última vez para Sasha. Ela sorriu, com o sorriso familiar e bobo de seu diabinho, enrugando o nariz e apertando o olho, maliciosamente. Então, a porta se fechou.

Os dois trens começaram a andar ao mesmo tempo. Pressionado contra a janela, Sasha podia ver o contorno negro da cabeça de Irina no quadrado amarelo da janela do vagão da linha seguinte. Os dois trens circulavam juntos, com as marretas de ferro batendo cada vez mais rápido no chão, o brilho da estação voltando lentamente para o chão escuro do vagão que Sasha estava observando. Depois, a mancha cinzenta de neve entre eles ficou maior. Ainda podia tocar o outro trem com seu braço estendido se a janela estivesse aberta, pensou; depois, ainda poderia tocá-lo se esticasse todo o seu corpo diretamente até o outro trem; logo, já não poderia lcança-lo, mesmo que saltasse. Desviou os olhos da outra janela e observou a faixa branca que crescia entre eles, com os dedos no vidro, como se quisesse agarrar essa faixa branca e segurá-la, e puxá-la com toda a sua força, e pará-la. Os vagões estavam cada vez mais afastados. Ao nível de seus olhos, podia agora ver os brilhos azulados e de aço das rodas girando em faixas estreitas na neve. Depois, já não olhava para a neve. O seu olhar agarrou-se ao pequeno quadrado amarelo com um ponto preto que era uma figura humana, lá longe. E enquanto o quadrado amarelo encolhia rapidamente, os seus olhos não o deixavam ir, e ele sentiu o seu olhar ser puxado, esticado, com uma dor tão excruciante como a de um nervo cortado. Em uma extensão interminável de neve, duas longas lagartas se separavam; dois fios finos e prateados precediam cada uma; os fios conduziam, desaparecendo, a um vão negro. Sasha perdeu a janela de vista, mas ainda conseguia ver uma série de manchas amarelas que pareciam quadradas e, por cima delas, algo negro a mover-se contra o céu, que parecia o teto de um carro. Depois, havia apenas um fio de contas amarelas a cair num poço negro. Depois, havia apenas a vidraça empoeirada com couro envernizado colado atrás dela, e ele não tinha a certeza se ainda via um fio de faíscas em algum lugar, ou se era algo queimando seus olhos dilatados que não piscavam.

Então, só lhe restou o diabinho, na parte de trás do assento vazio na sua frente, sorrindo com uma boca crescente, com um olho piscando.

# IX

O CAMARADA VICTOR DUNAEV, UM DOS ENGENHEIROS mais jovens e brilhantes, foi destinado a um emprego no Volkhovstroy, o grande projeto hidrelétrico da União Soviética. É um cargo de responsabilidade, nunca ocupado por alguém tão jovem.

O recorte do *Pravda* estava sobre a reluzentemente nova maleta de Victor, junto a um parecido do *Krasnaya Gazeta*, e, dobrado cuidadosamente entre eles, um recorte do *Izvestia* de Moscou, mesmo que tivesse apenas uma linha sobre o "Camarada V. Dunaev".

Victor levava consigo a maleta quando partiu para o local da construção no lago Volkhov, a poucas horas de Petrogrado. Uma delegação de seu Clube do Partido foi se despedir dele na estação. Ele fez um breve e eficaz discurso sobre o futuro da construção proletária, a partir da plataforma do vagão, e se esqueceu de beijar Marisha quando o trem começou a se movimentar. O discurso foi reproduzido no Jornal do Mural do Clube no dia seguinte.

Marisha teve que permanecer em Petrogrado; ela tinha que terminar seu curso na Rabfac e suas atividades sociais; ela tinha sugerido timidamente que renunciaria a tudo para acompanhar Victor; mas ele tinha insistido que ela permanecesse na cidade: "Minha querida, não devemos esquecer que nossos deveres sociais vêm primeiro, acima de todas as considerações pessoais".

Ele tinha prometido visitá-la sempre que voltasse à cidade. Ela o viu uma vez, inesperadamente, em uma assembleia do Partido. Ele explicou prontamente que não poderia ir para casa com ela, pois tinha que pegar o trem da meia-noite para voltar ao local da construção. Marisha não disse nada, mesmo sabendo que não havia nenhum trem à meia-noite.

Ela tinha desenvolvido uma tendência de ficar muito em silêncio. Nas assembleias do Komsomol, lia seus relatórios com uma voz estridente e indiferente. Quando baixava a guarda, via-se olhando para o vazio, seus olhos, confusos.

Ela foi abandonada nos grandes quartos vazios do apartamento dos Dunaev. Victor tinha falado privadamente com alguns funcionários influentes, e foi dada a ordem de que nenhum inquilino ocupasse os quartos vagos. Mas o silêncio do apartamento causava medo em Marisha, de modo que ela passava as tardes com sua família em seu antigo quarto, ao lado do de Kira.

Quando Marisha aparecia, sua mãe suspirava e murmurava alguma reclamação sobre os cupons de racionamento da cooperativa e se inclinava sobre seus trabalhos de costura. Seu pai dizia: "Boa noite"; e não dava mais sinal de que notasse sua presença. Seu irmão mais novo dizia: "Você aqui de novo?". Ela não sabia o que dizer. Ela se sentava em um canto, atrás do piano de cauda, e lia um livro até tarde da noite; então, dizia: "Acho que vou embora", e ia para casa.

Certa noite, ela viu Kira cruzando rapidamente o quarto a caminho da rua. Marisha se pôs de pé, sorrindo entusiasmada, esperançosa, embora não soubesse por que, nem o que esperava, nem se tinha algo para dizer a Kira. Deu um passo tímido à frente e parou: Kira não a tinha percebido e já tinha saído. Marisha se sentou lentamente, ainda com um sorriso vazio.

* * *

A neve tinha chegado cedo. Acumulava-se nas calçadas de Petrogrado, formando pequenas cadeias de montanhas, cobertas por camadas finas e negras de fuligem, manchadas com grumos de lama, bitucas de cigarro e pedaços esverdeados e desbotados de jornais. Mas, sob as paredes das casas, a neve crescia lentamente, sem perturbação, macia, branca, ondulante, pura como algodão, subindo até os vidros superiores das janelas dos sótãos.

Acima das ruas, os parapeitos das janelas eram como prateleiras brancas e sobrecarregadas. As cornijas brilhavam, enfeitadas com a renda envidraçada de longos pingentes de gelo. Em um céu gelado e azulado de verão, pequenas nuvens de fumaça cor-de-rosa subiam lentamente, derretendo-se como pétalas de flor de macieira.

No alto dos telhados, a neve se acumulava em ameaçadoras paredes brancas por trás das grades de ferro. Homens com luvas pesadas usavam pás sobre a cidade e jogavam enormes grumos brancos e gelados, como pedras, para a rua embaixo; seus movimentos geravam um baque surdo, levantando uma fina nuvem branca. Os trenós rodopiavam bruscamente para evitá-las; pardais esfomeados, suas penas esvoaçantes, fugiam do baque surdo dos cascos dos cavalos.

Nas esquinas das ruas, enormes caldeirões alocados em caixas de madeira não pintadas. Homens com pás jogavam a neve para dentro dos caldeirões, dos quais fluía uma água suja que escorria borbulhando ao longo do meio-fio, longos fios cortando as ruas brancas.

À noite, as fornalhas ardiam abertas na escuridão; pequenas fogueiras laranja-arroxeadas sobre o chão, e homens esfarrapados surgiam da noite, curvando-se para estenderem as mãos congeladas sobre o brilho vermelho.

Kira cruzou em silêncio o jardim do palácio. Um rastro estreito de pegadas, quase enterradas sob um pó branco recente, a guiou através da neve profunda até o pavilhão; as pegadas de Andrei, ela sabia que eram; poucos visitantes atravessavam aquele jardim. Os troncos das árvores estavam nus, negros e mortos como postes elétricos. As janelas do palácio estavam escuras; mas, bem no fundo do jardim, entre os galhos rígidos e nus, brilhava um quadrado amarelo na escuridão, e um pequeno trecho de neve rosada e dourada pairava sob a janela de Andrei.

Subiu lentamente a longa escadaria de mármore. Não havia luz; seus pés tateavam incertos cada degrau gelado e escorregadio. Era mais frio ali que na rua, um frio morto, úmido e estático de um mausoléu. Com hesitação, sua mão seguiu o corrimão de mármore quebrado. Não conseguia ver nada à frente; os degraus pareciam não ter fim.

Quando chegou a uma interrupção do corrimão, ela parou. Ela gritou, impotente, com um breve tom de riso em sua voz assustada: "Andrei!".

Uma fatia de luz dividiu a escuridão assim que ele abriu a porta. "Ah, Kira!", ele correu em direção a ela, rindo com um tom arrependido: "Sinto muito! É que os fios elétricos estão partidos".

Ele a levantou em seus braços e a carregou até seu quarto, enquanto ela ria: "Desculpe, Andrei, estou me tornando tão covarde e impotente!".

Ele a carregou até a lareira flamejante. Tirou o casaco e o chapéu dela, seus dedos úmidos pela neve derretida na gola do casaco de pele dela. Fez com que ela se sentasse junto ao fogo, removeu as luvas e esfregou os dedos gelados dela nas palmas de suas mãos; desatou suas botas novas de feltro, e as tirou dos pés, batendo a neve, que estalou nas brasas vermelhas.

Depois, virou-se silenciosamente, pegou uma caixa grande e estreita, largou-a sobre o colo dela e ficou observando-a, sorrindo. Kira perguntou: "O que é isso, Andrei?".

"Uma coisa do estrangeiro."

Ela rasgou o papel e abriu a caixa. Ficou boquiaberta, sem palavras. Dentro da caixa havia uma camisola de chiffon negro, tão transparente que viu as chamas da lareira dançando através de suas finas costuras negras, enquanto ela a erguia com os dedos incrédulos e assustados. "Andrei... onde você conseguiu isso?"

"Com um contrabandista."

"Andrei! *Você* – comprando de um contrabandista?"

"Por que não?"

"De um... especulador ilegal?"

"Ah, por que não? Eu queria. Eu sabia que você adoraria."

"Mas houve uma época em que..."

"*Houve*. Agora não mais."

Os dedos de Kira tocavam o chiffon negro amassado como se estivessem vazios. "Então?", perguntou ele. "Não gostou?"

"Ah, Andrei!", gemeu ela. "Andrei! Usam coisas assim no estrangeiro?"

"Evidentemente."

"Roupa íntima negra? Nossa! Que absurdo e que encantador!"

"É isso que fazem no estrangeiro. Eles não têm medo de fazer coisas absurdas que são encantadoras. Eles consideram razão suficiente fazer algo porque é encantador."

Ela riu: "Andrei, eles o expulsariam do Partido se o ouvissem dizer isso".

"Kira, você gostaria de ir para o estrangeiro?"

A camisola negra caiu no chão. Ele sorriu tranquilo, curvando-se para pegá-la: “Desculpe. Eu assustei você, Kira?”.

“O quê... o que você disse?”

“Ouça!” Ele repentinamente se ajoelhou ao lado dela, seus braços ao redor dela, seus olhos com uma ansiedade imprudente que Kira nunca tinha visto neles antes. “É uma ideia que tive há algum tempo... No início, pensei que era loucura, mas isso sempre volta à minha mente... Kira, nós poderíamos... Entende? No estrangeiro... para sempre...”

“Mas Andrei...”

“Pode ser feito. Eu ainda conseguiria ser enviado para lá, conseguir um trabalho, alguma missão secreta para a GPU. Eu obteria um passaporte para você ir como minha secretária. Uma vez que tenhamos cruzado a fronteira, abandonamos a missão, nossos passaportes vermelhos e nossos nomes. Fugiríamos para tão longe que nunca nos encontrariam.”

“Andrei, você tem noção do que está dizendo?”

“Sim. Só não sei o que faria lá. Não sei – ainda. Não me atrevo a pensar nisso quando estou sozinho. Mas posso pensar nisso, posso falar disso, quando você está aqui comigo. Quero fugir antes de ver muito mais do que já vejo ao nosso redor. Romper com tudo de uma vez. Seria como recomeçar, desde o início, a partir de um vazio total. Mas eu teria você. O resto não importa. Eu acabaria compreendendo o que só estou começando a aprender contigo agora.”

“Andrei”, balbuciou ela, “você, que era o melhor que o Partido tinha para oferecer ao mundo...”

“Bem, diga. Diga que sou um traidor. Talvez eu seja. Ou, talvez, tenha deixado de sê-lo. Talvez, tenha sido um traidor todos esses anos – o maior que o Partido já ofereceu ao mundo. Não sei. Não me importa. Sinto como se estivesse nu; nu e vazio e limpo. Porque, veja, não me sinto certo de nada nessa confusão que chamam de existência, de nada exceto você.” Ele percebeu o olhar dela e perguntou suavemente: “Qual é o problema, Kira? Eu disse algo que assustou você?”.

Ela sussurrou sem olhar para ele: “Não, Andrei”.

“É só o que eu disse uma vez – sobre o que mais venero – lembra?”

“Sim...”

"Kira, você quer se casar comigo?"

As mãos dela tombaram hesitantemente. Ela olhou para ele, silenciosamente, com seus olhos arregalados e suplicantes.

"Kira, querida, você não percebe o que estamos fazendo? Por que temos que nos esconder e mentir? Por que temos que viver nessa agonia de contar as horas, os dias e as semanas entre nossos encontros? Por que não tenho direito de lhe telefonar naquelas horas quando penso que vou enlouquecer se não a vir? Por que tenho que ficar calado? Por que não posso contar a todos eles, a homens como Leo Kovalensky, que você é minha, que é minha... minha esposa?"

Ela já não parecia mais assustada; o nome que ele pronunciara a tinha feito recuperar sua coragem, sua coragem mais fria e combativa. Disse: "Andrei, eu não posso".

"Por quê?"

"Faria algo por mim, se eu lhe pedisse encarecidamente?"

"Qualquer coisa."

"Não me pergunte por quê."

"Está bem."

"E eu não posso ir para o estrangeiro. Mas se quiser ir sozinho..."

"Sim, esqueçamos isso, Kira. Não farei perguntas. Mas quanto a eu ir sozinho – não acha que não deveria dizer isso?"

Ela riu, ficando de pé: "Sim, esqueçamos isso. Façamos o nosso pequeno pedaço de Europa aqui mesmo. Vou provar o seu presente. Vire-se e não olhe".

Ele obedeceu. Quando se virou novamente, ela estava de pé junto à lareira, seus braços cruzados atrás de sua cabeça, o fogo ardendo atrás da silhueta escura de seu corpo, através de uma fina neblina negra.

Ele a jogou para trás, de modo que os cachos do cabelo dela, caídos, pareciam ruivos à luz do fogo. Ele sussurrava: "Kira... eu não estava reclamando hoje à noite. Estou feliz... feliz de que não me resta nada, exceto você...".

"Andrei, não diga isso! Por favor, por favor, não diga isso!", ela lamentou.

Ele não voltou a dizê-lo. Mas seus olhos, seus braços, o corpo que sentia contra o dela, gritava em silêncio para ela: "Não me resta nada, exceto você... nada... exceto você...".

* * *

Ela chegou em casa muito depois da meia-noite. Seu quarto estava escuro, vazio. Sentou-se cansada na cama, para esperar Leo. Pegou no sono, exausta, seu cabelo escorrido sobre os pés da cama, seu corpo amontoado dentro de seu vestido vermelho amassado.

O telefone a despertou; estava tocando ferozmente, insistentemente. Levantou-se de um salto. Já era dia. A lamparina seguia acesa sobre a mesa; ela estava sozinha.

Ela cambaleou até o telefone, seus olhos se fechando, pesados, suas pálpebras pareciam de chumbo.

"Alô?", murmurou, apoiando-se na parede, seus olhos fechados.

"É você, Kira Alexandrovna?", perguntou uma untuosa voz masculina, ressaltando as vogais meticulosamente, com um tom de ansiedade na inflexão agradável.

"Sim", disse Kira. "Quem...?"

"Aqui fala Karp Morozov, Kira Alexandrovna. Kira Alexandrovna, alma minha, poderia vir aqui e levar... levar Lev Sergeievitch para casa? De verdade, ele não deveria ser visto em minha casa com tanta frequência. Parece que houve uma festa e..."

"Já estou indo", disse Kira, seus olhos arregalados, largando o fone.

Ela se vestiu depressa. Não conseguia fechar seu casaco; seus dedos não passavam os botões pelos buracos: estavam tremendo.

Foi Morozov quem abriu a porta quando ela chegou. Ele estava em mangas de camisa, e vestia um colete bem apertado, formando pequenos pneus sobre sua grande barriga. Ele a cumprimentou curvando-se como um campesino: "Ah, Kira Alexandrovna, alma minha, como está? Sinto tê-la incomodado, mas... Entre, entre".

O amplo hall, revestido de branco, cheirava a lilases e naftalina. Atrás de uma porta entreaberta, ouviu Leo rindo, uma risada alegre, ressonante e despreocupada.

Foi direto para a sala de jantar, sem esperar o convite de Morozov. Na sala de jantar, estava disposta uma mesa para três. Antonina Pavlovna segurava uma xícara de chá, seu pequeno dedo torcido delicadamente sobre a asa; ela vestia um quimono oriental; tinha o nariz repleto de pó branco e um borrão de batom entre o nariz e o queixo; seus olhos pareciam muito pequenos sem maquiagem, inchados e cansados. Leo estava sentado à mesa com suas calças pretas e camisa formal, sua gola aberta, sua gravata frouxa e seu cabelo desgrenhado. Ele estava rindo sonoramente, tentando equilibrar um ovo sobre o gume de uma faca.

Levantou a cabeça e olhou para Kira, assustado. Seu rosto estava revigorado, juvenil e radiante como em uma manhã do início da primavera, um rosto que nada parecia conseguir mudar ou prejudicar. "Kira, o que você está fazendo aqui?"

"Acontece que Kira Alexandrovna...", Morozov começou timidamente, mas Kira o interrompeu sem rodeios:

"Ele me telefonou."

"Como você..." Leo se voltou para Morozov, seu rosto transformado em um grunhido agressivo; depois, ele sacudiu sua cabeça e voltou a rir, com a mesma rapidez e brusquidão: "Ah, maldita seja, essa é boa! Assim, todos pensarão que tenho uma ama de leite que me vigia!".

"Lev Sergeievitch, alma minha, eu não pretendia..."

"Cale-se!", ordenou Leo, voltando-se para Kira. "Bem, já que veio, tire seu casaco, sente-se e tome café. Tonia, veja se sobraram alguns ovos."

"Nós vamos para casa, Leo", disse Kira, tranquilamente.

Ele olhou para ela e deu de ombros: "Se você insiste...", e se levantou lentamente.

Morozov pegou sua xícara de chá, que estava pela metade; ele despejou o líquido em seu pires e, sustentando-o com as pontas dos dedos, o bebeu ruidosamente. Disse, olhando para Kira, depois para Leo, vacilante, por cima do pires: "Eu... veja... foi assim: liguei para Kira Alexandrovna porque temia que você... que você não estivesse bem, Lev Sergeievitch, e que...".

"... eu estivesse bêbado", concluiu Leo por ele.

"Ah, não, mas..."

"Estava. Ontem. Mas não esta manhã. Não era assunto seu..."

"Foi só uma pequena festa, Kira Alexandrovna", interrompeu Antonina Pavlovna, delicadamente. "Acho que ficamos até muito tarde, e..."

"Eram cinco da manhã quando você se arrastou até a cama", grunhiu Morozov. "Sei disso porque você esbarrou na minha cama e derrubou a jarra de água."

"Bem, Leo me trouxe para casa", continuou Antonina Pavlovna, ignorando-o, "e suponho que ele devia estar um pouco cansado."

"Um pouco...", começou Morozov.

"... bêbado", Leo concluiu para ele, dando de ombros.

"Muito bêbado, se quiser saber." As sardas de Morozov desapareceram em um rubor de raiva. "Tão bêbado que me levantei nesta manhã e o encontrei atirado sobre o divã do alpendre, totalmente vestido, e não poderia tê-lo acordado nem com um terremoto."

"Bem, e daí?", perguntou Leo, com indiferença.

"Foi uma grande festa", disse Antonina Pavlovna. "E como Leo consegue gastar dinheiro! Era emocionante assisti-lo. Leo, querido, você foi muito imprudente, todavia."

"O que eu fiz? Não me lembro."

"Bem, não me importei quando você perdeu muito dinheiro na roleta, e foi bonito quando pagou dez rublos por aquele copo de vidro barato que quebrou, mas realmente não precisava ter dado aos garçons gorjetas de cem rublos."

"Por que não? Que vejam a diferença entre um cavalheiro e a gentinha vermelha de hoje."

"Sim, mas não precisava ter pagado cinquenta rublos para que a orquestra parasse toda vez que tocasse algo de que você não gostava. E, depois, quando escolheu a garota mais bonita do lugar, que você nunca tinha visto, e lhe ofereceu a quantidade que ela quisesse para ficar nua em frente aos convidados, e enfiou aquelas notas de cem rublos no decote dela..."

"Bem", Leo deu de ombros, "ela tinha um belo corpo."

"Vamos, Leo", disse Kira.

"Um minuto, Lev Sergeievitch", disse Morozov, colocando seu pires sobre a mesa. "De onde você tirou todo esse dinheiro?"

"Não sei", disse Leo. "Tonia me deu."

"Antonina, de onde você..."

"Hmmm?", Antonina Pavlovna levantou suas sobrancelhas, com cara de tédio. "Tirei daquele maço que você tinha embaixo do cesto de lixo."

"Tonia!", bradou Morozov, levantando-se de pronto, de modo que as louças tremeram na mesa. "Diga que não pegou!"

"Claro que peguei", disse Antonina Pavlovna, levantando seu queixo, desafiante. "E não estou acostumada a ser censurada com relação a dinheiro. Peguei e pronto, o que você vai fazer a respeito?"

"Meu Deus! Ah, meu Deus! Ah, meu Deus do Céu!" Morozov levou as mãos à cabeça e a balançou como se fosse o vaivém de um brinquedo com uma mola quebrada. "O que iremos fazer?" Aquele era o dinheiro que devemos a Syerov. Ele esperava que lhe pagássemos ontem. E nós não temos nem um rublo em mãos... e Syerov... bem, se não o pagarmos hoje, ele me matará... O que irei fazer?... Ele não vai ficar esperando..."

"Ah, ele não vai, é?" Leo riu friamente. "Bem, ele esperará e aguentará. Pare de choramingar como um bebê. De que você tem medo? Ele não pode fazer nada conosco, e ele sabe disso."

"Você me surpreende, Lev Sergeievitch", grunhiu Morozov, suas sardas banhadas em vermelho. "Você recebe a parte que lhe corresponde, não? Você acha que foi digno pegar..."

"Digno?", Leo riu a gargalhadas, sua risada mais alegre, leve e insultante. "Você está falando comigo? Meu querido amigo, eu adquiri o grande privilégio de não ter que me preocupar com essa palavra. Em absoluto. De fato, se algo lhe parece especialmente pouco digno, pode estar certo de que o farei. Quanto pior, melhor. Tenha um bom dia... Vamos, Kira." Ele olhou ao redor, confuso. "Onde diabos está o meu chapéu?"

"Não se lembra, Leo?", Antonina Pavlovna recordou-lhe amavelmente. "Você o perdeu a caminho de casa."

"É isso mesmo, eu o perdi. Bem, comprarei outro. Comprarei três. Até logo."

Kira chamou um trenó e foram para casa em silêncio.

Quando estavam sozinhos no quarto, Leo disse bruscamente: "Não aceitarei críticas de você, nem de ninguém. E você, em particular, não tem nada de que se queixar. Não dormi com nenhuma outra mulher, se é isso que a preocupa... E é tudo o que você precisa saber".

"Eu não estava preocupada, Leo. Não tenho queixas, nem críticas. Mas quero falar contigo. Você vai me ouvir?"

"Claro", disse ele, indiferentemente, e se sentou.

Ela se ajoelhou diante de Leo, pôs os braços ao redor dele e jogou seus cabelos para trás. Tinha os olhos muito abertos e firmes, sua voz tensa com a calma de um último esforço: "Leo, não posso repreendê-lo por nada. Não posso culpá-lo. Sei o que está fazendo. Sei por que o está fazendo. Mas ouça: não é tarde demais; eles não o capturaram; você ainda tem tempo. Façamos um esforço, um último esforço: poupemos tudo que pudermos e solicitemos um passaporte. Fujamos para o ponto da Terra que for o mais distante deste maldito país".

Ele olhou para seus olhos flamejantes com olhos que eram como espelhos que já não conseguiam mais refletir uma chama. "Por que se incomodar?", perguntou ele.

"Leo, sei o que você vai dizer. Você não tem vontade de viver. Não faz mais diferença. Mas ouça: faça-o sem vontade. Mesmo sem acreditar que um dia lhe fará diferença novamente. Apenas postergue seu juízo final sobre si próprio; postergue-o até chegar lá. Quando você voltar a ser livre em um país humano, saberá se ainda quer viver."

"Que ingênua! Você acha que fornecem passaportes a homens com os meus antecedentes?"

"Leo, temos que tentar. Não podemos desistir. Não podemos continuar nem mais um minuto sem essa esperança diante de nós. Leo, isso não pode afetá-lo! Não vou permitir que o afete!"

"Quem? A GPU? Como você vai impedi-la?"

"Não! Não a GPU. Esqueça a GPU. Há algo pior, muito pior. Afetou Victor. Afetou Andrei. Afetou minha mãe. Não afetará você."

"O que quer dizer com 'afetou Victor'? Você está me comparando àquele rato lambe-botas...?"

"Leo, o lamber de botas e todas essas coisas... isso não é nada. Há algo muito pior que se apoderou de Victor, algo sorrateiro, mais profundo e definitivo. E o lamber de botas é só uma consequência. É o que isso faz. Isso mata alguma coisa. Você já viu plantas crescerem sem a luz do sol, sem o ar? Não permitirei que isso faça o mesmo com você. Que pegue 150 milhões de criaturas vivas, mas não você, Leo! Não você, o que mais venero..."

"Que expressão exagerada! De onde a tirou?"

Ela olhou para ele fixamente, repetindo: "De onde eu a...".

"De verdade, Kira, às vezes eu me pergunto por que você nunca superou essa tendência de ser tão séria com tudo. Nada está me afetando. Nada está me fazendo nada. Estou fazendo o que quero, muito mais do que qualquer outra pessoa nesses tempos."

"Leo, ouça! Há algo que quero fazer – tentar. Temos muitas coisas a resolver, você e eu, os dois. E não é fácil. Vamos solucionar tudo de uma vez."

"Como?"

"Leo, vamos nos casar."

"Hmmm?", ficou olhando para ela, incrédulo.

Ela repetiu: "Vamos nos casar".

Ele jogou sua cabeça para trás e riu. Ele riu alto, uma risada ressonante, clara, leve, gelada, como tinha rido de Andrei Taganov, como tinha rido de Morozov.

"O que é isso, Kira? Agora adotou essa bobagem de se converter na boa esposa?"

"Não, não é isso."

"É um pouco tarde para nós, não?"

"Por que não, Leo?"

"Para quê? Precisamos disso?"

"Não."

"Então, por que fazê-lo?"

"Não sei. Mas estou lhe pedindo."

"Essa não é razão suficiente para fazer algo sem sentido. Não estou a fim de me tornar um marido respeitável. Se tem medo de me perder – nenhum pedaço de papel, redigido por um funcionário vermelho, poderá me deter."

"Não tenho medo de te perder. Tenho medo de que você se perca."

"Mas alguns rublos nos Zags e a benção do *Upravdom* salvarão minha alma, é isso?"

"Leo, não tenho razões para oferecer. Mas estou lhe pedindo."

"Está me dando um ultimato?"

Ela disse suavemente, com um sorriso tranquilo de rendição e resignação: "Não".

"Então, vamos esquecer isso."

"Sim, Leo."

Ele meteu suas mãos embaixo das axilas, levantou os braços dela e disse, cansado: "Minha criança louca e histérica! Você mesma se provoca medos estranhos. Agora, esqueça-se disso. Pouparemos até o último rublo a partir de agora, se é o que você quer. Pode guardá-los para uma viagem para Monte Carlo ou São Francisco ou o planeta Júpiter. E não voltaremos a falar disso. Tudo bem?".

Ele estava sorrindo, seu sorriso arrogante em um rosto que permanecia incrivelmente belo, um rosto que era como uma droga para ela, inexplicável, incondicional, perfeito como a música. Ela enterrou sua cabeça no ombro dele, repetindo com impotência e desespero um nome que era como uma droga: "Leo... Leo... Leo...".

# X

PAVEL SYEROV TOMOU UM DRINQUE ANTES de ir para o seu escritório. De tarde, tomou outro. Telefonara para Morozov e uma voz que sabia ser dele lhe dissera que o cidadão Morozov não estava em casa. Caminhou de um lado para o outro no seu gabinete e destruiu um tinteiro. Encontrou uma palavra mal escrita em uma carta que tinha ditado e atirou a carta, amassada como uma bolinha, na cara de sua secretária. Telefonou para Morozov e não obteve resposta. Uma mulher lhe telefonou e a sua voz suave e lânguida disse, com doçura e insistência: "Mas, querido Pavlusha, você me prometeu aquela pulseira!". Um especulador trouxe uma pulseira atada no canto de um lenço sujo e recusou-se a deixá-lo sem o pagamento integral em dinheiro. Syerov telefonou para Morozov na Companhia Estatal de Alimentos, e uma secretária exigiu saber quem estava ligando; Syerov desligou sem responder. Gritou com um candidato maltrapilho a um emprego, dizendo que o entregaria à GPU e ordenou à secretária que expulsasse todos os que estavam na sala de espera. Saiu do gabinete uma hora mais cedo que o habitual e bateu com a porta atrás de si.

Passou na frente da casa de Morozov a caminho de sua casa e hesitou, mas viu um miliciano na esquina e não entrou.

No jantar – que fora enviado por uma cozinha comunitária a duas quadras dali, e que estava frio, com óleo flutuando sobre a sopa de repolho –, a camarada Sonia disse: "Sério, Pavel, preciso de um abrigo de pele. Não posso pegar um resfriado – você sabe – por causa da criança. E não de pele de coelho. Sei que você pode comprar. Ah, não estou falando nada sobre as pequenas atividades de ninguém, só digo que estou de olho".

Ele jogou seu guardanapo na sopa e saiu da mesa sem comer.

Telefonou para a casa de Morozov e deixou o telefone tocar por cinco minutos. Não houve resposta. Sentou-se na cama e esvaziou uma garrafa de vodca. A camarada Sonia saiu para uma reunião do Conselho de Professores de uma Escola Noturna para Donas de Casa Analfabetas. Ele esvaziou a segunda garrafa.

Depois, levantou-se decidido, cambaleando um pouco, fechou seu cinto sobre a jaqueta de pele e se dirigiu para a casa de Morozov.

Tocou três vezes. Não houve resposta. Depois, deixou o dedo sobre a campainha, apoiando-se distraído contra a parede. Não ouviu nenhum ruído atrás da porta, mas ouviu passos subindo as escadas e se escondeu no canto mais escuro do patamar. Os passos se extinguiram no andar de baixo; ele ouviu uma porta se abrir e fechar. Ele não podia ser visto lá esperando, recordou-se vagamente. Pegou seu caderno e escreveu, apoiando-o contra a parede, à luz de uma lâmpada na rua:

*Morozov, seu bastardo maldito!*

*Se não me pagar o que me deve antes de amanhã pela manhã, você tomará café na GPU, e você sabe o que isso significa.*

*Afetuosamente, Pavel Syerov.*

Ele dobrou o recado e o deslizou por baixo da porta.

Quinze minutos depois, Morozov saiu sem fazer ruído de seu banheiro e foi nas pontas dos pés até o hall. Parou para escutar, nervoso, mas não ouviu nenhum ruído no patamar da escada. Depois, em meio à escuridão, viu uma mancha branca e borrada no chão.

Ele pegou o recado e o leu, inclinado sob a lâmpada da sala de jantar. Sua cara ficou pálida.

O telefone tocou. Ele estremeceu, petrificado no local como se os olhos por trás daquele telefone que tocava pudessem vê-lo com o bilhete em sua mão. Enfiou-o em seu bolso e atendeu o telefone, tremendo.

Era uma velha tia dele que estava resfriada, pedindo dinheiro emprestado. Ele a chamou de puta velha e desligou.

Através da porta do banheiro, que estava aberta, Antonina Pavlovna, sentada em sua penteadeira, penteando o seu cabelo, objetou o uso dessa linguagem. Ele se virou para ela, como se fosse uma fera: "Se não fosse por você e aquele maldito amante seu...".

Antonina Pavlovna gritou: "Ele não é meu amante – ainda! Se fosse, você acha que estaria aqui com um velho idiota e desleixado como você?".

Tiveram uma discussão. Morozov se esqueceu do recado em seu bolso.

* * *

O jardim do terraço do Europeu tinha um teto de vidro; era como um vazio negro olhando para baixo, esmagando os que estavam abaixo de forma mais implacável que um cofre de aço. Havia luzes; luzes amarelas que pareciam atenuadas por uma neblina opressora que era a fumaça de cigarros, ou o calor, ou o abismo negro acima. Havia mesas brancas e reflexos amarelos na prataria.

Havia homens sentados nas mesas. Faíscas amarelas brilhavam em seus botões de diamantes e nas gotas de suor de suas caras enrijecidas. Comiam; inclinavam-se ávidos sobre seus pratos; mastigavam depressa, incrédulos; não estavam passando uma noite tranquila em um animado clube noturno; estavam *comendo*.

Em um canto, uma cabeça calva e amarelada se inclinava sobre um filé vermelho em um prato branco. O homem cortou a carne, estalando os lábios avermelhados e carnudos. Do outro lado da mesa, uma garota ruiva de quinze anos comia apressadamente, com a cabeça afundada em seus ombros; quando levantava sua cabeça, enrubescia da ponta de seu nariz pequeno e sardento até seu pescoço branco e também sardento, e sua boca estava torcida como se ela fosse gritar.

Um jato feroz de fumaça flutuava junto a uma vidraça escura; um indivíduo magro, com um rosto comprido que denunciava a sua futura aparência de caveira, balançava-se monotonamente sobre as pernas traseiras de sua cadeira, fumava ininterruptamente, segurando um cigarro em dedos longos e amarelos, expelindo fumaça pelas narinas largas congeladas em um sorriso sardônico e doentio.

As mulheres moviam-se entre as mesas, com uma insolência desajeitada e envergonhada. Uma cabeça com suaves cabelos dourados e ondulados acenava de forma instável sob uma lâmpada, olhos arregalados com profundas olheiras azuis, uma boca jovem aberta em um sorriso malicioso e zombeteiro. No meio da sala, uma mulher magra e morena de ombros protuberantes, com covinhas sob as clavículas e a pele da cor café, ria muito alto, abrindo seus lábios pintados como se fossem um rasgo sobre dentes brancos e fortes e gengivas muito vermelhas.

A orquestra tocava "John Gray". Lançava breves e marcantes notas no ar, como se as arrancassem das cordas antes que fossem tocadas, escondendo a ausência de uma alegria incapturável sob um ritmo convulsivo.

Os garçons deslizavam silenciosamente entre a multidão e se inclinavam sobre as mesas, servis e teatrais; suas papadas flácidas transmitiam expressões de respeito, escárnio e pena daqueles culpados e desajeitados que faziam tanto esforço para ficarem alegres.

Morozov lembrava que tinha que conseguir dinheiro antes da manhã seguinte. Foi sozinho ao jardim do terraço do Europeu. Sentou-se em três mesas diferentes, fumou quatro cigarros diferentes e sussurrou confidências em cinco ouvidos diferentes que pertenciam a homens corpulentos que não pareciam ter pressa. Ao final de duas horas, tinha o dinheiro em sua carteira.

Sentado sozinho em uma mesa em um canto escuro, enxugou sua testa e pediu uma dose de conhaque.

Stepan Timoshenko estava tão inclinado sobre uma toalha de mesa branca que parecia estar deitado sobre a mesa, em vez de sentado à mesa. Sua cabeça estava apoiada em seu cotovelo, seus dedos na nuca de seu largo pescoço; tinha um copo na outra mão. Quando o copo estava vazio, segurava-o no ar de forma incerta, perguntando-se como o encheria com uma só mão; resolveu o problema deixando o copo se espatifar no chão, levando a garrafa aos lábios. O maître olhou para ele, nervoso, de soslaio, franzindo a testa; franziu para a jaqueta com gola de pele de coelho, para o chapéu de marinheiro amarrotado que caía sobre uma orelha, para os sapatos enlameados que pisavam sobre a cauda de cetim de uma mulher na mesa ao lado.

Mas o maître precisava ser cauteloso; Stepan Timoshenko já tinha estado lá antes; todos sabiam que ele era membro do Partido.

Um garçom deslizou discretamente até a mesa dele e retirou os estilhaços de vidros com uma pá de lixo. Outro garçom lhe trouxe uma taça limpa e reluzente e passou seus dedos delicadamente pela garrafa de Timoshenko, sussurrando: "Posso ajudá-lo, cidadão?".

"Vá para o inferno!", disse Timoshenko e empurrou a taça para o outro lado da mesa com o dorso da mão. A taça cambaleou na beirada e se espatifou no chão. "Farei o que eu quiser!", bradou Timoshenko, e cabeças se voltaram para olhar para ele. "Beberei diretamente da garrafa, se quiser. Beberei diretamente de duas garrafas!"

"Mas cidadão..."

"Quer que eu lhe mostre como?" perguntou Timoshenko, com um brilho ameaçador no olhar.

"Não, de verdade, cidadão", o garçom se apressou em dizer.

"Vá para o inferno", disse Timoshenko, com um tom levemente persuasivo. "Não gosto de sua arrogância. Não gosto de nenhum dos arrogantes daqui." Ele se levantou, cambaleando, e gritou: "Não gosto de nenhum dos arrogantes daqui!".

Ele se foi, trombando com as mesas. O maître sussurrou gentilmente em seu cotovelo: "Se não estiver se sentindo bem, cidadão...".

"Saia da minha frente!", bradou Timoshenko, tropeçando na sapatilha de uma mulher.

Tinha quase chegado à porta quando parou de repente e seu rosto se plasmou em um sorriso amplo e gentil. "Ah, um amigo meu", disse. "Um querido amigo meu!"

Foi cambaleando até Morozov, passou uma cadeira por cima da cabeça de uma pessoa, e a pôs no chão em um golpe, junto à mesa de Morozov e se sentou.

"Perdoe-me, cidadão", disse Morozov engasgado, levantando-se.

"Fique sentado, amigo", disse Timoshenko, e sua grande mão bronzeada pressionou o ombro de Morozov como uma marreta, fazendo-o sentar-se novamente. "Você não pode fugir de um amigo, camarada Morozov. Somos amigos, não é? Velhos amigos. Bem, talvez você não me conheça. Stepan

Timoshenko é o meu nome. Stepan Timoshenko... da Frota Vermelha do Báltico", ele adicionou, como se tivesse se lembrado depois.

"Ah", disse Morozov. "Ah."

"Pois sim", disse Timoshenko, "um velho amigo e admirador seu. E, sabe de uma coisa?"

"Não", disse Morozov.

"Temos que beber juntos. Como bons amigos. Temos que beber. Garçom!", ele gritou tão alto que um violinista errou a nota de "John Gray".

"Traga duas garrafas!", Timoshenko ordenou quando o garçom se inclinou hesitante sobre seu ombro. "Não! Traga três garrafas!"

"Três garrafas de quê, cidadão?", perguntou timidamente o garçom.

"Do que seja", disse Timoshenko. "Não! Espere! Qual é o mais caro? O que é que os bons e gordos capitalistas pedem quando querem beber em grande estilo?"

"Champanhe, cidadão?"

"Então champanhe, e rápido! Três garrafas e duas taças!"

Quando o garçom trouxe o champanhe, Timoshenko o serviu e colocou uma taça diante de Morozov: "Aqui!", disse Timoshenko com um sorriso amigável. "Bebe comigo, amigo?"

"Sim, ca... camarada", disse Morozov, submisso. "Obrigado, camarada."

"Saúde, camarada Morozov!", disse Timoshenko, solene, levantando sua taça. "Para o camarada Morozov, cidadão da União das Repúblicas Socialistas Soviéticas!"

Eles brindaram com as taças. Morozov olhou dissimuladamente ao seu redor, desesperado, mas ninguém vinha em seu auxílio. Bebeu, com a taça tremendo em seus lábios. Então, sorriu insinuante. "Isso foi muito amável de sua parte, camarada", murmurou Morozov, levantando-se. "E lhe agradeço muito, camarada. Agora, se não se importa, preciso ir andando e..."

"Fique sentado!", ordenou Timoshenko. Ele reabasteceu a taça dele e a levantou, inclinando-se para trás, sorrindo, mas seu sorriso não parecia amistoso e seus olhos negros estavam olhando fixa e sarcasticamente para Morozov: "Ao grande cidadão Morozov, o homem que derrotou a revolução!", disse, e soltou uma gargalhada ressonante e esvaziou a taça em um gole, sua cabeça jogada para trás.

"Camarada...", murmurou Morozov por entre lábios que ele mal conseguia abrir, "camarada, o que você quer dizer?"

Timoshenko riu mais alto e se inclinou sobre a mesa em direção a Morozov, seus braços cruzados e o chapéu quase na nuca, sobre seus cabelos escuros e grudentos. O riso parou abruptamente, como se cortado. Timoshenko disse delicadamente, persuasivamente, com um sorriso que assustou Morozov mais do que a risada: "Não fique tão assustado, camarada Morozov. Não precisa ter medo de mim. Não sou mais que um desgraçado, um derrotado; derrotado por você, camarada Morozov, e tudo o que eu quero dizer humildemente é que sou consciente de minha derrota e que não guardo rancor. Que diabos, eu sinto uma profunda admiração por você, camarada Morozov. Você pegou a maior revolução que o mundo já viu e remendou o buraco de suas calças com ela!".

"Camarada", disse Morozov, com uma lívida determinação, "não sei do que você está falando."

"Ah, sim", disse Timoshenko, pesaroso. "Ah, sim, você sabe. Sabe mais sobre isso que eu; mais que milhões de jovens tolos que nos veneram ao redor do mundo sabem. Deve contar para eles, camarada Morozov. Tem muito a contar para eles."

"Sinceramente, camarada, eu..."

"Por exemplo, você sabe como nos forçou a fazer isso. Eu, não. Tudo que sei é que fizemos. Fizemos uma revolução. Tínhamos bandeiras vermelhas. As bandeiras diziam que a fizemos pelo mundo proletário. Tínhamos estúpidos que acreditavam com seus corações condenados que a tínhamos feito por todos os oprimidos que sofrem nesta terra. Mas você e eu, camarada Morozov, temos um segredo. Nós sabemos, mas não vamos contar. Por que contar? O mundo não quer ouvi-lo. Sabemos que a revolução foi feita para você, camarada Morozov, e tiro o chapéu para você!"

"Camarada... seja você quem for, camarada", gemeu Morozov, "o que você quer?"

"Só diga que é sua, camarada Morozov."

"O quê?" perguntou Morozov, refletindo se estava enlouquecendo.

"A revolução", disse Timoshenko, cordialmente. "A revolução. Sabe o que é a revolução? Vou lhe dizer. Nós matamos. Nós matamos homens nas ruas, e nas celas, e a bordo de nossos barcos... Sim, a bordo de nossos barcos... Eu me lembro... Havia um jovem – um oficial – que não devia ter mais de vinte anos. Ele fez o sinal da cruz – a mãe dele deve tê-lo ensinado. Estava sangrando pela boca. Olhou para mim. Seus olhos – já não tinham mais medo. Estavam meio atônitos. Sobre algo que a mãe dele não lhe tinha ensinado. Ele olhou para mim. Essa foi a última coisa. Ele olhou para mim."

Gotas corriam pela papada de Timoshenko. Ele encheu uma taça de champanhe e a moveu confusamente em sua mão, tentando encontrar sua boca, e bebeu sem saber que ele estava bebendo, seus olhos fixos em Morozov.

"Foi isso o que fizemos no ano de 1917. E agora lhe direi para que o fizemos. Nós o fizemos para que o cidadão Morozov pudesse levantar-se pela manhã e coçar a barriga, porque o colchão não era macio o bastante e fazia seu umbigo coçar. Nós o fizemos para que ele pudesse andar em uma grande limusine com uma almofada de penas no assento e um pequeno jarro de vidro para flores junto à janela, lírios-do-vale, não é? Para que pudesse beber conhaque em um lugar como este. Para que pudesse, nos feriados, subir em uma tribuna coberta de fitas vermelhas e fazer um discurso sobre o proletariado. Conseguimos, camarada Morozov, e batemos palma. Não me olhe assim, camarada Morozov: sou apenas o seu humilde criado, dei o meu melhor por você, e deveria me recompensar com um sorriso, realmente, você tem muito a que me agradecer!"

"Camarada!", Morozov se engasgou. "Deixe-me ir!"

"Fique sentado!", bradou Timoshenko. "Sirva-se de uma taça de champanhe e beba. Consegue me ouvir? Beba, seu maldito! Beba e escute!"

Morozov obedeceu; sua taça, trêmula, tilintou ao tocar a garrafa.

"Sabe", disse Timoshenko, como se cada palavra rasgasse sua garganta ao sair, "não me importo que tenhamos sido derrotados. Não me importo que tenhamos carregado sobre os ombros os maiores crimes e depois os tenhamos deixado escapar por entre os dedos. Não me importaria se tivéssemos sido derrotados por um guerreiro alto com um capacete de aço, um dragão humano cuspindo fogo. Mas fomos derrotados por um piolho. Um piolho grande, gordo, lento e loiro. Já viu piolhos? Os loiros são os mais gordos... A culpa foi nossa. Outrora, os homens eram governados pelo trovão de um deus. Depois, foram governados pela espada. Agora, são governados por um Primus. Outrora, eram governados pela reverência. Depois, foram governados pelo medo. Agora, são governados por seus estômagos. Outrora, os homens usaram correntes no pescoço, nos pulsos e nos tornozelos. Agora, estão acorrentados pelos seus retos. Só que vocês não prendem os heróis pelo reto. A culpa foi nossa."

"Camarada, pelo amor de Deus, camarada, por que está me dizendo isso?"

"Começamos a construir um templo. Terminamos com uma capela? Não! E nem sequer terminamos com uma cabana. Terminamos com uma cozinha bolorenta com um fogão usado! Pusemos fogo debaixo de uma chaleira e preparamos, mexemos e misturamos sangue, fogo e aço. O que tiramos dessa mistura? Uma nova humanidade? Homens de granito? Ou, pelo menos, um monstro bom e horrível? Não! Pequenas coisinhas insignificantes que se mexem. Pequenas coisinhas que se dobram para os dois lados, pequenos espíritos de articulações duplas. Pequenas coisinhas que nem sequer se curvam humildemente para serem chicoteadas. Não! Elas pegam o chicote obedientemente e se chicoteiam a si mesmas! Já participou de uma reunião de um clube de atividades sociais? Deveria. Isso lhe faria bem. Aprende-se muito sobre o espírito humano."

"Camarada!", respirou Morozov. "O que você quer? É dinheiro que quer? Eu lhe pagarei. Eu..."

Timoshenko riu tão alto que as cabeças se viraram e Morozov se encolheu, tentando passar despercebido. "Seu abjeto!", bradou Timoshenko, rindo. "Seu abjeto estúpido, míope e demente! Com quem acha que está falando? Camarada Victor Dunaev? Camarada Pavel Syerov? Camarada..."

"Camarada!", gritou Morozov, e as cabeças se viraram para ele, mas isso já não lhe importava. "Você... Você... você não tem o direito de dizer isso! Não tenho nada a ver com o camarada Syerov! Eu..."

"Ouça", observou Timoshenko, pausadamente, "eu não disse que você tinha. Por que você ficou alterado?"

"Bem, pensei... Eu... você..."

"Eu não disse que você tinha", repetiu Timoshenko. "Só disse que você deveria ter. Você, ele e Victor Dunaev. E a respeito dos outros um milhão – com carnês do Partido e selos estampados. Os vencedores e os conquistadores. Aqueles que rastejam. Isso, amigo, é o grande lema dos homens do futuro: aqueles que rastejam. Ouça, sabe quantos milhões de olhos nos observam do outro lado do oceano? Eles não estão muito perto e não conseguem enxergar muito bem. Eles enxergam uma grande sombra se erguendo. Pensam que é um grande monstro. Estão muito longe para ver que é macio, marrom e felpudo. Sabe, felpudo, um tipo de pelugem brilhante. Eles não sabem que ela é formada por baratas. Pequenas baratas castanhas e brilhantes, amontoadas umas sobre as outras, formando um grande muro. Pequenas baratas que se mantêm em silêncio e mexem as antenas. Mas o mundo está muito distante para ver as antenas. É isso que está errado com o mundo, camarada Morozov: eles não enxergam as antenas!"

"Camarada! Camarada, de que você está falando?"

"Eles veem uma nuvem negra e ouvem trovões. Contaram a eles que, atrás da nuvem, o sangue corre livremente, e que os homens lutam, que os homens matam, e que os homens morrem. Bem, e daí? Eles, aqueles que observam, não têm medo de sangue. Há honra no sangue. Mas eles sabem que não nos banhamos em sangue, mas em pus? Ouça, vou lhe dar um conselho. Se quiser manter esta terra sob seus tentáculos, diga ao mundo que você está cortando cabeças já no café da manhã e fuzilando regimentos inteiros de homens. Permita que o mundo pense que você é um grande monstro que deve ser temido, respeitado e combatido honrosamente. Mas não permita que saibam que o seu exército não é de heróis, nem sequer de demônios, mas de contadores herniosos curvados que aprenderam a ser arrogantes. Não permita que saibam que você não deve ser abatido, mas desinfectado. Não permita que saibam que você não deve ser combatido com canhões, mas com ácido carbólico!"

O guardanapo de Morozov estava amassado em uma bola ensopada em seu punho. Enxugou sua testa mais uma vez. Disse, tentando fazer com que sua voz soasse amável e tranquilizadora, tentando levantar-se discretamente: "Tem razão, camarada. São opiniões muito acertadas. Estou absolutamente de acordo contigo. Agora, se me permite...".

"Fique sentado!", bradou Timoshenko. "Sente-se e faça um brinde. Beba ou atiro em você como se fosse um vira-lata. Ainda carrego uma arma, você sabe. Aqui...", Timoshenko o serviu, e uma gota dourada clara escorreu pela toalha até o chão. "Beba pelos homens que pegaram uma bandeira vermelha e limparam a bunda com ela!"

Morozov bebeu.

Depois, enfiou a mão no bolso e tirou um lenço para limpar sua testa. Um pedaço de papel amassado caiu no chão.

Foi o movimento rápido e brusco que Morozov fez para pegá-lo que fez com que o punho de Timoshenko se lançasse e agarrasse a mão de Morozov. "Que é isso, amigo?", perguntou Timoshenko.

O pé de Morozov chutou a bolinha para tirá-la do alcance e ela rolou para baixo de uma mesa vazia. Morozov disse, com indiferença, pequenas gotas de muco respingavam de suas largas narinas: "Ah, isso? Nada, camarada. Nada mesmo. Só um pedaço de papel para jogar no lixo".

"Ah", disse Timoshenko, encarando-o com olhos alarmantemente sóbrios. "Ah, só um pedaço de papel para jogar no lixo. Bem, bem, deixaremos que fique aí. Deixaremos que o cara da limpeza o jogue na lixeira."

"Sim", Morozov confirmou, ansioso, "isso aí. Na lixeira. Muito bem colocado, camarada." Soltou uma risadinha, limpando a testa. "Deixaremos que o cara da limpeza o jogue na lixeira. Gostaria de outra bebida, camarada? A garrafa está vazia. A próxima é por minha conta. Garçom! Outra garrafa do mesmo."

"Claro", disse Timoshenko sem se mover. "Tomarei mais uma bebida."

O garçom lhes trouxe a garrafa. Morozov encheu as taças, inclinando-se solícito sobre a mesa. Ele disse, ao recuperar sua voz, sílaba por sílaba: "Sabe, camarada, eu acho que você me interpretou mal, mas não o culpo. Entendo seus motivos e simpatizo plenamente com eles. Há muitos tipinhos inaceitáveis – ou, devo dizer, desonrosos? – hoje em dia. É preciso ter cuidado. Devemos nos conhecer melhor, camarada. É difícil julgar à primeira vista, sabe... e, particularmente, em um lugar como este. Aposto que pensou que eu era um especulador ou algo assim. Não é? Muito engraçado, não é?".

"Muito", disse Timoshenko. "Para o que você está olhando ali embaixo, camarada Morozov?"

"Ah!" Morozov soltou uma risadinha, erguendo a cabeça. "Só estava olhando para meus sapatos, camarada. Eles estão um pouco apertados, sabe. Desconfortáveis. Acho que é porque fico muito tempo de pé, sabe, no escritório."

"Aham", disse Timoshenko. "Não deveria descuidar seus pés. Deveria dar um banho quente neles quando chegar em casa, uma panela com água quente e um pouco de vinagre. Isso é bom para pés doloridos."

"Ah, verdade? Fico feliz que tenha me dito. Sim, de fato, muito obrigado. Sem dúvida, tentarei. A primeira coisa quando chegar em casa."

"Já é hora de ir para casa, camarada Morozov?"

"Ah! Bem, suponho... bem, ainda não está tão tarde e..."

"Pensei que estivesse com pressa pouco tempo atrás."

"Eu... bem, não, não posso dizer que esteja com nenhuma pressa em particular, ademais, com essa agradável..."

"Qual é o problema, camarada Morozov? Há algo que não queira deixar aqui?"

"Quem, eu? Não sei o que poderia ser, camarada... camarada... como disse que se chamava, camarada?"

"Timoshenko. Stepan Timoshenko. Não será aquela bolinha de papel embaixo daquela mesa, por acaso?"

"Ah, aquilo? Nossa, camarada Timoshenko, tinha me esquecido daquilo. Por que a iria querer?"

"Não sei", disse Timoshenko lentamente.

"Não é mais que isso, camarada Timoshenko, não é nada. Nada em absoluto. Outra dose, camarada Timoshenko?"

"Obrigado."

"Aqui está, camarada."

"Algum problema debaixo da mesa, camarada Morozov?"

"Como? Não, camarada Timoshenko. Só me agachei para atar meu cadarço. O cadarço estava desatado."

"Onde?"

"Bem, isso não é engraçado? Na verdade, não está nem um pouco desatado. Vê? E pensei que estivesse. Já sabe como é, esses cadarços soviét... esses cadarços de hoje em dia. Não aguentam nada. Não são nada confiáveis."

"Não", disse Timoshenko, "rompem-se como barbante."

"Sim", disse Morozov, "como barbante. Igual, como você diria, a barbante... Para que se agacha, camarada Timoshenko? Não está confortável? Por que não se senta aqui, ficará mais..."

"Não", disse Timoshenko. "Estou muito bem onde estou. Tenho uma boa visão da outra mesa. Gosto daquela mesa. Bonitas pernas, não é? Quase artísticas, não é?"

"Com toda a razão, camarada, muito artísticas. Agora, por outro lado, camarada, à nossa esquerda, não está uma loira muito bonita, junto à orquestra? Que corpo, não?"

"Sim, de fato, camarada... Bonitos sapatos, camarada Morozov. De couro legítimo, também. Aposto que não os conseguiu em uma cooperativa."

"Não... isto é... para dizer a verdade... bem, veja que..."

"O que gosto neles é esse volume. Ali, sobre os dedos. Como um galo na testa de alguém. E brilham, também. Sim, aqueles estrangeiros sabem como fazer sapatos."

"Falando de eficiência produtiva, camarada, veja, por exemplo, nos países capitalistas... no... no..."

"Sim, camarada Morozov, nos países capitalistas?"

Foi Morozov que saltou para pegar a carta. Foi Timoshenko que pegou o punho dele com dedos que pareciam garras, e durante um instante eles ficaram de quatro no chão, encarando-se em silêncio, como dois animais em um combate mortal. Depois, Timoshenko pegou a carta com a outra mão, levantou-se devagar, soltando Morozov, e se sentou à mesa. Ele estava lendo a carta, enquanto Morozov seguia quieto, de quatro, olhando-o de baixo com os olhos de um homem que aguardava o veredicto de um tribunal militar.

*Morozov, seu bastardo maldito!*

*Se não me pagar o que me deve antes de amanhã pela manhã, você tomará café na GPU, e você sabe o que isso significa.*

*Afetuosamente, Pavel Syerov.*

Morozov já estava sentado à mesa quando Timoshenko levantou sua cabeça após ter lido a carta e riu como Morozov nunca tinha ouvido um homem rir.

Timoshenko ergueu-se lentamente, rindo. Sua barriga, sua gola de pele de coelho e os tendões de seu pescoço tremiam. Cambaleou um pouco, segurando a carta em ambas as mãos. Depois, sua risada foi se extinguindo pouco a pouco, fluida, como um disco no gramofone que vai parando até chegar à sua última nota. Enfiou a carta no bolso e se virou lentamente, seus ombros caídos, seus movimentos subitamente desajeitados, humildes. Foi arrastando os pés, vacilante, até a porta. Ali, o maître deu uma olhada nele de soslaio. Timoshenko devolveu com um olhar gentil.

Morozov seguia sentado à mesa, uma mão suspensa no ar, imóvel, em uma posição absurda e retorcida, como se fosse a de um paralítico. Ouviu como as risadas de Timoshenko desciam pela escadaria; risadas monótonas e desconexas que soavam como ataques de tosse, como latidos, como soluços.

Ele se levantou de pronto. "Ah, meu Deus!", ele gemeu. "Ah, meu Deus!"

Esquecendo-se de seu chapéu e casaco, desceu correndo a enorme escadaria até a rua nevada. Na ampla, branca e silenciosa rua, não se via Timoshenko em nenhuma parte.

* * *

Morozov não mandou o dinheiro para Pavel Syerov. Não foi para seu escritório na Companhia Estatal de Alimentos. Ficou em casa sentado toda a manhã e toda a tarde no dia seguinte, em seu quarto, e bebeu vodca. Toda vez que ouvia o telefone, ele se encolhia, afundando a cabeça nos ombros, e mordia os nós de seus dedos. Nada aconteceu.

Na hora da janta, Antonina Pavlovna trouxe o jornal vespertino e gritou, áspera: "Qual é o seu problema, afinal?".

Ele deu uma olhada no jornal. Trazia algumas manchetes na primeira página:

Na aldeia Vasilkino, na região de Kama, os campesinos, incitados por uma facção contrarrevolucionária, tocaram fogo no Clube de Karl Marx local. Os corpos do presidente e do secretário do Clube, camaradas do Partido, de Moscou, foram achados entre os escombros carbonizados. Uma brigada da GPU está se dirigindo para Vasilkino.

Na aldeia Sverskoe, vinte e cinco campesinos foram executados na noite de ontem pelo assassinato do correspondente do Village, um jovem camarada que trabalhava no jornal da União Comunista da Juventude em Samara. Os campesinos negaram-se a revelar o nome do assassino.

Na última página havia uma breve nota:

> O corpo de Stepan Timoshenko, ex-marinheiro da Frota do Báltico, foi achado na manhã de hoje embaixo de uma ponte, sobre o gelo do canal Obukhovsky. Ele se deu um tiro na boca. Não se encontrou nenhum documento no corpo, exceto seu carnê do Partido, que explique o motivo de seu suicídio.

Morozov enxugou sua testa, como se uma corda tivesse sido tirada de seu pescoço, e bebeu dois copos de vodca.

Quando o telefone tocou, ele foi lentamente para atendê-lo, e Antonina Pavlovna se perguntou por que estava rindo.

"Morozov?", sussurrou uma voz sufocada do outro lado da linha.

"É você, Pavlusha?", perguntou Morozov. "Ouça, amigo, sinto muitíssimo, mas tenho o dinheiro e..."

"Esqueça o dinheiro", murmurou Syerov. "Não tem problema... Ouça, eu ontem lhe deixei um bilhete?"

"Ah, sim, suponho que mereci, e..."

"Você o destruiu?"

"Por quê?"

"Por nada. Só que entenda o que poderia... Você o destruiu?"

Morozov olhou para o jornal da tarde, sorriu e disse:

"Sim. Destruí. Esqueça isso, amigo."

Não soltou o jornal durante toda a noite.

"O idiota!", murmurou para si mesmo, e Antonina Pavlovna olhou para ele inquisitivamente. "O maldito idiota! Enlouqueceu. Vagou toda a noite, Deus sabe por onde, o bêbado idiota. Enlouqueceu!"

Morozov não sabia que Stepan Timoshenko tinha ido para casa depois do Europeu; que se sentou em uma mesa capenga em seu puxadinho sem estufa e escreveu a duras penas uma carta em um pedaço de papel à luz de uma vela colocada em uma garrafa verde; que dobrou a carta com cuidado, a enfiou em um velho envelope, junto com outro pedaço de papel amassado, e escreveu o endereço de Andrei Taganov nele; que pôs um selo na carta e se foi, com passo firme e tranquilo, pelos degraus quebrados da rua.

A carta escrita em papel de pão dizia:

*Querido amigo Andrei,*

*Prometi me despedir e aqui está. Não é bem o que prometi, mas suponho que me perdoará. Estou farto de ver o que vejo e já não posso suportar continuar vendo isso. Deixo-lhe – como única herança – esta carta. É uma herança difícil, eu sei. Só espero que não me siga – muito em breve.*

*Seu amigo, Stepan Timoshenko.*

# XI

PAVEL SYEROV ESTAVA SENTADO NA MESA DE SEU ESCRITÓRIO, corrigindo a cópia datilografada de seu próximo discurso "Ferrovias e a luta de classes". Sua secretária estava de pé junto à mesa, observando ansiosamente o lápis que tinha em sua mão. A janela de seu escritório se abria para uma das plataformas do terminal. Ele ergueu a cabeça justo a tempo de ver uma figura alta em uma jaqueta de couro desaparecendo na plataforma. Syerov se adiantou, mas o homem tinha sumido.

"Ei, você viu aquele homem?", disse bruscamente à secretária.

"Não, camarada Syerov. Onde?"

"Nada não. Não importa. Só pensei que fosse alguém que eu conhecia. Pergunto-me o que será que ele está fazendo aqui."

Uma hora depois, Pavel Syerov saiu de seu escritório, e – descendo os degraus para chegar à rua, mascando sementes de girassol e cuspindo suas cascas – viu novamente o homem da jaqueta de couro. Ele não tinha se enganado: era Andrei Taganov.

Pavel Syerov parou, e suas sobrancelhas se aproximaram, e cuspiu mais uma casca pelo canto da boca. Então, aproximou-se casualmente de Andrei e disse: "Boa noite, camarada Taganov".

Andrei respondeu: "Boa noite, camarada Syerov".

"Pensando em viajar, Andrei?"

"Não."

"Caçando especuladores nos trens?"

"Não."

"Eles o transferiram para o departamento de transportes da GPU?"

"Não."

"Bem, fico feliz em vê-lo. Uma pessoa rara de se ver, não é? Tão ocupado que já não tem mais tempo para os velhos amigos. Quer sementes de girassol?"

"Não, obrigado."

"Não tem esse mau hábito? Não tem nenhuma distração, não é? Nenhum vício, exceto um, não é? Bem, fico feliz de ver seu interesse por esta velha estação que é minha casa, por assim dizer. Tem estado aqui por mais de uma hora, não é?"

"Mais alguma pergunta?"

"Quem, eu? Não estava fazendo nenhuma pergunta. Por que eu o estaria questionando? Eu só estava sendo sociável, por assim dizer. É preciso ser sociável de vez em quando, se não quiser que te chamem de individualista, sabe? Por que não passa para me ver enquanto estiver por aqui?"

"Talvez eu passe", disse Andrei lentamente. "Adeus, camarada Syerov."

Syerov ficou de pé, franzindo a testa, uma semente de girassol intacta entre seus dentes, e observou Andrei descendo os degraus.

* * *

O atendente limpou seu nariz com o polegar e o indicador, depois limpou o óleo de linhaça do gargalo da garrafa com seu avental, e perguntou: "Só isso por hoje, cidadão?".

"Isso é tudo", disse Andrei Taganov.

O atendente cortou um pedaço de jornal e envolveu a garrafa, manchas de gordura espalhando-se pelo papel.

"O negócio vai bem?", perguntou Andrei.

"Mal", respondeu o atendente, encolhendo os ombros sob um velho casaco azul. "Você é o primeiro cliente em três horas, calculo eu. Fico feliz em ouvir uma voz humana. Nada para fazer aqui além de me sentar e espantar os ratos."

"É uma lástima. Tendo prejuízo, então?"

"Quem, eu? Não sou o dono deste lugar."

"Então, suponho que logo perderá seu emprego. O chefe virá ele mesmo ser atendente."

"Quem? Meu chefe?" O atendente deu um som rouco, um cacarejo que era uma risada, abrindo um grande buraco negro com dois dentes quebrados e enegrecidos. "Não, meu chefe, não. Gostaria de ver o elegante cidadão Kovalensky servindo arenque e óleo de linhaça."

"Bem, ele não continuará sendo elegante com um negócio que vai tão mal."

"Talvez não", disse o atendente, "ou talvez sim."

"Talvez", disse Andrei Taganov.

"Cinquenta *kopeks*, cidadão."

"Aqui está. Boa noite, cidadão."

* * *

Antonina Pavlovna tinha ingressos para o novo balé no teatro Marinsky. Era uma sessão para os "sindicatos profissionais", e Morozov tinha recebido os ingressos na Companhia Estatal de Alimentos. Mas Morozov não se interessava por balé e precisava participar de uma reunião na escola, onde faria um discurso sobre "A distribuição proletária de produtos alimentícios". Assim, deu os ingressos para Antonina Pavlovna, e esta convidou Leo e Kira para que a acompanhassem. "Bem, naturalmente, supõe-se que é um balé revolucionário", explicou. "O primeiro balé vermelho. E, é claro, já conhecem minha postura política, mas, mesmo assim, deveríamos ter a mente aberta no artístico, não é? No mínimo, é um experimento interessante."

Kira recusou o convite. Leo foi com Antonina Pavlovna. Antonina Pavlovna trajava um vestido de cor verde jade com bordados de ouro, demasiado apertado em sua cintura, e carregava um binóculo de madrepérola com um longo suporte de ouro.

Kira tinha marcado um encontro com Andrei. Mas quando saiu do tranvia e caminhou pelas ruas escuras até o jardim do palácio, notou que seus pés reduziam o passo por vontade própria, seu corpo tenso, inflexível, lutando contra ela, como se ela estivesse caminhando contra um vento forte. Era como se o seu corpo se lembrasse daquilo que ela estava tentando esquecer: a noite anterior, tão parecida com a primeira no cômodo cinzento e prateado que partilhara com Leo durante mais de três anos. Seu corpo sentia-se puro e santificado; seus pés estavam reduzindo o passo para atrasarem seu progresso em direção àquilo que parecia um sacrilégio, porque ela o desejava, mas não queria desejá-lo esta noite.

Quando chegou ao topo da escadaria, e Andrei abriu a porta, ela perguntou: "Andrei, pode fazer algo por mim?".

"Antes de eu te beijar?"

"Não, mas logo depois. Pode me levar ao cinema hoje?"

Ele a beijou, seu rosto mostrando nada mais que a alegria incrédula de vê-la novamente, e depois disse: "De acordo".

Saíram juntos, de braços dados, a neve fresca rangendo sob seus pés. Os três maiores cinemas da avenida Nevsky mostravam grandes letreiros com letras vermelhas:

> O SUCESSO DA TEMPORADA!
> NOVA OBRA-PRIMA DO CINEMA SOVIÉTICO!
> "GUERREIROS VERMELHOS"
> *A gigantesca epopeia da luta dos heróis vermelhos na guerra civil!*
> A SAGA DO PROLETARIADO!
> *Um drama titânico das heroicas massas anônimas*
> *de Trabalhadores e Soldados!*

Em um cinema, lia-se:

> O CAMARADA LÊNIN DISSE: "DE TODAS AS ARTES, A MAIS IMPORTANTE PARA A RÚSSIA É O CINEMA!".

As entradas do teatro brilhavam com raios de luz branca. Os caixas observavam os transeuntes com melancolia e bocejavam. Ninguém parava para olhar o que estava em cartaz.

"Você não quer ver isso", disse Andrei.

"Não", disse Kira.

O quarto cinema, o menor, projetava um filme estrangeiro. Era um filme antigo, desconhecido, sem grandes estrelas, e não se via o nome dos atores; três cartazes desbotados tinham sido colados na vitrine, apresentando uma moça com muita maquiagem e um vestido que fora da moda dez anos antes.

"Podemos ver este mesmo", disse Kira.

A bilheteria estava fechada.

"Desculpe, cidadãos", disse o bilheteiro, "não há mais ingressos. Todos foram vendidos para esta sessão e a próxima. A lista de espera está lotada."

"Bem", disse Kira, enquanto davam a volta com resignação, "pode ser mesmo os 'Guerreiros Vermelhos'."

O saguão do imenso "Parisiana", com sua colunata branca, estava vazia. O filme tinha começado, e ninguém podia entrar na metade da projeção. Mas o atendente se inclinou entusiasmado e os deixou passar.

O cinema estava escuro e frio, e parecia quieto sob o estrondo da orquestra, com o silêncio ressonante de uma imensa sala quase desocupada. Algumas poucas cabeças apareciam nas fileiras cinzas, vazias e desaproveitadas.

Na tela, uma multidão de uniformes cinzentos esfarrapados corria pela lama, empunhando baionetas. Uma multidão de uniformes cinzentos esfarrapados sentava-se à volta de fogueiras, cozinhando sopa. Um longo comboio arrastava-se lentamente por minutos intermináveis, com vagões abertos carregados com uma multidão de uniformes cinzentos esfarrapados. "UM MÊS DEPOIS", dizia um título. Uma multidão de uniformes cinzentos esfarrapados corria pela lama, empunhando baionetas. Um mar de braços agitava cartazes. Uma multidão de uniformes cinzentos esfarrapados arrastava-se pelo topo das trincheiras em contraste com um céu negro. "A BATALHA DE ZAVRASHINO", dizia um título. Uma multidão com botas de couro envernizado disparou contra uma multidão de sapatos de fibra alinhada em uma parede. "A BATALHA DE SAMSONOVO", dizia um título. Uma multidão de uniformes cinzentos esfarrapados corria pela lama, empunhando baionetas. "TRÊS SEMANAS DEPOIS", dizia um título. Um longo comboio arrastava-se em direção ao pôr do sol. "O PROLETARIADO COLOCOU A SUA BOTA PESADA SOBRE A GARGANTA TRAIDORA DOS ARISTOCRATAS DEPRAVADOS", dizia um título. Uma multidão com botas de couro envernizado dançava num bordel espalhafatoso, entre garrafas quebradas e mulheres seminuas que olhavam para a câmara. "MAS O ESPÍRITO DE NOSSOS GUERREIROS VERMELHOS ARDIA COM A LEALDADE À CAUSA PROLETÁRIA", dizia um título. Uma multidão de uniformes cinzentos esfarrapados corria pela lama, empunhando baionetas. Não havia enredo, não havia herói. "O OBJETIVO DA ARTE PROLETÁRIA", explicava um cartaz no átrio, "É O DRAMA E A COR DA VIDA DAS MASSAS".

No intervalo antes da segunda sessão, Andrei perguntou: "Você quer ver o início daquilo?".

"Sim", disse Kira. "Ainda é cedo."

"Eu sei que você não gosta."

"Sei que você também não. É engraçado, Andrei, tive a oportunidade de ir ao novo balé no Marinsky hoje à noite, e não fui porque era revolucionário, e aqui estou assistindo a esta epopeia."

"Você tinha a oportunidade de ir com quem?"

"Ah – um amigo meu."

"Leo Kovalensky?"

"Andrei! Não acha que está sendo insolente?"

"Kira, de todos os seus amigos, ele é o único..."

"... de quem você não gosta. Eu sei. Ainda assim, não acha que o menciona com muita frequência?"

"Kira, você não se interessa por política, não é?"

"Não. Por quê?"

"Você nunca quis sacrificar sua vida sem motivo, que anos fossem arrancados dela sem uma boa razão, anos de prisão ou exílio. Não é assim?"

"Aonde você quer chegar?"

"Fique longe de Leo Kovalensky."

Ela ficou boquiaberta e sua mão estava suspensa no ar, e ela não se moveu por alguns instantes. Então ela perguntou, e foram as palavras mais difíceis que já pronunciara: "O que... você... quer dizer... Andrei?".

"Você não quer ser conhecida como amiga de um homem que é amigo do tipo errado de pessoas."

"Que pessoas?"

"Várias. Nosso próprio camarada Syerov, por exemplo."

"Mas, o que Leo..."

"Ele é proprietário de um comércio privado de alimentos, não é?"

"Andrei, você está sendo um agente da GPU comigo e..."

"Não, não a estou interrogando. Não tenho nada a saber por você. Só me pergunto o quanto você sabe sobre os assuntos dele – para sua própria proteção."

"Quais... quais assuntos?"

"É a única coisa que posso lhe dizer. Nem sequer deveria ter contado tanto. Mas eu quero garantir que não deixe seu nome ser implicado, por acaso, de nenhuma forma."

"Implicado – em quê?"

"Kira, eu não sou um agente da GPU – *com* você ou *para* você."

As luzes se apagaram e a orquestra começou a tocar "A Internacional".

Na tela, uma multidão de botas empoeiradas marchava por uma terra árida e densa. Um enorme retângulo cinzento, cintilante e trêmulo de botas estava diante delas, botas sem corpo, solas grossas e empedradas, couro velho torcido, deformado em pregas pelos músculos e suor de seu interior; as botas não eram lentas nem tinham pressa; não eram cascos e não pareciam ser pés humanos; seguiam adiante, dos calcanhares aos dedos, dos dedos aos calcanhares, como tanques cinzentos bamboleando, esmagando, varrendo tudo à sua frente, torrões de terra se desfazendo em pó, botas cinzentas, mortas, medidas, sem fim, sem vida, inexoráveis.

Kira sussurrou através do rugido de "A Internacional": "Andrei, você está trabalhando em um novo caso para a GPU?".

Ele respondeu: "Não. Em um caso de meu interesse".

Na tela, sombras em uniformes cinzentos estavam sentadas em volta de fogueiras sob um céu negro. Mãos calejadas mexiam em caldeiras de ferro; uma boca sorria, mostrando dentes tortos; um homem tocava uma gaita, movendo-se de um lado a outro com um sorriso lascivo; um homem rodopiava em uma dança cossaca, seus pés brilhando e se mexendo rapidamente, suas mãos batendo palmas no ritmo; um homem coçava sua barba; um homem coçava seu pescoço; um homem coçava sua cabeça; um homem mastigava um pedaço de pão, migalhas entrando pela gola aberta de sua túnica até seu peito negro e peludo. Eles estavam celebrando uma vitória.

"Andrei, você tem algo para reportar à GPU?", Kira sussurrou.

"Sim", ele respondeu.

Na tela, uma manifestação desfilava pelas ruas da cidade, celebrando uma vitória. Bandeiras e rostos passavam lentamente pela câmera. Moviam-se como bonecos de cera puxados por fios invisíveis, rostos jovens com lenços escuros, rostos velhos com xales de malha, rostos com chapéus de soldado, rostos com chapéus de couro, rostos que se pareciam, fixos e sem humor, olhos planos como se fossem pintados, lábios macios sem forma, marchando sem se mexer, marchando sem músculos, sem vontade, a não ser pelas pedras que eram levadas adiante sob os seus pés imóveis, sem outra energia que não a dos estandartes vermelhos como velas ao vento, sem outro combustível que não o calor abafado de milhões de peles, de milhões de músculos flácidos e massudos, sem outra respiração que não o cheiro de sovacos remendados, de pescoços quentes, cansados e curvados, marchando, marchando, marchando em um movimento uniforme e incessante, um movimento que não parecia vivo.

Kira sacudiu sua cabeça com um calafrio que foi até seus joelhos e gaguejou: "Andrei, vamos embora!".

Ele se levantou obedientemente. Na rua, quando fez um sinal para chamar um trenó, ela disse: "Não. Vamos passear. Passear. Tranquilamente".

Ele a pegou pelo braço, perguntando: "Qual é o problema, Kira?".

"Nada", ela andava, ouvindo o som ativo de seus saltos esmagando a neve. "Eu... eu não gostei do filme."

"Lamento, querida. Não a culpo. Gostaria que não fizessem essas coisas, pelo próprio bem deles."

"Andrei, você queria largar tudo, ir embora para o estrangeiro, não é?"

"Sim."

"Então, por que você está começando algo... contra alguém... para ajudar os mestres aos quais não deseja mais servir?"

"Eu vou descobrir se eles ainda valem a pena ser servidos."

"Que diferença isso faria para você?"

"Uma diferença da qual pode depender o resto de minha vida."

"O que você quer dizer com isso?"

"Eu estou me dando uma última chance. Tenho algo para mostrar a eles. Sei o que deveriam fazer com isso. Temo saber o que farão sobre isso. Ainda sou membro do Partido. Dentro de pouco tempo, saberei se continuarei sendo membro do Partido."

"Você está fazendo um teste, Andrei? À custa de diversas vidas?"

"À custa de diversas vidas que deveriam ser terminadas."

"Andrei!"

Ele olhou para ela com o rosto pálido dele, atônito: "Kira, qual é o problema? Você nunca me questionou sobre o meu trabalho. Nunca falamos disso. Você sabe que meu trabalho lida com vidas – e mortes, quando necessário. Isso nunca a tinha assustado tanto. É algo sobre o qual ambos devemos silenciar".

"Você está me proibindo de romper esse silêncio?"

"Sim. E há uma coisa que preciso lhe contar. Por favor, ouça com atenção e não me responda, porque, bem, não quero saber a resposta. Quero que permaneça calada, pois eu não quero saber o quanto você sabe sobre o caso que estou investigando. Temo já saber que você sabe demais. Estou esperando a maior integridade dos homens que irei enfrentar. Não me faça enfrentá-los com menos que isso."

Ela disse, tentando ficar calma, sua voz trêmula, uma voz com uma vida e um terror próprios, que não podia controlar: "Andrei, não vou responder. Agora, ouça e não me questione. Por favor, não me questione! Não tenho nada a lhe dizer sobre isso: eu lhe suplico, entenda bem, suplico-lhe por tudo que há em mim, e esta é a única vez que desejo apelar para isso, eu lhe suplico que, enquanto estiver em suas mãos, abandone o caso, Andrei! Só por uma razão: por mim!".

Ele se virou para ela, e ela viu um rosto que nunca tinha visto antes, o implacável rosto do camarada Taganov da GPU, um rosto que poderia ter observado execuções secretas em porões escuros secretos. Ele perguntou lentamente: "Kira, o que esse homem é para você?".

O tom da voz dele a fez perceber que o melhor que ela poderia fazer para proteger Leo era permanecer calada. Respondeu, encolhendo os ombros: "Apenas um amigo. Vamos silenciar, Andrei. É tarde. Você me leva para casa?".

Mas quando ele a deixou na casa de seus pais, ela só esperou até ouvir os passos dele desaparecerem na esquina. Então, ela correu através das ruas escuras até o primeiro táxi que pôde encontrar e entrou, ordenando: "Teatro Marinsky! O mais rápido que puder!".

No átrio sombrio e deserto do teatro, ouviu o estrondo da orquestra atrás das portas fechadas; um rebuliço de sons desafinados e violentos.

"Não pode entrar agora, cidadã", disse um severo atendente.

Ela deslizou uma nota amassada na mão dele e sussurrou: "Tenho que encontrar uma pessoa, camarada... É questão de vida ou morte... A mãe dele está morrendo...".

Ela deslizou silenciosamente entre as cortinas de veludo azul para entrar em um auditório escuro e meio vazio. No cenário brilhante, um grupo de frágeis bailarinas com tutus de cor vermelho fogo dançavam, agitando finos braços polvilhados com correntes douradas de papel machê; era a "Dança dos Trabalhadores".

Ela encontrou Leo e Antonina Pavlovna em poltronas confortáveis em uma fila vazia. Eles saltaram quando viram Kira ir na direção deles pela longa fila de poltronas, e alguém que estava atrás chiou: "Sente-se!".

"Leo!", disse Kira. "Vamos! Agora mesmo! Aconteceu uma coisa!"

"O quê?"

"Vamos! Vou lhe contar! Vamos sair daqui!"

Ele a seguiu pelo corredor escuro. Antonina Pavlovna os seguiu apressada, com andar de pato, o queixo para a frente.

Em um canto de uma sala vazia, Kira murmurou: "É a GPU, Leo, estão atrás de seu comércio. Eles sabem de algo."

"O quê? Como descobriu?"

"Acabei de ver Andrei Taganov e..."

"Viu Andrei Taganov? Onde? Pensei que você estivesse visitando seus pais."

"Ah, eu o encontrei na rua e..."

"Em que rua?"

"Leo! Deixe de bobagens! Você não entende? Não temos tempo a perder!"

"O que ele disse?"

"Não muito. Apenas algumas pistas. Disse para eu me afastar de você se não quiser ser presa. Disse que você tinha um comércio privado de alimentos, e ele mencionou Pavel Syerov. Disse que tinha um relatório a entregar para a GPU. Acho que ele sabe de tudo."

"Então ele disse para você se afastar de mim?"

"Leo! Você se recusa a..."

"Eu me recuso a ficar assustado por um idiota ciumento!"

"Leo, você não o conhece! Ele não brinca sobre os assuntos da GPU. E ele não tem ciúmes de você. Por que ele deveria ter?"

"Em que departamento da GPU ele trabalha?"

"No Serviço Secreto."

"Não é na Seção Econômica, então?"

"Não, mas está fazendo isso por conta própria."

"Bem, vamos lá. Telefonaremos para Morozov e Pavel Syerov. Que Syerov ligue para seu amigo da Seção Econômica e descubra o que o seu Taganov está fazendo. Não fique histérica. Não há nada a temer. O amigo de Syerov vai cuidar disso. Vamos lá."

"Leo", disse Antonina Pavlovna, correndo atrás deles, enquanto eles se apressavam para pegar uma carruagem, "Leo, não tive nada a ver com o comércio! Se houver uma investigação, lembre-se de que não tive nada a ver com isso! Eu só levava o dinheiro para Syerov e não sabia de onde ele vinha! Leo, lembre-se disso!"

Uma hora depois, um trenó chegou silencioso até a porta traseira do comércio, que tinha uma placa que dizia: "Lev Kovalensky. Produtos Alimentícios". Dois homens desceram sigilosamente alguns degraus congelados e mal iluminados até o sótão, onde Leo e o atendente estavam esperando com uma lanterna velha fraca. Os recém-chegados não fizeram nenhum ruído. Sem dizer nada, Leo apontou para os sacos e as caixas. Os homens os carregaram rapidamente pelas escadas até o trenó. O trenó estava coberto por uma grossa manta de pele. Em menos de dez minutos, o sótão estava vazio.

"Então?", perguntou Kira, ansiosa, quando Leo chegou em casa.

"Vá dormir", disse Leo, "e não sonhe com nenhum dos agentes da GPU."

"O que você fez?"

"Está resolvido. Nós nos livramos de tudo. Está a caminho de Leningrado Vermelho neste exato momento. Tínhamos outro carregamento de

Syerov chegando amanhã à noite, mas o cancelamos. Teremos um simples comércio de alimentos – por um tempo. Até Syerov verificar as coisas."

"Leo, eu..."

"Você não vai começar uma discussão novamente. Eu já lhe disse uma vez: não vou sair da cidade. Isso seria a coisa mais perigosa, mais suspeita a se fazer. E não temos nada com que nos preocupar. Syerov é muito influente na GPU para que qualquer..."

"Leo, você não conhece Andrei Taganov."

"Não, não conheço. Mas você parece conhecê-lo muito bem."

"Leo, eles não podem suborná-lo."

"Talvez não. Mas podem fazê-lo calar a boca."

"Se você não está com medo..."

"É claro que não estou com medo!"

Mas seu rosto estava mais pálido que o habitual, e ela viu que suas mãos, ao desabotoarem seu casaco, estavam tremendo.

"Leo, por favor! Escute!", rogou. "Leo, por favor! Eu..."

"Cale-se!", disse Leo.

# XII

O CHEFE DA SEÇÃO ECONÔMICA DA GPU chamou Andrei Taganov em seu escritório.

O escritório estava em uma parte do edifício da sede da GPU da qual os visitantes não se aproximavam e na qual poucos funcionários podiam entrar. Aqueles que eram admitidos falavam com voz baixa e respeitosa e nunca se sentiam confortáveis.

O chefe estava sentado em sua mesa. Vestia uma jaqueta militar, uma calça ajustada, botas altas e uma pistola em sua cintura. Tinha cabelo curto e um rosto barbeado que não entregava sua idade. Quando ele sorria, mostrava dentes muito pequenos e gengivas amplas e amarronzadas. Seu sorriso não transmitia nenhuma alegria, nenhum significado; sabia-se que era um sorriso só porque os músculos de seu rosto se enrugavam e sua gengiva ficava à vista.

Disse: "Camarada Taganov, entendo que você tem conduzido algumas investigações sobre um caso que se encontra sob a jurisdição da Seção Econômica".

Andrei disse: "Sim".

"Quem lhe deu autorização para tal?"

Andrei disse: "Meu carnê do Partido".

O chefe sorriu, mostrando suas gengivas, e perguntou: "O que lhe fez começar a investigação?".

"Uma prova incriminatória."

"Contra um membro do Partido?"

"Sim."

"Por que não a entregou para nós?"

"Eu queria estar em condições para apresentar um relatório completo."

"E está?"

"Sim."

"Tem intenção de informar o chefe de seu departamento?"

"Sim."

O chefe sorriu e disse: "Sugiro que se esqueça de tudo isso".

Andrei disse: "Se isto for uma ordem, recordo-o de que você não é meu chefe. Se for um conselho, não preciso dele".

O chefe o encarou em silêncio, e depois disse: "A disciplina estrita e a lealdade sincera são qualidades louváveis, camarada Taganov. No entanto, como disse o camarada Lênin, um comunista deve se adaptar à realidade. Já considerou as consequências do que você planeja expor?".

"Sim."

"Parece-lhe recomendável tornar público um escândalo que implica um membro do Partido... neste momento?"

"Essa deveria ter sido a preocupação do membro do Partido envolvido."

"Conhece meu... interesse naquela pessoa?"

"Sim."

"Saber disso influencia em algo os seus planos?"

"Não."

"Você já pensou que eu poderia ser útil para você?"

"Não, nunca."

"Não acha que esta seja uma ideia que mereça ser considerada?"

"Não, não acho."

"Há quanto tempo tem estado em sua atual posição, camarada Taganov?"

"Dois anos e três meses."

"Com o mesmo salário?"

"Sim."

"Não lhe atrai uma promoção?"

"Não."

"Você não acredita no espírito de ajuda mútua e cooperação com seus camaradas do Partido?"

"Não acima do espírito do Partido."

"Você está dedicado ao Partido?"

"Sim."

"Acima de todas as coisas?"

"Sim."

"Quantas vezes enfrentou o Comitê de Expurgo do Partido?"

"Três vezes."

"Sabe que se aproxima outro?"

"Sim."

"E vai apresentar esse relatório sobre o caso ao seu chefe?"

"Sim."

"Quando?"

"Nesta tarde, às quatro horas."

O chefe olhou para seu relógio de pulso: "Muito bem. Dentro de uma hora e meia, então".

"Isso é tudo?"

"Isso é tudo, camarada Taganov."

* * *

Alguns dias depois, o chefe de Andrei o chamou ao seu escritório. O chefe era um homem alto e magro com uma barba loira pontiaguda e um pincenê dourado sobre um nariz fino e longo. Vestia um caro traje castanho de um turista estrangeiro; tinha as mãos longas e nodosas de um esqueleto e a aparência de um professor universitário frustrado.

"Sente-se", disse o chefe, levantando-se para fechar a porta.

Andrei se sentou.

"Parabéns, camarada Taganov", disse o chefe.

Andrei inclinou a cabeça.

"Você fez um trabalho valioso e prestou um grande serviço ao Partido, camarada Taganov. Não podia ter escolhido uma hora melhor para tal. Colocou em nossas mãos exatamente o caso de que precisávamos. Com a difícil situação econômica atual e a perigosa tendência da opinião pública, o governo precisa mostrar às massas quem é responsável pelo seu sofrimento, e fazê-lo de uma forma que não seja esquecida. As atividades contrarrevolucionárias insidiosas dos especuladores, que privam nossos trabalhadores de suas rações de comida tão duramente ganhas, devem ser levadas à luz da justiça proletária. Os trabalhadores devem ser recordados de que os seus inimigos de classe conspiram dia e noite para minar o único governo proletário do mundo. Nossas massas trabalhadoras devem ser informadas de que têm de suportar pacientemente as suas dificuldades temporárias e dar seu total apoio ao governo que luta pelos seus interesses contra conflitos tão intensos, como o caso que você nos trouxe mostrará ao público. Isso, em resumo, foi o assunto da minha conversa com o diretor do *Pravda* nesta manhã, a propósito da campanha que estamos começando. Vamos tornar este caso um exemplo. Todos os jornais, todos os clubes, todos os púlpitos públicos serão mobilizados para tal tarefa. O julgamento do cidadão Kovalensky será transmitido em todos os vilarejos da URSS."

"O julgamento de quem, camarada?"

"O julgamento do cidadão Kovalensky. Ah, sim, claro, por certo, aquela carta do camarada Syerov que você anexou ao relatório do caso – aquela é a única cópia dela que existe?"

"Sim, camarada."

"Quem a leu além de você?"

"Ninguém."

O chefe cruzou suas longas e finas mãos, unindo as pontas dos dedos, e disse lentamente: "Camarada Taganov, você se esquecerá de que leu essa carta".

Andrei o encarou silenciosamente.

"Esta é uma ordem do comitê que analisou seu relatório. No entanto, tomarei um tempo para explicar, pois aprecio seus esforços no assunto. Você lê os jornais, camarada Taganov?"

"Sim, camarada."

"Sabe o que está ocorrendo agora em nossos vilarejos?"

"Sim, camarada."

"Está ciente de que como estão os ânimos em nossas fábricas?"

"Sim, camarada."

"Você se dá conta do precário equilíbrio de nossa opinião pública?"

"Sim, camarada."

"Neste caso, não preciso lhe explicar por que o nome de um membro do Partido não será implicado em um caso de especulação contrarrevolucionária. Ficou claro?"

"Perfeitamente, camarada."

"Você deve ter muito cuidado e se lembrar de que não sabe nada sobre o camarada Pavel Syerov. Ficou claro?"

"Completamente, camarada."

"O cidadão Morozov renunciará a seu posto na Companhia Estatal de Alimentos – por motivos de doença. Ele não será incluído na ação, pois isso mancharia a imagem de nossa Companhia Estatal de Alimentos, e abriria espaço para muito falatório desnecessário. Mas o verdadeiro culpado e o espírito dominante por trás da conspiração, o cidadão Kovalensky, será preso hoje à noite. Isso está de acordo com a sua aprovação, camarada Taganov?"

"Minha posição não me permite aprovar nada, camarada. Apenas recebo ordens."

"Muito bem colocado, camarada Taganov. Obviamente, o cidadão Kovalensky é o único proprietário legal e registrado desse comércio de alimentos, conforme verificamos. É um aristocrata de nascimento e filho de um pai executado por contrarrevolução. Ele já foi preso antes – por uma tentativa ilegal de sair do país. Ele é um símbolo vivo da classe que as nossas massas trabalhadoras sabem ser o inimigo mais amargo dos soviéticos. As nossas massas trabalhadoras, justamente irritadas pelas longas privações, pelas longas horas de espera nas filas das nossas cooperativas, pelo não cumprimento das necessidades mais básicas, saberão quem é o culpado por suas dificuldades. Saberão quem desfere golpes mortais contra o coração de nossa economia. O último descendente de um aristocrata ganancioso e explorador pagará o castigo devido por todos os membros da sua classe."

"Sim, camarada. Um julgamento público com manchetes nos jornais e um microfone de rádio na sala?"

"Precisamente, camarada Taganov."

"E se o cidadão Kovalensky falar demais e muito perto do microfone? E se ele mencionar nomes?"

"Ah, nada a temer, camarada Taganov. Esses cavalheiros são fáceis de manejar. A ele será prometida a sua vida em troca de que diga apenas o que lhe for dito para dizer. Ele estará esperando um indulto até ouvir sua sentença de morte. Pode-se fazer promessas, sabe. Nem sempre é preciso cumpri-las."

"E quando estiver diante do pelotão de fuzilamento, não haverá microfones por perto..."

"Precisamente."

"E, claro, não será necessário dizer que ele estava sem trabalho e morrendo de fome quando se pôs a serviço dessas pessoas não mencionadas."

"O que quer dizer com isso, camarada Taganov?"

"Uma sugestão útil, camarada. Também será importante explicar como um aristocrata despossuído conseguiu pôr suas mãos no coração de nossa economia."

"Camarada Taganov, você tem um dom excepcional para a oratória. Um dom excepcional. Isso nem sempre é uma vantagem para um agente da GPU. Deveria ter cuidado para não ser tão apreciado a ponto de o enviarem para um bonito destino – o Turquestão, por exemplo – onde terá muitas oportunidades para exibi-lo. Como o camarada Trotsky, por exemplo."

"Servi no Exército Vermelho sob o comando do camarada Trotsky."

"Tampouco lembraria isso com muita frequência, camarada Taganov, se fosse você."

"Não lembrarei, camarada. Farei o meu melhor para me esquecer disso."

"Às seis da tarde, camarada Taganov, você comparecerá para fazer uma busca no apartamento do cidadão Kovalensky por quaisquer evidência ou documentos pertinentes a esse caso. E você prenderá o cidadão Kovalensky."

"Sim, camarada."

"Isso é tudo, camarada Taganov."

"Sim, camarada."

* * *

O chefe da Seção Econômica da GPU sorriu, mostrando suas gengivas, para o camarada Pavel Syerov e disse, friamente: "De agora em diante, camarada Syerov, limitará suas criações literárias a assuntos relacionados ao seu trabalho nas ferrovias".

"Claro, amigo", disse Pavel Syerov. "Não se preocupe."

"Não sou eu que deve se preocupar neste caso, devo lhe recordar."

"Ah, que inferno, já me preocupei até enjoar. O que você quer? Não tenho mais cabelos para embranquecer."

"Mas só uma cabeça sob os cabelos."

"O quê... o que você quer dizer? Você tem a carta, não tem?"

"Não mais..."

"Onde ela está?"

"Queimada."

"Obrigado, amigo."

"Tem boas razões para estar agradecido."

"Ah, claro. Sim, estou agradecido. Um favor se paga com outro. Olho por olho... como é o ditado? Eu fico calado sobre algumas coisas, enquanto você mantém os outros calados devido a meus pequenos pecados. Como bons amigos."

"Não é tão simples assim, Syerov. Por exemplo, seu amiguinho aristocrata, o cidadão Kovalensky, terá que ir a julgamento e..."

"Inferno, acha que isso me fará derramar lágrimas? Ficarei muito contente em ver aquele arrogante ter seu pescoço branco torcido."

* * *

"Sua saúde, camarada Morozov, exige um longo repouso e uma viagem para um clima mais quente", disse o funcionário. "Por isso, em agradecimento por sua demissão, estamos lhe concedendo um lugar na Casa do Descanso. Entendido?"

"Sim", disse Morozov, enxugando-se a testa, "eu entendo."

"É um agradável sanatório na Crimeia. Relaxante e tranquilo. Longe do barulho da cidade. Fará muito bem para a sua saúde. Sugiro que aproveite todas as vantagens deste privilégio por, digamos, seis meses. Eu lhe aconselho a não ter pressa para voltar, camarada Morozov."

"Não", disse Morozov, "não vou me apressar."

"E aqui vai outro conselho que eu gostaria de lhe dar, camarada Morozov. Ouvirá falar muito, nos jornais, sobre o julgamento de um certo cidadão

Kovalensky por especulação contrarrevolucionária. Seria prudente informar a todos os demais pacientes do sanatório que você não sabe nada sobre o caso."

"É claro, camarada. Não sei nada sobre isso. Nada mesmo."

O funcionário se inclinou frente a Morozov e sussurrou, em tom franco e confidencial: "E, se eu fosse você, não tentaria mover um fio por Kovalensky, mesmo que ele esteja condenado ao pelotão de fuzilamento".

Morozov levantou o olhar para o rosto do funcionário e, arrastando as palavras e diluindo as vogais, apagando-se até um gemido, com suas grandes narinas verticais estremecendo: "Quem, eu? Mover fios? Por ele? Por que deveria, camarada? Eu não tive nada a ver com ele. Ele era o proprietário da loja. Só ele. Pode olhar no registro. Só ele. Ele não pode provar que eu sabia de algo sobre... sobre nada. Só ele. O único proprietário. Lev Kovalensky – pode verificar".

* * *

A esposa de Lavrov abriu a porta.

Ela emitiu um som engasgado, como um soluço, vindo de algum lugar de sua garganta, e tapou sua boca com a mão ao ver a jaqueta de couro de Andrei Taganov e a pistola em sua cintura, e atrás dele – as lâminas de aço de quatro baionetas.

Quatro soldados entraram, seguindo Andrei. O último deles bateu a porta com um soco.

"Deus misericordioso! Ah, Deus misericordioso!", lamentou-se a mulher, com um avental desbotado entre as mãos.

"Calma!", ordenou Andrei. "Onde é o cômodo do cidadão Kovalensky?"

A mulher apontou com um dedo trêmulo e seguiu apontando, tolamente, persistentemente, enquanto os soldados seguiram Andrei. Ela olhava estupidamente para o cabedal do alpendre, para os casacos velhos que pareciam conservar o calor e a forma dos corpos humanos ali pendurados, enquanto três lâminas finas de aço moviam-se lentamente, e seis botas marchavam com força, o chão ecoando como um tambor abafado. O soldado com a quarta baioneta permanecia parado à porta.

Lavrov se ergueu de golpe quando os viu. Andrei cruzou rapidamente o cômodo, sem olhar para ele. Um breve gesto da mão de Andrei, brusco e decidido como um chicote, fez um dos soldados permanecer postado junto à porta. Os outros seguiram Andrei até o cômodo de Leo.

Leo estava sozinho, sentado em uma poltrona junto à lareira, sem paletó, lendo um livro. O livro foi a primeira coisa que se moveu quando a porta se abriu; baixou pouco a pouco até o braço da cadeira e uma mão firme o fechou. Então, Leo se levantou lentamente, o brilho do fogo ardendo sobre sua camisa branca e seus ombros retos.

Ele disse, sorrindo, o sorriso em um arco desdenhoso: "Bem, camarada Taganov, e não é que eu sabia que algum dia nos encontraríamos assim?".

No rosto de Andrei não havia nenhuma expressão. Estava fixo e imóvel como a fotografia de um passaporte; como se suas rugas e músculos tivessem se endurecido e se tornado algo sem significado humano, algo que só tinha a forma de rosto humano. Ele entregou a Leo um papel que tinha selos oficiais e disse, com uma voz que só era humana porque os sons que emitia eram do alfabeto: "Mandado de busca, cidadão Kovalensky".

"Vá em frente", disse Leo, inclinando-se com seriedade e elegância, como se fosse um convidado em uma recepção oficial. "Seja muito bem-vindo."

Dois movimentos rápidos da mão de Andrei mandaram um soldado para uma cômoda e o outro para a cama. Gavetas foram abertas; pilhas brancas de roupas íntimas caíram no chão pelo esforço dos punhos enormes e escuros que cavavam com rapidez e habilidade, e voltavam a fechar as gavetas com um estrondo, uma após a outra. Uma pilha branca cresceu no chão, em volta das botas pretas que brilhavam com a neve derretida. Uma mão rápida arrancou a colcha de cetim da cama, depois a manta e os lençóis; o golpe de uma baioneta rasgou o colchão e dois punhos desapareceram no corte.

Andrei abriu as gavetas de uma mesa. Ele as revirou rapidamente, mecanicamente, seu polegar folheando as páginas dos livros com movimentos circulares, como o ruído que se ouve ao se embaralhar cartas; deixou os livros de lado, reuniu todas as notas e cartas, enfiando-as em sua maleta.

Leo estava sozinho no meio do cômodo. Os homens não reparavam em sua presença, como se as ações deles não lhe dissessem respeito, como se ele fosse apenas uma peça de mobília, a última a ser aberta. Estava meio sentado, meio inclinado sobre uma mesa, suas mãos apoiadas sobre a borda, seus ombros curvados, suas longas pernas esticadas. As lenhas se retorciam em meio ao silêncio, coisas batiam contra o chão e os papéis entre os dedos de Andrei.

"Lamento não poder ajudá-lo", disse Leo, "e lhe deixar encontrar os planos secretos para explodir o Kremlin e derrotar os soviéticos, camarada Taganov."

"Cidadão Kovalensky", disse Andrei, como se nunca tivessem se encontrado, "você está falando com um representante da GPU."

"Não acha que me esqueci daquilo, não é?", disse Leo.

Um soldado cravou a baioneta em uma almofada, e pequenas plumas brancas flutuaram como flocos de neve. Andrei abriu a porta de um armário; os pratos e os copos tilintaram, enquanto os empilhava rápida e suavemente no carpete.

Leo abriu sua cigarreira e ofereceu tabaco a Andrei.

"Não, obrigado", disse Andrei.

Leo acendeu um cigarro. O fósforo tremeu entre seus dedos por um instante, então se estabilizou. Ele se sentou à borda da mesa, balançando uma perna, fumaça subindo lentamente, formando uma fina coluna azulada.

"A sobrevivência dos mais aptos", disse Leo. "No entanto, nem todos os filósofos estão certos. Sempre quis lhes fazer uma pergunta: os mais aptos – para quê...? Você deveria ser capaz de respondê-la, camarada Taganov. Quais são suas convicções filosóficas? Nunca tivemos a oportunidade de falar disso – e este parece ser o momento oportuno."

"Eu lhe sugeriria", disse Andrei, "que se calasse."

"E quando um representante da GPU faz uma sugestão", disse Leo, "é uma ordem, não é? Percebo que se deveria saber como respeitar a grandeza da autoridade em qualquer circunstância, por mais difícil que seja para a autoestima daqueles que estão no poder."

Um dos soldados ergueu a cabeça e deu um passo na direção de Leo. Um olhar de Andrei o deteve. O soldado abriu um armário e retirou os trajes de Leo, um por um, passando sua mão pelos bolsos e forros.

Andrei abriu outro armário.

O armário cheirava a um fino perfume francês. Viu vestidos de mulher pendurados enfileirados.

"Qual é o problema, camarada Taganov?", perguntou Leo.

Andrei segurava um vestido vermelho.

Era um vestido vermelho e liso com um cinto de couro envernizado, quatro botões, uma gola redonda e um grande laço.

Andrei o esticou com as mãos e olhou para ele. O tecido vermelho formava pequenos tufos entre seus dedos.

Então, seus olhos se moveram lentamente, um olhar tão áspero como um peso que cruzava o ar, até a fileira de roupas no armário. Ele viu um vestido de veludo negro que conhecia, um casaco com a gola de pelo, uma blusa branca.

"De quem são?", ele perguntou.

"Da minha amante", respondeu Leo, seus olhos fixos no rosto de Andrei, pronunciando cada palavra com um desdém sarcástico que insinuava a infâmia da obscenidade.

No rosto de Andrei não havia nenhuma expressão, nenhum significado humano. Olhou para o vestido, seus cílios como duas meias-luas negras em suas têmporas afundadas. Então, alisou o vestido lentamente, cuidadosamente, com dificuldades, como se fosse de cristal e pudesse quebrar, e o pendurou outra vez no armário.

Leo riu, seus olhos escuros, sua boca torcida: "Que decepção, não é, camarada Taganov?".

Andrei não respondeu. Tirou os vestidos lentamente, um por um, e passou os dedos pelos bolsos, através das suaves pregas que exalavam perfume francês.

"Eu disse que não pode, cidadã!", bradou a voz do guarda do outro lado da porta. "Não pode entrar agora!"

Ouviu-se o som de um confronto atrás da porta, como se um braço tivesse apartado um corpo com um empurrão.

Uma voz gritou, e não era a voz de uma mulher, nem uma voz feminina, mas um uivo feroz de um animal em agonia mortal: "Deixe-me entrar! Deixe-me entrar!".

Andrei olhou para a porta e foi lentamente abri-la.

Andrei Taganov e Kira Argounova ficaram frente a frente.

Ele perguntou lentamente, uniformemente, as sílabas caindo como gotas de água: "Cidadã Argounova, você vive aqui?".

Ela respondeu, sua cabeça erguida, olhando-o nos olhos, o tom de sua voz igual ao da dele: "Sim".

Ela entrou no cômodo; o soldado fechou a porta.

Andrei Taganov se virou muito lentamente, seu ombro direito caído, todos os tendões de seu corpo empregados no esforço do movimento, muito cautelosamente, como se uma faca tivesse sido enfiada entre suas omoplatas e ele tivesse que se mover com cuidado, para não gerar mais dano. Seu braço esquerdo permanecia rígido, dobrado no cotovelo, seus dedos meio fechados como se segurando algo que não podiam derramar.

Ele se virou para os soldados e disse: "Revirem esse armário – e as caixas no canto".

Então, voltou ao armário aberto; seus passos e as lenhas da lareira estalavam em meio ao silêncio.

Kira escorou-se na parede com o chapéu na mão. O chapéu resvalou de seus dedos e caiu no chão, despercebido.

"Lamento, querida", disse Leo. "Esperava que já tivesse acabado antes de você voltar."

Ela não estava olhando para Leo. Estava olhando para a figura alta de jaqueta de couro com uma pistola em seu quadril.

Andrei foi até a penteadeira dela e abriu as gavetas. Ela viu suas calcinhas nas mãos dele, camisolas brancas de cambraia, rendas e frufrus em seus dedos firmes e pausados.

"Verifique entre as almofadas do sofá", Andrei ordenou aos soldados, "e levante aquele tapete."

Kira continuava apoiada na parede, seus joelhos afrouxados, seus quadris, braços e ombros mantendo-a na vertical.

"Isso é tudo", ordenou Andrei aos soldados. Ele fechou a última gaveta lentamente, sem fazer ruído.

Ele pegou sua maleta da mesa e se virou para Leo. Com sua boca abrindo-se estranhamente, seu lábio superior imóvel, e apenas o inferior se movendo para formar os sons, ele disse: "Cidadão Kovalensky, você está preso".

Leo deu de ombros e pegou seu casaco sem dizer nada. Sua boca demonstrava desprezo, mas percebeu que seus dedos estavam tremendo. Levantou a cabeça e provocou Andrei: "Estou certo de que esta é a ordem mais prazerosa que já cumpriu, camarada Taganov".

Os soldados recolheram suas baionetas, chutando para os lados as coisas que estavam jogadas no chão.

Leo se aproximou do espelho e ajustou sua gravata, seu casaco, seu cabelo, com a precisão meticulosa de um homem que estava se vestindo para um importante compromisso social. Seus dedos não estavam mais tremendo. Dobrou seu lenço com cuidado e o enfiou no seu bolso dianteiro.

Andrei ficou esperando.

Leo parou diante de Kira ao sair: "Não vai se despedir, Kira?", perguntou.

Ele a tomou em seus braços e a beijou. Foi um longo beijo. Andrei ficou esperando.

"Só tenho um último favor a pedir, Kira", Leo sussurrou. "Espero que se esqueça de mim."

Ela não respondeu.

Um soldado abriu a porta. Andrei saiu e Leo o seguiu. O soldado fechou a porta atrás deles.

# XIII

LEO TINHA SIDO ENCARCERADO EM UMA CELA NA GPU. Andrei tinha voltado para casa. No portão do jardim do palácio, um camarada do Partido, que ia correndo para o Clube, o tinha parado:

"Esta noite, você nos apresentará um relatório sobre a situação agrária, não vai, camarada Taganov?", ele tinha perguntado.

"Sim", Andrei tinha respondido.

"Às nove, não é? Temos muito interesse pelo tema, camarada Taganov. Vejo você às nove."

"Sim", Andrei tinha respondido.

Tinha atravessado lentamente a neve espessa do jardim, subido a longa escadaria até seu cômodo escuro.

Uma janela do Clube foi acendida no palácio e projetou um quadrado amarelo no chão. Andrei tirou seu chapéu, sua jaqueta de couro, sua pistola. Ele ficou de pé junto à lareira, ajeitando pedaços de carvão com a ponta do pé. Jogou um pedaço de lenha grande às brasas e acendeu um fósforo.

Ele se sentou sobre uma caixa junto ao fogo, suas mãos soltas sobre seus joelhos; suas mãos e sua testa rosadas na escuridão.

Ouviu passos no átrio do lado de fora, e depois, uma mão batendo bruscamente na porta. Não a tinha fechado a porta com chave. Então, ele disse: "Entre".

Kira entrou. Bateu atrás dela e ficou na entrada do cômodo. Ele não conseguia ver os olhos dela na escuridão; sombras negras tinham engolido seus olhos e testa; mas o brilho vermelho iluminava sua boca, e sua boca estava aberta, frouxa, violenta.

Ele se levantou e ficou de pé em silêncio, olhando para ela.

"Então?", ela se dirigiu a ele ferozmente. "O que você fará a respeito?"

Ele disse lentamente: "Se eu fosse você, sairia daqui".

Ela se apoiou no arco da porta, perguntando: "E se eu não sair?".

"Saia daqui", repetiu ele.

Ela arrancou seu chapéu e o atirou de lado; tirou seu casaco e o deixou cair no chão.

"Saia daqui, sua..."

"... puta?", ela terminou a frase por ele. "Que bom. Só queria garantir que você sabe o que sou."

Ele perguntou: "O que você quer? Não tenho nada a lhe dizer".

"Mas eu sim. E você vai ouvir. Então, você me pegou, não é, camarada Taganov? E agora vai ter a sua vingança? Você chegou com seus soldados, com uma pistola no quadril, o camarada Taganov da GPU, e o prendeu. E agora vai usar toda a sua influência, toda a sua grande influência no Partido, para garantir que o levem para o pelotão de fuzilamento, não vai? Talvez, inclusive, solicitará o privilégio de dar a ordem de disparo. Vá em frente! Tenha sua vingança. E esta é a minha. Não vou suplicar por ele. Não tenho mais nada a temer. Mas pelo menos eu posso falar. E vou falar. Tenho tanto a dizer a você, a todos vocês, e me mantive em silêncio por tanto tempo que isso vai me estraçalhar! Não tenho nada a perder. Mas você, sim."

Ele disse: "Não acha que isso é inútil? Por que falar qualquer coisa? Se tem alguma desculpa a oferecer...".

Ela riu; era um riso humano que não soava humano, que não soava como um riso. "Seu idiota! Estou orgulhosa do que fiz! Ouça-me: não me arrependo! Então, você acha que eu te amava? Eu te amei, mas fui infiel, ademais, como a maioria das mulheres. Pois bem, ouça: tudo o que você foi para mim, você e seu grande amor, e seus beijos, e seu corpo, tudo o que isso significou foi um maço de notas novas, brancas, quadradas de dez rublos com uma foice e um martelo impressos no canto! Sabe para onde foram aquelas notas? Para um sanatório de tuberculosos na Crimeia. Sabe o que foi pago com elas? A vida de um homem que amei muito antes de vê-lo pela primeira vez, a vida de um corpo que possuiu o meu muito antes que você sequer o tocasse, e agora ele está preso em uma de suas celas e será fuzilado. Por que não? É justo. Fuzile-o. Tire a vida dele. Você pagou por ela!"

Ela viu os olhos dele, e eles não estavam feridos, não estavam enraivecidos. Eles estavam assustados. Ele disse: "Kira, eu... eu... eu... não sabia".

Ela se inclinou para trás, cruzou os braços e balançou-se suavemente, rindo: "Então, você me amava? Eu era a mais nobre das mulheres, uma mulher como um templo, como um desfile militar, como a estátua de um deus? Lembra quem me disse isso? Pois bem, olhe para mim! Sou apenas uma puta e você, o primeiro que pagou pelos meus serviços! Eu me vendi – por dinheiro – e você pagou. O meu lugar é na sarjeta, e seu grande amor me colocou lá. Achei que ficaria contente por saber disso. Não ficou? Então, acha que eu amava você? Eu pensava em Leo quando estava em seus braços! Quando falava de amor – estava falando para ele. Todo beijo que recebeu, toda palavra, toda hora foi dada a ele, por ele. Nunca o amei tanto quanto o amei na sua cama! ... Não, não lhe deixarei recordações. São dele. Eu o amo. Você me ouve? Eu o amo! Vá em frente! Mate-o. Nada que você possa fazer a ele se compara com o que eu fiz a você. Sabe disso, não sabe?".

Ela continuou de pé, se balançando; sua sombra subiu até o teto e tremeu como se fosse cair.

Ele repetia com impotência, como se ela não estivesse presente, como se ele se escorasse nas sílabas por apoio: "Eu não sabia...".

"Não, você não sabia. Mas era muito simples. E nem tão incomum. Caminhe pelos sótãos e mansardas onde os homens vivem em suas cidades vermelhas e veja quantos casos como este encontrará. Ele queria viver. Você acredita que tudo que respira pode viver? Você aprendeu de forma diferente, eu sei. Mas Leo era alguém que poderia ter vivido. Não existem muitos deles, então eles não contam com sua ajuda. O médico disse que ele iria morrer. E eu o amava. Você aprendeu também o que isso significa, não é? Leo não precisava de muito: só descanso, ar puro e comida. Ele não tinha direito a isso, não é? Foi isso o que o seu Estado disse. Tentamos suplicar. Suplicamos humildemente. Sabe o que disseram? Havia um médico em um hospital que disse que havia centenas em sua lista de espera."

Kira se inclinou para frente, sua voz suave, em tom confidencial, estendeu as mãos, tentando se explicar, subitamente amável, formal e insistente como uma criança, seus lábios suaves e um pouco desconcertados; mas seus olhos estavam fixos, e neles havia apenas um terror que não pertencia a um cômodo onde viviam seres humanos, mas a um necrotério:

"Veja, você precisa compreender isso minuciosamente. Ninguém compreende. Ninguém vê isso, mas eu sim, e não consigo evitar. Eu vejo, e você também deve vê-lo. Compreende? Centenas. Milhares. Milhões de quê? De estômagos, e cabeças, e pernas, e línguas, e almas. E nem importa se eles se encaixam. Apenas milhões. Apenas carne. Carne humana. E eles – isso – têm sido registrados e numerados, sabe, como latinhas na prateleira de um comércio. E me pergunto se têm sido registrados por pessoa ou por peso. E eles tiveram a oportunidade de continuar vivendo. Mas não Leo. Ele era só um homem. Para vocês, todas as pedras são paralelepípedos. E os diamantes – eles são inúteis, porque brilham muito ao sol, incomodam os olhos, e são muito duros sob os cascos que marcham em direção ao futuro proletário. Vocês não pavimentam estradas com diamantes. Eles podem ter outros usos no mundo, os quais vocês nunca descobriram. É por isso que o sentenciaram à morte, e outros como ele, uma execução sem um pelotão de fuzilamento. Havia um grande comissário e eu fui vê-lo. Ele me disse que cem mil trabalhadores tinham morrido na guerra civil, então, por que não poderia um aristocrata morrer – frente à União das Repúblicas Socialistas Soviéticas? E o que é a União das Repúblicas Socialistas Soviéticas comparada a um homem? Mas essa não é uma pergunta para você responder. Sou grata a esse comissário. Ele me deu permissão para fazer o que fiz. Não o odeio. Você, sim, deveria odiá-lo. O que estou fazendo com você – ele o fez primeiro!"

Ele ficou em pé, olhando para ela. Não disse nada. Não se moveu. Não tirou seus olhos dos dela.

Ela se aproximou dele, cruzando as pernas, com uma lenta e vacilante deliberação, jogando seu corpo para trás. Ficou olhando para ele, seu rosto repentinamente vazio e calmo, seus olhos como fendas, sua boca, uma fina incisão em uma carne sem cor. Ela falava, e a ele parecia que a boca dela não se movia, que as palavras escorriam entre seus lábios fechados, e que sua voz dava medo porque soava demasiado tranquila e natural:

"Essa é a questão, você sabe, não sabe? Por que um aristocrata não pode morrer perante a União das Repúblicas Socialistas Soviéticas? Você não entende, não é? Você e seu grande comissário, e milhões de outros como você, como ele, é isso que trouxeram ao mundo, essa questão e sua resposta a ela! Um grande presente, não é? Mas um de vocês já foi pago. Eu paguei. Em você e para você. Por toda a tristeza que seus camaradas trouxeram ao mundo. Está satisfeito, camarada Andrei Taganov, com o Partido Comunista? Se vocês nos ensinaram que a nossa vida não é nada frente à do Estado, então, quem está sofrendo, na verdade? Se eu lhe trouxe o último inferno do desespero, então, por que você não diz que a própria vida de uma pessoa na verdade não importa?" A voz dela estava se elevando, como um chicote, açoitando-o ferozmente em ambas as bochechas. "Você amou uma mulher e ela jogou seu amor na sua cara? Mas as minas proletárias na bacia do Don produziram cem toneladas de carvão no mês passado! Havia dois altares e percebeu repentinamente que em um estava uma prostituta, e no outro, o cidadão Morozov? Mas o Estado Proletário exportou dez toneladas de trigo no mês passado! Caíram todos os pilares de sua vida? Mas a República Proletária está construindo uma nova central elétrica no Volga! Por que você não sorri e canta odes ao trabalho duro do coletivo? Ainda está lá o seu coletivo. Vá e junte-se a ele. Alguma coisa realmente aconteceu com você? Não é nada mais que um problema pessoal de uma vida privada, do tipo com que só o falecido velho mundo poderia se preocupar, não é? Você não tem nada de maior – maior é a palavra que seus camaradas usam – pelo que viver? Ou tem, camarada Taganov?"

Ele não respondeu.

Ela estendeu seus braços, e seus peitos ficaram marcados sob o vestido; estava ofegante, e ele pensou que podia ver todos os músculos do corpo dela, um corpo feminino em uma última convulsão de raiva. Ela gritou:

"Agora, olhe para mim! Dê uma boa olhada! Eu nasci e sabia que estava viva e sabia o que queria. O que você acha que está vivo em mim? Por que você acha que estou viva? Porque tenho um estômago e como e digiro a comida? Porque respiro e trabalho e produzo mais comida para digerir? Ou porque sei o que quero, e aquilo que sabe como querer – não é a própria vida? E quem – neste maldito universo – pode me dizer por que razão eu deveria viver por qualquer coisa que não aquilo que quero? Quem pode responder a isso com sons humanos que falam em nome da razão humana?

... Mas vocês tentaram nos dizer o que devemos querer. Chegaram como um exército solene para trazer uma nova vida aos homens. Arrancaram deles essa vida sobre a qual não sabiam nada, de suas entranhas – e lhes disseram o que ela tinha que ser. Tiraram deles todas as horas, todos os minutos, todos os nervos, todos os pensamentos nos cantos mais remotos de suas almas – e lhes disseram o que tinham que ser. Chegaram e proibiram a vida aos que vivem. Conduziram-nos todos a um porão de ferro e fecharam todas as portas hermeticamente, nos deixando sem ar, sem ar até que os vasos sanguíneos de nossos espíritos se rompessem! E depois olharam, perguntando-se o que isso está fazendo conosco. Bem, então, olhem! Todos vocês que ainda têm olhos, olhem!"

Ela riu, sacudindo os ombros e se aproximando de Andrei. E gritou na cara dele:

"Por que você fica aí parado? Por que não fala nada? Está se perguntando por que nunca soube o que eu era? Bem, aqui estou! Eis o que restou depois de você o levar, depois de atingir o amor de minha vida – e você sabe o que é isso? Sabe o que significou quando você atingiu o que mais venero...?"

Ela se calou repentinamente. Suspirou, um pequeno som engasgado, como se ele tivesse lhe dado uma bofetada. Tapou a boca com o dorso de sua mão. Ficou de pé em silêncio, olhando fixamente para algo que tinha visto repentina, clara e totalmente pela primeira vez.

Ele sorriu muito lentamente, muito docemente. Estendeu suas mãos, com as palmas viradas para cima, encolhendo-se tristemente, como se fosse dar uma explicação de que ela não necessitava.

Ela lamentou: "Ah, Andrei!...".

Afastou-se dele, seus olhos assustados olhando para os dele.

Ele disse lentamente: "Kira, se eu tivesse estado em seu lugar, eu teria feito o mesmo – pela pessoa que amava – por você".

Ela lamentou, sua mão em sua boca: "Ah, Andrei, Andrei, o que eu fiz com você?".

Estava diante dele, seu corpo lânguido, parecendo repentinamente uma criança assustada com olhos muito grandes para seu rosto pálido.

Ele se aproximou dela, tirando sua mão de sua boca, e a manteve em seus dedos firmes. Ele disse, e suas palavras eram como os passos de um homem fazendo um grande esforço para continuar a andar: "Você me fez um grande favor ao vir aqui e me contar o que me contou. Porque, veja, você me devolveu algo que eu pensava ter perdido. Você ainda é o que eu pensava que fosse. Mais do que pensava que fosse. Só que... não é nada que tenha feito contra mim... foi o que teve que sofrer e eu... eu lhe causei todo esse sofrimento, e todos esses momentos foram para você... para você...".

Sua voz falhou. Depois, sacudiu a cabeça, e sua voz era tão firme como a de um médico: "Ouça, criança, não falemos mais. Quero que fique calada por um tempo, muito calada, inclusive calada por dentro, entende? Não pense. Tente não pensar. Você está tremendo. Você tem que descansar. Aqui. Quero que se sente e fique quieta por alguns minutos".

Ele a conduziu a uma cadeira, e a cabeça dela caiu sobre o ombro dele, e ela sussurrou: "Mas... Andrei... Você...".

"Esqueça isso. Esqueça tudo. Tudo ficará bem. Só fique quieta e não pense."

Ele a levantou cuidadosamente e a sentou em uma cadeira junto à lareira. Ela não resistiu. Seu corpo estava frouxo; seu vestido estava acima de seus joelhos. Ele viu as pernas de Kira tremendo. Tirou sua jaqueta de couro e a colocou ao redor das pernas dela. E disse: "Isso a manterá aquecida. Está frio aqui. O fogo não foi aceso por muito tempo. Agora, fique quieta".

Ela não se moveu. Sua cabeça se encostou na borda da cadeira; seus olhos estavam fechados; um braço estava solto ao lado de seu corpo, e o brilho rosado da lareira piscava suavemente sobre sua mão imóvel.

Ele ficou de pé na escuridão junto à lareira e olhou para ela. Em alguma parte do Clube, alguém estava tocando "A Internacional".

Não sabia quanto tempo tinha ficado de pé ali, quando ela despertou e levantou a cabeça. Ele perguntou: "Sente-se melhor agora?".

Kira moveu-se fragilmente, tentando consentir.

Ele disse: "Agora, ponha seu casaco e eu a levarei para casa. Quero que você vá se deitar. Descanse e não pense em nada".

Ela não resistiu. Sua cabeça inclinou, ela viu os dedos dele fechando seu casaco. Então, ergueu sua cabeça, e seus olhos olharam para os dele. Seus olhos sorriram para ela, em um entendimento silencioso, como tinham sorrido nas primeiras vezes em que se viram no Instituto.

Ele a ajudou a descer a longa e congelada escadaria. Chamou um trenó no portão do jardim e informou o endereço da casa dela, a casa de Leo. Ele abotoou a manta de pele sobre os joelhos dela, e seu braço a segurou enquanto o trenó se movia. Foram em silêncio.

Quando o trenó parou, ele disse: "Agora quero que você descanse por alguns dias. Não vá a lugar nenhum. Não há nada que você possa fazer. Não se preocupe com... ele. Deixe isso comigo".

A neve estava acumulada no canto da calçada. Ele a pegou em seus braços e a carregou até a porta e subiu as escadas. Ela sussurrou, e não houve nenhum som, mas ele viu os movimentos de seus lábios: "Andrei...".

Ele disse: "Tudo ficará bem".

Ele voltou para o trenó, sozinho. Deu ao condutor o endereço do Clube do Partido, onde seus camaradas estavam esperando por um relatório sobre a situação agrária.

* * *

"... vocês nos prenderam hermeticamente, nos deixando sem ar, sem ar até que os vasos sanguíneos de nossos espíritos se rompessem! Vocês carregaram sobre seus ombros um peso que os ombros de ninguém jamais carregaram! Disseram que vosso fim justifica vossos meios. Mas, vosso fim, camaradas? Qual é o vosso fim?"

O presidente do Clube bateu em sua mesa com seu martelo. "Camarada Taganov, peço que respeite as regras!", gritou ele. "Restrinja seu discurso ao relatório sobre a situação agrária."

Uma onda de movimento se propagou em meio a cabeças amontoadas, percorrendo a sala longa e escura, e sussurros surgiram, e em algum lugar da última fileira alguém soltou uma gargalhada.

Andrei Taganov estava na tribuna. A sala estava escura. Havia uma única lamparina acesa sobre a mesa do presidente. A jaqueta de couro negra de Andrei se fundia com a parede negra atrás dele. Três pontos brancos se destacavam, brilhando no escuro: suas duas longas e finas mãos e seu rosto. Suas mãos moviam-se lentamente sobre um vazio negro; seu rosto tinha sombras negras em suas órbitas, nos vãos de suas têmporas. Ele disse, sua voz enfadonha, como se não pudesse ouvir suas próprias palavras:

"Sim, a situação agrária, camaradas... Nos últimos dois meses, vinte e seis membros do Partido foram assassinados nos distritos rurais da periferia. Oito clubes foram incendiados. Três escolas e um armazém da Fazenda Comunitária também. O elemento contrarrevolucionário dos acumuladores dos vilarejos precisa ser eliminado sem piedade. O nosso chefe de Moscou cita o exemplo do vilarejo Petrovshino onde, frente à recusa de entregar os seus dirigentes, os camponeses foram postos em fila e um terço deles foi fuzilado, enquanto os outros ficavam esperando. Os camponeses tinham prendido três comunistas da cidade no Clube de Lênin local, tapado as janelas pelo lado de fora e incendiado a casa... Eles ficaram vendo a casa queimar e cantaram, pois daí não ouviriam os gritos... Eram bestas selvagens... Eram bestas à solta, bestas enlouquecidas pela miséria... Talvez lá, também – naqueles vilarejos perdidos em algum lugar distante – talvez lá também existam moças jovens, direitas e mais preciosas do que tudo na Terra, que são levadas até o último inferno do desespero, e homens que as amam mais que a própria vida, que precisam ficar quietos, observando, sem poderem lhes oferecer qualquer ajuda! Talvez eles também..."

"Camarada Taganov!", bradou o presidente. "Peço que respeite as regras!"

"Sim, camarada presidente... O nosso chefe de Moscou cita o... O que eu estava dizendo, camarada presidente?... Sim, o elemento dos acumuladores nos vilarejos... Sim... O Partido precisa tomar medidas extraordinárias contra o elemento contrarrevolucionário nos vilarejos, que ameaça o progresso do nosso grande trabalho entre as massas camponesas... O nosso grande trabalho... Chegamos como um exército solene e proibimos a vida aos que vivem. Pensávamos que tudo que respirava sabia viver. Será? E aqueles que sabem viver não são muito preciosos para serem sacrificados em nome de qualquer causa? Qual causa é maior do que aqueles que lutam por ela? E não são aqueles que sabem lutar, não são eles a causa em si e não os meios?"

"Camarada Taganov!", gritou o presidente. "Peço que respeite as regras!"

"Estou aqui para apresentar um relatório para meus camaradas do Partido, camarada presidente. É um relatório sumamente importante, e penso que deveriam ouvi-lo. Sim, é sobre o nosso trabalho nos vilarejos, e nas cidades, e entre os milhões, os milhões que vivem. Só que há perguntas. Há perguntas que precisam ser respondidas. Por que deveríamos ter medo se podemos respondê-las? Mas, se não pudermos...? Se não pudermos...? Camaradas! Irmãos! Ouçam-me! Ouçam, guerreiros consagrados de uma nova vida! Estamos certos do que estamos fazendo? Ninguém pode dizer aos homens para que eles devem viver. Ninguém pode tirar esse direito – porque há coisas no homem, no melhor de nós, que estão acima de todos os estados, acima de todos os coletivos! Vocês perguntam: que coisas? A mente do homem e seus valores. Olhem para dentro de si próprios, com honestidade e sem medo. Olhem e não me contem, não contem a ninguém, digam apenas para si próprios: para que vocês estão vivendo? Não estão vivendo apenas para si próprios, e apenas para si próprios? Chame-o de seu objetivo, seu amor, sua causa – ainda não é *sua* causa? Dê a sua vida, morra pelo seu ideal – ainda não é o *seu* ideal? Todo homem íntegro vive para si próprio. Todo homem digno de tal nome vive para si próprio. Aquele que não o faz – simplesmente não vive. Não se pode mudar isso. Não se pode mudar isso porque é assim que o homem nasce: sozinho, completo, um fim em si mesmo. Nenhuma lei, nenhum partido, nenhuma GPU matará essa coisa no homem que sabe como dizer 'eu'. Não se pode escravizar a mente do homem, só se pode destruí-la. Vocês tentaram. Agora olhem para o que estão colhendo. Olhem para aqueles que vocês permitiram triunfar. Neguem o melhor dos homens – e verão o que sobreviverá. Será que queremos as monstruosidades incapacitadas, insidiosas, rastejantes e fragmentadas que estamos produzindo? Não estamos castrando a vida para perpetuá-la?"

"Camarada Ta..."

"Irmãos! Ouçam! Temos que responder a isso!" As duas mãos brancas e luminosas voaram por cima de um vazio negro, e a sua voz elevou-se, ressonante, como se tinha elevado em um vale escuro sobre as trincheiras do Exército Branco muitos anos atrás. "Temos que responder a isso! Se não o fizermos – a história responderá por nós. E recairá um peso sobre nossos ombros que jamais será perdoado! Qual é o nosso objetivo, camaradas? O que estamos fazendo? Queremos alimentar uma humanidade faminta para permitir que ela sobreviva? Ou queremos estrangular sua vida para poder alimentá-la?"

"Camarada Taganov!", bradou o presidente. "Eu retiro a sua palavra!"

"Eu... Eu...", ofegou Andrei Taganov, cambaleando pelos degraus da tribuna. "Eu não tenho mais nada a dizer."

Saiu, pelo longo corredor, uma figura alta, magra e solitária. As cabeças viraram-se para vê-lo. Em algum lugar da última fila, alguém assobiou, um som longo, baixo, sorrateiro e triunfante.

Quando a porta se fechou depois dele, alguém sussurrou: "Que o camarada Taganov espere pelo próximo expurgo do partido!".

# XIV

A CAMARADA SONIA ESTAVA SENTADA À MESA, em um quimono de cor lavanda desbotado, com um lápis atrás de sua orelha. O quimono não fechava na frente, pois alcançara proporções que não podiam mais ser ocultadas. Ela se curvava sobre a lamparina, folheando um calendário; pegava o lápis de vez em quando, tomava notas apressadas em um pedaço de papel, e mordia o lápis, uma mancha púrpura se espalhava por seu lábio inferior, porque era um lápis indelével.

Pavel Syerov estava deitado, seus pés apoiados no braço do sofá, lendo um jornal, mastigando sementes de girassol. Cuspia as cascas em uma pilha sobre um jornal aberto no chão, junto ao sofá. As cascas faziam um som ao deixar seus lábios. Pavel Syerov parecia entediado.

"Nosso filho", disse a camarada Sonia, "será um novo cidadão de um novo Estado. Será criado em uma ideologia livre e sã do proletariado, sem quaisquer preconceitos burgueses que impeçam seu desenvolvimento natural."

"Sim", disse Pavel Syerov, sem levantar o olhar de seu jornal.

"Eu o registrarei nos Pioneiros no mesmo dia em que nascer. Você não ficará orgulhoso de sua contribuição viva para o futuro soviético quando o vir desfilar junto a outros pequenos cidadãos com bermudas azuis e lenços vermelhos ao redor dos pescoços?"

"Claro", disse Pavel Syerov, cuspindo uma casca sobre o jornal.

"Celebraremos um autêntico batizado vermelho. Sabe, sem padres, só nossos camaradas do Partido, uma cerimônia civil, e os discursos adequados. Estou tentando me decidir sobre um nome e... Você está me ouvindo, Pavel?"

"Claro", disse Syerov, metendo uma semente entre seus dentes.

"Há muitas boas sugestões de nomes novos e revolucionários aqui no calendário, em vez dos velhos e estúpidos nomes de santos. Copiei alguns bem bons. Agora, quero sua opinião. Se for um menino, acho que Ninel seria agradável."

"Que diabos é isso?"

"Pavel, não tolerarei essa linguagem e tamanha ignorância! Você não dedicou nem um minuto para pensar no nome de seu filho, não é?"

"Bem, ouça, ainda tenho tempo, não é?"

"Você não está interessado, simples assim, você não me engana, Pavel Syerov, e não se engane pensando que eu me esquecerei disso!"

"Ah, por favor, Sonia, sério, você sabe que estou deixando o nome para você escolher. Você é melhor com isso."

"Sim. Como de costume. Bem, Ninel é o nome de nosso grande líder, Lênin – ao contrário. Muito apropriado. Ou poderíamos chamá-lo de Vil – que são as iniciais de nosso grande líder – Vladimir Ilyitch Lênin. Percebe?"

"Sim. Bem, qualquer um deles parece bom para mim."

"Agora, se for uma menina – e espero que seja uma menina, porque a nova mulher está amadurecendo e o futuro pertence, muito mais do que os homens imaginam, à mulher livre do proletariado – bem, se for uma menina, tenho alguns bons nomes aqui, mas o que mais gosto é Octiabrina, porque seria um monumento vivo de nossa Grande Revolução de Outubro."

"Um pouco... longo, não é?"

"E daí? É um bom nome, e muito popular. Você sabia que Fimka Popova celebrou um batizado vermelho há duas semanas, e foi assim que chamou a pirralha – Octiabrina? Ela inclusive saiu no jornal. Seu marido estava tão orgulhoso – aquele cego cretino!"

"Mas, Sonia, você não deveria insinuar que..."

"Ouçam o respeitável moralista! Aquela puta da Fimka tem fama de... Ah, que vá para o inferno! Mas se ela acha que é a única que sairá no jornal por causa de sua ninhada... Copiei outros nomes aqui também. Bons e modernos. Marxina, por Karl Marx. Ou também Comunara. Ou..."

Ouviu-se um grande ruído embaixo da mesa.

"Maldita seja!", disse a camarada Sonia. "Esses malditos chinelos!" Ela se mexeu desconfortável em sua cadeira, esticando uma perna, seu pé tateando debaixo da mesa. Encontrou o chinelo, curvando-se dolorosamente sobre seu abdômen, puxando-o pelo salto, liso e gasto. "Veja a porcaria que tenho que calçar! E eu preciso de tantas coisas, e com a criança chegando... Que momento você escolheu para escrever composições literárias e estragar tudo, seu bêbado cretino!"

"Não vamos discutir isso outra vez, Sonia. Você sabe que eu tive sorte de me safar dessa como me safei."

"Sim! Bem, espero que o seu Kovalensky seja encaminhado para o pelotão de fuzilamento e tenha um julgamento bem conturbado. Eu garantirei que as mulheres do Zhenotdel organizem uma manifestação de protesto contra especuladores e aristocratas!" Ela marcou as páginas do calendário e bradou: "Aqui há outro bom nome para uma menina: Tribuna. Ou – Barricada. Ou, se preferirmos algo no espírito da ciência moderna: Universiteta".

"É muito longo", disse Syerov.

"Eu prefiro Octiabrina. É mais simbólico. Espero que seja uma menina. Octiabrina Syerova – a líder do futuro. O que você quer que seja, Pavel, um menino ou uma menina?"

"Tanto faz", disse Syerov, "desde que não sejam gêmeos."

"Não gosto nada desse comentário. Isso demonstra que você..."

Eles ouviram uma batida na porta. A batida parecia muito forte, muito peremptória. Syerov, com a cabeça erguida, soltou o jornal e disse:

"Entre."

Andrei Taganov entrou e fechou a porta. A camarada Sonia soltou seu calendário. Pavel Syerov levantou-se lentamente.

"Boa noite", disse Andrei.

"Boa noite", disse Syerov, encarando-o fixamente.

"O que você faz aqui, Taganov?", perguntou a camarada Sonia, sua voz grave, rouca e ameaçadora.

Andrei não se virou para ela. Ele disse: "Quero falar contigo, Syerov".

"Pode falar", disse Syerov, sem se mover.

"Disse que quero falar contigo a sós."

"Disse que pode falar", repetiu Syerov.

"Diga para sua esposa sair."

"Meu marido e eu", disse a camarada Sonia, "não temos segredos entre nós."

"Saia daqui", disse Andrei, sem levantar sua voz, "e espere no corredor."

"Pavel! Se ele..."

"Será melhor que saia, Sonia", disse Syerov lentamente, sem olhar para ela, seus olhos fixos em Andrei.

A camarada Sonia deixou escapar um risinho do canto de sua boca, e disse: "Camarada Taganov segue em combate, não é? Bem, vamos ver no que isso vai dar, e não vamos precisar esperar muito".

Ela pegou seu quimono de cor lavanda, amarrou-o em volta de sua barriga, levou um cigarro à boca e saiu, os chinelos batendo em seus calcanhares.

"Eu pensei", disse Pavel Syerov, "que você tivesse aprendido uma lição nos últimos dias."

"Eu aprendi", disse Andrei.

"O que mais você quer?"

"É melhor colocar seus sapatos enquanto falo. Você terá que sair e não tem muito tempo a perder."

"Terei? Fico feliz que me envolva nesse pequeno segredo. De outra forma, eu poderia ter dito que não tinha tal intenção. E talvez eu ainda o diga. Aonde estou indo, de acordo com o camarada Mussolini Taganov?"

"Soltar Leo Kovalensky."

Pavel Syerov sentou-se com pesar e seus pés espalharam a montanha de cascas de sementes sobre o chão. "O que você pretende, Taganov? Ficou louco, é isso?"

"É melhor que fique calado e escute. Eu lhe direi o que você tem que fazer."

"Você vai me dizer o que eu tenho que fazer? Por quê?"

"E, depois, direi o porquê terá que fazê-lo. Você se vestirá agora e irá visitar o seu amigo. Você sabe a que amigo me refiro. Aquele na GPU."

"A esta hora?"

"Tire-o da cama, se necessário. O que você dirá a ele, e como o dirá, não me interessa. Tudo que eu preciso saber é que Leo Kovalensky será solto dentro de 48 horas."

"Agora, que tal compartilhar comigo essa varinha mágica que me fará fazer isso?"

"É uma pequena varinha de papel, Syerov. Duas varinhas."

"Escritas por quem?"

"Por você."

"Uhn?"

"Fotografada de uma escrita por você, para ser exato."

Syerov levantou-se lentamente, apoiando-se com as mãos sobre a mesa. "Taganov, seu rato maldito!", disse, sibilando. "É um péssimo momento para se estar brincando."

"Estou brincando?"

"Bem, irei visitar meu amigo em seguida. E você verá Leo Kovalensky na sequência – e nem serão necessárias 48 horas. Eu garantirei que coloquem você em uma cela ao lado da dele, e depois averiguaremos tais documentos..."

"Existem duas fotocópias disso, como eu disse. Só que acontece que não tenho nenhuma das duas."

"O quê... o que você..."

"Elas estão em posse de dois amigos em quem posso confiar. Seria inútil tentar descobrir seus nomes. Você me conhece o suficiente para descartar qualquer ideia de me torturar em uma cela da GPU, se isso lhe passar pela cabeça. As instruções deles são tais que, se ocorrer algo comigo antes que Leo Kovalensky seja solto, as fotocópias sigam para Moscou. E, da mesma forma, se algo acontecer com Leo após ele ser solto."

"Seu maldi..."

"Não lhe convém que essas fotocópias cheguem a Moscou. Seu amigo não será capaz de salvar seu pescoço... nem mesmo o dele, talvez. Não precisa se preocupar que eu me torne um incômodo. Tudo que você tem que fazer é soltar Leo Kovalensky e abafar todo esse caso. Você nunca voltará a ouvir falar dessas fotocópias. Nem nunca as verá."

Syerov pegou seu lenço e enxugou sua testa. "Você está mentindo", disse com voz rouca. "Você nunca fez nenhuma fotocópia."

"Talvez", disse Andrei. "Quer correr esse risco?"

"Sente-se", disse Syerov, deixando-se cair no sofá.

Andrei sentou-se na borda da mesa e cruzou as pernas.

"Ouça, Andrei", disse Syerov. "Sejamos razoáveis. Sim, você tem o chicote nas mãos. Ainda assim, você sabe o que está me pedindo?"

"Nada que você não possa fazer."

"Mas, meu Deus do Céu, Andrei! É um caso muito importante e temos pronta uma campanha de propaganda por todos os lados, e os jornais estão preparando as manchetes e..."

"Pare-os."

"Como poderia? Como posso pedir isso a ele? O que dizer a ele?"

"Isso não é problema meu."

"Mas depois de ele ter salvado minha..."

"Não se esqueça de que isso também é do interesse dele. Ele pode ter amigos em Moscou. E pode ter alguns que não são amigos."

"Mas ouça..."

"E quando os membros do Partido não podem mais ser salvos, eles costumam sofrer mais que os especuladores privados, sabe? Também uma ótima ocasião para uma boa propaganda."

"Andrei, um de nós enlouqueceu. Não sei quem. Por que você quer soltar Kovalensky?"

"Isso não é problema seu."

"Se você se autoproclamou o anjo da guarda dele, então, por que deu início a esse maldito caso? Você começou tudo isso, lembra?"

"Você disse que eu tinha aprendido uma lição."

"Andrei, não lhe resta nenhuma honra pelo Partido? Necessitamos de um bom golpe contra os especuladores neste momento, com as condições alimentares e todo o..."

"Isso já não me diz mais respeito."

"Seu maldito traidor! Você disse que era a única cópia da carta que existia quando você o entregou!"

"Talvez eu estivesse mentindo, então."

"Ouça, falemos de negócios. Aqui – pegue um cigarro."

"Não, obrigado."

"Ouça, falemos de amigo para amigo. Retiro tudo o que lhe disse. Peço desculpas. Você não pode me culpar, sabe como são as coisas, e pode ver que isso já basta para um companheiro perder um pouco a cabeça. De fato, você deve velar por seus próprios interesses; eu tinha os meus e dei um passo em falso; mas não somos anjos inocentes, então, podemos nos entender. Antes éramos amigos, amigos de infância, lembra? Então, podemos falar de forma civilizada."

"Sobre o quê?"

"Tenho uma proposta para lhe fazer, Andrei. Uma boa proposta. Esse meu amigo pode fazer muito se eu lhe disser umas palavras, como sabe, suponho. Suponho também que saiba que tenho o bastante contra ele para mandá-lo para um pelotão de fuzilamento. Você está aprendendo as mesmas artes, e está fazendo um trabalho maravilhoso, devo reconhecer. Muito bem, entendamo-nos. Agora posso falar abertamente. Acho que sabe que sua posição no Partido já não é assim tão boa. Não é assim tão boa mesmo. E, especialmente depois daquele pequeno discurso que fez nesta noite – na verdade, sabe, não vai ser nada fácil para você no próximo expurgo do Partido."

"Eu sei disso."

"Na verdade, é quase certo que será expurgado, sabe."

"Sim."

"Bem, então, o que acha de fazermos um trato? Você larga esse caso e eu garanto que mantenha seu carnê do Partido, e não só isso: que também possa ter o trabalho que quiser na GPU, com o salário que quiser. Sem perguntas, sem rancores. Todos sairemos melhores disso. Você e eu – nós podemos nos ajudar muito. O que você diz?"

"Por que você acha que quero permanecer no Partido?"

"Andrei!..."

"Você não precisa se preocupar em me ajudar no próximo expurgo do Partido. Eu posso ser expulso do Partido, posso ser fuzilado ou posso ser atropelado por um caminhão. Isso não fará nenhuma diferença para você. Entende? Mas não toque em Leo Kovalensky. Garanta que ninguém toque nele. Cuide dele como cuidaria do seu próprio filho, não importa o que aconteça comigo. Eu não sou o anjo da guarda dele. Você é."

"Andrei", gemeu Syerov, "o que é aquele maldito aristocrata para você?"

"Já respondi a essa pergunta uma vez."

Syerov se levantou cambaleante e se dispôs a fazer uma última tentativa desesperada: "Ouça, Andrei, tenho algo a lhe contar. Pensava que já sabia, mas vejo que não. Só se tranquilize e ouça, e não me mate ao ouvir a primeira palavra. Sei que há um nome que você não quer que se mencione, mas o farei: Kira Argounova".

"Então?"

"Ouça, não estamos usando meias-palavras, certo? Agora não estamos, que inferno. Bem, então, ouça: você a ama e tem dormido com ela há mais de um ano. E... Espera, deixe-me terminar! Bem, ela tem sido a amante de Leo Kovalensky por todo esse tempo... Espera! Não precisa acreditar em mim. Verifique e verá por si próprio."

"Por que verificar? Eu já sei disso."

"Ah!", disse Pavel Syerov.

Ele se levantou lentamente, apoiando-se sobre seus calcanhares, olhando para Andrei. Então, ele riu: "Bem", disse ele, "eu já deveria saber disso".

"Pegue seu casaco", disse Andrei, pondo-se de pé.

"Deveria ter sabido", riu Syerov, "por que o santo do Partido Comunista se envolveria em chantagem. Seu idiota! Seu pobre, virtuoso e desmiolado idiota! Então, esse é o tipo de tribuna que está buscando! Deveria saber que o heroísmo idealista é uma doença da qual nunca se cura! Camarada Andrei! Não lhe resta nenhum bom senso? Nenhum orgulho?"

"Já falamos o bastante", disse Andrei. "Você parece saber muito sobre mim – inclusive, que eu não mudo de ideia."

Pavel Syerov pegou seu casaco e o vestiu lentamente, seus lábios pálidos, cerrados.

"De acordo, *Sir* Galahad ou qual seja o seu nome", disse ele. "*Sir* Galahad da espada chantagista. Você venceu – desta vez. É inútil ameaçá-lo com represálias. Tipos como você conseguem o que querem sem a ajuda de tipos como eu. Dentro de um ano, essa pequena bagunça será esquecida. Eu estarei controlando as ferrovias da URSS e comprando fraldas de cetim para meu pirralho. Você estará na fila por um pote de sopa – e talvez o consiga. Mas terá a satisfação de saber que a sua queridinha estará vivendo por um homem que você odeia!"

"Sim", disse Andrei. "Boa sorte, camarada Syerov."

"Boa sorte, camarada Taganov."

* * *

Kira estava sentada no chão, dobrando as cuecas de Leo, recolocando-as na gaveta. Seus vestidos continuavam amontoados diante do armário aberto. Papéis voavam por todos os lugares quando ela se movia. Das almofadas rasgadas saíam penas que caíam como neve sobre a mobília.

Havia dois dias que não saía de casa. Não tinha ouvido nenhum som do mundo para além das paredes de seu cômodo. Galina Petrovna tinha telefonado uma vez, chorando. Kira tinha lhe dito para não se preocupar, e lhe pediu para que não fosse vê-la. Galina Petrovna não tinha ido.

Os Lavrov tinham estabelecido que sua vizinha não tinha sido afetada por sua tragédia; não ouviam lágrimas; não notavam nada especial na frágil figura para a qual olhavam de soslaio quando cruzavam seu cômodo para ir ao banheiro. Só notavam que ela parecia preguiçosa, pois seus membros estavam caídos e permaneciam em qualquer posição, e de que ela precisava de muito esforço para movê-los; e seus olhos permaneciam fixos em um ponto e ela precisava de um esforço ainda maior para mudar seu olhar, e seu olhar era como um saco de areia de vinte quilos sendo arrastado por uma criança.

Ela se sentou no chão e dobrou as camisas com esmero, guardando-as com cuidado e carinho na gaveta com as palmas das duas mãos. Uma camiseta tinha as iniciais de Leo bordadas no bolso do peito; ela se sentou olhando para ela, sem se mover.

Não levantou a cabeça quando ouviu a porta se abrir.

"*Hallo*, Kira", disse uma voz.

Ela desabou contra a gaveta aberta, que se fechou de golpe. Leo estava olhando para ela. Seus lábios esmoreceram, mas não era um sorriso; seus lábios não tinham cor; os círculos sob seus olhos eram azuis e profundos, como se pintados por um ator amador.

"Kira... por favor... nada de histeria", disse ele, esgotado.

Ela se ergueu lentamente, com os braços bem soltos. De pé, seus dedos tocando os cabelos de sua têmpora direita, olhava para ele incrédula, com medo de tocá-lo.

"Leo... Leo... você não está... livre, está?"

"Sim. Livre. Liberado. Expulso de lá."

"Leo... como... como isso pode acontecer...?"

"E como eu vou saber? Pensei que você saberia de algo."

Ela estava beijando seus lábios, seu pescoço, os músculos expostos pela gola rasgada de sua camisa, suas mãos, suas palmas. Ele deu um tapinha no cabelo de Kira e olhou com indiferença por sobre a cabeça dela, para o cômodo revirado.

"Leo...", murmurou ela, olhando para seus olhos inertes, "o que eles fizeram com você?"

"Nada."

"Eles... eles... Ouvi que eles às vezes..."

"Não, não me torturaram. Eles disseram que tinham uma sala para isso, mas não tive o privilégio... Eu tinha uma boa cela só para mim e três refeições por dia – ainda que a sopa fosse azeda. Eu só fiquei ali sentado por dois dias e pensei em quais seriam as últimas palavras que poderia dizer frente ao pelotão de fuzilamento. Um bom passatempo como qualquer outro."

Ela tirou o casaco dele; o fez se sentar em uma cadeira; se ajoelhou, tirando suas botas; pressionou sua cabeça contra os joelhos dele por um segundo e a afastou, e se curvou, para esconder seu rosto, e amarrou o cadarço dele com os dedos trêmulos.

Ele perguntou: "Tenho alguma cueca limpa?"

"Sim... vou pegar... só... Leo... quero saber... você não me contou..."

"O que há para contar? Acho que acabou. O caso está encerrado. Eles me disseram para não voltar à GPU uma terceira vez." E complementou, indiferente: "Acho que seu amigo Taganov teve algo a ver com a minha liberação".

"Ele..."

"Você não pediu a ele?"

"Não", disse ela, levantando-se. "Não, eu não pedi a ele."

"Eles destruíram totalmente os móveis, e a cama também?"

"Quem? Ah, a busca... Não... Sim, creio que sim... Leo!", ela gritou repentinamente, tanto que ele estremeceu e olhou para ela, levantando suas pálpebras com esforço. "Leo, você não tem nada a dizer?"

"O que você quer que eu diga?"

"Você não... está feliz em me ver?"

"Claro. Você está linda. Precisa se pentear."

"Leo, você pensou em mim... lá?"

"Não."

"Você... não?"

"Não. Para quê? Para deixar as coisas mais fáceis?"

"Leo, você... me ama?"

"Ah, que pergunta...Que pergunta logo agora... Você está ficando muito feminina, Kira... Na verdade, não está ficando... Não está mesmo..."

"Desculpe, querido. Sei que é bobagem. Não sei por que eu tive que lhe perguntar isso justo agora... Você está muito cansado. Trarei sua roupa e prepararei a janta. Você não jantou, não é?"

"Não. Não quero. Há algo para beber na casa?"

"Leo... você não vai... novamente..."

"Deixe-me em paz, sim? Saia daqui, por favor. Vá para a casa de seus pais... ou algo..."

"Leo!", de pé, suas mãos na cabeça, encarou-o incredulamente. "Leo, o que eles fizeram com você?"

A cabeça dele estava jogada para trás na cadeira, e ela olhou para o trêmulo triângulo branco entre seu pescoço e seu queixo; ele falava com os olhos fechados; só movia seus lábios, e sua voz era uniforme e monótona: "Nada... Ninguém nunca irá fazer mais nada comigo... Ninguém... Nem você, nem ninguém mais... Ninguém pode me atingir, só você – e agora, nem você... Ninguém...".

"Leo!", ela agarrou a cabeça branca e flácida dele, agitando-a furiosa, sem piedade. "Leo! Isso não pode te afetar assim! Não pode te afetar!"

Ele pegou a mão dela e a jogou para o lado. "Quando você vai colocar os pés no chão? O que você quer? Quer que eu celebre a vida com pequenas excursões à GPU cantando hinos? Teme que tenham me destruído? Teme que eles possam me atingir? Quer que eu mantenha algo que o lamaçal não possa atingir, para eu sofrer mais enquanto ele me engole? Você está sendo boa comigo porque me ama? Não acha que seria ainda melhor se me deixasse afundar no lamaçal? Deste modo, eu seguiria nossa época e não sentiria nada mais... nunca... jamais..."

Uma mão bateu na porta.

"Entre", disse Kira.

Andrei Taganov entrou. "Boa noite, Kira", disse ele e parou, ao ver Leo.

"Boa noite, Andrei", disse Kira.

Leo levantou a cabeça com dificuldades. Seus olhos pareciam ligeiramente perplexos.

"Boa noite", disse Andrei, virando-se para ele. "Não sabia que você já tinha saído."

"Eu saí. Achei que você tivesse uma razão para esperar por isso."

"Sim, esperava. Mas não sabia que seria tão rápido. Sinto interromper. Sei que você não quer receber visitas."

"Tudo bem, Andrei", disse Kira. "Sente-se."

"Tenho algo a lhe dizer, Kira." Ele se virou para Leo: "Você se importaria se eu saísse com Kira – por alguns minutos?".

"Na verdade, sim", Leo respondeu lentamente. "Você tem algum segredo para discutir com ela?"

"Leo!", a voz dela foi quase um grito. Ela acrescentou, tranquilamente, sua voz ainda estava trêmula: "Vamos, Andrei".

"Não", disse Andrei calmamente, sentando-se. "Não é realmente necessário. Não é um segredo." Ele se virou para Leo. "Eu só queria lhe poupar a necessidade de... de se sentir em dívida comigo, mas talvez seja melhor se você ouvir também. Sente-se, Kira. Não tem problema. Trata-se de sua liberação da GPU."

Leo o encarava fixamente, silenciosamente, curvado para frente. Kira ficou de pé, seus ombros curvados, suas mãos unidas nas costas, como se estivessem atadas. Olhou para Andrei; os olhos dele estavam claros e serenos.

"Sente-se Kira", disse ele, quase gentilmente.

Ela obedeceu.

"Há algo que vocês deveriam saber, os dois", disse Andrei, "para sua própria proteção. Eu não podia ter contado antes, Kira. Tinha que garantir que tinha funcionado. Bem, funcionou. Suponho que você saiba quem realmente está por trás de sua liberação. É Pavel Syerov. Queria que soubesse o que há por trás dele – no caso de vir a necessitar disso."

"É você, não é?", perguntou Leo, uma ponta de aspereza em sua voz.

"Leo, cale-se, por favor!", disse Kira, virando o rosto para não ver os olhos dele a observando.

"É uma carta", continuou Andrei calmamente. "Uma carta que ele escreveu e cujo conteúdo você conhece. A carta me foi enviada... por outra pessoa. Syerov tem amigos poderosos. Foi isso que o salvou. Mas não é muito valente, e foi isso que salvou você. A carta tinha sido destruída, mas eu disse a ele que tinha fotocópias dela e que estas estavam em posse de alguns amigos que as enviariam às autoridades superiores de Moscou – se você não fosse liberado. O caso está encerrado. Acho que nunca mais o incomodarão. Mas quero que saiba disso, para ter essa carta na manga contra Syerov – se precisar. Que Syerov pense que as fotocópias estão em boas mãos – e a caminho de Moscou, se ele fizer algo contra você. Isso é tudo. Acho que nunca precisará disso. Mas é uma proteção útil, nestes tempos – e com seu histórico social."

"E... as fotocópias?", murmurou Kira. "Onde estão, de verdade?"

"Não existem fotocópias", disse Andrei.

Passou um caminhão pela rua que fez tremer os vidros das janelas em meio ao silêncio.

Os olhos de Andrei encontraram os de Kira. Seus olhos se encontraram e se separaram rapidamente, pois Leo os estava observando.

Foi Leo que falou primeiro. Levantando-se, aproximou-se de Andrei e o olhou fixamente. Então, ele disse: "Suponho que deveria agradecer-lhe. Bem, considere-me agradecido. Apenas não direi que lhe agradeço do fundo do meu coração, porque, no fundo do meu coração, teria preferido que tivesse me deixado onde estava".

"Por quê?" Andrei perguntou, levantando o olhar para ele.

"Você acha que Lázaro ficou agradecido quando Cristo o trouxe de volta à vida – se é que fez isso? Não mais do que eu sou a você, creio eu."

Andrei o encarou com firmeza; a cara de Andrei estava rígida; suas palavras eram uma ameaça: "Recomponha-se. Você tem muito pelo que viver".

Leo deu de ombros e não respondeu.

"Você terá que fechar aquele seu comércio. Tente conseguir um emprego. Melhor que não seja um muito proeminente. Você o odiará, mas terá que aguentar."

"Se eu conseguir um."

"Você consegue. Você precisa conseguir."

"Preciso?", disse Leo, e Kira viu seus olhos observarem Andrei com muita atenção.

Ela perguntou: "Andrei, por que você quis nos contar sobre a carta de Syerov?".

"Para que soubessem no caso... no caso de algo acontecer comigo."

"O que irá acontecer contigo, Andrei?"

"Nada... Nada que eu saiba." E acrescentou, pondo-se de pé: "Exceto que vão me expulsar do Partido, creio eu".

"Isso... isso significava muito para você, não...? Seu Partido."

"Significava."

"E... e quando você perde algo que significava muito para você... faz alguma diferença?"

"Não. Ainda significa muito para mim."

"Você... os odiará por isso... por lhe expulsarem?"

"Não."

"Você... os perdoará... algum dia?"

"Não tenho nada a perdoar, porque, veja, tenho muito pelo que estar agradecido, no passado, quando pertencia ao... ao Partido. Não quero que eles sintam que foram... injustos. Ou que eu os culpo. Eu nunca poderia lhes dizer que eu os compreendo. Mas gostaria que soubessem disso."

"Talvez eles possam estar preocupados... embora não tenham mais direito a interrogá-lo... sobre uma vida que podem ter destruído..."

"Se eu pudesse pedir um favor a eles – quando me expulsarem – é que eles não se preocupassem comigo. Para que... nos anais do Partido... eu não me torne uma ferida, mas uma memória suportável. Então, minhas memórias também serão suportáveis."

"Acho que eles lhe concederiam isso... se soubessem."

"Eu lhes agradeceria... se pudesse."

Ele se virou, pegou o chapéu da mesa e disse, abotoando a jaqueta: "Bem, tenho que ir. Ah, sim, outra coisa: fiquem longe de Morozov. Entendo que ele está deixando a cidade, mas voltará e começará outra vez a conspirar. Fiquem longe dele. Ele sempre se safará e você terá que assumir a culpa".

"Voltaremos... a vê-lo, Andrei?", perguntou Kira.

"Sem dúvida. Estarei muito ocupado – por um tempo. Mas estarei por perto... Enfim, boa noite."

"Boa noite, Andrei."

"Espere um minuto", disse Leo, repentinamente. "Há algo que gostaria de lhe perguntar."

Ele caminhou até Andrei e ficou de pé, suas mãos nos bolsos, seus lábios cuspindo as palavras lentamente: "Afinal, por que você fez tudo isso? O que a Kira é para você?".

Andrei olhou para Kira. Ela permaneceu de pé, em silêncio, olhando para eles. Estava deixando isso para ele. Virou-se para Leo e respondeu: "É só uma amiga".

"Boa noite", disse Leo.

A porta tinha se fechado, e a porta do cômodo dos Lavrov e, em silêncio, ouviram a porta da entrada se abrir e se fechar atrás de Andrei. Então, Kira desabou repentinamente. Leo não conseguia ver o rosto dela. Ele ouviu apenas um som que não era um gemido, nem um grito. Ela saiu correndo do cômodo e fechou a porta de golpe; os cristais do lustre tilintaram suavemente.

Desceu correndo as escadas, até a rua. Estava nevando. Sentiu o ar como se fosse um jato de vapor fervente contra seu pescoço nu. Sentia os pés muito leves e finos com seus chinelos abertos na neve. Viu o vulto alto dele se afastando, e correu atrás dele, chamando-o: "Andrei!".

Ele deu a volta, e disse, com a voz entrecortada: "Kira! Na neve e sem casaco!".

Ele a pegou pelo braço e a empurrou de volta para a casa, até o pequeno e sombrio alpendre ao pé das escadas.

"Volte! Imediatamente!", ordenou ele.

"Andrei...", ela gaguejou. "Eu... Eu..."

À luz da lâmpada de um poste do outro lado da rua, ela o viu sorrindo lentamente, docemente, e sua mão limpou os flocos de neve da mão dela. "Kira, não acha que é melhor – assim?", ele sussurrou. "Se não dissermos nada – e deixarmos para... para o nosso silêncio, sabendo que nós dois compreendemos, e que ainda temos tudo isso em comum?"

"Sim, Andrei", murmurou ela.

"Não se preocupe comigo. Você prometeu isso, você sabe. Agora volte. Você pegará um resfriado."

Ela levantou a mão, e passou os dedos pela bochecha dele, lentamente, tocando-a, da cicatriz de sua testa até o queixo, como se seus próprios dedos trêmulos pudessem lhe dizer algo que ela não podia dizer. Ele pegou a mão dela e a pressionou contra seus lábios por um longo tempo. Uma carruagem passou pela rua; através da porta de vidro, o nítido raio de um farol varreu suas caras, iluminou a parede e desapareceu.

Ele soltou a mão dela. Kira se virou e subiu lentamente os degraus. Ouviu a porta se abrir e se fechar atrás dela. E não olhou para trás.

Quando ela retornou para seu cômodo, Leo estava telefonando. Ela o ouviu dizer: "Olá, Tonia... Sim, acabei de sair... Vou lhe contar tudo... Traga algo. Não tenho nada para beber aqui".

* * *

Andrei Taganov foi transferido da GPU para o posto de bibliotecário no Recanto de Lênin do Clube das Trabalhadoras Domésticas no bairro de Lesnoe, no subúrbio.

A sede do clube era uma antiga igreja. Tinha velhas paredes de madeira que deixavam o vento entrar, agitando os cartazes brilhantes de seu interior; uma viga inclinada de madeira bruta no centro, sustentando um teto pronto para desabar; uma janela coberta de tábuas sobre os restos empoeirados de uma vidraça; e uma Burguesa de ferro fundido que enchia a sala de fumaça. Havia uma faixa de chita vermelha sobre o antigo altar, e retratos de Lênin nas paredes, retratos sem moldura, recortados de revistas: Lênin como criança, Lênin como estudante, Lênin discursando para os soviéticos em Petrogrado, Lênin com chapéu, Lênin sem chapéu, Lênin no Conselho dos Comissários do Povo, Lênin no seu caixão. Havia prateleiras de livros com capas de papel, um cartaz que dizia "Proletários do Mundo, Uni-vos!" e um busto de gesso de Lênin com uma cicatriz de cola no queixo.

Andrei Taganov tentava suportar.

Às cinco horas, quando as vitrines das lojas projetavam quadrados amarelos na neve e as luzes dos tranvias se moviam como barras coloridas no alto das ruas escuras, ele saía do Instituto Tecnológico e ia até Lesnoe, sentando-se à janela de um tranvia lotado, comendo um sanduíche, pois não tinha tempo para jantar. Das seis às nove, sentava-se sozinho na biblioteca do Recanto de Lênin do Clube das Trabalhadoras Domésticas, escrevia índices de cartões, remendava capas rasgadas, colocava lenha na Burguesa, enumerava livros, tirava o pó das prateleiras, e, quando entrava um vulto de mulher com um xale cinzento, sacudindo a neve de suas pesadas botas de feltro, ele dizia:

"Boa noite, camarada... Não, 'O ABC do Comunismo' não está disponível. Tenho a sua reserva, camarada... Sim, é um livro muito bom, camarada Samsonova, muito instrutivo e estritamente proletário... Sim, camarada Danilova, é recomendado pelo Conselho do Partido como indispensável para a educação política de um trabalhador consciencioso... Por favor, camarada, no futuro não faça desenhos nos livros da biblioteca... Sim, camarada, o fogão não é muito bom, faz sempre muita fumaça. Não, não temos livros sobre controle de natalidade... Sim, camarada Selivanova, é aconselhável conhecer todas as obras do camarada Lênin para compreender a ideologia do nosso grande líder... Por favor, feche a porta, camarada... Desculpe, camarada, não temos banheiros... Não, não temos livros de Mussolini... Não, não temos romances, camarada Ziablova... Não, camarada Ziablova, não posso levá-la ao baile do clube no domingo... Não, 'O ABC do Comunismo' não está disponível, camarada..."

Nos escritórios da GPU, murmuravam: "Que o camarada Taganov espere o próximo expurgo do Partido".

O camarada Taganov não esperou o próximo expurgo do Partido.

Em uma tarde de sábado, ele estava na fila da Cooperativa do Distrito para receber seus cupons de racionamento. A cooperativa cheirava a querosene e cebolas podres. Havia um barril de chucrute junto ao balcão, um saco de verduras desidratadas, uma lata de óleo de linhaça e barras azuladas de sabão Joukov. Uma lâmpada de querosene fumegava no balcão. Uma fila de pessoas se estendia pela longa sala vazia. Havia só um atendente; ele tinha um terçol no olho esquerdo e parecia sonolento.

Um homenzinho estava na fila à frente de Andrei. A gola de seu casaco estava aberta, com uma mancha esverdeada e gordurosa na nuca. Seu pescoço era fino e enrugado, com um pomo de Adão que parecia a garganta de uma galinha. Dedilhava nervosamente o seu cupom de racionamento e mexia-se, espreitando para além da fila no balcão. Fungava sonoramente, pois estava gripado, e coçava seu pomo de Adão.

Ele se virou e sorriu amigavelmente para Andrei: "Camarada do Partido?", perguntou ele, apontando um dedo nodoso para a estrela vermelha na lapela de Andrei. "Eu também, camarada. É claro, membro do Partido. Eis aqui a minha estrela. Que tempo frio temos, camarada. Um tempo terrivelmente frio. Espero que as verduras desidratadas não acabem antes de chegar a nossa vez, camarada. São ótimos para fazer sopa Julienne. Mas é preciso ter carne para fazê-la, mas vou lhe contar um pequeno truque: deixe as verduras de molho durante a noite, depois cozinhe-as em água e, quando estiverem quase prontas, jogue uma colher de óleo de girassol, apenas uma colher, e isso faz com que manchas de gordura flutuem na superfície, como se tivesse carne, nem se nota a diferença. Sim, gosto muito da sopa Julienne. Espero que não acabem antes de chegar a nossa vez. Ele não é muito rápido, aquele atendente. Mas eu não estou reclamando. Não, por favor, não pense que estou reclamando, camarada."

Ele olhou para o balcão, dedilhou seu carnê, contou os cupons, coçou o pomo de Adão e sussurrou confidencialmente: "Só espero que as verduras não tenham acabado. E outra coisa: gostaria que nos entregassem todas as coisas no mesmo lugar. Esperamos pelos produtos mais gerais aqui, e amanhã duas horas na padaria, e depois de amanhã aqui outra vez pelo querosene. Mesmo assim, não me importo. Dizem que vamos ter banha de porco na próxima semana. Será um acontecimento, não? É algo pelo que vale a pena esperar, não é?".

Quando chegou a vez de Andrei, o atendente empurrou as rações para ele, pegou seu cupom impacientemente e grunhiu: "Que diabos, cidadão? Seus cupons estão rasgados".

"Não sei", disse Andrei. "Devo tê-los rasgado acidentalmente."

"Bem, eu poderia ter me negado a recebê-lo, sabe. Não deveriam estar rasgados. Não tenho tempo para verificar todos os idiotas. Garanta que estejam corretos no mês que vem."

"Mês... que vem?", disse Andrei.

"Sim, e no ano que vem também, ou alguém ficará com a barriga vazia... Próximo!"

Andrei saiu da cooperativa com meio quilo de chucrute, meio litro de óleo de linhaça, uma barra de sabão e um quilo de verduras desidratadas para fazer sopa Julienne.

Andou lentamente, e as ruas eram brancas, cobertas com uma neve dura e pálida, e as botas dos homens deixaram rastros finos e cortantes nela. A neve brilhava como cristais de sal sob os círculos brancos das lâmpadas dos postes; e, nos cones de luz amarela das vitrines, a neve cintilava como se fosse brasa de fogo pulverizado. Sob uma suave e vidrosa pelugem, um cartaz mostrava um urso gigante com um blusão vermelho, levantando os braços imperiosamente, triunfante, com letras vermelhas:

SOMOS OS CONSTRUTORES DE UMA NOVA HUMANIDADE!

Os passos de Andrei eram firmes e serenos. Andrei Taganov sempre ficava sereno quando tinha tomado uma decisão.

Ao entrar em seu cômodo, acendeu a luz, e pôs seus pacotes sobre a mesa. Tirou o chapéu e a jaqueta, pendurando-os em um canto. Uma mecha de cabelo cobria sua testa; ele a tirou com um movimento longo e lento. Tinha deixado algumas brasas ardendo na lareira e o cômodo estava aquecido. Tirou seu casaco e alinhou as mangas de sua camisa.

Ele olhou vagarosamente ao seu redor. Viu alguns livros no chão; recolheu-os, organizando-os em uma pilha sobre a mesa.

Acendeu um cigarro e ficou de pé no meio do cômodo, com o cotovelo preso ao corpo, como uma figura de cera em uma vitrine, imóvel, exceto pelo lento movimento do antebraço cuja mão traçava uma linha plana no ar, levando aos seus lábios um cigarro que segurava com dois longos dedos retos. Nada se movia no cômodo, exceto o braço com uma mão imóvel, e a fumaça subindo lentamente, até seus lábios, depois até seu ombro, e outra vez até os lábios, as cinzas caíam no chão.

Quando sentiu um sopro quente em seus dedos e viu que o cigarro tinha se consumido, jogou o toco na lareira e caminhou até a mesa. Ele se sentou e abriu as gavetas, uma por uma, repassando seu conteúdo. Tirou alguns papéis e os empilhou sobre a mesa.

Então, ele se levantou e se aproximou da lareira. Ajoelhou-se, enfiou alguns jornais entre as brasas e as assoprou até que se ergueram algumas vivas línguas laranjas. Jogou duas lenhas ao fogo e ficou de pé, observando-as até que ele viu surgir as chamas brancas das cascas estridentes. Depois foi até a mesa, pegou uma pilha de papéis que tinha selecionado e os jogou no fogo.

Então, ele abriu as velhas caixas que tinham servido como seu guarda-roupa. Havia coisas que ele não queria que fossem encontradas em seu cômodo. Pegou um roupão de cetim negro de mulher e o jogou no fogo. Viu como o tecido se torcia lentamente em manchas vermelhas, brilhantes, com longas e finas colunas de fumaça, com um odor pesado e acre. Ele assistiu a isso com olhos quietos e surpresos.

Então, jogou no fogo um par de chinelos de cetim preto, um pequeno lenço, e uma jaqueta de renda com laços brancos. Uma manga da jaqueta se esticou até os tijolos enegrecidos da lareira; ele se curvou e, erguendo-a delicadamente, a recolocou sobre as chamas.

Então, ele encontrou "O Residente Americano", o pequeno brinquedo com um diabinho dentro de um líquido vermelho. Olhou para ele, hesitou, e o pôs cuidadosamente sobre o lenço em chamas. O tubo de cristal se rompeu, e o líquido evaporou sobre as brasas, formando uma densa nuvem de vapor, e o "residente" rolou por cima de algumas brasas.

Então, ele pegou a camisola negra de chiffon.

De pé junto à lareira, segurava a camisola com ambas as mãos, e seus dedos apertavam lenta e suavemente a seda negra, que parecia um punhado de fumaça. Ele a segurou sobre as palmas, e viu seus dedos através do fino véu negro, movendo-os lentamente.

Então, ajoelhou-se e a estendeu sobre o fogo. Por um segundo, as brasas vermelhas escureceram como se tivessem sido cobertas por um vidro negro e turvo; a camisola tremia, como uma rajada de vento, e um canto da costura se enrolava, uma chama azul consumia a dobra do pescoço.

Ele se levantou e a observou; contemplou os refulgentes fios vermelhos que percorriam o tecido negro, e o véu negro que se retorcia, como se respirasse, enrolando-se e encolhendo-se lentamente sob a forma de uma fumaça tão leve quanto o tecido.

Ficou muito tempo de pé, olhando para aquela coisa negra imóvel com suas costuras vermelhas enrugadas, que ainda tinham a forma de uma camisola, mas não eram mais transparentes.

Então, ele a tocou suavemente com seus pés. Ela se desfez quase antes de que a tocasse, algumas chamas negras tremulando dentro da chaminé.

Ele se afastou e se sentou à mesa, apoiando um antebraço sobre ela, e outro, sobre o joelho, com as mãos caídas, seus dez dedos imóveis, retos, interrompidos apenas por pequenos ângulos das articulações, tão quietos que pareciam se dissolver no ar. Ouvia-se o tique-taque de um relógio despertador que estava na estante. O rosto de Andrei estava sério e tranquilo. Seus olhos eram doces, assombrosos, curiosos...

Depois, ele se virou, tirou um pedaço de papel da gaveta e escreveu: "Ninguém é responsável pela minha morte". E assinou: "Andrei Taganov".

Só houve um disparo, e como a escadaria de mármore congelada era longa e estava às escuras, e como conduzia a um jardim enterrado em uma espessa capa de neve, ninguém subiu para investigar.

# XV

NAS PRIMEIRAS PÁGINAS DO *PRAVDA*, um quadrado com moldura negra continha as palavras:

> O Comitê Central do Partido Comunista expressa seu profundo pesar pelo falecimento de um heroico combatente da Revolução, antigo membro do Exército Vermelho e membro do Partido desde 1915,
>
> CAMARADA ANDREI TAGANOV
>
> Abaixo dele, outro quadrado com moldura negra dizia:
>
> O Comitê do Partido Comunista de Leningrado anuncia com grande pesar o falecimento de
>
> CAMARADA ANDREI TAGANOV
>
> O funeral acontecerá amanhã, no Campo das Vítimas da Revolução. O cortejo fúnebre começará a partir do Smolny Institute às dez horas da manhã.

Um editorial do *Pravda* dizia:

> Outro nome foi acrescentado à gloriosa lista de vítimas caídas no campo de honra da Revolução. Esse nome pode não ser conhecido por muitos, mas representa e simboliza os postos comuns de nosso Partido, os heróis anônimos de nosso dia a dia. Na pessoa do camarada Andrei Taganov, prestamos uma última homenagem aos guerreiros desconhecidos do Exército do Proletariado. O camarada Taganov morreu. Suicidou-se sob a pressão de um colapso nervoso causado pelo excesso de trabalho. Sua saúde e seu corpo foram destruídos pela tarefa exigente e incessante que a sua filiação ao Partido lhe impunha. Esse foi o seu sacrifício pela Revolução. Esse é o sacrifício de um Partido que governa, não pelo desejo de fama e riqueza pessoais, como os governantes dos países capitalistas, mas pelo desejo de assumir o trabalho mais duro, as tarefas mais impiedosas a serviço do coletivo. E se, nestes dias de luta e de privações, alguns de nós possamos sentir seu espírito debilitado, olhemos para o grande Partido Comunista que nos guia, que não poupa suas forças, suas energias, suas vidas. Façamos do funeral vermelho de um herói do Partido uma ocasião de homenagem aos nossos líderes. Que todos os trabalhadores de Leningrado se juntem ao cortejo que acompanhará o camarada Taganov até o seu último lugar de descanso.

Em um escritório da GPU, um homem com um sorriso que mostrava suas gengivas disse para Pavel Syerov:

"Bem, ele nos deu uma boa oportunidade para fazer um grande ruído útil, afinal. Você fará o discurso de abertura?"

"Sim", disse Syerov.

"Não se esqueça da folha corrida de serviços dele no Exército Vermelho. Bem, espero que isso os cale, aqueles malditos idiotas, alguns daqueles velhos senis da safra de 1905, que mostraram uma tendência de falar demais de seu carnê do Partido anterior a outubro e outras coisas, como o caso de Kovalensky, entre outras coisas."

"Esqueça", disse Pavel Syerov.

* * *

Os trabalhadores de Leningrado marcharam atrás de um caixão vermelho.

Fileira após fileira, como paredes, como os degraus de uma escada infinita, avançaram engolindo a avenida Nevsky em uma lenta, estrondosa e crescente onda de corpos e bandeiras, de milhares de pés andando em uníssono, como se um único par de botas gigantes fizesse a avenida tremer no mesmo ritmo, da estátua de Alexandre III até as colunas do Almirantado. Milhares de corpos humanos marchavam com seriedade, agitando bandeiras levantadas como uma última saudação.

Os soldados do Exército Vermelho chegaram como muralhas de cor cáqui, fileira após fileira de ombros retos e rígidos, de botas firmes e constantes sobre a neve, de chapéus pontudos com uma estrela vermelha em cada testa, e sobre eles, um cartaz vermelho com letras douradas:

GLÓRIA ETERNA A UM CAMARADA CAÍDO

Os trabalhadores da fábrica Putilovsky chegaram em fileiras cinzas, contínuas, movendo-se lentamente sob um cartaz vermelho sustentado por punhos firmes:

ELE SAIU DAS FILAS TRABALHADORAS. DEU SUA VIDA PELOS TRABALHADORES DO MUNDO. O PROLETARIADO AGRADECE SEU SOLDADO CAÍDO

Estudantes do Instituto Tecnológico os seguiram; fileiras de rostos jovens e sérios, de olhos solenes e límpidos, de corpos eretos e tensos; de garotos com gorros negros e garotas com lenços vermelhos, vermelhos como o cartaz que dizia:

OS ESTUDANTES DO INSTITUTO TECNOLÓGICO ESTÃO ORGULHOSOS DE SEU SACRIFÍCIO PELA CAUSA DA REVOLUÇÃO

Os membros de seu coletivo do Partido, fileiras de jaquetas de couro negras, marchavam sérios, austeros como monges, majestosos como guerreiros, seu cartaz estendido no alto, reto, sem um só amassado, uma estreita faixa vermelha com letras negras, tão expressiva e sóbria como os homens que a levavam:

O PARTIDO COMUNISTA OFERECE TODAS E CADA UMA DE SUAS VIDAS A SERVIÇO DA REVOLUÇÃO MUNDIAL

Todas as fábricas de Petrogrado, todos os clubes, escritórios, sindicatos, todas as pequenas e esquecidas células avançavam em uma só corrente, cinza, negra e vermelha, através de uma só artéria da grande cidade, cinco quilômetros de gorros e lenços vermelhos, de pés que trituravam a neve e de cartazes como cortes vermelhos na névoa. E os muros cinzas da avenida Nevsky eram como as margens de um grande canal no qual ondas humanas tocavam uma música fúnebre sobre uma neve tão dura como o granito.

Estava frio; um frio penetrante e estático pairava sobre a cidade, pesado como a névoa que atravessava as paredes, pelas rachaduras das janelas fechadas até os ossos e as peles sob as roupas pesadas. O céu estava dividido em camadas cinzentas de trapos, enquanto as nuvens estavam espalhadas, como borrões de tinta mal apagados sobre uma tinta mais fraca, e então uma água turva com espuma de sabão, sob a qual nenhum azul poderia ter jamais existido. Fumaça saía das velhas chaminés, cinza como as nuvens, como se tivesse se espalhado pela cidade, ou como se as nuvens tivessem lançado espirais cinzas nas chaminés e as casas as cuspissem de volta, e a fumaça fazia com que as casas parecessem não ter aquecimento. Flocos de neve caíam preguiçosamente, de vez em quando, para se derreterem em testas moventes e indiferentes.

Um caixão aberto foi carregado à frente do cortejo.

O caixão era vermelho. Uma bandeira suntuosa de veludo escarlate envolvia um corpo rígido; um rosto branco jazia imóvel sobre uma almofada vermelha, um claro e afilado perfil passando lentamente pelas paredes cinzas, mechas negras de cabelo espalhadas sobre o tecido vermelho, mechas negras de cabelo escondendo um pequeno buraco escuro na têmpora direita. O rosto estava calmo. Os flocos de neve não se derretiam sobre a testa branca e imóvel.

Quatro carregadores de caixão honorários, os melhores camaradas dele do Partido, carregavam o caixão sobre os ombros. As quatro cabeças curvadas estavam expostas ao frio. O caixão parecia muito vermelho entre o cabelo loiro de Pavel Syerov e os cachos negros de Victor Dunaev.

Uma banda militar seguia o caixão. As grandes trompas de latão estavam adornadas com laços de crepe preto. A banda tocava "Foste uma vítima".

Muitos anos antes, em porões secretos escondidos dos olhos dos gendarmes do czar, nas estradas congeladas dos campos de prisioneiros siberianos, havia nascido uma canção para rememorar aqueles que tinham caído na luta pela liberdade. Era cantada em sussurros abafados e sufocados, ao som do tilintar das correntes, em honra de heróis anônimos. Viajou por escuras estradas secundárias; não tinha autor, e nenhuma cópia dela jamais fora impressa. A Revolução a levou a todas as vitrines das lojas de música e ao clamor de cada banda que seguia um comunista para sua tumba. A Revolução trouxe "A Internacional" para seus vivos e "Foste uma vítima" para seus mortos. Tornou-se a marcha fúnebre oficial da nova república.

Os trabalhadores de Leningrado cantavam solenemente, desfilando atrás do caixão vermelho aberto:

*Foste uma vítima*
*Em nossa fatídica luta,*
*Uma vítima de infinita devoção.*
*Deste tudo o que tinha ao povo que amavas:*
*Tua honra, tua vida e tua liberdade.*

A música começou com a majestade daquela desesperança que está além da necessidade de esperança. Ia crescendo até um grito extático, que não era júbilo, nem pesar, mas uma saudação militar. Caía, convertendo-se em uma ternura impiedosa, a ternura reverente que honra um guerreiro sem lágrimas. Era um sorriso ressonante de pesar.

E pés desfilavam na neve, e trompas de latão trovejavam, e címbalos de latão marcavam o ritmo de cada passo na terra, e filas cinzas seguiam filas cinzas, e as bandeiras escarlates balançavam pela grandeza do cântico em uma despedida solene.

*O tirano cairá e o povo se levantará,*
*Sublime, todo-poderoso, desacorrentado!*
*Então, adeus, irmão.*
*Percorreu corajosamente*
*Sua nobre e valente jornada!*

Para além das fileiras de soldados, estudantes e trabalhadores, nas fileiras de retardatários desconhecidos que não traziam cartazes, uma garota andava sozinha, seus olhos impassíveis fixados à frente, embora ela estivesse muito longe para ver o caixão vermelho. Suas mãos pendiam frouxas ao lado do corpo; acima das pesadas luvas de lã, seus pulsos estavam expostos ao frio, congelados com uma cor vermelho escuro, purpúreo. Seu rosto não tinha expressão; seus olhos, sim: pareciam espantados.

Os que marchavam à sua volta não prestavam atenção nela. Mas, no início do protesto, alguém tinha reparado nela. A camarada Sonia, à frente de um destacamento das mulheres trabalhadoras do Zhenotdel, tinha passado correndo ao seu lado para ocupar seu lugar à frente do cortejo, onde tinha de carregar um cartaz. A camarada Sonia parara de golpe e tinha rido alto: "Sério, camarada Argounova, você aqui? Acho que você é justamente a pessoa que deveria ficar longe daqui!".

Kira Argounova não tinha respondido.

Algumas mulheres com lenços vermelhos tinham passado ao seu lado. Uma apontara para ela e cochichara algo, dissimulada, às suas camaradas; alguém soltara uma risada.

Kira andava lentamente, olhando para frente. Os que a rodeavam cantavam "Foste uma vítima". Ela não cantava.

Um cartaz vermelho dizia:

PROLETÁRIOS DO MUNDO, UNI-VOS!

Uma mulher sardenta com boné de homem do qual saíam mechas de cabelo cor de ferrugem cochichou para sua vizinha:

"Mashka, você pegou o trigo sarraceno na cooperativa esta semana?"

"Não. Estão distribuindo?"

"Sim. Um quilo por cupom. É melhor ir buscá-lo antes que acabe."

Um cartaz vermelho dizia:

ADIANTE EM DIREÇÃO AO FUTURO SOCIALISTA SOB A LIDERANÇA DO PARTIDO DE LÊNIN!

Uma mulher sibilou através de seus dentes enegrecidos:

"Ah, que inferno! Tinham que escolher um dia como este para nos fazer marchar em outro de seus malditos desfiles!"

*Foste uma vítima*
*Em nossa fatídica luta*
*Uma vítima de infinita devoção...*

"... fiquei duas horas na fila ontem, mas eram as melhores cebolas que já vi..."

"Dounka, não se esqueça do óleo de semente de girassol na cooperativa..."

"Se alguém não os fuzilar, eles próprios se fuzilam – só para nos fazerem andar..."

*Deste tudo o que tinha pelo povo que amavas...*

Um cartaz vermelho dizia:

ESTREITAI OS LAÇOS DA SOLIDARIEDADE DE CLASSE SOB O ESTANDARTE DO PARTIDO COMUNISTA!

"Ai, Deus! Deixei a sopa cozinhando no Primus. Vai transbordar na casa inteira..."

"Pare de se coçar, camarada."

*Sua honra, sua vida e sua libeee-eer-dade...*

"Camarada, pare de mascar sementes de girassol. É uma falta de respeito..."

"É assim, Praskovia: você descasca as cebolas e adiciona uma pitada de farinha, de qualquer farinha que possa conseguir, e, então, uma pitada de óleo de linhaça e..."

"Pelo que *eles* cometem suicídio?"

Um cartaz vermelho dizia:

> O PARTIDO COMUNISTA NÃO POUPA VÍTIMAS EM SUA LUTA PELA LIBERDADE DA HUMANIDADE

"Há um pequeno armário debaixo da escada de serviço, com um pouco de palha, e ninguém consegue nos ouvir dali... Meu marido? O pobre imbecil nunca descobrirá..."

"Deixe o painço de molho por algumas horas antes de cozinhá-lo..."

"Deus do céu! Estou no sétimo mês, e não sou magra como um palito de fósforos: sou obrigada a estar aqui, andando assim... Sim, é o meu quinto..."

> *O tirano cairá e o povo se levantará, Sublime, todo-poderoso, desacorrentado!*

"Senhor Jesus Cristo! Aposto que os jornais grudaram na minha pele. Você já usou jornais para manter seus pés aquecidos, camarada? Por dentro das meias?"

"Isso causa chulé."

"Cubra a boca quando bocejar assim, camarada!"

"Malditos desfiles! Quem diabos era ele, afinal?"

> *Deste tudo o que tinha ao povo que amavas...*

O Campo das Vítimas da Revolução era um imenso quadrado no centro da cidade, na costa do Neva, um vasto deserto branco que se estendia por mais de um quilômetro, como uma área calva no escalpo de Petrogrado. As lanças de ferro do Jardim de Verão montavam guarda de um lado do Campo, e atrás delas jazia a branca desolação de um parque com árvores sem folhas que pareciam feitas de ferro como as lanças.

Antes da revolução, o local tinha sido chamado de Campo de Marte e longas fileiras de uniformes cinzas o tinham cruzado em exercícios militares. A revolução tinha erigido um pequeno quadrado de placas de granito rosa, uma pequena ilha perdida no centro do Campo. Sob as placas estavam enterradas as primeiras vítimas caídas nas ruas de Petrogrado em fevereiro de 1917. Os dias desde fevereiro de 1917 tinham adicionado mais placas de granito à pequena ilha. Os nomes gravados no granito tinham pertencido àqueles cuja morte tinha dado oportunidade para uma procissão, cuja última recompensa tinha sido a honra de receber o título de "Vítima da Revolução".

Pavel Syerov colocou um bloco de granito vermelho sobre um caixão vermelho. Sua figura esguia em uma nova jaqueta de couro apertada, calça e botas militares, erguia-se orgulhosa contra o céu cinzento, seu cabelo louro ondulando ao vento, seus braços levantaram-se solenemente, em bênção e exortação, sobre um mar imóvel de cabeças e cartazes.

"Camaradas!" A voz de Pavel Syerov trovejou sobre o silêncio solene de milhares. "Estamos aqui, unidos pelo pesar, pelo dever comum de prestar uma última homenagem a um herói caído. Perdemos um grande homem. Perdemos um grande combatente. Talvez eu tenha a permissão de dizer que sinto a perda mais intensamente que muitos que se juntam a mim para honrar a sua morte, mas que não o conheceram em vida. Eu fui um de seus amigos mais próximos – e foi um privilégio que devo compartilhar com todos vocês. Andrei Taganov não era um homem famoso, mas ostentava, com orgulho e galhardia, um título: o de comunista. Ele veio das fileiras dos trabalhadores. Passou sua infância na bancada de trabalho proletário. Ele e eu crescemos e compartilhamos juntos os longos anos de labuta na fábrica Putilovsky. Entramos no Partido juntos, muito antes da revolução, naqueles tempos obscuros em que um carnê do Partido era um bilhete de trem para a Sibéria ou uma marca para a corda da forca do czar. Lado a lado, o camarada Taganov e eu lutamos nas ruas desta cidade nos gloriosos dias de outubro de 1917. Lado a lado, lutamos nas fileiras do Exército Vermelho. E nos anos de paz e de reconstrução que se seguiram à nossa vitória, os anos mais difíceis e, talvez, mais heroicos que qualquer guerra, ele fez mais do que sua parte do trabalho silencioso, modesto e abnegado que o seu Partido faz por vocês, trabalhadores da URSS! Ele foi uma vítima desse trabalho. No entanto, o nosso pesar pela sua morte também será nosso júbilo pela sua realização. Ele está morto, mas o seu trabalho, o nosso trabalho, continua. O indivíduo pode cair, mas o coletivo vive para sempre. Sob a orientação dos soviéticos, sob a liderança do grande Partido Comunista, estamos marchando para um amanhã radiante, quando o trabalho honesto dos trabalhadores livres governará o mundo! Então, o trabalho já não será mais escravidão, como nos países capitalistas, mas um dever livre e feliz para com algo que é maior do que nossas pequenas preocupações, maior do que nossas pequenas tristezas, maior do que nossas próprias vidas – o eterno coletivo de sociedade proletária! Nossa gloriosa morte será lembrada para sempre, mas nós seguimos marchando. Andrei Taganov está morto, mas nós permanecemos. A vida e a vitória são nossas. Nosso é o futuro!"

Os aplausos retumbaram como um trovão até as casas da cidade distante, até a neve do Jardim de Verão, e cartazes vermelhos se agitavam com o clamor das mãos que aplaudiam, levantadas para o céu cinzento. Quando as mãos baixaram e as cabeças se voltaram para a placa de granito vermelho, o camarada Syerov tinha desaparecido – e contra o céu cinzento ergueu-se a figura esguia, orgulhosa e resoluta de Victor Dunaev, com seus cachos negros ondulando ao vento, os olhos brilhantes, e a boca bem aberta com dentes brancos e lustrosos, lançando no silêncio as notas claras e sonoras de uma voz jovem e poderosa:

"Camaradas trabalhadores! Milhares de nós estamos aqui reunidos para honrar um homem. Mas um homem não significa nada perante o poderoso Coletivo Proletário, por mais meritórios que sejam seus feitos. Não estaríamos aqui se esse homem não fosse mais que um único indivíduo, se não fosse um símbolo de algo maior, o qual estamos aqui reunidos para honrar. Isto não é um funeral, camaradas, mas uma festa de aniversário! Não estamos celebrando a morte de um camarada, mas o nascimento de uma nova humanidade. Dessa nova humanidade, ele foi um dos primeiros, mas não o último. Os soviéticos, camaradas, estão criando uma nova raça de homens. Essa nova raça assusta o velho mundo, pois traz a morte a todos seus padrões ultrapassados. Quais são, então, os padrões de nossa nova humanidade? O primeiro e mais básico é que perdemos uma palavra da nossa língua, a mais perigosa, a mais insidiosa, a mais maléfica das palavras humanas: a palavra 'eu'. Nós a superamos. 'Nós' é o *slogan* do futuro. O Coletivo está nos nossos corações onde o velho monstro – o 'eu' – estava. Superamos o culto da carteira, do poder pessoal e da vaidade pessoal. Não ansiamos por moedas e medalhas de ouro. A nossa única medalha de honra é a honra de servir ao Coletivo. O nosso único objetivo é o trabalho honesto que beneficia não um, mas todos. Qual é a lição que devemos aprender aqui hoje e ensinar aos nossos inimigos além de nossas fronteiras? A lição de um camarada do Partido que morre pelo Coletivo. A lição de um Partido que governa, mas que se sacrifica por aqueles a quem governa. Olhem para o mundo à sua volta, camaradas! Olhem para os ministros gordos e babosos dos países capitalistas, que lutam e se apunhalam pelas costas em seu combate sangrento pelo poder! Depois, olhem para aqueles que governam vocês, que consagram suas vidas ao serviço desinteressado pelo Coletivo, que assumem a enorme responsabilidade da Ditadura do Proletariado! Se o fizerem, compreenderão quando digo que o Partido Comunista é a única organização de homens honesta, destemida e idealista da política do mundo atual!"

Os aplausos trovejaram como se os velhos canhões da Fortaleza de São Pedro e São Paulo, do outro lado do rio, tivessem sido todos disparados de uma só vez. E trovejou de novo quando os cachos negros de Victor desapareceram no meio da multidão, e a juba lisa e atarracada da camarada Sonia se agitou no ar, enquanto ela bradava com toda a força de seu peito largo acerca dos novos deveres da nova mulher do proletariado. Depois, outro rosto ergueu-se sobre a multidão, um rosto magro, tísico, sem barba feita, que usava óculos e abria muito a boca pálida, tossindo palavras que ninguém conseguia ouvir. Depois, outra boca falou, e se podia ouvi-la muito além da multidão, uma boca que berrava sonoramente através de uma barba espessa e negra. Um rapaz sardento da União Comunista da Juventude falou, gaguejando, coçando a cabeça. Uma solteirona alta, com um chapéu amarrotado e antiquado, falava ferozmente, abrindo a pequena boca como se estivesse no dentista, agitando seu dedo fino para a multidão como em uma sala de aula com alunos desobedientes. Um marinheiro alto falou, seus punhos na cintura, e aqueles nas filas de trás ocasionalmente riam quando ouviam as filas da frente rindo, embora as palavras não chegassem até eles.

Milhares de pessoas estavam de pé, agitando-se nervosamente, batendo os calcanhares para se aquecerem, enterrando suas mãos nas axilas, nas mangas, nas golas de pele, respirando pequenos pingentes de gelo sob os velhos cachecóis que tinham debaixo do nariz. Elas se revezavam para segurar os cartazes vermelhos, e os que os seguravam apertavam os mastros com os cotovelos, soprando os dedos congelados. Alguns escapavam, correndo furtivamente pelas ruas laterais.

Kira Argounova estava de pé, imóvel, e ouvia atentamente. Ouviu todas as palavras. Seus olhos tinham uma pergunta que esperava que o mundo pudesse responder.

Sobre o vasto campo, o céu estava se tornando azul-escuro, turvo e acinzentado e, em uma janela distante, cintilou a primeira centelha de luz amarela, saudando o crepúsculo do início do inverno. A voz do último orador tinha se extinguido, abafada pela espessa névoa de gelo que não se conseguia ver, mas que se sentia descer pesadamente a partir da escuridão do céu. O caixão vermelho tinha sido fechado e tinha desaparecido na terra, e a sepultura tinha sido preenchida, e uma laje de granito vermelho foi posta sobre ela. E, de repente, o mar cinzento estremeceu e as fileiras se desfizeram, e correntes escuras de homens vazaram rapidamente pelas ruas laterais, como se uma barragem tivesse arrebentado. E lá longe, morrendo no crepúsculo gelado, a banda militar tocou "A Internacional", a canção dos que vivem, como a marcha de milhares de pés, compassada e firme, como pés de soldados tamborilando uma canção sobre a terra.

Então, Kira Argounova caminhou lentamente em direção à nova tumba.

O Campo estava vazio. O céu estava caindo, fechando uma abóbada azul e gélida sobre a cidade. Através de uma fenda na abóbada, um único ponto acerado cintilava fracamente. As casas ao longe já não eram casas, mas sombras planas e quebradas de papel preto fino colado numa faixa estreita contra um brilho acastanhado que tinha sido vermelho. Pequenas luzes tremiam em pequenos buracos perfurados no papel. O Campo não estava numa cidade. O silêncio vazio e quieto de uma zona rural pairava sobre um deserto branco onde redemoinhos de neve se erguiam ao vento, derretendo-se em um pó branco e fino.

Uma pequena figura solitária estava de pé sobre uma lápide de granito.

Os flocos de neve esvoaçavam preguiçosamente sobre a sua cabeça inclinada, sobre os cílios de seus olhos. Seus cílios brilhavam com os flocos de neve, mas sem lágrimas. Ela olhou para as palavras gravadas no granito vermelho:

> GLÓRIA ETERNA ÀS VÍTIMAS DA REVOLUÇÃO
> ANDREI TAGANOV
> 1896-1925

Perguntou-se se ela o teria matado, ou a revolução, ou ambas.

# XVI

LEO ESTAVA SENTADO SOZINHO JUNTO À LAREIRA, FUMANDO. Um cigarro pendia sobre sua mão e, então, escorregou de seus dedos; ele nem percebeu. Pegou outro cigarro e o segurou por um longo tempo, sem acendê-lo, e nem percebeu. Depois olhou em volta à procura de um fósforo e não o encontrou, apesar de a caixa estar sobre o braço de sua poltrona. Pegou então a caixa de fósforos e ficou olhando para ela, perplexo, pois tinha se esquecido do que queria.

Leo tinha falado pouco nas últimas duas semanas. Tinha beijado Kira violentamente, de vez em quando, com demasiada violência, e ela tinha notado seu esforço e tinha evitado seus lábios e seus braços.

Ele tinha saído de casa muitas vezes, e ela nunca tinha perguntado aonde ele tinha ido. Ele tinha bebido em demasia e com muita frequência, e ela não dissera se tinha percebido ou não. Quando tinham ficado sozinhos juntos, sentavam-se em silêncio, e o silêncio falara com ela mais alto que quaisquer palavras, de algo que era um fim. Ele tinha estado gastando os últimos rublos que tinham, e ela não o questionava sobre o futuro. Ela não o questionava sobre nada, porque temia a resposta da qual já sabia: que a luta dela estava perdida.

Quando Kira chegou em casa depois do funeral, Leo não se levantou, mas se sentou junto à lareira, sem se mexer. Olhou para ela com um olhar lento, curioso e pesado entre as pálpebras pesadas.

Em silêncio, ela tirou seu casaco e o pendurou no armário. Estava tirando seu chapéu quando um som a fez se virar: Leo estava rindo; era uma risada dura, amarga e brutal.

Ela olhou para ele, seus olhos arregalados: "Leo, qual é o problema?".

Ele perguntou veementemente: "Você não sabe?".

Ela balançou a cabeça.

"Bem, então, quer saber o quanto eu sei?", perguntou ele.

"Quanto... sabe... sobre o quê, Leo?"

"Suponho que não seja um bom momento para lhe contar, não é? Justo depois do funeral de seu amante..."

"Meu...?"

Ele se levantou e se aproximou dela, suas mãos no bolso, olhando para Kira com o olhar arrogante e vingativo que ela venerava, com o sorriso caído e irônico; mas seus lábios arqueados se moveram lentamente para formar duas palavras: "Sua putinha!".

Ela ficou de pé, ereta, sem se mover, sua cara pálida. "Leo..."

"Cale-se! Não quero ouvir um som que venha de você! Sua desprezível... Eu não me importaria, se você fosse como o resto de nós! Mas você, com seu ar de santa, com seus discursos heroicos, tentando me fazer andar na linha, enquanto estava... estava se contorcendo debaixo do primeiro idiota comunista que se deu ao trabalho de instigá-la!"

"Leo, quem..."

"Cale-se!... Não! Eu lhe darei a oportunidade de falar. Eu lhe darei a oportunidade de responder com apenas uma palavra. Você foi amante de Taganov? Sim ou não?"

"Sim."

"Em todo o tempo que estive fora?"

"Sim. O que mais lhe contaram, Leo?"

"O que mais eles deveriam ter me contado?"

"Nada."

Ele olhou para ela; seus olhos estavam repentinamente frios, límpidos, cansados.

"Quem lhe contou, Leo?"

"Um amigo seu. Dele. Nosso querido camarada, Pavel Syerov. Passou por aqui ao voltar do funeral. Só queria me felicitar pela perda de meu rival."

"Foi... foi um golpe muito duro para você, Leo?"

"Foi a melhor notícia que me deram desde a revolução. Apertamos as mãos e bebemos juntos, o camarada Syerov e eu. Brindamos a você e seu amante, e a qualquer outro amante que você possa ter tido. Perceba... isso me liberta."

"Liberta... do quê, Leo?"

"Daquela bobinha que era minha última reserva de autoestima! Da bobinha que eu tinha medo de encarar, medo de machucar! Na verdade, é até engraçado. Você e seu herói comunista. Pensei que ele tinha mentido, feito um grande sacrifício por você ao me salvar. E ele só estava cansado de você, provavelmente queria se livrar de você, por alguma outra puta. Aí está o sublime da raça humana."

"Leo, não precisamos falar dele, precisamos?"

"Ainda o ama?"

"Isso já não faz mais diferença para você, não é?"

"Nenhuma. Em absoluto. Nem sequer perguntarei se você me amou alguma vez. Isso tampouco faz qualquer diferença. Prefiro pensar que não. Isso facilitará minha vida no futuro."

"O futuro, Leo?"

"Bem, o que você tinha planejado que fosse?"

"Eu..."

"Ah, já sei! Conseguir um emprego soviético respeitável e apodrecer em frente a um Primus em troca de um cupom de racionamento, e conservar a sacralidade de algo em sua estúpida imaginação: seu espírito, sua alma ou sua honra – algo que nunca existiu, que não deveria existir, que é a pior maldição que já existiu! Bem, quero ir até o fim. Se é um assassinato – bem – não vejo sangue. Mas terei champanhe, e pão branco, e camisas de seda, e limusines, sem pensamentos de nenhum tipo, e longa vida à Ditadura do Proletariado!"

"Leo... o quê... o que você vai fazer?"

"Vou embora."

"Para onde?"

"Sente-se."

Ele se sentou à mesa. Sua mão estava sob o círculo de luz da lamparina, e ela percebeu quão parada e branca estava, com uma rede de veias azuis que não pareciam vivas. Ela ficou de pé, observando-a, até que um dedo se moveu. Depois, ela se sentou. O rosto dela não tinha expressão. Seus olhos, um pouco abertos. Ele notou os cílios dela – pequenas agulhas de sombra sobre as bochechas – e os cílios estavam secos.

"O cidadão Morozov", disse Leo, "saiu da cidade."

"E?"

"Ele deixou Tonia – não quer nenhuma conexão que possa ser investigada. Mas ele deixou uma boa quantidade de dinheiro para ela – boa mesmo. Ela vai descansar e tirar férias no Cáucaso. E pediu que eu fosse com ela. Eu aceitei o trabalho. Leo Kovalensky, o grande gigolô da URSS!"

"Leo!"

Ela ficou de pé frente a ele – e ele viu terror nos olhos dela, um terror tão cru e puro que ele abriu a boca, mas não conseguiu rir.

"Leo... isso não!"

"Ela é uma puta velha. Eu sei. Prefiro assim. Tem dinheiro e me deseja. É apenas um acordo comercial."

"Leo... *você*... como um..."

"Não se preocupe com adjetivos. Não vai lhe ocorrer nenhum tão bom como aqueles em que eu mesmo já pensei."

Ele percebeu que as pregas do vestido dela estavam tremendo, e que as mãos dela se moviam para trás, de forma não natural, como se se apoiassem no vazio, e ele perguntou, ao se levantar: "Não será tão idiota a ponto de desmaiar, não é?".

Ela disse, recompondo-se: "Não, claro que não... Sente-se... Estou bem...".

Kira se sentou à beira da mesa, agarrando-se com força a ela, e olhou para ele. Os olhos dele estavam vazios e ela afastou seu olhar, pois sentia que aqueles olhos deveriam estar fechados. Ela sussurrou: "Leo... se você tivesse sido morto na GPU... ou se tivesse se vendido para uma mulher esplêndida, uma estrangeira, jovem e vibrante, e...".

"Eu não me venderia para uma mulher esplêndida, jovem e vibrante. Não conseguiria. Ainda não. Dentro de um ano – provavelmente, sim."

Ele se levantou, olhou para ela e riu suavemente, indiferentemente: "Sério, você não acha que está em condições de expressar qualquer sentimento de indignação moral, não é? E, dado que somos o que somos, você se importaria em me dizer por que continuou comigo enquanto estava com ele? Só gostava de dormir comigo, como todas as outras fêmeas? Ou foi apenas pelo meu dinheiro e o cargo dele?".

Então, ela se levantou, ficou de pé muito ereta, muito quieta, e lhe perguntou: "Leo, quando você disse a ela que iria?".

"Há três dias."

"Antes de saber qualquer coisa sobre Andrei e eu?"

"Sim."

"Enquanto ainda achava que me amava?"

"Sim."

"E aquilo não fez nenhuma diferença para você?"

"Não."

"Se Syerov não tivesse vindo hoje, ainda iria com ela?"

"Sim. Só que então teria tido que enfrentar o problema de lhe contar. Ele me poupou o incômodo. É por isso que fiquei feliz de saber. Agora podemos dizer 'adeus' sem quaisquer ceninhas desnecessárias."

"Leo... por favor, ouça com atenção... é muito importante. Faça-me um último favor e responda a essa única questão honestamente, até onde você souber: se descobrisse de repente – não importa como – mas se descobrisse que eu o amo, que sempre o amei, que sempre lhe fui leal por todos esses anos – você ainda iria com ela?"

"Sim."

"E... se *tivesse* que ficar comigo? Se descobrisse algo que... que o obrigasse a ficar e... e a continuar lutando – você tentaria mais uma vez?"

"Se me visse obrigado – bem, quem sabe? Poderia fazer o que fez o seu outro amante. Essa também é uma solução."

"Entendo."

"E por que você me pergunta isso? O que poderia me prender aqui?"

Ela o olhou fixamente, o rosto dela no mesmo nível que o dele, e o cabelo dela caiu para trás, revelando uma testa muito branca, e apenas seus lábios se moveram enquanto respondia com a maior calma de sua vida: "Nada, Leo".

Ele voltou a se sentar, juntou suas mãos e as esticou, dando de ombros: "Bem, é isso. Na verdade, ainda penso que você é maravilhosa. Temia que houvesse histeria e muito barulho. Terminou como deveria terminar... Vou embora daqui a três dias. Até lá – posso sair daqui, se você quiser".

"Não. Prefiro ir embora. Hoje à noite."

"Por que hoje à noite?"

"Prefiro assim. Posso dividir o quarto com Lydia, por um tempo."

"Não me resta muito dinheiro, mas o que resta, quero que você..."

"Não."

"Mas..."

"Por favor, não faça isso. Levarei minhas roupas. É tudo de que preciso."

Ela arrumava uma mala, de costas para ele, quando ele perguntou de repente: "Não vai dizer nada? Não tem nada a dizer?".

Ela se virou, olhou para ele calmamente e respondeu: "Apenas isto, Leo: era eu contra 150 milhões de pessoas. Eu perdi".

Quando estava pronta para sair, ele se levantou e perguntou repentinamente, involuntariamente: "Kira... você já me amou, não é?".

Ela respondeu: "Quando uma pessoa morre, não se deixa de amá-la, não é?".

"Você se refere a Taganov ou... a mim?"

"Faz alguma diferença, Leo?"

"Não. Posso ajudar a levar a mala?"

"Não, obrigada. Não está pesada. Adeus, Leo."

Ele pegou a mão dela, aproximou seu rosto do rosto dela, mas Kira fez um gesto de recusa, e Leo disse apenas: "Adeus, Kira".

Ela chegou à rua, ligeiramente inclinada para a esquerda para compensar o peso que levava na mão direita. Uma névoa gelada flutuava como algodão sobre a rua; e um poste de luz projetava uma mancha de luz amarela e fraca em meio à névoa. Ela endireitou seus ombros e caminhou lentamente, enquanto a terra branca rachava sob seus pés; e a linha de seu queixo estava paralela à terra, e a linha de seu olhar, paralela ao seu queixo.

Para sua família, três rostos calados e atônitos, Kira explicou tranquilamente e Galina Petrovna disse, sufocada: "Mas, o que aconteceu com...?".

"Nada. Simplesmente nos cansamos um do outro."

"Minha pobre e querida filha! Eu..."

"Por favor, não se preocupe comigo, mãe. Perdoe minha inconveniência, Lydia, será por pouco tempo. Não conseguiria encontrar outro quarto por apenas algumas semanas."

"Claro que sim! Claro, ficarei encantada, Kira, depois de tudo que você fez por nós. Mas, por que só por algumas semanas? Para onde você irá depois?"

Ela respondeu, e a voz dela tinha a intensidade de uma maníaca: "Para o *estrangeiro*".

* * *

Na manhã seguinte, a cidadã Kira Argounova apresentou uma solicitação para obter um passaporte estrangeiro. Tinha que esperar várias semanas por uma resposta.

Galina Petrovna lamentou: "É uma loucura, Kira! Pura loucura! Em primeiro lugar, não lhe darão um passaporte. Você não tem motivos para alegar precisar viajar ao estrangeiro, e com os antecedentes sociais de seu pai e tudo... E, mesmo que obtenha o passaporte – e, então? Nenhum país estrangeiro irá admitir uma russa, e não posso dizer que os culpo. E, mesmo que a admitam – o que você irá fazer? Já pensou nisso?".

"Não", disse Kira.

"Você não tem dinheiro. Não tem profissão. Como irá se sustentar?"

"Não sei."

"O que será de você?"

"Não me importa."

"Mas por que está fazendo isso?"

"Quero ir embora."

"Mas estará sozinha, perdida em um mundo muito vasto, sem um..."

"Quero ir embora."

"... sem um único amigo para ajudar, sem objetivo, sem futuro, sem..."

"Quero ir embora."

Na noite de sua partida, Leo foi se despedir. Lydia os deixou sozinhos em seu quarto.

Leo disse: "Kira, eu não podia ir embora depois de como nos despedimos. Queria dizer adeus... A menos que você prefira...".

Ela disse: "Não, fico feliz que tenha vindo".

"Eu queria me desculpar por algumas das coisas que eu lhe disse. Eu não tinha o direito de dizê-las. Não cabe a mim culpá-la. Você pode me perdoar?"

"Tudo bem, Leo. Não tenho nada a perdoar."

"Queria lhe dizer que... que... Bem, não, não tenho nada a lhe dizer. Apenas que... temos muito o que... lembrar, não é?"

"Sim, Leo."

"Você ficará melhor sem mim."

"Não se preocupe comigo, Leo."

"Voltarei a Petrogrado. Nós nos veremos novamente. Nós nos veremos quando os anos tiverem passado... E os anos fazem muita diferença, não é?"

"Sim, Leo."

"Então, já não precisaremos ser tão formais. Será estranho olhar para trás, não é? Nós nos veremos novamente, Kira. Eu voltarei."

"Se você ainda estiver vivo – e se não se esquecer."

Foi como se ela tivesse chutado um animal morto na estrada e o visse se sacudir em uma última convulsão. Ele murmurou: "Kira... não...".

Mas ela sabia que era apenas uma última convulsão e disse: "Não o farei".

Ele a beijou e os lábios dela eram suaves e quentes e cederam aos dele. Então, ele se foi.

* * *

Tinha várias semanas para esperar.

Nas noites, Alexander Dimitrievitch chegava em casa do trabalho e sacudia a neve de suas galochas no alpendre, e as limpava com um pano especial, porque eram novas e caras.

Depois do jantar, quando não tinha que ir a nenhuma reunião, ele se sentava em um canto com um pedaço de madeira sem pintura e trabalhava com paciência, colando rótulos de caixas de fósforos na moldura. Ele coletava as etiquetas e as guardava em uma caixa com chave. À noite, ele as espalhava com cuidado sobre a mesa, e as organizava lentamente, formando padrões, testando combinações de cores. Ele completara um painel inteiro e murmurou, olhando para ela orgulhoso: "É uma beleza. Uma beleza. Aposto que ninguém em Petrogrado tem algo assim. O que acha, Kira, devo usar dois amarelos e um verde neste canto, ou apenas três amarelos?".

Ela respondeu tranquilamente: "O verde ficará bonito, pai".

Galina Petrovna chegava à noite e jogava uma pasta pesada sobre uma cadeira no alpendre. Ela tinha solicitado a instalação de um telefone, e arrancou o auscultador do gancho e falou apressadamente, ainda removendo as luvas, desabotoando seu casaco: "Camarada Fedorov?... Fala a camarada Argounova. Tenho uma ideia para esse número do *Jornal da Vida*, para o nosso próximo espetáculo no Clube... Agora, quando apresentarmos Lord Chamberlain reprimindo o Proletariado Britânico, colocaremos um dos alunos, o mais magro, vestindo uma blusa vermelha, deitado no chão, com uma mesa sobre ele – ah, só as pernas da frente – e colocaremos um gordo no papel de Lord Chamberlain, com um chapéu de seda alto, sentado à mesa e comendo bife... Ah, não precisa ser um bife verdadeiro, mas de papel machê".

Galina jantou apressadamente, lendo o jornal da tarde. Levantou-se de golpe, olhando para o relógio, passou um pouco de pó de arroz no nariz e, pegando sua pasta, saiu correndo para uma reunião do Conselho. Nas poucas noites em que ficava em casa, espalhava livros e recortes de jornais sobre a mesa da sala de jantar e se sentava escrevendo uma tese para o seu Clube Marxista. Levantou a cabeça e pestanejou distraidamente: "Kira, sabe por acaso em que ano foi a Comuna de Paris?".

"1871, mãe", respondeu Kira, tranquilamente.

Lydia trabalhava à noite. Durante o dia, tocava "A Internacional" e "Foste uma vítima", além do hino da Cavalaria Vermelha, em seu velho piano de cauda que estava há anos sem ser afinado. Quando lhe pediam para tocar os velhos clássicos que adorava, ela se recusava completamente, sua boca se tornava uma linha fina, tola e teimosa. Mas, de vez em quando, ela se sentava ao piano e tocava por horas, ferozmente, violentamente, sem parar entre peças; tocava Chopin e Bach e Tchaikovsky e, quando seus dedos ficavam dormentes, chorava, soluçava em voz alta, em soluços entrecortados, sem sentido, monotonamente, como uma criança. Galina Petrovna não prestava atenção nisso, dizendo: "É só mais um dos ataques de Lydia".

Kira estava deitada em seu colchão no chão, quando Lydia chegava do trabalho. Lydia demorava muito tempo para se trocar e mais tempo ainda para sussurrar orações intermináveis diante dos ícones em seu canto. Em algumas noites, aproximava-se de Kira e se sentava no colchão, e, tremendo na escuridão, em sua longa camisola branca, seu cabelo caindo sobre suas costas em uma fina trança, sussurrava confidencialmente, enquanto o raio da lâmpada da rua do outro lado da janela refletia seu rosto cansado, seus olhos inchados e as pequenas rugas secas nos cantos da boca, suas mãos secas e nodosas que já não pareciam jovens: "Tive uma visão, Kira, um chamamento do céu. Uma visão verdadeiramente profética, e a voz me disse que a salvação não tardará a chegar. É o fim do mundo e do reinado do Anticristo. Mas o Dia do Juízo Final está próximo. Eu sei. Foi-me revelado".

Ela sussurrava febrilmente, e não esperava mais que uma risada de sua irmã; ela não estava olhando para Kira, nem estava certa de que Kira a ouvia, mas tinha que falar e tinha que pensar que alguns ouvidos humanos a estavam escutando.

"Há um homem velho, Kira, o andarilho de Deus. Eu fui vê-lo. Por favor, não conte isso a ninguém, ou eles me despedirão do Clube. Ele é o escolhido do Senhor e ele sabe disso. Ele diz que isso foi previsto nas Escrituras. Somos castigados por nossos pecados, como Sodoma e Gomorra foram. Mas as dificuldades e as tristezas são apenas um teste para a alma dos justos. Só através do sofrimento e da paciência duradoura é que nos tornaremos dignos do Reino do Céu."

Kira disse tranquilamente: "Não contarei a ninguém, Lydia. E, agora, é melhor que se deite, porque está cansada e está muito frio aqui".

Durante o dia, Kira conduzia excursões no Museu da Revolução. À noite, sentava-se na sala de jantar e lia livros antigos. Raramente falava. Quando alguém se dirigia a ela, respondia de forma uniforme, em silêncio. Sua voz parecia congelada em uma única nota. Galina Petrovna desejava, incômoda, vê-la zangada pelo menos uma vez; mas nunca viu. Uma noite, Lydia deixou cair um vaso no silêncio da sala de jantar, e ele se quebrou com um estrondo. Galina Petrovna saltou de golpe, soltando um gritinho de susto, Alexander Dimitrievitch estremeceu, piscando os olhos, mas Kira só levantou a cabeça devagar, como se nada tivesse acontecido.

Mas havia um lampejo de vida em seus olhos quando, a caminho de casa do Centro de Excursões, parava na vitrine de uma livraria estrangeira em Liteiny, e ficava olhando, pensativa, para as capas brilhantes com delicadas e alegres letras estrangeiras, com bailarinas que levantavam suas longas e reluzentes pernas, com colunas e holofotes, e longos automóveis pretos. Havia um espasmo de vida em seus dedos quando, toda noite, tão metodicamente como um guarda-livros, com um pequeno lápis já gasto, riscava outro dia de um velho calendário na parede acima de seu colchão.

* * *

O passaporte foi negado.

Kira recebeu a notícia com uma indiferença serena que assustou Galina Petrovna, que teria preferido um surto tempestuoso.

"Ouça, Kira", disse Galina Petrovna com veemência, batendo a porta de seu quarto para ficar a sós com a filha, "sejamos razoáveis. Se você tem alguma ideia louca de... de... Enfim, quero que saiba que não permitirei. Afinal, você é minha filha, tenho algo a dizer sobre isso. Você sabe o que significa se tentar... se atrever a pensar em sair do país ilegalmente."

"Eu nunca disse isso", disse Kira.

"Não, não disse. Mas eu conheço você. Sei em que você está pensando. Sei até onde a sua imprudência pode ir... Ouça, é uma chance em cem de sair daqui. E terá sorte se simplesmente for abatida na fronteira. Será pior se for capturada e trazida de volta. E se tiver sorte de conseguir escapar, é uma chance em cem de você não morrer em uma nevasca naquelas florestas à volta da fronteira."

"Mãe, por que falar disso?"

"Ouça, vou manter você aqui, nem que tenha que acorrentá-la. Afinal, pode-se ser louco até certo ponto. O que você pretende fazer? O que há de errado com este país? Não temos luxos, é verdade, mas você também não os conseguirá lá. A única coisa que pode esperar ser lá é uma camareira, se tiver sorte. Este é o país dos jovens. Conheço a sua louca teimosia, mas você precisa superá-la. Olhe para mim. Eu me adaptei, com a minha idade, e, de verdade, não posso dizer que sou infeliz. Você é apenas uma criança, e não pode tomar decisões que arruínem a sua vida inteira antes mesmo de começá-la. Você vai amadurecer e abandonará suas ideias tolas. Há uma oportunidade para todos neste nosso novo país."

"Mãe, não estou discutindo, estou? Então, mudemos de assunto."

Kira voltou para casa mais tarde do que o habitual após suas excursões. Havia pessoas que ela tinha de ver em ruas escuras, subindo furtivamente escadas escuras por caminhos não iluminados. Tinha que colocar rublos em mãos furtivas e ouvir sussurros em seu ouvido. Seria mais caro do que ela jamais poderia poupar para sair clandestinamente em um barco, e seria mais perigoso. Teria mais chances se tentasse sozinha, a pé, atravessando a fronteira da Letônia. Precisaria de roupas brancas. Pessoas tinham conseguido, vestidas de branco, rastejando pela neve na escuridão do inverno. Kira vendeu seu relógio e pagou para saber o nome da estação e da aldeia, e por um pedaço de papel de seda com o mapa do local onde era possível atravessar. Vendeu o casaco de pele que Leo tinha dado a ela e pagou por uma autorização de viagem falsificada.

Kira vendeu seu isqueiro, suas meias de seda, seu perfume francês. Vendeu todos os seus sapatos novos e seus vestidos. Vava Milovskaia foi lá para comprar os vestidos. Vava entrou, arrastando pesadamente suas botas de feltro. O vestido de Vava tinha uma mancha de gordura no peito, e seu cabelo parecia despenteado. Tinha a cara inchada; o nariz, cheio de manchas de um pó branco de má qualidade e seus olhos afundados com olheiras azuladas. Quando se despiu, devagar e sem jeito, para experimentar os vestidos, Lydia reparou no inchaço de sua cintura outrora fina.

"Vava, querida! Já, tão cedo?", disse Lydia, com a voz entrecortada.

"Sim", disse Vava, indiferentemente. "Vou ter um bebê."

"Ah, querida! Parabéns!", disse Lydia, apertando as mãos.

"Sim", disse Vava, "vou ter um bebê. Tenho que ter cuidado com o que como e dar uma caminhada todo dia. Quando nascer, vamos inscrevê-lo nos Pioneiros."

"Ah, não, Vava!"

"Ah, por que não? Por que não? Ele precisa ter uma oportunidade, não? Precisa ir para a escola, para a Universidade, talvez. O que você quer que eu faça? Quer que eu o crie como um pária?... Ah, que diferença faz? Quem sabe o que é certo? Já não sei mais. Não me importa."

"Mas, Vava, é *seu* filho!"

"Lydia, para quê?... Buscarei trabalho quando ele nascer, precisarei fazer isso. Kolya está trabalhando. Será filho de funcionários soviéticos. Depois, talvez, mais tarde o admitam na União Comunista da Juventude... Kira, esse vestido de veludo negro é tão bonito. Parece quase... quase estrangeiro. Sei que ficará muito apertado para mim agora... mas depois... talvez recupere a forma. Dizem que sim... Naturalmente, sabe que Kolya não ganha muito, e não quero pedir nada ao meu pai, e... Mas meu pai me deu um presente de aniversário, cinquenta rublos, e acho que devia... Nunca conseguiria comprar nada assim em lugar algum."

Ela comprou o vestido de veludo e outros dois.

Para Galina Petrovna, Kira tinha explicado: "Não preciso daqueles vestidos. Nunca saio. E não quero ficar com eles".

"Lembranças?", Galina Petrovna tinha perguntado.

"Sim", disse Kira. "Lembranças."

Kira não tinha conseguido muito dinheiro com a venda das roupas. Sabia que precisaria de muitos rublos. Não podia comprar um casaco branco. Mas tinha o tapete de urso branco que tinha comprado de Vasili Ivanovitch muito tempo atrás. Ela o levou secretamente a um alfaiate e lhe pediu que o transformasse em um casaco. O casaco se transformou em uma jaquetinha que não chegava nem aos seus joelhos. Precisaria de um vestido branco. Não podia comprar um. Mas ainda tinha o vestido de noiva de renda branca de Galina Petrovna. Quando ficou sozinha em casa, levou suas velhas botas de feltro para a cozinha e as pintou de branco com cal. Comprou um par de luvas brancas e um cachecol de lã branco. Comprou um bilhete para uma cidade muito distante, longe da fronteira com a Letônia.

Quando tudo estava pronto, ela costurou seu pequeno maço de dinheiro no forro de sua jaqueta branca de pele. Ela precisaria dele – se cruzasse a fronteira.

Em uma tarde cinzenta de inverno, ela saiu de casa quando ninguém estava lá. Não se despediu. Não deixou nenhuma carta. Desceu as escadas e saiu para a rua como se fosse à loja da esquina. Vestia um casaco velho com uma gola de pelo encaracolado. Levava consigo uma pequena mala. A mala continha um casaco de pele, um vestido de noiva, um par de botas, um par de luvas, um cachecol, todos brancos.

Ela caminhou até a estação. Uma névoa acastanhada pairava sobre os telhados, e homens caminhavam curvados pelo vento, encolhidos, com as mãos nas axilas. Uma geada branca congelava os cartazes, e as cúpulas de bronze das igrejas estavam enegrecidas com um prata acinzentado. O vento formava pequenos redemoinhos na neve, e lamparinas de querosene estavam nas vitrines das lojas, derretendo a neve dos vidros congelados.

"Kira", chamou uma voz em uma esquina.

Ela se virou. Era Vasili Ivanovitch. Estava debaixo de um poste de iluminação, curvado, com a gola do velho casaco levantada até as orelhas vermelhas, um velho lenço enrolado no pescoço, duas correias de couro penduradas nos ombros, segurando uma bandeja de tubos de sacarina.

"Boa noite, tio Vasili."

"Onde você vai, Kira, com essa mala?"

"Como vai você, tio Vasili?"

"Está tudo bem, criança. Pode parecer estranho me ver neste negócio, eu sei, mas tudo bem. Na verdade, não é tão ruim quanto parece. Não me importo. Por que não vem nos ver algum dia, Kira?"

"Eu..."

"Nosso lugar não é tão grande, e há outra família no mesmo cômodo, mas temos nos dado bem. Acia ficará feliz em vê-la. Não temos muitas visitas. Acia é uma criança boa."

"Sim, tio Vasili."

"É uma alegria vê-la crescer dia após dia. Ela está indo melhor na escola, também. Eu a ajudo em seus deveres. Não me importo em ficar o dia inteiro de pé, porque depois eu chego em casa, e ali está ela. Ainda não está tudo perdido. Ainda tenho o futuro de Acia diante de mim. Acia é uma criança inteligente. Ela irá longe."

"Sim, tio Vasili."

"Também leio os jornais quando tenho tempo. Estão acontecendo muitas coisas no mundo. Você pode esperar, se tiver fé e paciência."

"Tio Vasili... contarei a eles... lá... para onde vou... Contarei tudo a eles... é como um SOS... E, talvez... alguém... em algum lugar... entenderá..."

"Criança, para onde você vai?"

"Pode me vender um tubo de sacarina, tio Vasili?"

"Claro que não, não irei lhe vender. Pegue, criança, se precisa dele."

"Certamente não. Eu iria comprar de qualquer forma de outro", mentiu. "Não quer que eu seja sua cliente? Posso lhe trazer sorte."

"Está bem, criança."

"Ficarei com este, dos cristais grandes. Aqui está."

Ela colocou uma moeda na mão dele, guardando o tubo de sacarina no bolso.

"Bem, adeus, tio Vasili."

"Adeus, Kira."

Afastou-se sem olhar para trás. Caminhou pelo crepúsculo, por ruas cinzentas e brancas, sob cartazes cinzentos que se pendiam das velhas paredes, cartazes cinzentos que tinham sido vermelhos. Passou por uma praça ampla onde as luzes dos bondes cintilavam, saindo da névoa. Subiu os degraus gelados da estação, sempre sem olhar para trás.

# XVII

AS RODAS DO TREM RESSOAVAM como se uma corrente de ferro tivesse sido sacudida duas vezes e, depois de um ruído surdo, como um tilintar, dera outras duas fortes sacudidas entrecortadas. O impacto das rodas era como o tique-taque suave de um relógio de ferro que estava marcando os segundos, os minutos e os quilômetros.

Kira Argounova estava sentada em um banco de madeira ao lado da janela. Tinha sua mala no colo e a segurava com as duas mãos, seus dedos bem abertos. Sua cabeça estava recostada no assento de madeira e vibrava em um pequeno tremor, como o vidro empoeirado da janela. Suas pálpebras caíam pesadamente sobre seus olhos, fixos na janela. Ela não fechou seus olhos. Ficou sentada por horas sem se mexer, e seus músculos não sentiam a imobilidade, ou ela já não sentia mais seus músculos.

Do outro lado da janela, nada se movia nas intermináveis extensões de neve, salvo as manchas negras dos postes telegráficos, como se o trem estivesse suspenso, imóvel, entre duas franjas de branco e cinza, e as rodas rangiam como se raspassem em um vazio. De vez em quando, do outro lado da janela, surgia de repente uma mancha branca num deserto branco, uma mancha com cantos pretos na forma de ramos de pinheiro, que relampejava atrás da janela envidraçada.

Quando se lembrou de que não comia há tempos, sem saber se eram horas ou dias, sem saber que tinha de comer, embora tivesse esquecido a fome, pegou um pedaço de pão velho que tinha comprado na estação e o mastigou lentamente, com esforço, suas mandíbulas se movendo monotonamente, como uma máquina.

Ao seu redor, quando o trem parava nas estações, homens saíam do vagão e voltavam com chaleiras de chá fumegante. Uma vez, alguém pôs uma caneca nas mãos dela, e ela bebeu, pressionando a borda da caneca quente contra seus lábios.

Os fios de telégrafo corriam contra o trem, se cruzando, se separando, se cruzando novamente, e os pequenos fios negros voavam cada vez mais rápido, mais rápido do que o vagão trêmulo poderia ir.

Durante o dia, o céu parecia mais claro do que a terra, uma faixa pálida de um cinza translúcido sobre um branco denso. Durante a noite, a terra parecia mais leve do que o céu, uma faixa azul pálida sob um vazio negro.

Ela dormia, sentada em seu canto, sua cabeça sobre seus braços, seus braços sobre sua mala. À noite, atava a alça da mala aos seus pulsos, com um pedaço de corda. Ao seu redor, havia muitos relatos de malas roubadas. Dormia, sua consciência congelada em um único pensamento – a sua mala. Acordava de sobressalto sempre que o movimento do vagão fazia a mala escorregar um pouco.

Não lhe restavam quaisquer pensamentos. Sentia-se vazia, clara e silenciosa, como se seu corpo fosse apenas uma imagem da sua vontade, e sua vontade – apenas uma seta, tensa e dura, apontando para uma fronteira que precisava ser atravessada. A única coisa viva que sentia era a mala no seu colo. A sua vontade batia com as rodas do trem. O seu coração batia ali, sob o chão.

Reparou vagamente que, uma vez, no banco à sua frente, uma mulher pressionava um peito branco e frio contra os lábios de uma criança. Ainda havia pessoas e ainda havia vidas. Ela não estava morta. Ela estava apenas à espera de nascer.

À noite, ficava sentada durante horas, olhando pela janela. Não conseguia ver nada além do reflexo tênue da luz das velas, dos bancos e das paredes de tábuas que tremiam no espaço, e da sombra desgrenhada de sua própria cabeça. Não havia terra, nem mundo para além da janela. Só embaixo, junto à via férrea, quadrados amarelos de neve corriam com o trem à luz das janelas, e coágulos pretos passavam como longas e finas estrias. De vez em quando, um raio de luz perfurava a escuridão, em algum lugar distante, no limite do céu, e trazia subitamente à existência um monte azul de neve do outro lado do vidro. A luz morria e a terra ia com ela, não deixando nada na janela a não ser as paredes de tábuas, a vela e a cabeça desgrenhada.

Havia estações em que ela tinha de sair, ficar em uma bilheteira em uma plataforma varrida pelo vento, e comprar um novo bilhete, e esperar que outro trem chegasse correndo através do crepúsculo, uma locomotiva negra lançando chuvas de faíscas vermelhas.

Então, havia rodas novamente, batendo sob o chão, e outra estação, e outro bilhete, e outro trem. Houve muitos dias e muitas noites, mas não os notou. Os homens de boné cáqui, que examinavam os bilhetes, não podiam saber que a garota do casaco velho com a gola de pelo emaranhado ia em direção à fronteira da Letônia.

A última estação, onde ela não comprou outro bilhete, era uma pequena plataforma escura de tábuas de madeira apodrecidas, a última parada antes do final da linha, antes da cidade fronteiriça.

Estava escurecendo. Os trilhos castanhos das rodas na neve conduziam para longe, para uma mancha vermelha brilhante. Alguns soldados adormecidos na plataforma não prestaram atenção nela. Um grande cesto de vime chacoalhava quando punhos roucos o baixaram para o chão de um vagão de bagagem. Na porta da estação, alguém implorava em voz alta por água quente. Luzes brilhavam nas janelas dos vagões.

Ela se afastou, agarrando sua mala, seguindo os trilhos na neve.

Caminhou, uma figura negra e esguia, inclinando-se fracamente para trás, sozinha em um vasto campo enferrujado pelo pôr do sol.

Estava escuro quando viu as casas do vilarejo à frente, e os pontos amarelos das velas nas janelas próximas do chão. Bateu em uma porta. Um homem a abriu; seu cabelo e sua barba formavam um emaranhado louro e espesso, em meio do qual dois olhos brilhantes espreitavam inquisitivamente. Ela lhe entregou uma nota na mão e tentou explicar o mais depressa que pôde, num sussurro sufocado. Não precisou explicar muito. Os que estavam na casa sabiam e compreendiam.

Atrás de uma divisória de madeira, pôs seus pés na palha onde dois porcos dormiam amontoados, ela trocou de roupa, enquanto os que permaneciam no quarto estavam sentados em volta de uma mesa, como se Kira não estivesse presente, cinco cabeças loiras, uma delas com um lenço azul. Colheres de pau batiam nas tigelas de madeira sobre a mesa, e o som de outra colher vinha da prateleira de um fogão de tijolos em um canto, onde uma cabeça grisalha se inclinava, suspirando, sobre outra tigela de madeira. Uma vela estava em cima da mesa, e três pequenas línguas vermelhas tremeluziam diante de um triângulo de bronze de ícones em um canto, pequenos brilhos de vermelho nos halos de bronze.

Calçou as botas brancas e tirou seu vestido; seus braços nus tremeram um pouco, embora o quarto estivesse quente e abafado. Colocou o vestido branco de noiva, e a sua longa cauda farfalhou na palha, e um porco entreabriu um olho. Levantou a cauda e a prendeu cuidadosamente na cintura, com alfinetes grandes. Enrolou o lenço branco no cabelo e vestiu o casaco branco de pele. Apalpou cautelosamente a pequena protuberância no forro sobre o peito esquerdo, onde tinha costurado as notas; era a última e única arma de que iria precisar.

Quando ela se aproximou da mesa, o gigante loiro disse, com a voz inexpressiva: "É melhor esperar uma ou duas horas, até a lua se pôr. As nuvens não estão muito estáveis".

Ele se moveu, abrindo espaço no banco, apontando-o silenciosamente, imperativamente. Ela levantou o vestido de renda, aproximou-se do banco e se sentou. Tirou a jaqueta e a colocou sobre o braço, apertando-a contra seu corpo. Dois pares de olhos femininos fitaram a sua gola alta de renda, e a garota de lenço azul sussurrou algo para a mulher mais velha, seus olhos espantados, incrédulos.

Silenciosamente, o homem colocou um cumbuca de madeira diante da convidada.

"Não, obrigada", disse ela. "Não estou com fome."

"Coma", ordenou ele. "Vai precisar."

Ela comeu obedientemente uma grossa sopa de repolho que cheirava a banha quente.

O homem se sentou repentinamente em silêncio, sem olhar para ela: "É uma caminhada de quase uma noite inteira".

Ela consentiu com a cabeça.

"Muito jovem", disse a mulher do outro lado da mesa, balançando a cabeça, e suspirou.

Quando estava pronta para ir, o homem abriu a porta para um vento frio que gemia sobre uma escuridão vazia, e murmurou detrás de sua barba loira: "Caminhe até onde conseguir. Quando vir um guarda – rasteje".

"Obrigada", disse ela, enquanto a porta se fechava.

* * *

A neve batia em seus joelhos, e cada passo era como uma queda para frente, e segurava sua saia bem alto, fortemente agarrada em seu punho. Ao seu redor, um azul que não parecia azul, uma cor que não era cor, que nunca tinha existido no mundo que ela conhecia, estendia-se sem fim, e, às vezes, pensava que estava sozinha, elevada sobre um círculo plano, e, às vezes, pensava que a brancura azulada era um muro imenso se fechando sobre sua cabeça.

O céu estava baixo, com manchas cinzentas e negras, e uma trilha de um azul que ninguém jamais veria durante o dia; e borrões de algo que não era uma cor, nem um raio de luz, que fluíam do nada, escorrendo de vez em quando por entre as nuvens, e ela inclinou a cabeça para não os ver.

Não havia luzes à frente; ela sabia que as luzes atrás dela tinham desaparecido há tempos, embora ela não olhasse para trás. Não levava nada: tinha deixado sua mala e suas roupas velhas no vilarejo; não precisaria de nada – lá – à frente – a não ser o pequeno maço no forro da jaqueta, e ela o tocava cuidadosamente de vez em quando.

Seus joelhos doíam com a dor lancinante de tendões esticados, como se estivesse subindo uma longa escada. Observou sua dor com certa curiosidade, como se fosse alguém de fora. Agulhas ardentes perfuravam suas bochechas, e elas coçavam, e ela as coçava de vez em quando com uma luva branca, mas isso não ajudava.

Kira não ouvia nada além do farfalhar da neve sob suas botas, e tentou andar mais depressa, para não ouvir nada que não fosse o ruído de seus pés, para não reparar nas sombras apagadas de sons que a rodeavam, flutuando do nada.

Kira sabia que tinha caminhado por horas, aquilo que outrora chamara de horas. Aqui não havia horas; só havia passos, só pernas que subiam e desciam na neve, e uma neve que não tinha fim. Ou teria um fim? Isso, na verdade, não importava. Ela não tinha que pensar nisso. Tinha que pensar apenas que tinha que andar. Tinha que andar para o oeste. Esse era o único problema, que era o total de todos os problemas. Ela tinha algum problema? Teria alguma pergunta a responder? Se tivesse – todas elas seriam respondidas – lá. Ela não tinha que pensar. Tinha que escapar. Ela pensaria – então – se houvesse pensamentos a encarar. Apenas tinha que escapar. Apenas escapar.

Em suas luvas brancas, seus dedos doíam, seus ossos se tensionavam, suas articulações se contorciam como num torno. Devia estar com frio, pensou ela; perguntou-se vagamente se era uma noite fria.

Diante dela, a neve azul era luminosa, a neve clareava o céu. Não havia nada exceto uma neblina na sua frente, onde a terra se esparramava nas nuvens, e não tinha certeza de se as nuvens estavam perto de seu rosto e ela ia se chocar com elas, ou a muitos quilômetros de distância.

Ela não tinha deixado nada para trás. Estava saindo de um vazio, um vazio branco e irreal como a terra que a rodeava. Não podia desistir. Ainda as tinha – aquelas duas pernas que podiam se mover – e algo perdido dentro dela, que lhes dizia para se moverem. Ela não desistiria. Estava viva; viva e sozinha num deserto que não era uma terra viva. Tinha que andar, porque ainda estava viva. Tinha que escapar.

Longas espirais de neve erguiam-se ao vento, varrendo o céu baixo, a distância. Viu faixas de um preto luminoso acima dela e manchas de pó brilhante cintilando para ela dentre as nuvens. Agachou-se mais, encolhendo seus ombros; ela não queria ser vista.

Algo machucava sua cintura, como se cada passo golpeasse sua coluna para a frente, e algo latejava, subindo por suas costas. Ela pressionou seus dedos contra o maço em sua jaqueta. Tinha que ter cuidado com aquilo. Não podia perdê-lo. Tinha que ter cuidado com aquilo e com suas pernas. O resto não importava.

Parou quando viu uma árvore, a larga pirâmide branca de um pinheiro gigante, levantando-se de repente da neve, e ficou sem fôlego, seus joelhos dobrados, agachada como um animal, à escuta. Não ouviu nada. Nada se movia por detrás dos galhos baixos. Prosseguiu. Não sabia quanto tempo tinha esperado.

Ela não sabia se estava avançando. Talvez ela só estivesse carimbando seus pés, para cima e para baixo, no mesmo lugar. Nada mudava naquela imensidão branca que a rodeava. Será que alguma vez iria mudar? Ela era como uma formiga rastejando sobre uma mesa branca: uma mesa dura, brilhante, lustrosa, esmaltada. Abriu seus braços, sentindo repentinamente o espaço ao seu redor. Olhou para o céu acima. Olhou, com a cabeça e os ombros jogados para trás. Aquelas lascas cintilantes lá em cima eram mundos infinitos, diziam as pessoas. Não havia espaço para ela no mundo? Quem estava afastando os pés dela do pequeno espaço que eles ocupavam naquele vasto universo? Quem eram eles e por que estavam fazendo isso? Ela tinha esquecido. Tinha que escapar.

Aquelas pernas já não eram mais suas. Moviam-se como uma roda, como alavancas, subindo, dobrando, caindo, para cima e para baixo, para baixo com um solavanco que reverberava até seu couro cabeludo.

Sentiu, de repente, que não estava cansada, que não tinha dores, que estava leve e livre, que estava bem, demasiado bem, que podia andar assim durante os próximos anos. Então, um súbito abalo de dor atravessou suas omoplatas, e ela vacilou, e sentiu como se horas tivessem passado enquanto uma perna imóvel se erguia, se erguia no espaço de um átomo de cada vez, e voltava a cair, cortando a neve, e estava andando novamente. Curvou-se, com os braços sobre a barriga, formando uma pequena bola, para que as pernas tivessem menos trabalho.

Em algum lugar havia uma fronteira e ela tinha que ser atravessada. Pensou, de repente, em um restaurante que tinha visto, por apenas um breve segundo, em um filme alemão. Tinha um letreiro sobre a porta, com letras simples e finas, niqueladas, insolentes em sua simplicidade, em um vidro branco fosco: "Café Diggy-Daggy". Não havia letreiros como aquele no país do qual ela estava escapando. Não havia calçadas brilhantes como o piso de um salão de baile. Ela repetia sem sentido, sem ouvir os sons, como um encanto, como uma oração: "Café Diggy-Daggy... Ca ... fé... Dig... gy... Dag... gy...", e tentou andar no ritmo das sílabas.

Já não precisava dizer para suas pernas se moverem. Pensou que ela estava correndo. Um instinto a impulsionava, o instinto de um animal, que a açoitava cegamente em direção à batalha da autopreservação.

Murmurava através dos lábios congelados: "Você é um bom soldado, Kira Argounova, você é um bom soldado...".

* * *

À sua frente, o azul da neve crescia indistintamente contra o céu. As ondas não mudavam à medida que ela se aproximava; destacavam-se, mais nítidas, mais duras, colinas baixas onduladas na escuridão. Cones brancos erguiam-se para o céu, com ramos negros.

Então, ela viu um vulto negro. O vulto estava se movendo. Estava se movendo em linha reta, através das colinas, através do horizonte. Via as pernas que se abriam e fechavam, como tesouras. Viu uma pequena ponta negra em seu ombro, que brilhou claramente uma vez, contra o céu.

Caiu de barriga para baixo. Sentiu, vagamente, como anestesiada, que a neve mordia os pulsos por baixo das mangas, entrando em suas botas. Ficou imóvel, seu coração palpitando contra a neve.

Então, ela ergueu um pouco sua cabeça e rastejou lentamente para frente, de barriga para baixo. Parou e ficou imóvel, observando a figura negra ao longe, e rastejou novamente, e parou, e observou, e rastejou novamente.

O Cidadão Ivan Ivanov media um metro e oitenta de altura. Tinha uma boca grande e um nariz curto e, quando se sentia confuso, pestanejava, coçando o pescoço.

O Cidadão Ivan Ivanov nasceu no ano de 1900, em um sótão, em uma rua lateral da cidade de Vitebsk. Era o nono filho da família. Aos seis anos de idade, começou a trabalhar como aprendiz de sapateiro. O sapateiro o açoitava com suspensórios de couro e o alimentava com papas de trigo sarraceno. Aos dez anos, fez o seu primeiro par de sapatos, sozinho, e o calçou orgulhosamente na rua, o couro rangendo. Esse era o primeiro dia de que o Cidadão Ivan Ivanov se lembrava de sua vida.

Aos quinze anos, ele atraiu a filha do padeiro para um terreno baldio e a estuprou. Ela tinha doze anos, e o peito tão plano quanto o de um garoto, e gemeu agudamente. Ele prometeu a ela não contar para ninguém, e deu a ela 15 *kopeks* e meio quilo de doce açucarado. Este era o segundo dia de que se lembrava.

Aos dezesseis anos, fez seu primeiro par de botas militares para um general, e os poliu meticulosamente, cuspindo em um pano de flanela, e os entregou ao general em pessoa, que lhe deu um tapinha no ombro e uma gorjeta de um rublo. Este era o terceiro dia de que se lembrava.

Havia um grupo alegre de rapazes à volta da oficina do sapateiro. Levantavam-se de madrugada e trabalhavam arduamente, suas camisas coladas nas costas pelo suor, mas se divertiam muito à noite. Havia um bar na esquina da rua, e cantavam canções alegres, seus braços em volta dos ombros uns dos outros. Havia uma casa ao virar da esquina, onde um homem pequeno e magro tocava piano, e a favorita de Ivan era uma loira gorda com um quimono cor-de-rosa; era uma estrangeira chamada Gretchen. E aquelas eram as noites de que o Cidadão Ivan Ivanov se lembrava.

Ele serviu no Exército Vermelho e, enquanto as balas sibilavam sobre sua cabeça, fazia apostas em corridas de piolhos com os soldados no fundo da trincheira.

Foi ferido e lhe disseram que iria morrer. Olhou fixamente para a parede, porque não fazia qualquer diferença.

Ele se recuperou e se casou com uma camponesa de bochechas redondas e peitos redondos, porque a tinha metido em uma enrascada. Seu filho era loiro e roliço, e lhe deram o nome de Ivan. Frequentavam a igreja aos domingos, e sua esposa cozinhava cebolas com terneiro assado, quando o conseguiam. Ela levantava sua saia sobre suas pernas gordas, e se ajoelhava, e esfregava o piso de pinheiro branco de seu quarto. Ela o mandava para banhos públicos uma vez ao mês. E o Cidadão Ivan Ivanov era feliz.

Então, ele foi transferido para as patrulhas de fronteira, e sua esposa voltou a viver com os pais dela no vilarejo, e levou o filho deles consigo.

O Cidadão Ivan Ivanov nunca tinha aprendido a ler.

O Cidadão Ivan Ivanov estava vigiando a fronteira da URSS.

Ele caminhava lentamente pela neve, um rifle em seu ombro, assoprando seus dedos gelados, maldizendo o frio. Não lhe importava descer uma colina, mas subi-la era difícil, e subia, gemendo, para chegar ao topo dela, com o vento mordendo seu nariz, e nem uma alma viva nos quilômetros ao seu redor.

Então, o Cidadão Ivan Ivanov viu algo se movendo na neve, ao longe.

Ele não estava certo de que aquilo tivesse se movido. Forçou a vista na escuridão, mas o vento levantava redemoinhos de flocos de neve sobre a planície e pensou que tivesse se confundido; só parecia que algo tivesse se movido, e que não era um floco de neve. Gritou, fazendo uma concha com as mãos: "Quem está aí?".

Nada respondeu. Nada se moveu na planície sob a colina.

Ele gritou: "Melhor sair ou eu atirarei!".

Não houve resposta.

Ele hesitou, coçando seu pescoço. Ficou olhando fixamente à distância, na noite. Mas tinha que se certificar.

O Cidadão Ivan Ivanov ergueu o rifle até seu ombro e disparou.

Uma chama azul atravessou a escuridão e um eco monótono soou ao longe, muito longe. Não se ouviu nenhum som depois de o eco desaparecer, nenhum movimento na planície branca sob a colina.

O Cidadão Ivan Ivanov coçou o pescoço. Deveria ir até lá e investigar, pensou. Mas era demasiado longe, e a neve era demasiado profunda, e o vento era demasiado frio. Acenou com a mão e virou as costas. "Deve ser só um coelho", murmurou, descendo a colina para continuar sua rota.

Kira Argounova jazia imóvel na neve, de barriga para baixo, com os braços estendidos para a frente, e apenas uma mecha de cabelo se movia, sobre sua manta branca, e seus olhos seguiam a figura negra que se afastava pelas colinas, desaparecendo ao longe. Ficou imóvel durante muito tempo, observando uma mancha vermelha que se alargava lentamente por baixo dela, na neve.

Pensou, claramente, precisamente, em palavras que ela quase podia ouvir: "Bem, fui abatida. Então, é isso que se sente ao se ser abatida. Não é tão espantoso, não é?".

Ela se ajoelhou lentamente. Tirou uma luva e meteu a mão dentro da jaqueta para tocar o maço de notas sobre seu seio esquerdo. Esperava que a bala não tivesse atravessado as notas. Não tinha. O pequeno buraco na jaqueta estava logo abaixo delas. E seus dedos sentiram algo quente e pegajoso.

Não doía muito. Sentia um tipo de queimação intensa no lado, mas doía menos que suas pernas cansadas. Ela tentou ficar de pé. Cambaleou um pouco, mas se manteve de pé. Havia uma mancha escura na jaqueta, e já havia manchas vermelhas e quentes em sua pele. Não sangrava muito, só algumas gotas que sentia resvalarem por sua pele.

Ela conseguia andar. Manteria a sua mão sobre o buraco e ele não sangraria. Ela não estava longe da fronteira agora. Ali, do outro lado, faria um curativo. Não era grave e conseguia suportar. Precisava seguir adiante.

Cambaleou para a frente e admirou-se com a fraqueza de seus joelhos. Sussurrou para si própria através de lábios que estavam ficando azuis: "Claro, você está ferida e um pouco fraca. É de se esperar. Não há motivo para se preocupar".

Balançando, seus ombros curvados para frente, sua mão do lado do corpo, seguiu adiante, através da neve, tropeçando, batendo os joelhos, fraquejando como se estivesse bêbada. Viu pequenas gotas escuras caírem na bainha de seu vestido de renda, lentamente, de vez em quando. Depois as gotas deixaram de cair. Ela sorriu.

Não sentia dor. O resto de consciência tinha se transformado em uma única vontade sobre duas pernas cada vez mais fracas. Ela tinha que seguir adiante. Ela tinha que escapar. Ela tinha que escapar.

Sussurrou para si mesma, como se o som da sua voz fosse um fluido vivo que lhe desse força: "Você é um bom soldado, Kira Argounova, é um bom soldado e agora é o momento de prová-lo... Agora... Só um esforço, um último esforço... Ainda não é tão ruim, não é?... Você consegue... Basta andar... Por favor, ande... Tem que escapar... escapar... escapar... escapar...".

Pressionou com a mão o maço de notas em sua jaqueta. Não podia perder aquilo. Tinha que vigiar aquilo. Já não conseguia mais ver as coisas claramente. Tinha que se lembrar daquilo.

Sua cabeça estava inclinada para a frente. Fechou os olhos, deixando uma fresta entre as pálpebras para observar suas pernas, suas pernas que não deveriam parar.

Ela abriu os olhos de repente e se viu deitada na neve. Levantou sua cabeça lentamente, maravilhada, pois não se lembrava de ter caído.

Ela devia ter desmaiado, pensou, perguntando-se curiosamente qual seria a sensação de desmaiar, pois ela não se lembrava.

Demorou muito tempo para se levantar. Reparou em uma mancha vermelha na neve onde tinha caído. Deve ter ficado ali deitada durante algum tempo. Cambaleou para a frente, então parou, algum pensamento foi se formando lentamente em seus olhos embaçados, e ela voltou e cobriu a mancha vermelha com neve, com seu pé.

Ela seguiu adiante, perguntando-se indistintamente por que o clima tinha ficado tão quente e por que a neve não derretia quando estava tão quente, tão quente que ela mal conseguia respirar. E se a neve derretesse? Teria que nadar, então, mas era uma boa nadadora e isso seria mais fácil que andar, pois suas pernas poderiam descansar finalmente.

Seguiu adiante, cambaleando. Não sabia se estava andando na direção certa. Tinha se esquecido de que tinha que pensar em uma direção. Lembrava apenas que tinha que andar.

Não percebeu que a colina terminava abruptamente à beira de um desfiladeiro, e ela caiu e rolou pela encosta branca em um redemoinho de pernas, braços e neve.

Não conseguia mover mais que uma mão, no início, para tirar a neve úmida de seu rosto, dos lábios, das pálpebras congeladas. Estava estirada sobre um monte branco no fundo de um desfiladeiro branco. O tempo que levou para se levantar pareceu horas, anos: apenas para levar as mãos ao corpo, primeiro com as palmas para baixo, para pressionar os cotovelos contra o corpo, virar as pernas, tirar os pés; depois, ajoelhar-se, apoiada em braços tensos e trêmulos, e respirar, com uma respiração que parecia uma faca em seu interior; logo, erguer-se um pouco mais, apoiando-se em uma mão, depois tirar também essa mão da neve, erguer-se e ficar ereta, ofegante.

Deu alguns passos. Mas não conseguia subir o desfiladeiro. Caiu e rastejou colina acima, com mãos e joelhos, afundando sua cara queimada na neve para refrescar as bochechas.

Levantou-se de novo no topo da colina. Tinha perdido suas luvas. Sentiu algo nos cantos de sua boca, esfregou seus lábios e olhou para seus dedos: seus dedos estavam rosados com espuma.

Sentia muito calor. Arrancou o lenço branco de seu cabelo e o atirou no desfiladeiro. O vento era um alívio, soprando o seu cabelo para trás em uma linha reta e arrepiada.

Ela seguiu adiante, erguendo seu rosto ao vento.

Sentia muito calor e era muito difícil respirar. Arrancou seu casaco de pele e o deixou cair na neve, e seguiu em frente, sem olhar para trás.

No céu, as nuvens estavam se afastando em redemoinhos de azul, cinza e verde escuro. Diante dela, acima da neve, uma linha pálida brilhava, subindo, e era um branco transparente, mas por cima da neve parecia um verde muito pálido.

Ela continuou curvada para frente, mas parou outra vez, afastando o cabelo de seus olhos, e vacilou, e seguiu, uma figura trêmula, oscilante, cambaleante e bêbada, num longo vestido de noiva de renda branca como a neve à sua volta.

A cauda do vestido se soltou de sua cintura e se arrastava atrás dela, suas pernas se enroscavam na longa renda. Cambaleava às cegas, o vento agitando seus cabelos, seus braços balançando, como se eles, também, estivessem soltos ao vento. Inclinou-se para trás e seus seios se sobressaíam sob a renda branca, e debaixo do seio esquerdo escorria lentamente um pequeno fio de vermelho, e longas manchas escuras se estendiam até a cauda, e delicadas flores de renda estavam vermelhas no cetim branco.

E, de repente, seus lábios secos, cobertos e selados de espuma, abriram-se de novo, e ela chamou suavemente um nome, como um pedido de socorro dali, do outro lado da fronteira, como uma carícia, sua voz terna e quase alegre:

"Leo!..."

Ela repetiu, cada vez mais alto, sem desespero, como se o som, esse único som no mundo, estivesse lhe dando vida:

"Leo!... Leo!... Leo!..."

Ela o estava chamando, o Leo que poderia ter sido, que teria sido se tivesse vivido lá, para onde ela estava indo, do outro lado da fronteira. Ele estava lá esperando por ela, e precisava seguir adiante. Tinha que andar. Lá, naquele mundo, do outro lado da fronteira, uma vida estava esperando por ela, para a qual ela tinha sido fiel em todas as horas de sua vida: sua única bandeira que nunca tinha sido baixada, que ela tinha mantido alta e reta, uma vida que ela não podia trair, que não trairia agora parando enquanto ainda vivia, uma vida que ela ainda podia servir, andando, andando em frente mais um pouco, só mais um pouco.

Então, ouviu uma canção, uma melodia não suficientemente alta para ser um som humano, uma canção como uma última marcha de batalha. E não era um canto fúnebre, não era um hino, não era uma oração. Era uma melodia de uma velha opereta, "A canção da taça quebrada".

Pequenas notas de música tremiam em hesitação, e rebentavam, e rolavam em ondas rápidas e finas, como o toque fino e claro do vidro. Pequenas notas saltavam e explodiam e riam, riam com uma alegria humana plena, incondicional, consumada.

Ela não sabia se estava cantando. Talvez estivesse apenas ouvindo a música em algum lugar.

Mas a música tinha sido uma promessa; uma promessa na alvorada de sua vida. Aquilo que lhe tinha sido prometido então, não lhe podia ser negado agora. Tinha que seguir adiante.

Seguiu adiante, uma garota frágil, um vestido medieval de sacerdotisa, manchas vermelhas se espalhando sobre a renda branca.

Ao amanhecer, caiu na beira da encosta. Caiu muito quieta, pois sabia que não conseguiria se levantar mais.

Muito abaixo dela, ao longe, uma planície de neve sem fim se estendia até o nascer do sol. O sol não tinha chegado. Uma faixa cor-de-rosa, pálida e jovem, como o sopro de uma cor, como o nascimento de uma cor, erguia-se sobre a neve e brilhava, trêmula, fluindo para um azul pálido, uma imensidão azul de faíscas cintilando sob um véu fino, como o fantasma tênue e desvanecido de um lago num sol de verão, como a superfície imóvel de um lago com um sol afogado nas suas profundezas. E a neve, ao surgir daquela chama líquida, parecia tremer, respirar, cintilar suavemente. Longas faixas estendiam-se pela planície, sombras que pareciam a própria luz, uma luz mais pesada, mais azul, com bordas prontas a explodir em fogos dançantes.

Uma pequena árvore solitária erguia-se ao longe na planície. Não tinha folhas. Os seus galhos finos e raros não tinham apanhado neve. Ela estendia, tensa com a vida de uma futura primavera, ramos finos e negros, como braços, para a aurora que se erguia sobre uma terra sem fim onde tanto tinha sido possível.

Ela deitou-se na borda de uma colina e olhou para o céu. Uma mão, branca e imóvel, pendia sobre a borda, e pequenas gotas vermelhas rolavam lentamente na neve, descendo a encosta.

Ela sorriu. Sabia que estava morrendo. Mas isso já não importava. Ela sabia de algo que nenhuma palavra humana poderia dizer e o sabia agora. Tinha-o esperado e sentia-o, como se tivesse sido, como se ela o tivesse vivido. A vida tinha sido, quanto mais não fosse porque ela sabia que podia ser, e ela a sentia agora como um hino sem som, no fundo do pequeno buraco que pingava gotas vermelhas na neve, mais profundo do que aquele de onde as gotas vermelhas vinham. Um momento ou uma eternidade – isso importava? A vida, invicta, existia e podia existir.

Ela sorriu, seu último sorriso, para tantas coisas que tinham sido possíveis.

# POSFÁCIO

DESDE SUA JUVENTUDE, AYN RAND JÁ IMAGINAVA ideias de peças e romances que gostaria de escrever. Nenhuma de suas histórias dizia respeito à Rússia, que ela tanto odiava. Logo, foi algo paradoxal para ela que o seu primeiro romance se passasse na Rússia soviética.

Parte da explicação é que, tendo finalmente escapado para os Estados Unidos, ela teve que remover a Rússia de seu sistema – contando ao mundo o que realmente estava acontecendo lá. Seu marido, Frank O'Connor, e o irmão dele, Nick, a motivaram a escrever o romance. Ambos ficaram horrorizados com as experiências dela na Rússia, e a convenceram de que os americanos não faziam ideia da verdade. Um jovem russo lhe havia dito em uma festa, em 1926, pouco antes de ela partir para os Estados Unidos: "Quando chegar lá, diga a eles que a Rússia é um enorme cemitério, e que todos nós estamos morrendo". "Nós que vivemos" disse a eles.

Ayn Rand escreveu, após sua conclusão, que seu romance é "a *primeira* história escrita por uma russa que conhece as condições de vida da nova Rússia e que viveu efetivamente sob o jugo dos soviéticos no período descrito... o primeiro por uma pessoa que *conhece* os fatos e que, tendo escapado, pode contá-los".*

Outra parte da explicação para um romance sobre a Rússia é o fato de que, sendo uma imigrante e uma principiante, Ayn Rand ainda não se sentia

* Carta a Jean Wick, março de 1934.

preparada para qualquer outra coisa. Ela tinha em mente a ideia de um romance que se passava em uma espaçonave orbitando a Terra, e debateu entre os dois projetos. Mas um romance sobre a Rússia tinha uma grande vantagem: nenhuma pesquisa era necessária para *Nós que vivemos*; ela já conhecia o contexto – ao passo que não conhecia as condições, o povo ou o idioma suficientemente bem para fazer uma história ambientada nos Estados Unidos (ou em uma espaçonave).

Além disso, como Ayn Rand tinha apenas 25 anos em 1930, quando começou a escrever o livro, "pensava que era muito jovem para escrever sobre adultos".* Ela ainda não estava preparada para apresentar o seu tipo de herói ou um tema amplo e filosófico – ela ainda não tinha definido as suas ideias totalmente nem adquirido a necessária competência literária – e a história sobre a Rússia não exigia essas coisas.

O tema de *Nós que vivemos* – identificado por Ayn Rand no prefácio – é indicado pelo seu título original, *Airtight* (*Hermético*), implicando que, sob uma ditadura, o homem não pode sobreviver. "A ditadura...", ela escreve em seu diário, "esmaga um país inteiro e sufoca cada pedaço de vida, ação e ar... Torna a atmosfera sufocante, hermética."

O enredo do romance lhe ocorreu inicialmente como uma inversão de um enredo padrão, a história da garota virtuosa que se vende para um vilão para salvar o herói, a quem ela ama. Ayn Rand pensou: não seria interessante se "o homem para quem a garota se vende não fosse um vilão, mas um herói – e o homem por quem ela se sacrifica fosse o vilão, no final das contas?". Com essa inversão, o conflito da heroína aprofunda-se incomensuravelmente, enquanto a tragédia final se torna, de certa forma, ainda maior para o "vilão" do que para os outros dois.**

Quando ela começou a projetar a história, a primeira cena que passou pela sua cabeça foi a cena da prisão, quando Andrei, o agente da GPU que ama Kira, chega para prender Leo – e descobre que Kira é amante dele. O drama desse tipo de cena foi a motivação pessoal de Ayn Rand para escrever o romance. Depois, ela construiu a história de trás para a frente,

---

* Entrevistas biográficas gravadas, 1960-1.

** Adaptação para tela de *Nós que vivemos*, 1947.

decidindo quais eventos tinham de ser apresentados para levarem a esse clímax.

Vários personagens foram inspirados por pessoas que Ayn Rand tinha conhecido na Rússia. Kira, claro, embora não pretendida como um autorretrato, é Ayn Rand intelectual e moralmente; ela tem todas as ideias e valores de Ayn Rand. Irina é baseada na sua irmã mais nova, Nora, que desenhava o mesmo tipo de caricaturas. O tio Vasili foi inspirado, em essência e aparência, no seu próprio pai. Quanto aos dois homens, Andrei é uma invenção, mas Leo é real: é uma versão romantizada do primeiro homem que Ayn Rand amou, um estudante que ela conheceu na faculdade aos dezessete anos e com quem saiu diversas vezes. O seu nome era Leo. Ela não gostava do nome, mas sentiu que não tinha escolha quanto a usá-lo: na sua mente, o personagem era inseparável do homem.

Já ouvi diversas vezes as pessoas debaterem sobre quem é superior: Andrei ou Leo (Kira é superior a ambos). Apesar da reviravolta no enredo do livro, não há dúvidas quanto à resposta de Ayn Rand, que a ouvi declarar em diversas ocasiões. Seu favorito era Leo, não só pela razão pessoal mencionada, mas também por uma razão filosófica: o fato de Leo, por premissas conscientes, ser um egoísta, um individualista, um homem de autoestima arrogante que vive por *seus* valores. Andrei, pelo contrário, é um homem explicitamente comprometido com as ideias opostas; ele aceita os princípios do altruísmo e do coletivismo como seu ideal moral, e depois age de acordo com eles, derramando todo o sangue que eles demandam. Dada a reviravolta do enredo, Ayn Rand trabalhou arduamente para tornar Andrei tão nobre quanto possível; mas a sua nobreza existe basicamente em um nível subconsciente. Está em sua alma, nas suas premissas individualistas não identificadas, que conflitam com suas ações e seu ponto de vista consciente. Ayn Rand julgava as pessoas, essencialmente, por suas ações.

Quando Andrei descobre seu erro, ele comete suicídio; ele é totalmente honesto. Mas o ponto é: o que ele descobre é que entregou sua vida para uma mentira. Leo sabia disso desde o início (mesmo sucumbindo ao final).

Se Leo tivesse nascido nos Estados Unidos, ele teria se tornado Francisco D'Anconia de *A revolta de Atlas*; ou seja, na dimensão de seu potencial heroico. Na Rússia, todavia, ele é esmagado. Na medida em que um indivíduo é racional, independente, intransigente, apaixonado – uma vez que tenta agir de acordo com sua própria mente e juízos de valor – sua vida sob o jugo da força física se torna insuportável. A única resposta que ele encontra para suas perguntas e ambições é o cano de uma arma. Em princípio, tal homem tem três escolhas.

Uma é cometer suicídio. Essa é a escolha que Andrei faz, quando percebe a depravação de seu "ideal".

Outra é tentar tornar o conflito entre mente e força suportável, anulando um dos dois elementos conflitantes, o único sob o poder da vítima: sua própria mente. Isso significa: afogar sua mente e, portanto, perder a habilidade de conhecer ou se importar mais com o que está sendo feito contra ele. Essa é a escolha de Leo; é a morte em vida, ou o suicídio prolongado, em lugar da imediata autodestruição. Em seu diário, Ayn Rand não considera a escolha de Leo como má. Em vez disso, ela o descreve como um homem que é "muito forte para fazer concessões, mas muito fraco para suportar a pressão, que não consegue se dobrar, apenas quebrar".

A terceira escolha é a de Kira – fugir para o estrangeiro. Na vida real, a tentativa de fugir pode até ser exitosa, como foi o caso da própria Rand. No contexto do romance, no entanto, Kira tinha que morrer na tentativa. Se o tema do livro é o destino dos vivos sob o jugo dos assassinos, não há espaço para o acidente da fuga. A essência de tal sistema político é a destruição, não importa se o indivíduo está dentro das fronteiras ou tentando cruzá-las.

Em seu diário, Ayn Rand resumiu, em termos caracterológicos, as três formas de destruição retratadas no romance: "O indivíduo forte e elevado é quebrado, mas não conquistado; ela cai no campo de batalha, ainda o mesmo indivíduo, intocado: *Kira*. Aquele menos resistente é quebrado e conquistado, ele se desintegra sob uma tensão insuportável: *Leo*. E o melhor daqueles que acreditavam no ideal é quebrado pela realização do que aquele ideal realmente significa: *Andrei*".

Ayn Rand finalizou *Nós que vivemos* em 1933. A principal reação dos primeiros leitores do manuscrito, ela relatou em uma carta em 1934, "é de total estupefação pela revelação da vida soviética como é realmente vivida".*

* Carta a Jean Wick, outubro de 1934.

Quase sessenta anos depois, não consigo resistir a adicionar, os netos de tais leitores ainda estavam sendo surpreendidos pela vida soviética, desta vez, enquanto ela desencadeava o colapso de toda a estrutura soviética.

Ayn Rand sabia que o público americano não compreendia a natureza do comunismo, mas ela não sabia que estava tentando publicar a verdade no início da Década Vermelha, como foi posteriormente chamada. Um bibliotecário anticomunista lhe havia dito, enquanto ela ainda estava trabalhando no romance, que "os comunistas tinham uma grande influência" sobre os intelectuais americanos, "e que ela encontraria muita oposição". "Fiquei indignada", Ayn Rand recordou anos mais tarde. "Não acreditei nele. Pensei que fosse um russo típico, e estivesse de fato disposto a espalhar o pânico."*

Por quase três anos, *Nós que vivemos* foi rejeitado pelos editores de Nova York. Foi rejeitado por mais de uma dezena de editoras. Uma rejeição típica era a de que a autora não entendia o socialismo. Gradualmente, Ayn Rand chegou à conclusão de que o bibliotecário estava certo. Em 1936, ela própria escreveu para um amigo que "Nova York está cheia de pessoas que venderam seus corpos e almas para os soviéticos".**

Por fim, os direitos do livro foram adquiridos pela Macmillan, cujo conselho editorial ficou dividido em relação a ele. Um dos editores associados, que combateu o livro "violentamente" (palavra de Ayn Rand), foi Granville Hicks. Muitos anos depois, Hicks admitiu publicamente que tinha sido membro do Partido Comunista. Depois de um conflito amargo, Hicks foi convencido pelo proprietário da empresa, um senhor idoso que disse que não sabia se o livro seria lucrativo, mas que era importante e deveria ser publicado. (É instrutivo notar que, em 1957, o *New York Times* escolheu o mesmo homem, Granville Hicks, para resenhar *A revolta de Atlas* para a *Sunday Book Review*.) *Nós que vivemos* teve um mau desempenho no início. No entanto, um ano após a sua publicação, em 1937, graças ao boca a boca, o romance começou a ganhar popularidade. Mas já era muito tarde: A Macmillan tinha feito o livro a partir de tipos, e não de placas, e tinha destruído os tipos nos primeiros meses. Como resultado, enquanto o livro alcançava

---

* Entrevistas biográficas gravadas, 1960-1.

** Carta ao Gouverneur Morris, abril de 1936.

grande sucesso na Inglaterra, na Dinamarca e na Itália, ele saiu de circulação nos Estados Unidos e precisou esperar 25 anos para atingir seu público. Em 1958, após o triunfo de *A revolta de Atlas*, foi finalmente lançada uma nova edição americana pela Random House; um ano mais tarde, foi publicado como livro de bolso pela New American Library.

Até hoje, *Nós que vivemos* já vendeu mais de três milhões de exemplares nos Estados Unidos. Para levar o livro para um público maior, em 1939, Ayn Rand o transformou em uma peça de teatro, que estreou na Broadway com o título de *The Unconquered* (*Os inconquistáveis*). Ela não achava que o livro fosse um "material ideal para o palco", disse mais tarde, mas fez o seu melhor para adaptá-lo – sob circunstâncias impossíveis, com um produtor (George Abbott) que a combateu em cada passo, e em um país repleto de atores talentosos com medo de se aproximarem de algo tão controverso. Uma atriz famosa, Bette Davis, leu o roteiro e disse que tinha amado e seria uma honra interpretar o papel de Kira. Seu agente a proibiu de fazê-lo, alegando que um papel tão anticomunista destruiria a sua carreira. Essa é uma pequena indicação do estado intelectual do país na época – e do que Ayn Rand estava enfrentando. A peça foi encerrada após cinco apresentações.

Quanto ao filme italiano pirateado, Ayn Rand conseguiu finalmente vê-lo vinte anos após seu lançamento original. Com exceção de algumas cenas, ficou positivamente impressionada; particularmente, Rand considerou Alida Valli como a atriz ideal para o papel. Sob sua supervisão, as duas partes foram condensadas em um único filme de três horas. Em 1986 (quatro anos após sua morte), a nova versão em preto e branco e com legendas em inglês foi finalmente concluída e começou a ser exibida com sucesso nos Estados Unidos. Na minha opinião, o filme é superior ao muito mais famoso filme de Hollywood *Vontade indômita*.

Em 1934, dois anos após a publicação do livro, Ayn Rand mostrou o manuscrito para H. L. Mencken, um individualista bem conhecido, que gostou dele. Agradecendo-o por seu interesse, Ayn Rand lhe enviou uma carta em 28 de julho do mesmo ano:

> *Este livro é apenas o meu primeiro passo e, sobretudo, um meio de adquirir uma voz, de me fazer ser ouvida. O que terei que dizer quando adquirir*

*essa voz não precisa de explicação, pois sei que você consegue entender. Talvez possa parecer uma causa perdida, neste momento, e haverá quem diga que cheguei demasiado tarde, que só posso esperar ser a última combatente de um modo de pensar que não tem lugar no futuro. Mas eu não penso assim. Pretendo ser a primeira em uma nova batalha de que o mundo precisa como nunca precisou antes, a primeira a responder aos muitos defensores do coletivismo, e responder-lhes de uma forma que não será esquecida.*

*Sei que você pode até sorrir ao ler isto. Tenho plena consciência de que sou muito inexperiente, uma iniciante muito indefesa que tem a arrogância de se lançar, sozinha, contra aquilo a que muitos chamam de tendência irrevogável de nosso século. Sei que sou apenas uma aspirante a Davi que se lança contra Golias, e que Golias medonho e feio! Digo "sozinha" porque ouvi tanto desse outro lado, o lado coletivista, e tão pouco em defesa do homem contra os homens, e, no entanto, há tanto a se dizer. Tentei dizê-lo no meu livro. Não conheço uma forma melhor de entrar na batalha. Acredito que o homem será sempre um individualista, quer o saiba ou não, e quero fazer com que ele o saiba.*

Nós já descobrimos isso, tarde assim? Conhecemos a natureza de uma ditadura conforme cresce mais visível na terra dos livres? Se conhecemos, é graças, em grande parte, às obras de Ayn Rand.

LEONARD PEIKOFF
Irvine, Califórnia
Dezembro de 2008